Meg Cabot

Total verliebt

Meg Cabot

Total verliebt

Aus dem Amerikanischen
von Katarina Ganslandt

cbj

cbj ist der Kinder- und Jugendbuchverlag
in der Verlagsgruppe Random House

FSC
Mix
Produktgruppe aus vorbildlich
bewirtschafteten Wäldern und
anderen kontrollierten Herkünften

Zert.-Nr. SGS-COC-1940
www.fsc.org
© 1996 Forest Stewardship Council

Verlagsgruppe Random House FSC-DEU-0100
Das für dieses Buch verwendete FSC-zertifizierte Papier *EOS*
liefert Salzer, St. Pölten.

Gesetzt nach den Regeln der Rechtschreibreform

1. Auflage 2006

Die Originalausgaben erschienen 2002 und 2004 unter den Titeln
»All-American Girl« und »Teen Idol« bei HarperCollins Publishers, New York

Die deutschsprachigen Erstausgaben erschienen unter den Titeln
»Samantha, total verliebt!« und »Jenny, heftig in Nöten«
Die Werke wurden vermittelt durch die
Literarische Agentur Thomas Schlück GmbH, 30827 Garbsen.
Aus dem Amerikanischen von Katarina Ganslandt
Umschlagbild: Thomas Haubold
Umschlagkonzeption: init.büro für gestaltung, Bielefeld
st · Herstellung: WM
Satz: Uhl + Massopust, Aalen
Druck: GGP Media GmbH, Pößneck
ISBN-10: 3-570-13114-9
ISBN-13: 978-3-570-13114-5
Printed in Germany

www.cbj-verlag.de

Samantha, total verliebt

Den wahren amerikanischen Helden
vom 11. September 2001 gewidmet

* * *

Ich danke Beth Ader, Jennifer Brown, Barbara Cabot, SWAT Officer Matt Cabot, Sarah Davies, Josh Horowitz, Michele Jaffe, Laura Langlie, Abby McAden, Erika Markman, Ron Markman, David Walton und Benjamin Egnatz.

Ganz besonders bedanken möchte ich mich bei Tanya, Julia und Charlotte Horowitz, die mich auf die Idee zu diesem Buch gebracht haben.

So, das hier ist die Liste der zehn entscheidenden Gründe, warum ich meine Schwester Lucy nicht ausstehen kann:

10. Ich muss immer ihre alten Klamotten auftragen, sogar ihre BHs.

9. Wenn ich mich weigere, ihr abgelegtes Zeug anzuziehen (vor allem die BHs), hält mir Mom die volle Bergpredigt über Umweltschutz und nachhaltigen Umgang mit Ressourcen. Ich bin absolut dafür, die Umwelt zu schützen, aber muss ich deshalb die ausgeleierten BHs meiner Schwester anziehen? Als ich Mom gefragt hab, wieso ich überhaupt Büstenhalter tragen soll, wenn bei mir obenrum gar nichts Haltenswertes wächst, hat sich Lucy eingemischt und behauptet, wenn ich jetzt keinen trage, würde mein Busen später – falls mir je einer wachsen sollte – so schlabberig rumbaumeln wie bei den Frauen von diesen Ureinwohnern, über die wir mal einen Film gesehen haben.

8. Noch so was, was mich an Lucy nervt: Dass sie ständig solche Kommentare absondert. Ich finde, wir sollten Lucys alte BHs an die Ureinwohnerinnen schicken. Damit wäre allen gedient.

7. Wenn sie am Telefon hängt, hört sich das ungefähr so an: »Ach komm, echt?… Und was hat er gesagt?… Und was hat

sie dazu gesagt?... Ach komm... Das stimmt ja wohl so was von überhaupt nicht... Tu ich gar nicht. Aber so was von gar nicht... Wer sagt das?... Tja, stimmt aber nicht... Ich steh kein bisschen auf ihn... Na ja, okay, vielleicht ein kleines bisschen. Du, ich muss Schluss machen, es klingelt in der Leitung.«

6. Sie ist Cheerleader. Alles klar? Cheerleader. Ätzend genug, dass sie ihre freie Zeit damit verbringt, Puschel zu schwenken und einer über ein Footballfeld preschenden Horde von Neandertalern zuzujubeln. Noch ätzender finde ich, dass sie ihnen fast jeden Abend zujubelt. Und das, wo Mom und Dad das gemeinsame Abendessen so heilig ist. Wo findet man unsere Familie folglich täglich um halb sechs? Richtig geraten – am Esstisch. Ich frage euch: Wer hat um die Zeit denn schon Hunger?

5. Typische Lehrerkommentare, die ich mir immer wieder anhören darf:
»Vor zwei Jahren war deine große Schwester in meiner Klasse, Samantha. Die musste ich nie daran erinnern:
   a) im Heft genügend Rand zu lassen,
   b) die Eins im Sinn zu behalten,
   c) in Deutsch alle Hauptwörter großzuschreiben,
   d) zum Schwimmen ihr Badezeug mitzubringen,
   e) während der morgendlichen Lautsprecherdurchsage des Direktors ihre Kopfhörer abzunehmen,
   f) nicht auf ihrer Jeans rumzukritzeln.«

4. Sie hat einen Freund. Und zwar nicht irgendeinen, sondern einen, der *kein* Sportcrack ist, was im sozialen Kosmos unserer Schule bis dato absolut unvorstellbar war: dass ein Cheerlea-

der mit einem Jungen geht, der nichts mit Sport am Hut hat, meine ich. Und das ist noch nicht alles. Nein – Jack ist nämlich nicht nur *kein* Sportcrack, sondern zufälligerweise Großstadtrebell (genau wie ich) und lebt das auch äußerlich voll aus – mit schwarzem Trenchcoat aus Army-Restbeständen, Doc-Martens-Springerstiefeln und konsequent miesen Noten. Einen Ohrring hat er auch, und zwar keinen kleinen Stecker, sondern einen Anhänger.

Jack ist zwar notenmäßig kein Überflieger, dafür aber künstlerisch superbegabt und kreativ. Seine Bilder von entrechteten amerikanischen Jugendlichen werden zum Beispiel regelmäßig in der Schulcafeteria ausgestellt. Und niemand kritzelt blöde Graffiti drauf wie bei meinen Bildern. Wenn es meine und nicht Jacks Bilder wären, meine ich.

Als wäre das alles nicht schon cool genug, kommt noch hinzu, dass unsere Eltern total gegen ihn sind, weil er sich in der Schule nicht genug anstrengt, schon mal wegen disziplinarischer Probleme vom Unterricht beurlaubt wurde und sie mit »Richard« und »Carol« anredet, statt mit Mr und Mrs Madison.

Es ist voll ungerecht, dass Lucy einen Freund hat, der nicht nur richtig cool ist, sondern auch noch von unseren Eltern gehasst wird. Also hat sie genau den Freund, den ich mir quasi schon mein ganzes Leben lang wünsche. Wobei … im Moment würde ich mir eigentlich nur irgendeinen wünschen.

3. Obwohl Lucy mit einem subversiven Künstlerrebellen statt mit einer Sportskanone zusammen ist, gehört sie nach wie vor zu den meistbewunderten und beliebtesten Mädchen an un-

serer Schule und wird jedes Wochenende mit Einladungen zu Partys überhäuft. Es sind so viele, dass sie gar nicht überall hingehen kann und mir schon öfter vorgeschlagen hat: »Hey, Sam. Du und Catherine, ihr könntet doch als meine offiziellen Stellvertreterinnen hin.« Ja klar, sonst noch was? Wenn Catherine und ich auf so einer Party auftauchen würden, würden die uns hochkant rauswerfen, weil wir erst in der Zehnten sind und nicht zu den erlauchten Kreisen gehören.

2. Lucy kommt – abgesehen von der Sache mit Jack – prima mit Mom und Dad klar, und zwar schon immer. Sie kommt sogar mit unserer kleinen Schwester Rebecca klar, die auf eine Spezialschule für Hochbegabte geht und das ist, was man landläufig eine »Fachidiotin« nennt.

Aber der absolut entscheidendste Grund, warum ich Lucy nicht ausstehen kann, ist:

1. Sie hat das mit den Starporträts gepetzt.

1

Sie behauptet, es wäre keine böse Absicht gewesen. Sie hätte sie bei mir im Zimmer gefunden und Mom nur gezeigt, weil sie die Zeichnungen so wahnsinnig toll gefunden hätte.

Natürlich ist Lucy keine Sekunde in den Sinn gekommen, dass sie in meinem Zimmer überhaupt nichts zu suchen hat. Als ich sie beschuldigte, mein verfassungsmäßig verbrieftes Recht auf Privatsphäre mit Füßen getreten zu haben, guckte sie mich bloß mit leerem Blick an. *Hä?* Und dabei nimmt sie dieses Jahr in Sozialkunde das politische System der Vereinigten Staaten durch.

Dann hat sie sich damit rausgeredet, sie hätte bloß ihre Wimpernzange gesucht.

Äh, hallo? Als würde ich mir irgendwas von ihr ausborgen. Und dann auch noch ein Instrument, das mit ihren riesigen Glupschaugen in Berührung gekommen ist.

Statt ihrer Wimpernzange, die natürlich nicht bei mir war, fand Lucy den Stapel mit den Zeichnungen dieser Woche und hatte natürlich nichts Besseres zu tun, als sie noch am selben Tag beim Abendessen Mom vorzulegen.

»Aha«, sagte Mom trocken. »Das erklärt natürlich die Drei minus, die du in Deutsch geschrieben hast, Sam.«

Das sagte sie, weil die Zeichnungen in meinem Deutschheft gelegen hatten.

»Ist das der Schauspieler aus ›Der Patriot‹?«, wollte Dad wissen. »Und das Mädchen? Soll das … ist das etwa *Catherine*?«

»Deutsch«, sagte ich, weil ich den Eindruck hatte, dass sie vom Thema abschweiften, »ist ja auch eine saudumme Sprache.«

»Deutsch ist kein bisschen saudumm«, klärte mich meine kleine Schwester Rebecca auf. »Die Deutschen stammen von Volksstämmen ab, die es schon während des Römischen Reiches gab. Deutsch ist eine sehr alte und schöne Sprache, die seit tausenden von Jahren gesprochen wird.«

»Ja, ja. Alles klar«, sagte ich. »Wusstet ihr, dass die ihre Hauptwörter großschreiben? Ich möchte mal wissen, wozu das gut sein soll.«

»Hmmm.« Mom blätterte weiter vorne in meinem Deutschheft herum. »Ach, was haben wir denn hier?«

Mein Vater sah mich an. »Sam, kannst du mir mal verraten, wie du auf die Idee kommst, Catherine zusammen mit dem Kerl aus ›Der Patriot‹ auf einem Pferd zu zeichnen?«

»Ich glaube, das hier erklärt alles, Richard.« Meine Mutter schob ihm mein Heft rüber.

Zu meiner Verteidigung kann ich nur anführen, dass wir nun mal in einer kapitalistischen Gesellschaft leben und ich lediglich mein Recht auf freies Unternehmertum wahrgenommen habe, indem ich den Markt – in diesem Fall den größten Teil der weiblichen Schülerschaft der John Adams Highschool – mit einem Erzeugnis versorgt habe, nach dem ganz eindeutig eine Nachfrage bestand. Man sollte meinen, mein Vater würde das verstehen, immerhin arbeitet er als internationaler Wirtschaftsexperte bei der Weltbank.

Aber als er mit verwunderter Stimme aus meinem Deutschheft vorlas, schwante mir, dass er nichts verstand. Gar nichts.

»Du und Josh Hartnett«, las er vor. »Fünfzehn Dollar. Du und Josh Hartnett auf einer einsamen Insel – zwanzig Dollar. Du und Justin Timberlake – zehn Dollar. Du und Justin Timberlake unter einem Wasserfall – fünfzehn Dollar. Du und Keanu Reeves –

fünfzehn Dollar. Du und …« Mein Vater schaute auf. »Wieso sind Keanu und Josh teurer als Justin?«

»Na ja, weil«, erklärte ich, »Justin doch weniger Haare hat.«

»Ach so«, sagte mein Vater. »Natürlich.« Er wandte sich wieder der Liste zu. »Du und Keanu Reeves beim Wildwasserrafting – zwanzig Dollar. Du und James van der Beek – fünfzehn Dollar. Du und James van der Beek beim Paragliding – zwanzig …«

Mom hatte genug gehört.

»Offenbar«, unterbrach sie Dad mit ihrer Gerichtsstimme (Mom ist Anwältin für Umweltrecht, und wer sie kennt, vermeidet alles, was sie dazu verleiten könnte, mit Gerichtsstimme zu sprechen), »fällt es Samantha schwer, sich auf den Deutschunterricht zu konzentrieren, und der Grund für ihre Konzentrationsschwäche liegt anscheinend darin, dass sie nicht weiß, wohin mit all ihrer kreativen Energie. Vermutlich würden sich ihre Leistungen erheblich bessern, wenn sie ein Ventil dafür hätte.«

Was erklärt, weshalb sie, als sie am nächsten Abend aus dem Büro nach Hause kam, mit dem Zeigefinger auf mich zeigte und verkündete: »Ab jetzt gehst du dienstags und donnerstags von halb vier bis halb sechs in einen Zeichenkurs.«

Boah. So was nennt man drakonisch.

Anscheinend hat meine Mutter nicht mitgekriegt, dass ich bestens zeichnen kann, auch ohne jemals einen Zeichenkurs besucht zu haben (okay, abgesehen vom Kunstunterricht in der Schule). Sie hat keine Ahnung, dass so ein Kurs kein Ventil für meine kreative Energie ist, sondern dass man mir dort im Gegenteil jegliches möglicherweise vorhandene natürliche Talent und meinen persönlichen Stil gründlich austreiben wird. Wie soll ich jemals van-Gogh-mäßig ureigene Visionen verwirklichen, wenn mir die ganze Zeit jemand über die Schulter linst und mir vorschreibt, was ich zu tun habe?

»Vielen Dank, echt«, fauchte ich Lucy an, die ich kurz darauf in unserem gemeinsamen Badezimmer antraf. Sie war vor dem Spiegel damit beschäftigt, mithilfe einer Sicherheitsnadel ihre tuscheverklebten Wimpern zu trennen, obwohl unsere Haushälterin Theresa ihr schon tausendmal erzählt hat, wie sich ihre Cousine Rosa genau auf die Weise mal ein Auge ausgestochen hat.

Lucy schielte mich über die Nadelspitze hinweg an. »Hä, wofür?«

Ich dachte, ich spinne. Sie wagte es auch noch, einen auf ahnungslos zu machen. »Du hast mich auffliegen lassen«, brüllte ich. »Du hast das mit den Zeichnungen gepetzt!«

»Ach komm, spinn nicht rum.« Lucy machte sich an der unteren Wimpernreihe zu schaffen. »Erzähl mir bloß nicht, dass du deswegen sauer bist. Ich hab dir ja wohl den vollen Gefallen getan.«

»*Gefallen*?« Na, da war ich wirklich baff. »Du hast mir die totale Scheiße eingebrockt! Jetzt muss ich zweimal pro Woche in so einen bescheuerten, lahmarschigen Zeichenkurs gehen, obwohl ich in der Zeit tausend andere tolle Sachen machen könnte, wie zum Beispiel … fernsehen.«

Lucy verdrehte die Augen. »Du bist echt so was von daneben, das gibt's gar nicht. Du bist meine Schwester, Sam. Soll ich tatenlos zusehen, wie du immer komischer wirst und dich in die größte Außenseiterin der ganzen Schule verwandelst? Du bist in keiner einzigen AG, ziehst nur noch gruftige schwarze Fetzen an und erlaubst mir noch nicht mal, was mit deinen Haaren zu machen. Ich musste irgendwas unternehmen. Wer weiß, wozu der Kurs gut ist? Vielleicht wirst du ja mal eine berühmte Malerin. Eine zweite Georgia O'Keeffe.«

»Weißt du überhaupt, mit was für Bildern Georgia O'Keeffe berühmt geworden ist?« Als Lucy den Kopf schüttelte, sagte ich es ihr.

Vaginas. Georgia O'Keeffe war berühmt geworden, weil sie Vaginas gemalt hatte.

Oder, wie Rebecca es formulierte, die gerade an der Badezimmertür vorbeischlurfte, die Nase ins neueste Star-Trek-Taschenbuch vergraben (nach denen ist sie süchtig): »Um genau zu sein, handelt es sich bei Georgia O'Keeffes organisch-abstrakter Malerei um üppige Blütendarstellungen mit stark sexuellem Symbolgehalt.«

Ich hab Lucy gesagt, wenn sie es mir nicht glaubt, soll sie Jack fragen. Aber Lucy meinte nur, mit Jack würde sie nicht über so etwas reden.

»Was, über Vaginas?«

»Nein, über Kunst«, sagte Lucy.

Ich kapier es nicht. Da hat sie einen Künstler zum Freund und die beiden sprechen nie über Kunst? Also, eines weiß ich jedenfalls ganz genau. Falls ich jemals einen Freund haben sollte, spreche ich mit dem über *alles*. Sogar über Kunst. Sogar über Vaginas.

2

Catherine war fassungslos, als sie das mit dem Zeichenkurs hörte. »Aber du zeichnest doch schon super!«, sagte sie immer wieder.

Da konnte ich ihr nur Recht geben. Trotzdem war es beruhigend, nicht die Einzige zu sein, die es für komplette Zeitverschwendung hielt, dass ich in Zukunft jeden Dienstag und Donnerstag die Zeit von halb vier bis halb sechs in Susan Boones »Art Studio« absitzen sollte.

»Das ist wieder mal echt typisch Lucy«, sagte Catherine, als wir am Montag nach der Schule mit Manet im Bishop's Garden spazieren gingen. Der Bishop's Garden ist der Park rings um die National Cathedral, wo immer die Trauerfeiern für alle bedeutenden Leute abgehalten werden, die in Washington D. C. sterben. Von unserem Haus in Cleveland Park ist man zu Fuß in fünf Minuten dort, was echt praktisch ist, weil Manet unheimlich gern Eichhörnchen aufstöbert oder Liebespärchen, die im Pavillon rumknutschen.

Das ist überhaupt das nächste Problem: Wer soll bitte mit Manet spazieren gehen, während ich bei Susan Boone im Atelier hocke? Theresa garantiert nicht. Sie hasst Manet, obwohl er kein einziges Stromkabel mehr angenagt hat, seit ich mit ihm beim Haustiertherapeuten war. Dr. Lee hat mir erklärt, dass sowieso alles meine Schuld war, weil ich ihn erst Monet genannt hatte, was sich für Hundeohren wie ein genervtes »*Oh, nee!*« anhört. Seit ich ihn in Manet umgetauft habe, ist er viel braver… auch wenn Dad nicht gerade begeistert war, als er von Dr. Lee eine Rechnung über fünfhundert Dollar bekommen hat.

Theresa findet es schon schlimm genug, uns allen hinterherräumen zu müssen. Sie hat gesagt, dass sie nicht im Traum daran denke, sich auch noch um den Dreck eines Fünfunddreißig-Kilo-Bobtails zu kümmern.

»Echt fies von Lucy«, sagte Catherine. »Bin ich froh, dass ich keine Schwestern hab.« Catherine ist die mittlere von drei Geschwistern, genau wie ich – wahrscheinlich verstehen wir uns deshalb so gut. Im Gegensatz zu mir hat sie aber einen älteren und einen jüngeren Bruder, von denen keiner intelligenter oder hübscher ist als sie.

Die Glückliche.

»Aber rausgekommen wäre es so oder so. Wenn nicht durch Lucy, dann durch Kris«, meinte sie, während wir den verschlungenen, schmalen Parkweg entlangschlenderten. »Die ist doch stinksauer auf dich, weil du nur sie und ihre Freundinnen bezahlen lässt.«

Das war ja gerade das Geniale an der ganzen Idee. Dass ich nur von Mädchen wie Kris und ihrer Clique Geld genommen hab, meine ich. Für alle anderen waren die Zeichnungen kostenlos. Na ja, warum auch nicht?

Alles hat damit angefangen, dass ich Catherine aus Witz mal eine Zeichnung von ihr selbst zusammen mit ihrem absoluten Traummann Heath Ledger geschenkt hatte, was sich blitzschnell herumsprach, worauf die Mädels bei mir Schlange standen, die sich in Gesellschaft verschiedener Schauspieler und Popstars gezeichnet sehen wollten.

Ich bin ursprünglich gar nicht auf die Idee gekommen, dass ich Geld dafür verlangen könnte. Meine Freundinnen freuten sich so über die Bilder, dass ich sie gern damit versorgte.

Und als dann meine nicht-Englisch-sprechenden Mitschülerinnen Wind von der Sache bekamen und auch Porträts wollten, konnte ich die ja wohl erst recht nicht zur Kasse bitten. Man kann doch von Mädchen, die frisch in unser Land gezogen sind, weil ihre Familien in ihren Heimatländern politisch verfolgt werden oder weil einer ihrer Elternteile Botschafter oder Diplomat ist (wie bei den meisten nicht-Englisch-sprechenden Schülern an unserer Schule), für ein Starporträt kein Geld verlangen. Ich weiß genau, wie es ist, in einem fremden Land zu leben, dessen Sprache man nicht beherrscht: grausam. Ich habe es am eigenen Leib erfahren müssen, weil mein Vater bei der Weltbank für Nordafrika zuständig ist und wir seinetwegen ein Jahr lang in Marokko gewohnt haben, als ich acht war.

Ich hätte mich damals total gefreut, wenn mir jemand Justin-Timberlake-Zeichnungen geschenkt hätte, statt mich anzustarren, als wäre ich zurückgeblieben, bloß weil ich nicht wusste, was »Darf ich bitte mal auf die Toilette?« auf Marokkanisch heißt.

Als Nächstes bekam ich dann einen Haufen Anfragen von Mädchen aus der Förderklasse, die auch Starporträts haben wollten. Die aus der Förderklasse konnte ich natürlich erst recht nicht abkassieren, weil ich genau weiß, wie es ist, wenn man in den Förderunterricht muss. Als wir damals aus Marokko zurückkamen, entschied meine Klassenlehrerin, dass mein kleiner Sprachfehler (ein leichtes Lispeln wie bei Cindy von der Brady Family) nicht mehr verschwinden würde … jedenfalls nicht ohne professionelle Hilfe. Deshalb wurde ich gezwungen, in Sprecherziehung zu gehen, während die anderen Musik hatten.

Und als wäre das nicht schon hart genug, wurde ich jedes Mal wenn ich in meine Klasse zurückkam, auch noch wegen meiner vermeintlichen Beschränktheit ausgelacht. Und zwar von Kris Parks – die vor Marokko meine beste Freundin gewesen war. Aber als wir zurückkehrten – *zack* –, kannte sie mich auf einmal nicht mehr: »Äh, Samantha *wer*?«

Dass wir früher nach der Schule jeden Tag bei uns zu Hause mit Barbies gespielt hatten, hatte sie anscheinend vergessen. Auf einmal schwärmte sie bloß noch von Jungs, mit denen sie »gehen« wollte und denen sie in der großen Pause hinterherrannte, um sie abzuküssen. Dadurch dass ich in der Vierten lieber freiwillig Glasscherben geschluckt hätte, als einem Mit-Viertklässler zu erlauben, seine Lippen auf meine zu pressen (schon gar nicht Rodd Muckinfuss, dem damals begehrtesten Jungen der Klasse), outete ich mich natürlich sofort als »unreif« (wobei das Lispeln es wahrscheinlich auch nicht besser machte). Kurz: Kris ließ mich fallen wie eine heiße Kartoffel.

Zum Glück spornte mich das nur noch mehr an, mein Lispeln loszuwerden, und an dem Tag, an dem ich als geheilt aus der Sprecherziehung entlassen wurde, baute ich mich vor Kris auf und nannte sie eine sabbernde, säbelbeinige, selbstsüchtige und synthetische Speichelleckerin.

Seither haben wir kaum miteinander geredet.

Ich fand also, dass die Förderschülerinnen auch mal eine Freude verdient hatten – vor allem die, die ständig Boxerhelme tragen müssen, weil sie öfter mal Anfälle kriegen und Gefahr laufen, sich dabei zu verletzen –, und verkündete deshalb offiziell, dass sie meine Starporträtzeichendienste kostenlos in Anspruch nehmen dürften, genau wie meine Freundinnen und alle meine nicht-Englisch-sprechenden Mitschülerinnen an der Adams Highschool.

Ich fühlte mich wie eine kleine Eine-Frau-UNO, die humanitäre Hilfe leistet, indem sie den Bedürftigen extrem realitätsnahe Zeichnungen von Freddie Prinze Junior zukommen lässt.

Wie sich herausstellte, hat Kris Parks, die mittlerweile Sprecherin unserer Klassenstufe und nach wie vor meine größte Intimfeindin ist, damit ein Problem. Nicht direkt damit, dass ich den nicht-Englisch-sprechenden Mädchen kein Geld abknöpfte, sondern damit, dass die einzigen Mädchen, *denen* ich welches abknöpfte, Kris und Konsorten waren.

Äh, hallo, was hatte sie denn erwartet? Soll ich etwa von Catherine Geld verlangen? Von Catherine, meiner allerbesten Freundin, seit ich bei meiner Rückkehr aus Marokko feststellen musste, dass Kris einen auf Anakin machte und zur dunklen Seite der Macht übergetreten war? Kris' permanente Fiesheiten uns gegenüber (Catherine darf sich von ihr immer blöde Sprüche wegen der knielangen Röcke anhören, die sie anziehen muss, weil Mrs Salazar – also ihre Mutter – die volle Überchristin ist) haben Catherine und mich umso fester zusammengeschweißt. Das und die Tatsache, dass Catherine Rodd Muckinfuss genauso idiotisch findet wie ich.

Aber Kris möchte ihre Orlando-Bloom-Porträts natürlich auch geschenkt bekommen.

Nee, echt nicht.

Leute wie Kris (und das liegt vielleicht daran, dass sie nie in Sprecherziehung waren, geschweige denn in einer Schule, wo niemand ihre Sprache sprach) begreifen einfach nicht, wie man zu jemandem nett sein kann, der nicht Größe 36 trägt, blond ist und von Kopf bis Fuß in Nobelklamotten von Abercrombie & Fitch steckt.

Mit anderen Worten: zu jemandem, der nicht Kris Parks ist.

Genau darüber haben Catherine und ich uns auf dem Heimweg vom Park gerade ausgelassen – über Kris und ihre unerträgliche Art, meine ich –, als plötzlich ein Wagen neben uns hielt, hinter dessen Steuer mein Vater saß, der uns zuwinkte.

»Na, ihr zwei!« Meine Mutter beugte sich über Dad, um mit uns zu reden, weil wir auf der Fahrerseite standen. »Ihr habt wohl keine Lust, zu Lucys Spiel mitzukommen?«

»Ach, Mom.« Lucy saß in kompletter Cheerleadermontur auf dem Rücksitz. »Gib's auf. Die kommen sowieso nicht mit, und selbst wenn, ich meine, schaut euch Sam doch mal an. Es wäre mir voll peinlich, mit ihr gesehen zu werden.«

»Lucy!«, sagte mein Vater streng. Das hätte er sich sparen können, ich bin an Lucys abschätzige Kommentare über mein Äußeres gewöhnt.

Soll sie ruhig lästern. Lucys größte Sorge besteht darin, sie könnte einen Ausverkauf in ihrem Lieblingsklamottenladen »Club Monaco« verpassen. An dem Tag, als die Drogerie bei uns um die Ecke Paul-Mitchell-Pflegeprodukte ins Sortiment aufnahm, war sie vor Freude so ekstatisch wie andere Leute beim Fall der Berliner Mauer.

Mich beschäftigen mehr die drängenden Probleme dieser Welt, wie zum Beispiel die Tatsache, dass täglich dreihundert Millionen Kinder hungrig zu Bett gehen müssen oder dass der Kunstunterricht an den Schulen immer unweigerlich zu den ersten Fächern gehört, die gestrichen werden, wenn die Bildungsministerien Einsparungen beschließen.

Deshalb habe ich zu Beginn dieses Schuljahrs jedes einzelne Kleidungsstück in meinem Kleiderschrank schwarz gefärbt. Damit zeige ich:

a) meine Trauer um meine Generation, der anscheinend alles egal ist, außer wie es nächste Woche bei »Friends« weitergeht, und
b) dass Mode was für hohle Tussen (wie meine Schwester) ist.

Als Mom das mitbekam, wären ihr natürlich fast ein paar Blutgefäße geplatzt. Aber, hey, jetzt weiß sie wenigstens, dass zumindest eine ihrer Töchter tiefer gehende Interessen hat als die neuesten Nagelmodetrends.

Entgegen Lucys Empfehlung gab Mom nicht auf. Sie strahlte mich mit sonnigem Lächeln aus dem Wagen heraus an, obwohl es, wie ich fand, nicht sonderlich viel Anlass zu sonniger Gemütslage gab. Vom Himmel pladderte ein ziemlich konstanter Nieselregen und die Außentemperatur lag ungefähr bei 4 °C. Nicht gerade die Art von Novembertag, an dem sich jemand – besonders jemand, der sich so wenig für Schulveranstaltungen begeistern kann wie ich – auf irgendeine Zuschauertribüne setzen möchte, um eine Horde Muskelprotze anzuschauen, die einem eiförmigen Ball nachjagt und dabei von Mädchen wie meiner Schwester in viel zu knappen lilaweißen Pullis angefeuert wird.

Mom drehte sich nach hinten zu Lucy um. »Man kann nie wissen«, sagte sie. »Vielleicht ändern sie ihre Meinung ja noch.« Zu uns sagte sie: »Also was ist, Sam? Catherine? Nach dem Spiel fahren wir nach Chinatown und essen Dim-Sums.« Sie sah mich an. »Und für dich, Sam, lässt sich bestimmt ein Hamburger auftreiben.«

»Ich kann leider nicht, Mrs Madison.« Catherine sah kein bisschen so aus, als täte es ihr Leid. Im Gegenteil, sie wirkte eher heilfroh, eine Ausrede zu haben. Die meisten Schulveranstaltungen sind die volle Qual für sie, weil sie von der Stylefraktion regelmäßig wegen ihrer braven Kleider ausgelacht wird, die leider wirklich extrem nach »Unsere kleine Farm« aussehen. (*»Hey, wo hast du deinen Planwagen geparkt?«* u.s.w.) »Ich muss wieder nach Hause. Sie wissen ja, am siebten Tage soll man…«

»… ruhen. Ja, ich weiß.« Meine Mutter hatte den Satz schon häufiger gehört. Mr Salazar arbeitet als Diplomat bei der honduranischen Botschaft hier in Washington und ist streng gläubig, weshalb er seine Kinder zwingt, den Sonntag als Tag der Ruhe und Einkehr zu Hause zu verbringen. Catherine war nur deshalb ausnahmsweise ein halbstündiger Freigang gewährt worden, weil sie »Der Patriot« (den sie schon siebzehnmal gesehen hat) in die Potomac Videothek zurückbringen musste. Unser Abstecher in den Bishop's Garden bei der National Cathedral war natürlich nicht abgesprochen gewesen. Aber Catherine beruhigte ihr Gewissen damit, dass wir uns ja quasi auf heiligem, kirchlichem Gelände befunden hatten, weshalb ihre Eltern nicht *so* sauer sein konnten, wenn sie dahinterkamen.

»Richard.« Rebecca, die hinten neben Lucy saß, guckte gerade lang genug von ihrem Laptop auf, um ihre tiefe Missbilligung über die Verzögerung kundzutun. »Carol. Gebt's auf.«

»Dad!« Meine Mutter warf Rebecca einen gereizten Blick zu. »Dad, nicht Richard. Und ich bin deine Mom und nicht Carol.«

»'tschuldigung«, sagte Rebecca. »Könnten wir jetzt trotzdem weiterfahren? Mein Akku hält nur zwei Stunden und ich muss morgen drei Hausarbeiten abgeben.«

Rebecca, die elf ist und eigentlich in der sechsten Klasse wäre, geht auf die Horizon School für Hochbegabte in Bethesda, wo sie Kurse auf Uni-Niveau belegt. Die Horizon ist die volle Streberschule, was man schon allein daran merkt, dass der Sohn von unserem Präsidenten, der ein totaler Strebertyp ist (der Sohn, meine ich, nicht der Vater – obwohl, der ist eigentlich auch einer), auch dort ist. Die Horizon School ist sogar so was von einer Streberschule, dass die Schüler dort noch nicht mal normale Noten, sondern halbjährliche schriftliche Beurteilungen bekommen. In Rebeccas letzter Beurteilung stand: »*Obwohl Rebecca dem universitären Unterrichtsstoff mühelos folgen kann, hinkt sie ihren Altersgenossen in Bezug auf ihre emotionale Reife weit hinterher. Im nächsten Halbjahr muss sie verstärkt an ihrer sozialen Kompetenz arbeiten.*«

Mit anderen Worten: Rebecca mag intellektuell vielleicht auf dem Stand einer 40-Jährigen sein, im zwischenmenschlichen Bereich ist sie aber auf dem einer Sechseinhalbjährigen, weshalb es ein Riesenglück ist, dass sie nicht auf eine Schule für Normalintelligente geht wie Lucy und ich. Die elfjährigen Kris Parks der sechsten Klasse würden Rebecca zum Frühstück fressen. Mit ihrem Mangel an »sozialer Kompetenz« hätte sie keine Chance.

Meine Mutter seufzte. Sie gehörte in ihrer Highschool immer zu den Stars, genau wie Lucy. Einmal ist sie sogar wegen ihres Engagements für die Schule zur »Miss School Spirit« gewählt worden. Mom fragt sich immer, was sie bei mir falsch gemacht hat. Ich glaube, insgeheim gibt sie Dad die Schuld. Der hat in der Highschool nie Beliebtheitswahlen gewonnen, weil er – wie ich – die meiste Zeit davon träumte, ganz woanders zu sein.

»Na gut«, meinte Mom zu mir. »Dann bleib eben zu Hause. Aber lass ...«

»... keine Fremden ins Haus«, sagte ich. »Ich weiß.«

Als würde außer der Brotmadame je irgendwer bei uns klingeln. Die Brotmadame ist die Frau eines französischen Diplomaten, die bei uns in der Straße wohnt. Wie sie wirklich heißt, wissen wir nicht. Wir nennen sie Brotmadame, weil sie ungefähr im Drei-Wochen-Turnus in einem Anfall von akutem Heimweh (nehme ich an) ungefähr hundert Baguettes backt und sie dann für fünfzig Cent pro Stück in der Nachbarschaft verkauft. Ich bin total süchtig nach ihren Baguettes. Neben Hamburgern sind sie so ungefähr das Einzige, was ich überhaupt esse, weil ich fast keine Obstsorten und gar kein Gemüse mag und auch sonst viele Sachen eklig finde, wie zum Beispiel Fisch und alles, was Knoblauch enthält.

Außer der Brotmadame kommt höchstens noch Jack zu uns nach Hause. Aber den dürfen wir nicht reinlassen, wenn unsere Eltern oder Theresa nicht da sind, weil er mal aus Protest gegen seinen Vater, der Arzt ist und in Tierversuchen getestete Medikamente verschreibt, mit dem Luftgewehr aus dem Fenster von dessen Praxis geschossen hat. Meine Eltern begreifen einfach nicht, dass Jack zu so drastischen Mitteln greifen musste, damit Dr. Ryder endlich mal darüber nachdenkt, dass er für die Folterung von Tieren mitverantwortlich ist. Sie glauben, Jack hätte es einfach so aus Spaß gemacht, was ja wohl überhaupt nicht stimmt. Jack macht nie irgendwas einfach so. Er gibt sich wirklich totale Mühe, die Welt zu verbessern.

Ich persönlich habe ja den Verdacht, meine Eltern wollen Jack vor allem deswegen nicht im Haus haben, wenn sie nicht da sind, weil sie Angst haben, er und Lucy könnten rumfummeln. Die Sorge ist berechtigt, aber sie könnten sie ruhig aussprechen, statt das mit dem Luftgewehr vorzuschieben. Ich glaube nicht, dass Jack jemals auf die Idee kommen würde, aus UNSEREM Fenster zu schießen. Mom gehört ja zu den »Guten«, immerhin arbeitet sie als Anwältin bei der staatlichen Umweltschutzbehörde.

»Können wir endlich mal weiterfahren!«, nölte Lucy vom Rücksitz. »Ich komme sonst zu spät zum Spiel.«

»Und du zeichnest keine Starporträts«, rief Mom mir noch zu, als Dad schon losfuhr, »bevor du nicht deine Deutschhausaufgaben erledigt hast!«

Catherine und ich guckten ihrem Wagen hinterher, der durchs vertrocknete Herbstlaub davonsauste.

»Ich dachte, du darfst gar keine Starporträts mehr zeichnen«, wunderte sich Catherine, als wir um die nächste Straßenecke bogen.

In diesem Moment erspähte Manet auf der gegenüberliegenden Straßenseite ein Eichhörnchen und schoss an seiner Leine so ruckartig vorwärts, dass ich nur knapp einem Schleudertrauma entging.

»Na klar darf ich noch welche zeichnen.« Ich musste brüllen, um Manets hysterisches Gekläffe zu übertönen. »Ich darf nur kein Geld dafür verlangen.«

»Ach so.« Catherine guckte nachdenklich. »Würdest du mir dann bitte noch eine Zeichnung von Heath machen?«, bettelte sie. »*BÜTTE*. Nur noch eine einzige? Das ist dann auch ganz bestimmt die letzte.«

»Na gut, okay.« Ich seufzte schwer, als wäre das eine ganz schöne Zumutung, die sie mir da abverlangt.

Was natürlich gar nicht stimmte. Wenn man etwas so richtig gern macht, möchte man es nämlich am liebsten die ganze Zeit machen, sogar wenn man noch nicht mal Geld dafür bekommt.

So ging es mir jedenfalls mit dem Zeichnen.

Was sich ja dank Susan Boone bald ändern würde.

Die zehn Hauptgründe, warum ich gern die Sängerin der genialsten Ska-Band aller Zeiten wäre, nämlich Gwen Stefani von No Doubt:

10. Gwen kann sich ihre Haare färben, wie sie will, sogar pink wie für die *Return-of-Saturn*-Tour, ohne dass ihre Eltern irgendwas dagegen sagen, weil die Stefanis ihre Tochter nämlich als Künstlerin anerkennen und wissen, dass so was Ausdruck ihrer Kreativität ist. Mr und Mrs Stefani haben Gwen bestimmt nie mit Taschengeldentzug gedroht, wie mir meine Eltern damals, als ich es mit der Lebensmittelfarbe versucht hab.

9. Wenn Gwen nur noch schwarz gekleidet rumliefe, dann würden das alle als Ausdruck ihrer künstlerischen Genialität akzeptieren, und niemand würde blöde Ninja-Witze reißen, wie ich sie mir ständig anhören muss.

8. Gwen hat eine eigene Wohnung und muss nicht jederzeit befürchten, dass ihre älteren Geschwister in ihr Zimmer eindringen, ihre Sachen durchwühlen und sie bei ihren Eltern anschwärzen.

7. Gwen kann Songs über ihre Ex-Freunde schreiben und sie vor allen Leuten singen. Ich hab noch nie einen Freund gehabt. Wie könnte ich da Songs über meinen Ex schreiben?

6. Sie kriegt kostenlose CDs.

5. Wenn Gwen eine Drei minus in Deutsch hätte, weil sie die Unterrichtszeit zum Songschreiben genutzt hätte, würde ihre Mutter sie garantiert nicht zweimal wöchentlich in einen Songschreibkurs schicken. Wahrscheinlich würde sie Gwen eher raten, Deutsch abzuwählen und sich ganz aufs Songschreiben zu konzentrieren.

4. Gwen hat unzählige Fan-Websites. Wenn man »Samantha Madison« in eine Suchmaschine eingibt, erscheint bloß: *Es wurden keine mit Ihrer Suchanfrage übereinstimmenden Dokumente gefunden.*

3. Alle, die in der Highschool fies zu Gwen waren, bereuen das jetzt wahrscheinlich total und versuchen, sich bei ihr einzuschleimen. Aber Gwen kann ganz locker einen auf »Äh, kennen wir uns etwa?« machen, wie Kris Parks bei mir damals, als ich aus Marokko wiederkam.

2. Sie kriegt jeden Jungen, den sie will. Okay, vielleicht nicht JEDEN, aber wahrscheinlich würde sie den Jungen kriegen, für den ich mich interessiere und der aber leider schon der Freund von meiner Schwester ist. Tja, Pech.

Aber der absolute Hauptgrund, warum ich Gwen Stefani sein möchte, ist:

1. Sie muss nicht in Susan Boones Zeichenkurs.

3

Am nächsten Tag fuhr mich Theresa nach der Schule zum Susan Boone Art Studio.

Wenn wir irgendwo hinmüssen, fährt uns meistens Theresa. Sie hat bei uns als Haushälterin angefangen, als wir aus Marokko wiederkamen, und macht alles, wozu Mom und Dad wegen ihrer Arbeit nicht kommen: uns rumkutschieren, aufräumen, Wäsche waschen, kochen und einkaufen.

Was natürlich nicht heißt, dass wir nicht mithelfen müssten.

Ich bin zum Beispiel für Manet und alles, was mit ihm zusammenhängt, zuständig, weil ich diejenige war, die unbedingt einen Hund haben wollte. Rebecca deckt immer den Tisch, ich räume ihn ab und werfe die Reste weg und Lucy muss die Spülmaschine einräumen.

Meistens klappt das ganz gut – solange Theresa die Oberaufsicht führt. Nur wenn sie abends schon nach Hause gefahren ist, sieht es manchmal ein bisschen chaotisch bei uns aus. Zu ihrem inoffiziellen Aufgabenbereich gehört es auch, unter uns Mädels für Disziplin zu sorgen, weil es Mom und Dad, um es mit der Horizon School für Hochbegabte zu sagen: »... gelegentlich versäumen, klare Grenzen zu setzen«.

An dem Tag, an dem mich Theresa zum ersten Mal zu Susan Boone fuhr, setzte sie mir total klare Grenzen. Sie dachte nämlich, ich hätte vor, mich aus dem Staub zu machen, sobald sie mich abgesetzt hätte und davongefahren wäre.

»Eins sage ich dir, Miss Samantha«, sagte sie, während wir im

Stau die »Burrito Alley« entlangkrochen, wie der Dupont Circle bei allen heißt, seit dort eine mexikanische Fressbude neben der anderen aufgemacht hat. »Wenn du denkst, dass ich nicht mit dir da reingehe, bist du auf dem ganz falschen Dampfer.«

Das ist einer von Theresas Lieblingssprüchen. Den habe ich ihr beigebracht. Überhaupt habe ich ihr eine ganze Menge typisch amerikanischer Redensarten beigebracht und mich schwer darum bemüht, sie mit den Feinheiten der nordamerikanischen Kultur vertraut zu machen, weil sie echt überhaupt gar nichts über unser Land wusste, als sie frisch aus Ecuador hier ankam und anfing, bei uns zu arbeiten.

Inzwischen weiß sie so gut, was bei uns angesagt ist und was nicht, dass sie sofort bei MTV als Trendscout anfangen könnte.

Miss Samantha nennt sie mich übrigens nur, wenn sie streng sein will.

»Mir machst du nichts vor, Miss Samantha«, sagte Theresa, als wir auf der Connecticut Avenue standen, wo der Verkehr wie üblich lahm lag, weil die Wagenkolonne des Präsidenten vorbeigelassen werden musste. Das ist einer der ganz großen Nachteile, wenn man in Washington D. C. wohnt. Man kann quasi nirgends hinfahren, ohne auf eine offizielle Wagenkolonne zu treffen. »Ich drehe dir den Rücken zu und *zack* rennst du in den nächsten Plattenladen und das war's dann.«

Ich murrte beleidigt, als würde mir so was im Traum nicht einfallen... obwohl ich natürlich exakt *das* geplant hatte. Aber schließlich bin ich Künstlerin. Ist es da nicht meine Pflicht, mich der Obrigkeit zu widersetzen? Sonst wäre ich doch nicht glaubwürdig.

»Würde ich nie machen, Theresa«, behauptete ich trotzdem.

»Erzähl mir hier nix vom Pferd«, schnaubte Theresa. »Ich kenne dich genau. Und seit du nur noch in Schwarz rumläufst und Punkmusik hörst...«

»Ska«, korrigierte ich.

»Ist doch Jacke wie Hose.« Das letzte Fahrzeug der Wagenkolonne brauste vorbei und wir durften weiterfahren. »Als Nächstes färbst du dir auch noch deine schönen roten Haare schwarz.«

Ich dachte leicht schuldbewusst an die Schachtel »Midnight Whisper« Haarfärbemittel im Badezimmerschränkchen. Hatte sie die etwa entdeckt? Rote Haare sind nämlich gar nicht schön, da kann sie sagen, was sie will. Ja, Lucys Haare vielleicht, die so rot sind wie das nach dem Maler Tizian benannte Tizianrot. Aber meine haben die Farbe – und die Beschaffenheit – von Kupferdraht in Telefonkabeln und sind alles andere als schön, das könnt ihr mir gern glauben.

»Um halb sechs komme ich dich im Atelier abholen. Komm ja nicht auf die Idee, vor dem Haus auf der Straße zu warten, verstanden?«

Obwohl Theresa nur ein Jahr älter ist als meine Mutter, hat sie vier Kinder, die fast alle schon erwachsen sind, und drei Enkel. Sie hat die Mutternummer voll drauf. Vor allem weil ihr ältester Sohn Tito, wie sie sagt, ein Vollidiot ist.

Und wegen Titos Vollidiotie kann man Theresa nichts vormachen. Sie ist mit allen Tricks vertraut.

Als wir endlich an der Ecke R Street und Connecticut Avenue beim Susan Boone Art Studio ankamen, das genau gegenüber von der Gründerkirche der Scientologen liegt, warf mir Theresa einen misstrauischen Blick zu. Nicht wegen den Scientologen, sondern wegen dem Plattenladen im Erdgeschoss des Hauses, in dem Susan Boone ihr Atelier hat. Als hätte ich das absichtlich so hingebogen!

Wobei ich zugeben muss, dass das Static (einer der wenigen Plattenläden in Washington, die ich noch nicht kannte) sehr verlockend aussah – beinahe so verlockend wie die Plätzchenbäckerei Capitol Cookies direkt daneben. Als wir auf das Static zugingen (wir mussten einmal um den ganzen Block kurven und kilometerweit weg auf der Q Street parken – Theresa war anzusehen, dass sie in Zukunft nicht mehr darauf bestehen würde, mich zum Atelier zu begleiten), hörte ich sogar durch die Mauern, dass drinnen einer meiner Lieblingssongs lief, nämlich »Only Happy When It Rains« von Garbage. Der Text gibt genau mein Lebensgefühl wieder, weil meine Eltern mich nur dann in Ruhe zu Hause zeichnen lassen, wenn es draußen regnet. Sonst heißt es immer gleich: »Geh doch mal raus und fahr ein bisschen Rad wie andere normale Jugendliche auch.«

Als wir durch das schmale, weiß gestrichene Treppenhaus in den ersten Stock hinaufgestiegen waren, war von Garbage nichts mehr zu hören. Nur noch gedämpfte klassische Radiomusik und ein Schnarren, das ich nicht identifizieren konnte. Es roch gut. Heimelig und tröstlich. Nein, nicht nach Plätzchen, sondern wie im Kunstsaal in der Schule – nach Farbe und Terpentin.

Als ich die Tür zum Atelier aufdrückte, begriff ich, was das andere Geräusch gewesen war.

»Hallo, Joe. Hallo, Joe. Hallo, Joe«, krächzte uns eine fette Krähe an, die auf – nicht in – einem großen Bambuskäfig saß.

Theresa schrie gellend auf.

»Joseph!« Eine kleine Frau mit den längsten weißen Haaren, die ich je gesehen hatte, kam hinter einer Staffelei hervor. »Benimm dich!«, schimpfte sie.

»Benimm dich.« Die Krähe hüpfte schrill krächzend auf dem Käfig herum. »Benimm dich, benimm dich, benimm dich!«

»Jesu Cristo.« Theresa ließ sich auf eine mit Farbe bekleckerte Bank in der Nähe der Tür sinken. Sie war von dem steilen Aufstieg noch ganz aus der Puste und der keifende Vogel hatte ihr den Rest gegeben.

»Bitte entschuldigen Sie«, sagte die Frau mit den langen weißen Haaren. »Beachten Sie Joseph gar nicht. Er braucht immer einige Zeit, bis er sich an fremde Besucher gewöhnt hat.« Sie sah mich an. »Du bist bestimmt Samantha. Ich bin Susan.«

In der siebten, achten Klasse hatten Catherine und ich mal eine Fantasy-Phase. Wie die Besessenen lasen wir die Bücher von Tolkien, Terry Brooks, Susan Cooper und Lloyd Alexander und konnten gar nicht genug davon kriegen. Ich erzähle das, weil diese Susan Boone aussah wie eine Elfenkönigin (die in fast jedem Fantasy-Roman früher oder später vorkommt). Sie war kleiner als ich und trug ein Kittelkleid aus Leinen in blassen Blau- und Grüntönen.

Aber es waren vor allem ihre langen weißen Haare (die bis zur Hüfte reichten!) und ihr runzliges, ganz ungeschminktes Gesicht, in dem blitzblaue Augen leuchteten. Sogar ihre Mundwinkel waren elfenhaft nach oben gekräuselt, obwohl es überhaupt nichts zu lächeln gab.

Damals, als Catherine und ich noch die Rückwände unserer Schränke abklopften, weil wir hofften, uns so aus der Welt von MTV und Pausensnacks in die Welt der Faune und Hobbits transportieren zu können, wäre ich von Susan Boone hin und weg gewesen.

Jetzt fand ich sie einfach nur ziemlich abgedreht.

Ich schüttelte die Hand, die sie mir hinstreckte. Sie fühlte sich schwielig und trocken an.

»Bitte nennen Sie mich Sam«, sagte ich, tief beeindruckt von Susan Boones Händedruck, der ganz und gar nichts Elfenhaftes an sich hatte. Die Frau wäre mit Manet locker klargekommen.

»Hi, Sam«, sagte Susan Boone. Sie ließ meine Hand los. »Und Sie müssen Mrs Madison sein«, wandte sie sich an Theresa. »Guten Tag.«

Theresa, die inzwischen wieder zu Atem gekommen war, stand auf, schüttelte den Kopf und erklärte, sie sei Mrs Madisons Haushälterin Theresa und würde mich um halb sechs wieder abholen.

Als Theresa weg war, fasste Susan Boone mich an beiden Schultern und führte mich zu einer der farbbekleckstsen Bänke, die keine Rückenlehne hatten, stattdessen aber an einem Ende ein hochkant stehendes Brett, an dem ein großer Zeichenblock lehnte.

»Alle mal herhören«, rief Susan Boone und drückte mich gleichzeitig auf die Bank hinunter. »Das hier ist Sam. Sam, das sind...«

Und dann – plopp, plopp – wie winzige Wichtel, die hinter riesigen Fliegenpilzen hervorspringen, reckten die anderen Kursteilnehmer die Köpfe hinter den großen Zeichenblöcken hervor, um einen Blick auf mich zu werfen.

»Lynn, Gertie, John, Jeffrey und David«, stellte Susan Boone sie mir vor und zeigte dabei mit dem Finger auf jeden.

So schnell die Köpfe erschienen waren, so schnell verschwanden sie auch, und man hörte wieder nur das Kratzen der Stifte auf dem Papier. Sie würdigten mich kaum eines Blickes: Lynn, eine magere Frau um die dreißig, John, der wie Gertie vielleicht Mitte vierzig war und ein Hörgerät im Ohr stecken hatte, Jeffrey, ein junger Schwarzer, und David, der ein T-Shirt von Safe Ferris trug.

Safe Ferris ist eine meiner Lieblingsbands. Im ersten Moment freute ich mich und dachte, ich hätte wenigstens einen, mit dem ich reden könnte. Dann sah ich mir David genauer an und wusste, die Chance, dass er mit mir reden würde, war gleich null. Irgendwie kam mir sein Gesicht vage bekannt vor, also war er wahrscheinlich auch an der Adams Highschool. Und seit ich vorgeschlagen habe, von dem Erlös der Aktion, bei der alle Schüler in ihrer Nachbarschaft Geschenkpapier verkauft haben, Materialien für den Kunstunterricht anzuschaffen, bin ich die meistgehasste Schülerin unserer Schule.

Die Gruppe um Lucy und Kris Parks wollte das Geld lieber für einen Schulausflug in den Great Adventure Park in Six Flags verwenden.

Ratet mal, wessen Vorschlag angenommen wurde?

Dass ich seit neuestem in Schwarz gehe, um der Trauer um meine Generation Ausdruck zu verleihen, trägt auch nicht gerade zu meiner Beliebtheit bei.

David war wahrscheinlich ungefähr in Lucys Alter. Er war groß (jedenfalls soweit ich das beurteilen konnte, weil er ja saß), hatte dunkle Wuschellocken, sehr grüne Augen und große Hände und Füße. Er sah irgendwie süß aus (natürlich längst nicht so süß wie Jack), also gehörte er wahrscheinlich zur Footballerclique. Alle süßen Jungs an unserer Schule hängen mit den Footballern ab. Bis auf Jack natürlich.

Deshalb war ich ja auch so geschockt, als ich mich hinsetzte und David mir zuzwinkerte und sagte: »Hey, hey. Coole Boots.« Ich dachte erst, er wolle mich verarschen – wie die meisten Jungs an unserer Schule, die mit den Footballern abhängen –, aber als ich an ihm runterschaute, sah ich, dass er selbst auch Doc Martens anhatte.

Nur dass David mit seinen Stiefeln kein ironisches Statement abgab, wie ich mit meinen, die ich irgendwann mal in der siebten Stunde mit kleinen Gänseblümchen bemalt habe (mit Tipp-Ex und gelbem Leuchtstift).

Während ich noch schwer damit beschäftigt war, rot anzulaufen, weil mich dieser süße Junge angesprochen hatte, sagte Susan Boone: »Wir zeichnen heute ein Stillleben«, und drückte mir einen Bleistift in die Hand. Einen schön weichen. Sie zeigte auf den Haufen von Früchten, die auf einem niedrigen Tisch in der Mitte des Raumes lagen. »Zeichne einfach, was du siehst.«

Dann ging sie weg.

Tja, so viel zu meiner Befürchtung, sie würde versuchen, mir meinen ureigenen, persönlichen Stil auszutreiben. Wie gut, dass ich mich in diesem Punkt getäuscht hatte. Ich versuchte, den süßen David und seine Stiefelbemerkung zu vergessen (er hatte bestimmt bloß nett sein wollen, weil ich ja »die Neue« war), guckte auf das Obst, das auf einem zerkrumpelten Stück weißer Seide lag, und begann zu zeichnen.

So schlimm war es eigentlich nicht. Ich fand es gemütlich in Susan Boones Atelier. Diese Susan Boone mit ihren Elfenköniginnen-Haaren und dem Elfenlächeln war ziemlich interessant, ein süßer Junge hatte meine Boots cool gefunden und die leise klassische Musik im Hintergrund gefiel mir. Ich höre ja normalerweise nie klassische Musik, außer wenn sie zum Soundtrack von Filmen gehört. Und der Terpentingeruch war sehr belebend, er erinnerte mich an heißen Apfelwein an einem kalten Herbsttag.

Vielleicht, dachte ich, während ich vor mich hin zeichnete, ist der Kurs gar nicht mal so übel. Vielleicht macht er mir sogar Spaß. Ich meine, es gibt schlimmere Arten, vier Stunden pro Woche zu verplempern.

Birnen. Weintrauben. Ein Apfel. Ein Granatapfel. Ich zeichnete vor mich hin, ohne großartig darüber nachzudenken. Stattdessen dachte ich darüber nach, was Theresa uns heute Abend wohl kochen würde und warum ich statt Deutsch nicht Spanisch genommen hatte. In Spanisch könnte ich mir gleich von zwei Muttersprachlerinnen bei den Hausaufgaben helfen lassen – von Theresa und Catherine. Deutsch spricht niemand, den ich kenne. Wie war ich überhaupt auf die hirnverbrannte Idee gekommen, so eine saudumme Sprache zu lernen? Ich wusste es – weil Lucy auch Deutsch genommen hatte und es einfach fand. Einfach! Vielleicht für Lucy. Aber was fiel ihr denn nicht in den Schoß? Sie hatte alles: tizianrotes Haar, einen supercoolen Freund, das Eckzimmer mit dem großen Wandschrank…

Ich war so damit beschäftigt, zu zeichnen und mir Gedanken darüber zu machen, wie gut es Lucy im Vergleich zu mir hatte, dass ich gar nicht merkte, dass Joe von seinem Käfig gehopst war, um mich näher zu betrachten. Ich merkte es erst, als er mir Haare ausriss.

Ganz im Ernst. Die kriminelle Krähe hatte es auf meine *Haare* abgesehen.

Ich schrie auf, Joe ergriff flatternd die Flucht und überall flogen schwarze Federn herum.

»Joseph!«, brüllte Susan Boone, als sie sah, was passiert war. »Lässt du wohl sofort Sams Haare los!«

Gehorsam klappte Joe den Schnabel auf. Drei oder vier kupferrote Haare schwebten zu Boden.

Er sah mich mit schräg gelegtem Kopf an. »Braver Vogel«, krakeelte er. »Braver Vogel.«

»Oje, Sam.« Susan Boone bückte sich nach meinen Haaren. »Das tut mir wirklich Leid. Joe liebt nun mal alles, was glänzt und schimmert.« Sie kam zu mir und gab mir die Haare zurück, als könnte ich sie mir wieder ankleben.

»Sonst ist er nicht so frech«, sagte Gertie, die wohl Angst hatte, ich könnte einen falschen Eindruck von Susans Krähe bekommen.

»Frecher Vogel«, krächzte Joe. »Frecher Vogel.«

Ich saß da, guckte auf die Haare auf meiner ausgestreckten Handfläche und dachte, dass Susan Boone gut beraten wäre, fünf Hunderter in einen Tierpsychologen zu investieren. Bei ihrem Vogel gab es anscheinend einiges zu therapieren. Joe hockte wieder auf seinem Käfig und fixierte mich mit seinen schwarzen, glänzenden Äuglein. Na ja, weniger mich als meine Haare. Ihm war anzusehen, dass er sich gern noch ein paar davon gekrallt hätte. Obwohl – haben Vögel überhaupt so was wie Gefühle? Hunde schon, das weiß ich genau.

Aber Hunde sind ja auch klug. Vögel sind ein bisschen blöd.

Wobei sie, wie mir kurz darauf aufging, nicht so blöd sind wie gewisse Menschen. Wie eine ganz bestimmte Person, meine ich. Im Radio liefen gerade die Nachrichten, also muss es ungefähr

Viertel nach fünf gewesen sein, als Susan Boone rief: »Okay, Leute. Zeit fürs Fensterbrett.«

Alle außer mir sprangen sofort auf und stellten ihre Blöcke nebeneinander aufs Fensterbrett, sodass man die Zeichnungen sehen konnte. Drei der Wände wurden von meterhohen, fabrikloftartigen Fenstern gesäumt. Die Fensterbänke waren breit genug, um darauf zu sitzen. Ich lehnte meinen Block auch schnell ans Fenster, und dann traten wir alle ein paar Schritte zurück und guckten, was die anderen gemacht hatten.

Mein Bild war eindeutig das beste. Es war mir richtig peinlich. Ich meine, da komme ich zum allerersten Mal in den Kurs und bin gleich so viel besser als alle anderen, sogar als die Erwachsenen. John tat mir am meisten Leid, weil er nur Gekrakel fabriziert hatte. Gerties Zeichnung war eckig und schmierig, Lynns sah aus wie von einem Kindergartenkind, und was Jeffrey gezeichnet hatte, hätte alles Mögliche sein können.

UFOs vielleicht, aber keine Früchte.

Davids Stillleben war sogar ganz gut, aber er war nicht fertig geworden. Ich dagegen hatte SÄMTLICHE Früchte und – aus Gründen des optischen Gleichgewichts – sogar noch eine Ananas und ein paar Bananen zusätzlich gezeichnet.

Ich konnte bloß hoffen, dass Susan Boone die anderen nicht zu sehr spüren lassen würde, wie viel besser meine Zeichnung im Vergleich zu ihren war. Sie sollten meinetwegen keine Minderwertigkeitskomplexe kriegen.

»Dann wollen wir mal«, sagte Susan Boone. Sie stellte sich vor die Bilder hin und gab zu jedem einen Kommentar ab.

Ich muss zugeben, dass sie das ziemlich diplomatisch machte. Doch echt, sie war so taktvoll, dass ich dachte, Dad könnte sie gut bei sich in der Abteilung gebrauchen (Banker sind wie Rebecca, sie können ziemlich gut mit Zahlen, aber nicht mit Menschen umgehen).

Bei Lynn bewunderte Susan ihren schmissigen Strich und bei Gertie, wie schön sie die Früchte auf dem Blatt positioniert hatte. Als sie feststellte, was für tolle Fortschritte John gemacht habe, stimmten ihr alle zu, und ich fragte mich, wie unglaublich schlecht er wohl gewesen ist, als er angefangen hat. Bei David lobte sie das »effektvolle Nebeneinander« und bei Jeffrey die »präzise Beobachtungsgabe«.

Als zuletzt ich drankam, hätte ich mich am liebsten aus dem Raum geschlichen. Weil mein Bild so absolut offensichtlich das beste von allen war. Das soll echt nicht angeberisch klingen, aber meine Bilder sind *immer* die besten. Zeichnen ist das Einzige, was ich wirklich kann. Wie gesagt – ich hoffte, Susan würde es den anderen nicht zu sehr reindrücken. Wahrscheinlich fühlten sie sich auch so schon mies genug.

Wie sich herausstellte, hätte ich mir keine Sorgen um die Gefühle der anderen machen müssen, wenn Susan Boone mein Loblied sang. Sie verlor nämlich nicht einen einzigen positiven Satz über meine Zeichnung. Sie sah sie sich genau an und ging dann ein Stück näher, um sie noch eingehender zu betrachten. Zuletzt trat sie einen Schritt zurück. »Wie ich sehe, hast du gezeichnet, was du wusstest, Sam.«

Ich fand diesen Kommentar etwas eigenartig. Aber bis dahin war alles ein bisschen eigenartig gewesen. Schön (bis auf das mit den ausgerissenen Haaren, was nicht ganz so schön gewesen war), aber eben auch eigenartig.

»Öh«, stammelte ich. »Ja, schon.«

»Ich habe aber nicht gesagt, dass du zeichnen sollst, was du weißt«, sagte Susan Boone, »sondern, was du siehst.«

Ich guckte von meiner Zeichnung zum Obst auf dem Tisch und wieder zurück und war ziemlich ratlos.

»Hab ich doch«, sagte ich. »Ich hab gezeichnet, was ich sehe. Äh, gesehen hab, meine ich.«

»Ach so?« Susan Boone lächelte ihr feines Elfenlächeln. »Dann siehst du also eine Ananas auf dem Tisch?«

Ich musste nicht zum Tisch schauen. Ich wusste genau, dass da keine Ananas lag. »Na ja«, sagte ich. »Das nicht, aber…«

»Nein. Da liegt keine Ananas. Und diese Birne hier«, sie zeigte auf eine meiner Birnen. »Die liegt da auch nicht.«

»Das stimmt nicht.« Ich war zwar verwirrt, aber das war ja wohl glatt gelogen. »Klar, liegt die da. Auf dem Tisch liegen vier Birnen.«

»Stimmt.« Susan Boone nickte. »Da liegen vier Birnen. Aber keine von denen ist *diese* Birne. Diese Birne existiert nur in deiner Fantasie. Sie verkörpert all das, was du über Birnen weißt. Es ist eine vollkommene Birne, aber keine von den Birnen, die du tatsächlich gesehen hast.«

Also ehrlich, ich hatte nicht den blassesten Schimmer, wovon sie da redete, aber Gertie, Lynn, John, Jeffrey und David wussten es anscheinend ganz genau. Sie standen alle um mich rum und nickten blöd.

»Guck mal hier, Sam.« Susan Boone nahm meinen Block und kam zu mir herüber. Sie zeigte auf die Weintrauben. »Du hast da ganz wunderschöne Trauben gezeichnet, aber es sind bestimmt nicht die Trauben, die da auf dem Tisch liegen. Die Trauben auf dem Tisch sind nicht so perfekt oval geformt und gleich groß sind sie auch nicht alle. Was du hier gezeichnet hast, ist deine Idealvorstellung von Trauben, nicht die Trauben, die vor uns liegen.«

Ich starrte verdattert auf meine Zeichnung hinunter. Ich kapierte es nicht. Echt nicht. Ich meine, klar, irgendwie verstand ich schon, was sie sagen wollte, aber nicht, wieso sie so einen Aufstand probte. Meine Trauben sahen doch viel besser aus als die von den anderen. War das etwa keine gute Sache?

Am schrecklichsten fand ich, dass ich spürte, wie alle mich mitleidig ansahen und wie ich rot anlief. Das ist das Schlimme, wenn man rote Haare hat. Ungefähr siebenundneunzig Prozent des Tages läuft man mit knallroter Birne rum. Und dagegen kann man absolut nichts tun.

»Zeichne, was du *siehst*«, sagte Susan Boone und klang dabei gar nicht mal unnett. »Nicht, was du weißt.«

In diesem Moment kam Theresa, vom Treppensteigen noch ganz außer Atem, ins Atelier gestürzt, und Joe krächzte sofort wieder los: »Hallo, Joe! Hallo, Joe!«

Okay, Zeit zu gehen. Vor lauter Erleichterung wurden meine Knie ganz weich.

»Bis Donnerstag dann!«, rief mir Susan Boone fröhlich zu, als ich in meine Jacke schlüpfte.

Ich lächelte. Was ich aber dachte, war: nur über meine Leiche!

Natürlich konnte ich da noch nicht wissen, wie prophetisch das war. Auf gewisse Weise zumindest.

4

Als ich es Jack erzählte – das mit Susan Boone, meine ich –, lachte er bloß.

Lachte! Als wäre es witzig!

Erst war ich ja ein bisschen beleidigt, aber dann sah ich ein, dass es wahrscheinlich wirklich witzig war. Irgendwie.

»Sam.« Jack schüttelte so heftig den Kopf, dass das silberne Ankh-Kreuz an seinem Ohrring funkelte. »Das Establishment darf auf keinen Fall gewinnen. Du musst dem System eins in die Fresse schlagen.«

Das konnte er leicht sagen. Jack ist ja auch 1,95 m groß und wiegt über neunzig Kilo. Coach Donnelly, der unsere Schul-Footballmannschaft trainiert, hat sich deswegen auch volle Kanne an ihn rangeschmissen, als sein bester Linebacker nach Dubai gezogen ist.

Aber Jack hat sich nicht von Donnelly für dessen Vorhaben einspannen lassen, die Vorherrschaft über die regionale Schulliga zu erringen. Jack hält grundsätzlich nichts von organisiertem Sport. Allerdings nicht wie ich, weil der Staat so viel Geld für den Schulsport gibt, dass für den Kunstunterricht kaum mehr was übrig bleibt, sondern weil er davon überzeugt ist, dass Sport – genau wie staatliche Lotterien – vor allem dazu missbraucht wird, das Proletariat in der trügerischen Hoffnung zu wiegen, es hätte eine reelle Chance, seinem Schicksal als Budweiser saufender, im Geländewagen rumbretternder Proll zu entrinnen.

Einer wie Jack kann dem System natürlich locker eins in die Fresse schlagen.

Ich dagegen bin gerade mal 1,58 groß, wobei ich nicht weiß, was ich wiege, weil Mom unsere Waage ausrangiert hat, nachdem sie einen Bericht darüber gesehen hat, dass immer mehr Mädchen magersüchtig werden. Ich schaffe es noch nicht mal, in Sport am Seil hochzuklettern, weil ich die schwächliche Oberkörpermuskulatur meines Vaters geerbt habe.

Als ich Jack das sagte, lachte er sogar noch mehr, was ich dann doch ein bisschen unhöflich fand. Für jemanden, der immerhin mein Seelenverwandter ist, meine ich. Selbst wenn er es vielleicht noch nicht weiß.

»Mensch, Sam«, sagte er. »Ich sage doch nicht, dass du das System körperlich bekämpfen sollst. Natürlich muss man da subtiler vorgehen.«

Er saß am Küchentisch und futterte sich durch die Schachtel Schoko-Donuts, die Theresa uns als Snack hingestellt hatte. Normalerweise kriegen wir keine Donuts. Mom möchte, dass wir zwischendurch nur Äpfel, Haferkekse, Milch und solche Sachen essen. Aber im Gegensatz zu meinen Eltern sind Theresa Jacks Noten oder die politischen Meinungsäußerungen, die er per Luftgewehr abgibt, schnuppe. Wenn er kommt, während sie da ist, artet das jedes Mal in ein Fest aus. Manchmal backt sie Kuchen und einmal hat sie uns sogar eigenhändig weiche Karamellbonbons gemacht. Dass ausgerechnet Lucy den wahrscheinlich einzigen Mann an Land gezogen hat, der Theresa dazu bringt, weiche Karamellbonbons zu machen, beweist, dass es auf dieser Welt keine Gerechtigkeit gibt.

»Diese Susan Boone erstickt meine Kreativität«, sagte ich empört. »Sie will so eine Art Kunst-Klon aus mir machen …«

»Na klar will sie das.« Jack grinste über meine Naivität und biss in den nächsten Donut. »So sind sie doch alle, die Lehrer. Kaum wirst du ein bisschen kreativ und zeichnest ihnen eine Ananas hin, die nicht da ist – WUMM! –, kracht der Hammer auf dich herab. Herausstehende Nägel müssen eingeschlagen werden.«

Wenn sich Jack über irgendwas aufregt, redet er immer beim Essen. Wie jetzt. Donutbröckchen flogen durch die Luft und landeten auf der Cosmopolitan, die Lucy gerade las. Sie ließ das Heft sinken, betrachtete angewidert die auf der Rückseite klebenden Krümel und sah Jack an. »Danke, deinen feuchten Dreck kannst du für dich behalten.«

Dann vertiefte sie sich wieder in ihren Artikel über den Mega-Orgasmus.

Und genau das meine ich, wenn ich sage, dass sie Jacks Genie gar nicht wahrnimmt.

Ich biss von meinem eigenen Donut ab. Der Küchentisch, an dem wir eigentlich bloß zum Frühstück und zu kleineren Zwischenmahlzeiten sitzen, steht in so einer Art Wintergarten, der an die Küche angrenzt. Unser Haus ist im viktorianischen Stil gebaut und echt alt – über hundert Jahre, wie die meisten Häuser hier in Cleveland Park. Viele haben auf den Dächern Witwenstege (das sind so begehbare Kanzeln auf dem Dach, früher haben die Kapitänsfrauen von dort nach ihren Männern auf See Ausschau gehalten), farbig bemalte Fenster und ziemlich bunte Fassaden. Unser Haus ist zum Beispiel türkis, gelb und weiß.

Der Wintergarten wurde aber erst letztes Jahr angebaut. Drei Wände und das Dach bestehen aus Glas und sogar der Esstisch hat eine dicke Glasplatte. Egal wohin ich schaute, überall spiegelte ich mich, weil es draußen allmählich dunkel wurde. Und was ich sah, gefiel mir nicht besonders:

Ein mittelgroßes, viel zu bleiches, sommersprossiges, schwarz gekleidetes Mädchen mit senkrecht aus dem Kopf wachsenden krausen roten Haaren.

Was sich rechts und links von mir spiegelte, gefiel mir noch viel weniger:

ein hübsches Mädchen ohne eine einzige Sommersprosse in lilaweißem Cheerleader-Outfit mit von einer Haarspange gebändigtem rotem Haar, das ihr in weichen Locken auf die Schultern fiel,

und:

ein umwerfend gut aussehender, breitschultriger Adonis mit durchdringenden blauen Augen und langen braunen Haaren in einer zerrissenen Jeans und einem Armeemantel, der Donuts in sich reinstopfte, als gäbe es kein Morgen.

Und dazwischen ich. In der Mitte. Wie immer.

Ich hab mal einen Dokumentarfilm über Geschwisterkonstellationen gesehen, und ratet mal, was da festgestellt wurde?

Erstgeborene (bzw. Lucy): tyrannisch. Bekommt immer, was sie will. Wird von allen Geschwistern später mal am ehesten in der Führungsetage eines globalen Konzerns sitzen, Diktatorin eines kleinen Landes, Supermodel o. Ä. werden.

Letztgeborene (bzw. Rebecca): das Nesthäkchen. Bekommt immer, was sie will. Wird von allen Geschwistern später mal am ehesten ein Heilmittel gegen Krebs entdecken, ihre eigene Talkshow moderieren, ein soeben gelandetes außerirdisches Raumschiff betreten und die Besatzung mit einem flotten »Hey, willkommen auf der Erde!« begrüßen o. Ä.

Mittlere Schwester (bzw. ich): wird leicht übersehen. Bekommt nie, was sie will. Wird von allen Geschwistern später mal am ehesten als jugendliche Ausreißerin enden und wochenlang von weggeworfenen Big Macs leben, die sie aus den Mülltonnen im Hof des örtlichen McDonald's klaubt, bevor ihr Verschwinden überhaupt von jemandem bemerkt wird.

Tja, ich sage nur: Mein Schicksal.

Wobei ich ja Linkshänderin bin, was ein Hinweis darauf sein könnte, dass ich vielleicht eigentlich ein Zwilling wäre. Das habe ich jedenfalls mal in einer Zeitschrift im Wartezimmer von unserem Zahnarzt gelesen. Es gibt nämlich diese Theorie, dass die meisten Linkshänder ursprünglich mal Teil eines Zwillingspaares waren. Jede zehnte Schwangerschaft beginnt als Zwillingsschwangerschaft – jeder zehnte Mensch ist Linkshänder.

Dazu muss man ja wohl nicht mehr viel sagen, oder?

Eine Zeit lang dachte ich, Mom hätte mir nur deswegen nichts von meinem toten Zwilling erzählt, weil sie mich nicht damit belasten wollte. Aber dann habe ich im Internet gelesen, dass bei siebzig Prozent aller Schwangerschaften, die als Zwillingsschwangerschaften beginnen, eines der Babys verschwindet. Einfach so. *Puff*, und weg. Medizinisch spricht man vom »intrauterinen Absterben eines Zwillings«. Die Mütter merken meist gar nichts von dem zweiten Baby, weil es in einem so frühen Stadium der Schwangerschaft abstirbt.

Nicht dass das irgendwas ändern würde. Wenn mein Zwilling überlebt hätte, wäre ich trotzdem das mittlere Kind. Aber zumindest hätte ich dann jemanden, der die Bürde der mittleren Geburt mit mir teilt. Und mir möglicherweise noch rechtzeitig ausgeredet hätte, Deutsch lernen zu wollen.

»Tja, und jetzt?« Ich riss meinen Blick von den spiegelnden

Scheiben los und starrte stattdessen niedergeschlagen auf das Tischset zwischen meinen Ellenbogen. »Was soll ich denn machen? Meine Kunstlehrer in der Schule haben mir nie gesagt, dass ich nichts dazuzeichnen darf. Bei denen darf ich immer zeichnen, was ich will.«

Jack schnaubte. »Pff, die Schule!«

Jack liegt im erbitterten Dauerclinch mit unserer Schulleitung, seit einige seiner Bilder im Rahmen eines Malwettbewerbs in einem Einkaufszentrum ausgestellt worden sind. Unser Direktor Mr Esposito hatte etwas dagegen, dass Jack die Bilder offiziell als Schüler der Adams Highschool einreichte (und das, obwohl er sie nie gesehen hatte), weil er fand, sie würden einen falschen Eindruck von unserer Schule vermitteln. Die Bilder zeigen Jugendliche in Baseballcaps, die auf dem Parkplatz vor einem Supermarkt abhängen. Jack hat sie »Studien in cooler Haltung: 1–3« genannt. Ein empörter Elternvertreter hat sie bei einer Schulkonferenz vor kurzem als »Studien in schlechter Körperhaltung« bezeichnet.

Wenn sich Jack darüber aufregt, erinnere ich ihn immer daran, dass die Impressionisten von ihren Zeitgenossen auch nicht verstanden wurden.

Jedenfalls haben Jack und die Leitung der John Adams Highschool nicht viel füreinander übrig. Ehrlich gesagt glaube ich sogar, dass Jack mit ziemlicher Sicherheit schon lange geflogen wäre, wenn seine Eltern, die früher auch auf unserer Schule waren, den Förderverein nicht mit großzügigen Spenden unterstützen würden.

»Du musst dich irgendwie gegen diese Susan Boone wehren«, sagte Jack. »Und zwar bevor sie dir den letzten kreativen Funken ausgetrieben hat. Zeichne aus deinem Innersten heraus, Sam. Alles andere ist hohles Gelaber.«

»Ich dachte immer«, mischte sich Lucy gelangweilt ein, während sie zum nächsten Artikel weiterblätterte, »man soll zeichnen, was man weiß.«

»Man soll über das *schreiben*, was man weiß«, Rebecca, die mir gegenübersaß, guckte kurz von ihrem Laptop auf, »und zeichnen, was man *sieht*. Das weiß doch jeder.«

Jack sah mich triumphierend an. »Merkst du was? Die manipulieren einen so heimtückisch, dass ihre Sprüche sogar in das Unterbewusstsein einer kleinen Elfjährigen eingesickert sind.«

Rebecca warf ihm einen angenervten Blick zu. Rebecca stand in Sachen Jack schon immer aufseiten meiner Eltern.

»Hey«, knurrte sie. »Ich bin nicht *klein*.«

Jack beachtete sie gar nicht. »Wo wären wir denn, wenn Picasso nur gemalt hätte, was er gesehen hat?«, fragte er mich. »Oder Pollock? Oder Miró?« Er schüttelte den Kopf. »Nein, echt, Sam. Du musst dir selbst treu bleiben. Zeichne aus dem Innersten heraus. Wenn dein Inneres dir sagt, du sollst eine Ananas zeichnen, dann zeichne die verdammte Ananas. Lass dir vom Establishment bloß keine Vorschriften machen. Lass dir nicht von anderen diktieren, wie – oder was – du zeichnest.«

Ich weiß nicht, wie er das macht, aber irgendwie sagt Jack immer das Richtige. Immer.

»Und jetzt? Willst du überhaupt noch mal hin?«, fragte Catherine mich abends, als sie anrief, um die Bio-Hausaufgabe mit mir zu besprechen. Wir hatten uns dazu im Fernsehen einen Dokumentarfilm über Menschen mit gestörter Körperwahrnehmung anschauen müssen. Das sind solche wie Michael Jackson, die sich einbilden, total entstellt zu sein, obwohl sie in Wirklichkeit ganz normal aussehen. Zum Beispiel wurde ein Mann gezeigt, der seine Nase so abstoßend fand, dass er sie sich mit einem Messer aufschlitzte, den Nasenknorpel rausschabte und einen Hühnerknochen reinschob.

Was wieder mal beweist: Selbst wenn man denkt, es geht einem total schlecht, könnte alles immer noch viel schlimmer sein.

»Keine Ahnung«, antwortete ich auf Catherines Frage. Über das mit dem Hühnerknochen hatten wir vorher schon ausgiebig gesprochen. »Am liebsten nicht. Die in dem Kurs sind alle total daneben.«

»Verstehe«, sagte Catherine. »Aber hast du nicht gesagt, dass auch ein ziemlich süßer Typ dabei ist?«

Ich dachte an David mit seinem Safe-Ferris-T-Shirt und den großen Händen und Füßen, dem meine Stiefel gefallen hatten und dessen Gesicht mir irgendwie bekannt vorgekommen war.

Und der miterlebt hatte, wie ich von Susan Boone in der Luft zerrissen und ameisenmäßig unter dem Absatz zertreten worden war.

»Stimmt, er ist süß«, sagte ich. »Aber nicht so süß wie Jack.«

»Wer ist das schon?«, seufzte Catherine. »Außer vielleicht noch Heath.«

Wie wahr. Wie wahr.

»Würde deine Mutter dir denn erlauben, den Kurs jetzt zu schmeißen?«, fragte Catherine. »Ich meine, das Ganze sollte doch eigentlich so eine Art Bestrafung für deine Drei minus in Deutsch sein, oder? Vielleicht will sie ja gar nicht, dass es dir Spaß macht.«

»Es soll wahrscheinlich eine lehrreiche Erfahrung für mich werden«, sagte ich. »Wie bei Debbie Kinley, weißt du noch? Als sie auf der Party von Rodd Muckinfuss den ganzen Wodka ausgetrunken hat, haben ihre Eltern sie doch in dieses komische erlebnispädagogische Camp geschickt, wo sie so persönliche Herausforderungen bestehen musste. Ich glaube, der Zeichenkurs soll dasselbe in Grün für mich sein.«

»Dann lassen sie dich nie aussteigen«, sagte Catherine. »Und was willst du jetzt machen?«

»Mir fällt schon noch was ein.«

Und um ehrlich zu sein, ist mir sogar schon etwas eingefallen.

Die zehn stichhaltigsten Gründe, warum ich als Freundin für Jack geeigneter bin als meine Schwester Lucy:

10. Meine Liebe zur und mein Verständnis für die Kunst. Lucy hat von Kunst keine Ahnung. Kunst ist für sie das, was wir damals im Sommer-Pfadfinderlager aus Pfeifenreinigern gebastelt haben.

9. Da ich eine Künstlerseele habe, kann ich Jack verstehen und mit seinen Stimmungsschwankungen umgehen. Lucy fragt ihn immer nur, ob er sich mal wieder einkriegen kann.

8. Im Gegensatz zu Lucy würde ich von Jack nie verlangen, mit mir im Kino die gequirlte Scheiße zu gucken, die gerade beim jugendlichen Massenpublikum angesagt ist. Wer so empfindsam ist wie Jack, braucht anregende geistige Nahrung, also anspruchsvolle Filme, die nur in Programmkinos laufen, oder auch mal ausländische Filme mit Untertiteln.

   Und damit meine ich keine Jackie-Chan-Filme.

7. Und dann erst die beknackten Bücher, die Lucy ihm immer aufdrängt. »Männer sind vom Mars, Frauen von der Venus« – das ist doch nichts für Jack. Ein brillanter Kopf wie er sollte keine dämlichen Selbsthilferatgeber lesen, sondern so was

wie D. H. Lawrence' »Das Mädchen und der Zigeuner«. Okay, das hab ich selbst noch nicht gelesen, aber es klingt, als wäre es das Richtige für Menschen wie Jack und mich. Wir könnten uns im Park auf eine Decke setzen und es uns gegenseitig vorlesen. In Filmen machen Künstler so was ständig. Wenn ich mit dem zweiten Durchgang von »Fight Club« fertig bin, versuche ich es mal mit »Das M. und der Z.«, um herauszufinden, ob es so tiefgründig ist, wie es sich anhört.

6. Ich würde Jack zum Geburtstag nie pseudowitzige Boxershorts mit Tweetys drauf schenken, wie Lucy letztes Jahr, sondern mir etwas sehr Persönliches und Romantisches ausdenken. Vielleicht kostbare Marderhaarpinsel, eine ledergebundene Ausgabe von »Romeo und Julia« oder Gwen-Stefani-Schweißbänder.

5. Wenn ich mit Jack verabredet wäre, und er würde zu spät kommen, würde ich ihn niemals so anschreien wie Lucy. Ich weiß nämlich, dass man einen Künstler nicht mit so spießigen Konzepten wie Pünktlichkeit einengen darf.

4. Ich würde Jack nie zwingen, mich auf Shoppingtouren zu begleiten (also, wenn ich Shoppingtouren machen würde, was ich ja nicht tue). Jack und ich würden stattdessen ins Museum gehen, aber nicht ins Luft- und Raumfahrtmuseum, wo jeder Depp hingeht, oder ins Smithsonian Museum, wo die roten Schuhe ausgestellt sind, die Dorothy im »Zauberer von Oz« anhatte, sondern in echte Kunstmuseen mit echter Kunst, wie das Hirschhorn Museum. Vielleicht würden wir sogar unsere Skizzenblöcke mitnehmen und uns auf eine Bank setzen und unsere Lieblingsbilder kopieren, und die Leute würden sich angucken, was wir zeichnen, und uns die Bilder abkaufen

wollen, aber wir würden ablehnen und ihnen erklären, dass wir sie für immer behalten möchten, und zwar als Symbol unserer großen Liebe.

3. Wenn Jack und ich jemals heiraten sollten, würde ich nicht wie Lucy auf einer protzigen kirchlichen Trauung mit anschließendem Sektempfang bestehen. Jack und ich würden uns barfuß auf einer abgelegenen Lichtung tief im Wald am legendären »Walden Pond« trauen lassen, wo schon viele künstlerische Seelen Trost gefunden haben.

   Und unsere Flitterwochen würden wir nicht in irgendeinem Luxus-Ferienclub in Jamaika oder sonstwo verbringen, sondern in einer Mansarde unter den Dächern von Paris.

2. Wenn Jack bei mir zu Besuch wäre, würde ich garantiert nicht in irgendeiner Zeitschrift lesen, während er am Küchentisch sitzt und Donuts isst. Ich würde angeregt und freundschaftlich mit ihm über intellektuelle Themen wie Kunst und Literatur diskutieren.

Aber das absolut schlagende Argument, warum ich für Jack die geeignetere Freundin bin als Lucy, ist:

1. Ich würde ihm genau die liebevolle Unterstützung geben, die er so dringend braucht, weil ich weiß, wie schwer man am eigenen Genie zu tragen hat.

5

Zum Glück regnete es, als mich Theresa am Donnerstag zu Susan Boones Atelier fuhr. Die Wahrscheinlichkeit, dass sie extra einen Parkplatz suchen, den Rücksitz nach einem Regenschirm durchstöbern, aus dem Wagen steigen und mich bis zur Tür begleiten würde, lag damit bei exakt null Komma null.

Stattdessen blieb sie mitten auf der Connecticut Avenue stehen, worauf die Wagen hinter uns prompt ein Hupkonzert anstimmten, und sagte streng: »Wenn du nicht Punkt halb sechs hier unten stehst, dann spüre ich dich auf, hörst du? Ich spüre dich auf und bring dich zur Strecke wie ein Tier.«

»Ja, ja.« Ich löste den Sicherheitsgurt.

»Das ist mein blutiger Ernst, Miss Samantha«, warnte Theresa. »Halb sechs und keine Sekunde später. Sonst parke ich in zweiter Reihe, und wenn wir dann abgeschleppt werden, zahlst du die Gebühren.«

»Alles klar.« Ich stieg aus dem Wagen in den strömenden Regen. »Bis nachher.«

Ich rannte zur Eingangstür und huschte ins Haus.

Nur stieg ich nicht die steile Treppe hinauf. Natürlich nicht. Schließlich musste ich ja das System bekämpfen.

Außerdem war es ja nicht so, als hätte ich mich da oben am Dienstag nicht komplett zur Lachnummer gemacht. Konnte ich da fröhlich angetanzt kommen, als wäre überhaupt gar nichts gewesen?

Die Antwort darauf lautet natürlich: Nein. Das konnte ich ja wohl absolut nicht.

Also wartete ich eine Weile in dem kleinen Vorraum, ließ das Regenwasser von der Kapuze meines Goretex-Parkas tropfen und versuchte, kein schlechtes Gewissen zu haben. Mit meinem Boykott von Susan Boones Zeichenkurs bewies ich moralisches Rückgrat und zeigte mich mit den Kunstrebellen dieser Welt solidarisch.

Allerdings zahlten meine Eltern eine Menge Schotter für den Kurs. Ich hatte Dad motzen hören, die monatlichen Kursgebühren seien fast so horrend wie die Rechnung von Manets Tiertherapeuten. Offenbar war diese Susan Boone so eine Art Berühmtheit. Wofür genau sie berühmt war, wusste ich nicht, aber anscheinend kassierte sie ganz schön ab.

Dass ich das System bekämpfte, war ehrenwert, trotzdem änderte das nichts an meinen leichten Schuldgefühlen meinen Eltern gegenüber, die ihr teuer verdientes Geld für nichts und wieder nichts zum Fenster rauswarfen.

Andererseits muss man auch bedenken, dass ich die preiswerteste aller ihrer Töchter bin. Für Lucy müssen sie monatlich ein kleines Vermögen hinlegen, weil sie ständig neue Klamotten, neue Cheerleader-Pompoms, neue Zahnspangen und neue hautklärende Pickelwässerchen braucht, um ihrem Ruf als einer der Schönen und Beliebten der John Adams Highschool gerecht zu werden.

Rebecca toppt Lucy sogar noch. Allein die Materialkosten für den Chemieunterricht an der Horizon School entsprechen etwa dem jährlichen Bruttosozialprodukt eines kleinen, unterentwickelten Landes.

Und ich? Wie viel geben Mom und Dad monatlich für mich aus?

Quasi keinen Cent (abgesehen von den Schulgebühren) –

jedenfalls bis zu dem Tag, an dem mein Geschäft mit den Starporträts aufgeflogen ist. Die erwarten von mir ja sogar, dass ich die ausgeleierten BHs meiner Schwester auftrage. Und weil ich all meine alten Klamotten schwarz gefärbt habe, besitze ich eine komplett neue Garderobe und hab dieses Jahr noch keine neuen Sachen gebraucht.

Doch wirklich. Für meine Eltern bin ich ein echtes Schnäppchen. Sie sparen an mir sogar Essenskosten, weil ich das meiste sowieso eklig finde und eigentlich nur Hamburger, die Baguettes von der Brotmadame und Nachtisch esse.

Also gab es absolut keinen Grund, mich mies zu fühlen, bloß weil ich den Zeichenkurs sausen ließ. Wirklich nicht.

Als ich so im Flur stand und das vertraute Stechen der Terpentindämpfe in der Nase spürte und von oben schwach die klassische Musik (untermalt von Joes gelegentlichem Krächzen) an mein Ohr drang, erfüllte mich plötzlich ein ganz merkwürdiges Verlangen, die Treppe hochzusteigen, an meinen Platz zu gehen, mich hinzusetzen und draufloszuzeichnen.

Doch dann erinnerte ich mich wieder an die Demütigung, die ich das letzte Mal da oben erlitten hatte. Und das auch noch vor David! Okay, er war nicht so süß wie Jack. Aber er war ein Junge! Der Safe Ferris hörte! Und meine Boots cool fand.

Nein, eines war klar. Ich würde diese Treppe auf gar keinen Fall hinaufsteigen, sondern Widerstand leisten. Gegen das System.

Also wartete ich im Hausflur und hoffte und betete, es würde keiner vom Kurs reinkommen, mich entdecken und sagen: »Oh! Hi, Sam. Was ist, kommst du nicht mit hoch?«

Als hätte einer von denen noch meinen Namen gewusst. Außer vielleicht Susan Boone.

Aber niemand kam. Nach zwei Minuten zog ich die Tür vorsichtig einen Spaltbreit auf und linste auf die regenglänzende Straße hinaus.

Theresa und ihr Kombi waren weg. Ich war in Sicherheit. Ich konnte raus.

Zuallererst machte ich einen Abstecher zu Capitol Cookies. Verständlich, oder? Der Laden sah bei all der Nässe um mich herum so schön warm und einladend aus und ich hatte genau einen Dollar achtundsechzig in der Tasche, zufälligerweise exakt der Preis für ein »Congressional Chocolate Chunk-Cookie«. Das riesige Plätzchen, das mir der Verkäufer über die Theke reichte, war sogar noch ofenwarm. Ich steckte es in die Tasche meiner schwarzen Goretex-Jacke, weil man im Static nichts essen darf, und dort wollte ich als Nächstes hin.

An diesem Nachmittag spielten sie nicht Garbage, sondern die Donnas. Kein Ska, aber absolut annehmbar. Ich steuerte direkt die Wand mit den Kopfhörern an, wo man sich die CDs vor dem Kauf anhören kann. Eine gemütliche halbe Stunde lang hörte ich mir die Less-Than-Jake-CD an, die ich sehr gern gehabt hätte, mir aber nicht leisten konnte, seit Mom meine Einnahmequelle für solche Anschaffungen zum Versiegen gebracht hat.

Beim Zuhören brach ich immer wieder verstohlen in meiner Tasche Stücke von dem Cookie ab und steckte sie mir in den Mund, während ich mir einredete, dass das schließlich kein Verbrechen war. Das System zu bekämpfen, meine ich. Außerdem – wie musste sich Catherine dann erst fühlen? Jahrelang besuchte sie die Sonntagsschule, während ihre Eltern im Gottesdienst waren. Weil Catherine und ihre Brüder jeweils etwa zwei Jahre auseinander sind, gingen sie in verschiedene Klassen, und Catherine kam erst kürzlich dahinter, dass sich Marco und Javier, sobald sie von ihrer Mom abgesetzt worden waren und sie fröhlich winkend verabschiedet hatten, klammheimlich in den Beltway Billardsalon um die Ecke verdrückten. Erst als der Unterricht einmal früher endete und sie das ganze Gebäude vergeblich nach ihren Brüdern absuchte, kapierte Catherine, was lief.

Sie hatte jahrelang brav dagesessen und sich von ihren Lehrern was von Versuchungen erzählen lassen, denen man widerstehen muss etc. pp., während ihre Brüder (wie übrigens fast alle coolen Kids aus der Sonntagsschule) die ganze Zeit über nebenan an den Spielkonsolen hockten und bei Super Mario Rekorde einsammelten.

Und was macht Catherine seitdem? Sie verabschiedet sich wie Marco und Javier fröhlich winkend von ihrer Mutter, geht dann in den Beltway Billardsalon und erledigt im flackernden Schein von Delta Force ihre Mathehausaufgaben.

Hat sie deswegen ein schlechtes Gewissen? Nein. Und wieso nicht? Sie sagt, falls der liebe Gott wirklich alle Sünden vergibt, wie man es ihr in der Sonntagsschule beigebracht hat, wird er verstehen, dass sie die zusätzliche Übungszeit dringend braucht, weil sie sonst in Mathe durchfallen und nie auf eine gute Uni kommen und Karriere machen wird.

Na bitte. Wieso sollte ich also Schuldgefühle haben, weil ich einen Zeichenkurs schwänzte? Meine Güte, was war schon ein läppischer Zeichenkurs? Catherine schwänzte *Gott*!

Falls meine Eltern jemals davon erfahren sollten (was höchst unwahrscheinlich ist), würden sie verstehen, dass es eine notwendige Maßnahme war, um meine künstlerische Glaubwürdigkeit zu bewahren. Ganz bestimmt würden sie das verstehen. Höchstwahrscheinlich jedenfalls. Möglicherweise. Falls sie einen guten Tag hatten. Falls im Trinkwasserspeicher irgendeiner Kleinstadt im Mittleren Westen nicht gerade Krebs erregende, polychlorierte Biphenyle entdeckt worden waren und die nordafrikanische Wirtschaft nicht zu sehr am Boden lag.

Wenn sich die Mitarbeiter vom Static über die schwarz gekleidete, rothaarige Fünfzehnjährige wunderten, die zwei Stunden lang in ihrem Laden abhing und sich CDs reinzog, ohne welche zu kaufen, ließen sie es sich jedenfalls nicht anmerken. Das Mädchen an der Kasse, das genau die schwarz gefärbte Stachelfrisur hatte, die ich gerne hätte, wenn ich mutig genug wäre, war zu sehr damit beschäftigt, einen Kollegen in karierten Hosen und Le-Tigre-T-Shirt anzubaggern, um sich für mich zu interessieren.

Auch die anderen Kunden beachteten mich nicht. Die meisten sahen aus wie Studenten, die sich die Zeit zwischen den Vorlesungen im Laden vertrieben, manche waren vielleicht auch erst in der Highschool. Dann war noch so ein älterer Typ um die dreißig in Armyklamotten mit umgehängtem Matchsack da. Eine Zeit lang stand er neben mir und hörte über Kopfhörer Billy Joel. Ich fand es komisch, dass die in einem Laden wie dem Static überhaupt so altes Zeug wie Billy Joel verkauften. Der Typ hörte sich ganz oft hintereinander »Uptown Girl« an. Mein Dad ist ja auch der volle Billy-Joel-Fan – beim Autofahren hört er quasi nichts anderes, was mich jedes Mal so ziemlich an den Rand eines Nervenzusammenbruchs treibt –, aber selbst der hat sich an »Uptown Girl« längst satt gehört.

Als ich das zweite Album von Spitvalve halb durchhatte, war mein Cookie aufgegessen. Ich griff in die Tasche und fand nur noch Krümel. Ich wollte schon rüber zu Capitol Cookies, um Nachschub zu holen, als mir einfiel, dass ich ja pleite war. Außerdem war es schon fast halb sechs. Theresa würde gleich kommen, ich musste raus.

Ich zog mir die Kapuze über und trat auf die Straße. Zwar regnete es längst nicht mehr so heftig wie vorher, aber mit der Kapuze konnte mich keiner der anderen aus Susan Boones Zeichenkurs erkennen und »Hey, wo hast du denn gesteckt?« sagen.

Als hätte mich einer von denen vermisst.

Während ich mich im Plattenladen rumgedrückt hatte, war es draußen dunkel geworden. Die Autos fuhren alle schon mit Licht. Es gab auch viel mehr Verkehr als vorher, weil viele Leute Feierabend hatten und möglichst schnell nach Hause zu ihrer geliebten Familie wollten. Na ja, oder zum Fernseher, weil gleich »Friends« lief.

Ich stellte mich vor die Gründerkirche der Scientologen und sah mit zusammengekniffenen Augen durch den Schleier aus Nieselregen und Scheinwerferlichtern in die Richtung, aus der ich Theresa erwartete. Plötzlich schwappte eine Welle des Selbstmitleids über mich hinweg. Da stand ich nun – eine fünfzehnjährige, rothaarige, unverstandene und unbeachtete Linkshänderin ohne Freund und ohne Geld, dafür aber die mittlere von drei Schwestern. Stand hier draußen im Regen, weil ich keine Kritik annehmen und deshalb nicht in meinen Zeichenkurs konnte. Was sollte mal aus mir werden? Falls ich später einen professionellen Starporträt-Zeichendienst oder so etwas aufziehen sollte, würde ich dann auch beim ersten Problem alles hinschmeißen? Würde ich mich dann auch im Static verkriechen? Vielleicht sollte ich mich der Einfachheit halber gleich dort bewerben. Das war nicht der schlechteste Job. Da bekam man bestimmt Prozente.

Während ich so dastand und mich schämte, so eine empfindliche Memme zu sein, kam der alternde Billy-Joel-Fan aus dem Static und blieb neben mir stehen, obwohl die Ampel grün war. Ich beobachtete aus dem Augenwinkel heraus, wie er sich unter seinem tarnfarbenen Regenumhang an irgendwas zu schaffen machte, und fragte mich, ob er vielleicht CDs geklaut hatte. Im Static gibt es die »Anklagemauer«, eine Wand, an der Polaroids von allen jemals erwischten Ladendieben kleben. Der Typ sah aus wie ein 1A-Kandidat für die Anklagemauer.

Als sich wenig später durch die Dunkelheit und den Regen rot flackernde Lichter und Sirenengeheul näherten, dachte ich: alles klar. Da kommen die Cops. Pfoten hoch, Mr Uptown-Girl! Sie sind *so was* von verhaftet.

Dann begriff ich, dass die Sirenen nichts mit der Polizei zu tun hatten, sondern mit der Wagenkolonne des Präsidenten. Zuerst kam das Führungsfahrzeug, ein schwarzer Geländewagen mit einer roten Blinklichtanlage auf dem Dach, gefolgt von einem weiteren schwarzen Geländewagen, dazwischen dann die lange schwarze Limousine und dahinter noch mal zwei schwarze Geländewagen mit roten Lichtern.

Statt begeistert zu sein, den Präsidenten so dicht an mir vorbeifahren zu sehen – wobei man ihn in seiner Limousine sowieso nicht sieht, weil man durch diese komischen Scheiben nur von innen raus-, aber nicht von außen reinschauen kann –, ärgerte ich mich. Scheiße! Theresa kroch wahrscheinlich im Schneckentempo irgendwo hinter der Wagenkolonne her. Das war nicht nur deswegen schlimm, weil sie supergenervt ankommen würde, sondern vor allem, weil minütlich die Gefahr wuchs, dass David mich hier stehen sah, wenn er gleich aus Susan Boones Atelier kam. Und dann würde er mich wahrscheinlich für total gestört halten und nie mehr mit mir reden. Was mir eigentlich schnurzegal sein konnte, weil ich ja in den Freund meiner Schwester verliebt war. Aber es war schon nett von ihm gewesen, was er über meine Stiefel gesagt hatte. Sonst sagte eigentlich nie jemand was über meine Stiefel.

Außerdem war es für die Einwohner von Washington D. C. nichts Besonderes, den Präsidenten vorbeifahren zu sehen, weil er ständig kreuz und quer durch die Stadt fuhr.

Doch was dann passierte, war ungewöhnlich. Der erste Wagen in der Kolonne fuhr direkt neben mir rechts ran … und hielt. Er blieb einfach stehen.

Dabei war die Ampel gar nicht rot.

Der zweite Wagen blieb auch stehen und hinter ihm die Limousine und so ging es weiter. Hinter der Kolonne staute sich auf der gesamten Länge der Connecticut Avenue der Verkehr.

Kurz darauf sprangen lauter Typen mit so Knöpfen im Ohr aus den Wagen und rannten auf die Limousine zu.

Und dann stieg zu meiner totalen Überraschung plötzlich der Präsident der Vereinigten Staaten aus seiner Limousine und ging, umringt von Geheimdienstlern, die Regenschirme über ihn hielten, sich hektisch nach allen Seiten umsahen und in Funkgeräte brüllten, einfach so in die Capitol Cookies-Bäckerei rein.

Ganz im Ernst. Zu Capitol Cookies. Rein. Als wäre er da jeden Tag Stammkunde.

Ich hatte keine Ahnung gehabt, dass der amerikanische Präsident auf die Plätzchen von Capitol Cookies steht. Klar, die schmecken ultralecker, keine Frage, aber die Bäckerei ist nicht sonderlich berühmt oder so. Es gibt auch nur diesen einen Laden.

Man sollte eigentlich meinen, der Präsident könnte den Besitzer von Capitol Cookies beauftragen, ihm einen persönlichen Vorrat zuzustellen, damit er nicht gebückt durch den Regen von seiner Limousine in den Laden hetzen muss, um sie sich selbst zu kaufen. Also, wenn ich eine Cookie-Bäckerei hätte und wüsste, der Präsident der Vereinigten Staaten steht auf meine Plätzchen, würde ich dafür sorgen, dass er regelmäßig beliefert wird.

Wobei die Leute von Capitol Cookies es vielleicht auch gerade gut fanden, wenn der Präsident durch den Regen zu ihrem Laden rannte. Das brachte werbetechnisch natürlich viel mehr, als wenn sie ihm die Plätzchen privat zuschickten.

Während ich da so in der Dunkelheit und im Regen wartete und mir die roten Lämpchen auf dem Dach des Geländewagens ins Gesicht blinkten, bemerkte ich, wie Mr Uptown-Girl auf einmal sein Regencape zurückschlug.

Wie sich herausstellte, hatte das, woran er sich unter seinem Umhang zu schaffen gemacht hatte, nichts mit Ladendiebstahl zu tun gehabt. Ganz und gar nicht. Es hatte mit einer ziemlich fetten Pistole zu tun, mit der er jetzt auf die Tür von Capitol Cookies zielte … auf die Tür, durch die der Präsident (der sich in wundersamer Geschwindigkeit seine Plätzchen geholt hatte) in eben diesem Augenblick wieder nach draußen trat.

Ich bin nicht das, was man gemeinhin als sonderlich mutigen Menschen bezeichnet. Wenn in der Schule irgendwelche Schüler gemobbt werden, verteidige ich sie nur deshalb, weil ich von meiner Marokko- und Lispelphase her ganz genau weiß, wie es ist, blöd angemacht zu werden.

Nein, ich gehöre garantiert nicht zu den Leuten, die sich todesmutig in Gefahr stürzen. Körperliche Auseinandersetzungen habe ich höchstens mit Lucy, wenn wir uns um die Fernbedienung balgen.

Und dass ich nicht gerade konfliktfreudig bin, brauche ich wohl nicht extra zu betonen. Natürlich diente mein Boykott von Susan Boones Zeichenkurs auch dem Kampf für die Freiheit des kreativen Ausdrucks, aber wenn ich ganz ehrlich war, musste ich mir eingestehen, dass ich nur deswegen nicht hingegangen war, weil ich mich nach der Erniedrigung vom letzten Mal einfach zu sehr geschämt hatte.

Jedenfalls war das, was ich im nächsten Moment tat, so was von untypisch für mich, als wäre eben mal schnell jemand anders in meinen Körper geschlüpft. Ich weiß noch, dass ich sah, wie Mr Uptown-Girl seine Pistole hob und auf den Präsidenten anlegte, der gerade aus der Bäckerei kam … und im nächsten Moment hechtete ich auch schon los und krallte mich hinterrücks an seinen Schultern fest.

6

Wie ich jetzt weiß, lässt sich die Schussbahn eines Projektils, das ein Möchtegern-Attentäter gleich auf sein Opfer abschießen will, bestens umlenken, wenn man ihn unerwartet von hinten anspringt. Und so flog die Kugel, die Mr Uptown-Girl in den Präsidentenkopf schießen wollte, in die Stratosphäre, ohne weiteren Schaden anzurichten.

Doch das ist noch nicht alles, was passiert, wenn man einem bewaffneten Typen auf den Rücken springt. Er erschreckt sich nämlich, verliert das Gleichgewicht und fällt rückwärts auf einen drauf, sodass einem die Luft wegbleibt, die Goretex-Jacke hochrutscht und man in einer Pfütze voll Regenwasser landet und klitschnass wird.

Außerdem fällt einem der Typ auf den rechten Arm, man hört es knacksen und der Arm tut echt tierisch weh, und man denkt: *War das etwa das, wonach es sich angehört hat?*

Man hat aber gar keine Zeit, lange darüber nachzudenken, weil man viel zu sehr damit beschäftigt ist, den Typen daran zu hindern, noch mal zu schießen, indem man schreit: »Er hat eine Pistole! Eine Pistole!«

Und obwohl das kaum jemanden überraschen dürfte – immerhin war der erste Schuss laut und deutlich zu hören gewesen –, scheint das genau das Richtige zu sein, weil man plötzlich von ungefähr zwanzig Sicherheitsbeamten umzingelt ist, die ihre eigenen Pistolen zücken, sie einem aufs Gesicht richten und alle gleichzeitig brüllen: »Keine Bewegung!«

Glaubt mir – ich erstarrte.

Gleich darauf wurde Mr Uptown-Girl hochgerissen – wofür ich sehr dankbar war, denn der Kerl war verdammt schwer gewesen – und diverse Leute zerrten an mir rum. Einer zog mich an dem Arm, auf dem der Typ gelandet war, und ich schrie gellend: »Aua!«, was aber niemand hörte, weil alle damit beschäftigt waren, in ihre Funkgeräte zu brüllen: »Der Adler ist in Sicherheit. Ich wiederhole. Der Adler ist in Sicherheit.«

Inzwischen jaulten die Sirenen, und aus den ganzen Tex-Mex-Fressbuden kamen die Leute gerannt, um zu schauen, was los war.

Wie aus dem Nichts tauchten Streifen- und Krankenwagen auf, Bremsen quietschten und Regenwasser spritzte nach allen Seiten.

Ich kam mir vor wie in einem Bruce-Willis-Film, nur ohne den Soundtrack.

Einer der Sicherheitsbeamten fing an, meinen Rucksack zu durchwühlen, ein anderer ging neben mir in die Hocke und tastete meine Fußgelenke ab, als hätte ich ein Messer in der Socke stecken, während ein dritter, ohne mich um Erlaubnis zu fragen, meine Jackentaschen durchsuchte (und für seine Mühe mit einer Hand voll Capitol-Cookie-Plätzchenkrümel belohnt wurde).

Als er dabei an meinen rechten Arm stieß, schrie ich wieder »Aua!«, diesmal sogar noch lauter als beim ersten Mal.

Der Agent, der meine Taschen durchsuchte, stellte fest: »Die hier scheint unbewaffnet zu sein.«

»Klar bin ich unbewaffnet!«, brüllte ich. »Ich bin doch erst in der zehnten Klasse.«

Was sich wahrscheinlich voll dämlich anhörte, weil es natürlich auch bewaffnete Zehntklässlerinnen gibt. Nur eben nicht an der Adams Highschool. Aber ich konnte nicht mehr klar denken. Um ehrlich zu sein, am liebsten hätte ich geweint. Aber ich sage euch, ihr würdet auch am liebsten weinen wollen, wenn:

a) ihr von oben bis unten klitschklatschnass wärt,
b) ihr euch höchstwahrscheinlich den Arm gebrochen hättet – was in meinem Fall nicht so tragisch war, weil es nicht mein Zeichenarm war und ich dadurch quasi eine eingebaute Entschuldigung hatte, in der nächsten Woche in Sport nicht Volleyball spielen zu müssen, wie Coach Donnelly es uns angedroht hat. Aber gemein weh tat es trotzdem,
c) um euch herum alle rumbrüllen würden und ihr fast taub wärt, weil Mr Uptown-Girl seine Pistole so dicht an eurem Ohr abgefeuert hätte, dass ihr möglicherweise einen bleibenden Schaden am Trommelfell erlitten hättet,
d) ihr in den Lauf von ungefähr zwanzig Pistolen schauen müsstet. Schon eine wäre zu viel und …
e) es ganz so aussehen würde, als würden eure Eltern jetzt doch erfahren, dass ihr euren Zeichenkurs geschwänzt habt.

Schon einer dieser Gründe reicht aus, um einem ein richtig schlechtes Lebensgefühl zu vermitteln, und ich musste mich gleich mit allen *fünf* rumschlagen.

Irgendwann kam ein älterer Sicherheitsbeamter auf mich zu, der ein bisschen weniger einschüchternd aussah als seine Kollegen, was vielleicht daran lag, dass er sich vorbeugte, um auf Augenhöhe mit mir zu reden, was ich schon mal echt rücksichtsvoll fand.

»Du wirst wohl mit uns kommen müssen, kleines Fräulein«, sagte er sehr ernst. »Wir haben einige Fragen an dich, die deinen Freund da drüben betreffen.«

Und da kapierte ich es erst.

Die hielten Mr Uptown-Girl und mich für Komplizen! Die dachten, wir hätten gemeinsam versucht, den Präsidenten zu erschießen!

»Er ist nicht mein Freund!«, schluchzte ich. Jetzt hätte ich nicht mehr nur am liebsten geweint, sondern weinte wirklich aus sämtlichen verfügbaren Tränenkanälen und es war mir total egal. Es regnete, ich war total durchnässt, mein Arm tat schweinemäßig weh, in meinen Ohren bimmelte es und die Männer vom Secret Service hielten mich für eine Art internationale Terroristin und Attentäterin.

Ja, verdammt. Ich weinte.

»Ich sehe den Mann heute zum ersten Mal!«, schluchzte ich. »Er hat seine Pistole rausgeholt und wollte den Präsidenten erschießen und da bin ich auf ihn draufgesprungen und er ist auf meinen Arm gefallen und der tut jetzt total weh und ich will endlich nach Ha-ha-hause!«

Es war echt voll peinlich. Ich heulte wie ein Baby. Schlimmer als ein Baby. Ich heulte wie Lucy an dem Tag, an dem ihre Kieferorthopädin ihr verkündete, sie müsse ihre Zahnspange noch sechs Wochen länger tragen.

Darauf passierte etwas sehr Erstaunliches. Der ältere Secret-Service-Mann legte einen Arm um mich, sagte irgendwas zu den anderen Männern und führte mich zu einem Krankenwagen, neben dem Sanitäter warteten. Sie machten uns die Tür hinten auf und der Agent und ich stiegen ein.

Es war richtig gemütlich in dem Krankenwagen. Es war trocken und warm und ich durfte mich auf die Liege setzen. Man hörte kaum etwas von den Sirenen und dem Chaos draußen. Die Sanitäter waren auch sehr nett. Sie gaben mir eine Decke, in die ich mich wickeln konnte, nachdem ich den nassen Parka ausgezogen hatte, und sagten so witzige Sachen, dass ich zu weinen aufhörte.

Hey, dachte ich, so schlimm ist es gar nicht. Es wird schon alles gut.

Natürlich nur, bis meine Eltern dahinterkamen, dass ich den Kurs geschwänzt hatte, das war mir klar. Danach würde nichts mehr gut sein.

Aber mussten sie es überhaupt erfahren? Vielleicht würden die vom Secret Service bloß meine Personalien überprüfen und mich gehen lassen, sobald sie begriffen hatten, dass ich keiner Terrororganisation angehörte. Wahrscheinlich stand Theresa immer noch im Stau. Wenn sie hier ankam, war womöglich alles schon vorbei, ich konnte ganz normal zu ihr ins Auto steigen und auf ihre Frage »Na, was habt ihr heute im Kurs gemacht?« lässig antworten: »Och, ... nichts«, was noch nicht einmal gelogen wäre.

Als die Sanitäter fragten, ob ich verletzt sei, war es mir zwar etwas peinlich, so viel Aufhebens um meinen Arm zu machen, obwohl es doch Wichtigeres gab – ich meine, immerhin hatte gerade jemand versucht, den Präsidenten umzubringen –, ich zeigte ihn aber trotzdem her. Ich war erleichtert, als ich sah, dass das Handgelenk total angeschwollen und doppelt so dick war wie normal. Immerhin bewies das, dass ich nicht grundlos geweint hatte.

Während die Sanitäter meinen Arm untersuchten, guckte ich zu dem Agenten vom Secret Service rüber, der gerade dabei war, irgendein Formular auszufüllen, indem er die Angaben aus meinem Schülerausweis abschrieb, der in meinem Geldbeutel im Rucksack gesteckt hatte. Ich wollte ihn nicht stören, aber ich musste dringend wissen, wie lange das Ganze noch dauern würde, deshalb räusperte ich mich. »Äh ... hallo? Entschuldigung?«

Er sah auf. »Ja, Liebchen?« Offensichtlich wusste er nicht, dass mich nie jemand »Liebchen« nennt, noch nicht mal meine Mutter. Nicht seit sie mich in Marokko dabei erwischt hat, wie ich versuchte, Dads Kreditkarten im Klo runterzuspülen (aus Rache dafür, dass er uns in ein fremdes Land verschleppt hatte, dessen Sprache ich nicht konnte).

Dass er mich Liebchen nannte, haute mich echt um. Ich wäre mir undankbar vorgekommen, wenn ich ihn einfach so gefragt hätte, wie lange das Ganze noch dauert. Er machte ja auch nur seinen Job. Deshalb überlegte ich fieberhaft und sagte schließlich stattdessen: »Äh, geht es dem Präsidenten gut?«

Der Agent lächelte noch breiter. »Dem Präsidenten geht es prima, Kleines«, sagte er. »Und das hat er dir zu verdanken.«

»Oh, toll«, sagte ich. »Dann, äh… meinen Sie, es wäre okay, wenn ich dann langsam mal gehe?«

Die Sanitäter tauschten Blicke aus. Belustigte Blicke.

»Nicht damit«, sagte einer und zeigte auf meinen Arm. »Du hast dir das Handgelenk gebrochen. Natürlich muss es erst noch geröntgt werden, aber ich wette zehn zu eins, dass du einen hübschen Gips verpasst kriegst, auf dem deine Fans dann unterschreiben können.«

Fans? Wovon redete der?

Einen Gips konnte ich überhaupt nicht gebrauchen! An dem Gips würden meine Eltern sofort erkennen, dass ich mir das Handgelenk gebrochen hatte, und dann würde ich zugeben müssen, dass ich den Kurs geschwänzt hatte.

Außer… außer ich erzählte ihnen, ich wäre ausgerutscht. Genau. Ausgerutscht und bei Susan Boone die Ateliertreppe runtergefallen. Aber was, wenn sie bei ihr anriefen und sie selbst fragten?

O Gott, ich war so was von erledigt.

»Könnte ich nicht…« Ich griff nach dem letzten Strohhalm, aber ich war ja auch in einer verzweifelten Lage. »Könnte ich nicht morgen zum Hausarzt gehen? Der Arm tut auch gar nicht mehr so weh.«

Die Sanitäter und der Sicherheitsbeamte guckten mich an, als wäre ich nicht ganz richtig im Kopf. Na gut, der Arm war inzwischen auf die Dicke meines Oberschenkels angeschwollen und pochte ganz schlimm, genau wie die Herzen in so Filmen über Operationen am offenen Herzen. Aber er tat wirklich nicht mehr so weh. Bloß wenn ich ihn bewegte.

»Es ist nur… weil unsere Haushälterin mich nämlich abholen wollte«, sagte ich lahm, »und wenn Sie mich jetzt in ein Krankenhaus fahren und ich nicht am verabredeten Treffpunkt warte, macht sie sich totale Sorgen.«

»Gib mir doch eine Nummer, unter der ich deine Eltern erreichen kann«, schlug der Mann vom Secret Service vor. »Wir brauchen für die medizinische Behandlung sowieso ihre Einwilligung.«

Hilfe! Dann würden sie garantiert dahinterkommen, dass ich den Zeichenkurs geschwänzt hatte!

Was blieb mir noch für eine Chance? Keine.

»Hören Sie«, sagte ich mit leiser, drängender Stimme. »Sie brauchen meinen Eltern aber nichts von der ganzen Sache zu erzählen, ja? Ich meine, klar, das hier schon, aber nicht den Rest. Also dass ich den Zeichenkurs geschwänzt hab und die ganze Zeit im Static war. Das müssen Sie denen doch nicht sagen, oder? Ich hab nämlich so schon genug Probleme.«

Er starrte mich verständnislos an. Natürlich konnte er es auch gar nicht verstehen. Wie denn auch? Zeichenkurs? Static?

Trotzdem hielt er es anscheinend für klüger, mir nicht zu widersprechen – wahrscheinlich hatte er den Verdacht, dass ich mich nicht nur am Handgelenk, sondern auch am Hirn verletzt hatte –, und sagte besänftigend: »Das sehen wir dann schon.«

Okay, besser als nichts. Ich gab ihm Mum und Dads Büronummern und lehnte den Kopf an die Wand des Krankenwagens.

Na ja, tröstete ich mich. Es könnte ja alles noch viel schlimmer sein.

Zum Beispiel könnte ich statt Knorpeln einen Hühnerknochen in der Nase stecken haben.

Eine Liste der zehn unwiderlegbarsten Beweise dafür, dass euer Leben sich verändert hat, nachdem ihr verhindert habt, dass eine Kugel durch den Schädel des amerikanischen Präsidenten durchschlägt.

10. Wenn eine Polizei-Eskorte den Krankenwagen begleitet, der euch ins Krankenhaus bringt – und zwar nicht in irgendein x-beliebiges Krankenhaus, sondern ins George Washington University Hospital, wo auch schon der Ex-Präsident Ronald Reagan nach seinem Attentat versorgt wurde.

9. Wenn ihr in der Notaufnahme nicht stundenlang an der Anmeldung warten müsst wie jeder andere, sondern im Rollstuhl an allen aus Stichwunden blutenden Gangmitgliedern, in Presswehen liegenden Schwangeren und Leuten, denen Bleistifte im Augapfel stecken, vorbei schnurstracks ins Behandlungszimmer geschoben werdet.

8. Wenn euch im George Washington University Hospital, egal wohin ihr auch geschickt werdet, immer ein paar Männer in schwarzen Anzügen mit Knopf im Ohr hinterhertraben.

7. Wenn ihr euch weigert, den Krankenhauskittel anzuziehen, der euch statt eurer nassen Klamotten gegeben wurde, weil er hinten offen ist und man euren nackten Po sehen könnte,

und ihr daraufhin einen zweiten Kittel kriegt, den ihr verkehrt herum über den ersten Kittel ziehen könnt. Niemand sonst im ganzen Krankenhaus kriegt zwei Kittel.

6. Wenn ihr in einem Einzelzimmer mit bewaffneten Wachen an der Tür einquartiert werdet, obwohl ihr euch bloß das Handgelenk gebrochen habt.

5. Wenn der Arzt, der kommt, um euch zu untersuchen, sagt: »Aha, du bist also die junge Dame, die dem Präsidenten das Leben gerettet hat!«

4. Wenn ihr daraufhin total verlegen rumdruckst: »Na ja, das ist ja wohl übertrieben«, und er sagt: »Da habe ich aber etwas anderes gehört. Du bist eine Nationalheldin!«

3. Wenn er euch, nachdem er festgestellt hat, dass euer Handgelenk zweimal gebrochen ist und ihr sechs Wochen lang einen Gips bis zum Ellbogen tragen müsst, keinen Lolli schenkt, sondern ein Autogramm will.

2. Wenn ihr, während ihr auf die Leute wartet, die euch den Gips verpassen sollen, den Fernseher in eurem Einzelzimmer anschaltet und auf sämtlichen Kanälen irgendwelche Sondersendungen laufen. Und während der Sprecher berichtet, es habe gerade ein versuchtes Attentat auf den Präsidenten gegeben, das durch das geistesgegenwärtige Eingreifen einer mutigen, jungen Mitbürgerin vereitelt wurde, wird im Hintergrund euer Foto eingeblendet – und zwar das aus eurem Schülerausweis.
Das, auf dem ihr wegen des Blitzlichts die Augen zukneift. Das, auf dem eure Haare noch buschiger und widerborstiger

aussehen als sonst. Das Foto, das ihr nie irgendwem gezeigt habt, weil ihr berechtigterweise fürchten musstet, ausgelacht und zum öffentlichen Gespött gemacht zu werden.

Aber den absoluten, schlagenden Hauptbeweis dafür, dass in eurem Leben nichts mehr sein wird, wie es mal war, habt ihr:

1. Wenn ihr beim Anblick des grauenhaften Mutantenfotos aus eurem Schülerausweis im Fernsehen laut aufschreit und daraufhin etwa dreißig Agenten des Secret Service mit gezückten Waffen ins Zimmer stürmen und fragen, ob alles okay ist.

7

Ich glaube, so ganz begriffen hatte ich es selbst da doch noch nicht.

Klar wusste ich theoretisch, was passiert war. Also, dass ich mich an Mr Uptown-Girls Schultern festgeklammert und ihn daran gehindert hatte, die Pistole in die Richtung abzufeuern, in die er hatte schießen wollen.

Aber dass ich dem amerikanischen Präsidenten so richtig das Leben gerettet hatte, das war irgendwie noch nicht bis in mein Bewusstsein vorgedrungen.

Ich kapierte es erst, als meine Eltern – mein Arm war inzwischen eingegipst, und ich hatte mein Gesicht auf allen großen Sendern gesehen, bei CNN, in den Headline News und sogar in den Promi-News von Entertainment Tonight – total panisch in mein Krankenzimmer gestürmt kamen.

»Samantha!« Mom beugte sich über mich und stieß dabei an mein gebrochenes Handgelenk. Übrigens hatte ich, das will ich nur mal am Rande anmerken, bis dahin noch nicht mal ein Aspirin angeboten bekommen. Man sollte meinen, die Lebensretterin des Präsidenten hätte zumindest eine Schmerztablette verdient. Tja, leider falsch gedacht. »Um Gottes willen, Sam! Wir haben uns solche Sorgen gemacht!«

»Hi, Mom«, ächzte ich mit der ersterbenden Stimme, mit der ich immer rede, wenn ich einen auf schwer krank mache. Da ich nicht wusste, ob die Sicherheitsbeamten das mit dem geschwänzten Zeichenkurs nicht vielleicht doch gepetzt hatten, konnte ich nicht abschätzen, was mir an Ärger bevorstand, und hatte die Hoffnung, das Ausmaß meiner Leiden würde meine Eltern milde stimmen.

Aber sie schienen nicht zu wissen, dass ich nicht bei Susan Boone gewesen war.

»Samantha!« Mom sank auf die Bettkante und strich mir das Haar nach allen Richtungen aus der Stirn. »Wie geht es dir? Ist es nur der Arm? Oder tut dir sonst irgendwas weh?«

»Nein«, beteuerte ich. »Nur der Arm. Sonst ist alles okay. Echt.«

Sicherheitshalber sagte ich das aber auch mit meiner ersterbenden Stimme.

Unnötigerweise. Die beiden hatten eindeutig absolut keine Ahnung vom geschwänzten Zeichenkurs. Sie waren einfach bloß froh, dass nichts Schlimmeres passiert war. Dad konnte sogar schon wieder Witzchen reißen.

»Also wirklich, Sam. Wenn du dich von uns nicht genug beachtet fühlst«, sagte er, »hättest du uns das doch auch sagen können. Du musst dich nicht gleich vor eine Pistole werfen.«

Har, har, har.

Die Typen vom Secret Service gaben uns gerade mal fünf Minuten für unser tränenreiches Wiedersehen, bevor sie mich in die Zange nahmen. Anscheinend hatten sie danach gelechzt, mich endlich zu verhören, und nur auf meine Eltern gewartet, weil sie bei einer Minderjährigen wie mir deren Einwilligung brauchten. Sie stellten mir alle möglichen Fragen. Hier ein kleiner Ausschnitt:

Secret Service: Kanntest du den Mann mit der Schusswaffe?

Ich: Nein, überhaupt nicht.

Secret Service: Hat er etwas zu dir gesagt?

Ich: Kein Wort.

Secret Service: Gar nichts? Hat er nichts gesagt, als er abdrückte?

Ich: Was hätte er sagen sollen?

Secret Service: Na, so etwas wie: »Das ist die Rache für Margie.«

Ich: Wer ist denn Margie?

Secret Service: Das war nur ein Beispiel. Es gibt keine Margie.

Ich: Er hat echt überhaupt nichts gesagt.

Secret Service: Hast du etwas Ungewöhnliches an ihm bemerkt? Etwas, das ihn so auffällig machte, dass du mehr auf ihn geachtet hast als auf die anderen Leute um dich herum?

Ich: Ja. Er hatte eine Pistole.

Secret Service: Abgesehen davon, dass er eine Pistole hatte?

Ich: Na ja, höchstens dass er das Lied »Uptown Girl« anscheinend ziemlich gut fand.

Und so weiter und so fort. Stundenlang. *Stunden*. Ich musste ungefähr fünfhundertmal bis ins letzte Detail beschreiben, was zwischen mir und Mr Uptown-Girl vorgefallen war. Ich redete und redete, bis ich heiser war. Irgendwann sagte Dad: »So, meine Herren. Natürlich wollen Sie der Sache auf den Grund gehen, aber Sie müssen verstehen, dass unsere Tochter ein höchst traumatisches Erlebnis hinter sich hat und jetzt dringend etwas Ruhe benötigt.«

Die Beamten waren sehr nett. Sie bedankten sich bei mir und gingen – bis auf zwei, die vor meiner Tür stehen blieben, um Wache zu halten. Von denen hat mir Dad erzählt, nachdem er mit dem Big Mac zurückkam, den er mir zum Abendessen geholt hatte, weil ich die Krankenhaus-Eintopfpampe aus Erbsen und Karotten absolut nicht runterbekam.

Als würde es den Leuten im Krankenhaus nicht schon schlecht genug gehen. Wieso setzt man ihnen dann noch so einen Fraß vor?

Ich war nicht gerade begeistert darüber, die Nacht im Krankenhaus verbringen zu müssen, obwohl ich mir bloß das Handgelenk gebrochen hatte. Aber die vom Secret Service bestanden darauf. Sie behaupteten, es sei zu meiner eigenen Sicherheit. »Versteh ich nicht«, sagte ich. »Sie haben den Typen doch geschnappt, oder?«

Aber sie erklärten mir, dass Mr Uptown-Girl (wobei sie ihn so natürlich nicht nannten, sondern den »mutmaßlichen Attentäter«) von seinem Aussageverweigerungsrecht Gebrauch mache. Deshalb lasse sich nicht ausschließen, dass er womöglich einer Terrorgruppe angehöre, die sich jetzt an mir rächen wolle, weil ich den geplanten Mord am Präsidenten vereitelt hätte.

Als Mom das hörte, kriegte sie natürlich die totale Panik und rief sofort Theresa an, um ihr zu sagen, sie solle die Haustür von innen abschließen. Aber der Mann vom Geheimdienst beruhigte sie, unser Haus sei zum Schutz der Familie sowieso schon von Beamten umstellt worden. Die hielten auch die Journalistenmeute ab, die inzwischen anscheinend unser Haus belagerte. Lucy war nämlich ziemlich empört, als ich kurz vor Mitternacht noch mit ihr telefonierte.

»Boah, die Typen nerven!«, schimpfte sie. »Ich wollte denen von NBC doch nur ein Foto zustecken, auf dem du ein bisschen vorteilhafter getroffen bist. Weil sie doch die ganze Zeit dieses grausame Foto aus deinem Schülerausweis im Fernsehen zeigen. Ich hab denen gesagt, dass du in echt viel hübscher bist, und wollte ihnen das Bild geben, das Grandma an Weihnachten gemacht hat – du weißt schon, da hast du dieses Esprit-Kleid an, das eigentlich ganz okay war, bevor du es schwarz gefärbt hast. Jedenfalls hab ich die Haustür aufgemacht und wollte gerade mit dem Foto raus, als plötzlich das volle Blitzlichtgewitter losging und alle durcheinander brüllten: ›Sind Sie die Schwester?‹, ›Wie fühlt man sich als Schwester einer Nationalheldin?‹, und so was. Ich wollte gerade antworten, dass man sich super fühlt, da haben mich diese beiden Typen in schwarzen Anzügen brutal ins Haus zurückgeschoben. Angeblich in meinem eigenen Interesse. Ja, klar. Inwiefern soll es bitte in meinem eigenen Interesse sein, wenn dieses grottenhässliche Foto von dir landesweit im Fernsehen gezeigt wird? Die Leute müssen ja denken, ich hätte die volle Missgeburt zur Schwester – das ist nicht böse gemeint, Sam, so siehst du auf dem Foto nun mal aus. Glaub mir, das schadet uns nur.«

Irgendwie tröstlich, dass es inmitten des Chaos, das um mich herum ausgebrochen war, zumindest eine Sache gab, die sich nie ändern würde: meine Schwester Lucy.

Wie gesagt, ich musste die Nacht im Krankenhaus verbringen. Angeblich zu meinem Schutz. Aber das war bestimmt nicht der wahre Grund. Wahrscheinlich prüften sie nach, ob ich nicht vielleicht doch heimlich irgendeiner radikalen staatsfeindlichen Untergrundorganisation angehörte, und wollten mich im Auge behalten, falls ich versuchen sollte zu flüchten, um mich meinen Genossen anzuschließen.

Ich wälzte mich ruhelos im Bett herum und konnte keine gemütliche Schlafposition finden, weil ich sonst immer auf der Seite schlafe, und zwar genau auf der Seite mit dem Gipsarm. Auf dem konnte ich aber nicht einschlafen, weil er so hart und unbequem war, und außerdem fing der Arm wieder an zu pochen, sobald ich mich drauflegte. Und Manet fehlte mir auch, was eigentlich erstaunlich ist, weil er so ein Stinker ist und so schlimm haart, dass man eigentlich meinen sollte, ich müsste froh sein, wenn er mir mal ausnahmsweise nicht das Bett verpestet. War ich aber nicht.

Als ich endlich doch irgendwann eingeschlafen war, stand meine Mutter – die im Nachbarbett anscheinend problemlos geschlafen hatte und frisch wie eine Rose aussah – schon wieder auf, zog die Vorhänge zurück, um die Morgensonne ins Krankenhauszimmer zu lassen, und trällerte mit einer Stimme, die einen Menschen, der kaum ein Auge zugemacht und außerdem ziemliche Schmerzen im Arm hat, tierisch nerven kann: »Guten Morgen, Schlafmütze!«

Bevor ich sie fragen konnte, was gut daran sein sollte (am Morgen, meine ich), guckte sie aus dem Fenster und sagte geschockt: »Um… Gott… es… willen!«

Ich stand auf und tapste zu Mom rüber, um zu sehen, was sie so geschockt hatte, und wäre fast hintenübergekippt, als ich unten vor dem Krankenhaus ungefähr dreihundert Leute stehen sah, die alle zu mir raufglotzten.

Kaum erschien ich am Fenster, ging ein wilder Aufschrei durch die Menge, und alle zeigten mit dem Finger auf mich, wedelten mit Plakaten und kreischten.

Und zwar meinen Namen. Die kreischten alle *meinen* Namen.

Ich schaute Mom an, Mom schaute mich an – wir beide mit offenen Mündern – und dann schauten wir wieder nach unten. Auf der Straße parkten die Übertragungswagen aller großen Fernsehsender mit riesigen Satellitenschüsseln auf den Dächern, und überall standen mit Mikros bewaffnete Reporter rum und Polizisten, die sich bemühten, die Menschen zurückzudrängen, die anscheinend alle gekommen waren, um einen Blick auf das Mädchen zu werfen, das dem Präsidenten das Leben gerettet hatte.

Tja, und sie hatten bekommen, was sie wollten. Obwohl ich drei Stockwerke über ihnen stand, hatten sie mich eindeutig gesehen. Mit meinen zwei übereinander gezogenen Krankenhauskitteln und dem roten, zerwühlten Haarschopf war ich wahrscheinlich auch schwer zu übersehen.

»Hm.« Meine Mutter starrte auf die wogende Menge der Wartenden hinunter. »Vielleicht solltest du … ich weiß auch nicht … winken?«

Das klang vernünftig, also hob ich meinen heilen Arm und winkte.

Von unten brandeten wieder Applaus und Jubelrufe herauf. Ich winkte noch einmal, nur um sicherzugehen, dass wirklich ich gemeint war, aber es gab keinen Zweifel daran: Diese Leute jubelten mir zu. *Mir*, Samantha Madison, Zehntklässlerin und leidenschaftliche Starporträtistin.

Ein irres Gefühl. Als wäre ich Elvis oder so.

Gerade als ich zum zweiten Mal winkte, klopfte es an der Tür, und eine Krankenschwester kam herein. »Ah, gut, du bist wach«, sagte sie. »Als wir den Jubel draußen hörten, haben wir es uns schon fast gedacht.« Sie strahlte mich an. »Hier sind ein paar Sachen für dich angekommen. Wenn du nichts dagegen hast, bringen wir sie dir jetzt rein.«

Ohne unsere Antwort abzuwarten, hielt sie auch schon die Tür auf, und ein Trupp Schwesternhelferinnen marschierte herein. Sie trugen Sträuße im Arm, einer größer als der andere, und stellten sie im Zimmer ab, bis auch die letzte freie Fläche (inklusive des Fußbodens) voller Vasen stand, aus denen Rosen, Margeriten,

Sonnenblumen, Orchideen, Nelken und mir total unbekannte Blumen quollen, die einen betäubend süßlichen Duft im Zimmer verströmten.

Aber die Blumen waren erst der Anfang. Als Nächstes kamen Luftballons … dutzende von Ballons. Ballonsträuße, rote, blaue, weiße, pinke, herzförmige und welche im Metalliclook mit Aufdrucken wie »Danke« oder »Gute Besserung«. Danach Teddybären, mindestens zwanzig in allen Größen und Farben, mit Schleifchen um den Hals und Grußkarten in den Pfoten, auf denen »Du bist bärauschend!« oder »Hoffentlich geht's bald wieder Bärgauf mit dir!« stand.

Wahnsinn. Ich sah, wie sie die Sachen aufhäuften und dachte: Sekunde mal. Stopp. Das ist ein Missverständnis. Ich kenne niemanden, der mir einen Du-bist-bärauschend!-Teddy schenken würde. Echt nicht. Noch nicht mal als Witz.

Aber sie schleppten immer mehr Geschenke an. Die Schwestern hatten sichtlich Spaß daran und selbst die beiden Wachmänner an der Tür schienen hinter ihren verspiegelten Sonnenbrillen zu grinsen.

Nur Mom war genauso baff wie ich. Sie stürzte sich auf jeden neuen Blumenstrauß, zog die darin steckende Karte heraus und las mit staunender Stimme vor:

»Vielen Dank für dein mutiges und beherztes Eingreifen. Beste Grüße, der Justizminister.«

»Amerika braucht mehr Mitbürger wie dich. Der Bürgermeister von Washington D. C.«

»Für einen Engel auf Erden – in tiefer Dankbarkeit, die Bürger von Cleveland, Ohio.«

»Voll Bewunderung für deine Tapferkeit im Kugelhagel. Der Premierminister von Kanada.«

»Du gibst uns allen ein Beispiel … der Dalai-Lama.«

Boah, also das haute mich echt um. Der Dalai-Lama fand, dass ich ein Beispiel gab? Wenn er wüsste, wie viel Rindfleisch ich in meinem Leben schon gegessen habe, hätte er das nicht gesagt.

»Unten in der Halle ist noch viel mehr«, informierte uns eine Schwesternhelferin.

Meine Mutter blickte von der Karte mit Glückwünschen des japanischen Tenno auf: »Wirklich?«

»Ja, es dauert noch einige Zeit, bis wir alle Briefe überprüft und die Geschenkkörbe und Pralinenschachteln durchleuchtet haben«, erklärten die Sicherheitsleute.

»Sie durchleuchten sie?«, wunderte sich Mom. »Wozu das denn?«

Einer der Security-Typen zuckte mit den Schultern: »Na ja, Rasierklingen, Reißzwecken und so was. Nur zur Sicherheit.«

»Man kann gar nicht vorsichtig genug sein.« Sein Kollege nickte. »Da draußen laufen 'ne Menge Irre rum.«

Meine Mutter sah aus, als sei ihr ein bisschen schlecht. Ihre Rosenfrische welkte dahin. »Oh, ach so«, sagte sie schwach.

Kurz darauf erschien Dad mit Lucy, Rebecca und Theresa im Schlepptau. Theresa gab mir eine Kopfnuss. Zur Strafe, weil ich ihr so einen Schreck eingejagt hatte.

»Was glaubst du«, sagte sie, »wie ich mich gefühlt hab, als der Polizist sagte, ich dürfte nicht durch, um dich vom Kurs abzuholen, weil es eine Schießerei gegeben hätte. Ich dachte schon, du wärst über den Jordan.«

Rebecca sah die Sache gelassener. »Sam gehört nicht zur klassischen Risikogruppe für Schussverletzungen mit Todesfolge. Hauptsächlich trifft es Männer zwischen fünfzehn und vierunddreißig. Deshalb hab ich mir keine großen Sorgen gemacht.«

Lucy schien das dringendste Bedürfnis zu haben, mich zu sprechen – und zwar unter vier Augen.

»Los, komm mit!« Sie zog mich ins angrenzende Badezimmer. Kaum waren wir drin, schloss sie die Tür ab.

»Ich hab schlechte Neuigkeiten für dich«, sagte sie hastig und mit gesenkter Stimme – in genau demselben Tonfall redet sie auch immer mit ihren Cheerleaderkolleginnen, wenn sie findet, dass die bei der menschlichen Pyramide nicht genug Einsatzfreude gezeigt haben. »Ich hab vorhin mitgekriegt, wie eine Frau von der Klinikverwaltung Dad gefragt hat, ob du fit genug bist für die Pressekonferenz.«

»Pressekonferenz.« Ich sank auf den Klodeckel. Einen Moment lang dachte ich echt, ich kippe gleich um. »Du willst mich verarschen, oder?«

»Natürlich nicht«, sagte sie nüchtern. »Du bist eine Nationalheldin. Klar wollen die eine Pressekonferenz mit dir machen. Aber keine Panik, deine große Schwester Lucy hat alles im Griff.«

Mit diesen Worten wuchtete sie ihre Sporttasche ins Waschbecken. Der Inhalt – das gesamte Inventar unseres Badezimmerschränkchens, wie ich vermutete – klapperte Unheil verkündend.

»Okay, eins nach dem anderen«, sagte sie. »Mit den Haaren fangen wir an.«

Es kann nur an meiner geschwächten Verfassung durch den Gips und die schlaflose Nacht gelegen haben, dass ich mich Lucy im Badezimmer so kampflos ergab. Ich hatte einfach nicht die Kraft, mich zu wehren. Einmal habe ich geschrien, aber vermutlich gingen meine Hilferufe im Rauschen der Dusche unter, jedenfalls kamen die Wachleute diesmal nicht mit gezückten Pistolen zu meiner Rettung geeilt.

Wobei es aber auch einer mehrköpfigen Sondereinsatztruppe bedurft hätte, um Lucy aufzuhalten. Auf diesen Tag hatte sie gewartet, seit ich in der Pubertät bin. Endlich konnte sie mit mir machen, was sie wollte. Ich war machtlos. Sie hatte mir nicht nur Sachen zum Anziehen mitgebracht, sondern auch noch ein kleines Arsenal von Pflegeprodukten, mit denen sie mich bespritzte, während ich in der Duschkabine in der Falle saß, den eingegipsten Arm starr wie einen Ast nach außen gestreckt.

»Das hier ist Awapuhi«, erklärte sie und kleckerte mir ein klebriges, entfernt nach Frucht riechendes Gel auf den Kopf. »Ein Ingwerextrakt aus Hawaii. Damit wäschst du dir die Haare. Und das ist ein Aprikosen-Bodypeeling …«

»Lucy!« Ich schrie, weil mir die Awapuhi-Soße in beide Augen lief und ich sie mit meiner einzigen freien Hand nicht wegwischen konnte. »Was machst du mit mir?«

»Ich rette dich«, sagte sie. »Du solltest mir dankbar sein.«

»Dankbar? Dafür dass ich erblinde, weil du mir die Augen mit hawaiianischem Ingwerextrakt verätzt?«

»Nein. Dankbar, weil ich versuche, dich in ein halbwegs menschlich aussehendes Wesen zu verwandeln. Hast du eine Ahnung, wie peinlich es ist, wenn ständig irgendwer anruft – gestern Abend hat die ganze Zeit das Telefon geklingelt – und wissen will, was mit meiner Schwester los ist? Die denken doch alle, du bist in einer Sekte.«

Als ich den Mund aufriss, um mich gegen diese unverschämte Unterstellung zu verwahren, quetschte sie mir geistesgegenwärtig eine Ladung Zahnpasta rein, und während ich noch hustete und würgte, machte sie gleich weiter: »Hier nimm. Das ist eine geniale Haarspülung. Die wird auch bei Pferden benutzt, um sie für Pferdemessen zu stylen.«

»Ich …« Wegen des Shampoos in den Augen konnte ich Lucy nicht sehen, versuchte aber trotzdem, sie mit meinem Gipsarm wegzustoßen. »… bin kein Pferd!«

»Das weiß ich selbst«, sagte Lucy. »Aber du brauchst das Zeug wirklich, Sam. Betrachte es als Katastrophenhilfe … du bist so eine Art kosmetische Katastrophe!« Sie schubste mich wieder unter den Strahl der Dusche. »Und jetzt spülst du die Haare aus und wäschst sie dir dann gleich noch mal, okay?«

Als Lucy endlich von mir abließ, hatte sie mich fast zu Tode geschrubbt, gezupft, geschminkt und geföhnt.

Allerdings muss ich zugeben, dass ich ziemlich gut aussah. Okay, der Kommentar mit der kosmetischen Katastrophe war ganz schön krass gewesen, aber unter Lucys Pflege – und vor allem dem Luftstrom ihres professionellen Styling-Föns – hatte mein Haar seine Kupferdrahtigkeit verloren und fiel mir, statt senkrecht aus dem Kopf herauszuwachsen, in weichen Locken auf die Schultern. Und obwohl nicht einmal Lucy meine Sommersprossen wegzaubern konnte, hatte sie es irgendwie hingekriegt, dass sie weniger auffielen.

Ich akzeptierte den hawaiianischen Ingwerextrakt, das Aprikosen-Bodypeeling und sogar die Pferdehaarspülung. Wimperntusche, Make-up und Lipgloss gingen auch noch klar. Doch als Lucy eine hellblaue Bluse und den dazu passenden Rock aus ihrer Sporttasche zauberte, war meine Toleranzgrenze erreicht.

»Vergiss es!«, sagte ich mit aller Autorität, die jemand ausstrahlen kann, der nichts als ein Krankenhausbadetuch am Leibe trägt, das noch nicht mal ein besonders großes ist. »Lippenstift und Eyeliner sind eine Sache, aber deine blöden Klamotten zieh ich nicht an.«

»Dir wird gar nichts anderes übrig bleiben, Sam.« Lucy hielt mir ihre Bluse hin. »Du hast nur schwarze Sachen und kannst auf gar keinen Fall von Kopf bis Fuß schwarz angezogen vor die amerikanische Fernsehnation treten. Die halten dich doch alle für eine praktizierende Teufelsanbeterin. Du ziehst dich jetzt gefälligst einmal in deinem Leben wie ein normaler Mensch an – keine Widerrede.«

Bei *Keine Widerrede* fiel sie über mich her. Wobei ich zu bedenken gebe, dass es ein unfairer Kampf war. Sie war im Vorteil, weil sie:

a) fünf Zentimeter größer ist als ich und sicherlich vier Kilo mehr wiegt,
b) nicht durch einen Gipsarm behindert wurde,
c) nicht gleichzeitig ihr Badetuch festhalten musste
und
d) auf eine langjährige Lektüre der *Glamour* zurückblicken kann und dadurch über ein schier übernatürliches Gespür für Stil verfügt.

Im Ernst. Nur deshalb habe ich nachgegeben. Außerdem hatte Lucy kein einziges meiner eigenen Kleidungsstücke mitgebracht, und die Sachen von gestern hatte der Secret Service mitgenommen, um sie auf mögliche Schmauchspuren von Mr Uptown-Girls Pistole analysieren zu lassen.

Als ich endlich aus dem Badezimmer kam, trug ich am Körper die Kleider meiner Schwester, hatte ihre Schminke im Gesicht und ihre Pflegeprodukte im Haar. Ich sah nicht mehr aus wie ich selbst. Kein bisschen.

Aber hey, das machte mir eigentlich nichts aus. Doch, echt. Weil ich mir sowieso nicht mehr vorkam wie ich selbst. Nicht nur wegen des Awapuhiextrakts und des anderen Zeugs, sondern auch wegen der schlaflosen Nacht, der Plakate schwenkenden Leute auf der Straße und den ganzen Du-bist-bärauschend-Teddys.

Ich will damit sagen, dass ich schon ziemlich geplättet war, als ich aus dem Bad kam. Ehrlich gesagt hätte ich mir nicht vorstellen können, dass es sogar noch härter kommen könnte.

Doch dann räusperte sich meine Mutter, die inmitten der Flut von Blumen und Ballons stand, und sagte mit leicht nervöser Stimme: »Äh, hier ist jemand, der dich sprechen möchte, Samantha.«

Und als ich mich umdrehte, stand da – der Präsident der Vereinigten Staaten.

8

Obwohl ich schon mein ganzes Leben lang in Washington D. C. wohne (bis auf das eine Jahr in Marokko), hatte ich bis zu diesem Moment noch keinen der Präsidenten so richtig aus der Nähe gesehen. Und dabei hatten wir, seit meiner Geburt, schon vier verschiedene.

Natürlich waren sie schon in ihren Wagenkolonnen an mir vorbeigefahren, und vom Fernsehen her wusste ich, wie sie aussahen, aber bis zu dem Zwischenfall vor der Capitol-Cookies-Bäckerei war ich nie einem von ihnen live begegnet.

Und als ich ihn da so in meinem Krankenhauszimmer neben Mom, Dad, Lucy, Rebecca, Theresa und den Männern vom Secret Service, von Blumen und Ballons umringt, stehen sah …

Na ja, da war das eben ziemlich merkwürdig.

Neben ihm stand außerdem die First Lady, seine Frau, die ich auch noch nie aus der Nähe gesehen hatte. Ich kannte sie zwar aus dem Fernsehen und vom Titelblatt einer Hausfrauen-Zeitschrift, in der sie mal ihr preisgekröntes Brownie-Rezept vorgestellt hatte, aber so ganz dicht vor mir sah ich sie zum ersten Mal. Von nahem sehen der Präsident und die First Lady irgendwie größer aus als im Fernseher.

Okay, das klingt blöd. Natürlich sind sie in echt größer, aber ihr wisst schon, wie ich das meine. Und dann sahen sie irgendwie auch … ich weiß nicht … älter aus und irgendwie realistischer. Man sah jedes kleine Fältchen.

»Du bist also die junge Dame, der ich mein Leben verdanke?«

Das hat er zu mir gesagt. Der Präsident der Vereinigten Staaten. Das waren die ersten Worte, die er an mich richtete, und zwar mit dieser tiefen Bassstimme, die ich fast jeden Abend höre, wenn meine Eltern mich zwingen, von den »Simpsons« zu den Nachrichten umzuschalten.

Und was habe ich dem Präsidenten der Vereinigten Staaten geantwortet?

»Öh…«

Hinter mir hörte ich Lucy erleichtert aufatmen. Befriedigt darüber, noch rechtzeitig gekommen zu sein, um mich ihrer Verschönerungsbehandlung zu unterziehen. Wäre der Präsident nur ein paar Minuten früher ins Zimmer getreten, hätte er mich mit meiner vom Schlaf zerwühlten Bettfrisur angetroffen.

Dass ich mich *anhörte* wie die letzte Vollidiotin, schien Lucy egal zu sein. Hauptsache, ich sah nicht aus wie eine.

»Ich musste doch herkommen«, sagte der Präsident mit seiner staatstragenden Stimme, »und fragen, ob ich dem mutigsten Mädchen der Welt die Hand schütteln darf.«

Er hielt mir seine große rechte Hand hin.

Ich starrte sie an. Nicht weil sie irgendwie besonders gewesen wäre. Das war sie nicht. Wobei, irgendwie ja schon – immerhin gehörte sie dem Präsidenten. Aber das war es nicht. Ich starrte so, weil ich über das nachdenken musste, was der Präsident gerade gesagt hatte. Dass ich das mutigste Mädchen der Welt sei.

Komisch. Obwohl in den Glückwunschkarten, die zusammen mit den Sträußen, Ballons und Teddys gekommen und mir von meiner Mutter vorgelesen worden waren, ähnliche Sachen gestanden hatten, dachte ich erst in diesem Moment so richtig darüber nach. Über meinen Mut, meine ich.

Weil es einfach nicht stimmt. Ich bin nicht mutig gewesen. Mutig ist man, wenn man etwas tut, weil man es für richtig hält, obwohl man gleichzeitig Angst davor hat, es zu tun, weil es wehtun oder sonst wie unangenehm sein könnte. Tut man es dann trotzdem, ist man mutig. Zum Beispiel wenn ich Catherine gegen Kris Parks verteidige, weil die mal wieder über ihre Laura-Ingalls-Blümchenkleider ablästert, und das, obwohl ich mich damit automatisch zu Kris' nächstem Opfer mache – das ist *wirklich* mutig.

Aber dass ich mich an Mr Uptown-Girls Schulter festgeklammert hatte, das hatte nichts mit Mut zu tun gehabt, weil ich gar nicht über mögliche Folgen nachgedacht hatte. Ich habe einfach reagiert. Ich sah die Pistole und den Präsidenten und bin losgehechtet. Mehr nicht.

Nein, ich bin nicht das mutigste Mädchen der Welt. Ich bin nur ein Mädchen, das zufällig das Pech hatte, neben einem Typen zu stehen, der den Präsidenten erschießen wollte. Das ist alles. Ich habe nichts getan, was jeder andere nicht auch getan hätte. Wirklich nicht.

Keine Ahnung, wie lange ich noch so dagestanden und die Hand des Präsidenten angestarrt hätte, wenn mir Lucy nicht ihren Zeigefinger in den Rücken gerammt hätte. Was fies wehtat, weil Lucy sehr lange Nägel hat, die sie sich beinahe jeden Abend spitz feilt.

Ich ließ mir nicht anmerken, dass mich meine große Schwester mit ihren Raubtierkrallen in den Rücken gepikst hatte. Stattdessen sagte ich: »Wow, danke«, und streckte meine eigene Hand aus.

Nur dass ich instinktiv die Rechte ausstreckte, die mit dem Gips. Alle lachten, als hätte ich einen irren Witz gemacht, und dann schüttelte mir der Präsident die linke, unvergipste Hand.

Danach schüttelte mir auch die First Lady die Hand und sagte, sie und der Präsident würden sich sehr freuen, mich und meine Familie, »sobald sich die Aufregung etwas gelegt hat«, zum Dank zu einem Abendessen ins Weiße Haus einzuladen.

Zum Abendessen? Ins Weiße Haus? Wen – mich?

Zum Glück schaltete sich meine Mutter ein und sagte, das sei sehr freundlich und wir würden die Einladung dankend annehmen.

Anschließend drehte sich die First Lady zur Tür und strahlte. »Ach, da bist du ja. Samantha, darf ich dir unseren Sohn vorstellen? Das ist David.«

Und David kam in mein Zimmer. David, der Präsidentensohn.

Der zufälligerweise auch der David aus dem Zeichenkurs bei Susan Boone ist. Der Save-Ferris-David. Der »Hey, coole Boots«-David.

Und da verstand ich plötzlich auch, warum er mir so bekannt vorgekommen war.

9

Aber woher hätte ich denn wissen sollen, dass er der Sohn des Präsidenten der Vereinigten Staaten ist?

Wo der David aus dem Zeichenkurs doch kein bisschen so ausgesehen hat wie der Junge aus den Nachrichten. Der Streber, der seinen Eltern im Wahlkampf immer brav hintergedackelt ist. Der nie Save-Ferris-T-Shirts, geschweige denn Springerstiefel trug. Der nicht wirkte, als würde er sich für Kunst interessieren. Der in Spießeranzügen rumsaß und guckte, als würde ihn das Gelaber seines Vaters brennend interessieren, während es mich nur langweilt und höchstens zum Umschalten anregt (ja, ich weiß, dass ich mich als Bürgerin dieses demokratischen Landes und Mitglied unserer globalen Planetengemeinschaft mehr mit Politik beschäftigen sollte).

Seit sein Vater Präsident ist, geht David in Washington D. C. zur Schule, und ich habe ihn im Fernsehen immer nur in der beknackten Horizon-Schuluniform gesehen: braune Hosen (Röcke bei den Mädchen), weißes Hemd, dunkelblauer Blazer und rote Krawatte.

Und obwohl er mit seinen dunklen Locken und grünen Augen in der Schuluniform definitiv besser aussah als der durchschnittliche Horizon-Schüler, habe ich ihn immer für einen Riesenstreber gehalten. Weil er einfach nicht aussah, als hätte er auch nur die leiseste Chance, jemals das Cover von *Teen People* zu zieren wie Justin Timberlake, oder als würde er halb nackt in der Chesapeake Bay surfen.

Selbst jetzt, als ich ihm im Krankenhaus gegenüberstand, konnte ich kaum glauben, dass er tatsächlich derselbe Typ war, der vor ein paar Tagen meine Stiefel cool gefunden hatte.

Obwohl, vielleicht doch. So von nahem betrachtet – nicht auf dem Bildschirm, winkend in einer Flugzeugtür stehend, oder auf einem Zeitungsfoto irgendwo in Kentucky auf einem Podium sitzend und voll Bewunderung zu Daddy am Rednerpult aufblickend –, hatte er doch mehr Ähnlichkeit mit dem Typen im Save-Ferris-T-Shirt, der meine Stiefel gelobt hat, als mit dem Strebersohn des Präsidenten.

Schwer zu sagen, wer von uns beiden verblüffter war, den anderen zu sehen. David machte jedenfalls ein ziemlich verblüfftes Gesicht. Was meiner Meinung nach übrigens nicht an dem merkwürdigen Zufall lag. Dass wir uns vom Zeichenkurs her kannten, meine ich. So merkwürdig und zufällig war das ja gar nicht. Der Präsident war wohl in der Gegend gewesen, um David vom Kurs abzuholen, und hatte zwischendurch Lust auf eine Leckerei von der Capitol-Cookie-Bäckerei bekommen.

Nein, ich glaube, er starrte mich so an, weil er zu ergründen versuchte, was seit unserer letzten Begegnung mit mir *passiert* war. Im Zeichenkurs war ich schwarz angezogen und ungeschminkt gewesen, hatte Gänseblümchen-Stiefel an den Füßen und Kupferdraht auf dem Kopf getragen, und jetzt sah er mich in Lucys Rock, mit braven College-Schuhen, glatt frisierten Haaren und glänzenden Lippen, die zum Küssen einluden (jedenfalls stand das so auf der Tube von dem Lipgloss, das Lucy mir auf den Mund geschmiert hatte).

Natürlich war er verblüfft: Ich sah aus wie Lucy!

»Äh…«, stammelte David erst mal, wofür ich vollstes Verständnis hatte. »Hi.«

Was ich mit einem rasant schlagfertigen »Öh, ja. Hi« konterte.

Davids Mutter guckte von ihrem Sohn zu mir und wieder zurück. »Kennt ihr euch etwa schon?«

»Ja«, sagte David, der mittlerweile lächelte, und zwar auf ziemlich nette Weise. Natürlich nicht so nett wie Jack, aber doch nah dran. »Samantha ist auch bei Susan Boone im Zeichenkurs.«

Die Erkenntnis traf mich wie ein Blitz.

Samantha ist auch bei Susan Boone im Zeichenkurs.

Dieser Mensch konnte mit einem Satz das Geheimnis enthüllen, das ich die ganze Zeit über erfolgreich vor meinen Eltern gehütet hatte: die Sache mit dem geschwänzten Zeichenkurs, meine ich.

Na und?, könnte man jetzt einwenden. Wozu die Panik? Selbst wenn meine Eltern dahintergekommen wären, dass ich nicht bei Susan Boone gewesen bin – was hätte groß passieren können? *Ich habe dem Präsidenten das Leben gerettet.* Wenn jemand für irgendetwas jemals die »Du kommst aus dem Gefängnis frei«-Ereigniskarte verdient hat, dann ja wohl ich.

Wahrscheinlich hätten Mom und Dad sogar Gnade vor Recht ergehen lassen – die zwei sind nicht gerade die autoritärsten Erzieher der Welt.

Aber Theresa, der ich mein heiliges Ehrenwort gegeben hatte, den Kurs nicht zu schwänzen, hätte mir das nie verziehen. Sosehr Theresa den Präsidenten des Landes schätzt, das sie inzwischen innig liebt, wusste ich doch ganz genau, dass mein schönes Leben vorbei sein würde, wenn sie erführe, dass ich sie belogen hatte. Aber *so was* von vorbei. Adieu, ihr Schokodonuts nach der Schule – von nun an würde es für mich nur noch Haferkekse und Müsliriegel geben. Theresa verzeiht einem fast alles – schlechte Noten, Zuspätkommen, verlorene Hausaufgabenhefte, dreckige Fußstapfen mit Erde aus dem Park auf ihrem frisch gemoppten Küchenboden … aber lügen?

Niemals. Egal wie ehrenhaft meine Motive auch gewesen

waren, beispielsweise weil meine künstlerische Glaubwürdigkeit auf dem Spiel gestanden hatte.

Deshalb warf ich David einen flehenden Blick zu und hoffte wider jegliche Vernunft, er würde mich verstehen. Auch wenn es mir sehr unwahrscheinlich erschien. Er trug zwar nicht seine Horizon-Schulkluft, dafür aber ein Streberhemd und Hosen mit Bügelfalten. Er sah nicht so aus, als hätte er seine Eltern schon jemals in seinem Leben belogen, geschweige denn seine extrem unerbittliche Haushälterin. Wie konnte ich von so einem Verständnis erwarten?

Trotzdem musste ich ihn irgendwie davon abhalten, mich bei meinen Eltern zu verraten. Bei dem Agenten seines Vaters hatte es schließlich auch geklappt…

»Ach, Sie schicken sie auch zu Susan Boone?« Die First Lady strahlte meine Mutter an. »Ist Susan nicht *eine tolle Frau*? David ist ganz hingerissen von ihr.« Sie legte ihrem Sohn eine Hand auf die Schulter – eine, wie ich fand, überraschend mütterliche Geste, dafür dass diese Frau mit dem mächtigsten Mann des Landes verheiratet ist. »Ich bin heilfroh, dass David gestern erst aus dem Atelier kam, als alles schon vorbei war. Wenn ich mir vorstelle, was passiert wäre, wenn er zur Tür herausgekommen wäre, als…«

Sie beendete ihren Satz nicht. Wahrscheinlich wollte sie auf das hinaus, was gewesen wäre, wenn David rausgekommen wäre, als Mr Uptown-Girl losgeballert hat. Dabei wäre dann gar nichts gewesen. Weil ich ja da war und Schlimmeres verhindert habe.

Bitte, David! Ich richtete all meine telepathischen Fähigkeiten gebündelt auf ihn. *Bitte sag jetzt nicht, dass ich gestern nicht da war. Bitte versuche nur ein einziges Mal in deinem spießerhemdigen Politikersohnleben, dein Unterbewusstsein zu öffnen und meine Botschaft zu empfangen. Ich weiß, du kannst es. Du findest Safe Ferris genauso gut wie ich, vielleicht können wir also auf einer Wellenlänge kommunizieren. Sag jetzt nichts, David. Sag nichts. Sag nichts …*

»Ich weiß, was Sie meinen.« Meine Mutter legte mir auch eine Hand auf die Schulter, genau wie die First Lady es bei David gemacht hatte. »Ich will lieber gar nicht daran denken, was passiert wäre, wenn die Sicherheitsbeamten diesen Mann nicht so schnell entwaffnet hätten …«

»Richtig!«, stimmte die First Lady ihr zu. »Sind das nicht ganz fabelhafte Männer?«

Wundersamerweise war das Thema Susan Boone damit abgeschlossen, wenn man von der erstaunlichen Enthüllung absieht, dass John (der ältere Mann, der so mies zeichnet und von dem ich dachte, er hätte ein Hörgerät) in Wahrheit Davids persönlicher Sicherheitsbeamter ist, was ich schon ganz schön komisch finde.

Aber wie komisch muss David es erst gefunden haben, als er ins Krankenhaus kam, um das Mädchen kennen zu lernen, das seinem Vater das Leben gerettet hat, und plötzlich stand *ich* vor ihm?

Wobei er sich von seinem anfänglichen Schock recht schnell erholte. Ich glaube sogar, dass er die Sache witzig fand – er sah aus, als müsse er sich sein Grinsen verbeißen, was ihm aber nicht so ganz gelang. Wahrscheinlich musste er an die Ananas denken. Als ich daran dachte, lief ich gleich knallrot an.

O Gott. Diese beknackte Ananas. Ich hätte im Boden versinken können. Aber dann sagte ich mir, dass ich sie schließlich aus meinem tiefsten Inneren heraus gezeichnet hatte, was – laut Jack – total okay und richtig ist.

Wieso war es mir dann trotzdem so peinlich?

Nach ungefähr weiteren zwanzig Minuten leicht krampfiger Unterhaltung verabschiedeten sich David und seine Eltern endlich und wir waren wieder unter uns.

Sobald die Tür hinter der Präsidentenfamilie zugefallen war, atmete meine Mutter hörbar aus und sackte auf meinem Bett zusammen (das sie zum Glück noch schnell gemacht hatte, als ich unter der Dusche stand).

»Eine vollkommen surreale Situation«, sagte sie. »Fandet ihr nicht auch?«

Theresa stand noch mehr unter Schock als wir anderen. »Ich fresse einen Besen«, murmelte sie. »Ich habe eben den Präsidenten der Vereinigten Staaten kennen gelernt!«

Sogar Rebecca war beeindruckt. »Nur blöd, dass ich keine Gelegenheit hatte, ihn nach der Area 51 zu fragen«, sagte sie frustriert. »Ich hätte gern gehört, wie er begründet, dass die Regierung uns die Wahrheit über die außerirdischen Besucher vorenthält.«

Lucy sah die Sache etwas pragmatischer.

»Ein Abendessen im Weißen Haus«, sagte sie. »Meint ihr, ich darf Jack mitbringen?«

»NEIN!«, sagten Mom und Dad gleichzeitig und ziemlich laut. Lucy seufzte. »Na gut. Umso besser. Dann kann ich ja ganz entspannt mit David flirten. Der ist ja wohl supersüß, was?«

Versteht ihr mich jetzt? Versteht ihr, warum Lucy einen Mann wie Jack überhaupt nicht verdient hat? Ich holte tief Luft, weil ich an Jacks Stelle so empört war.

»Äh, hallo?«, sagte ich. »Du hast schon einen Freund.«

Lucy sah mich an, als hätte ich nicht alle Tassen im Schrank. »Ja und?«, sagte sie. »Darf ich deswegen etwa keinen anderen Jungen mehr anschauen, oder was? Sind dir seine grünen Augen aufgefallen? Und sein Arsch ist ja wohl echt zum Anb…«

»Es reicht«, unterbrach Dad sie. »Keine Ärsche. Solange ich im Zimmer bin, wird nicht über Ärsche diskutiert. Und wenn ich nicht im Zimmer bin, auch nicht.«

»Das gilt mindestens so für mich«, sagte Mom.

Ich stimmte ihnen aus vollem Herzen zu. Das musste man sich

mal vorstellen: Lucy guckt sich die Ärsche anderer Jungen an, obwohl sie sich doch Jacks Arsch anschauen konnte, sooft sie wollte!

Aber Lucy merkte überhaupt nicht, wie selbstsüchtig und treulos sie war. Sie zuckte bloß mit den Schultern, sagte: »Ja, ja. Alles klar«, und schlenderte zum Fenster.

»Nicht zum Fenster!«, brüllten Mom und ich.

Zu spät. Frenetischer Jubel brandete zu uns herauf. Erst zuckte Lucy zusammen, dann fing sie sich und winkte huldvoll, als wäre sie die Päpstin höchstpersönlich. »Hallo, ihr kleinen Menschlein da unten. Hallo, Peter Jennings von ABC! Hallo, Katie Couric vom Frühstücksfernsehen.«

Lustigerweise ging genau in dem Moment die Tür auf, und eine Frau in Rüschenbluse, die sich als Mrs Rose von der Klinikverwaltung vorstellte, lief schnurstracks auf Lucy zu. »Miss Madison? Wären Sie jetzt bereit für die Pressekonferenz?«

Lucy fuhr erschrocken herum.

»Doch nicht ich«, sagte sie. »Die da.« Und deutete mit ihrem spitz gefeilten Zeigefingernagel auf mich.

Mrs Rose sah mich an.

»Oh«, sagte sie. »Na gut. Bist du so weit? Sie wollen dir nur ein paar Fragen stellen. Das ist eine Angelegenheit von fünf Minuten und danach darfst du nach Hause.«

Ich sah meine Eltern an, die mir aufmunternd zulächelten. Ich sah Theresa an, die ebenfalls lächelte. Ich sah Lucy an, die sagte: »Fummel dir bloß nicht in den Haaren rum, okay? Ich bin froh, dass ich sie so gut hingekriegt hab. Mach nicht wieder alles kaputt.«

Ich sah Mrs Rose an.

»Doch, ja«, sagte ich. »Ich glaube, ich bin so weit.«

Hier eine Liste mit wertvollen Ratschlägen, falls ihr mal eine Pressekonferenz geben müsst. Die zehn Dinge, die ihr nach Möglichkeit vermeiden solltet, sind:

10. Wenn der Korrespondent der *New York Times* wissen will, ob ihr Angst hattet, als Larry Wayne Rogers (alias Mr Uptown-Girl) eine Pistole unter seinem Regenumhang hervorholte, sagt besser nicht, dass ihr im Gegenteil eher erleichtert wart, weil ihr schon gedacht hattet, er würde etwas anderes rausholen.

9. Nur weil ein Glas Wasser vor euch steht, müsst ihr es noch lange nicht trinken. Besonders dann nicht, wenn eure Lippen so fett mit öligem Lipgloss eingeschmiert sind, dass der Rand des Glases von eurem Mund abrutscht und ihr das ganze Wasser auf die Bluse schüttet, die eure Schwester euch geliehen hat.

8. Wenn eine Reporterin des *Indianapolis Star* fragt, ob ihr schon wisst, dass Larry Wayne Rogers den Präsidenten nur erschießen wollte, um eine Frau zu beeindrucken, der er bereits seit Jahren nachstellt – und zwar Billy Joels Ex-Frau, das Model Christie Brinkley, über die er seinen Song »Uptown Girl« geschrieben hat –, ruft vielleicht lieber nicht: »O Mann, so ein Loser!«, sondern äußert euch besorgt darüber, dass Menschen mit psy-

chischen Störungen ein schwer wiegendes gesellschaftliches Problem darstellen.

7. Wenn der CNN-Korrespondent wissen will, ob ihr einen Freund habt, käme es cooler, wenn ihr sagt: »Nein, im Moment nicht«, anstatt so zu reagieren wie ich. Nämlich euch an eurer eigenen Spucke zu verschlucken.

6. Die Talkshow-Moderatorin Barbara Walters ununterbrochen anzustarren, weil ihr euch die ganze Zeit fragt, ob dieses Ding auf ihrem Kopf ihre Haare sind oder vielleicht ein Astronautenhelm. Echt keine gute Idee.

5. Wenn Matt Lauer von NBC »Today« aufsteht, um seine Frage zu stellen, solltet ihr lieber nicht ins Mikrofon kreischen: »Hey! Ich kenne Sie! Meine Mutter ist total verknallt in Sie!«

4. Wenn eine Strähne eures Haars am Lipgloss festklebt, ist es vernünftiger, sie einfach mit der Hand wegzuwischen, als zu versuchen, sie wegzublasen, was dann durchs Mikro so klingt, als wärt ihr der Wal aus »Free Willy«.

3. Wenn der Reporter der *Los Angeles Times* wissen möchte, was es für ein Gefühl war, den Präsidenten und seine Familie kennen zu lernen, solltet ihr euch vielleicht etwas eingehender dazu äußern, statt zu sagen: »Och, ganz okay.«

2. Ein grundsätzlicher Tipp: Wenn ihr dem Präsidenten das Leben gerettet habt, interessieren sich die meisten Leute vor allem dafür und – leider – weniger für langatmige Beschreibungen eures Hundes.

Aber was am allerwichtigsten ist:

1. Vergesst bloß nicht, eine Sonnenbrille aufzusetzen. Auf Pressekonferenzen sind nämlich so viele Leute, die Fotos von euch machen, dass ihr, wenn ihr vom Podium steigt, nur noch verschwommene violette Flecken seht und möglicherweise stolpert und der Moderatorin Candace Wu in den Schoß fallt.

10

Okay, jetzt erfahrt ihr, was passiert, wenn ihr einen Wahnsinnigen daran hindert, den Präsidenten der Vereinigten Staaten zu ermorden.

Plötzlich wollen alle – alle auf der ganzen Welt – mit euch befreundet sein.

Im Ernst.

Und ich spreche hier nicht von Gute-Besserung!-Ballons oder Du-bist-bärauschend!-Teddys (die wir übrigens zum Abschied alle der Kinderabteilung gestiftet haben). Als ich am Tag nach dem kleinen Zwischenfall vor der Capitol-Cookie-Bäckerei aus der Klinik kam, blinkten sage und schreibe hundertsiebenundsechzig Nachrichten auf unserem AB. Nur zwanzig waren von Menschen, die ich wirklich kenne und mag, wie Grandma oder Catherine. Alle anderen stammten von Reportern oder von Leuten wie Kris Parks, die völlig vergessen zu haben schien, dass sie jemals Lispel-Witze über mich gemacht hat.

»Hi, Sam!«, säuselte sie mit der von ihr patentierten Kris-Parks-Schleimerinnenstimme ins Telefon. »Ich bin's, Kris! Ich rufe an, um zu fragen, ob du nächsten Samstag zu meiner Party kommen willst. Meine Eltern sind auf Aruba, wir haben also sturmfreie Bude! Aber ohne dich wäre es natürlich nur der halbe Fun.«

Ich traute meinen Ohren nicht. Man sollte meinen, Kris Parks würde zumindest *versuchen*, ein bisschen subtiler vorzugehen. Sie hatte mich seit der dritten Klasse nicht mehr zu einer ihrer

Partys eingeladen, und jetzt tat sie so, als hätten wir niemals aufgehört, Freundinnen zu sein. Das Ganze war total absurd.

Lucy teilte meine Empörung nicht, sondern sagte bloß: »Cool, eine Party bei Kris. Da gehe ich mit Jack hin.«

Worauf meine Eltern im Chor antworteten: »Oh nein, das wirst du nicht«, und sie daran erinnerten, dass sie uns grundsätzlich nie erlauben, auf Partys zu gehen, auf denen nicht wenigstens ein Elternteil Aufsicht führt. Und erst recht nicht mit Jack, der letztes Jahr auf der Weihnachtsfeier des Country-Clubs in Chevy Chase splitternackt im Pool erwischt worden ist. (Da die Ryders Klubmitglieder sind, wurde der Vorfall vertuscht. Dummerweise nicht so gut, dass meine Eltern nicht davon erfahren hätten. Ihnen wäre es wohl lieber, wenn Lucy einen Freund hätte, der Autoritäten nicht infrage stellt und widerspruchslos alles tut, was ihm gesagt wird, wie die meisten unserer Altersgenossen, statt einen eigenständig denkenden Menschen wie Jack.)

Lucy schien es nicht zu kratzen, dass unsere Eltern ihr nicht erlaubten, mit Jack auf die Party zu gehen. Stattdessen schlenderte sie zum Fenster und winkte noch mal den Reportern zu, die sich im Vorgarten zusammengerottet hatten.

Übrigens war die Nachricht von Kris Parks noch nicht mal die unglaublichste auf dem AB. Außer ihr hatte nämlich noch ungefähr die Hälfte aller Journalisten angerufen, die auch schon auf der Pressekonferenz gewesen waren, und wollten wissen, ob ich zu einem Exklusivinterview mit ihnen bereit wäre. Alle großen Nachrichtensendungen – 60 Minutes, 48 Hours, Dateline NBC, 20/20 – wollten Porträts über mich bringen und baten mich möglichst bald um Rückruf.

Ja klar. Als gäbe es so viel über mich zu sagen, dass man damit eine einstündige Sondersendung füllen könnte. Bisher ist mein Leben kaum mehr als eine einzige lange Serie von Demütigungen gewesen. Wenn sie eingehend darüber berichten wollten, wie ich durch das irrationale Verlangen, Kris Parks jedes mit »s« beginnende Schimpfwort unserer Sprache entgegenzuschleudern, für immer von meinem Lispeln geheilt wurde, dann konnten sie das ruhig. Aber ich hatte den vagen Verdacht, das wäre ihnen nicht spektakulär genug.

Außerdem hatten diverse Getränkehersteller angerufen. Ganz im Ernst. Coca Cola und Pepsi fragten an, ob ich Interesse an einem Exklusivvertrag hätte. Als würde ich mich vor eine Kamera stellen und sagen: »Hey, Leute, trinkt Coca Cola wie ich. Dann könnt ihr euch auch auf einen durchgeknallten Christine-Brinkley-Fan stürzen und eure Handgelenke gleich an zwei Stellen brechen.«

Aber der unangenehmste Anruf war der, vor dem ich mich auch am meisten gefürchtet hatte. Ehrlich gesagt hatte ich die unrealistische Hoffnung gehegt, diese Nachricht wäre nicht dabei, wenn wir das Band abhörten. Leider wurde ich enttäuscht. Und wie.

Die Nachricht Nr. 164 wurde nämlich von einer mir sehr vertrauten Stimme gesprochen und hatte folgenden Inhalt: »Samantha? Hallo, hier ist Susan Boone. Du weißt schon, vom Zeichenkurs. Du, Samantha, ich würde mich sehr freuen, wenn du zurückrufst, sobald du diese Nachricht hörst. Ich möchte gern mit dir über etwas sprechen.«

Als ich das hörte, geriet ich natürlich total in Panik. Das war's dann wohl. All mein Flehen an die Agenten des Secret Service war vergebens gewesen. Ich war aufgeflogen. Ich war erledigt.

Da ich davon ausging, reumütig vor Susan Boone zu Kreuze kriechen zu müssen, was niemand mitbekommen durfte, musste ich sie heimlich zurückrufen, was wiederum bedeutete, dass ich warten musste, bis mein Vater sein Gespräch mit der Telefongesellschaft beendet hatte, bei der er eine Geheimnummer beantragte. Die brauchten wir, weil sich einige der hundertsiebenundsechzig Anrufer etwas zu überschwänglich geäußert hatten, falls ihr versteht, was ich meine. So Larry-Wayne-Roger-ähnliche Typen (der übrigens im Hochsicherheitstrakt in U-Haft sitzt und auf seinen Prozess wartet), die mich alle sehr, *sehr* gerne näher kennen wollten. Anscheinend hatte das grauenhafte Foto aus meinem Schülerausweis keinerlei abschreckende Wirkung auf sie.

Der Secret Service hatte vorgeschlagen, wir sollten uns eine Geheimnummer geben und auch gleich eine Alarmanlage im Haus installieren lassen. Draußen standen nach wie vor Wachleute, die Neugierige zurückhielten, während ein paar Polizisten auf der Straße vor unserem Haus den Verkehr regelten, der auf das Vier- bis Fünffache des normalen Aufkommens angestiegen war, weil viele Leute herausgefunden hatten, wo ich wohnte, und im Schneckentempo vorbeizuckelten, um einen Blick auf mich zu erhaschen. Fragt mich bitte nicht, *wieso*. Ich tue selten irgendwas Interessantes. Meistens hocke ich bloß in meinem Zimmer, knabbere Pop-Tarts und zeichne Bilder von mir und Jack. Na ja, wahrscheinlich wollten sich die Leute mal anschauen, wie eine echte Heldin aus der Nähe aussieht.

Denn das war ich nun mal, ob es mir gefiel oder nicht. Eine Heldin.

Was, wie mir jetzt klar ist, nur ein anderer Begriff für einen Menschen ist, der zur denkbar falschesten Zeit am falschen Ort war.

Als Dad mit der Telefongesellschaft endlich alles geregelt hatte, rief ich bei Susan Boone an – allerdings nicht, ohne vorher Catherine zu konsultieren.

»Ein *Abendessen*?«, war alles, was Catherine herausbrachte. »Du wirfst dich der Kugel in den Weg, die für den Präsidenten bestimmt ist, und alles, was du dafür kriegst, ist ein läppisches Abendessen?«

»Ich hab mich der Kugel nicht in den Weg geworfen«, stellte ich richtig. »Außerdem ist es immerhin ein Abendessen im Weißen Haus. Und können wir uns jetzt bitte mal auf die aktuellen, drängenden Probleme konzentrieren? Was soll ich zu Susan Boone sagen?«

»Ts, jeder kann im Weißen Haus zu Abend essen, wenn er nur genug Kohle dafür hinlegt.« Catherine regte sich richtig auf. »Also echt, ich hätte wirklich gedacht, dass du mehr dafür bekommst als bloß ein Abendessen. Du hast zumindest einen Tapferkeitsorden verdient.«

»Na ja«, sagte ich. »Vielleicht krieg ich den ja auch noch. Vielleicht verleiht er ihn mir beim Abendessen. Aber jetzt sag mir mal, was ich zu Susan Boone sagen soll?«

»Nee, Samantha«, sagte Catherine mit einer Stimme, die ich an ihr gar nicht kannte. Sie hörte sich fast gereizt an. »Bei einem Abendessen kriegt man keine Orden verliehen. Dafür gibt es besondere Ordensverleihungszeremonien. Und du hast dem Präsidenten das Leben gerettet. Ich glaub nicht, dass es deine Zeichenlehrerin überhaupt kümmert, dass du ihren blöden Kurs geschwänzt hast.«

»Da bin ich mir eben nicht so sicher, Cath«, sagte ich. »Susan Boone nimmt Kunst sehr ernst. Vielleicht will sie mich aus dem Kurs schmeißen.«

»Na und? Ich dachte, du *willst* rausgeschmissen werden. Du hast doch gesagt, dass es schrecklich war.«

Ich dachte darüber nach. War er schrecklich gewesen? Das Zeichnen selbst nicht, das hatte eigentlich Spaß gemacht. Und Davids Kommentar über meine Stiefel hatte mich gefreut.

Aber alles andere – dass Susan Boone versucht hatte, mir mein Recht auf freie Ausdruckskraft zu nehmen und meine Freiheit, aus dem Innersten heraus zu zeichnen, zu beschneiden, und dass sie mich vor allen Leuten, einschließlich des Präsidentensohns, erniedrigt und blamiert hatte – war absolut schrecklich gewesen.

Also entschied ich, dass es nicht das Schlimmste wäre, von Susan Boone aus ihrem Kurs rausgeworfen zu werden.

Sobald ich mich von Catherine verabschiedet hatte, wählte ich Susan Boones Nummer. Ich wollte die Sache so schnell wie möglich hinter mich bringen.

»Hm, ja … Hi«, stotterte ich, als sie sich meldete. »Hier ist Samantha Madison.«

»Ach, hallo«, sagte Susan Boone. Im Hintergrund hörte ich ein bekanntes Krächzen. Also wohnte Joe nicht im Atelier, sondern reiste mit seiner Besitzerin zwischen Wohnung und Atelier hin und her. Ganz schönes Luxusleben für einen so fetten, hässlichen, Haare stehlenden Vogel. »Das ist ja nett, dass du gleich zurückrufst, Samantha.«

»Äh, kein Problem«, sagte ich, holte tief Luft und ging gleich aufs Ganze: »Ich wollte sagen, das mit letztem Mal tut mir echt Leid. Ich weiß nicht, ob Sie schon gehört haben, was passiert ist …«

Zu meiner Überraschung kicherte Susan Boone. »Samantha, ich glaube nicht, dass es südlich des Nordpols noch irgendeinen Menschen gibt, der nicht weiß, was gestern vor meinem Atelier passiert ist.«

»Oh«, sagte ich. Dann beeilte ich mich, die Lügenstory loszuwerden, die ich mir ausgedacht hatte. Wäre ich Jack gewesen, hätte ich ihr einfach die Wahrheit gesagt. Nämlich dass ich etwas dagegen habe, dass sie mir meine künstlerische Eigenständigkeit nehmen und mir stattdessen ihre Vorstellungen aufzwingen will.

Da ich nicht Jack bin, erzählte ich ihr einfach das Erstbeste, was mir eingefallen war.

»Also die Sache ist die … ich meine, der Grund dafür, dass ich nicht bei Ihnen im Kurs war, ist der, dass es ja richtig schlimm geregnet hat und ich total nass wurde, und deshalb bin ich kurz ins Static rein, um vor dem Kurs trocken zu werden, und dann, ich weiß auch nicht, wie es passieren konnte, irgendwie hab ich gar nicht auf die Zeit geachtet und auf einmal …«

»Ach lass nur, Samantha«, unterbrach mich Susan Boone zu meiner noch größeren Überraschung, obwohl ich zugebe, dass es keine so tolle Lüge war. Auf die Schnelle war mir einfach nichts Besseres eingefallen. »Ich wollte mit dir über deinen Arm sprechen.«

»Meinen Arm?« Ich guckte zu meinem Gips, an den ich mittlerweile schon so gewöhnt war, dass ich das Gefühl hatte, ihn schon immer gehabt zu haben.

»Ja. Hast du dir etwa den Arm gebrochen, mit dem du zeichnest?«

»Öh, nein.«

»Gut. Dann sehen wir uns also Dienstag?«

Mir kam ein ziemlich gemeiner Gedanke. Schmiss Susan Boone mich vielleicht nur deshalb nicht raus, weil sie wie Pepsi und Cola meinen neuen Promistatus ausnutzen und Werbung für ihre Zeichenkurse machen wollte?

So abwegig ist der Gedanke ja wohl nicht. Es ist ja nicht so, als hätte sie mir das eine Mal, als ich in ihrem Kurs war, zu Füßen gelegen und mein überragendes Zeichentalent gepriesen.

»Ach, wissen Sie was, Mrs Boone«, sagte ich und fragte mich nervös, wie ich ihr sagen sollte, was ich ihr sagen wollte – nämlich dass sie meine Kreativität erstickte und wo wir denn bitte schön wären, wenn jemand so was mit Picasso gemacht hätte? –, ohne sie zu beleidigen. Eigentlich fand ich sie nämlich ziemlich nett, mal abgesehen davon, dass ihr meine Ananas nicht gefallen hatte.

»Susan«, sagte sie.

»Äh, wie bitte?«

»Du kannst mich ruhig Susan nennen.«

»Oh. Okay, Susan. Also, ich glaube, im Moment hab ich gar keine Zeit für Ihren Zeichenkurs.« Dass ich damit niemals durchkommen würde, war mir klar. Aber es war einen Versuch wert. Immer noch besser, als ihr die Wahrheit zu sagen. Und außerdem war es durchaus möglich, dass meine Eltern angesichts der im Vorgarten kampierenden Reporter und der Irren, die Nachrichten auf unserem AB hinterließen, den Zeichenkurs schlicht und einfach vergaßen. Unter den gegebenen Umständen fiel meine Drei minus in Deutsch ja wohl nicht mehr ins Gewicht.

»Jetzt hör mir mal zu, Sam«, sagte Susan Boone streng. »Du hast wirklich eine Menge Talent, aber du wirst nie wirklich gut zeichnen lernen, wenn du nicht endlich aufhörst, so viel zu denken, und dafür anfängst zu *sehen*. Aber das kannst du nur, wenn du dir jetzt die Zeit nimmst, es zu lernen.«

Was? Sehen lernen? Hallo? Vielleicht dachte Susan Boone, bei der kleinen Rangelei vor ihrem Atelier hätte nicht mein Arm, sondern meine Augen Schaden genommen.

Zu spät erkannte ich, was sie vorhatte. Nämlich genau das, wovor Jack mich gewarnt hat! Sie versuchte, mich in einen Kunst-Klon zu verwandeln! Mich dazu zu bringen, mit den Augen zu zeichnen, statt mit meinem Innersten!

Aber bevor ich sagen konnte: »Nein, vielen Dank, Mrs Boone, ich lege keinen Wert darauf, einer Ihrer Zeichenroboter zu werden«, sagte sie schon: »Dann sehe ich dich also am Dienstag im Kurs. Andernfalls muss ich deinen Eltern leider mitteilen, dass wir dich am Donnerstag sehr vermisst haben.«

Boah. Das war ja wohl krass. Richtig krass. Und erst recht für eine Elfenkönigin.

»Öh«, sagte ich. So viel also zu meinem Kampf gegen das System. Mein Kampfgeist verpuffte augenblicklich. »Ja gut, okay.«

»Schön.« Susan Boone legte auf. Bevor es *Klick* machte, hörte ich im Hintergrund Joe krakeelen: »Braver Vogel. Braver Vogel.« Danach herrschte Stille.

Sie hatte mich in der Hand. Sie hatte mich so was von in der Hand und was noch schlimmer war – sie wusste es. Sie wusste es ganz genau. Wer hätte gedacht, dass Elfenköniginnen so *hinterhältig* sein können?

Jetzt blieb mir nichts anderes übrig, als hinzugehen – in Susan Boones Zeichenkurs, wo jeder wusste, dass ich letztes Mal geschwänzt hatte. Und alle sich höchstwahrscheinlich denken konnten, warum. Nämlich weil ich letztes Mal vor dem gesamten Kurs öffentlich gedemütigt und in der Luft zerrissen worden war.

O Gott! Es war alles so unfair und gemein!

Ich saß, immer noch über mein Schicksal kopfschüttelnd, in meinem Zimmer, als Lucy reinkam, natürlich ohne anzuklopfen, wie es so ihre Art ist.

»Ich hab alles klargemacht«, verkündete sie.

Ich hätte ahnen müssen, was mir drohte, als ich sah, dass Lucy ein Klemmbrett und einen Kuli dabeihatte und außerdem ihr »Zukünftige Managerin«-Outfit trug – den grün karierten Mini mit weißer Bluse und Pullunder.

»Also: Morgen gehst du mit mir und den Mädels nach Georgetown essen und shoppen«, erklärte sie mit Blick auf ihr Klemmbrett. »Morgen Abend begleitest du mich und Jack in den neuen Adam-Sandler-Film. Du musst dich ein bisschen in der Szene zeigen – erst im Kino und danach im Luigi's, wo wir Pizza essen. Sonntag ist Brunch mit den Cheerleadern und Footballern, danach dann das Match. Abends ist das Essen mit dem Präsidenten. Da kommen wir nicht drum herum, ich hab schon alles probiert. Aber falls danach noch ein bisschen Zeit ist, können wir noch mal schnell ins Luigi's, um zu sehen, wer alles da ist. Ein paar von uns treffen sich sonntags immer dort, um Hausaufgaben zu machen. Okay, jetzt zum Montag – das ist wichtig, Sam, also pass bitte auf!

Montag stellen wir deinen neuen Look vor. Du musst mindestens eine Stunde früher aufstehen als sonst. Du kannst dich in Zukunft nicht mehr aus dem Bett wälzen, das Erstbeste anziehen, was du findest, und dann in die Schule schlappen, als wäre Schule so eine Art soziales Ehrenamt, wo es niemanden interessiert, wie du aussiehst. Du solltest echt langsam anfangen, dir ein bisschen Mühe zu geben. Außerdem musst du jeden Morgen mindestens eine halbe Stunde für deine Haare einplanen.«

Ich blinzelte sie entgeistert an. »W… was«, sagte ich ganz langsam, weil sich meine Zunge anfühlte, als wäre sie auf einmal mehrere Kilo schwer, »redest … du … da?«

Lucy verdrehte die Augen himmelwärts und warf sich dann neben mich und Manet aufs Bett.

»Von deinen Terminen, du Doofkopf«, sagte sie. »Ich organisiere ab jetzt deine öffentlichen Auftritte, okay? Du musst dich um nichts kümmern. Aber denk bloß nicht, dass es einfach wird. Ich meine, wir wissen beide, dass du ziemlich wenig Grundkapital mitbringst. Dass du mit dieser Catherine rumziehst, macht es natürlich auch nicht leichter. Okay, sie ist ja ganz nett und alles, aber klamottenmäßig kommt sie echt voll behindert rüber, das musst du zugeben. Vielleicht können wir uns darauf einigen, dass du einfach in der Schule nicht mehr mit ihr redest, wie wäre das? Ach ja, was ich dich fragen wollte – hast du eigentlich alle deine Sachen schwarz gefärbt? Bist du sicher, dass du nicht noch irgendwo ein paar normale Klamotten versteckt hast?«

»Lucy!« Ich fasste es einfach nicht. Echt nicht. »Raus aus meinem Zimmer.«

Lucy schleuderte ihre langen, seidigen Haare nach hinten. »Ach komm, Sam, zick nicht rum. So eine Chance kriegt man nur einmal im Leben und dann muss man was draus machen. Das ist wie bei diesen komischen Messingringen, von denen Dad in seinen sentimentalen Momenten immer erzählt. Du weißt schon, nach denen man früher beim Pferdekarussell angeblich angeln musste und für die man dann eine Freifahrt bekam, oder was auch immer. Obwohl, wenn mir ein Typ so einen billigen Messingring geben würde, dann würde ich ja wohl sagen: Hasta la vista, Baby, und tschüss!«

»LUCY!« Ich hob einen Schuh auf und warf ihn mit aller Kraft in ihre Richtung. »RAUS AUS MEINEM ZIMMER!«

Lucy duckte sich und stand mit beleidigtem Gesicht auf, um sich zu verziehen.

»O Mann, echt«, sagte sie. »Da versuche ich, dir einen Gefallen zu tun, und was ist? Das war garantiert das letzte Mal, dass ich dir meine Hilfe angeboten hab.«

Und dann stapfte sie zu meiner großen Erleichterung aus dem Zimmer und ließ mich in all meiner Unbeliebtheit allein.

Zehn Dinge, die Gwen Stefani im Leben nicht tun würde:

10. Gwen Stefani würde ihrer Schwester niemals erlauben, ihre Garderobe für sie auszusuchen. Gwen Stefani hat einen ganz eigenen und unverwechselbaren Stil. Sie sucht in Secondhandshops nach süßen, knappen Tops und peppt sie dann auf, indem sie zum Beispiel Knoten reinmacht, damit sie sportlich und cool aussehen. Gwen würde nie, niemals marineblaue, graue oder beige Hosen anziehen, die ihre Schwester ihr für dreihundertfünfundsechzig Dollar bei Banana Republic gekauft hat.

9. Wenn Gwen von ihrer Schwester gesagt bekäme, sie solle ihre beste Freundin verleugnen, weil die von ihrer Mutter gezwungen wird, grottenhässliche Kleider anzuziehen, würde Gwen nur verächtlich lachen, statt mit einem Schuh nach ihr zu werfen.

8. Wenn Gwen Stefani mit ihrem Hund rausmüsste, würde sie wahrscheinlich nicht versuchen, die in ihrem Vorgarten kampierenden Reporter auszutricksen, indem sie sich, verkleidet mit einem Kapuzensweatshirt, Sonnenbrille und einer Hose ihres Vaters mit aufgerollten Beinen, zur Hintertür hinausschleicht. Gwen würde mutig an den Paparazzi vorbeistolzieren und deren unermüdliches Interesse an ihrer Person da-

zu nutzen, Ska als Musikrichtung noch bekannter zu machen.

7. Ich bezweifle sehr, dass Gwen Stefani knallrot anlaufen würde, wenn der Mann, den sie insgeheim liebt (und der zufälligerweise der Freund ihrer Schwester ist), ihr sagen würde, dass die aufgerollten Hosen ihres Vaters ihr sehr gut stehen.

6. Außerdem hat Gwen Stefani zu viel Charakter, als dass sie sich jemals in den Freund ihrer Schwester verlieben würde.

5. Hätte Gwen Stefani den Präsidenten der Vereinigten Staaten vor der Ermordung gerettet, würde sie sich wahrscheinlich nicht aus lauter Scham vor den Menschenmassen, die ihr erzählen, wie mutig sie ist, zu Hause verkriechen. Gwen würde einen vor ätzendem Humor und Selbstkritik nur so strotzenden Song darüber schreiben. Im dazugehörigen Video würde dann wahrscheinlich Gwens Ex-Freund Tony Kanal den Präsidenten spielen und der komische nackte Schlagzeuger wäre Larry Wayne Rogers.

   Aber das Lied würde in den MTV-Charts trotzdem nie über Platz fünf hinauskommen, weil die Amerikaner Ska einfach nicht zu schätzen wissen.

4. Wenn Kris Parks bei Gwen Stefani anriefe, wie sie es gerade eben bei mir getan hat, und sagen würde: »Hi, Gwen. Also sag mal, kommst du? Ich meine, zu meiner Party nächsten Samstag?«, würde Gwen ihr wahrscheinlich eine charmante und zugleich schlagfertige Antwort geben und nicht wie ich fragen: »Woher hast du unsere neue Nummer?«, weil ich vergessen hatte, dass Lucy praktisch jedem an unserer Schule

unsere neue Nummer gemailt hat, weil sie solche Panik hat, sie könnte einen der vielen wichtigen Events verpassen, die dieses Wochenende stattfinden, wie zum Beispiel das Pizzaessen bei Luigi's oder die lange Pauly-Shore-Videonacht bei Debbie Kinley.

3. Ich glaube, wenn irgendjemand je versuchen würde, Gwen Stefanis schöpferischen Drang zu ersticken, würde sie sich das niemals gefallen lassen – noch nicht einmal, wenn sie erpresst würde.

2. Gwen Stefani würde den Sonntagnachmittag garantiert nicht damit verbringen, einen Brief an den Freund ihrer Schwester zu schreiben, statt ihr Deutsch-Arbeitsblatt auszufüllen, das ihre beste Freundin ihr vorbeigebracht hat. Und schon gar nicht würde sie in dem Brief detailliert erläutern, wieso er eigentlich mit ihr zusammen sein müsste und nicht mit ihrer Schwester, nur um den Brief dann in lauter kleine Fetzen zu zerreißen und im Klo runterzuspülen, statt ihn dem Freund ihrer Schwester zu geben.

Was Gwen hundertprozentig niemals tun würde?

1. Zum Abendessen im Weißen Haus das marineblaue Ann-Taylor-Kostüm anziehen, das ihre Mutter ihr gekauft hat.

11

Ich bin schon oft im Weißen Haus gewesen. Jeder, der im Einzugsgebiet von Washington D. C. aufwächst, macht ab der dritten Klasse ungefähr ein Mal pro Schuljahr einen Ausflug dorthin und muss hinterher einen bescheuerten Erlebnisaufsatz darüber schreiben, so nach dem Motto: »Mein Besuch im Weißen Haus«.

Ich kenne sämtliche Zimmer, die man auf so einer Führung gezeigt bekommt: das Vermeil-Zimmer, die Bibliothek, das Porzellan-Kabinett, das Kartenzimmer, das Ostzimmer, das Grüne Zimmer, das Blaue Zimmer, das Rote Zimmer und so weiter und so fort.

Aber am Sonntagabend war ich zum ersten Mal nicht im Rahmen einer Besichtigungstour im Weißen Haus, sondern als richtig eingeladener Gast.

Was ein ziemlich komisches Gefühl war. Für uns alle – bis auf Rebecca vielleicht. Die hatte von Amazon gerade eine frische Ladung Star-Trek-Fortsetzungen geliefert bekommen und befand sich seitdem praktisch in Trance.

Ich habe Rebecca ja ohnehin in Verdacht, in Wirklichkeit ein Roboter zu sein, der überhaupt nicht zu menschlichen Regungen fähig ist.

Wir anderen waren voll nervös. Bei Mom merkte man es daran, dass sie sich so anzog wie sonst nur für einen Gerichtsprozess – mit Perlenkette und superstrengem Kostüm – und Dad sein Handy *und* den Palm-Computer wegnahm, damit er nicht während des Essens damit herumspielen konnte. Theresa, die als elementares Mitglied unserer Familie natürlich ebenfalls mit eingeladen war, hatte sich mördermäßig in Schale geworfen (unter anderem trug sie lila Pumps mit strassbesetzten Schnallen) und war ungewöhnlich milde gestimmt. Sie schimpfte noch nicht mal, als Manet ins Haus galoppiert kam und sich im frisch gesaugten Wohnzimmer die Regentropfen aus dem Fell schüttelte.

Lucys Schönheitsprogramm dauerte sogar noch zwei Stunden länger als gewöhnlich, und als sie dann endlich aus dem Bad kam, sah sie aus wie ein Gaststar bei »V.I.P.« und nicht wie jemand, der zu einem netten Abendessen bei einer Familie eingeladen ist, die – wenn man es genau betrachtet – bloß ein paar Häuser weiter wohnt.

»Versprich mir eins, Sam«, sagte Lucy, als wir im Wagen saßen und die Auffahrt hinunterfuhren, was gar nicht so einfach war, weil immer noch eine Meute von Reportern vor dem Haus herumlungert, die uns auf Schritt und Tritt zu fotografieren versucht. Zu ihren Lieblingstricks gehört es, bäuchlings auf die Motorhaube zu hechten und Dad schnell abzulichten, wenn er zum Supermarkt fährt, um Milch zu holen. Es ist richtig gefährlich geworden, aus der Ausfahrt zu fahren, weil immer zwei, drei von ihnen aus dem Nichts hinter dem Wagen hervorspringen. »Komm bloß nicht auf die Idee, alles, was dir nicht schmeckt, unter deinem Teller zu verstecken.«

»Lass mich in Ruhe, Lucy!« Ich war schon nervös genug. Auf ihre blöden Kommentare konnte ich verzichten. »Ich weiß, wie man sich bei einer Essenseinladung benimmt, okay? Ich bin kein Kleinkind.«

Aber es stimmte schon. Wenn es bei uns zu Hause Sachen gibt, die ich nicht mag, verfüttere ich sie heimlich unter dem Tisch an Manet, der ein Allesfresser ist – Karotten, Auberginen, Erbsen, Melone, Geflügelwurst, es gibt nichts, was er nicht runterschlingt. Die Präsidentenfamilie steht eher auf Katzen und hat keinen Hund. Katzen sind zwar sehr niedlich, aber für pingelige Esserinnen wie mich völlig nutzlos. Ich bezweifelte sehr, dass die Präsidentenkatze meine Blumenkohlröschen auffressen würde, wenn ich sie unter den Tisch fallen ließe.

Deshalb musste ich mir tatsächlich Gedanken darüber machen, was ich tun sollte, falls es Brokkoli gab (von dem mir schlecht wird) oder – noch schlimmer – irgendwas mit Fisch oder Tomaten, zwei Nahrungsmittel, die ich total widerlich finde, die aber bei festlichen Mahlzeiten beinahe immer in irgendeiner Form auf den Tisch kommen. Dass ich nichts unter meinem Teller verstecken konnte, war klar. Was, wenn jemand ihn hochhob und dann das ganze Essen darunter entdeckte? Das würde an Peinlichkeit fast das Zeichnen einer nicht existierenden Ananas toppen.

Kurz darauf bogen wir auch schon in die Pennsylvania Avenue ein. Normalerweise ist der Teil der Straße direkt vor dem Grundstück des Weißen Hauses für den Autoverkehr gesperrt. Dem Zaun vor dem Haus des Präsidenten darf man sich nur zu Fuß nähern.

Als geladene Gäste durften wir die Straßensperre passieren, an der zwei Polizisten standen, die unser Nummernschild und Dads Ausweis überprüften und die Sperre anschließend in den Boden versenkten, sodass wir weiterfahren konnten.

Und dann näherten wir uns der Pennsylvania Avenue 1600 – dem Weißen Haus.

Übrigens waren wir keineswegs die Einzigen in der Gegend. Es wimmelte nur so von Polizisten – zu Fuß, auf Pferden und auf Motorrädern –, die das Gelände absicherten und sich unterhielten. Als wir an ihnen vorbeifuhren, guckten sie uns neugierig hinterher. Lucy winkte. Die meisten winkten zurück.

Aber die Polizisten waren nicht die einzigen Leute vor dem Weißen Haus. Es gab auch Straßenhändler, die FBI-T-Shirts und Baseballmützen verkauften. Andere hatten lebensgroße Papp-

Präsidenten dabei, mit denen man sich fotografieren lassen konnte.

Obwohl es schon dunkel war, waren auch noch unheimlich viele Touristen da, ganze Großfamilien, die sich gegenseitig vor dem hohen schwarzen, schmiedeeisernen Zaun fotografierten, der das Haus des Präsidenten umgibt.

Nicht zu vergessen die Demonstranten. Einige harrten anscheinend schon ganz schön lange aus, sie hatten sich nämlich eine richtige kleine Stadt aus Zelten und Bretterbuden gebaut, vor denen Spruchbänder flatterten, auf denen sie darüber informierten, wogegen sie protestierten. »STOPPT DIE BOMBE«, stand auf einem und auf einem anderen: »DIE EINEN MACHT DIE BOMBE REICH, DIE ANDEREN MACHT SIE TOT.« Zu meiner Enttäuschung musste ich feststellen, dass sie ein ziemlich müder Haufen waren und nicht sehr radikal wirkten. Andererseits war es auch ziemlich kalt und es regnete leicht. Klar, wer demonstriert schon gern im Nieselregen?

Reporter waren natürlich auch da. Viele Reporter. Fast so viele wie vor unserem Haus, als wir losgefahren waren. Nur dass das Weiße Haus den Reportern einen eigenen Platz auf dem Rasen zugewiesen hat, wo sie sich zusammenrotten können. Überall waren riesige Scheinwerfer aufgebaut und jeder Sender hatte ein eigenes kleines Podest mit Mikrofonständer. Als die Reporter uns auf das Nordwest-Tor zufahren sahen – wohin uns die Polizisten an der Straßensperre dirigiert hatten –, stürmten sie in unsere Richtung los, und die Kameratechniker richteten ihre gleißenden Scheinwerfer auf unser Auto.

»Da vorne! Da ist sie!«, hörte ich ihr Gebrüll durch die geschlossenen Wagenfenster. »Na los, die schnappen wir uns! Auf sie!«

Und nicht nur die Reporter wollten Bilder von uns im Auto machen. Kaum kriegten die Touris vor dem schmiedeeisernen

Zaun den Grund für die Aufregung mit, drehten sie sich zu uns um und begannen loszuknipsen. Ich kam mir vor, als würden wir in einer Limousine bei der Oscarverleihung vorfahren. Bloß dass wir in einem Volvo saßen und Ben Affleck oder J Lo nirgends zu sehen waren.

Aus einem kleinen Wachhäuschen hinter dem Tor traten zwei uniformierte Männer und betrachteten die Reporter, die auf sie zurannten. Der eine stellte sich ihnen in den Weg, während der andere uns durch das Tor winkte, das langsam aufschwang.

Mom drehte sich auf dem Beifahrersitz zu uns um und sagte mit leiser, drängender Stimme: »Lucy, ich würde es sehr begrüßen, wenn du beim Essen ausnahmsweise mal nicht ausschließlich über Mode reden würdest. Und Rebecca, ich weiß, dass du dem Präsidenten viele Fragen über die Vertuschung des Roswell-UFO-Absturzes stellen willst, aber ich bitte dich, tu mir den Gefallen und behalte sie für dich. Und du, Samantha, ich flehe dich an, bitte stochere nicht im Essen herum. Wenn du irgendwas nicht magst, lass es einfach liegen und schieb es nicht eine halbe Stunde lang von links nach rechts.«

Das fand ich echt fies. Wenn man sein Essen geschickt auf dem Teller verteilt, denken die meisten Menschen, man hätte wenigstens ein bisschen davon gegessen.

Dann fuhren wir an den Reportern und ihren Blitzlichtern und Scheinwerfern vorbei durch das offene Tor bis zum Vordereingang vom Weißen Haus.

Wenn man davorsteht, selbst vom schmiedeeisernen Zaun auf der Pennsylvania Avenue aus, sieht das Haus, in dem der Präsident wohnt, ziemlich klein aus. Das liegt daran, dass der Teil mit der Rotunde (diesem halbrunden Vorbau mit den vielen Säulen, den man auf Fotos immer sieht) eigentlich die Rückseite vom Weißen Haus ist. Die Vorderseite mit der Einfahrt ist längst nicht so beeindruckend. Im Ernst, jedes Mal wenn ich davorstand, hab ich mich gefragt, wie diese vielen Zimmer überhaupt in so ein kleines Haus reinpassen.

Aber wenn man dann ein Bild von der Rückseite sieht, also die Ansicht, die sie auch immer im Fernsehen zeigen, kapiert man, was der Trick ist.

Als wir vorfuhren, stand einer der Männer in Uniform, die vor dem Haus Wache hielten, stramm, und der zweite eilte die Treppe runter, um Mom die Wagentür zu öffnen.

Wir stiegen aus, gingen auf dem roten Teppich zur Tür, die geöffnet wurde, und da stand die First Lady und rief: »Hallo!« und »Willkommen im Weißen Haus!« Gleich hinter ihr stand der Präsident, der meinem Vater die Hand schüttelte und »Wie geht es Ihnen, Richard?« fragte, worauf mein Vater antwortete: »Bestens, vielen Dank, Mr Präsident.«

Dann ließen uns der Präsident und seine Frau ins Weiße Haus treten und benahmen sich so normal, als wären wir nur mal eben zu einer Gartengrillparty vorbeigekommen. Wobei man zu Grillpartys natürlich nicht in Nylonstrumpfhose und marineblauem Anne-Taylor-Kostüm erscheint. Obwohl die beiden so nett waren, fühlte ich mich ziemlich unwohl. Nicht nur wegen des blöden Gipsarms und auch nicht weil Lucy mich wieder gezwungen hatte, die Pferdehaarspülung zu benutzen, sodass sich meine Haare unnatürlich weich anfühlten, und auch nicht weil ich ganz genau wusste, dass früher oder später Blumenkohl auf meinem Teller landen würde.

Nein, ich war verkrampft, weil wir – und da konnten sich der Präsident und seine Frau so normal benehmen, wie sie wollten – immerhin im *Weißen Haus* waren.

Und zwar nicht in dem Teil des Hauses, den man auf Führungen sieht, sondern in den privaten Wohngemächern, die man sonst nie zu Gesicht bekommt, außer vielleicht in Filmen, und selbst dann sehen sie so aus, wie sie sich ein Filmausstatter vorstellt, und nicht, wie sie wirklich aussehen. Mich erinnerte die Einrichtung ja irgendwie an diese Frühstückspension, in der wir mal in Vermont übernachtet haben. Aber dann überlegte ich mir, dass das vielleicht unfair war, weil der Präsident und seine Familie erst etwas über ein Jahr im Weißen Haus wohnten. Vielleicht hatten sie noch gar keine Zeit gehabt, es sich so richtig gemütlich zu machen.

Und außerdem ist es ja nicht ihr *richtiges* Zuhause.

Irgendwann standen wir im Wohnzimmer, und die First Lady sagte: »Bitte, nehmen Sie doch Platz« und »Was darf ich Ihnen zu trinken anbieten?«, und ich setzte mich und David kam rein.

Er sah genauso aus wie an dem Tag in Susan Boones Atelier! Okay, diesmal hatte er ein T-Shirt von Reel Big Fish an und nicht von Save Ferris, aber ansonsten sah er ganz genauso aus wie der Susan-Boone-David – als hätte der Bügelfalten-David nie existiert.

»Ach, David«, seufzte seine Mutter unglücklich, als sie ihn sah. »Ich dachte, du würdest dir zum Essen was anderes anziehen.«

David grinste nur und griff in die Schüssel mit den gemischten Nüssen, die auf dem Couchtisch vor mir stand. »Wieso? Ich *hab* mir doch was anderes angezogen.«

Mir ist übrigens aufgefallen, dass er sich nur die gesalzenen Cashewnüsse nahm und keine einzige Paranuss. Das fand ich sehr sympathisch. Paranüsse sind eklig.

Dann wurde gegessen. Wir gingen dazu in eines der offiziellen Speisezimmer. Ich merkte Lucy an, dass sie das sehr gut fand, weil ihr königsblaues Kleid besser zur Einrichtung passte als zu der des Familienesszimmers. Als Theresa das Service sah, kriegte sie sich vor Begeisterung nicht mehr ein. Es war das offizielle Staatsservice des Weißen Hauses mit echtem Goldrand. Theresa hat uns erzählt, dass man Teller mit echtem Goldrand nicht in die Spülmaschine stellen darf, sondern per Hand waschen muss. Die Vorstellung, dass jemand ihren Teller, nachdem sie davon gegessen hatte, von Hand spülen musste, machte Theresa sehr glücklich.

Wahrscheinlich war ich der einzige unglückliche Mensch im Raum. Was daran lag, dass das Erste, was uns serviert wurde, ein Salat mit dicken Cherry-Tomaten war. Zum Glück war das Dressing annehmbar (ganz normales Jogurtdressing), also aß ich den grünen Salat rings um die Tomaten auf und hoffte, niemand würde mitkriegen, dass sie auf dem Teller liegen blieben.

Nur saß ich blöderweise auf dem Ehrenplatz direkt neben dem Präsidenten, der es voll mitkriegte. Er beugte sich zu mir und raunte: »Die Tomaten sind extra aus Guatemala importiert worden, weißt du. Wenn du sie nicht isst, könnte das leicht zu diplomatischen Verstimmungen führen.«

Zwar war ich mir ziemlich sicher, dass das ein Witz sein sollte, aber so richtig lachen konnte ich trotzdem nicht. Ich wollte auch nicht den Eindruck erwecken, als wäre ich nicht wahnsinnig dankbar für dieses tolle Essen, also habe ich die Tomaten, als gerade niemand hinsah, von meinem Teller in die Stoffserviette auf meinem Schoß geschnippt.

Das funktionierte überraschend gut. So gut, dass ich vom nächsten Gang, der sich als neuenglischer Muscheleintopf entpuppte, nur den suppigen Teil aß und die muscheligen Stücke in meine Serviette fallen ließ.

Bis zum Nachtisch hatte sich in meiner Serviette ungefähr ein halbes Kilo Un-Essbares angesammelt, darunter eine mit Krabbenfleisch gefüllte Flunder, gemischtes Gemüse (Möhren, Erbsen und Perlzwiebeln), Kartoffelgratin und eine Scheibe Zwiebelbrot. Es war babyleicht, das ganze Essen unbemerkt verschwinden zu lassen, weil die Erwachsenen eine sehr angeregte Unterhaltung über die Wirtschaftslage in Nordafrika führten. Das Einzige, was ich beim besten Willen *nicht* nicht essen konnte, war eine Tomate, die wie ein Röschen aufgeschnitten war und als Deko den Kartoffelgratin zierte. Die First Lady legte sie mir auf den Teller und sagte mit nettem Lächeln: »Eine Rose für eine Rose.«

Was blieb mir anderes übrig? Ich musste sie essen. Alle schauten mich an. Ich würgte sie mit Todesverachtung in einem Bissen runter und spülte mit einem halben Glas Eistee nach, den wir Minderjährigen zu trinken bekamen. Rebecca hatte mich interessiert beobachtet, seit die First Lady die Tomate auf meinen Teller gelegt hatte, und als ich mein Glas absetzte, tat sie etwas sehr Seltsames: Sie hob die Hände und applaudierte mir unhörbar. Manchmal kommt sie auf so süße Ideen, dass ich denke, sie ist vielleicht doch kein Roboter.

Im selben Moment machte ich leider eine schreckliche Entdeckung: Meine Serviette leckte. Noch hatte mein Rock nichts abgekriegt, aber das war nur noch eine Frage von Minuten. Mir blieb nichts anderes übrig, als mich hastig zu entschuldigen, als müsste ich mal aufs Klo. Die Serviette nahm ich, zu einem lockeren Bündel gefaltet, mit. Alle sollten denken, ich hätte nur vergessen, dass ich sie noch in der Hand hielt.

Im Weißen Haus stehen an allen Ecken Leute vom Secret Service rum, die total nett sind. Als ich aus dem Esszimmer kam und mich bei der Agentin vor der Tür nach dem Weg zur nächsten Toilette erkundigte, begleitete sie mich sogar hin. Sobald ich allein war, warf ich das Essen in die Kloschüssel und spülte es runter. Ja klar, ich hatte schon ein schlechtes Gewissen, das gute Essen zu vergeuden, wo doch so viele Menschen Hunger leiden, sogar hier in den Vereinigten Staaten, in den strukturschwachen Gebieten.

Aber was hätte ich denn tun sollen? Es wäre doch unhöflich gewesen, das ganze Essen einfach auf dem Teller liegen zu lassen, oder?

Die vom Krabbenfleischsaft durchtränkte Serviette wurde ich ganz einfach los, weil es nämlich eine sehr elegante Toilette war, in der ein Stapel Gästehandtücher lag, die man nach Gebrauch in einen vergoldeten Korb werfen konnte. Ich warf die Serviette in den Korb, wusch mir die Hände und trocknete sie mit zwei Handtüchern ab, die ich anschließend über meine Serviette breitete. Derjenige, der den Korb leerte, würde glauben, ich hätte die Serviette aus Versehen mit reingeworfen.

Ziemlich zufrieden mit mir und guter Dinge (abgesehen von meinem knurrenden Magen – außer der Tomatenrose und ein bisschen Salat hatte ich ja kaum etwas gegessen), machte ich mich auf den Rückweg und wäre fast mit David zusammengestoßen, der die Toilette ansteuerte, die ich gerade verlassen hatte.

»Ups«, sagte er, als er mich sah. »Hey!«

»Hey!«, antwortete ich etwas verlegen, weil es ein bisschen komisch war, sich so vor dem Klo zu begegnen, und weil er schließlich der Präsidentensohn war. Ich versuchte, mich schnell an ihm vorbeizuschlängeln.

Dummerweise war ich nicht schnell genug. Er grinste mich nämlich an und fragte: »Und wo hast du die Serviette entsorgt?«

12

Nicht zu fassen. Ich war ertappt. Aber so was von ertappt.

Obwohl ich bis in die Tiefen meiner pferdespülungsgepflegten Haarwurzeln hinein errötete, riskierte ich es. So zu tun, als wüsste ich nicht, wovon er redete, meine ich.

»Serviette?«, fragte ich, wobei ich mit meinen roten Haaren und dem roten Gesicht bestimmt aussah, als hätte ich mich als menschliches Erdbeereis verkleidet. »Welche Serviette denn?«

»Na, die Serviette mit deinem ganzen Essen drin.« David grinste und seine Augen strahlten noch grüner als sonst. »Hoffentlich hast du nicht versucht, sie im Klo runterzuspülen, die Rohrleitungen hier sind nämlich ziemlich alt und eng. Das Wasser könnte sich stauen und dann würde es die volle Überschwemmung geben.«

Na klar. Das wäre für mich Pechvogel typisch, dass ich auch noch das Weiße Haus überschwemme.

»Ich hab sie aber gar nicht ins Klo geworfen«, sagte ich mit einem nervösen Seitenblick auf die Sicherheitsbeamtin, die ein paar Meter weiter stand, »sondern bloß zu den dreckigen Handtüchern in den Korb. Runtergespült hab ich nur das Essen.« Plötzlich packte mich Panik. »Aber es war ganz schön viel. Meinst du echt, das könnte die Leitungen verstopfen?«

»Tja, schwer zu sagen.« David runzelte besorgt die Stirn. »Es war eine ziemlich fette Flunder.«

Irgendwas an seinem Gesichtsausdruck – vielleicht weil er nur eine Augenbraue hochzog und die andere unten ließ, genau wie

Manet, wenn er spielen will, der stellt dann auch immer nur ein Ohr auf – verriet mir, dass ich gerade verarscht wurde.

Was ich gar nicht witzig fand. Ich hatte einen Moment lang echt Angst gehabt, das Weiße Haus zerstört zu haben. »Hey«, knurrte ich – allerdings so leise, dass die Frau vom Secret Service mich nicht hören konnte. »Du bist echt fies.«

Ich dachte nicht daran, dass er der Präsidentensohn ist, ich war einfach sauer. Rothaarige gelten ja sowieso als cholerisch. Wenn man als rothaariger Mensch wütend wird, ruft garantiert irgendein Scherzkeks: »Alle Mann in Deckung! Alarmstufe rot!«

Was mich dann meistens noch saurer macht.

Nicht dass ich kein schlechtes Gewissen gehabt hätte. Immerhin hatte ich eben den größten Teil des Essens, das Davids Mutter mir zu Ehren organisiert hatte, ins Klo geworfen. Vielleicht war ich ja gerade deswegen so sauer, weil David mich beim Vergeuden von Nahrungsmitteln ertappt hatte. Ich war sauer und ich schämte mich.

Aber vor allem war ich sauer. Also drehte ich mich wortlos um und stampfte ins Esszimmer zurück.

»Ach, komm schon!« David lief mir hinterher. »Das war doch ein guter Witz. Gib's zu, du bist voll reingefallen. Du hast echt gedacht, die Rohre würden platzen.«

»Hab ich nicht«, log ich. Dabei hatte ich sogar schon die Schlagzeilen vor mir gesehen: *Lebensretterin des Präsidenten sprengt Weißes Haus in die Luft – sie warf ein komplettes 5-Gänge-Menü in die Toilette.*

»Hast du doch«, sagte David. Weil er so viel größer ist als ich und viel größere Schritte machte, lief er ganz lässig neben mir her. »Aber ich hätte mir denken können, dass du keinen Spaß verstehst.«

Ich blieb stehen, fuhr herum und funkelte böse zu ihm hinauf. Er ist wirklich ganz schön groß – sogar größer als Jack –, deshalb musste ich das Kinn richtig in die Höhe recken, um zu seinen grünen Augen aufzusehen, die Lucy so toll findet. Das andere Körperteil, über das sie sich lobend geäußert hat, hatte ich mir bewusst noch nicht näher angeschaut.

»Wieso sollte ich keinen Spaß verstehen?«, fragte ich. »Woher willst du das denn wissen? Du kennst mich doch kaum.«

»Na, ich hab doch mitgekriegt, dass du eine sensible Künstlerseele hast«, sagte David mit diesem allwissenden Grinsen, mit dem er vorhin auch seine Mutter angeschaut hatte (»Ich *hab* mir doch was anderes angezogen«).

»Hab ich gar nicht!«, fuhr ich ihn an, obwohl ich natürlich eine hab. Ich weiß noch nicht mal, wieso ich es abstreiten wollte. Irgendwie hörte es sich bei ihm so abfällig an.

Dabei ist an einer sensiblen Künstlerseele überhaupt nichts auszusetzen. Jack Ryder ist der lebende Beweis dafür.

»Ach ja?«, sagte David. »Und wieso bist du dann nach dem ANANAS-ZWISCHENFALL nicht mehr zu Susan in den Kurs gekommen?« Genau so hat er es gesagt. Als würde er es mit dicken, fetten Großbuchstaben schreiben. ANANAS-ZWISCHENFALL.

Ich lief sofort wieder rot an. Was für eine Gemeinheit, die Sache mit der Ananas anzubringen. Unsensibler ging es ja wohl gar nicht.

»Ich bestreite gar nicht, dass du eine total begabte Künstlerin bist«, sagte David. »Ich sage nur, dass du ziemlich leicht ausflippst und ...«, er nickte mit dem Kinn in Richtung Esszimmer, »eine pingelige Esserin bist. Du musst doch totalen Hunger haben, oder?«

Ich sah ihn an, als wäre er durchgeknallt. Ehrlich gesagt war ich mir sogar ziemlich sicher, dass er es war. Okay, er hatte einen guten Geschmack, was Musik und Fußbekleidung anging, aber abgesehen davon, schien der Präsidentensohn eine ziemliche Schraube locker zu haben.

Obwohl … er hatte mich eine begabte Künstlerin genannt, also war er vielleicht doch nicht *so sehr* durchgeknallt.

Bevor ich meinen Hunger leugnen konnte, übernahm mein Magen das Wort und ließ ein megapeinliches Knurren ertönen, was übersetzt hieß, dass er sich mit einem Tomatenröschen nicht zufrieden gab.

Im Gegensatz zu normalen, wohl erzogenen Menschen tat David nicht so, als hätte er mein Magenknurren nicht gehört, sondern rief: »Siehst du, das hab ich mir gedacht. Ich wollte mich gerade selbst auf die Suche nach irgendwas Essbarem machen. Kommst du mit?«

Jetzt war ich mir ganz sicher, dass er durchgeknallt war. Nicht nur weil er während des Abendessens aufstand, um sich auf die Suche nach etwas Essbarem zu machen, sondern auch weil er mich fragte, ob ich ihn auf dieser Suche begleiten wollte. Mich. Das Mädchen, das er gerade dabei erwischt hatte, wie es eine ganze Serviette voll absolut essbarem Essen ins Klo geworfen hatte.

»Äh …«, stammelte ich. »Wir können doch nicht einfach so *abhauen* … mitten beim *Abendessen* …«

»Wieso denn nicht?«, fragte er mit einem Schulterzucken.

Ich dachte nach. Es gab eine Menge von Gründen, die dagegen sprachen. Zum Beispiel, dass es unhöflich war. Was machte das denn für einen Eindruck? Und weil … weil man so etwas einfach nicht tat.

Das sagte ich ihm auch, aber David ließ sich nicht beeindrucken.

»Du hast doch Hunger, oder?«, sagte er. Dann ging er den langen, mit Perserteppichen ausgelegten Gang entlang und rief lockend: »Na los, komm schon. Ich weiß doch, dass du es willst.«

Und jetzt? Das Abendessen im Esszimmer fand mir zu Ehren statt, und ich wusste, dass man als Ehrengast nicht einfach aufstehen und abhauen kann. Außerdem war der Präsidentensohn eindeutig geistesgestört. Wollte ich mit einem Geistesgestörten in einem mir völlig fremden Haus herumstreifen?

Andererseits hatte ich tierischen Hunger. Und er hatte mich eine begabte Künstlerin genannt...

Als ich der Frau vom Secret Service einen Hilfe suchenden Blick zuwarf, machte sie lächelnd eine Handbewegung, als würde sie ihre Lippen abschließen und den Schlüssel wegwerfen. Na ja, dachte ich, wenn sie es für ungefährlich hält, und sie ist ja immerhin erwachsen (und so vertrauenswürdig, dass sie eine Waffe tragen darf), kann ich es vielleicht wagen.

Ich rannte David hinterher, der schon die Hälfte des Flurs zurückgelegt hatte.

Er wirkte nicht überrascht, als ich plötzlich neben ihm auftauchte. Stattdessen fragte er, als würde er irgendeine Unterhaltung fortsetzen, die wir in einem Paralleluniversum begonnen hatten: »Wo sind eigentlich die Stiefel?«

»Stiefel?«, fragte ich. »Welche Stiefel?«

»Na, die Stiefel, die du anhattest, als ich dich das erste Mal gesehen hab. Die Docs mit den weißen Gänseblümchen.«

Die Stiefel, die er cool gefunden hat, du Doofie!

»Die durfte ich nicht anziehen«, erzählte ich. »Meine Mutter fand sie für ein Abendessen im Weißen Haus unpassend.« Ich sah ihn von der Seite an. »Sie fand überhaupt alle meine normalen Klamotten unpassend. Ich musste lauter neue Sachen anziehen.« Angewidert zupfte ich an meinem blauen Kostüm herum. »Wie das hier.«

»Was soll ich denn sagen?«, meinte David. »Ich muss jeden Abend im Weißen Haus essen.«

Ich guckte neidisch auf sein T-Shirt. »Ja, aber anscheinend musst du dich dafür nicht schick machen.«

»Zum Abendessen nicht. Dafür aber sonst immer.«

Ich wusste genau, dass das nicht stimmte. »Im Zeichenkurs warst du auch normal angezogen.«

»Ja, okay, gelegentlich werde ich temporär begnadigt.« Er grinste wieder still in sich hinein. Sein Grinsen hatte etwas Rätselhaftes. Als würde er über ganz private Witze lachen, die nur er verstand. Irgendwie wollte ich gern eingeweiht werden. In seine Witze, meine ich. Wenn Jack was Witziges einfiel, platzte er immer gleich damit heraus. Manchmal wiederholte er es sogar gleich drei-, viermal, um sicherzugehen, dass es auch jeder mitgekriegt hatte.

David genügte es anscheinend völlig, sich selbst an den Perlen seines Humors zu erfreuen.

Was mich irgendwie irritierte. Ich meine, woher sollte ich wissen, ob er nicht gerade über mich lachte?

Wir blieben vor einer Tür stehen. Als David auf einen Knopf drückte, entpuppte sie sich als Aufzug. Natürlich hätte es mich nicht überraschen dürfen, dass es im Weißen Haus einen Aufzug gibt, aber das tat es trotzdem. Anscheinend hatte ich einen Moment lang vergessen, wo ich war, und es für ein ganz normales Haus gehalten. Den Aufzug hatten wir bei den Führungen mit der Schule nie gezeigt bekommen.

Wir stellten uns in die Kabine und David drückte wieder auf einen Knopf. Die Tür schloss sich und wir fuhren abwärts.

»Also, jetzt erzähl mal«, sagte er. »Wieso warst du nicht da?«

Ich hatte absolut keine Ahnung, wovon er redete. Obwohl ich es mir hätte denken können. »Wann und wo nicht da?«

»Du weißt schon, im Zeichenkurs. Nach dem ANANAS-ZWISCHENFALL.«

Ich schluckte.

»Du weißt doch schon alles«, sagte ich. »Hast du nicht eben selbst was von meiner sensiblen Künstlerseele gesagt?«

Die Tür ging wieder auf und David ließ mir mit einer höflichen

Handbewegung den Vortritt. »Ja, aber ich würde gerne auch deine Version hören.«

Ja, klar. Das glaubte ich ihm sofort.

Aber den Gefallen würde ich ihm nicht tun. Weil ich wusste, dass er sich über mich lustig machen würde. Was praktisch darauf hinauslief, dass er sich über Jack lustig machte. Und das konnte ich nicht zulassen.

Stattdessen sagte ich lässig: »Ach, weißt du, Susan Boone und ich haben einfach unterschiedliche Auffassungen von künstlerischer Freiheit.«

David sah mich wieder mit einer hochgezogenen Augenbraue an. Nur war ich mir diesmal ziemlich sicher, dass er nicht in Witzstimmung war.

»Ach ja?«, sagte er. »Glaub ich eigentlich nicht. Susan hat diesen Dingen gegenüber eigentlich 'ne ziemlich coole Auffassung.«

Hmm, klar. Und wie cool! Cool genug, um Leute zu erpressen, damit die in ihrem Kurs blieben.

Aber das sagte ich nicht laut. Irgendwie erschien es mir unhöflich, mich mit jemandem zu streiten, der mir etwas zu essen besorgen wollte.

Wir gingen wieder einen Gang entlang, der aber nicht mit Teppich ausgelegt war und ziemlich karg aussah. David machte eine Tür auf und wir standen in einer riesigen Küche.

»Hey, Carl«, begrüßte David einen Mann in Kochklamotten, der gerade dabei war, Mousse au Chocolat mit Schlagsahne zu verzieren. »Sag mal, hast du vielleicht was Essbares für uns da?«

Carl blickte von seiner Sahnekreation auf, erkannte mich und rief: »Samantha Madison! Das Mädchen, das dem Präsidenten das Leben gerettet hat! Wie geht es dir?«

In der Küche war noch ein Haufen anderer Leute damit beschäftigt, sauber zu machen und Sachen wegzuräumen. Ich sah, dass Theresa sich geirrt hatte. Man kann Teller mit Goldrand absolut in die Spülmaschine stellen, denn das war es, was die Angestellten des Weißen Hauses machten. Doch als sie mich entdeckten, hörten sie alle auf zu arbeiten und kamen zu mir, um sich dafür zu bedanken, dass ich ihren Arbeitgeber davor bewahrt hatte, abgeknallt zu werden.

»Hat dir meine Flunder etwa nicht geschmeckt?«, fragte Carl, nachdem ich ausgiebig beglückwünscht worden war. »Die Füllung war aus echter Maryland-Krabbe. Die hab ich heute Morgen ganz frisch gekauft.«

David ging zu einem großen Gastronomiekühlschrank und riss die Tür auf. »Na ja, die war irgendwie zu, na, du weißt schon.« Dafür dass er auf die Horizon-School ging, drückte sich David ziemlich un-hochbegabt aus. »Sind nicht noch ein paar Hamburger von heute Mittag übrig?«

Bei dem Wort Hamburger bogen sich meine Mundwinkel wie von selbst nach oben. Als Carl das sah, rief er: »Möchtest du etwa einen? Aha, die Dame möchte einen Burger. Ich sage dir, Samantha Madison, ich werde dir einen Burger braten, wie du ihn in deinem Leben noch nicht gegessen hast. Setz dich. Rühr dich nicht vom Fleck. Du wirst von den Socken sein.«

Zwar hatte ich gar keine Socken an, sondern eine Strumpfhose, aber ich hatte das Gefühl, ihn darauf nicht extra hinweisen zu müssen. Stattdessen setzte ich mich auf den Hocker, auf den Carl gezeigt hatte, und David setzte sich neben mich, und wir guckten beide zu, wie Carl, der sich so rasant bewegte, dass uns alles vor den Augen verschwamm, zwei dicke Frikadellen auf die Grillplatte schleuderte und sie für uns briet.

Es war ein komisches Gefühl, so in der Küche vom Weißen Haus rumzusitzen. Und dann noch mit dem Präsidentensohn. Wobei es für mich mit jedem Jungen und überall sonst auch komisch gewesen wäre, weil ich bei Jungen nun mal nicht so begehrt bin. Ich bin eben nicht Lucy. Mich rufen halt nicht alle fünf

Minuten irgendwelche Jungs an … genau genommen eigentlich niemals.

Dass es *dieser* Junge war und *diese* Küche, machte es aber besonders komisch. Ich verstand auch gar nicht, wieso David so, na ja, wahrscheinlich ist »nett« das richtige Wort für das, was er war. Ja, okay, mir zu erzählen, ich hätte die Toilette vom Weißen Haus verstopft, war nicht so nett gewesen, aber dass er mir in meinem halb verhungerten Zustand einen Hamburger organisierte, war ziemlich klasse.

Ich fragte mich, warum er das machte. Wahrscheinlich aus Dankbarkeit, weil ich seinen Dad gerettet hatte. Ich meine, wieso sonst? Er war dankbar. Verständlicherweise.

Weniger verständlich war, wieso er so ganz *besonders* bemüht war.

Es wurde sogar noch verwirrender. Als Carl zwei Teller vor uns hinstellte – auf jedem lagen ein gigantischer Megaburger und ein Riesenberg goldbrauner Fritten – und »*Bon appetit!*« wünschte, nahm David beide Teller und sagte »Komm mit« zu mir.

Ich griff nach den zwei Coladosen, die Carl aus dem riesigen Kühlschrank geholt hatte, und folgte David auf den Flur hinaus in Richtung Aufzug.

»Wo gehen wir denn hin?«, fragte ich.

»Das wirst du schon sehen.«

Normalerweise hätte mir das als Antwort nicht genügt, aber die Tatsache, dass ein Junge nett zu mir war, irritierte mich so, dass ich nicht weiterfragte. Bisher war nur ein einziger Junge halbwegs nett zu mir gewesen, und zwar Jack.

Aber Jack musste ja auch nett zu mir sein, weil ich die kleine Schwester seiner Freundin war. Und natürlich auch, weil er sich insgeheim nach mir verzehrte. Vielleicht war er nur deswegen noch mit Lucy zusammen, weil er gar nicht wusste, dass ich seine Liebe erwiderte. Wenn ich doch nur den Mut aufbringen konnte, ihm zu gestehen, was ich für ihn empfand, dann würde vielleicht alles anders werden …

Aber David? Der *musste* nicht nett zu mir sein. Warum war er es dann? Garantiert nicht, weil er mich gut fand – als Mädchen, meine ich. Da oben im Esszimmer saß Lucy. Welcher geistig einigermaßen gesunde Junge gab sich lieber mit mir ab als mit Lucy? Das wäre so, als würde jemand lieber mit Skipper spielen als mit Barbie.

Als wir oben aus dem Aufzug stiegen, gingen wir nicht zum Esszimmer zurück, sondern genau in die entgegengesetzte Richtung, auf eine Tür am Ende des Flures zu. Dahinter lag, wie sich herausstellte, ein sehr elegant eingerichteter Raum, eine Art Wohnzimmer, mit riesigen, hohen Fenstern, durch die man über die leicht abfallende Rasenfläche rings um das Weiße Haus bis hin zum Washington Monument blickte, das hell angestrahlt in den Nachthimmel aufragte.

»Schön, was?«, sagte David. Er stellte die Burger auf einen kleinen Tisch am Fenster und rückte dann zwei Sessel an den Tisch.

»Hm«, sagte ich nur. Ich stand immer noch unter Schock und begriff einfach nicht, wieso dieser süße – und irgendwie auch komische – Junge mit mir Hamburger essen wollte. Mit *mir*, Samantha Madison. »Doch, ja.«

Ins Licht der Scheinwerfer getaucht, die von außen die Rotunde beleuchteten, saßen wir in unseren Sesseln, und es wäre fast romantisch gewesen, wenn vor der Tür nicht ein Typ vom Secret Service Wache geschoben hätte. Na ja, und wenn David auch nur das geringste romantische Interesse an mir gehabt hätte, was er definitiv nicht hatte, weil ich für ihn bloß das durchgeknallte Grufti-Mädchen war, das seinem Vater das Leben gerettet hatte und das gern mal eine Ananas zeichnete, wo keine war.

Selbst wenn er mich nett gefunden hätte, im romantischen Sinn, meine ich, hätte das nichts an der nicht ganz unwichtigen

Tatsache geändert, dass ich unsterblich und unwiderruflich in den Freund meiner Schwester verliebt war.

Aber vor lauter Hunger war es mir mittlerweile schnurzegal, dass David nur aus Mitleid so nett zu mir war oder was auch immer sein Motiv sein mochte.

Schon nach dem ersten Bissen wusste ich: Carl hatte nicht übertrieben. Es war tatsächlich einer der besten Hamburger, die ich je gegessen hatte. Ich riss gierige Bissen aus dem Brötchen, kaute mit vollen Backen und legte erst nach der Hälfte eine Pause zum Luftholen ein.

David, der mir mit verblüfftem Gesichtsausdruck zugesehen hatte (wenn ich mal was zu essen bekomme, das mir schmeckt – was selten genug vorkommt –, haue ich immer gnadenlos rein), fragte: »Und, geht's dir schon besser?«

Weil ich so mit Kauen beschäftigt war, konnte ich nicht antworten, dafür streckte ich den Daumen meiner eingegipsten Hand in die Höhe.

»Tut es eigentlich weh?« Er deutete auf mein gebrochenes Handgelenk.

Ich schluckte den Riesenbrocken Hackfleisch herunter, den ich im Mund hatte. Dabei wäre ich wirklich gern Vegetarierin. Im Ernst. Eigentlich sollte man meinen, dass ich mit meiner sensiblen Künstlerseele es nicht ertragen könnte, für das Leiden anderer Kreaturen – und seien es auch Rinder – verantwortlich zu sein. Aber Hamburger schmeckten mir einfach zu gut. Ich konnte nicht ohne sie sein.

»Nicht mehr so«, sagte ich.

»Wieso hat eigentlich noch niemand darauf unterschrieben?«, wollte er wissen.

»Weil ich es mir aufhebe.« Ich schaute auf meinen weiß umhüllten Arm hinunter. »Für Deutsch.«

Er verstand mich. Bis dahin hatte es niemand verstanden, außer

Jack natürlich. Nur wahre Künstler begreifen, welche Verlockungen von einem jungfräulichen weißen Malgrund ausgehen.

»Ach so. Klar«, sagte er. »Cool. Weißt du schon, was du draufmalst? Vielleicht was Hawaiianisches? Wahrscheinlich einen Ananashaufen oder so was.«

Ich warf ihm einen säuerlichen Blick zu. »Ich dachte eher an ein patriotisches Motiv«, sagte ich.

»Oh«, sagte er. »Natürlich. Das liegt ja auch nahe, wo du doch Madison heißt.«

»Was hat das denn damit zu tun?«

»Na, James Madison.« Dieses Mal zog David beide Augenbrauen hoch. »Der vierte Präsident. Ihr seid doch mit ihm verwandt, oder?«

»Ach so.« Ich kam mir total bescheuert vor. »Den meinst du. Ja. Nein, glaub ich nicht.«

»Echt nicht?« David guckte überrascht. »Bist du dir ganz sicher? Du und seine Frau Dolley, ihr habt nämlich ziemlich viele Gemeinsamkeiten.«

»Ich und Dolley Madison?« Ich lachte. »Was denn alles?«

»Na ja, zum Beispiel hat sie auch mal einen Präsidenten gerettet.«

»Ach komm.« Ich lachte immer noch. »Hat der gute alte James mal eine Fischgräte verschluckt und sie hat ihn an den Füßen hochgehalten und geschüttelt, oder was?«

»Nein«, sagte David. »Sie hat das Porträt von George Washington aus dem brennenden Weißen Haus gerettet, als die Engländer es 1812 im Krieg angezündet haben.«

Hä? Die Engländer haben das Weiße Haus angezündet? Wann soll das denn gewesen sein?

Anscheinend während irgendeines Krieges, von dem wir an der Adams Highschool noch nie was gehört hatten. Amerikanische Geschichte kriegen wir erst in der Elften.

»Boah. Nicht schlecht«, sagte ich und meinte das ganz ernst. Von coolen First Ladys, die in brennende Häuser rennen, um Bilder zu retten, erfährt man in Geschichte nie was. Stattdessen kriegt man was von langweiligen alten Pilgervätern und Teepartys erzählt.

»Bist du sicher, dass ihr nicht verwandt seid?«, fragte David noch mal.

»Ziemlich sicher«, sagte ich mit leichtem Bedauern. Es wäre echt cool, mit jemandem verwandt zu sein, der so was Mutiges getan hat, wie ein Kunstwerk aus einem brennenden Haus zu retten. Ultracool sogar. Oder waren wir vielleicht doch mit Dolley Madison verwandt? Mom hat schon öfter gesagt, dass ich meine künstlerische Begabung von der väterlichen Seite geerbt haben musste, weil es bei ihr in der Familie keine Künstler gab. Hm, die Madisons waren anscheinend schon seit vielen Generationen große Kunstliebhaber.

Wobei das künstlerische Talent dann ein paar Generationen übersprungen haben musste. Soweit ich weiß, bin ich in unserer Familie die Einzige, die zeichnen kann.

Auf einmal stand David auf und ging zum Fenster.

»Komm mal her, ich will dir was zeigen.« Er schob den Vorhang zur Seite.

Erst als ich neugierig aufstand, sah ich, dass er auf das Fensterbrett deutete. Es war weiß gestrichen.

Ich erkannte schwach tief in die Farbschicht eingeritzte Wörter. Als ich näher hinging, konnte ich sie sogar entziffern: Amy … Chelsea … David …

»Was ist das?«, fragte ich. »Das Gedächtnisfensterbrett der Präsidentenkinder?«

»So was in der Art«, sagte David.

Dann zog er etwas aus der Tasche seiner Jeans. Ein kleines Schweizer Taschenmesser. Und fing an, ins Holz zu ritzen. Ich hätte ja nichts gesagt, wenn ich nicht gesehen hätte, dass das Wort mit S anfing.

»Hey!«, sagte ich erschrocken. Okay, ich bin überzeugte Großstadtrebellin, aber das ändert nichts daran, dass sinnlose Zerstörung ohne Grund nichts weiter als purer Vandalismus ist. »Was wird das denn?«

»Ach komm, Sam.« David grinste mich an. »Wenn es jemand verdient hat, dann du. Du bist nicht nur möglicherweise mit einem Präsidenten verwandt – du hast auch noch einem das Leben gerettet.«

Ich guckte nervös zur Tür, hinter der immerhin ein Typ vom Secret Service stand. Ich meine, Präsidentensohn hin oder her – das war Zerstörung von öffentlichem Eigentum. Nicht nur Zerstörung von öffentlichem Eigentum, sondern Schändung des Weißen Hauses. Dafür konnte man bestimmt mehrere Jahre in den Bau wandern.

»David.« Ich flüsterte vorsichtshalber. »Das ist echt nicht nötig.«

David war so in seine Schnitzerei vertieft – er arbeitete bereits am A –, dass er keine Antwort gab.

»Im Ernst«, sagte ich. »Wenn du dich dafür bedanken willst, dass ich deinen Vater gerettet hab, reicht der Hamburger echt dicke. Wirklich.«

Zu spät. Er hatte schon mit dem M angefangen.

»Du meinst wohl, dir kann nichts passieren, weil dein Vater Präsident ist, was?«

»Jedenfalls nicht viel.« David ließ sich bei seiner Schnitzarbeit nicht stören. »Außerdem bin ich ja auch noch minderjährig.« Er lehnte sich zurück und betrachtete sein Werk. »Fertig. Na, was sagst du?«

Ich guckte auf meinen Namen hinunter – Sam. Neben dem von Amy Carter, Chelsea Clinton und natürlich von David. Man kann nur hoffen, dass die nächste Präsidentenfamilie nicht sehr kinderreich ist, es ist nämlich fast kein Platz mehr auf dem Fensterbrett.

»Ich sage, du spinnst«, sagte ich und meinte das auch so. Obwohl ich es schade fand, weil er schon ganz schön süß war.

»Oje.« David klappte sein Messer zusammen und schob es in die Tasche zurück. »Harte Worte. Und das von einem Mädchen, das gefüllte Flundern in Klos wirft und sich auf fremde bewaffnete Männer stürzt.«

Mir blieb einen Moment die Luft weg.

Und dann musste ich lachen. Ich konnte nicht anders. Es war ja auch ziemlich witzig.

David lachte auch. Wir standen beide lachend da, als der Typ vom Secret Service reinkam. »David? Dein Vater sucht dich überall.«

Ich hörte auf zu lachen. Scheiße, schon wieder ertappt! Ich guckte schuldbewusst zum Fensterbrett – und zu den leeren Tellern rüber.

Allerdings blieb mir gar keine Zeit, lange über unsere Missetaten zu sinnieren, weil wir ganz schnell ins Esszimmer zurückmussten. Man lässt den Präsidenten der Vereinigten Staaten nicht warten.

Als wir ins Zimmer traten, stellte sich heraus, dass der Präsident nicht der Einzige war, der gewartet hatte. Sobald David und ich hereinkamen, schauten alle in unsere Richtung und fingen an zu klatschen.

Natürlich kapierte ich gar nichts. Applaudierten sie uns, weil wir endlich den Weg vom Klo ins Esszimmer zurückgefunden hatten (von den Hamburgern konnten sie ja nichts wissen, es sei denn, Carl hatte es ihnen erzählt, als er die Mousse au Chocolat servierte)?

Doch damit hatte der Beifall nichts zu tun. Das wurde mir klar, als ich zu meinem Platz ging und Mom aufsprang und mich an sich drückte.

»Ach, Schatz, ist das nicht eine tolle Nachricht?«, sagte sie. »Der Präsident hat dich gerade zur Jugendbotschafterin bei den Vereinten Nationen ernannt.«

Einen Moment lang fürchtete ich, der schöne Burger würde gleich unverdaut auf dem Teppich landen.

13

»*Also erzähl* schon, wo wart ihr?«, forderte mich Lucy zum ungefähr neunhundertsten Mal auf.

»Nirgends«, knurrte ich. »Hör auf zu nerven.«

»War ja nur eine Frage«, sagte Lucy. »Darf man jetzt noch nicht mal eine harmlose Frage stellen, oder was? Wenn du gleich so ausrastest, muss ich natürlich vermuten, dass du irgendwas … du weißt schon, *Schlimmes* gemacht hast.«

Hatte ich natürlich. Nur nicht das, woran Lucy dachte. Ich hatte lediglich einen Hamburger gegessen – und meinen Namen in ein Fensterbrett des Weißen Hauses ritzen lassen. Und zwar mit und von dem Sohn des Präsidenten der Vereinigten Staaten.

»Ich frage ja nur, weil ihr beide so aussaht, wie soll ich sagen … als wärt ihr …« Lucy überprüfte im Spiegel ihres Kompaktpuders ihren Lippenstift. Sie hatte morgens im Bad ungefähr eine halbe Stunde damit verbracht, sie zu bemalen – die Lippen meine ich –, weil sie damit rechnete, heute, an meinem ersten Schultag nach der Präsidentenrettungsaktion, von einer Unmenge von Leuten fotografiert zu werden.

Und tatsächlich wurde sie – und ich –, als wir vom Haus zum Wagen rannten (der Secret Service hatte Lucy und mir davon abgeraten, in den nächsten Wochen den Schulbus zu nehmen, weshalb Theresa uns zur Schule fuhr), von einer Unmenge von Leuten fotografiert. Damit hatte Lucy also Recht gehabt.

Aber mit ihrem Verdacht, zwischen mir und David wäre irgendwas gelaufen, lag sie gründlich daneben.

»… ein Herz und eine Seele!« Sie ließ ihren Kompaktpuder zuschnappen. »Findest du nicht auch, dass sie aussahen, als wären sie ein Herz und eine Seele, Theresa?«

Aber Theresa – die übrigens nicht die weltbeste Autofahrerin ist – stieß nur einen Schwall spanischer Flüche aus, weil der Wagen vor uns ihr die Vorfahrt genommen hatte. All die Reporter, die sich auf ihre Motorhaube geworfen hatten, um mich zu fotografieren, hatten sie total nervös gemacht.

»Ein Herz und eine Seele«, wiederholte Lucy noch einmal. »Doch, genau so saht ihr aus. Absolut.«

»Quatsch, Herz und Seele«, widersprach ich. »Da war gar nichts. Wir sind uns nur im Flur begegnet, als ich vom Klo kam, mehr nicht.«

»Also, ich hab einen *Tremor* gespürt«, mischte sich Rebecca von vorne ein.

Lucy und ich guckten sie beide entgeistert an. »Einen *was?*«

»Einen *Tremor*«, sagte Rebecca. »Ein Beben und Zittern, einen Schauder intensiver körperlicher Anziehung. Den hab ich zwischen dir und David gestern Abend gespürt.«

Ich war sprachlos. Weil diese angebliche Anziehung natürlich ganz und gar nicht da gewesen war. Ich bin nun mal in Jack verliebt und nicht in David.

Nur dass ich das natürlich nicht sagen konnte. Nicht laut.

»Da war kein *Tremor*. Da war absolut kein *Tremor*. Wo hast du den Ausdruck überhaupt her?«

»Och«, antwortete Rebecca lässig. »Aus einem von Lucys Liebesromanen, den ich gelesen hab, um meine Kompetenz im zwischenmenschlichen Bereich zu verbessern. Und zwischen dir und David war eindeutig so ein *Tremor* zu spüren.«

Egal wie heftig ich die Existenz dieses Tremors bestritt, sowohl Rebecca als auch Lucy schworen, sie hätten ihn genau gesehen. Was völliger Quark ist, weil ich sehr bezweifle, dass solch ein Tremor, wenn es ihn denn überhaupt gibt, für das menschliche Auge sichtbar ist.

David ist süß und nett, aber ich bin nun mal hundertprozentig in Jack Ryder verliebt, der zwar zugegebenermaßen nicht den Eindruck macht, als würde er meine Liebe erwidern. Aber das ist nur eine Zeitfrage. Irgendwann in naher Zukunft wird Jack zur Vernunft kommen, und wenn es so weit ist, bin ich zur Stelle.

Außerdem ist ja wohl klar, dass David kein bisschen an mir interessiert ist. Er wollte nur nett sein, weil ich seinem Vater das Leben gerettet habe. Mehr nicht. Wenn Lucy und Rebecca mitgekriegt hätten, wie er mich wegen der Ananas verarscht hat, würden sie mit ihrem Tremor-Gerede ganz schnell aufhören.

Unglaublich. Alle um mich herum schienen es sich in den Kopf gesetzt zu haben, mir das Leben zur Hölle zu machen: meine eigenen Schwestern, die vor dem Haus kampierenden Reporter, die Hersteller gewisser beliebter koffeinhaltiger Limonadengetränke, die nicht aufhörten, mir palettenweise Gratisproben ihrer Produkte ins Haus zu liefern, meine eigenen Eltern. Und sogar der Präsident der Vereinigten Staaten.

»Was tut so eine Jugendbotschafterin bei den Vereinten Nationen überhaupt?«, fragte Catherine ein paar Stunden später. Wir standen nebeneinander in der Schlange an der Essensausgabe der Schulcafeteria wie an praktisch jedem Wochentag meines Lebens (mit Ausnahme der Prä-Kindergartenphase, der Sommerferien, sämtlicher Feiertage und dem Jahr in Marokko).

Im Gegensatz zu all den anderen Tagen starrten mich heute alle rings um uns herum an und redeten mit ehrfürchtig gesenkten Stimmen über mich. Eine Neuntklässlerin war sogar schüchtern auf mich zugekommen und hatte gefragt, ob sie mal meinen Gips anfassen dürfe.

Ganz toll, kann ich euch sagen. Es gibt nichts Angenehmeres, als Nationalheldin zu sein.

Dabei hatte ich alles getan, um die Sache möglichst runterzuspielen. Ehrlich. Zum Beispiel hatte ich mich Lucys Anordnungen widersetzt und war nicht eine Stunde früher aufgestanden, um mein Haar der Pferdespülungsbehandlung zu unterziehen. Ich hatte auch keine der bei Banana Republic neu gekauften Hosen angezogen, sondern trug meine ganz normalen nachtschwarzen Alltagsklamotten und meine ganz normale zerwühlte Alltagsfrisur.

Und trotzdem behandelten mich alle anders. Sogar die Lehrer ließen kleine witzige Bemerkungen fallen. »Haben diejenigen, die gestern nicht gerade zufällig im Weißen Haus zu Abend gegessen haben, diesen tollen Dokumentarfilm über den Jemen gesehen?«, oder: »Bitte schlagt eure Bücher auf Seite 265 auf – natürlich nur, falls ihr euch bei der Rettung des Präsidenten nicht den Arm gebrochen habt.«

Selbst die Ladys in der Cafeteria wussten Bescheid. Als ich mit meinem Tablett ankam, zwinkerte mir Mrs Krebbetts verschwörerisch zu, raunte: »Hier, Kleines«, und schob mir ein zusätzliches Erdnussbuttertörtchen auf den Teller.

In der Geschichte der Adams Highschool ist es noch nie vorgekommen, dass Mrs Krebbetts irgendwem ein zusätzliches Erdnussbuttertörtchen gegeben hätte. Vor Mrs Krebbetts haben alle Angst, und zwar aus gutem Grund: Wer sie verärgert, riskiert, ein Jahr lang gar keine Törtchen mehr von ihr zu bekommen.

Und jetzt gab sie mir gleich zwei. Die Welt, wie ich sie bisher kannte, hatte mit einem Schlag aufgehört zu existieren.

»Irgendwas musst du ja wohl tun, oder?«, sagte Catherine, nachdem sie sich vom Törtchenvorfall erholt hatte und mir zu unserem Tisch gefolgt war, den wir seit eh und je mit ein paar anderen Mädchen teilen, die wie Catherine und ich in den Außenbezirken der Beliebtheit leben – der Tundra, der frostigen Kältesteppe auf der sozialen Landkarte der Adams Highschool. Zu nonkonformistisch, um bei den Vereinsmeiern von der SMV mitzumachen, und nicht athletisch genug, um zu den Sportcracks zu gehören, spielen die meisten von uns irgendein Instrument oder sind in der Theater-AG. Ich bin die einzige bildende Künstlerin. Uns alle eint der Wunsch, die Highschool irgendwie zu überleben und schnellstmöglich an die Uni zu kommen, wo dann angeblich alles besser wird.

»Was ist das überhaupt für ein Amt? Jugendbotschafterin. Trägst du da für irgendwas Verantwortung? Gibt es wenigstens einen Ausschuss?« Catherine ließ nicht locker. »Wo man über die Probleme von Jugendlichen in aller Welt diskutiert, oder so?«

»Ich hab keine Ahnung, Catherine«, sagte ich, als wir uns setzten. »Der Präsident hat bloß gesagt, dass er mich zur Botschafterin für die Vereinigten Staaten ernennt. Wahrscheinlich gibt es noch andere Botschafter aus anderen Ländern, sonst wäre das Ganze ja wohl ziemlich sinnlos. Möchte jemand noch ein Törtchen?«

Niemand reagierte. Alle rissen erstaunt die Augen auf. Aber nicht wegen meines Erdnussbuttertörtchens, sondern weil Lucy und Jack sich gerade mit ihren Tabletts an unserem Tisch niederließen.

»Hallo, Leute«, grüßte Lucy munter in die Runde, als säße sie jeden Tag am Tisch der Ausgestoßenen. »Alles klar?«

»Wieso hast du zwei Törtchen?«, wollte Jack wissen.

Übrigens waren Lucy und Jack nicht die Einzigen von der »hippen« Seite der Cafeteria, die sich an unseren Tisch setzten. Überrascht registrierte ich, wie sich auch noch ungefähr das halbe Footballteam und ein paar andere Cheerleader zu uns gesellten. Catherine war sichtlich überfordert von dieser Invasion. Es war, als hätte sich ein Schwarm Schwäne im Ententeich niedergelassen. Wir Stockenten wussten nicht, wie wir uns angesichts so viel geballter Schönheit verhalten sollten.

»Was soll das?«, flüsterte ich Lucy zu.

Die nippte bloß achselzuckend an ihrer Cola light. »Wenn du dich nicht zu uns setzt, müssen wir uns eben zu dir setzen.«

»Hey, Sam.« Jack zog einen Marker aus der Tasche seines schwarzen Armymantels. »Ich verewige mich auf deinem Gips, okay?«

»Au ja!«, kreischte Debbie Kinley und wedelte begeistert mit ihren Pompons. »Ich auch! Ich will auch unterschreiben.«

Ich brachte meinen Arm schnell in Sicherheit. »Öh, danke. Nicht nötig.«

Jack guckte enttäuscht. »Ich wollte dir doch bloß einen desillusionierten, entwurzelten Jugendlichen draufzeichnen«, erklärte er. »Mehr nicht.«

Ein desillusionierter, entwurzelter Jugendlicher wäre cool gewesen, das muss ich zugeben. Aber wenn ich Jack auf meinen Gips malen ließ, dann würden das alle wollen, und dann wäre die wunderbare weiße Fläche bald verkrakelt und entstellt. Und wenn ich nur für Jack eine Ausnahme machte, wüssten alle, dass ich heimlich in den Freund meiner Schwester verliebt bin.

»Danke, lieber nicht«, sagte ich. »Ich wollte ihn mir für ein eigenes Kunstprojekt aufheben.«

Ich kam mir ziemlich gemein vor. Immerhin war Jack mein Seelenverwandter.

Trotzdem fände ich es gut, wenn er das allmählich mal begreifen und aufhören würde, mit Lucy und diesem Haufen von Knallköpfen rumzuziehen. Auch jetzt führten sie sich wieder wie die Vollidioten auf, bewarfen sich gegenseitig mit Taco-Chips und versuchten, sie mit dem Mund aufzufangen. Echt widerlich. Und nervig, weil sie die ganze Zeit an den Tisch stießen und es damit den Einhändigen unter uns sehr schwer machten, gleichzeitig ihr

Tablett festzuhalten und zu essen. Klar, Footballspieler sind dicke Brocken, die vermutlich nicht anders können, als ständig an den Tisch zu stoßen, aber man konnte ja wohl ein bisschen mehr Rücksicht erwarten.

»Hey«, schrie ich, als ein Taco-Chip in Catherines Apfelmus landete. »Reißt euch mal zusammen, okay?«

Lucy, die sich gerade in der neuen *Cosmo* darüber informierte, wie man perfekte Oberschenkel bekommt (die sie natürlich längst hat), sagte angeödet: »Kaum kriegt sie einen Orden, schon hält sie sich für die Größte«, was total ungerecht war. Wie hätte ich ihrer Meinung nach reagieren sollen – den Chip im Mus demütig akzeptieren und stillhalten, oder was?

Catherine bekam große Augen. »Was? Einen Orden kriegst du auch noch? Du wirst Jugendbotschafterin bei der UNO *und* kriegst einen Orden?«

Leider ja. Den präsidialen Tapferkeitsorden, um genau zu sein. Die Verleihung war für Dezember angesetzt. Wahrscheinlich weil sich das weihnachtlich geschmückte Weiße Haus auf den Pressefotos besser machen würde.

Aber ich kam gar nicht dazu, Catherine zu antworten. Weil mein zweites Törtchen auf einmal verschwunden war und ich sah, wie die Footballer es sich frisbeemäßig zuwarfen.

»DARF ICH VIELLEICHT MAL MEIN TÖRTCHEN WIEDERHABEN?«, brüllte ich, weil ich nämlich eigentlich vorgehabt hatte, es Jack zu geben.

Was Lucy natürlich nicht wissen konnte. »Es ist doch bloß ein blödes Törtchen«, stöhnte sie. »Glaub mir, Sam, du kannst auf die zusätzlichen Kalorien gut verzichten.« Ein typischer Lucy-Kommentar, auf den ich sofort eingegangen wäre, hätte hinter mir nicht eine nur allzu bekannte Stimme gesäuselt: »Hallo, Samantha!«

Ich fuhr herum. Da stand Kris Parks (die wie die mustergültige

Jahrgangssprecherin aussah, die sie ja auch ist: von Kopf bis Fuß in Benetton gekleidet, einen rosa Kaschmirpulli ach so lässig über die Schultern geworfen) und strahlte künstlich auf mich herab.

»Ich wollte dir noch die Einladung zu meiner Party geben.« Sie hielt mir einen gefalteten Zettel hin. »Es wäre echt toll, wenn du kommen würdest. Wir hatten in der Vergangenheit unsere Problemchen, ich weiß. Aber ich fände es super, wenn wir das Kriegsbeil begraben und Freundinnen werden könnten. Ich habe dich immer bewundert, weißt du, Sam. Du, äh, du bist jemand, der für seine Überzeugungen einsteht, und es hat mir echt nichts ausgemacht, dass ich für die Zeichnungen bezahlen musste. Ehrlich.«

Ich starrte stumm zu ihr empor. Ich konnte es nicht glauben. Im Ernst. Von all den Sachen, die in letzter Zeit passiert waren – den Paletten voll Erfrischungsgetränken, den Du-bist-bärauschend-Teddys und dem Abendessen im Weißen Haus –, war der Moment, in dem Kris Parks – *Kris Parks* – mich anschleimte, der allermerkwürdigste. Ich könnte mir vorstellen, dass sich Aschenputtel so gefühlt hat, als der Prinz sie endlich gefunden und ihr den Schuh angezogen hat. Wahrscheinlich haben die fiesen Stiefschwestern sie danach genauso angeschleimt wie Kris Parks mich.

Dummerweise ging es mir wie Aschenputtel, und ich hatte nicht das Herz, Kris zu sagen, sie solle sich verpissen. Ich hätte es ihr sagen sollen, ich weiß.

Andererseits, wieso eigentlich? Ich meine, was sollte das Ganze? Na gut, dann war sie eben ihr ganzes Leben lang fies zu mir gewesen. Würde sie etwa irgendwas daraus lernen, wenn ich jetzt auch fies zu ihr war? Fies sein war schließlich alles, was Kris Parks kannte.

Freundlichkeit! Das war es, was sie brauchte. Jemanden, der ihr mit leuchtendem Beispiel voranging. Jemanden, dessen Großmut sie nacheifern konnte.

Statt meinem ersten Impuls zu folgen und die Einladung in den nächsten Papierkorb zu werfen, sagte ich deshalb: »Ich weiß noch nicht«, und steckte sie in meinen Rucksack. »Mal sehen, ob ich kommen kann.« Natürlich machte Lucy alles kaputt, indem sie, ohne von ihrer Zeitschrift aufzublicken, sagte: »Sie wird kommen.«

Kris stöhnte begeistert auf. »Echt? Super!«

»Ehrlich gesagt« – ich warf Lucy einen hasserfüllten Blick zu, den sie leider nicht sah, weil sie gerade einen Artikel über Nagelhautpflege las – »... weiß ich noch nicht, ob ich kann, Lucy.«

»Natürlich kannst du.« Lucy blätterte um. »Du, David, Jack und ich – wir können alle zusammen hin.«

»*David!*«, japste ich. »Wer hat denn irgendwas von ...«

»Ach genau, das ist ja so süß«, sagte Kris mit schmachtendem Seufzer. »Das mit dir und dem Sohn vom Präsidenten. Ich bin ja wohl fast in Ohnmacht gefallen, als Lucy es mir erzählt hat.«

»Als Lucy dir *was* erzählt hat?«, fragte ich.

Ich hätte meine Schwester an Ort und Stelle erdrosseln können. Ihr hättet mal sehen müssen, was passierte, als Kris diese Worte aussprach. Catherine, die, an einem Hühnerbein nagend, dem kleinen Schauspiel zugeschaut hatte, fiel die Keule glatt in den Schoß. Sämtliche Cheerleader unterbrachen augenblicklich ihre Lästereien und starrten mich an, als wäre ich ein neuartiger Glitzernagellack oder so was. Selbst Jack, der sich inzwischen mein Törtchen gesichert hatte und gerade reinbeißen wollte, hielt mitten in der Beißbewegung inne und sagte: »Das ist nicht wahr, oder?«

Ich spürte, wie mir der Schweiß ausbrach.

»Genau«, sagte ich. »Jack hat vollkommen Recht. Nein, ich hab nichts mit ihm, okay? Ich bin nicht mit dem Präsidentensohn zusammen.«

Aber Kris ließ sich nicht beirren: »Keine Angst, Sam. Ich bin die Verschwiegenheit in Person. Von mir erfährt niemand was. Aber sag mal, meinst du, dass irgendwelche Journalisten kommen? Zu meiner Party, meine ich. Ich hab nämlich nichts dagegen, mich interviewen zu lassen. Sie können mich ruhig auch fotografieren. Du kennst dich doch aus. Wenn ich dafür irgendwo mein Einverständnis geben muss…«

Lucy blätterte die ganze Zeit über seelenruhig in ihrer Zeitschrift. Nicht zu fassen. Und ich hatte geglaubt, der Zeichenkurs sei schlimm.

»Hey«, sagte Lucy, als sie endlich den Ausdruck auf meinem Gesicht bemerkte. »Gib *mir* nicht die Schuld. Wer kriegt denn wegen des Typen einen Tremor – ich oder du?«

»Das stimmt gar nicht!« Ich warf Jack einen schnellen Blick zu, um sicherzustellen, dass er auch alles mithörte. »Ich steh NICHT auf David, okay?«

»Okay, okay«, sagte Lucy. »Mach dir nicht gleich in die – *aua*!«

Also echt, wenn es irgendwer verdient, gezwickt zu werden, und zwar täglich, dann ja wohl meine Schwester Lucy.

Und hier die Top-Ten-Liste der Indizien, an denen ihr merkt, dass ihr plötzlich zur Clique der Umschwärmten an eurer Schule gehört:

10. Kris Parks lädt euch zu einer ihrer berüchtigten Knutsch- und Fummelpartys ein.

9. In Sport ernennt euch Coach Donnelly zum ersten Mal zur Spielführerin, und wenn ihr euer Team zusammenstellt, betteln alle Top-Spielerinnen darum, in eure Mannschaft zu kommen.

8. Beim Nachmittagsunterricht tauchen plötzlich erstaunlich viele Neuntklässlerinnen in (während der Mittagspause bei GAP neu gekauften) schwarzen Klamotten auf.

7. Die Adams Prep Red Steppers – die Tanzformation, die immer in der Halbzeit der Footballspiele auftritt – bitten euch, ihnen ein Lied für ihre neue Tanznummer auszusuchen. Und wenn ihr »Pink Elephant« von den Cherry Poppin' Daddies vorschlagt, nehmen sie das auch noch ernst.

6. In Deutsch gebt ihr zu, dass ihr mit den Hausaufgaben nicht fertig geworden seid, und jemand schiebt euch sein Heft hin.

5. Ihr bemerkt, dass viele Mädchen, die immer eine ähnliche Frisur wie eure Schwester hatten, auf einmal Unmengen von Haarspray benutzen, um ihre Haare zu gigantischen Atompilzen aufzutürmen, die dem Gewölle, das auf eurem eigenen Kopf sprießt, nicht ganz unähnlich sind.

4. Statt eurem Blick angeödet auszuweichen, wenn ihr durch die Schulflure geht, begrüßen euch alle eure Mitschüler jetzt mit einem begeisterten »Hi, Sam!«.

3. Ihr seht zufällig euren Namen (direkt neben dem von Katie Holmes) auf dem Schulheft eines Neuntklässlers – und zwar mit Herzchen verziert.

2. Vorfälle wie der mit Mrs Krebbetts und dem Törtchen.

Und der absolute Hauptbeweis dafür, dass ihr jetzt zu den Leuten gehört, die in der Schule das Sagen haben:

1. Als beim Treffen der zehnten Klassen in der letzten Stunde der Stufenleiter fragt, wofür der Überschuss in der Klassenkasse verwendet werden soll, meldet ihr euch und sagt: »Für den Kauf neuer Pinsel und anderer Materialien für den Kunstunterricht.« Euer Vorschlag wird angenommen, zur Wahl gestellt und … gewinnt.

14

Kaum zwei Stunden später wusste die gesamte John Adams Highschool, dass ich meinen neuen Freund, den Präsidentensohn, auf Kris Parks' Party mitbringen würde.

Aus irgendeinem Grund fanden die Leute das interessanter als die Tatsache, dass ich den Schädel unseres Regierungschefs davor bewahrt habe, von einer Kugel durchschlagen zu werden, und die neue amtierende Jugendbotschafterin bei der UNO bin. Obwohl ich froh war, nicht mehr ständig zu meiner Tapferkeit beglückwünscht zu werden – umso mehr, als ich meine Tat nicht besonders tapfer finde –, fand ich es doch ziemlich nervig, dass jetzt stattdessen alle darüber Witze rissen, was in Lincolns Schlafzimmer zwischen mir und dem Präsidentensohn passiert oder nicht passiert war.

»Weißt du, Sam, du siehst die Sache viel zu negativ«, sagte Lucy, als ich nach der Schule am Küchentisch eine Bemerkung darüber machte, wie sehr das alles nervte. »Dass du jetzt mit David zusammen bist – WEHE, DU KNEIFST MICH NOCH MAL! –, steigert deinen ohnehin schon hohen Marktwert noch. Mensch, Sam – du bist das neue Glamour-Girl der Schule. Wenn du deinen Gruftilook endlich ablegen würdest, könntest du locker die nächste Ballkönigin werden!« Lucy schnippte mit den Fingern, um mir zu demonstrieren, *wie* locker. Worauf Manet sofort angetrabt kam, weil er dachte, sie würde ihn mit den Schokokeksen füttern, die Theresa uns gebacken hatte und die wir gerade vernichteten.

»Ich will aber gar keine Ballkönigin werden«, sagte ich. »Ich will, dass alles wieder normal wird.«

»Also, ich wage mal zu behaupten, dass *das* nicht so bald passieren wird«, sagte Jack. Er zeigte nach draußen auf die vielen Reporter, die ihre Kameras über unseren Gartenzaun hielten, um ein Foto von uns im Wintergarten zu ergattern.

»Jesu Cristo!« Theresa griff zum Telefon, um mal wieder die Polizei zu alarmieren.

Ich stützte mein Kinn in die Hand. »Ich verstehe einfach nicht, warum du es allen erzählen musstest, wo es doch überhaupt nicht stimmt.« Das sagte ich extra laut und deutlich, damit Jack es auch mitbekam. Er sollte wissen, dass ich noch zu haben war, falls er, was Lucy betraf, seine Meinung änderte.

»Woher sollte ich wissen, ob es stimmt oder nicht?«, sagte Lucy spitz. »Du hast mir ja nicht sagen wollen, wohin ihr beide gestern verschwunden seid.«

Unfassbar, dass sie dieses Thema vor Jack aufbringen musste. Obwohl ich es Lucy im Grunde nicht vorwerfen konnte, weil sie ja nicht wusste, dass Jack mein Seelenverwandter war.

»Weil es dich nichts angeht!«, brüllte ich. »Du informierst mich doch auch nicht über alles, was du mit Jack machst.«

»Ha!« Lucys Zeigefinger schnellte vor. »Ich wusste es«, triumphierte sie. »Ihr seid doch zusammen!«

»Sind wir nicht! Das hab ich auch nicht gesagt.«

»Hast du wohl. Du hast es gerade zugegeben. Du hast gesagt: ›Du informierst mich doch auch nicht über alles, was du mit Jack machst.‹ Das heißt, dass du mit David zusammen bist, genau wie ich mit Jack.«

»Heißt es nicht«, widersprach ich. »Das heißt es ja wohl so was von überhaupt nicht…«

Ich wurde jedoch in meiner extrem überzeugenden Argumentation von Theresa unterbrochen, die inzwischen ihr Gespräch mit der Polizei beendet hatte und zur Tür gegangen war, um ein Paket anzunehmen.

»Für dich.« Sie stellte es vor mich auf den Tisch. »Vom Weißen Haus, hat der Kurier gesagt.«

Wir starrten alle auf das Päckchen.

»Na bitte«, sagte Lucy. »Von David. Ich hab dir ja gesagt, dass ihr jetzt zusammen seid.«

»Es ist nicht von David«, sagte ich und riss es auf. »Und wir sind auch nicht zusammen.«

Wie sich herausstellte, enthielt der Karton Unterlagen und Infomaterial über meine Aufgaben als Jugendbotschafterin.

Lucy guckte enttäuscht und vertiefte sich wieder in ihre Zeitschrift, aber Jack blätterte die Broschüren interessiert durch.

»Hey, guck mal hier«, rief er plötzlich. »Die UNO schreibt einen internationalen Malwettbewerb aus. Das Thema heißt ›Blick aus meinem Fenster‹. Jugendliche aus aller Welt sollen in Bildern und Zeichnungen festhalten, was sie tagtäglich sehen, wenn sie zu Hause aus dem Fenster schauen. Sie machen eine Ausstellung daraus.«

Rebecca, die am anderen Ende des Tisches ihre Hausaufgaben erledigte, fragte: »Und was ist mit den Jugendlichen, die in fensterlosen Bunkern hausen? Zum Beispiel die jungen Außerirdischen, die gegen ihren Willen in der Area 51 festgehalten werden? Die dürfen bestimmt nicht bei dem Wettbewerb mitmachen. Ist das etwa gerecht?«

Wie üblich achteten wir gar nicht auf sie.

»Hey!« Jack war begeistert. Kunst ist eben sein Leben. »Da mach ich mit. Solltest du auch, Sam. Die Gewinnerbilder aus den jeweiligen Ländern werden den ganzen nächsten Mai über im UNO-Gebäude ausgestellt. Das ist die beste PR, die du dir wünschen kannst. Die UNO hat ihren Sitz in New York. Wenn du mal in New York ausgestellt hast, hast du es geschafft.«

Ich überflog den zu den Unterlagen gehörenden Brief.

»Ich darf gar nicht mitmachen«, sagte ich verblüfft. »Ich bin Preisrichterin.«

»Preisrichterin?«, sagte Jack hocherfreut. »Das ist ja noch cooler! Dann mach ich mit, du lässt mein Bild gewinnen und das ist mein Durchbruch in der New Yorker Kunstszene.« Rebecca sah von ihren Arbeitsblättern auf und starrte Jack ungläubig an. »Das darf Sam gar nicht«, sagte sie. »Das wäre Betrug.«

»Quatsch, Betrug«, sagte Jack. »Nicht wenn mein Bild sowieso das beste ist.«

»Und wenn nicht?«, mischte sich Lucy ein. Sie ist echt die miserabelste Freundin, die es gibt. Ich habe noch keine Frau erlebt, die so wenig hinter dem Mann steht, den sie angeblich liebt!

»Es wird aber das beste sein.« Jack zuckte mit seinen breiten Schultern, als wäre damit alles geklärt.

Natürlich hatte Jack Recht. Sein Bild würde das beste sein. Jacks Bilder waren immer die besten. Bisher hatte er noch jeden Wettbewerb gewonnen, bei dem er jemals mitgemacht hatte. Ich hegte nicht den leisesten Zweifel daran, dass er im Herbst, trotz seiner miesen Noten, seiner vielen Fehltage und obwohl er bei keiner einzigen AG mitmachte, an einer der besten Kunstakademien des Landes angenommen würde – an der School of Design in Rhode Island, an der Parsons oder vielleicht sogar in Yale. Er ist einfach wahnsinnig begabt.

Und diese Einschätzung hat übrigens nichts damit zu tun, dass ich zufälligerweise unsterblich in ihn verknallt bin.

Ich hatte es ganz erfolgreich geschafft, die David-Sache zu verdrängen, und brütete über meinen Deutschhausaufgaben, als Catherine anrief.

»Also, was ist?«, fragte sie. »Gehst du zur Party von Kris?«

»Niemals.«

»Wieso nicht?«

»Na, weil Kris Parks eine Tochter des Satans ist«, entgegnete ich überrascht. »Niemand weiß das besser als du.«

Es blieb einen Moment still. Dann sagte Catherine bedächtig: »Ja, stimmt. Aber ich wollte schon immer mal auf eine von ihren Partys.«

Ich dachte, ich spinne. Ich hielt sogar den Telefonhörer vom Ohr weg und sah ihn einen Moment lang entgeistert an. »Cath, was redest du da?«, fragte ich. »Nach allem, was sie dir angetan hat?«

»Du hast ja Recht«, sagte Catherine niedergeschlagen. »Aber alle reden immer über ihre Partys und wie super die sind. Na ja, weißt du, sie hat mir auch eine Einladung gegeben. Und ich hab mir überlegt, dass ich vielleicht hingehen könnte. Nur wenn du hingehst, natürlich.«

»Tja, ich gehe aber nicht«, sagte ich. »Nicht mal, wenn Larry Wayne Rogers mir androhen würde, mir sonst fünfzig Millionen Mal hintereinander ›Uptown Girl‹ vorzuspielen und mir BEIDE Arme zu brechen.«

Einen Moment lang blieb es still. Und dann sagte Catherine etwas, das mich echt umhaute. Sie sagte: »Ich würde aber trotzdem echt gern hin.«

Ich war sprachlos. Wenn Catherine mir mitgeteilt hätte, sie wolle sich den Schädel rasieren und Hare-Krishna-Jüngerin werden, hätte ich auch nicht verblüffter sein können.

»*Du* willst zu Kris Parks' Party?«, sagte ich so laut, dass Manet, der, den Kopf in den Pfoten vergraben, auf meinem Bett geschlummert hatte, aufschreckte und sich verdutzt umsah. »Hast du wieder mit diesen Filzstiften geschrieben, die nach Früchten duften? Ich hab dir doch schon mal gesagt, dass die Dämpfe total …«

»Sam, ich meine es ernst«, sagte Catherine kleinlaut. »Wir machen nie normale Sachen, wie die anderen aus der Schule.«

»Das stimmt ja wohl überhaupt nicht«, sagte ich. »Vor ein paar Wochen waren wir zum Beispiel bei der Aufführung von der Theater-AG. ›Die Möwe‹, schon vergessen?«

»Wir waren die Einzigen im Publikum, die nicht mit jemandem aus der Theatergruppe verwandt waren, Sam. Ich will doch bloß einmal im Leben sehen, wie das ist. Du weißt schon ... zu den Coolen zu gehören. Interessiert dich das denn gar nicht?«

»Cath, ich weiß, wie das ist. Ich wohne mit einer von denen zusammen. Das ist kein Spaß, glaub mir. Und man braucht eine Menge Haargel.«

Catherines Stimme wurde immer dünner. »Ich weiß nur nicht, ob ich jemals wieder so eine Chance bekomme, verstehst du?«

»Cath«, stöhnte ich. »Solange du Kris Parks kennst, war sie nur gemein zu dir, und jetzt willst du zu ihr nach Hause? Es tut mir ja Leid, aber das ist einfach ...«

»Weißt du, Sam«, unterbrach sie mich schüchtern. »Ich hab einen Jungen kennen gelernt.«

Mir fiel beinahe das Telefon aus der Hand. »Du hast was? Wen hast du kennen gelernt?«

»Einen Jungen.« Catherine redete ganz hastig, als hätte sie Angst, es sich sonst wieder anders zu überlegen und mir doch nicht zu erzählen. »Du kennst ihn nicht. Er ist nicht bei uns auf der Schule, sondern geht auf die Phillips Academy und er heißt Paul. Unsere Eltern kennen sich aus der Kirche. Er ist auch immer im Beltway Billard, wenn ich mit meinen Brüdern da bin. Er ist echt nett. Und er hält den Rekord bei Death Storm.«

Wahrscheinlich stand ich unter Schock, denn alles, was ich herausbrachte, war: »Aber ... und was ist mit ... Heath?«

»Sam, ich hab eingesehen, dass das mit Heath keine Zukunft hat.« Ich hatte Catherine noch nie so tapfer erlebt. »Selbst wenn ich ihn jemals kennen lernen sollte, würde er nie was mit einer kleinen Highschool-Schülerin anfangen. Und dann wohnt er ja auch die meiste Zeit des Jahres in Australien. Wann komme ich denn schon mal nach Australien? Meine Eltern erlauben mir ja noch nicht mal, allein ins Einkaufszentrum zu gehen.«

Ich stand immer noch unter Schock. »Ach? Aber mit diesem Paul darfst du dich treffen, oder was?«

»Na ja«, sagte Catherine. »Paul hat mich noch nicht offiziell gefragt. Ich glaub, er ist schüchtern. Deshalb wollte ich ja auch den Anfang machen, du weißt schon, und ihn fragen, ob er mit mir zu Kris' Party geht.«

Ihre Logik leuchtete mir nicht ganz ein. »Und wieso gehst du nicht mit ihm ins Kino? Wieso musst du unbedingt mit ihm auf die Party?«

»Weil Paul mich nur aus der Kirche kennt«, sagte Catherine. »Und aus dem Billardsalon. Er weiß nicht, dass ich an der Schule nicht dazugehöre. Er denkt, ich bin cool.«

Ich wusste nicht, wie ich es ihr behutsam beibringen sollte, aber sagen musste ich es ihr. Dafür sind beste Freundinnen nun mal da. »Äh, Cath«, sagte ich. »In dem Augenblick, in dem du zur Tür reinkommst und Kris einen ihrer superfiesen Kommentare loslässt, merkt er doch sowieso, dass du nicht richtig dazugehörst.«

»Das macht sie nicht«, behauptete Catherine ungewohnt selbstsicher.

»Ach was?« Das überraschte mich sehr. »Weißt du etwas über Kris, das ich nicht weiß? Ist sie exorziert worden?«

»Sie wird nichts Fieses sagen, wenn du dabei bist«, sagte Catherine. »Und David mitbringst.«

Ich brach in lautes Lachen aus – ich konnte nicht anders.

»David?«, prustete ich. »Cath – ich gehe nicht auf Kris' Party, und selbst wenn, würde ich doch niemals *David* mitbringen. Ich mag ihn noch nicht mal besonders. Du weißt genau, wen ich mag.« Ich konnte den Namen nicht laut sagen, falls Lucy am zweiten Telefon hing und mithörte, was sie oft tut, um sich dann einzumischen und zu beschweren, ich würde das Telefon blockieren.

Aber ich musste den Namen auch gar nicht erwähnen, weil Catherine genau wusste, wen ich meinte.

»Ja, ich weiß, Sam.« Ihre Stimme war wieder kleinlaut. »Nur … verstehst du, ich dachte … ich meine … im Grunde genommen ist er für dich so was wie Heath für mich. Okay, er wohnt zwar nicht in Australien, aber …«

… meine Chancen, jemals seine Freundin zu werden, lagen bei null. Sie musste es nicht aussprechen. Ich wusste, was sie sagen wollte.

Nur dass sie da ganz falsch lag. Ich würde Jacks Herz eines Tages gewinnen. Ganz sicher. Ich musste nur Geduld haben und meine Karten richtig ausspielen. Eines Tages würde er aufwachen und erkennen, dass ich die perfekte Freundin für ihn war – schon immer gewesen bin.

Es war nur eine Frage der Zeit.

Die zehn eindeutigsten Anzeichen dafür, dass Jack mich liebt und nicht meine Schwester Lucy. Nur dass er es eben noch nicht weiß:

10. Jedes Mal wenn wir uns sehen, fragt er mich, ob ich die letzte Ausgabe der Kunstzeitschrift *Art in America* gelesen habe. Lucy fragt er nie, weil er genau weiß, dass sie sowieso bloß die Rubrik »Wer mit Wem?« in der *Parade* liest.

9. Er hat mir mal eine CD gebrannt. Okay, es sind zwar nur Walgesänge drauf, die Jack gern als Hintergrundmusik beim Malen hört, aber dass er sich überhaupt die Mühe gemacht hat, zeigt allein schon, dass er gefühlsmäßig mit mir auf einer Welle schwimmen möchte.

8. Als ich mal mit Lucy und ihm im Einkaufszentrum war und mein Geld vergessen hatte, hat er mir einen doppelten Cheeseburger spendiert.

7. Im Kino bei Harry Potter hat er mich alle seine gelben M&Ms aufessen lassen (obwohl Jack ja eigentlich gegen die Kommerzialisierung von Kinderbuchhelden ist. Er ist bloß mitgekommen, weil der Jackie-Chan-Film, der nebenan lief, ausverkauft war).

6. Einmal hat er mir gesagt, dass er meine Hose cool findet.

5. Er beschwert sich immer darüber, dass Lucy im Bad so lange braucht, um sich herzurichten. Jack findet ungeschminkte Mädchen cooler. Also Mädchen wie mich. Na ja, wenn man von dem bisschen Abdeckstift absieht. Und der Wimperntusche. Und dem Lipgloss. Aber ansonsten benutze ich keine Schminke.

4. Als ich ihm von meiner Theorie erzählte, dass alle Linkshänder ursprünglich mal Zwillinge waren, fand er das überzeugend. Er ist selbst auch Linkshänder und kennt dieses Gefühl des Verlassenseins in der Welt. Rebeccas Theorie, dass wir alle von Angehörigen einer außerirdischen Rasse abstammen, die versehentlich eine Bruchlandung auf unserem Planeten hingelegt haben und deren fortgeschrittenes technologisches Wissen bei dem darauf folgenden Großbrand im Mutterschiff für immer verloren ging, hat ihn nicht annähernd so beeindruckt. Und Lucys Theorie, dass Mr PiBB und Dr. Pepper dasselbe Getränk, nur mit unterschiedlichem Design, sind, fand er total beknackt.

3. Als die Theater-AG damals Freiwillige gesucht hat, die das Bühnenbild zu »Hello, Dolly« malen, haben Jack und ich uns beide gemeldet und sind später dazu eingeteilt worden, *ein und dieselbe* Straßenlaterne aus Sperrholz zu bemalen. Er hat die Zierornamente gemalt und ich die Lichtreflexe. Also, wenn das nicht ein Zeichen des Himmels war, dann weiß ich auch nicht.

2. Jack ist Waage. Ich bin Wassermann. Es ist allgemein bekannt, dass Waagen und Wassermänner bestens miteinander aus-

kommen. Lucy ist Fisch und ihr idealer Partner wäre Stier oder Steinbock.

Aber das allerdeutlichste Zeichen dafür, dass Jack mich liebt und es nur noch nicht weiß, ist:

1. Dass sein absolutes Lieblingsbuch auch »Fight Club« ist. Und zwar gleich nach »Catch 22« und »Zen und die Kunst, ein Motorrad zu warten«.

15

Als Theresa mich am Dienstag an der Ecke R Street und Connecticut Avenue, gegenüber der Gründungskirche der Scientologen, absetzen wollte, war von der Capitol-Cookie-Bäckerei nichts zu sehen. Vom Static auch nicht.

Was an den vielen Reportern lag, die sich vor Susan Boones Haus auf der Straße zusammengerottet hatten und darauf lauerten, mich zu interviewen.

Fragt mich nicht, woher die wussten, wann mein Zeichenkurs anfing. Wahrscheinlich hatten sie es über David herausgefunden, weil sie ja wussten, dass wir im selben Kurs waren. (Das hatten sie aus der Zeitung, wo ich es irgendwann erzählt habe, um zu erklären, wieso ich an derselben Ecke stand wie Larry Wayne Rogers und der Präsident.)

Na ja, eigentlich egal, wie sie draufgekommen sind. Keine Ahnung, wieso es mich überhaupt überraschte. Die Reporter sind sowieso überall. Vor unserem Haus, vor der Schule, im Bishop's Garden, als ich einmal den Fehler machte, mit Manet dort spazieren zu gehen. Ja, sogar vor dem Potomac Video Store, wo sie mich und Rebecca aus dem Hinterhalt überfielen, als wir »Unheimliche Begegnung der dritten Art« – ihren Lieblingsfilm – zurückbrachten.

Und obwohl ich vollstes Verständnis dafür habe, dass sie unter Erfolgsdruck stehen und dringend eine Story brauchen, verstehe ich ums Verrecken nicht, warum es unbedingt eine Story über mich sein muss. Ich meine, hey, ich habe doch bloß dem Präsidenten das Leben gerettet. Es ist ja nicht so, als hätte ich irgendwas zu *sagen*.

»Platz da!«, schimpfte Theresa. »Lassen Sie uns durch!« Sie hatte in zweiter Reihe geparkt (es war nicht damit zu rechnen, dass das Auto abgeschleppt würde – nicht solange ein halbes Dutzend Fotografen auf der Motorhaube lag), schirmte mich mit ihrem Leopardenprint-Regenmantel ab, setzte ihre Ellbogen und ihre Handtasche als Rammböcke ein und zerrte mich mit sich zur Ateliertür.

»Samantha!«, brüllte eine Reporterin, während wir uns durch die Menge drängelten. »Was sagst du dazu, dass Larry Wayne Rogers wegen geistiger Verwirrung für prozessunfähig erklärt wurde?«

»Samantha«, schrie jemand anders. »Welcher Partei gehören deine Eltern an?«

»Samantha«, brüllte ein anderer. »Amerika will es wissen – Coca Cola oder Pepsi?«

»Jesu Cristo!«, fuhr Theresa einen Journalisten an, der den Fehler begangen hatte, sich an ihrer Handtasche festzuhalten, damit wir etwas länger in Reichweite seines Mikros blieben. »Flossen weg von meiner Tasche! Haben Sie keine Augen im Kopf – die ist von Louis Vuitton!«

Dann stolperten wir endlich in den Vorraum am Fuße der Treppe, die zu Susan Boones Atelier hinaufführt und wo schon David und John standen, die anscheinend nur Sekunden vor uns angekommen waren, die ich in dem Gedrängel aber nicht bemerkt hatte.

Theresa war so sauer auf den Kerl, der ihre Tasche angefasst hatte, dass sie ihn noch eine volle Minute lang auf Spanisch verwünschte. Davids persönlicher Secret-Service-Agent John versuchte, sie zu beruhigen, er habe schon Polizeiverstärkung angefordert, und werde dafür sorgen, dass sie von einem Polizisten zum Wagen zurückbegleitet würde. Außerdem hatte er Absperrgitter bestellt, damit wir nach dem Kurs nicht belästigt wurden.

David stand neben ihm und lächelte wieder still und rätselhaft in sich hinein.

Er hatte eine braune Wildlederjacke und ein Blink-182-T-Shirt an, ein Zeichen dafür, dass sein Musikgeschmack nicht so eingleisig ist, wie ich es von meinem eigenen manchmal befürchte. Das schwarze T-Shirt verstärkte das Grün seiner Augen. Oder lag es an der Beleuchtung im Treppenhaus?

»Hey«, sagte David zu mir, und sein rätselhaftes Lächeln wurde ein bisschen breiter.

Ich weiß nicht, wieso, aber als er lächelte, machte mein Herz irgendwie so einen komischen kleinen Sprung.

Was natürlich Zufall war. Ich meine, ich mag David ja noch nicht mal besonders. Ich mag Jack.

Trotzdem musste ich an Rebecca und ihre bescheuerte Tremor-Bemerkung denken. Ist es das?, fragte ich mich. Ist das ein Tremor, wenn man einen Jungen lächeln sieht, und das Herz macht komische Sprünge?

Jedenfalls war ich in dem Moment heilfroh, dass David nicht auf die Adams Highschool ging und die Lincoln-Schlafzimmer-Gerüchte mitgekriegt hatte, die dort die Runde machten. Es war schlimm genug, dass ich einen Tremor spürte, wenn ich ihn sah. Ich wäre im Boden versunken, wenn er gewusst hätte, dass alle an meiner Schule über uns redeten.

Der Gedanke, dass ich bei jemand anderem als Jack einen Tremor verspüren konnte, verdarb mir gründlich die Laune.

Vielleicht lag es aber auch an den Reportern. Jedenfalls sagte ich statt »Hi« oder einer anderen Begrüßung bloß: »Nervt dich das etwa überhaupt nicht, oder was?«, und schwenkte meinen Gipsarm in Richtung Reporter. »Das ist der volle Psychoterror und du lächelst.«

»Sag bloß, *du* hast Angst vor der Presse?« David lächelte nicht mehr nur, er lachte. »Bist du nicht das Mädchen, das sich am Rücken eines bewaffneten Wahnsinnigen festgekrallt hat?«

Ich sah ihn mit zusammengekniffenen Augen an und konnte nicht umhin zu bemerken, dass David lachend sogar noch besser aussah als lächelnd.

Diese Feststellung verdrängte ich jedoch schnell. »Da hatte ich keine Angst«, sagte ich sehr sachlich. »Ich hab getan, was ich tun musste. Das hättest du auch gemacht.«

»Da bin ich mir nicht so sicher«, sagte David nachdenklich.

Dann kam Theresas polizeilicher Begleitschutz, und als die Tür aufging, konnten wir uns nicht mehr weiter unterhalten, weil die Reporter draußen so ein Geschrei machten. John scheuchte uns die Treppe hinauf ins Atelier. Die Bänke standen genauso wie beim letzten – und einzigen – Mal, als ich im Kurs war. Nur die Früchte auf dem Tisch in der Mitte des Sitzkreises waren verschwunden. Stattdessen lag dort ein weißes Ei. Vielleicht ein Überbleibsel von Susan Boones Mittagessen, dachte ich – oder Joseph war in Wirklichkeit eine Josephine.

»Na?«, fragte David, sobald wir uns auf unsere Bänke gesetzt und die Zeichenblöcke zurechtgerückt hatten. »Was zeichnest du heute dazu? Wieder eine Ananas? Oder doch lieber Wintergemüse? Wie wär's mit Zierkürbissen?«

»Hör endlich auf«, zischte ich so leise, dass es die anderen nicht mitbekamen, »mit der blöden Ananas.«

Nicht zu fassen, dass ich bei einem Jungen einen Tremor verspürt hatte, der nichts weiter tat, als mich pausenlos zu verarschen.

»Ups, tut mir Leid.« David sah nicht so aus, als täte es ihm Leid. Er lächelte immer noch. »Ich hab deine sensible Künstlerseele ganz vergessen.«

»Nur weil ich nicht bereit bin«, presste ich zwischen den Zähnen hervor und schleuderte Susan Boone, die am Waschbecken stand und Pinsel auswusch, einen bitterbösen Blick zu, »mir meine ureigene Kreativität von einer Kunst-Diktatorin austreiben zu lassen, heißt das nicht, dass ich übertrieben sensibel bin.«

Davids Augenbrauen schossen beide gleichzeitig in die Höhe. »Von wem redest du denn?«

»Von Susan Boone«, sagte ich mit wütendem Blick in Richtung Elfenkönigin. »Diese ganze Scheiße von wegen Zeichne-was-du-siehst, das ist doch alles Gelaber.«

»Gelaber?« David lächelte nicht mehr, er sah verwirrt aus. »Wie kommst du denn darauf?«

»Na, wo wäre die Kunstwelt denn bitte«, flüsterte ich, »wenn Picasso nur gezeichnet hätte, was er sah?«

David blinzelte entgeistert. »Picasso *hat* nur das gezeichnet, was er sah«, behauptete er dann. »Und zwar jahrelang. Erst als er das, was er sah, absolut wirklichkeitsgetreu abbilden konnte, hat er angefangen, mit verschiedenen Wahrnehmungsformen von Linie und Raum zu experimentieren.«

Ich starrte ihn an. »Hä?«, fragte ich sehr intelligent. Ich hatte kein Wort verstanden.

»Schau, es ist ganz einfach«, sagte David. »Du kannst erst anfangen, die Regeln zu brechen, wenn du begriffen hast, woraus sie überhaupt bestehen. Und genau das will Susan uns beibringen. Sie möchte doch nur, dass wir erst lernen zu zeichnen, was wir sehen, bevor wir zum Kubismus, Ananas-ismus, Was-auch-immer-ismus übergehen oder wofür du dich letzten Endes entscheidest.«

Diesmal war es an mir, verblüfft zu blinzeln. Das war völlig neu für mich. Jack hatte nie was davon gesagt, dass man die Regeln kennen musste, bevor man sie brach. Und Jack kannte sich in der Materie sehr gut aus. Er brach ständig Regeln, um Leuten – seinem Vater, den Mitgliedern vom Country-Club oder Mr Esposito in der Schule – zu demonstrieren, was sie alles falsch machten.

Susan Boone trat vom Waschbecken zurück und klatschte in die Hände.

»Okay, alle mal herhören«, rief sie. »Inzwischen dürften alle mitgekriegt haben, dass es letzten Donnerstag nach dem Kurs einige Aufregung gab.« Gertie, Lynn und die anderen kicherten. »Für einige von uns vielleicht mehr als für andere.« Sie lächelte mich bedeutungsvoll an. »Aber heute sind alle wieder da. Zum Glück unverletzt – jedenfalls zum größten Teil… also machen wir uns an die Arbeit, okay? Seht ihr dieses Ei?« Susan Boone deutete auf das Ei, das vor uns lag. »Das ist unser heutiges Motiv. Wer mit Acrylfarben noch nicht so geübt ist, kann Buntstift oder Kreide verwenden.«

Ich guckte mir das Ei an. Es lag auf einem zusammengeknüllten Stück weißer Seide. Und dann guckte ich auf die Hand voll Buntstifte, die Susan Boone mir auf die Bank gelegt hatte. Weiß war nicht dabei.

Ich hob seufzend den Arm.

Na, was hätte ich denn tun sollen? Diese Frau hatte mich durch Erpressung in ihren Kurs gezwungen, gab mir noch nicht mal einen weißen Buntstift und erwartete dann von mir zu zeichnen, was ich sah? Äh, hallo? Was stellte die sich vor? Ich war ja absolut bereit, die Regeln zu lernen, bevor ich sie brach, aber hier handelte es sich ja wohl kaum um eine Regel.

»Ja, Sam?« Susan Boone kam zu mir rüber.

»Tja, also.« Ich nahm die Hand runter. »Ich hab keinen weißen Stift.«

»Stimmt.« Susan Boone lächelte auf mich herab und wollte wieder gehen.

»Warten Sie«, rief ich. Mir war klar, dass David neben mir wahrscheinlich alles mitbekam. Er schien zwar ziemlich in das

Bild vertieft zu sein, das er zu malen begonnen hatte, sobald Susan Boone ihre Anweisungen gegeben hatte, aber man weiß ja nie.

»Wie soll ich ein weißes Ei auf einem weißen Stück Stoff zeichnen, wenn ich keinen weißen Stift bekomme?« Ich wollte nicht rumjammern, ich kapierte bloß nicht, was Susan Boone von mir wollte. Sollte ich etwa mit negativem Raum arbeiten, oder was? Nur die Schatten hinzeichnen und den Rest weiß lassen? Susan Boone guckte auf das Ei und sagte dann das Überraschendste, was ich in der letzten Zeit gehört hatte, und ich hatte in der letzten Zeit eine Menge überraschender Sachen gehört, nicht zuletzt dass sich meine beste Freundin Catherine danach sehnte, zu den Schönen und Umschwärmten der Schule zu gehören.

»Also, ich sehe kein Weiß«, sagte Susan Boone gelassen.

Hatte die ein Rad ab? Das Ei und der Stoff waren so weiß wie… na ja, so weiß wie die Elfenhaare, die ihr den Rücken hinabflossen.

»Äh«, sagte ich. »Wie bitte?«

Susan beugte sich zu mir herunter, um sich das Ei aus meiner Perspektive anzuschauen.

»Denk doch mal an das, was ich gesagt habe, Sam«, sagte sie. »Zeichne, was du *siehst*, nicht was du *weißt*. Du weißt, dass da ein weißes Ei auf einem weißen Stück Stoff vor dir liegt, aber *siehst* du irgendwo Weiß? Siehst du nicht vielmehr den rosa Reflex der Sonne, die durchs Fenster scheint? Oder das Blau und Violett der Schatten unter dem Ei? Das Gelb der Deckenlampe, das sich oben in der Spitze des Eis spiegelt? Den schwachen Grünschimmer in den Falten des Seidenstoffes? Das sind die Farben, die ich sehe. Weiß ist nicht dabei. Ich sehe es jedenfalls nicht.«

Hm, ihr kleiner Vortrag schien nicht darauf abzuzielen, mir meine angeborene Kreativität und Ausdruckskraft auszutreiben.

Man muss die Regeln lernen, bevor man sie brechen kann. Susan Boone versuchte – genau wie David es gesagt hatte –, mich sehen zu lehren.

Also versuchte ich zu sehen. Und zwar mit aller Kraft. Ich glaube nicht, dass ich mich schon jemals so angestrengt hatte, etwas zu sehen.

Und ich sah.

Ich weiß, wie beknackt das klingt. Natürlich konnte ich schon immer sehen. Sogar mit maximaler Sehstärke.

Trotzdem kann ich es nicht anders erklären, als dass ich auf einmal sah.

Ich sah den violetten Schatten unter dem Ei.

Ich sah das rosa Licht der Sonne, die durchs Fenster fiel.

Ich sah sogar den kleinen gelben Lichtmond, der sich auf der Spitze des Eis widerspiegelte.

Also griff ich hastig nach dem erstbesten Buntstift und legte los.

Was ich am Zeichnen so liebe: Beim Zeichnen ist es, als würde um einen herum die ganze Welt aufhören zu existieren. Es gibt nur noch einen selbst, das Blatt, den Stift und vielleicht die leise klassische Musik, die im Hintergrund läuft, aber die hört man kaum, weil man so in das versunken ist, was man tut. Während man zeichnet, merkt man nicht, wie die Zeit vergeht oder was um einen herum passiert. Wenn es wirklich sehr gut läuft, setzt man sich um eins hin und schaut bis fünf Uhr nicht ein einziges Mal vom Papier auf und hat keine Ahnung, wie viele Stunden vergangen sind, bis man es gesagt bekommt – und alles, weil man so in seine Arbeit vertieft war.

Echt, ich hab festgestellt, dass es nichts auf der Welt gibt, das damit vergleichbar wäre. Filme schauen? Lesen? Nicht dasselbe. Höchstens wenn die Handlung wirklich extrem gut ist, und das hat man selten. Während man zeichnet, ist man in seiner eigenen Welt, in seiner eigenen Schöpfung.

Und eine schönere Welt gibt es nicht.

Deshalb ist es auch hundertmal nerviger, wenn man beim Zeichnen aus seiner Versunkenheit gerissen wird, als wenn man zum Beispiel gerade über seinen Geometriehausaufgaben sitzt und irgendeine Schwester ins Zimmer platzt und fragt, ob sie sich ein Haargummi borgen kann. Ich würde fast sagen, wenn jemand einen beim Zeichnen stört, gibt einem das sogar das Recht zu töten.

Ganz besonders wenn es sich bei dem Störenfried um eine fette Krähe handelt.

»Kraaaahk!«, kreischte Joe mir ins Ohr, riss gleichzeitig ein halbes Dutzend Haare aus meinem Haarschopf und machte sich mit laut flatternden Flügelschlägen davon.

Ich schrie.

Ich konnte nicht anders. Ich war so ins Zeichnen vertieft gewesen, ich hatte gar nicht gemerkt, wie der fiese Vogel immer näher gekommen war und seinen heimtückischen Überfall gestartet hatte. Ich schrie weniger vor Schmerz – obwohl es auch wehtat – als vor Schreck.

»Joseph!« Susan Boone klatschte in die Hände. »Du böser, böser Vogel!«

Joe floh in seinen Käfig, wo er sicher war, ließ meine Haare fallen und krächzte triumphierend: »Lieber Vogel!«

»Nein, du bist gar kein lieber Vogel!«, widersprach Susan Boone, als könnte er sie verstehen. »Du bist ein sehr böser Vogel.« Dann drehte sie sich zu mir um. »Meine Güte, Samantha, das tut mir so Leid. Alles in Ordnung?«

Ich fasste benommen an die schmerzende Stelle auf meinem Kopf. Dabei bemerkte ich, dass das Licht sich verändert hatte. Es war nicht mehr rosa. Die Sonne war untergegangen. Es war schon nach fünf, dabei hatte ich das Gefühl, erst vor zwei Minuten angefangen zu haben zu zeichnen, und nicht vor fast zwei Stunden.

»Ich habe vergessen, den Käfig zuzumachen«, entschuldigte sich Susan. »Ich muss daran denken, Joe immer einzusperren, wenn du hier bist. Wenn ich nur wüsste, weshalb er so versessen auf deine Haare ist. Natürlich, sie glänzen *sehr*, aber ...«

Plötzlich fiel mir auf, dass die Bank neben mir bebte. Ich drehte den Kopf – vielleicht hatte David ja einen epileptischen Anfall. Den hatte er aber ganz und gar nicht. Was er hatte, war ein Lachanfall.

Als er meinen Blick sah, presste er zwischen zwei Lachsalven hervor: »Tut mir Leid! Echt, ich schwöre. Aber wenn du dein Gesicht gesehen hättest ...«

Ich verstehe genauso viel Spaß wie jeder andere Mensch, aber darüber konnte ich beim besten Willen nicht lachen. Schließlich tut es weh, wenn einem jemand – oder etwas – Haare rausreißt. Nicht so weh wie ein gebrochenes Handgelenk, aber es genügt.

Davids Schultern (nicht so breit wie die von Jack, aber doch ziemlich beeindruckend) zuckten immer noch, als er sagte: »Ach komm, gib's zu. Das war saukomisch.«

Und natürlich hatte er Recht. Es war komisch.

Aber bevor ich es zugeben konnte, stand plötzlich Susan Boone neben mir und blickte auf meine Zeichnung hinunter. Also schaute ich sie mir auch an. Klar, ich hatte sie den ganzen Nachmittag gesehen, aber jetzt lehnte ich mich zum ersten Mal zurück und guckte sie mir so richtig an.

Was ich sah, war unglaublich. Ein weißes Ei. Ein weißes Ei auf einem Stück weißer Seide. Es sah ganz genauso aus wie das echte weiße Ei und die echte weiße Seide vor mir.

Und dabei hatte ich nicht einen Strich Weiß verwendet.

»Na also«, sagte Susan Boone zufrieden. »Du hast es raus. Ich wusste, dass du es verstehen würdest.«

Dann tätschelte sie mir zerstreut den Kopf, genau da, wo mir ihre Krähe die Haare rausgerissen hatte, aber es tat nicht weh. Es tat kein bisschen weh. Weil Susan Boone nämlich Recht hat: Ich habe es raus.

Ich kann sehen. Endlich.

Die zehn wichtigsten Aufgaben der amerikanischen Jugendbotschafterin bei den Vereinten Nationen – jedenfalls nach meiner, Samantha Madisons, Beobachtung:

10. In der Pressestelle des Weißen Hauses herumhocken und dem Pressesprecher zuhören, der sich vor Begeisterung gar nicht mehr einkriegt, weil die Beliebtheitswerte des Präsidenten in den Umfragen nach dem missglückten Attentat so dermaßen in die Höhe geschossen sind.

9. Außerdem: Seinem Gejammer zuhören, die Stadtverwaltung würde sich schon beschweren, dass so viele Polizisten abgeordnet werden müssen, um unser Haus vor der Presse abzuschirmen. Mich fragen lassen, wieso ich mich nicht endlich vom Fernsehen interviewen lasse. Die würden das Interview eine Million Mal zeigen und dann hätte ich meine Ruhe. Punkt.

   Hm, genau. Als hätte ich irgendwas mitzuteilen, das die US-amerikanische Öffentlichkeit auch nur annähernd interessieren könnte. Ja, klar.

8. Die Bewerbungsunterlagen für den internationalen UN-Malwettbewerb »Blick aus meinem Fenster« für meinen künstlerisch begabten Freundeskreis kopieren, der aus einer einzigen

Person besteht: dem Freund meiner Schwester, meinem Seelenverwandten – Jack Ryder.

7. Autogrammkarten schreiben und an all die Kids schicken, die mein Autogramm angefordert haben. Auch wenn ich nicht im Entferntesten nachvollziehen kann, wieso sich jemand ein Foto von mir an die Wand hängen will.

6. Meine Fanpost lesen (aber erst, nachdem sie durchleuchtet und auf Rasierklingen und Sprengstoff untersucht worden ist). Ein erstaunlich großer Teil der Bevölkerung scheint das Bedürfnis zu haben, mir zu schreiben, wie mutig ich bin. Einige dieser Leute schicken sogar Geld. Leider wandert dieses Geld sofort auf ein Sparkonto für mein späteres Studium und ich kann mir keine CDs davon kaufen.

   Angeblich kriege ich auch Briefe von Perversen, aber die darf ich noch nicht mal sehen. Der Pressesprecher sammelt sie alle in einem eigenen Ordner, den ich nicht mit in die Schule nehmen darf, um ihn Catherine zu zeigen.

5. Obwohl die UNO ihren Sitz in New York hat, sieht es nicht so aus, als dürfte ich da auch irgendwann mal hin. Nach New York, meine ich. Offenbar gehört es nicht zu den Aufgaben einer Jugendbotschafterin bei der UNO, sich leibhaftig dort blicken zu lassen.

4. Einen Flummi an die Wand der Pressestelle zu werfen, hilft zwar, die Zeit zu vertreiben, die ich hier absitzen muss (von jetzt an jeden Mittwochnachmittag), gehört aber streng genommen nicht zu den Aufgaben einer Jugendbotschafterin der UNO und dient lediglich dazu, den Pressechef und seine

Mitarbeiter zu nerven, die den Flummi konfisziert und mir gesagt haben, dass ich ihn nach Ablauf meiner Amtszeit wiederbekomme. Anscheinend haben die keine Ahnung, dass man Flummis an jeder Ecke kaufen kann, und zwar für weniger als einen Dollar.

3. Es wird nicht gern gesehen, wenn die Jugendbotschafterinnen der UNO allein durch die Gänge des Weißen Hauses streifen, egal wie vertraut sie mit den Räumlichkeiten sein mögen, da sie bei einem schnellen Blick ins Vermeil-Zimmer, um nachzuschauen, ob dort zufälligerweise ein Porträt von Dolley Madison hängt, versehentlich mitten in einen Friedensgipfel hereinplatzen könnten.

2. Es wird den Jugendbotschafterinnen der UNO dringend davon abgeraten, sich von Kopf bis Fuß in Schwarz zu kleiden, da dies, nach Meinung des Pressechefs des Weißen Hauses, der Öffentlichkeit den falschen Eindruck vermitteln könnte, die Jugendbotschafterin sei eine praktizierende Hexe.

Aber die absolut wichtigste Aufgabe einer Jugendbotschafterin der UNO besteht – soweit ich es bisher überblicke – darin:

1. Still zu sitzen, leise zu sein und den Pressesprecher seine Arbeit machen zu lassen.

16

»*Er hat* Ja gesagt!«

Mit diesen Worten empfing mich Catherine am Donnerstagmorgen in der Schule. Ich hatte mich gerade durch einen menschlichen Wall aus ungefähr hundert Reportern gedrängelt, um von Theresas Wagen zum Haupteingang der Adams Highschool zu gelangen, und ihre Schreie hallten noch in meinen Ohren wider (»Samantha, wie beurteilst du die Lage im Nahen Osten?«, »Cola oder Pepsi, Samantha?« etc.). Trotzdem war ich mir ziemlich sicher, dass es das war, was Catherine gesagt hatte.

Ich ging zu meinem Schließfach, Catherine immer neben mir her. »Wer hat Ja gesagt?«, fragte ich.

»Na, Paul!« Catherine war eindeutig beleidigt, weil ich ihn vergessen hatte. »Der aus der Kirche! Ober besser, aus dem Billardsalon. Aber das ist ja auch egal. Jedenfalls hab ich ihn gefragt, ob wir am Wochenende was zusammen machen, und er hat Ja gesagt!«

»Boah, Cath!«, sagte ich. »Super, echt.«

Bloß dass ich das nicht ehrlich meinte. Na ja, irgendwie schon, aber irgendwie auch nicht. Das war natürlich nicht sehr nett von mir und ich hätte es ihr auch nie ins Gesicht gesagt. Ich freute mich, dass Catherine ein Date hatte, aber es versetzte mir auch einen Stich. Was sie getan hatte – einen Jungen anzurufen und ihn zu fragen, ob er was mit ihr machen will –, erschien mir so viel mutiger als das, was ich getan hatte, nämlich ein Attentat auf den Präsidenten zu vereiteln. Ich hatte bloß mein Leben riskiert. Wenn ich dabei draufgegangen wäre, wäre das nicht weiter schlimm gewesen, weil ich dann ja tot gewesen wäre und es noch nicht mal gewusst hätte.

Catherine hatte viel mehr zu verlieren gehabt als ich: ihren Stolz.

Ich glaube nicht, dass ich jemals den Mut aufbringen werde, den Mann meiner Träume zu fragen, ob er mal was mit mir machen möchte. Erstens, weil er mit meiner Schwester zusammen ist und zweitens – na ja, was, wenn er Nein sagt?

»Kann ich meiner Mutter sagen, dass ich bei dir übernachte?«, fragte Catherine. »Sie mögen Paul zwar – meine Eltern, meine ich. Aber du weißt schon, sie finden, fünfzehn ist noch zu jung, um was mit Jungen anzufangen.«

»Klar. Komm einfach hinterher bei uns vorbei. Und wenn du dir was zum Anziehen ausleihen willst – also, falls dir deine eigenen Sachen nicht cool genug sind –, komm vorher vorbei. Dann kann Lucy dich verschönern. Du weißt ja, dass das ihr Lieblingshobby ist.«

Catherine strahlte. Ich hatte sie noch nie so glücklich gesehen. Irgendwie süß. Obwohl ich neidisch war, konnte ich gar nicht anders, als mich mit ihr zu freuen.

»Mensch, Sam, echt?«, rief Catherine. »Das wäre ja total super!«

»Klar, das wird sicher lustig. Wo willst du denn mit ihm hin?«, fragte ich. »Wo soll euer großes Date stattfinden?«

Catherine guckte mich an, als zweifle sie an meinem Verstand.

»Natürlich gehen wir zu Kris auf die Party, du Doofi. Was hast du denn gedacht?«

Ich drehte gerade am Vorhängeschloss meines Schließfachs, doch als Catherine das sagte – das mit Kris' Party –, lösten sich die Ziffern (15 – so alt, wie ich bin, 21 – so alt, wie ich gerne wäre und 8 – so alt, wie ich nie mehr sein möchte) in meinem Kopf schlagartig in Luft auf.

»Zu Kris' Party?« Ich hielt mich am Schloss fest, um nicht umzukippen, und starrte sie an. »Ihr geht auf Kris' Party?«

»Klar.« Catherine beachtete den Typen nicht, der vorbeiging, ihren langen Rock sah und fragte: »Holla, ist heute etwa irgendwo Scheunentanz?«

»Na klar geh ich mit ihm da hin, Sam«, sagte Catherine. »Wir gehen doch alle, oder? Du, ich und Paul und David.«

»*Was?*« Jetzt hatte ich nicht nur meine Geheimzahl vergessen, sondern auch noch meinen Stundenplan und was ich zum Frühstück gegessen hatte – alles. Ich stand unter Schock. »Catherine, bist du auf Crack, oder was? Ich hab nie gesagt, dass ich auf Kris' Party gehe. Im Gegenteil erinnere ich mich deutlich daran, gesagt zu haben, dass Larry Wayne Rogers mir schon eine geladene Pistole an den Kopf halten müsste, um mich zu zwingen, da hinzugehen.«

Catherines hübsches Gesicht, das ein paar Sekunden zuvor noch glücklich gestrahlt hatte, verknitterte sich vor Enttäuschung und – ich glaube, das deutete ich richtig – Kränkung. Ja, sie war tief gekränkt.

»Aber Sam«, rief sie. »Du musst! Ohne dich kann ich nicht zu Kris! Du weißt genau, dass sie mich nur eingeladen hat, weil sie denkt, dass du auch kommst …«

»Genau, und mich hat sie nur eingeladen, weil sie denkt, dass ich einen Haufen Reporter mitbringe, die ihr Rattengesicht ablichten. Ganz zu schweigen davon, dass sie denkt, ich würde David mitbringen.« Ich konnte es nicht fassen, dass Catherine mir das antat. Catherine, die seit der vierten Klasse meine beste Freundin war! »Und das tu ich nicht. Weil ich David noch nicht mal besonders mag. Jedenfalls nicht *so*. Schon vergessen?«

»Sam, ohne dich kann ich da nicht hin«, winselte Catherine. »Wenn ich alleine auf der Party auftauche, sagen doch alle bloß: ›Was willst *du* denn hier?‹«

»Tja, das hättest du dir mal früher überlegen müssen.« Ich riss mein Schließfach auf – die Nummer war mir doch wieder eingefallen. »Bevor du Mr Death-Squad-Rekordhalter gefragt hast, ob er mitkommt.«

»Death Storm«, korrigierte mich Catherine. Ihre dunklen Augen glänzten. »Wenn ich gewusst hätte, dass du wirklich nicht hingehst, Sam, hätte ich ihn gar nicht erst gefragt.«

»Ich hab aber deutlich gesagt, dass ich nicht hingehe! Und außerdem kannst du es sowieso vergessen, weil meine Eltern uns eh nicht erlauben hinzugehen. Nicht mal Lucy darf hin.«

»Schon«, sagte Catherine. »Aber sie geht trotzdem. Du kennst sie doch. Sie lügt sie eben einfach an und behauptet, sie würde woanders hingehen.«

»Na, toll«, sagte ich. »Das macht es auch nicht besser. Und ich bin außerdem immer noch auf Bewährung wegen der Drei minus in Deutsch. Okay, seit ich dem Präsidenten das Leben gerettet hab, sind meine Eltern etwas gnädiger, aber denk bloß nicht, deswegen wäre auf einmal alles einfacher …«

»Ach, Sam«, unterbrach mich Catherine, deren Stimme ganz komisch belegt klang. »Kapierst du denn nicht? Was du getan hast – dem Präsidenten das Leben zu retten, meine ich –, das ist unsere große Chance.« Sie sah sich um, ob auch niemand in der Nähe war, trat einen Schritt auf mich zu und sagte mit leiser, drängender Stimme: »Wir könnten endlich aus dem Außenseitergetto raus. Wir könnten Sachen mit Lucy und ihrer Clique machen. Das ist die Gelegenheit, mal zu sehen, wie es wäre, Lucy zu sein. Interessiert dich das nicht, Sam? Willst du nicht wissen, wie es ist, Lucy zu sein?«

Sie war wahnsinnig geworden, ganz klar.

»Cath, ich weiß, wie es ist, Lucy zu sein«, sagte ich. »Man muss bei Regen auf Footballfeldern Rückwärtssaltos machen, seine Eltern anlügen und sich die verklebten Augenwimpern mit Sicherheitsnadeln auseinander fieseln.« Ich nahm die Bücher und Hefte heraus, die ich brauchte, verstaute meine Jacke und knallte das Schließfach zu. »Tut mir Leid, aber ich hab echt was Besseres zu tun.«

»Ja, ich weiß«, wimmerte Catherine, und erst jetzt erkannte ich, dass ihre dunklen Augen glänzten, weil sie mit Tränen gefüllt waren. »Dir macht das alles nichts aus, Sam. Aber denk mal an mich. Kris Parks hat sich nie dafür interessiert, was für ein Mensch in diesen blöden Spießerklamotten steckt.« Catherine zupfte an ihrem Folklore-Rock herum. »Das wäre meine Chance. Endlich könnte ich allen zeigen, wie ich bin. Auf der Party würden sie mich vielleicht auch mal wahrnehmen. Ich bitte dich doch bloß darum, mir diese eine Chance zu geben.«

Ich sah sie an. Es hatte schon geklingelt, aber ich rührte mich nicht vom Fleck. Ich war wie versteinert. »Catherine«, sagte ich, noch mehr von dem erschüttert, was sie gesagt hatte, als von ihren Tränen. »Heißt das ... belastet es dich etwa wirklich so, was die anderen denken?«

Sie wischte sich mit einem Rüschenärmel über die Backe. »Ja«, sagte sie. »Na und? Ich bin eben nicht wie du, Sam. Ich bin nicht mutig. Es macht mir was aus, was die Leute von mir denken, okay? Es macht mir viel aus. Und ich bitte dich ja nur, mir diese eine Chance ...«

»Okay.«

Sie blinzelte mich durch die Tränen an. »W ... wa-has?«

»Okay.« Ich war nicht glücklich darüber, aber was blieb mir anderes übrig? Sie war meine beste Freundin. »Okay, dann geh ich eben auch hin. Wenn dir so viel daran liegt, dann mach ich es.«

Ganz langsam breitete sich ein Lächeln auf ihrem Gesicht aus. Ihre braunen Augen strahlten wieder.

»Im Ernst?« Sie machte einen kleinen Luftsprung. »Im Ernst, Sam? Meinst du das wirklich ernst?«

»Ja«, sagte ich. »Ja, echt. Ich meine es ernst.«

»Oh!« Catherine schlang mir beide Arme um den Hals und drückte mich glücklich an sich. »Das wirst du nicht bereuen! Du hast bestimmt auch einen total schönen Abend! *Jack* ist ja auch da!«

Dann rannte sie den Gang hinunter, weil Bio schon angefangen hatte.

Ich hätte auch rennen sollen, weil ich in Deutsch musste. Aber ich blieb stehen und fragte mich, worauf ich mich da eben eingelassen hatte.

Das fragte ich mich immer noch, als ich am Nachmittag Susan Boones Atelier betrat, zu meinem Platz ging und sah, was auf meiner Bank lag.

Ein alter Armeehelm, der mit lauter kleinen Tipp-Ex-Gänseblümchen bemalt war.

»Gefällt er dir?«, fragte David. Er lächelte wieder und zum zweiten Mal innerhalb von drei Tagen löste dieses Lächeln etwas in mir aus. Irgendwie ließ es mein Herz in meiner Brust einen Purzelbaum schlagen. Der *Tremor*?

Oder der Burrito, den ich zu Mittag gegessen hatte?

»Ich hab mir gedacht, das ist genau das, was ein Mädchen wie du braucht«, sagte David. »Du weißt schon, ein Mädchen, das ständig von Attentätern und Krähen angegriffen wird.«

Nein, Sodbrennen war es nicht. Es konnte kein Zufall sein, dass mein Herz immer dann diese merkwürdigen Saltos schlug, wenn David mich anlächelte. Irgendwas war los. Und das gefiel mir ganz und gar nicht.

Ich versuchte, das Herzflattern zu ignorieren, und setzte den Stahlhelm auf den Kopf. Er war mir viel zu groß, aber das machte nichts, ich musste ja auch eine Menge Haar darunter verstecken.

»Danke.« Ich blinzelte unter dem Rand des Helms hervor. Ich

war gerührt, richtig gerührt, dass er sich so was Tolles ausgedacht hatte. Das war fast so cool, wie dass er meinen Namen in ein Fensterbrett des Weißen Hauses geritzt hatte. »Der ist perfekt!«

Das war er wirklich. Als Joe mir etwas später auf die Schulter hüpfte und mich beim Zeichnen störte (diesmal hatte Susan Boone vom Metzger eine Rinderkeule besorgt und gesagt, nachdem wir letztes Mal in einem weißen Ei Farbe entdeckt hätten, sei sie gespannt, ob wir es heute schafften, etwas, das jede Farbe des Regenbogens enthielte, so abzuzeichnen, dass es trotzdem noch als Ganzes erkennbar sei), war mir das ganz egal, weil er mir nicht wehtun konnte. Er saß einfach nur da, guckte ein bisschen verwundert, pickte immer wieder versuchsweise am Helm und stieß dabei kurze, fragende Pfiffe aus.

Alle lachten, auch David. Er sah aus, als könne ihm nichts so schnell die Laune vermiesen. Er sah aus, als könne er es mit hundert Kris Parks aufnehmen.

Das ist die einzige Erklärung, die ich für das habe, was ich tat, kurz bevor wir unsere Zeichnungen zur Bewertung aufs Fensterbrett stellten, nämlich mich zu ihm rüberzubeugen und ihn leise (so leise, dass ich schon befürchtete, er würde mich gar nicht hören, weil mein Herz plötzlich so laut gegen die Rippen hämmerte) zu fragen: »Du, David… sag mal, hättest du vielleicht Lust, am Samstag mit mir auf eine Party zu gehen?«

Er guckte überrascht. Mein Herzschlag setzte einen Moment lang aus, weil ich dachte, er würde Nein sagen.

Aber das tat er nicht. Er lächelte. »Ja, klar. Warum nicht?«

Zehn Dinge, die mich dazu gebracht haben könnten, David zu fragen, ob er am Samstag mit mir auf Kris Parks' Party kommt:

10. Totale und absolute geistige Verwirrung. Hervorgerufen durch das Einatmen von Pinselreinigerdämpfen.

9. Solidarität mit Catherine, die ganz eindeutig unter dem »Stockholm Syndrom« leidet, das Geiseln dazu bringt, sich mit ihren Entführern zu verbünden. Anders kann ich mir nicht erklären, wieso sie das Bedürfnis haben sollte, sich genau mit den Leuten anzufreunden, die sie jahrelang gnadenlos gequält haben. Sogar auf die Gefahr hin, den ewigen Zorn ihrer Eltern auf sich zu ziehen, indem sie auf die Party der Rädelsführerin dieser Mobbing-Bande geht – heimlich und noch dazu mit einem Jungen, den sie kaum kennt.

8. Seine Augen.

7. Weil er an dem Abend im Weißen Haus so nett war und mir das von Dolley Madison erzählt hat. Und mir den Hamburger besorgt hat. Ach ja, und weil er meinen Namen ins Fensterbrett geritzt hat.

6. Weil er an dem Abend im Weißen Haus so süß ausgesehen hat mit seinen zerwühlten dicken Locken und den langen Wimpern und großen Händen.

5. Weil er zeichnen kann. Kann er wirklich. Nicht so gut wie Jack, aber fast so gut wie ich. Vielleicht sogar besser als ich, nur anders. Außerdem merkt man ihm an, dass er wirklich gern zeichnet und dass er dann genau wie Jack und ich alles um sich herum vergisst. Die meisten Menschen – meine Schwester Lucy, zum Beispiel – kennen dieses Gefühl gar nicht.

4. Der Gänseblümchen-Helm.

3. Weil er ständig und überall von einem Sicherheitsbeamten begleitet wird, was bedeutet, dass automatisch eine erwachsene Aufsichtsperson auf der Party sein wird, weshalb unsere Eltern uns erlauben müssen hinzugehen.

2. Weil sowieso alle denken, dass wir was miteinander haben.

Aber der absolute Haupt- und wahrscheinlichste Grund, warum ich David gefragt habe, ob er mit zu Kris' Party kommt:

1. Ist natürlich, dass ich Jack mit ihm eifersüchtig machen kann. Wenn er mich mit einem anderen Jungen sieht, begreift er vielleicht, dass er riskiert, mich zu verlieren, wenn er nicht bald was unternimmt. Und dann gesteht er sich endlich seine wahren Gefühle für mich ein.

   Das hoffe ich jedenfalls.

17

Ich sollte es schon sehr bald bereuen, David gefragt zu haben, ob er mit mir auf Kris' Party kommt. Nicht weil ich befürchtet hätte, es würde nicht lustig mit ihm werden. Abgesehen davon, dass er mich die ganze Zeit wegen meiner sensiblen Künstlerseele verarschte, war David echt nett.

Nein. Ich bereute es wegen der Reaktionen der anderen.

Erste Reaktion: Lucy

»Wow, das ist super! Ihr seid so ein schnuckeliges Paar, weil er doch so groß ist und du so klein und weil ihr beide so Haare habt, die wild vom Kopf abstehen, und auf bescheuerte Bigbands steht. Das wird ja so cool. Weißt du schon, was du anziehst? Ich finde, du solltest meinen schwarzen Ledermini anziehen und den grünen Kaschmirpulli mit dem V-Ausschnitt und dazu schwarze Netzstrümpfe und meine schwarzen Stiefel. Zum Mini kannst du auf keinen Fall deine Doc Martens anziehen, du willst doch wohl nicht, dass deine Waden total dick aussehen, oder? Nicht dass du dicke Waden hättest, aber in Doc Martens und Minirock würden sie dick aussehen. Obwohl… Netzstrümpfe sind für eine Zehntklässlerin vielleicht eine Nummer zu sexy. Vielleicht doch lieber ganz normale Strumpfhosen. Wir können dir ja welche mit so einem Rippenmuster kaufen, was hältst du davon? Komm doch am besten mit mir und den anderen Cheerleadern am Samstag vor der Party noch mit einkaufen.«

Zweite Reaktion: Rebecca
»Aha, anscheinend hat das Saatkorn gekeimt, das ich mit meinem Hinweis auf den Tremor gesät habe.«

Dritte Reaktion: Catherine
»O Mann, Sam, das ist so genial! Dann hat Paul auf der Party jemanden, mit dem er reden kann, weil er ja auch keinen kennt, genau wie David. Vielleicht könnten die beiden sich unterhalten, während wir uns unter die Leute mischen und Kontakte knüpfen? Ich hab nämlich gehört, dass es total wichtig ist, sich auf solchen Partys mit möglichst vielen Leuten zu unterhalten, denn dann werden wir möglicherweise auf andere Partys eingeladen, vielleicht sogar auf Partys von Zwölftklässlern, obwohl das wahrscheinlich ein bisschen zu viel erhofft ist. Aber wenn wir auf Zwölftklässler-Partys eingeladen werden, dann sind wir im null Komma nichts so beliebt wie Kris.«

Vierte Reaktion: Theresa
»*Du* hast *ihn* gefragt? Also wirklich, Miss Samantha. Wie oft habe ich dir und deiner Schwester eingehämmert, dass man Jungen nicht nachlaufen soll? Das kann nur schief gehen. Guck dir nur meine Cousine Rosa an. Komm mir bloß nicht auf die Idee, ihn auch noch anzurufen. Du wartest gefälligst, bis er dich anruft. Und keine Mails! Eine Frau muss geheimnisvoll und unerreichbar sein. Wenn Rosa geheimnisvoll und unerreichbar gewesen wäre, hätte es ein besseres Ende mit ihr genommen. Bei wem ist diese Party überhaupt? Sind die Eltern von dem Mädchen auch da? Gibt es dort Alkohol? Ich sage dir, Miss Samantha, wenn ich dich oder deine Schwester auf einer Party erwische, wo Alkohol getrunken wird, dann putzt ihr hier bis zum Ende eurer Schulzeit die Klos.«

Fünfte Reaktion: Jack

»Was, der Sohn vom Präsidenten? Na, hoffentlich ist er kein Spitzel.«

Sechste Reaktion: meine Eltern (das Schlimmste zum Schluss)

»Nein, Sam, das sind ja tolle Neuigkeiten! Dieser David ist ja so ein netter Junge. So einen wünscht man sich als Eltern für seine Tochter. Wenn Lucy bei der Wahl ihres Freundes doch auch so vernünftig wäre. Wann holt er dich denn ab? Richard, schau doch schnell mal nach, ob noch ein Film in der Kamera ist! Nur ein paar Fotos, Schatz, mehr nicht. Das müssen wir doch für die Zukunft festhalten. Unsere kleine Sam hat ihr erstes Date! Mit so einem netten Jungen, der auch noch so gute Manieren hat. Und du weißt ja, dass er auf die Horizon School geht, das heißt, dass er im Intelligenztest neunundneunzig Prozent erreicht hat und zu den intelligentesten Schülern des ganzen Landes gehört. Des ganzen LANDES. Aus dem wird noch mal was, vielleicht tritt er ja in die Fußstapfen seines Vaters und geht in die Politik. Ein Prachtbursche. Wenn Lucy doch auch so einen finden und diesem unverschämten Jack endlich den Laufpass geben würde.«

Es war die größte aller vorstellbaren Erniedrigungen. Wobei typisch für mich Pechvogel war, dass ich mein erstes Date mit einem Jungen erleben würde, der ein Traum-Schwiegersohn ist. David hat nicht nur nicht das allerkleinste Tattoo (zumindest keines, von dem ich wüsste), er fährt nicht nur keine Harley (auch nur geraten, aber ich kann es mir irgendwie nicht vorstellen), nein, er ist auch noch der Sohn des PRÄSIDENTEN DER VEREINIGTEN STAATEN.

Spießiger geht es ja wohl nicht. Natürlich weiß ich selbst, dass keiner was für seine Eltern kann, aber muss sein Vater gleich Präsident sein? Statt mir den Sohn einer allein erziehenden Sozialhilfeempfängerin oder eines verurteilten Verbrechers zu angeln (da wären Mom und Dad ausgerastet), gerate ich an einen, dessen Eltern nicht nur immer noch verheiratet, sondern außerdem die einflussreichsten Leute des ganzen Landes sind.

Das Leben ist ungerecht.

Ich versuchte, sie trotzdem wenigstens noch ein bisschen zu schocken (meine Eltern, meine ich), indem ich beiläufig erwähnte, David würde mich im eigenen Auto abholen (was nicht stimmte, John würde den Wagen fahren, weil David mit siebzehn in Washington D. C. noch nicht den Führerschein machen durfte), und andeutete, er hätte vorgeschlagen, vor der Party noch GANZ ALLEIN irgendwo was essen zu gehen (auch nicht wahr. Ich wusste, dass die Beamten vom Secret Service dabei sein würden).

Leider beunruhigte das weder Mom noch Dad. Bloß weil dieser Mensch Präsidentensohn ist, vertrauen sie ihm blind, oder was? Lucy hätten sie in einer Million Jahren nicht mit Jack auf eine Party gelassen – jedenfalls nicht ohne vorherige endlose Diskussionen. Dieses Mal hatten sie auch nur kapituliert, weil ich dabei war ... und David, na ja, und vor allem der Secret Service. Aber trotzdem. Ich! Lucys kleine Schwester! Auf einmal war *ich* »die Brave«! Hatte ich nicht alles getan, um sie vom Gegenteil zu überzeugen – mit meiner Trauerkleidung und dem geheimen Starporträthandel zum Beispiel? Aber nein, auf einmal war ausgerechnet ich die Vernünftige!

Dass ich dem Präsidenten das Leben gerettet hatte und zur Jugendbotschafterin der UNO ernannt worden war, machte es natürlich auch nicht besser.

Ich überlegte schon, ob ich nicht absichtlich in Deutsch durchfallen sollte, nur um es ihnen zu zeigen.

Aber was soll's, selbst dann würden sie wahrscheinlich nur

sagen: »Sam hat eine Sechs in Deutsch. Ist das nicht ganz reizend?«

Am Samstagabend standen sie wie angedroht, mit der Kamera bewaffnet, im Wohnzimmer, als David um Punkt sieben an der Tür klingelte. Catherine war schon wieder weg, nachdem Lucy sie in eine Mädchenzeitschriften-Titelschönheit verwandelt hatte. Sie war mit Paul im Beltway-Billardsalon verabredet und wollte von dort aus direkt zur Party.

»Bitte«, flehte ich David flüsternd an, als ich die Tür aufmachte. »Vergib ihnen, denn sie wissen nicht, was sie tun.«

David, in Jeans und schwarzem Pulli, guckte etwas erschrocken, entspannte sich aber gleich wieder, als er reinkam und meine Eltern sah.

»Ach so«, sagte er, als würden ihm die Erzeuger der Mädchen, mit denen er verabredet war, immer mit der Olympus auflauern – was sie vielleicht sogar tun. »Hallo, Mr und Mrs Madison.«

Als wäre es nicht schon schlimm genug, dass meine Eltern mit ausgefahrenem Zoom um David herumturnten, kam Manet, voller Begeisterung darüber, jemand Neues kennen zu lernen, aus der Küche galoppiert – 35 Kilo Lebendgewicht auf vier Beinen – und vergrub sofort seine Schnauze in Davids Genitalgegend. Ich versuchte, ihn von ihm wegzuzerren, und entschuldigte mich für sein schlechtes Benehmen.

»Das ist schon okay.« David tätschelte Manets zotteligen Kopf. »Ich mag Hunde.«

Dann kam Lucys großer Auftritt, die in ihrem Party-Kleid die Treppe hinabschwebte wie Nicole Kidman persönlich, und sagte: »Ach, du bist es, David. Ich dachte schon, es wäre mein Freund Jack. Den lernst du ja gleich auf der Party kennen. Du findest ihn sicher nett. Jack malt ja auch total gern.«

Zuletzt schlenderte Rebecca rein, sah David und mich,

brummte: »Ganz klar, eindeutig ein Tremor«, und ging wieder nach oben in ihr Zimmer, wahrscheinlich um zu versuchen, Kontakt zu ihrem Mutterschiff aufzunehmen.

Ich sage euch, wenn es diese Familie absichtlich darauf angelegt hätte, mich vollständig zu blamieren – sie hätten es nicht besser hinkriegen können.

Als wir ihnen endlich entkommen waren und draußen standen, fragte David: »Was ist denn bitte ein *Tremor*?«

»Ach so, das, haha.« Ich lachte dämlich. »Keine Ahnung. Das muss sie wohl in der Schule aufgeschnappt haben.«

David runzelte die Stirn. »Ich geh doch auch auf die Horizon, aber ich hab das Wort noch nie gehört.«

Damit er nicht auf die Idee kam, es sich zu merken und nach der Party zu Hause im Wörterbuch nachzugucken, lenkte ich ihn ab, indem ich in laute Bewunderungsrufe über sein Auto ausbrach. In Sachen Outfit hatte ich mich zwar nicht an Lucys Vorschlag gehalten (ich hatte meine eigenen Klamotten an: einen langen schwarzen Rock, die Gänseblümchen-Boots und einen Pulli mit V-Ausschnitt – natürlich auch schwarz), aber ich erinnerte mich an einen anderen ihrer Tipps: »Du musst sein Auto unbedingt loben. Darauf stehen Jungs. Ihre Autos sind ihnen superwichtig.«

Inzwischen bin ich mir nicht mehr sicher, ob das auf alle Jungs zutrifft. Nachdem ich nämlich begeistert behauptet hatte, wie cool ich seine schwarze Limousine fände, sah David mich zweifelnd an.

»Äh, aber das ist doch gar nicht meine«, sagte er. »Die gehört dem Secret Service.«

»Ach so«, sagte ich. Dann sah ich John aus unserem Zeichenkurs neben dem Wagen warten. Und dahinter parkte ein fast gleich aussehendes Auto, in dem zwei Typen vom Secret Service saßen.

Irgendwie hatte ich das Gefühl, ihm eine Erklärung zu schulden. »Meine Schwester hat gesagt, dass Jungs es gut finden, wenn man ihr Auto bewundert.«

»Ach was, echt?« David klang nicht sehr überrascht. »Ja, sie sieht aus, als wüsste sie solche Sachen.«

In diesem Moment sprang aus dem Gebüsch ein Paparazzo, den keiner von uns gesehen hatte: »Samantha! David!«, brüllte er. »Guckt mal!«, und knipste gleich ein paar tausend Fotos von uns.

Was als Nächstes passierte, konnte ich nicht sehen, weil ich vom Blitzlicht so geblendet war, aber eine entschlossene Stimme rief: »Um den kümmere ich mich«, dann hörte ich Stöhnen und Kampfgeräusche und das Geblitze hörte auf.

Als ich wieder sehen konnte, erkannte ich, dass die entschlossene Stimme einem Agenten des Geheimdienstes gehört hatte – nicht John, einem anderen –, der gerade wieder in den Wagen hinter dem von David stieg. Der Reporter stand ein paar Meter weiter auf dem Gehsteig und sah bekümmert auf die zerlegten Einzelteile der Kamera in seinen Händen hinab. Er murmelte irgendetwas von wegen Pressefreiheit, aber so leise, dass ihn der Typ vom Secret Service nicht hören konnte.

John hielt uns die Wagentür auf. »Tut mir Leid.« Er warf uns einen entschuldigenden Blick zu.

Ich kletterte wortlos auf die Rückbank. Was hätte ich auch sagen sollen?

David stieg auf der anderen Seite ein und machte die Tür zu. Das Innere des Wagens vom Secret Service war sehr sauber und es roch sehr neu. Ich hasse den Geruch von neuen Autos. Ich dachte daran, das Fenster aufzumachen, aber draußen war es ziemlich kalt.

John rutschte hinters Steuer. »Alles klar?«

David sagte: »Alles klar.« Er sah mich an. »Alles klar bei dir?«

»Öh …«, sagte ich. »Ja.«

»Bei allen ist alles klar«, sagte David, worauf John sagte: »Dann können wir ja«, und losfuhr. Ich schaute absichtlich nicht zum Fenster raus, weil ich bemerkt hatte, dass meine Eltern winkend vor der Haustür standen. Sie wurden dabei von einem anderen Reporter mit heil gebliebener Kamera fotografiert. Das war bestimmt sicherer, als David und mich abzulichten. Ich hoffte, Mom und Dad würden sich freuen, in der morgigen Ausgabe von *USA Today* oder so ein Riesenfarbfoto von sich zu finden.

Im Inneren des Wagens war es sehr still. Zu still. »Es gibt nur drei Themen, über die man mit Jungs reden darf«, hatte Lucy mir eingeschärft, obwohl ich sie nicht um Rat gefragt hatte. »Und zwar: erstens – über ihn, zweitens – über dich und ihn, drittens – über dich. Fang am besten mit ihm an, komm dann langsam auf euch beide zu sprechen und zuletzt machst du einen eleganten Schlenker und sprichst nur noch über dich.«

Irgendwie konnte ich mich nicht dazu überwinden, Lucys Vorschlag zu befolgen. Vor allem nachdem ihr Tipp mit dem Auto ja wohl volle Kanne nach hinten losgegangen war. Ich begriff, dass ein Date mit einem Präsidentensohn absolutes Neuland war, von Lucy völlig unerforschtes Territorium. Ich war ganz auf mich allein gestellt. Das machte mir zwar ein bisschen Angst, aber ich traute mir zu, es hinzukriegen.

Immerhin war David ja nur David und nicht *Jack*.

»Übrigens«, sagte ich, als John auf die 34th Street einbog. »Das mit meinen Eltern ist mir echt peinlich.«

»Ach was.« David lachte. »Kein Problem. Also, wo wollen wir essen? Worauf hast du Lust?«

Da es nur ein Nahrungsmittel gibt, das mir wirklich schmeckt – Hamburger –, wusste ich nicht, wie ich die Frage beantworten sollte. Zum Glück redete David gleich weiter. »Ich hab vorsichtshalber in drei Restaurants reservieren lassen. Im Vidalia, da soll es ziemlich nett sein. Im Four Seasons, ich dachte, da warst du vielleicht noch nicht, und im Kinkeads, wobei ich ja eigentlich weiß, dass Fisch nicht so dein Ding ist.«

Ich hörte mit wachsender Panik zu. Reservierungen? Er hatte Tische für uns reserviert? In Restaurants, in denen man Reservierungen braucht, finde ich erfahrungsgemäß nie was zu essen.

Keine Ahnung, ob David mir meine Beklommenheit am Gesicht ablesen konnte oder ob mein Schweigen so vielsagend war, jedenfalls sagte er: »Wir können die Reservierungen auch knicken und Pizza essen. Da gibt es doch diese Pizzeria, die zurzeit ziemlich angesagt ist, Luigi's oder so?«

Im Luigi's hatten sich Lucy und ihre Bande vor Kris' Party verabredet. Obwohl mir klar war, dass ich sie in ein paar Stunden sowieso sehen würde, wurde mir bei der Vorstellung übel, neben ihnen zu sitzen und zu wissen, dass alle über uns redeten. Da würde ich keinen Bissen runterbringen. Außerdem wäre Jack auch da. Wie sollte ich mich auf eine Unterhaltung mit David konzentrieren, wenn Jack in der Nähe saß?

David sah noch meine Grimasse. »Oder wir gehen einfach irgendwo einen Hamburger essen ...«

»Mhm, ja. Klingt nicht schlecht.« Ich hoffe, mir war nicht anzuhören, *wie* erleichtert ich war.

Er sah mich mit seinem rätselhaften Lächeln an. »Also, dann Burger«, sagte er. »John, wir fahren zu Jake's. Und kriegen wir auch ein bisschen Musik?«

»Na klar.« John drückte auf einen Knopf am Armaturenbrett und Gwen Stefanis Stimme erfüllte das Wageninnere.

No Doubt. David war No-Doubt-Fan!

Natürlich hätte ich es mir denken können. Ich meine, jeder, der Reel Big Fish gut findet, mag auch No Doubt. Das ist so eine Art Naturgesetz.

Trotzdem haute es mich um, dass er Gwen im CD-Player seines Autos hatte. Wenn ich ein Auto hätte, wäre sie nämlich auch in meinem CD-Player. Gwen, meine ich.

Das Allerkomischste war, dass mein Herz wieder reagierte. Im Ernst. Es machte wieder diesen kleinen Salto. Und zwar exakt in dem Moment, als Gwen zu singen begann. Nur lag es nicht an Gwen, sondern daran, dass David Gwen gut fand. War es das, was Rebecca gemeint hatte? War das der *Tremor*?

Aber wie konnte ich einen Tremor bei einem Jungen empfinden, wenn mein Herz doch einem anderen gehörte? Das ergab keinen Sinn. Ich hatte David bloß auf die Party eingeladen, um Catherine glücklich zu machen. Na ja, und vielleicht auch um Jack eifersüchtig zu machen. Ich bin nun mal total und unwiderruflich in den Freund meiner Schwester verliebt, der eines Tages begreifen wird, dass nicht Lucy, sondern ich die Richtige für ihn bin.

Wieso dann der Tremor?

Ich hoffte, er würde von selbst weggehen, wenn ich ihn gar nicht beachtete. Und eine Weile dachte ich sogar, es würde funktionieren. Nicht dass wir uns nicht amüsiert hätten. Das Jake's war genau das Richtige. So eine richtige Spelunke in Foggy Bottom mit klebrigen Tischplatten und dämmeriger Beleuchtung. Kein Mensch interessierte sich dafür, dass ich das Mädchen war, das dem Präsidenten das Leben gerettet hatte, und David sein Sohn. Ich glaube nicht mal, dass uns irgendwer überhaupt eines Blickes gewürdigt hat, außer der Bedienung und natürlich John und den Typen vom Secret Service, die am Nachbartisch saßen.

Zuerst war ich noch ein bisschen besorgt, weil ich nicht wusste, worüber wir reden sollten, doch dann stellte sich heraus, dass ich Lucys Tipps überhaupt nicht brauchte. David erzählte total lustig von den wahnwitzigen Sachen, die Touristen auf den Führungen durchs Weiße Haus so verlieren – Zahnspangen, zum Beispiel, und einmal sogar einer eine Kordhose –, und danach plätscherte unsere Unterhaltung fröhlich dahin.

Als unsere Burger kamen, waren sie an der Außenseite ein klein wenig angebrannt, genau wie ich es mag, und niemand hatte frisches Gemüse wie Tomaten, Zwiebeln oder Salat darauf oder daneben gelegt. Die Fritten waren von der dünnen, knusprigen Sorte, und nicht die fettigen, labberigen, die so eklig kartoffelig schmecken.

David erzählte mir, wie er früher als kleines Kind beim Tischdecken an einen Platz aus Witz immer die riesige Gabel und den Löffel gelegt hatte, die eigentlich für den Salat gedacht waren.

Und dass seine Eltern jedes Mal gelacht hätten, obwohl er den Gag fast jeden Abend brachte.

Ich revanchierte mich mit der Geschichte, wie ich in Marokko Dads Kreditkarten im Klo runterspülen wollte. Die kennt außer Catherine niemand. Sie ist zwar nicht so süß wie seine Story mit dem Riesenbesteck, aber mehr hatte ich nun mal nicht zu bieten.

Dann redete David davon, wie hart es für ihn gewesen sei, seine ganzen alten Freunde zurückzulassen, als er nach Washington D. C. gezogen ist, und wie unwohl er sich auf der Horizon School fühle, weil da der volle Konkurrenzdruck herrschte und der Schwerpunkt auf naturwissenschaftlichen Fächern liegt, weshalb musisch begabte Schüler wie er Menschen zweiter Klasse wären. Ich konnte es ihm nachfühlen, weil es an der Adams Highschool genau dasselbe ist, nur mit Sport statt Naturwissenschaften.

Danach erzählte ich ihm, dass ich früher in Sprecherziehung war und alle dachten, ich wäre im Förderunterricht. Und aus irgendeinem Grund erzählte ich gleich auch noch von den Starporträts und der Drei minus in Deutsch und dass ich zur Strafe gezwungen worden sei, in Susan Boones Zeichenkurs zu gehen.

Als wir an diesem Punkt der Unterhaltung angelangt waren, stieß David aus Versehen unter dem Tisch mit seinen Knien gegen meine. Er entschuldigte sich und setzte sich anders hin. Aber fünf Minuten später passierte es gleich noch mal.

Diesmal ließ er die Knie aber, wo sie waren, und entschuldigte sich auch nicht. Ich wusste nicht, wie ich reagieren sollte. Für diesen Fall hatte Lucy mir blöderweise keine Verhaltenstipps mitgegeben.

Plötzlich meldete sich der Tremor wieder. Und ich spürte sehr deutlich, dass David ein Junge ist. Klar hatte ich gewusst, dass er ein Junge ist, und zwar ein ziemlich netter. Aber in dem Moment, in dem seine Knie unter dem Tisch an meine stießen – und da blieben –, da spürte ich es ganz besonders deutlich.

Ich wurde schlagartig richtig schüchtern und wusste gar nicht mehr, was ich sagen sollte, was schon merkwürdig war, weil ich ja ein paar Minuten vorher noch null Probleme gehabt hatte, mit ihm zu reden. In die Augen sehen konnte ich ihm auch nicht mehr, keine Ahnung, wieso. Irgendwie waren sie auf einmal viel zu grün. Und dann wurde mir auch noch schrecklich heiß, obwohl die Temperatur in dem Laden bis dahin sehr angenehm gewesen war.

Ich verstand überhaupt nicht, was mit mir los war. Aber eins wusste ich genau. Bevor unsere Knie sich berührt hatten, war noch alles okay gewesen. Also rückte ich ein bisschen von ihm ab. Ich dachte, es würde besser werden, wenn ich den körperlichen Kontakt unterbrach.

Ein bisschen besser wurde es. So richtig aber wohl doch nicht, weil David mich auf einmal anguckte und sich – diesmal ganz ohne rätselhaftes Lächeln – erkundigte: »Alles okay?«

»Klar«, piepste ich mit Micky-Maus-Stimme. »Wieso?«

»Ich weiß nicht«, sagte er und sah mir mit seinen grünen Augen so forschend ins Gesicht, dass ich hochgradig nervös wurde. »Du siehst irgendwie… ein bisschen… erhitzt aus.«

Zum Glück kam mir die geniale Idee, auf meine Meerjungfrauen-Swatch zu schauen und zu rufen: »O Gott, weißt du, wie spät es ist? Wir sollten langsam mal los, wenn wir noch auf die Party wollen.«

Ich glaube fast, David hätte gar nichts dagegen gehabt, nicht mehr auf die Party zu gehen. Aber ich wollte unbedingt hin, und zwar schleunigst. Ich wusste, auf der Party war ich vor jedem Tremor sicher.

Denn auf der Party war Jack.

18

»Oh, wow, ihr seid echt gekommen!«

Das war es, was Kris Parks sagte, als sie die Tür aufmachte und David und mich davorstehen sah. Obwohl sie es eigentlich nicht sagte. Sie kreischte es.

Ich hätte es mir natürlich denken können. Ich hätte mir denken können, dass sie – und alle anderen – so reagieren würden.

Auf der Fahrt zu Kris hatte ich auf Davids Frage »Wer macht die Party eigentlich?« versucht, es ihm zu erklären. Aber ich fürchte, das ist mir nicht so ganz gelungen (wahrscheinlich wegen dieses blöden Tremors, der leider nicht mehr wegging), weil er nämlich abschließend sagte: »Okay, lass mich das Ganze noch mal zusammenfassen. Du magst das Mädchen nicht, das die Party macht, und es werden eine Menge Leute da sein, die du nicht kennst, und wir gehen hin … weil …?«

Als ich ihm erklärte, wir gingen hin, weil ich es meiner besten Freundin Catherine versprochen hätte, zuckte er mit den Achseln. »Ach so, na dann.«

Obwohl ihm kein bisschen anzumerken war, dass er wusste, dass alle im Haus augenblicklich verstummten, sobald wir reinkamen, um gleich darauf hysterisch zu flüstern anzufangen, wusste er es. Ich wusste, dass er es wusste. Und das hatte nichts mit irgendeinem Tremor zu tun. Nein, ich wusste es, weil er wieder so lächelte, als müsste er sich sein Lachen verbeißen. Ich glaube, er gab sich Mühe, nicht über die ganzen Idioten von der Adams Highschool zu lachen, die ihn gebannt anstarrten.

Na ja, *er* konnte wenigstens darüber lachen. Ich dagegen konnte nur noch mehr und noch tiefer erröten. Obwohl ich nicht begriff, wieso. Ich mag David noch nicht mal besonders, also nicht auf *die* Art, meine ich.

»Hi, ich bin Kris«, sagte Kris und streckte David ihre Hand hin. Trotz der Minusgrade draußen hatte sie ein Jeans-Minikleid an.

»Hi.« David schüttelte die Hand des Mädchens, das mir und so vielen anderen das Leben tagtäglich zur Hölle macht. »Und ich bin David.«

»Hi, David.« Kris kicherte. »Super, dass du gekommen bist. Wow. Ich fühle mich total geehrt. Übrigens finde ich, dass dein Vater unser Land echt total gut regiert. Wählen durfte ich ihn ja noch nicht, aber ich hab im Wahlkampf Broschüren für ihn verteilt.«

»Danke.« David lächelte immer noch, obwohl er aussah, als würde er langsam gern seine Hand zurückhaben. »Sehr nett von dir.«

»Sam und ich sind ja die besten Freundinnen«, behauptete Kris, die unermüdlich seine Hand auf und ab schüttelte. »Hat sie dir das erzählt? Quasi schon seit dem Kindergarten.«

Ich fasste es nicht. So eine unverschämte Lüge. Ich hätte gerne was dazu gesagt, aber da kam Catherine schon auf uns zugeschossen.

»Mannomann, bin ich froh, dass du da bist«, flüsterte sie, nachdem ich David, sie und Paul einander vorgestellt hatte. »Du hast ja keine Ahnung! Paul und ich standen bloß blöd rum. Niemand spricht mit uns. Echt niemand! Ich sag dir, das ist so was von peinlich! Er muss ja denken, ich bin die volle Aussätzige!«

Ich guckte Paul an, der nicht so aussah, als würde er das denken. Er schwärmte Catherine, die in Lucys schwarzen Jeans und Seidentop supersüß aussah, total an.

Ich drehte mich zu David um, der endlich seine Hand befreit hatte: »Möchtest du eine Cola oder so was?«

»Was?«, schrie er, weil er mich wegen der stampfenden Musik (die – unnötig, es zusagen – kein Ska war) nicht verstehen konnte.

»Cola?«, brüllte ich.

»Klar«, brüllte er zurück. »Ich hole uns welche.«

»Nein«, brüllte ich. »Ich hab dich eingeladen. Ich hole sie uns.« Ich guckte zu John rüber, der an einer Wand lehnte und unauffällig mit der Menge zu verschmelzen versuchte. »John besorg ich auch eine. Bleibst du hier? Sonst finde ich dich nie wieder.«

Ich begann, mich durch das Gedränge in die Richtung zu schieben, in der ich die Getränke vermutete, nämlich dahin, wo am meisten Leute herumstanden. Ich muss zugeben, dass ich erleichtert war, David entkommen zu sein. Da lief irgendwas ganz Komisches zwischen uns ab. Ich wusste zwar nicht, was es war, aber eines wusste ich:

Es gefiel mir nicht.

Als ich mich so durch das lachende, wogende Partyvolk kämpfte, dachte ich: Das ist es also, was ich die ganze Zeit verpasst habe, weil ich nicht zur In-Fraktion gehöre? Partys, bei denen sich viel zu viele laute, unsympathische Leute gegenseitig auf die Füße treten und wo ohrenbetäubende Musik läuft, bei der man noch nicht mal die Texte versteht? Also ehrlich, ich wäre lieber zu Hause geblieben, hätte mir auf Nickelodeon alte Siebzigerjahre-Kultserien angeschaut und dazu Eis gegessen.

Aber das war wahrscheinlich einfach nur *mein* Problem.

Als ich mich endlich zur Bar durchgekämpft hatte, stand da ein Bierfass und sonst nichts. Ein Fass voll Bier auf einer Party voller Minderjähriger! Ganz toll, Kris. Dabei wusste sie doch genau, dass David überallhin vom Secret Service begleitet wird – also quasi von der Staatsmacht! O Mann, die war geliefert.

Und wisst ihr was? Sie tat mir noch nicht mal besonders Leid.

Irgendjemand klärte mich auf, die anderen Getränke stünden im Kühlschrank in einem Raum neben der Küche. Also stürzte ich mich wieder ins Gewühl und machte mich auf die Suche.

Und ratet mal, wer in dem Raum neben der Küche war? Meine Schwester und Jack. Lucy saß auf dem Wäschetrockner, Jack stand vor ihr und beide waren heftigst am Rumknutschen.

Lucy quietschte und hopste vom Trockner.

»Da bist du ja!«, schrie sie. »Alles klar? Wo ist David?«

»Irgendwo da draußen«, sagte ich. »Ich hole uns was zu trinken.«

»Knalltüte!«, schimpfte Lucy. »*Er* muss *dir* doch was zu trinken holen. Wie kann man so blöd sein. Bleib mal kurz hier. Ich hol schnell die anderen.«

Mit den anderen meinte sie natürlich den Rest der Cheerleader.

»Luce«, flehte ich. »Bitte. Nicht heute.«

»Ach, sei doch nicht so eine Spielverderberin«, sagte Lucy. »Bleib hier bei Jack. Ich bin gleich zurück. Hier gibt es ein paar Leute, die lechzen danach, den leibhaftigen Sohn eines echten Präsidenten kennen zu lernen ...«

Noch bevor ich weiter protestieren konnte, war sie schon davongestürzt und hatte mich mit Jack allein gelassen, der mich nachdenklich über den Rand des Plastikbechers hinweg ansah, den er gerade geleert hatte.

»Na«, sagte er. »Wie läuft's?«

»Gut«, sagte ich. »Überraschend gut. Donnerstag mussten wir bei Susan Boone so einen riesigen Fleischbrocken abzeichnen und das war echt genial. Weißt du, ich hab mir rohes Fleisch vorher irgendwie noch nie bewusst angeschaut, und ich muss sagen, Fleisch ist echt ein verdammt interessan ...«

»Cool«, sagte Jack, der anscheinend nicht merkte, dass er mich mitten im Satz unterbrach, obwohl die Musik in der Waschküche längst nicht so laut war. »Hast du mein Bild bekommen?«

Ich guckte ihn verständnislos an. »Bild? Welches Bild?«

»Na, meine Einsendung«, sagte er. »Für den ›Blick aus meinem Fenster‹-Wettbewerb, du weißt schon.«

»Ach so«, sagte ich. »Nein. Ich meine, ich weiß nicht. Doch, bestimmt hab ich es bekommen. Ich hab es nur noch nicht gesehen. Ich hab bis jetzt noch gar keine Bilder gesehen.«

»Ich sag dir, du wirst begeistert sein«, prophezeite Jack. »Ich hab drei Tage daran gesessen. Es ist das Beste, was ich je gemacht hab.«

Und dann beschrieb er mir das Bild in jeder Einzelheit. Er redete immer noch darüber, als fünf Minuten später plötzlich David in der Tür erschien.

Ich strahlte ihn an. Ich konnte nicht anders. Obwohl das Objekt meiner Begierde direkt neben mir stand, freute ich mich, David zu sehen. Wahrscheinlich weil die Story mit dem Salatbesteck so rührend gewesen war. Mit einem Tremor hatte es jedenfalls nichts zu tun. Null Komma gar nichts.

»Hey«, sagte David mit dem Lächeln, von dem mir mittlerweile klar war, dass es praktisch sein Markenzeichen ist. »Ich hab mich schon gewundert, wo du abgeblieben bist.«

»David«, sagte ich. »Das ist Jack, der Freund von meiner Schwester Lucy. Jack, das ist David.«

David und Jack gaben sich die Hände. Wie sie so nebeneinander standen, fiel mir auf, dass sie sich ziemlich ähnlich sahen. Na ja, beide sind über 1,80 m groß und haben dunkle Haare. Okay, im Grunde endeten da die Ähnlichkeiten auch schon, weil Jack schulterlange Haare hat und die von David nur bis zum Kinn gehen. Und Jack trug einen Ankh-Ohrring, während David noch nicht mal ein Ohrloch hatte. Außerdem war Jack natürlich in seinem Partylook mit Armyhosen und einem langen schwarzen Mantel. David sah dagegen ziemlich normal aus.

Eigentlich sahen sie sich doch nicht so ähnlich.

»David ist auch in meinem Zeichenkurs«, sagte ich, um das peinliche Schweigen aufzulösen, das ihrem Händedruck folgte.

Jack zerdrückte seinen Plastikbecher. »Ach, du meinst deinen *Gleichmacherkurs.*«

David guckte verwirrt. Klar. Jack hat manchmal eine ziemlich drastische Art, an die man sich erst gewöhnen muss.

»Nein, Jack«, sagte ich schnell. »Ich hab inzwischen gemerkt, dass das doch nicht stimmt. Ich hab mich in Susan Boone total geirrt. Ihr geht es nur darum, dass ich lerne, das zu zeichnen, was ich sehe, bevor ich meinen eigenen Stil entwickle. Weil man die Regeln erst mal kennen muss, bevor man sie brechen kann.«

Jack starrte mich an: *»Hä?«*

»Doch echt.« Ich sah ihm an, dass er nicht verstand, worauf ich hinauswollte. »Ich meine, denk mal an Picasso, ja? Der hat jahrelang geübt zu malen, was er sah. Und erst als er das total draufhatte, hat er angefangen, mit Farbe und Form zu experimentieren.«

Also mich hatte diese Information tief beeindruckt. Jack hingegen guckte bloß verächtlich.

»O Mann, Sam«, stöhnte er. »Ich glaub's einfach nicht! Ausgerechnet *du* fällst auf dieses Pädagogengeschwafel rein?«

»Wie bitte?« David klang irgendwie sauer.

Jack zog beide Augenbrauen hoch. »Ich glaub nicht, dass ich mit dir geredet hab, Mr Präsidentensprössling.«

»Jack!« Ich war echt ein bisschen schockiert. Ich meine, Jack ist ein unglaublich begnadeter Künstler, und Leute mit so einer Fülle von kreativer Energie in sich neigen dazu, impulsiv zu reagieren (wie ich aus eigener Erfahrung weiß), aber das heißt nicht, dass sie andere Leute blöd anmachen müssen. »Was ist denn mit dir los?«

»Was mit mir los ist?« Jack lachte auf, allerdings nicht so, als fände er irgendwas besonders witzig. »Falsche Frage, Sam. Es muss heißen: Was ist mit *dir* los? Früher hattest du mal eine eigene Meinung, und auf einmal plapperst du diese ›Zeichne, was du siehst‹-Schweinesülze nach, als wären es die in Stein gemeißelten Zehn Kunstgebote. Hey, wir waren uns mal einig, dass man Autoritäten infrage stellen muss und wie wichtig es ist, den schöpferischen Prozess für sich selbst zu entdecken und zu entwickeln. Schon vergessen?«

»Jack!« Es war nicht zu fassen. Wie konnte Jack, der doch immer betonte, dass man als Künstler für alles Neue offen sein muss, damit man sich wie ein Schwamm mit Wissen voll saugen kann, so was dermaßen Un-schwammhaftes von sich geben. »Ich hab mir doch meine eigene Meinung gebildet. Ich ...«

»Hey, Leute!« Lucy kam mit ihrem Tross von Cheerleadern an, von denen eine mehr Glitzerpuder und Lycra am Körper trug als die andere. »Ach, hallo, David! Ich hab hier ein paar Freundinnen mitgebracht, die dich unheimlich gerne kennen lernen würden ...«

Ich redete immer noch auf Jack ein.

»Ich hab das alles extra nachgelesen und David hat Recht«, sagte ich. »Picasso hatte alle technischen Feinheiten perfekt drauf, bevor er anfing, mit Linie und ...«

»David!« Jack verdrehte die Augen. »Ja klar, weil David der Super-Ober-Kunstexperte ist. Davids Bilder sind ja bestimmt auch schon ausgestellt worden.«

Lucy schaute von Jack zu David und dann zu mir, als versuche sie herauszufinden, was eigentlich los war. Dann sagte sie mit hochgezogener Augenbraue zu Jack: »Deine etwa?«

Ich kenne echt keine Freundin, die so wenig hinter ihrem Freund steht wie Lucy.

»Na, aber sicher«, sagte Jack. »Klar sind meine Bilder schon ausgestellt worden, zum Beispiel ...«

»Ja, im *Einkaufszentrum*«, sagte Lucy.

Aber Jack sah Lucy noch nicht mal an. Er sah mich an. Ich spürte, wie sich seine blaugrauen Augen in meine bohrten.

»Echt, Sam«, sagte er. »Wenn ich es nicht besser wüsste, würde ich denken, dass du dir nicht den Arm zermatscht hast, als du dem Vater von dem Typen da das Leben gerettet hast, sondern das Hirn.«

»Einen Moment mal«, sagte David. Von seinem rätselhaften Lächeln war nichts mehr zu sehen. »Jetzt hör mal zu, ich weiß nicht, was du für ein Problem hast …«

»*Ich* soll ein Problem haben?« Jack rammte sich einen Zeigefinger in die eigene Brust. »*Ich* hab gar kein Problem, Alter. *Du* hast eins. Sonst würdest du ja wohl nicht zulassen, dass so eine Kunstfaschistin dir deine Persönlich …«

»Okay«, sagte Lucy gelangweilt, schob sich zwischen Jack und David und legte Jack beide Hände vorne auf den schwarzen Mantel. »Das reicht. Wir gehen raus, Jack.«

Jack guckte auf sie runter, als würde er sie erst jetzt bemerken. »Ja, aber …«, verteidigte er sich. »Der Spacko hat doch angefangen, Lucy!«

»Hmm. Ja, klar.« Lucy schob Jack rückwärts auf die Glastür zu, die in den Garten führte. »Glaub ich dir sofort. Komm, wir gehen in den Garten, frische Luft schnappen. Wie viele Biere hast du eigentlich getrunken?«

Dann waren sie weg und David und ich standen allein da. Mit Lucys Cheerleadern um uns herum.

David guckte mich an. »Der Typ hat sie doch nicht alle, oder?«

Ohne Jack aus den Augen zu lassen – durch die Tür sah ich, wie er wild gestikulierend auf Lucy einredete –, murmelte ich: »Eigentlich ist er ganz okay. Du musst ihn verstehen, er hat eben das Temperament eines Künstlers.«

»Ach so.« David nickte. »Und das Hirn eines Orang-Utans.«

Ich warf ihm einen bösen Blick zu. Immerhin sprach er von meinem Seelenverwandten.

»Jack Ryder«, sagte ich streng, »ist zufälligerweise sehr, sehr begabt. Und er ist ein Rebell. Ein Radikaler. Jacks Bilder spiegeln nicht nur den trostlosen Zustand der modernen Großstadtjugend wider, sondern sind gleichzeitig auch eine wütende Anklage an unsere Generation, die apathisch ist und kein moralisches Rückgrat hat.«

David warf mir einen komischen Blick zu. Halb ungläubig, halb verwirrt.

»Sag mal?«, fragte er. »Stehst du etwa auf den Typen, oder was?«

Lucys Freundinnen, die sehr interessiert zuhörten – und zusahen –, gluckstеn. Ich spürte, wie mir die Röte ins Gesicht schoss. Mir wurde plötzlich sogar noch heißer als im Restaurant.

Echt komisch. Ich wusste nicht, war es die Frage, wegen der ich rot wurde, oder der Blick, mit dem David mich ansah? Nicht zum ersten Mal an diesem Abend fiel es mir schwer, ihm in seine grünen Augen zu sehen. Irgendwas an ihnen… ich weiß nicht, was… jedenfalls fühlte ich mich total unbehaglich.

Natürlich konnte ich ihm nicht die Wahrheit sagen. Nicht vor sämtlichen Cheerleadern der Adams Highschool, die um uns herumstanden und uns anstarrten. Das Letzte, was ich jetzt noch brauchte, war, dass meine gesamte Schule erfuhr, dass ich in den Freund meiner Schwester verliebt bin.

Also sagte ich: »Quatsch. Jack ist doch Lucys Freund, nicht meiner.«

»Ich hab aber nicht gefragt, wessen Freund er ist«, sagte David, und in dem Moment wurde mir klar, dass er mich nicht so einfach davonkommen lassen würde. »Ich hab gefragt, ob du auf ihn stehst.«

Ich wollte gar nicht, aber ich konnte nicht anders. Irgendetwas zwang mich, ihn anzusehen.

Einen Moment lang war es, als würde ich ihn nicht kennen. Als wäre er nicht der Sohn des Präsidenten, sondern einfach ein total süßer, witziger Typ, der zufälligerweise in meinem Zeichenkurs sitzt, denselben Musikgeschmack hat wie ich und meine Gänseblümchen-Boots cool findet. Es war ein bisschen so, als würde ich David – den echten David – zum allerersten Mal sehen.

Ich öffnete den Mund, um irgendwas zu antworten (keine Ahnung, was, bestimmt was Blödes; die ganze Sache machte mich richtig fertig, vor allem weil meine Handflächen plötzlich ganz schwitzig wurden und mein Herz total wild schlug), aber dazu kam ich nicht mehr, weil nämlich hinter den ganzen Cheerleadern plötzlich jemand kreischte: »Ach, *da* versteckt ihr euch!«, und Kris Parks sich mit ungefähr sechzig Leuten im Schlepptau zu uns durchdrängelte, die alle, wie sie sagte, dringend den Sohn des Präsidenten der Vereinigten Staaten kennen lernen wollten.

Und David, ganz professioneller Politikersohn, machte sich brav daran, Hände zu schütteln, ohne mich noch eines Blickes zu würdigen.

19

»Du kannst nichts dafür«, tröstete mich Catherine, der ich das Sofa in meinem Zimmer zum Schlafen hergerichtet hatte. »Du bist nun mal in Jack verliebt.«

Ich lag zusammengerollt in meinem Bett. Neben mir schnarchte Manet leise vor sich hin.

»Jack war eben zuerst da«, drang ihre Stimme durchs Dunkel. »Was denkt dieser David denn? Dass du dich in niemanden verliebst, sondern darauf wartest, dass Prinz David irgendwann auf seinem prächtigen Schimmel angeprescht kommt? Du bist doch nicht Aschenputtel.«

»Ich glaub«, sagte ich zur Zimmerdecke, »David hat gedacht, ich wäre vielleicht an ihm interessiert, als ich ihn gefragt hab, ob er mit zur Party kommt. Und war dann geschockt, dass es einen anderen gibt.«

»Tja, dann hat er leider ganz schön altmodische Vorstellungen«, sagte Catherine. Seit sie ihr erstes Date hinter sich hat, das übrigens ein voller Erfolg war (Paul hat ihr vor unserer Haustür einen Gute-Nacht-Kuss gegeben – auf die Lippen, wie sie stolz berichtete), hält sie sich für eine Expertin in Liebesfragen. Abgesehen davon, dass sie den ganzen Abend über Panik hatte, ihre Eltern könnten dahinterkommen. Nicht so sehr hinter die Sache mit Paul, als vielmehr dahinter, dass sie schwarze Jeans angehabt und auf einer Party gewesen war.

»Du bist ein attraktives, lebenslustiges Mädchen, Sam«, plapperte Catherine weiter. »David kann nicht von dir erwarten, dass du dich jetzt schon für alle Zeiten bindest. Du musst dich ausprobieren, Erfahrungen sammeln. Es wäre absurd, sich mit gerade mal fünfzehn auf einen einzigen Mann zu fixieren.«

»Ja.« Ich lachte bitter. »Besonders auf einen, der meine Schwester liebt.«

»Jack *denkt* doch nur, dass er Lucy liebt«, sagte Catherine entschieden. »Das weißt du genauso gut wie ich. Was heute passiert ist, beweist nur, dass er sich endlich seiner tiefen und dauerhaften Gefühle für dich bewusst wird. Warum hätte er sonst so aggressiv auf David reagiert? Als er dich mit ihm gesehen hat, hatte er die volle Eifersuchtsattacke, glaubst du nicht?«

»Ich glaub, er hatte bloß zu viel Bier getrunken.«

»Stimmt nicht«, widersprach Catherine. »Okay, vielleicht das *auch*, aber er hat sich eindeutig bedroht gefühlt. Bedroht von dem anderen Mann, der dich vermeintlich glücklich macht.«

Ich drehte mich zur Seite – Manet schnarchte ungerührt weiter – und versuchte, im Dunkeln Catherines schwache Konturen auszumachen.

»Sag mal, hast du wieder Lucys *Cosmopolitan* gelesen?«, fragte ich misstrauisch.

Catherine klang schuldbewusst. »Äh, ja. Auf dem Klo lag eine rum.«

Ich wälzte mich wieder auf den Rücken, um weiter an die Decke zu starren. Es fiel mir echt schwer, die Ereignisse des Abends einzuordnen, und dass die Einzige, mit der ich offen über alles reden kann, nur Psychogewäsch aus einer Frauenzeitschrift abspulte, half mir nicht weiter.

»Hat er dir denn einen Abschiedskuss gegeben«, fragte Catherine leise. »David, meine ich.«

Ich schnaubte. Ja, klar. Nach der Szene mit Jack und den Cheerleadern hatte David natürlich den totalen Bock gehabt, mich zu küssen. Als ob! Er hatte den restlichen Abend kaum noch mit mir geredet, sondern sich unters Volk gemischt und mit der halben Belegschaft meiner Schule Bekanntschaft geschlossen. Er schien von Natur aus nicht schüchtern zu sein und sah nicht aus, als würde es ihm etwas ausmachen, im Mittelpunkt der allgemeinen Aufmerksamkeit zu stehen. Im Gegenteil hatte ich das Gefühl, als amüsierte er sich bestens mit Kris Parks und Co., die an seinen Lippen hingen und auf jeden kleinen Scherz von ihm mit keckerndem Hyänengelächter reagierten.

Erst gegen halb zwölf (Theresa, die zu Hause auf Rebecca aufpasste, hatte uns bis Mitternacht Ausgang gegeben – meine Eltern waren, nachdem David mich abgeholt hatte, auf eine Einladung gegangen) guckte er sich auch mal wieder nach mir um. Ich saß in einer Ecke, las irgendwelche Kochzeitschriften von Kris' Mutter (wer sagt denn, dass ich mich nicht sehr gut mit mir alleine beschäftigen kann) und versuchte, die Leute zu ignorieren, die immer wieder mit Autogrammwünschen ankamen oder aber fragten, ob sie auf meinem Gips unterschreiben dürften.

»Können wir?«, fragte David. Ich nickte. Dann sagte ich Catherine Bescheid und machte mich auf die Suche nach Kris (lange musste ich sie nicht suchen, sie folgte David auf Schritt und Tritt), um Danke & Tschüs zu sagen, und dann gingen David, John und ich zum Auto.

Von Chevy Chase, wo Kris wohnt, ist es nicht besonders weit nach Cleveland Park, aber ich schwöre, es war die längste Heimfahrt meines Lebens. Niemand sagte ein Wort. Kein einziges! Zum Glück sang sich Gwen im CD-Player die Lunge aus dem Leib.

Leider musste ich feststellen, dass mich Gwens Stimme zum ersten Mal in meinem Leben nicht aufmunterte. Und was das Schlimmste war, ich wusste noch nicht einmal, wieso ich so schlecht drauf war. Okay, dann hatte David eben mitgekriegt, dass ich in Jack verliebt bin. Na und? Ist es Mädchen etwa gesetzlich verboten, sich in die Freunde ihrer Schwestern zu verlieben? Wohl kaum.

Bis wir endlich bei mir zu Hause ankamen, war die Stille im Auto (von Gwens Stimme abgesehen) richtig unerträglich geworden. Ich drehte mich zu David um – natürlich erwartete ich nicht, von ihm zur Tür gebracht zu werden – und sagte: »Tja, dann. Danke fürs Mitkommen.«

Zu meiner Überraschung machte er seine Autotür auf. »Ich bring dich zur Tür.«

Ich kann nicht behaupten, dass mich die Aussicht sonderlich begeisterte. Irgendwie hatte ich eine Ahnung, dass er mir voll eins reindrücken wollte.

Und haargenau das passierte auch, als wir die Treppe zur Haustür raufstiegen.

»Respekt, Sam«, sagte er. »Du hast mich echt reingelegt.«

Ich sah ihn erstaunt an und fragte mich, was jetzt wohl kommen würde. Dass es nichts Gutes sein würde, ahnte ich schon. »Ich? Wieso?«

»Ich hab wirklich gedacht, du wärst anders«, sagte er. »Du weißt schon, mit deinen Doc Martens, den schwarzen Klamotten und so. Ich hab geglaubt, du wärst … ich weiß nicht, eben *echt*. Ich wusste nicht, dass du das alles nur machst, um an einen Typen ranzukommen.«

Ich blieb mitten auf der Treppe stehen und starrte zu ihm hinauf, was ziemlich schwierig war, weil mir das Licht über der Tür direkt in die Augen leuchtete. »Wie meinst du das denn?«

»Na ja, ist doch so, oder?«, sagte David. »Du hast mich doch nur deswegen gefragt, ob ich auf die Party mitkomme. Es ging gar nicht darum, dass deine Freundin dich zur moralischen Unterstützung brauchte. Du hast mich benutzt, um diesen Jack eifersüchtig zu machen.«

»Das stimmt nicht!«, rief ich und hoffte, das Licht blendete ihn genauso wie mich. Er sollte nicht sehen, wie knallrot ich gerade angelaufen war. »David, das ist… also, das ist total lächerlich.«

»Ach ja? Das seh ich aber anders.«

Mittlerweile waren wir vor der Haustür angekommen. David guckte mit unergründlicher Miene auf mich hinunter – was nichts damit zu tun hatte, dass das Licht mich blendete und ich nichts sah, sondern damit, dass er keine hatte – keine Miene, meine ich. Sein Gesicht war total ausdruckslos.

»Tja. Echt schade.« Er seufzte. »Ich hab wirklich geglaubt, du wärst nicht so wie die anderen Mädchen.«

Und mit einem höflichen »*Gute Nacht*« – mehr nicht, nur »Gute Nacht« – ging er zum Auto zurück. Er drehte sich noch nicht mal mehr nach mir um. Kein einziges Mal.

Und ich kann ihm keinen Vorwurf machen. Auch wenn Catherine behauptet, Mädchen in unserem Alter müssten sich ausprobieren und Erfahrungen sammeln (und das von ihr, die erst ein einziges Date hinter sich hat!), kann ich mir vorstellen, dass es ziemlich hart ist herauszufinden, dass das Mädchen, mit dem man ein Date hat, in Wirklichkeit in jemand anderen verliebt ist – und den Abend viel lieber mit diesem anderen verbracht hätte.

Doch. Irgendwie verstand ich, dass David sauer auf mich war.

Trotzdem war das kein Grund, mir so eine Szene zu machen. Er sollte mich ja nicht heiraten, sondern bloß auf eine Party begleiten. Eine harmlose kleine *Party*. Wozu das Theater?

Und dann das Gerede, von wegen er hätte gedacht, ich wäre nicht wie andere Mädchen? Wie viele andere Mädchen kannte er denn bitte, die seinem Vater in letzter Zeit das Leben gerettet hatten? Nicht sehr viele, würde ich wetten.

Wenigstens war der Abend kein kompletter Reinfall gewesen. Ein bisschen was von meinem Ruhm schien auf Catherine abgefärbt zu haben, jedenfalls hatten die Leute dann doch angefangen, sich mit ihr zu unterhalten. Catherine stand mit Paul an ihrer Seite strahlend in der Menge, und all ihre Träume, einmal zu den Beliebten und Umschwärmten zu gehören, wurden Wirklichkeit. Sie hatte sogar eine Einladung zur Party am nächsten Wochenende ergattert.

»Doch, Sam«, unterbrach Catherine, der neue Star der Adam Highschool, meine Gedanken. »Ich glaub wirklich, dass Jack eifersüchtig war.«

Ich blinzelte ungläubig. »Im Ernst?«

»Ja. Ich hab gehört, wie er zu Lucy gesagt hat, dass David ein Angeber ist und dass du was Besseres verdient hättest.«

David ein Angeber? David war so ungefähr der unangeberischste Mensch, den ich jemals kennen gelernt hatte. Was redete Jack da?

Als ich das laut sagte, sagte Catherine: »Aber, Sam – ich hab gedacht, das ist es, was du immer wolltest? Dass Jack merkt, dass du eine lebensfrohe, attraktive junge Frau bist, die von vielen Männern begehrt wird.«

Schon, aber irgendwie passte es mir nicht, dass jemand – noch nicht mal mein Seelenverwandter – schlecht über David redete. Weil David nämlich sehr nett ist.

Nur dass ich darüber lieber nicht weiter nachdenken wollte. Also, darüber dass David nett ist und dass ich so ein mieses, fieses Spielchen mit ihm gespielt habe. Okay, für die normale *Cosmo*-Leserin ist so eine Taktik vielleicht noch entschuldbar, aber nicht für die Leserinnen von Kunstzeitschriften.

Da ich wusste, dass ich so bald sowieso nicht einschlafen konnte und Catherine, ihren gleichmäßigen Atemzügen nach zu urteilen, schon nicht mehr ansprechbar war, holte ich meine Taschenlampe raus und schlug das Buch auf, das mir der Pressesprecher vom Weißen Haus mitgegeben hat. Das über das Leben der First Ladys.

Hier eine Liste mit zehn vermutlich wenig bekannten Fakten aus dem Leben der Dolley Payne Todd Madison, Ehefrau des vierten Präsidenten der Vereinigten Staaten von Amerika:

10. Sie schrieb sich Doll**e**y, nicht Dolly.

9. Sie wurde 1768 geboren, und da ihre Eltern der Glaubensgemeinschaft der Quäker angehörten, lehnte sie farbenprächtige Hauben und Kleider ab, wie es die Tradition der Quäker vorschrieb.

8. Sie war in erster Ehe mit einem Rechtsanwalt verheiratet, der auch Quäker war, aber einer Gelbfieberepidemie zum Opfer fiel.

7. Nachdem Dolley im Jahre 1794 James Madison geheiratet hatte, übernahm sie während der Präsidentschaft des verwitweten Thomas Jefferson die Funktion einer »inoffiziellen First Lady«.

6. Irgendwann während dieser Phase muss Dolley zu dem Schluss gekommen sein, dass es Gott wahrscheinlich ziemlich wenig kratzte, ob sie bunte Sachen anzog oder nicht. Auf einem Ball zur Feier des Amtsantritts ihres Mannes trug sie jedenfalls einen goldenen Turban mit einer Straußenfeder daran.

5. Dass Dolly ihr Quäkerinnenleben hinter sich gelassen hatte, merkt man auch daran, dass sie während der Amtszeit ihres Mannes zur gefeierten Dame der Washingtoner Gesellschaft wurde. Jeden Donnerstag trafen sich in ihrem Salon Politiker, Diplomaten und andere wichtige Leute. Diese Empfänge trugen auch dazu bei, die nicht unbeträchtlichen Spannungen zu verringern, die zur damaligen Zeit zwischen den beiden rivalisierenden Parteien der Föderalisten (die so was wie die heutigen Republikaner waren) und den Republikanern (die so was wie die heutigen Demokraten waren) herrschten.

4. Während des Krieges mit Großbritannien rettete Dolley nicht nur das Porträt von George Washington, sondern auch noch haufenweise wichtige Regierungsunterlagen, von denen sie so viele wie möglich in die Seitenfächer von Schrankkoffern quetschte. Am Tag vor dem Angriff der Briten aufs Weiße Haus belud sie einen Wagen mit Silber und anderen Wertgegenständen und schickte die Sachen zur Aufbewahrung an die Bank von Maryland, woran man erkennt, dass sie nicht nur mutig war, sondern auch echt gute Ideen hatte.

3. Trotzdem zeigte sich die Mehrheit der amerikanischen Bürger im Jahre 1814, als das alles passierte, Dolley gegenüber nicht sehr dankbar, weil alle ihren Mann hassten, der den Krieg nämlich angefangen hatte. Als das Weiße Haus abbrannte, klopfte Dolley bei Nachbarn, um dort unterzukommen, aber keiner wollte sie aufnehmen. Erst als sie sich als jemand anders ausgab, fand sie Unterschlupf.

2. Als wäre das alles noch nicht schlimm genug, entpuppte sich einer ihrer Söhne auch noch als maßloser Verschwender, was

ein anderes Wort für Versager ist, der das Geld so verprasste, dass es die Familie an den Rand des Ruins trieb.

Aber die wahrscheinlich am allerwenigsten bekannte Tatsache aus dem Leben der Dolley Madison ist:

1. Dass sie nicht besonders hübsch war.

20

Donnerstag war Thanksgiving, weshalb der Kurs bei Susan Boone diese Woche nur am Dienstag stattfand.

Ich hatte mir fest vorgenommen, mich am Dienstag bei David wegen der Sache bei Kris zu entschuldigen, egal wie oft mir Catherine versicherte, meine Selbstvorwürfe seien unangebracht. Im Prinzip fand ich das ja auch, aber irgendwas in mir drin sagte mir – und zwar ziemlich laut –, dass ich mich nicht so ganz astrein verhalten hatte. Ich schuldete David zumindest eine Entschuldigung. Und dann wollte ich ihn auch noch fragen, ob er mit mir und Catherine und Paul am Freitag zum Bowling kommen würde. Jack würden wir an dem Abend unter Garantie nicht über den Weg laufen, weil Lucy ein Spiel hatte und Pompons schwenken musste. Und dadurch wüsste David dann, dass es wirklich um ihn ging und er nicht dazu benutzt wurde, Jack eifersüchtig zu machen.

Ich verstand selbst nicht so ganz, wieso es mir so ultrawichtig war, David klar zu machen, dass er sich täuschte … dass ich wirklich nicht wie die anderen Mädchen war, die er kannte, und auch nicht versuchte, irgendwem zu imponieren – schon gar keinem Jungen. Schon gar nicht dem Freund meiner Schwester. Dass ich mich gerne schwarz anzog. Dass das mit den Gänseblümchen auf den Stiefeln meine eigene Idee gewesen war.

Ich wollte einfach, dass zwischen uns alles wieder in Ordnung kam.

Blöderweise war David am Dienstag nicht im Kurs.

Er war nicht da, und es gab niemanden, den ich nach ihm hätte fragen können. Ob er zum Beispiel krank war. Schließlich waren nicht Gertie und Lynn mit David befreundet, sondern ich. Und ich wusste nicht, warum er nicht da war. War er etwa wirklich krank? Oder nur schon ein paar Tage früher nach Camp David gefahren, wo die Präsidentenfamilie Thanksgiving verbringen würde (das hatte ich in den Nachrichten und von den Leuten in der Pressestelle gehört)? Keine Ahnung.

Also blieb mir nichts anderes übrig, als mit meinem Anti-Krähenattacken-Gänseblümchen-Helm auf dem Kopf dazusitzen, die Zierkürbisse abzuzeichnen, die Susan Boone vor uns auf das Tischchen gelegt hatte, und mir ziemlich blöde vorzukommen.

Blöde, weil ich so enttäuscht darüber war, dass David nicht da war. Blöde, weil ich es mir so einfach vorgestellt hatte – ich entschuldige mich und die Sache ist gegessen. Haha.

Und am allerblödesten, weil es mir so viel ausmachte. Dabei mochte ich David doch noch nicht mal besonders. Ja klar, als Freund schon, aber eben nicht mehr.

Okay, dieses Tremor-Ding, das ich immer wieder kriegte, wenn ich in seiner Nähe war, das war schon erschreckend, trotzdem bedeutete es nicht, dass das mit Jack vorbei war. Klar, Jack hatte sich auf Kris' Party wirklich arschlochmäßig benommen, aber deswegen entliebte ich mich doch nicht gleich. Wenn man jemanden so sehr und schon so lange liebt wie ich Jack, dann sieht man über Arschlochverhalten hinweg. Meine Gefühle für Jack gingen sehr viel tiefer. Genau wie seine Gefühle für mich viel tiefer gingen als die für Lucy.

Er wusste es nur noch nicht.

Aber wenn David geglaubt hatte, er wäre mich für immer los, indem er Dienstag einfach nicht bei Susan Boone erschien, war er – wie Theresa sagen würde – auf dem falschen Dampfer. Weil ich als Jugendbotschafterin ja jeden Mittwoch im Weißen Haus bin, nahm ich mir vor, ihn am Mittwoch vor Thanksgiving suchen zu gehen (falls er nicht schon nach Camp David abgereist war). Irgendwann wenn Mr White, der Pressesprecher, gerade nicht aufpasste.

Leider wurde auch daraus nichts, weil Mr White ausgerechnet an diesem Mittwoch total aufpasste. Was daran lag, dass bergeweise Einsendungen für den »Blick aus meinem Fenster«-Wettbewerb eingetroffen waren. Wir bekamen Bilder aus sehr weit entfernten Bundesstaaten wie Hawaii, aber auch welche ganz aus der Nähe (zum Beispiel aus Chevy Chase – von Jack). Mr White war nur noch am Rummotzen, weil so viele Bilder gekommen waren, dass wir gar nicht wussten, wohin mit ihnen. Und wir durften nur ein Einziges davon auswählen, um es nach New York zu schicken.

Einige Bilder waren unglaublich schlecht, andere waren total gut – aber interessant waren alle.

Am interessantesten fand ich den Beitrag von einem Mädchen namens Maria Sanchez aus Kalifornien, das in San Diego an der mexikanischen Grenze wohnt. Marias Bild zeigte einen Garten, in dem an einer Leine Bettlaken zum Trocknen aufgehängt waren. Zwischen den in der unsichtbaren Brise flatternden Leintüchern sah man in der Ferne einen Stacheldrahtzaun. Sehr klein, aber doch nicht so weit weg, dass man nicht die Menschen gesehen hätte, die durch ein in den Zaun geschnittenes Loch krochen. Ein paar hatten es schon geschafft und versuchten, vor Männern in braunen Uniformen zu flüchten, die mit Gewehren und Schlagstöcken bewaffnet waren und ihnen hinterherrannten. Maria hatte ihr Bild »Das Land der grenzenlosen Freiheit?« genannt. »Freiheit« mit einem fetten Fragezeichen dahinter.

Mr White regte sich tierisch auf. »Das ist schließlich kein Wettbewerb für politische Meinungsäußerungen«, nölte er rum.

»Nein, aber es ist ein Wettbewerb, bei dem man malen soll, was man sieht, wenn man aus seinem Fenster schaut«, sagte ich. »Und das hier ist anscheinend genau das, was Maria Sanchez aus San Diego sieht, wenn sie aus dem Fenster schaut. Also gibt sie keine politische Meinung ab, sondern malt einfach nur das, was sie sieht.«

Mr White knirschte mit den Zähnen. Seine Favoritin heißt Angie Tucker und wohnt auf einer Insel namens Little Deer Isle in Maine. Sie hatte einen Leuchtturm am Meer gemalt. Es war ein sehr nettes Bild, aber irgendwie nahm ich ihr die Idylle nicht ab. Wenn sie aus dem Fenster guckte, sah sie dann tatsächlich einen Leuchtturm? Also bitte. Für wen hielt die sich – Anne von Green Gables, oder was?

Deshalb fand ich Angies Bild nicht so gut wie das von Maria.

Tja, und dasselbe galt überraschenderweise auch für Jacks Bild.

Versteht mich nicht falsch, Jacks Bild war total gut. Wie alle seine Bilder. Es zeigte drei desillusioniert aussehende junge Typen, die auf einem Supermarkt-Parkplatz abhängen. Um sie herum liegen ausgetretene Kippen und zerbrochene Bierflaschen, deren Scherben wie Smaragde funkeln. Das Bild spiegelte auf verstörende Weise die trostlose Lage der modernen Stadtjugend wider – die ganze Hoffnungslosigkeit unserer Generation.

Es war ein gutes Bild. Sogar ein echt geniales Bild.

Da gab es nur eine Sache, die mich störte.

Denn das Bild gab ja wohl kein bisschen den Blick aus Jacks Fenster wieder.

Das wusste ich zufälligerweise ganz genau. Ich war schon mal bei den Ryders gewesen und wusste, dass man zum nächsten Supermarkt bis nach Bethesda fahren musste, was ziemlich weit weg war. Von seinem Fenster aus konnte Jack ihn garantiert nicht sehen. Die Ryders wohnten in einem riesigen, schicken Haus mit kreisförmiger Auffahrt und Unmengen dicht belaubter Bäume ringsherum. Ich gebe gern zu, dass die Aussicht aus Jacks Fenster nicht gerade prickelnd war, aber ich konnte ihn doch wohl nicht dafür belohnen, dass er log, oder? Sosehr ich ihn liebte, durfte ich mich davon nicht in meinem Urteil beeinflussen lassen. Ich musste fair bleiben.

Und das bedeutete, dass Jack auf jeden Fall aus dem Rennen war.

Mr White und ich wurden uns nicht einig. Ich merkte, wie sehr die Diskussion ihn langweilte und dass er die Schnauze voll hatte. Immerhin war am nächsten Tag Thanksgiving. Also dachte ich, ich mache es ihm einfach, und sagte: »Hören Sie, Mr White. Was halten Sie davon, wenn wir heute mal früher Schluss machen? Ich hab mir überlegt, dass ich noch schnell bei der Präsidentenfamilie vorbeischaue, um mich von David zu verabschieden, bevor er wegfährt…«

Mr White guckte böse.

»Du schaust nirgendwo vorbei«, fuhr er mich an. »Wir haben noch mehr als genug zu tun. Samstag findet zum internationalen Tag des Kindes ein Festakt statt. Der Präsident hat extra betont, dass du auch teilnehmen sollst.«

Meine Laune besserte sich schlagartig. »Echt? Kommt David auch dorthin?«

Mr White sah mich zermürbt an. Manchmal hatte ich das Gefühl, Mr White verfluchte den Tag, an dem ich Larry Wayne Rogers daran gehindert hatte, seinen Arbeitgeber abzuknallen. Nicht dass Mr White dem Präsidenten den Tod wünschte. Keine Spur. Für Mr White war selbst der Boden heilig, über den der Präsident schreitet. Nein, ich glaube, ich war es, die er gerne los gewesen wäre.

Er seufzte. »Das kann ich dir nicht sagen. Ich weiß nur, dass Vertreter aus über achtzig Ländern erwartet werden und dass der Präsident da sein wird. Im Übrigen würdest du uns einen großen Gefallen tun, wenn du dir ausnahmsweise ein bisschen Mühe mit deiner Garderobe geben würdest. Versuch doch, zur Abwechslung mal auszusehen wie eine junge Dame, statt wie eine Moderatorin bei MTV.«

Ich guckte auf meine Boots runter, die schwarze Strumpfhose, den Rock (ein früher roter, jetzt schwarzer Schottenrock) und meinen schwarzen Lieblingsrolli.

»Was, im Ernst jetzt? Sie finden, ich sehe aus wie eine MTV-Moderatorin?« Ich war tief gerührt über dieses unerwartete Kompliment.

Mr White schloss bloß entnervt die Augen. »Und dein Gips sieht auch ziemlich heruntergekommen aus. Kannst du nicht irgendwas damit machen?« Ich hatte ihn, wie ich es David angekündigt hatte, mit einem patriotischen Motiv dekoriert: einem Wappenadler, der amerikanischen Freiheitsglocke und einem kleinen Starporträt von Dolley Madison. Bis jetzt hatten mich schon vierzehn Mädchen darauf angesprochen, ob sie den Gips später haben könnten, und Theresa hatte vorgeschlagen, ich solle ihn bei eBay versteigern.

»Glaub mir«, hat sie gesagt. »Mit dem Gips kannst du tausende von Dollar scheffeln. Nach dem Fall der Berliner Mauer wurde der Beton ja auch bröckchenweise verscherbelt. Wieso nicht der Gips des Mädchens, das die demokratische Welt ein Stückchen sicherer gemacht hat?«

Ich hatte noch nicht endgültig entschieden, was ich mit dem Gips machen würde. Aber das hatte ja noch Zeit. Ich würde ihn frühestens in einer Woche abgenommen bekommen.

Mr White hatte schon Recht. Der Gips war ein bisschen vergammelt, und an den Stellen, wo er nass geworden war, krümelten sogar schon Teile davon ab (es ist aber auch verdammt schwierig, sich einhändig die Haare zu waschen).

»Vielleicht hat deine Mutter eine Idee«, sagte er mit gequälter Miene. »Man könnte ihn etwa mit einer hübschen Schlinge etwas kaschieren.«

Hätte ich es nicht schon an seiner Reaktion auf die Bilder vom Malwettbewerb gemerkt gehabt, wäre mir spätestens jetzt alles klar gewesen – so wie er meinen Gips anschaute. Mr White hatte überhaupt keinen Sinn für Kunst.

Als er endlich damit fertig war, sich über all die Leute auszulassen, die zum Tag des Kindes im Weißen Haus erwartet wurden, war es fünf Uhr, und ich musste nach Hause. Keine Chance mehr, mich davonzuschleichen, um nach David zu suchen. Tja, mal wieder Pech.

Ich war also nicht gerade in Feiertagsstimmung. Ich konnte mich noch nicht mal über die vier schulfreien Tage freuen. Vier Tage kein Deutsch – normalerweise ein Grund zum Jubeln, aber diesmal fand ich es überhaupt nicht aufregend. Falls David nicht zum Fest am Tag des Kindes kam, musste ich im schlimmsten Fall noch ganze fünf Tage warten, bis ich ihn wiedersah. Klar, ich konnte ihn theoretisch anrufen, aber das war nicht dasselbe. Und seine Mail-Adresse hatte ich nicht.

Auch dass Theresa in der Küche stand und backte, als ich nach Hause kam, munterte mich nicht auf. Es waren eh bloß Kürbispastetchen für Thanksgiving. Und die waren noch nicht mal für uns, sondern für Theresas eigene Kinder und Enkel. Weil sie die ganze Woche über bei uns arbeiten musste, hatte sie ihre Feiertagsvorbereitungen in unsere Küche verlegt. Von Mom aus ging das okay. Wir essen an Thanksgiving immer bei meiner Großmutter in Baltimore, also brauchte sie den Backofen sowieso nicht.

»Welche Laus ist dir denn über die Leber gelaufen?«, fragte Theresa, als ich in die Küche schlappte, Jacke und Rucksack fallen ließ und sofort Haferkekse in mich reinfraß, ohne mich zu beschweren, dass es die leckeren Sachen immer nur dann gibt, wenn Jack da ist.

»Keine«, knurrte ich, setzte mich an den Küchentisch und

starrte auf die Rückseite des Buches, in dem Rebecca las. Anscheinend hatte sie die Liebesromane zugunsten von Sci-Fi wieder aufgegeben. Sie las nämlich den letzten Teil der Jedi-Akademie-Trilogie. Alles in allem eine Entscheidung, die ich nur begrüßen konnte.

»Dann hör auch auf zu seufzen!« Theresa war gestresst. Theresa ist vor den Feiertagen immer gestresst. Das liegt daran, dass sie nie weiß, mit welcher seiner Ex-Frauen ihr Sohn Tito aufkreuzt – oder ob er ihr womöglich sogar eine ganz neue Schwiegertochter anschleppt. Theresa sagt immer, das sei mehr, als eine Mutter verkraften könnte.

Als ich wieder seufzte, guckte Rebecca von ihrem Buch auf.

»Falls du so seufzt, weil Jack nicht da ist«, sagte sie gelangweilt, »kann ich dich trösten. Er und Lucy kommen gleich wieder. Sie sind bloß schnell in die Videothek, um ›Stirb langsam‹ für Dad zu holen. Weil er den an Feiertagen doch immer sehen will.«

Ich schnaubte. »Wieso sollte ich seufzen, weil Jack nicht da ist?« Als Rebecca daraufhin nur die Augen verdrehte, sagte ich (womöglich etwas lauter als nötig): »Ich interessiere mich überhaupt nicht für Jack. Jedenfalls nicht *so*.«

»Ja klar, glaub ich sofort«, sagte Rebecca – aber nicht, als würde sie es wirklich glauben – und las weiter.

»Echt nicht.« Ich lachte abfällig. »O Gott, nee. Ich meine, wie käme ich denn dazu? Er ist doch Lucys Freund.«

»Und?« Rebecca blätterte um.

»Und deshalb will ich nichts von ihm, kapiert?«

Verdammt, würde ich den Rest meiner Tage damit verbringen müssen, meine wahren Gefühle vor der Welt geheim zu halten? In der Schule hieß es nur noch: Sam und David, Sam und David. In den Zeitungen dasselbe – überall Artikel über das »Traumpaar«. Sam und David, Sam und David. Sogar in den Nachrichten. Und zwar nicht in den Lokalnachrichten, nein, in den richtigen! Kein großer Bericht, nur eine dieser kurzen, herzerwärmenden Storys, die sie ganz am Schluss immer noch bringen, aber trotzdem. Ich schämte mich bereits in Grund und Boden. All diese Reporter mit ihrem »In der Hauptstadt blühen nicht nur die Eisblumen an den Fenstern, nein, auch die Knospen junger Liebe sprießen …«.

Voll widerlich. Echt. Kein Wunder, dass David Dienstag nicht bei Susan Boone im Kurs war. Vor dem Atelier hatten sich natürlich wieder hordenweise Reporter zusammengerottet, die »War's denn schön auf der Party mit deinem David?« gebrüllt hatten.

Als ich daran zurückdachte, kam mir die rettende Idee. Ich fragte Rebecca mit meiner arrogantesten Stimme: »Wenn ich mich so für Jack interessiere, wie erklärst du dir dann bitte diesen Tremor, den du zwischen mir und David spürst? Wieso krieg ich dann nicht bei dem Typen Tremor, in den ich angeblich verliebt bin?«

Rebecca blickte nur kurz von ihrem Buch auf. »Weil du blind bist. Du siehst noch nicht mal das, was direkt vor deiner Nase passiert.«

Blind? Die hatte sie wohl nicht mehr alle. Blind! Nie in meinem Leben hatte ich besser gesehen als jetzt, wo es Susan Boone gab, vielen Dank. Wer zeichnete denn die besten Eier im Kurs? Und was war mit den Zierkürbissen von gestern? Meine Kürbisse waren besser als die von allen anderen gewesen. Sie hatten sogar Susan Boone beeindruckt. Bei der Beurteilungsrunde am Schluss hatte sie gesagt: »Sam, du machst enorme Fortschritte.«

Enorme Fortschritte. Wie konnte jemand, der blind ist, enorme Fortschritte beim ZEICHNEN machen?

Das hab ich auch zu Rebecca gesagt, aber die meinte nur: »Ja? Na ja, Eier und Kürbisse kannst du vielleicht sehen, aber sonst siehst du nichts.«

Daraufhin sagte ich das Einzige zu ihr, was man als ältere

Schwester zu einer jüngeren Schwester sagen kann, die sich für superschlau hält. Lucy hat es weiß Gott schon oft genug zu mir gesagt.

Nachdem ich es gesagt hatte, schickte mich Theresa in mein Zimmer.

Aber das war mir so was von egal. In meinem Zimmer fühlte ich mich sowieso am allerwohlsten. Meinetwegen konnte ich gerne für alle Zeiten hier bleiben und bloß noch zum Essen rauskommen, und natürlich um »Buffy« zu gucken. Aber sonst nie. Ist doch wahr. Jedes Mal wenn ich mein Zimmer verließ, kriegte ich massive Probleme. Entweder rettete ich irgendwelche Leute vor dem Erschießungstod oder musste mich über Picasso streiten, und dann bekam ich auch noch gesagt, dass ich blind wäre.

Tja, das war dann also geklärt. Ich würde für alle Ewigkeiten hier in meinem Zimmer bleiben. Und niemand konnte mich daran hindern.

21

Sie haben mich aus dem Zimmer rausgeholt, um zu Grandma zum Thanksgiving-Essen zu fahren.

Zwar hatte ich fest vor, mich nach unserer Rückkehr gleich wieder einzuschließen, aber leider wartete auf dem AB eine Nachricht von Mr White, der meine Eltern über den Festakt zum internationalen Tag des Kindes informierte. Er tat echt so, als würde weltweit die volle diplomatische Krise ausbrechen, wenn ich nicht käme, weshalb Mom entschied, dass ich hingehen musste.

Was aber nicht hieß, dass ich gerne hinging.

Diese Jugendbotschafterinnensache langweilte allmählich. Sogar noch mehr als Deutsch. Von Jack hörte ich nur noch: »Also, was ist? Wann kriege ich mein Flugticket nach New York?« Das war nämlich der Preis für den Gewinner – eine Reise nach New York mit Flug und Hotel – alles inklusive. Und natürlich die Aussicht auf internationalen Ruhm und Berühmtheit.

Ich versuchte, mich elegant aus der Affäre zu ziehen: »Haha! Noch wird der Gewinner nicht verkündet, Jack.«

Worauf Jack sagte: »Ja, aber ich bin's doch, oder?«

Und ich: »Mal schauen.«

Mhm, genau. Mal schauen. Obwohl ich mit Sicherheit wusste, dass er es nicht sein würde. Aber was sollte ich denn sonst sagen? Ich wollte ihm die Hiobsbotschaft nicht überbringen. Ich wusste doch, wie wichtig ihm die Sache war.

Also sagte ich nichts, sondern lächelte und schwieg. Obwohl

ich innerlich weinte. Na ja, okay, das ist vielleicht übertrieben, aber ihr wisst schon, was ich meine. Es machte mich fix und fertig.

Am Samstagabend erschien ich dann also im Weißen Haus auf diesem blöden Festakt zum internationalen Tag des Kindes, der nur aus einem popeligen Konzert und ein bisschen was zu essen bestand. Es waren noch nicht mal irgendwelche Kinder eingeladen, jedenfalls sah ich keine. Allem Anschein nach war ich die einzige Minderjährige.

Die Musik war, wie nicht anders zu erwarten, nicht aufregend. Die Band hieß »The Beaux Arts Trio«. Na ja, Alien Ant Farm hatten wahrscheinlich gerade keine Zeit gehabt.

Aber so übel war das Trio dann doch nicht. Sie spielten bloß klassische Musik, so wie die, die wir bei Susan Boone immer im Radio hören. Natürlich waren sie nicht annähernd so gut wie No Doubt, aber auf ihre Art auch ganz nett.

Allerdings war das auch das Einzige an diesem Abend. Das einzig Nette, meine ich. Es fing schon damit an, dass ich mich total aufbrezeln musste. Mr White hatte Mom ausdrücklich ans Herz gelegt, auf meine Garderobe zu achten, also durfte ich mich nicht normal anziehen, sondern musste das neue Kleid tragen, das Mom mir bei Nordstroms gekauft hat.

Okay, es war schwarz, das war ein Pluspunkt, dafür war es ansonsten aus so kratzigem Samt und ich sah mit meinem abgewetzten Gips ultrabescheuert darin aus. Mom hatte mir eine aus einer schwarzen Spitzenstola geknüpfte Schlinge mitgegeben, aber der Knoten löste sich immer wieder, also riss ich mir das Ding irgendwann ab und ließ es einfach auf dem Stuhl liegen.

Außerdem musste ich wieder Seidenstrumpfhosen tragen. Okay, schwarze – aber trotzdem.

Man sollte meinen, es wäre eine aufregende Sache, zu so einem Privatkonzert im Weißen Haus geladen zu sein und mit dem Präsidenten, der First Lady, dem Premierminister von Frankreich samt Gattin und ein paar anderen Leuten, die sich um die Rechte von Kindern verdient gemacht haben, im Vermeil-Zimmer inmitten der ganzen vergoldeten Silbersachen sitzen zu dürfen. Tja, sollte man meinen, aber damit irrt man sich. Es war extrem öde. Das Bedienungspersonal vom Weißen Haus ging rum und drückte den Leuten Gläser voll Champagner in die Hand (für die Minderjährigen – sprich: mich – gab es Cola) und dazu wurden supereklige Vorspeisen gereicht.

Ich trank einen Schluck Cola und sagte: »Mhmm – ein ganz ausgezeichneter Jahrgang!«, aber weil alle total humorlos waren, verstand keiner den Witz.

Nur David. Den sah ich allerdings erst, nachdem ich meinen kleinen Witz gemacht hatte. Und als ich ihn sah – David, meine ich – erschrak ich so, dass ich dem Botschafter von Sri Lanka glatt die Cola entgegenspuckte, die ich noch im Mund hatte.

Der Botschafter guckte mich an, als wäre ich irre, was immer noch besser war als der Blick, mit dem David mich anguckte, nämlich so als wäre ich ein pelziges Wesen, das ihm gerade über den Salatteller krabbelte. Seine Mutter hatte ihn offenbar auch gezwungen, sich schick zu machen, aber da er im Gegensatz zu mir keinen blöden Gips trug, sah er richtig gut aus. Verdammt gut sogar. Im Ernst – er sah in seinem dunklen Anzug mit Krawatte richtig... heiß aus.

Als ich begriff, was ich gerade gedacht hatte, kam mir fast der nächste Schluck Cola hoch. *David? Heiß?* Seit wann ordnete ich David denn solche Adjektive zu? Klar hatte ich ihn schon die ganze Zeit ziemlich süß gefunden, aber heiß?

Und dann wurde mir selbst plötzlich heiß – ob es daran lag, dass mir klar geworden war, dass ich David heiß fand, oder ob es einfach die klassische Scham war, die ein Mädchen überkommt, das den Jungen wiedersieht, den es dazu benutzt hat, einen anderen Jungen eifersüchtig zu machen, kann ich nicht sagen. Ich weiß nur, dass mein Gesicht die gleiche Farbe annahm wie meine Haare. Das weiß ich, weil ich mich in einem der goldgerahmten Spiegel an der Wand sehen konnte.

War das etwa wieder dieses Tremor-Dingens? Ich hatte endgültig die Schnauze voll davon. Rebecca konnte ihren Tremor wiederhaben. Der war ja wohl genauso widerlich wie die Hors d'Oeuvres.

David war natürlich viel zu erwachsen und gut erzogen, um mich seine Verachtung spüren zu lassen. Er kam auf mich zu und sagte mit einem Lächeln, das nichts weiter als höflich war: »Hi, Sam. Wie geht's?«

Ich musste mir auf die Zunge beißen, um nicht zu sagen, was ich am liebsten gesagt hätte, nämlich: »Zum Kotzen, danke – und selbst?« Stattdessen gab ich ihm die Standardantwort: »Danke, gut.« Irgendwie wäre es mir uncool vorgekommen, mich vor diesen ganzen Leuten bei ihm zu entschuldigen, die mit uns den internationalen Tag des Kindes feierten.

»Und dir?«, fragte ich dann. »Wir haben dich Dienstag bei Susan Boone sehr vermisst.«

Davids grüne Augen blickten ungerührt. »Ja«, sagte er. »Ich hatte was anderes zu tun.«

»Ach so«, sagte ich. Was nicht das war, was ich wirklich sagen wollte. Nämlich:

David, es tut mir Leid. Es tut mir echt so Leid. Ich weiß, was ich dir angetan hab, das war oberfies. Ich bin ein Ekel. Aber kannst du mir nicht trotzdem bitte, bitte verzeihen?

Ich brachte es nicht über die Lippen. Erstens wäre es eine Spur zu sehr wie Sich-in-den-Staub-Werfen rübergekommen, und zweitens trat Davids Vater in diesem Moment nach vorne und bat alle Gäste, Platz zu nehmen. Also strömten wir in den Raum, in dem das Konzert stattfand, und nahmen Platz. Ich saß seitlich versetzt ein paar Stühle hinter David und hatte eine ziemlich gute Sicht auf ihn. Genauer gesagt auf sein linkes Ohr.

Ich schwöre, ich habe nicht eine Note gehört, die diese berühmten Musiker spielten. Ich starrte auf die Rückseite von Davids linkem Ohr und hatte nur einen einzigen Gedanken: *Wie soll ich das nur jemals wieder gutmachen?*

Ich war selbst überrascht, wie sehr ich es wollte. Es wieder gutmachen, meine ich. Aber so war es nun mal.

Nach dem Konzert gingen alle nach vorne und schüttelten dem Beaux Arts Trio die Hände. Der Präsident stellte mich ihnen als seine Lebensretterin und Jugendbotschafterin bei der UNO vor. Der Cellist hob meine Hand an seine Lippen und küsste sie. Das war das erste Mal, dass ein männlicher, nicht mit mir verwandter Mensch einen Teil meines Körpers geküsst hat. Es hat sich irgendwie komisch angefühlt. Aber wahrscheinlich nur weil er so alt war.

»Und was«, wollte der Pianist wissen, »hat man als Jugendbotschafterin bei der UNO so zu tun?«

Der Präsident erzählte ihm vom Mal-Wettbewerb und setzte dann lachend hinzu: »Ich kann Ihnen sagen, sie nimmt den armen Andy für sein Geld ganz schön ran.«

Andy ist der Vorname von Mr White, dem Pressesprecher. Und ich wüsste nicht, inwiefern ich ihn für sein Geld ganz schön rannehme. Im Gegenteil habe ich ihm freiwillig sämtliche meiner Flummis ausgehändigt und sogar aufgehört zu betteln, endlich mal die Briefe von den Perversen lesen zu dürfen.

»Anscheinend«, sagte der Präsident mit belustigter Stimme, »herrscht zwischen den beiden noch Uneinigkeit darüber, welcher Wettbewerbsbeitrag die amerikanischen Interessen am besten vertritt.«

Das überraschte mich. Ich hatte nicht gedacht, dass Davids Vater wusste, was in seiner Pressestelle vor sich ging.

»Es herrscht gar keine Uneinigkeit«, widersprach ich, obwohl der Präsident eigentlich ja nicht mit mir gesprochen hatte und obwohl natürlich totale Uneinigkeit herrscht. »Das beste Bild ist von Maria Sanchez. Wenn es nach mir geht, ist sie die Gewinnerin.«

Ich wollte damit wirklich keinen internationalen Zwischenfall provozieren, echt nicht. Mir war gar nicht klar, was ich tat. Dass ich mit dem Präsidenten praktisch einen Streit anfing, meine ich. Das mit Maria Sanchez war mir einfach so rausgerutscht.

Der Präsident guckte mich kurz an. »Also, wenn diese Maria Sanchez das Bild mit den illegalen Einwanderern gemalt hat, wird es nicht in New York ausgestellt.«

Dann wandte er sich dem Premierminister von Frankreich zu und sagte irgendwas auf Französisch zu ihm, worüber der Premierminister herzlich lachte.

In diesem Moment setzte es bei mir aus. Ich vergaß, wie heiß David in seinem Anzug aussah und wie mies ich mich fühlte und wie dringend ich mich bei ihm entschuldigen wollte. Ich vergaß sogar mein unbequemes Kleid und die Strumpfhose. Ich dachte daran, dass mich der Präsident schließlich zur Belohnung dafür, dass ich ihm das Leben gerettet habe, zur UNO-Jugendbotschafterin ernannt hat.

Und ich machte den Job gern, auch wenn ich mich allmählich etwas unterfordert fühlte. Es gab ja wohl weit drängendere Jugendprobleme, auf die ich die internationale Aufmerksamkeit lenken konnte, als das, was irgendwelche Kids sahen, wenn sie aus ihrem Fenster guckten. Statt jeden Mittwoch nach der Schule drei Stunden in der Pressestelle des Weißen Hauses rumzuhocken und Konzerte zur Feier des internationalen Tages des Kindes zu besuchen, konnte ich die Öffentlichkeit auf den alarmierenden Umstand hinweisen, dass es in einigen Ländern nach wie vor absolut legal ist, sich minderjährige Mädchen zur Frau zu nehmen –

sogar gleich mehrere minderjährige Mädchen gleichzeitig! Und keiner sagt was dagegen!

Und was ist mit Ländern wie Sierra Leone, wo regelmäßig Jugendlichen und sogar kleinen Kindern zur »Warnung« Arme und Beine abgehackt werden, damit sie den Krieg führenden Banden nicht in die Quere kommen, die einen regen Diamantenschmuggel organisieren? Und – *hallo?* – was ist mit den Kindern in den Ländern, in deren Wiesen immer noch vergrabene Landminen lauern, sodass es lebensgefährlich ist, Fußball darauf zu spielen, obwohl sie es gerne möchten? Aber es fängt schon bei uns vor der Haustür an. Was ist denn mit den Jugendlichen hier bei uns in Amerika, die Waffen in die Schule mitbringen und Leute abknallen? Woher kriegen die ihre Waffen, und wie kommen sie auf die Idee, ihre Probleme ließen sich am besten dadurch lösen, dass sie andere Leute ermorden? Und wieso sorgt niemand dafür, vielleicht mal die Probleme zu lösen, die sie überhaupt dazu veranlassen, bewaffnet in einer Schule aufzutauchen? Wieso bringt man Leuten wie Kris Parks nicht mal bei, anderen gegenüber toleranter zu sein und endlich aufzuhören, Mädchen zu terrorisieren, die von ihren Müttern gezwungen werden, in Oma-Klamotten rumzulaufen?

Das sind die wirklich wichtigen Themen, um die sich eine amerikanische Jugendbotschafterin bei der UNO kümmern sollte. Und was gaben die mir zu tun? Ja, genau – ich durfte Bilder zählen.

Während ich so darüber nachdachte, dämmerte mir, dass der Präsident – von dem ich langsam, aber sicher den Eindruck bekam, sein eigenes Image sei ihm viel wichtiger als die Sorgen der Jugendlichen seines Landes – mich wahrscheinlich nur deshalb zur Jugendbotschafterin ernannt hatte, damit er gut dastand. Weil er dem Mädchen, das ihm sein Leben gerettet hatte, so ein tolles, wichtiges Amt übertragen hatte.

Das sagte ich aber nicht laut. Obwohl ich es laut hätte sagen sollen. Unbedingt.

Irgendwie traute ich mich aber nicht, weil doch all die Leute – das Beaux Arts Trio, der französische Premierminister, der Botschafter aus Sri Lanka und vor allem auch David – um uns rumstanden und zuhörten. Vor denen hätte ich so etwas nicht rausgebracht. Mich überforderte es ja schon, mit den ganzen Reportern zu reden, die mich tagtäglich verfolgten, und dabei wollten die bloß wissen, ob ich lieber Coca-Cola oder Pepsi trank.

Ich habe zu einer Menge Themen eine Meinung. Mir fehlt nur der nötige Mut, sie vor Leuten, mit denen ich weder verwandt noch befreundet bin, zu vertreten.

Aber in dieser Sache musste ich handeln, das war mir klar. Ich musste dafür sorgen, dass Maria Sanchez mit ihrem Bild den Wettbewerb »Blick aus meinem Fenster« gewann und in New York ausgestellt wurde. Ich *musste* einfach etwas tun.

Also legte ich dem Präsidenten eine Hand auf den Unterarm und sagte: »Äh, Entschuldigung, aber das Bild muss in New York ausgestellt werden. Okay, vielleicht zeigt es Amerika nicht gerade von der besten Seite, aber es ist eindeutig das beste Bild. Es ist das ehrlichste Bild. Und deshalb muss es gewinnen.«

Danach war es einen Moment lang sehr still. Obwohl ich eigentlich nicht glaube, dass mich wirklich *jeder* im Raum angestarrt hat, hat es sich eindeutig so angefühlt.

Der Präsident schaute überrascht. »Tja, Samantha, es tut mir sehr Leid, aber daraus wird nichts. Was ist denn mit diesem Leuchtturmbild? Das ist doch ein nettes Motiv, das unser Land schön repräsentieren würde.«

Dann unterhielt er sich weiter mit dem Premierminister.

Ich dachte, ich spinne. Abgebügelt. Er hatte mich einfach so abgebügelt!

Tja, ihr wisst ja, was man sich über Rothaarige so erzählt. Was dann passierte, konnte ich gar nicht verhindern. Obwohl ich mich selbst sprechen hörte, kam es mir so vor, als würde jemand ganz anderes die Worte sagen. Gwen Stefani vielleicht. *Ich* jedenfalls garantiert nicht.

»Wissen Sie was? Wenn Sie gar kein Interesse daran haben, dass die Jugendbotschafterin gerechte Entscheidungen trifft«, sagte ich zum Präsidenten, und zwar so laut, dass sich viele der Kellner und die meisten anderen Gäste (inklusive des Beaux Arts Trios) ruckartig nach mir umdrehten und mich anstarrten, »dann wäre es besser gewesen, Sie hätten mich gar nicht erst dazu ernannt. Ich wähle nämlich garantiert kein anderes Bild aus. Auf den anderen Bildern sieht man bloß das, was diejenigen wissen, die sie gemalt haben. Nur dieses eine Bild – Marias Bild – zeigt das, was sie sieht. Und zwar jeden Tag, wenn sie aus ihrem Fenster schaut. Okay, vielleicht gefällt Ihnen nicht, was Maria sieht. Aber auch wenn Sie verhindern, dass andere Leute es zu sehen bekommen, bleibt es doch die Wahrheit, und lösen tun Sie das Problem dadurch auch nicht.«

Der Präsident sah mich an, als wäre ich geistesgestört. Und vielleicht bin ich ja wirklich gestört, keine Ahnung. Ich weiß nur, dass ich vor Wut am ganzen Körper zitterte. Und mit meinem karmesinrot angelaufenen Gesicht sah ich bestimmt ganz besonders apart aus.

»Kennst du die Künstlerin etwa persönlich?«, fragte er.

»Keine Spur.« Ich schüttelte den Kopf. »Aber ich weiß, dass sie das beste Bild gemalt hat.«

»Das ist deine Meinung«, stellte der Präsident fest.

»Genau. Das ist meine Meinung.«

»Gut, dann wirst du deine Meinung eben ändern müssen. Dieses Bild wird unser Land auf einer internationalen Ausstellung jedenfalls *nicht* vertreten.«

Mit diesen Worten drehte mir Davids Vater den Rücken zu und begann, sich mit anderen Gästen zu unterhalten.

Ich sagte nichts mehr. Ich hatte alles gesagt, was zu sagen war. Außerdem hatte er mir deutlich zu verstehen gegeben, dass das Gespräch beendet war.

Plötzlich tauchte David hinter mir auf. »Sam?«

Ich guckte verwundert zu ihm hoch. Wie gesagt, ich hatte David total vergessen.

»Komm mal mit«, sagte er.

Wenn ich nicht so geschockt über das gewesen wäre, was gerade abgelaufen war – zwischen mir und dem Präsidenten –, wäre ich wahrscheinlich geschockt darüber gewesen, dass David überhaupt noch mit mir redete. Und sogar versuchte, mich zu trösten. Den Eindruck hatte ich jedenfalls, als ich mit ihm aus dem Vermeil-Zimmer in den Raum ging, in dem wir bei meinem ersten Besuch im Weißen Haus gewesen waren und in dem sich das Fensterbrett befand, in das er meinen Namen geritzt hatte.

»Mensch, Sam«, sagte David. »Nimm es doch nicht so tragisch. Ich weiß, dass es schlimm für dich ist, aber es geht nicht um Leben und Tod.«

Genau, wir lebten ja nicht in Sierra Leone oder in Utah unter den Mormonen. Hier wurde niemand enthauptet oder mit vierzehn gezwungen, einen alten Knacker zu heiraten, der bereits drei Ehefrauen hatte.

»Das ist mir auch klar«, sagte ich. »Aber es ist trotzdem ungerecht.«

»Kann sein«, sagte David. »Aber das ist eben Politik. Solche Entscheidungen hängen oft von anderen Faktoren ab, von denen wir keine Ahnung haben.«

»Von was für Faktoren denn?«, sagte ich. »Willst du mir etwa erzählen, das Bild bedroht die nationale Sicherheit, oder was? Das glaub ich nicht.«

David zog seine Krawatte aus. Wahrscheinlich war sie ihm zu eng.

»Vielleicht wollen sie ja was Fröhliches«, meinte er. »Du weißt schon, ein Bild, das die Vereinigten Staaten in einem positiven Licht zeigt.«

»Aber darum geht es bei diesem Wettbewerb nicht«, sagte ich. »Die Bilder sollen zeigen, was Jugendliche aus verschiedenen Ländern sehen, wenn sie aus ihrem Fenster schauen. In den Teilnahmebedingungen steht mit keinem Wort, dass das, was sie sehen, ihr Land in einem positiven Licht zeigen soll. Ich kann mir ja vorstellen, dass die Regierung von Ländern wie China ihren Teilnehmern verbietet, negative Seiten ihres Landes zu zeigen, aber, verdammt noch mal, wir sind hier in Amerika. Angeblich haben wir hier doch so was wie ein Recht auf freie Meinungsäußerung.«

David setzte sich auf die Lehne von dem Sessel, in den ich mich hatte fallen lassen. »Haben wir ja auch.«

»Ja, genau«, sagte ich höhnisch. »Nur nicht die Jugendbotschafterin.«

»Du hast auch das Recht auf freie Meinungs*äußerung*«, sagte David. Er betonte den Satz merkwürdig, aber ich regte mich so auf, dass mir das in diesem Moment gar nicht auffiel.

»Kannst du nicht mit ihm reden, David?« Wie schon beim letzten Mal hatte er die Lampen im Zimmer nicht angeknipst. Durch die Fenster fiel nur der bläuliche Schimmer der rings um die Rotunde aufgestellten Scheinwerfer herein. Es war schwierig, im Dämmerlicht den Ausdruck in Davids grünen Augen zu erkennen. Trotzdem versuchte ich es weiter. »Mit deinem Dad, meine ich. Auf dich hört er vielleicht.«

Aber David schüttelte den Kopf. »Wirklich, Sam, es tut mir total Leid, dass ich dich enttäuschen muss, aber über Politik rede ich aus Prinzip nicht mit ihm.«

Obwohl David behauptete, es täte ihm total Leid, tat er es trotzdem. Mich enttäuschen, meine ich.

»Aber es ist die volle Ungerechtigkeit«, stöhnte ich. »Maria hat das beste Bild gemalt! Sie hat es verdient zu gewinnen. Bitte, David, versuch es wenigstens. Versprich mir, dass du wenigstens mal *versuchst,* mit ihm zu reden. Du bist sein Sohn. Dir wird er ja wohl zuhören.«

»Wird er nicht«, sagte David. »Glaub mir.«

»Na klar, wenn du es noch nicht mal *versuchst,* hört er dir garantiert nicht zu!«

David ließ sich nicht überreden. Ich hatte das Gefühl, er wollte mit der Geschichte überhaupt nichts zu tun haben, und das regte mich nur noch mehr auf. Als wäre ihm die ganze Sache total egal. Anscheinend verstand er gar nicht, worum es ging. Dabei hatte ich gedacht, er würde es verstehen, weil er selbst Künstler war. Tja, da hatte ich mich wohl geirrt. Und wie.

»*Jack* hätte es versucht.« Ich war so frustriert, dass es mir einfach so rausrutschte. Und obwohl ich es mehr zu mir selbst sagte, hörte David es auch.

»Glaub ich dir sofort«, sagte er höhnisch. »Jack ist ja auch der Allertollste.«

»Jack kämpft wenigstens für seine Überzeugungen und sitzt nicht lahm rum«, stieß ich hervor. »Einmal hat er sogar aus Protest mit einem Luftgewehr aus dem Fenster der Arztpraxis von seinem Vater geschossen, weil Dr. Ryder Medikamente verschreibt, die in Tierversuchen getestet werden.«

David schien nicht beeindruckt. »Ach ja?«, sagte er. »Das klingt nach einer ziemlich blöden Aktion.«

Wie konnte er so etwas nur sagen? Wie konnte er so etwas auch nur *denken*?

»Ja, klar.« Ich lachte bitter. »Echt ziemlich blöd von ihm, gegen Tierquälerei zu protestieren.«

»Nein«, sagte David kühl. »Blöd von ihm, gegen etwas zu protestieren, das Leben rettet. Wenn die Wissenschaftler die Wirkstoffe nicht erst an Tieren testen, bevor sie Menschen damit behandeln, wüssten sie nicht, ob die Patienten davon nicht noch kränker werden oder sterben. Will Jack das etwa?«

Ich war sprachlos. So hatte ich es noch nie gesehen.

»Aber, hey.« David zuckte mit den Achseln. »Jack ist ja auch ein… wie hast du ihn noch mal genannt, ach ja, ein Radikaler. Vielleicht protestieren moderne Radikale ja genau gegen so was – gegen Medikamente, die kranke Menschen gesund machen, und solche Sachen. Ich kenne mich da nicht so aus. Mir fehlt ja eindeutig das moralische Rückgrat.«

Und dann stand David auf, als würde er es nicht eine Sekunde länger in meiner Nähe aushalten – als wäre ich eines dieser widerlichen Hors d'Oeuvres –, drehte sich um und ließ mich alleine sitzen. Im Dunkeln. Und ich fühlte mich so blind, wie Rebecca es mir vorgeworfen hatte.

Und das Traurigste war, dass ich sogar anfing, ihr zu glauben. Susan Boone konnte sagen, was sie wollte – langsam bekam ich das Gefühl, dass ich wirklich nichts sah. Rein gar nichts.

22

Als ich vom Weißen Haus nach Hause kam, hockte Lucy im Wohnzimmer und blätterte in der *Elle*.

»Was machst *du* denn hier?«, fragte ich total entgeistert. Ich war echt platt. Lucy hat, seit sie zwölf ist, keinen einzigen Samstagabend mehr zu Hause verbracht. »Wo ist Jack?«

Mir schossen tausend Fragen durch den Kopf. Hatten sie Schluss gemacht? Hatte mein Anblick an der Seite eines anderen Mannes Jack endlich dazu gebracht, sich seine wahren Gefühle für mich einzugestehen?

Aber die drängendste aller Fragen lautete: Wieso freute ich mich dann nicht? Wieso wurde mir plötzlich speiübel? Oder lag es eher an diesem grässlichen Vorspeise-Häppchen, das ich versehentlich heruntergeschlungen hatte, bevor ich merkte, wie widerlich das Teil schmeckte?

»Jack ist im Fernsehzimmer«, murmelte Lucy geistesabwesend. Sie berechnete gerade ihr numerologisches Horoskop. »Er muss für Englisch so ein Buch lesen … ›Sturmhöhe‹. Montag soll er die Zusammenfassung abliefern. Natürlich hat er es noch nicht gelesen, aber wenn er in Englisch durchfällt, kriegt er im Mai kein Abschlusszeugnis.«

Ich zog meine Jacke aus, warf die Stola-Schlinge auf den Boden und ließ mich neben Lucy auf die Couch fallen. »Was, und jetzt liest er es? Hier bei uns?«

»Quatsch«, sagte Lucy. »Zufälligerweise kommt gerade die Verfilmung im Fernsehen. Jack ist oben und schaut sie sich an. Ich hab's auch versucht, aber der Film ist voll langweilig, obwohl sogar Ralph Fiennes mitspielt. Nicht auszuhalten. Wie findest du den Rock?« Sie schlug die Zeitschrift in der Mitte auf und hielt sie mir hin.

»Mhmm, ganz gut.« Meine Gehirnströme flossen zäh wie Sirup, und das, obwohl ich im Weißen Haus ganz ehrlich nur Cola getrunken hatte. »Und wo sind Mom und Dad?«

»Bei diesem Dings.« Lucy vertiefte sich wieder in ihre Lektüre. »Du weißt schon. Irgendein Wohltätigkeitsdings für nordafrikanische Waisenkinder oder so. Was weiß ich? Ich weiß nur, dass Theresa nicht bei Rebecca bleiben konnte, weil sich Tito den Fuß gebrochen hat. Ihm ist bei einem Umzug ein Kühlschrank draufgefallen. Und jetzt sitze ich hier fest und muss aufpassen, dass E.T.-nach-Hause-Telefonieren unser Haus nicht in die Luft jagt. Und weißt du was?« Lucy ließ ihre Zeitschrift sinken. »So eine Schulfreundin von Rebecca schläft heute hier. Voll gruselig. Kannst du dich noch erinnern, wie du mit Kris Parks immer bis zum Morgengrauen mit den Barbies gespielt hast, wenn sie bei dir übernachtet hat? Rate mal, was Rebecca und ihre Freundin spielen? Die basteln DNA-Stränge aus Legosteinen. Hey, was hältst du von dem da?« Lucy zeigte auf ein Kostüm in der *Elle*. »Wir müssen dir dringend ein schickes Outfit für die Ordensverleihung besorgen«, sagte sie. »Wir haben nur noch knapp zwei Wochen Zeit. Ich hab schon zu Mom gesagt, dass wir total blöd waren, auf dem Rückweg von Grandma nicht bei diesen Designer-Outlets vorbeizufahren …«

»Luce?«, unterbrach ich sie.

Keine Ahnung, was mich dazu gebracht hat. Ausgerechnet mit Lucy über meine intimsten Probleme zu reden, meine ich.

Es passierte einfach. Brodelte aus mir heraus wie Lava aus einem Vulkan. Und danach hatte ich keine Chance mehr, die Flut zu stoppen.

Und was das Komischste ist: Lucy legte ihre Zeitschrift hin und hörte mir zu. Sie sah mich an, hörte mir zu und sagte ungefähr fünf Minuten lang kein einziges Wort.

Natürlich vertraue ich meiner älteren Schwester normalerweise keine Details aus meinem Privatleben an. Aber weil Lucy doch nun mal eine Expertin für Zwischenmenschliches ist, dachte ich, sie könnte vielleicht etwas Licht in diese Angelegenheit bringen. Mir sagen, wieso sich David so danebenbenahm – und mir womöglich sogar erklären, warum ich mich so danebenbenahm. Von Jack und unserer Seelenverwandtschaft sagte ich nichts. Ich erzählte ihr nur von der Party und wie fies David vorhin zu mir war und von diesen beunruhigenden Tremor-Symptomen.

Als ich fertig war, verdrehte Lucy nur die Augen zur Zimmerdecke.

»Tu mir einen Gefallen, ja?«, sagte sie. »Frag mich nächstes Mal bitte was Schwierigeres.«

Ich starrte sie an. »Was?« Ich meine, da entblößte ich meine Seele vor ihr – den größten Teil meiner Seele jedenfalls – und ihr waren meine Probleme zu banal! »Wie meinst du das?«

»Na, es ist doch wohl sonnenklar, was zwischen dir und David los ist.« Sie legte ihre behausschuhten Füße auf den Couchtisch.

»Ach?« Merkwürdigerweise kriegte ich schon wieder tremormäßiges Herzflattern. »Also was? Was läuft zwischen uns ab?«

»Gott, bist du doof.« Lucy stöhnte. »Wenn selbst Rebecca es merkt, obwohl sogar ihre eigenen Lehrer von ihr sagen, dass sie null Ahnung von Zwischenmenschlichem hat.«

»Lucy!« Ich musste mich richtig zusammenreißen, um nicht aus lauter Verzweiflung zu brüllen. »Sag es mir. Was läuft zwischen David und mir? Entweder du sagst es mir jetzt oder ich … ich … ich …«

»Ist ja schon gut. Bleib locker«, sagte Lucy. »Du musst mir aber versprechen, nicht sauer zu werden.«

»Werd ich nicht«, sagte ich. »Ehrenwort.«

»Na gut.« Lucy betrachtete ihre frisch manikürten Fingernägel. Jeder Nagel ein makelloses Oval mit einem blütenweißen Halbmond an der Spitze. Meine eigenen Nägel sind nie so sauber, weil fast immer Bleistiftstaub vom Zeichnen drunterklebt.

Lucy holte tief Luft. Dann atmete sie aus und verkündete: »Du bist in ihn verliebt.«

Ich guckte verblüfft. »*Was*? Ich bin *was*?«

»Du hast versprochen, dass du nicht sauer wirst«, warnte mich Lucy.

»Ich bin nicht sauer«, behauptete ich. Obwohl ich natürlich megasauer war. Da schüttete ich ihr mein Herz aus, und das war alles, was sie dazu zu sagen hatte? Dass ich in David verliebt war? Absurder ging es ja wohl nicht.

»Ich bin aber nicht in ihn verliebt.«

»O Gott, Sam!« Lucy ließ stöhnend ihren Kopf nach hinten fallen. »Klar bist du's. Du sagst, dein Herz macht einen Salto, wenn er dich anlächelt. Und dass du rot wirst, wenn er in deiner Nähe ist. Und dass du dich mies fühlst, weil er so sauer darüber war, dass du ihn nur auf Kris' Party mitgebracht hast, um mit ihm anzugeben. Was soll das denn bitte sein, wenn nicht Liebe. Hm, Sam?«

»Ein *Tremor*?«, fragte ich hoffnungsvoll.

Lucy nahm ein Satinkissen vom Sofa und schleuderte es in meine Richtung. »Aber das hat Rebecca doch damit gemeint! Sag mal, bist du so doof oder tust du nur so?« Sie brüllte richtig. »Was sollen das denn für Gefühle sein, die du hast, wenn du David anschaust? Genau dieselben Gefühle hab ich, wenn ich Jack anschaue. Kapier es doch endlich. Du liebst David. Und wenn ich die Zeichen richtig deute, ist er auch in dich verliebt. Oder war es zumindest mal – nämlich bevor du alles versaut hast.«

Natürlich konnte ich ihr nicht sagen, dass sie sich irrte. Ich konnte ihr nicht sagen, dass ich unmöglich in David verliebt sein konnte, weil ich in ihren Freund verliebt war. Und zwar ungefähr seit dem Tag, an dem sie ihn zum ersten Mal zu uns mitgebracht hat.

Wobei ich zugeben musste, dass ihre Theorie nicht ganz unplausibel klang. Das mit dem Tremor war schon verdächtig. Sosehr ich Jack liebte – wenn ich ihn sah, schlug mein Herz nie schneller. Nicht so wie bei David. Und Jack konnte ich immer problemlos in die Augen schauen – obwohl seine rauchblauen Augen mindestens so schön sind wie Davids grüne. Okay, bei Jack wurde ich zwar auch rot, aber ich bin nun mal rothaarig. Rothaarige werden ständig rot. Bei allen Menschen.

Und der Mensch, bei dem ich am häufigsten rot wurde, war ganz eindeutig David.

Ich dachte noch mal über das nach, was David gesagt hat. Dass Jacks rebellische Aktionen ziemlich blöde sind. Und bei näherem Nachdenken musste ich zugeben, dass es wirklich blöde von ihm war, aus dem Fenster der Praxis seines Vaters zu schießen, um gegen etwas zu protestieren, das todkranken Menschen hilft. Auch wenn Tiere deswegen leiden müssen.

Wogegen hatte er eigentlich protestiert, als er im Country-Club von Chevy Chase nackt im Pool plantschte? Etwa gegen die strengen Badebekleidungsvorschriften? Bestimmt gab es eine ganze Menge Country-Club-Mitglieder, die man lieber nicht nackt sehen wollte. Also waren Bekleidungsvorschriften doch was ganz Vernünftiges.

Was bedeutete das alles? Hatte Lucy womöglich Recht? War es auch nur annähernd vorstellbar, dass ich aufgehört hatte, Jack zu lieben, und dafür angefangen hatte, David zu lieben – ganz ohne es zu merken …?

Und wie konnte es sein, dass ich, Samantha Madison, die doch immer geglaubt hatte, alles zu wissen, plötzlich feststellen musste, dass ich quasi gar nichts wusste?

Tief in solche verstörenden Gedanken versunken, ließ ich Lucy im Wohnzimmer sitzen (sie sah hochbefriedigt aus, weil sie alle meine Probleme gelöst zu haben glaubte) und ging in die Küche rüber, um mir was zu essen zu machen – nachdem die Verköstigung im Weißen Haus ja eher nicht so der Bringer gewesen war.

Na ja, ihr könnt euch sicher vorstellen, wie unangenehm es mir war, als genau in dem Moment, in dem ich in mein soeben frisch gemachtes Putenbrustsandwich (Putenbrust und Mayo auf Weißbrot – sonst nichts) beißen wollte, Jack in die Küche kam.

»Oh. Hey, Sam!«, sagte er und schlenderte zum Kühlschrank. »Ich wusste gar nicht, dass du schon wieder zurück bist. Wie war's im Weißen Haus?«

Ich schluckte den Riesenbrocken herunter, den ich gerade abgebissen hatte. »Öh, ja«, sagte ich. »Ganz okay. Ist ›Sturmhöhe‹ schon vorbei?«

»Hä?« Er starrte konzentriert in den Kühlschrank. »Ach so. Nee, noch nicht. Werbepause. Also, sprich: Wie sieht's aus, Sam?« Er nahm eine Karotte aus der Gemüseschublade und biss krachend davon ab. »Wird mein Bild in New York ausgestellt oder nicht?«

Ich hatte gewusst, dass ich diese Unterhaltung früher oder später führen musste. Später wäre mir lieber gewesen.

Andererseits war es auch gut, die Sache hinter mich zu bringen.

»Jack.« Ich legte mein Sandwich auf den Tisch. »Ich muss dir was sagen…«

Jack ließ die Kühlschranktür offen stehen und kam mit fassungslosem Gesicht auf mich zu. »Sekunde mal. Warte. Sag es nicht. Ich sehe es dir an. Ich hab nicht gewonnen, oder?«

Ich holte tief Luft und bereitete mich innerlich auf den Schmerz vor, den es mir bereiten würde, das brutale Wort auszusprechen.

»Nein«, sagte ich.

Jack machte einen Schritt rückwärts. Ich hatte ihm sehr wehgetan, das wusste ich. Und ich würde bis in alle Ewigkeit darunter leiden.

Aber unerklärlicherweise spürte ich keinen Schmerz. Überhaupt keinen. Ich war darauf vorbereitet gewesen. Ich war total darauf vorbereitet gewesen, von einer Flutwelle aus Schmerz und schlechtem Gewissen niedergestreckt zu werden.

Doch da war nichts. Gar nichts. Nada. Niente. Es tat mir Leid, seinen Stolz verletzt zu haben, aber es tat mir nicht weh.

Worüber ich mich wunderte. Massiv wunderte. Ich meine, wie konnte ich dem Mann, den ich liebte – meinem Seelenverwandten, dem Mann meines Lebens –, so wehtun, ohne seinen Schmerz gleichzeitig mit jeder einzelnen Faser meines Körpers mitzufühlen?

»Ich glaub es einfach nicht«, sagte Jack, als er seine Stimme wiedergefunden hatte. »Verdammt, ich glaub es einfach nicht. Ich hab nicht gewonnen? Du willst mir also im Ernst erzählen, dass ich nicht gewonnen hab?«

»Jack!« Ich staunte immer noch darüber, nicht den kleinsten Funken seines Schmerzes spüren zu können. »Es tut mir echt Leid. Aber es waren einfach so viele gute Bilder dabei …«

»Das gibt es nicht«, sagte Jack. Obwohl er es eigentlich nicht sagte. Er brüllte es. Manet, der natürlich sofort in die Küche gestürmt war, sobald er die Kühlschranktür gehört hatte, stellte die Ohren auf. »Scheiße, ich glaub es einfach nicht!«

»Jack«, sagte ich. »Wenn ich dir irgendwie …«

»Warum?«, fragte Jack, die blauen Augen weit aufgerissen und tief verletzt. »Sag es mir, Sam. Warum? Warum ist mein Bild nicht ausgesucht worden?«

»Na ja, Jack.« Ich zögerte. »Wir haben echt eine Menge Bilder zugeschickt bekommen. Es waren echt unheimlich viele.«

Jack sah nicht aus, als würde er mir überhaupt zuhören. »Mein Bild war zu kontrovers. Daran lag es, oder? Das muss es gewesen sein. Sag mir die Wahrheit, Samantha. Ich hab nicht gewonnen, weil das Bild zu kontrovers war. Sie wollen nicht, dass man in den anderen Ländern sieht, wie lethargisch die amerikanische Jugend ist. Daran lag's doch, oder?«

Ich schüttelte den Kopf. »Nein, nicht direkt …«

Natürlich hätte ich einfach Ja sagen sollen. Stimmt, genau das war's, Jack, hätte ich sagen sollen. Weil Jack das viel besser verkraftet hätte als die Wahrheit, die ich ihm kurz darauf stotternd enthüllte, als er fragte: »Okay, warum dann?«

»Weil …« Ich wollte ihn trösten, aber ich wollte auch, dass er meine Entscheidung verstand. »Weil du nicht gemalt hast, was du gesehen hast.«

Zuerst sagte Jack gar nichts. Er starrte mich nur an. Als brauche er Zeit zu begreifen, was ich gesagt hatte.

»Was?«, fragte er schließlich total ungläubig.

Ich hätte es voraussehen können. Alle Zeichen waren da. Aber natürlich sah ich sie nicht.

»Na ja«, sagte ich. »Komm, Jack, das weißt du doch selbst. Du hast nicht gemalt, was du gesehen hast. Du malst ja die ganze Zeit desillusionierte Jugendliche – und deine Bilder sind genial. Du weißt, wie genial ich sie finde. Aber sie sind nicht echt, Jack. Die Leute, die du malst, sind nicht echt. Du kennst solche Leute doch überhaupt nicht. Das ist ein bisschen wie … na ja, wie bei mir und der Ananas. Auch wenn die Bilder toll aussehen, sind sie nicht ehrlich, verstehst du? Sie sind nicht echt. Ich weiß doch, dass du von deinem Zimmer aus auf keinen Supermarktparkplatz schaust. Ich glaub noch nicht mal, dass du auf eine Mülltonne schaust.« Natürlich weiß ich nicht genau, was Jack von seinem Zimmerfenster aus sehen oder nicht sehen kann. Das mit der Mülltonne war bloß geraten.

Aber wahrscheinlich ziemlich gut geraten, weil Jack nämlich total ausrastete.

»Ich hab nicht gemalt, was ich sehe?«, brüllte er. »Nicht gemalt, was ich sehe? Was *redest* du da für eine Scheiße?«

»N…na ja«, stotterte ich, von seiner aggressiven Reaktion doch etwas überrascht. »Du weißt schon. Von dem, was Susan Boone auch immer sagt. Dass man zeichnen soll, was man sieht, und nicht, was man weiß…«

»Sam!«, Jacks Stimme überschlug sich. »Hier geht's nicht um irgendeinen bescheuerten Zeichenkurs! Das wäre meine Chance gewesen, in New York ausgestellt zu werden! Und du hast mein Bild nicht gewinnen lassen, weil ich nicht gemalt hab, was ich *sehe*? Bist du jetzt vollends durchgeknallt, oder was?«

Ich schwieg. Jack stand heftig atmend vor mir.

»Hey!«, unterbrach eine vertraute Stimme die Stille. Lucy stand mit genervter Miene in der Tür.

»Was ist los?«, fragte sie. »Man hört euer Gebrüll durchs ganze Haus. Was habt ihr denn für Probleme?«

Jack zeigte auf mich. Anscheinend war er so außer sich, dass er keine Worte fand, um seiner Freundin zu erklären, was ich ihm angetan hatte.

»S… sie«, brach es aus ihm hervor. »S… sie hat gesagt, ich… male nicht, was ich sehe.«

Lucys Blick wanderte von Jack zu mir und wieder zurück zu Jack. Zuletzt verdrehte sie die Augen und stöhnte: »Krieg dich mal wieder ein, Jack!«

Dann ging sie auf ihn zu, packte ihn am Arm und schob ihn vor sich her aus der Küche. Er ließ völlig benommen alles mit sich geschehen.

Aber er war nicht der Einzige, der benommen war. Ich war es auch.

Nicht weil er mich so angeschrien hatte. Noch nicht mal, weil ich trotz unserer Seelenverwandtschaft nichts von seinem Schmerz gespürt hatte.

Nein. Meine Benommenheit hatte mit dem zu tun, was passiert war, als Jack in die Küche geschlendert gekommen war, während ich gerade nichts ahnend von meinem Sandwich abgebissen hatte. Jack hatte mit seinen breiten Schultern in der Küchentür gestanden … und mein Herz hatte keinen Salto geschlagen. Mein Puls hatte sich kein bisschen beschleunigt. Mir war weder die Luft weggeblieben noch auch nur die zarteste Röte in die Wangen gestiegen.

Nichts von alle dem, was mir bei David ständig passierte, passierte, als Jack in die Küche kam. Kein Tremor. Nicht der allerkleinste Tremor.

Und das konnte nur eines bedeuten:

Lucy hatte Recht. Ich war in David verliebt.

In David, dessen Vater mich hasste, weil ich nicht bereit war, Maria Sanchez' Bild aufzugeben.

In David, der mir einen Gänseblümchen-Helm geschenkt hatte, der meine Boots cool fand und meinen Namen in ein Fensterbrett des Weißen Hauses geritzt hat.

In David, der mich mit ziemlicher Sicherheit nie mehr wieder sehen wollte, weil ich ihn dazu benutzt hatte, um Jack eifersüchtig zu machen.

In David, der schon die ganze Zeit der ideale Freund für mich gewesen wäre, wenn ich nicht zu dumm – und zu blind – gewesen wäre, es zu sehen.

Auf einmal hatte das Putenbrustsandwich einen ganz eigenartigen Nachgeschmack. Es schmeckte irgendwie verdorben. Als würde es mir gleich wieder hochkommen.

Was habe ich nur getan?

Was habe ich nur getan?

Aber was die noch viel entscheidendere Frage war: *Was soll ich jetzt tun?*

Hier eine Liste der zehn Gründe, wegen denen ich aller Wahrscheinlichkeit nach jung sterben werde (was unter den gegebenen Umständen keine große Tragödie wäre):

10. Ich bin Linkshänderin. Wissenschaftliche Studien haben gezeigt, dass Linkshänder durchschnittlich fünfzehn Jahre früher sterben als Rechtshänder, was darauf zurückzuführen ist, dass unsere gesamte Umwelt – von den Armaturen im Auto angefangen, über diese Stühle mit integrierter Schreibplatte in der Schule, bis hin zu den Geldautomaten – für Rechtshänder gemacht ist. Irgendwann geben wir Linkis es auf und kratzen vor Erschöpfung lieber ab, als noch ein letztes Mal zu versuchen, in ein Heft mit Spiralbindung zu schreiben, obwohl uns der Draht von der Spirale die ganze Zeit ins Handgelenk sticht.

9. Ich habe rote Haare. Bei Rothaarigen liegt das Risiko, Hautkrebs zu entwickeln, fünfundachtzig Prozent höher als bei allen anderen Bewohnern dieses Planeten.

8. Ich bin klein. Kleine Menschen sterben früher als große. Das ist wissenschaftlich erwiesen. Keiner weiß, warum, aber wahrscheinlich hat es nichts damit zu tun, dass kleine Menschen in der Drogerie nicht an die lebenswichtigen Vitamine rankommen, weil die immer ganz oben im Regal stehen.

7. Ich bin Single. Jetzt mal im Ernst. Menschen, die eine harmonische Paarbeziehung haben, leben schlicht länger als Alleinstehende.

6. Ich wohne in der Stadt. Untersuchungen beweisen, dass Bewohner dicht besiedelter Gebiete – wie Washington D. C. – früher sterben als Menschen, die auf dem Land, also zum Beispiel irgendwo in Nebraska leben, was mit dem höheren Ausstoß an Krebs erregenden Auspuffgasen und den Querschlägern von Bandenschießereien zusammenhängt.

5. Ich esse sehr viel Rindfleisch. Und welche Menschen haben die höchste Lebenserwartung? Irgendwelche Angehörige eines Volksstammes in Sibirien, die sich nur von Jogurt und Weizenkeimen ernähren. Doch echt. Ich glaube nicht, dass sie freiwillig Vegetarier sind. Wahrscheinlich haben sie nur kein Fleisch, weil ihre Kühe alle erfroren sind. Jedenfalls werden die Leute dort alle ungefähr hundertzwanzig Jahre alt.
   Ich hasse Jogurt, um von Weizenkeimen gar nicht erst zu reden, und esse mindestens einen Hamburger pro Tag. Wenn ich könnte, würde ich sogar noch mehr essen.
   Ich bin so was von tot.

4. Ich bin ein mittleres Kind. Mittlere Kinder sterben früher als ihre älteren und jüngeren Geschwister, weil sie konstant ignoriert werden. Ich habe zwar bisher noch keinen Beweis für meine Theorie gefunden, bin mir aber absolut sicher, dass sie zutrifft. Das ist eine brandheiße Story, die nur darauf wartet, von irgendeinem Nachrichtenmagazin aufgegriffen zu werden.

3. Ich bin nicht religiös. Meine Eltern haben sich kein bisschen um unsere religiöse Erziehung gekümmert, weil sie selbst Agnostiker sind. Super. Bloß weil sie nicht wissen, ob es einen Gott gibt, dürfen wir nicht in die Kirche. Und das, obwohl es statistisch belegt ist, dass regelmäßige Kirchgänger länger und glücklicher leben als Leute, die nicht in die Kirche gehen. Und wo soll mein Trauergottesdienst bitte stattfinden, wenn ich sterbe? Ich wünschte, meine Eltern hätten mal über solche Fragen nachgedacht, statt voreilig zu sagen: »Die Kinder sollen später mal selbst entscheiden, woran sie glauben wollen.« Gut möglich, dass ich sterbe, bevor ich all meine religiösen Optionen ausgelotet habe. Wobei ich im Moment stark zum Hinduismus tendiere, weil das mit der Reinkarnation eine gute Sache ist. Andererseits glaube ich nicht, dass ich bereit wäre, auf Rindfleisch zu verzichten, und das könnte ein Problem werden.

2. Ich habe einen Hund. Tierbesitzer leben zwar in der Regel länger als Leute, die gar keine Haustiere haben, aber von allen Tierbesitzern leben Katzenbesitzer am längsten. Es kann sehr gut sein, dass ich fünf Jahre früher sterbe, weil Manet ein Hund ist und keine Katze.

Aber der Hauptgrund für mein frühes Ableben ist:

1. Mein Herz ist gebrochen.

   Ist es wirklich. Alle klassischen Symptome sind da: Ich kann nicht schlafen. Ich kann nicht essen – noch nicht mal Hamburger. Sobald das Telefon klingelt, rast mein Puls … aber es ist nie für mich. Es ist nie *er*.

Ich weiß, dass ich selbst schuld daran bin – ich habe alles vermasselt. Aber das ist auch kein Trost. Ob man sich das Messer eigenhändig ins Herz gerammt hat oder nicht – der Schmerz ist der gleiche.

Menschen mit einem gebrochenen Herzen sind im Grunde nicht lebensfähig. Klar, ich kann auch ohne David leben. Aber was wäre das für ein Leben? Nichts als ein leeres Dahinvegetieren. O Mann – da hatte ich die Chance auf die große, vollkommene Liebe, und was ist? Ich hab's vermasselt. VERMASSELT! Weil ich mit offenen Augen durch die Welt ging und doch nichts sah. Gar nichts.

Ich gebe mir noch zwei Wochen, bis ich abkratze.

23

Ich stand vor Susan Boones Haustür und kam mir blöd vor. Was nicht so überraschend war, weil ich mir die meiste Zeit meines Lebens blöd vorkomme.

Andererseits komme ich mir normalerweise ohne besonderen Grund ziemlich blöde vor. Diesmal hatte ich einen Grund.

Und der hing damit zusammen, dass ich völlig uneingeladen und vermutlich unwillkommen an einem Sonntagnachmittag vor Susan Boones Tür stand und darauf wartete, dass mir geöffnet wurde. Doch nichts geschah.

Wahrscheinlich würde ich gleich (falls mir doch noch jemand aufmachen sollte) zu hören kriegen: »Äh, hallo? ... Wohl noch nie was davon gehört, dass man anruft und sich ankündigt, statt einfach so bei jemandem hereinzuschneien?«

Und derjenige, der das sagen würde, hätte auch alles Recht der Welt dazu, weil ich ja wirklich nicht angerufen hatte. Und zwar aus Angst, Susan könnte sagen: »Können wir das nicht nächsten Dienstag im Kurs besprechen, Sam?«

Ich konnte aber nicht bis Dienstag warten. Ich musste heute mit Susan Boone reden, weil mein Herz im Begriff war zu zerbrechen und ich jemanden brauchte, der mir sagte, was ich dagegen tun konnte. Meine Eltern waren keine Hilfe. Die hätten das nie verstanden. Lucy hatte bloß gestöhnt: »Mensch, bist du bescheuert. Zieh einen kurzen Rock an, geh zu ihm hin, und sag, dass es dir Leid tut.« Rebecca hatte die Lippen zusammengekniffen und »Ich wusste es ja gleich« gesagt und Theresa war immer noch bei Tito.

Catherine hatte ich gar nicht erst gefragt. Die hatte nur noch Paul im Kopf.

Deshalb stand ich also unangemeldet vor Susan Boones Haus. Es ist nämlich viel schwieriger, jemanden abzuweisen, der schon vor der Tür steht, als jemanden, der vorher anruft. Das weiß ich aus persönlicher Erfahrung durch die ganzen aufdringlichen Reporter.

Es gibt kein schlimmeres Gefühl, als darauf zu warten, die Tür aufgemacht zu kriegen, und zu wissen, dass derjenige, der sie aufmacht, sie einem wahrscheinlich gleich wieder vor der Nase zuschlagen wird.

Gut ist es, wenn man in einem solchen Fall fünf backfrische Baguettes im Rucksack stecken hat. Ohne Brot wäre es nicht auszuhalten gewesen, aber so ging es.

Ich musste etwas mitbringen. Man kann nicht einfach uneingeladen bei jemandem zu Hause aufkreuzen, und das dann auch noch mit leeren Händen. Das Brot sollte so eine Art Bestechungsmittel sein. Ich kenne nämlich niemanden, der dem Baguette von der Brotmadame widerstehen kann, und hoffte, dass demjenigen, der mir gleich die Tür öffnen würde, der köstliche Brotduft in die Nase steigen würde, worauf er oder sie sagen würde: »Oh – immer rein in die gute Stube!«

Ich war aber auch durch die Hölle gegangen, um diese Brote zu organisieren. Dafür war ich extra früh aufgestanden und hatte mit Manet auf seinem Morgenspaziergang einen anderen Weg eingeschlagen als sonst, was ihm gar nicht passte. Er hatte die ganze Zeit versucht, mich in Richtung Park zu zerren, während ich ihn zum Haus der Brotmadame zog. Hinterher hatte ich den voll fiesen Muskelkater. Ich glaube, Manet wiegt inzwischen fast so viel wie ich.

Es stellte sich heraus, dass die Brotmadame sonntags um acht Uhr morgens noch schläft. Sie machte mir die Tür in einem sehr verführerischen Negligee auf (und das, obwohl sie schon verheiratet ist).

Zum Glück fand sie es nicht merkwürdig, dass ich sie aus dem Bett klingelte, um eine Fuhre Baguettes zu bestellen – ich glaube, sie fühlte sich sogar geschmeichelt.

Und die Brote wurden auch rechtzeitig fertig. Gott sei Dank! Fünf knusprig-goldene, dampfende Baguettestangen, wie es sie in ganz Washington D. C. kein zweites Mal gibt. Sie rochen so lecker, dass sogar *ich* fast Hunger bekommen hätte. Aber nur fast. Leute mit gebrochenen Herzen verlieren, wie ich inzwischen weiß, wirklich jeglichen Appetit.

Danach musste ich mit den fünf Stangen backofenwarmen Brots U-Bahn fahren. Eine Erfahrung, die ich nicht so bald wiederholen will. Weil hier in Washington zurzeit die Landesmeisterschaften in Geografie stattfinden und die U-Bahn gestopft voll war mit Familien aus irgendwelchen Käffern im Mittleren Westen, die alle ungefähr zehn Kinder hatten, auf deren knallgelben T-Shirts zu lesen war: »Frag mich mal, welchen Platz ich im Geografie-Wettbewerb belegt habe?«, was ich ja wohl absolut nicht getan habe.

Dafür fragten diese ganzen blonden Erdkundecracks ihre Eltern: »Mommy, warum schleppt das Mädchen da so viel Brot herum?« Worauf die Eltern antworteten: »Pssst, wollt ihr wohl leise sein!«

Zum Glück erkannte mich keiner als das Mädchen, das dem Präsidenten das Leben gerettet hat, weil ich eines von Lucys Adams-Highschool-Baseballcaps trug, unter dem ich meine Haare versteckte.

Nur eine kleine Erdkunde-Landesmeisterin guckte mich lange und kritisch an, beugte sich dann zu ihrer Freundin rüber, die mich auch lange musterte und ihrer Mutter dann etwas zuflüsterte.

Gott sei Dank musste ich in dem Moment aussteigen und konnte die jungen Geografiegenies ihrem unbekannten Schicksal überlassen.

Es war ein ziemlich weiter Weg von der U-Bahn-Haltestelle bis zu Susan Boone, aber ich nutzte die Zeit, um über mein von vielen Schlägen gezeichnetes Schicksal nachzudenken. Als ich schließlich vor dem großen blauen Haus mit der weiß gestrichenen Veranda und den vielen Windspielen stand, hatte ich Tränen in den Augen.

Na und? Immerhin ging ich vor lauter Verzweiflung sogar so weit, Susan Boone um Rat zu fragen. Susan Boone, die ich bis vor wenigen Wochen noch total gehasst hatte. Oder zumindest sehr verabscheut.

Unerklärlicherweise hatte ich trotzdem das Gefühl, sie wäre die einzige mir bekannte Person, die mir womöglich verraten konnte, wieso ich mein Leben so vermasselt hatte und wie ich es wieder in Ordnung bringen konnte. Immerhin hatte sie mir beigebracht zu sehen. Vielleicht konnte sie mir jetzt beibringen, mit dem fertig zu werden, was ich sah, nachdem sie mir die Augen geöffnet hatte.

Obwohl ich ihr vertraute, wäre ich – als ich im Inneren des Hauses Schritte auf mich zukommen und Joes Krächzen hörte – am liebsten weggerannt. Ehrlich.

Bevor ich jedoch wegrennen konnte, wurde der Spitzenvorhang in dem kleinen Fensterchen in der Tür zur Seite geschoben, und eines von Susan Boones blauen Augen guckte heraus. Danach wurde ein Riegel aufgeschoben, die Tür ging auf und Susan Boone stand in einer farbbekleckten Latzhose, die langen Haare rechts und links zu Zöpfen geflochten, vor mir.

»Sam?«, sagte sie erstaunt. »Was machst du denn hier?«

Ich ließ den Rucksack mit einer schnellen Bewegung von der Schulter gleiten und präsentierte ihr die Baguettes. »Ich war gerade in der Gegend und dachte, ich schau mal bei Ihnen vorbei. Haben Sie vielleicht Lust auf Baguettes? Die sind echt sehr gut. Eine Nachbarin von uns backt sie selbst.«

Okay, ich gebe es zu, ich war so verlegen, dass ich einfach drauflosblubberte. Ich bereute es, zu ihr gekommen zu sein. In dem Moment, in dem ich vor ihr stand, war es mir klar. Es war wahnsinnig. Dumm und wahnsinnig. Was interessierten Susan Boone meine Probleme? Sie war doch bloß meine Zeichenlehrerin. Wie war ich nur auf die hirnverbrannte Idee gekommen, meine Zeichenlehrerin um seelsorgerische Hilfe zu bitten?

Joe, der auf Susans Schulter saß, kreischte mir sein übliches »Hallo, Joe! Hallo, Joe!« entgegen. Ich glaube, er erkannte mich nicht, weil meine Haare unter dem Baseballcap versteckt waren.

Susan Boone trat lächelnd beiseite. »Komm doch rein, Sam. Das ist ja sehr nett von dir, äh, dass du mit deinen Baguettes vorbeikommst.«

Als ich ins Haus trat, war ich nicht sehr überrascht, dass es ganz ähnlich wie bei ihr im Atelier aussah. Gemütlich, mit vielen alten Möbeln, aber vor allem lehnten an allen Wänden frisch gemalte Bilder und in der Luft lag mehr als nur ein Hauch von Terpentin.

»Danke.« Ich zog die Mütze vom Kopf, worauf Joe sofort mit einem entzückten »Braver Vogel! Braver Vogel!« von Susans Schulter auf meine flog.

»Dann sei aber auch brav, Joseph!«, warnte Susan Boone ihn und fragte mich: »Möchtest du eine Tasse Tee? Komm mit in die Küche.«

Ich sagte, ich wolle ihr keine Umstände machen und überhaupt sei mir die Störung peinlich und ich würde auch gleich wieder gehen. Aber Susan lächelte nur, und mir blieb gar nichts anderes übrig, als ihr in die sonnendurchflutete Küche zu folgen, deren Wände blau gestrichen waren – genau das Blau ihrer Augen. Sie bestand darauf, mir einen Tee zu machen, und zwar nicht, indem sie einen Becher mit Wasser in der Mikrowelle heiß machte, sondern richtig altmodisch in einem Wasserkessel auf dem Herd. Während sie darauf wartete, dass das Wasser kochte, begutachtete sie die Baguettes und schien ziemlich angetan. Sie holte Butter und ein kleines Glas selbst gemachte Marmelade heraus und stellte alles auf den schweren Holztisch in der Mitte ihrer riesigen, gemütlichen Küche. Dann brach sie sich ein Stück Baguette ab, biss hinein und guckte überrascht. Das Brot von der Brotmadame zergeht einem nämlich auf der Zunge wie Butter.

»Oh«, sagte Susan Boone. »Das ist aber wirklich sehr gut. Um ehrlich zu sein, habe ich kein so gutes Baguette mehr gegessen, seit ich das letzte Mal in Paris war.«

Das freute mich. Ich sah zu, wie sie sich noch ein Stück abbrach und es in den Mund steckte, und fragte: »Und, wie haben Sie Thanksgiving verbracht?« Saudoofe Frage, ich weiß. Solche Fragen stellen sich Langweiler untereinander, aber doch keine Künstler. Ich wusste nur nicht, was ich sonst hätte sagen sollen. Zum Glück nahm sie es mir nicht übel.

»Es war nett«, sagte sie. »Danke. Und bei dir?«

»Och«, sagte ich. »Auch nett.«

Dann war es wieder still. Die Stille war nicht unangenehm, überhaupt nicht, aber doch sehr still. Nur das leise Brodeln des Wassers war zu hören und Josephs Gemurmel, der sich mit dem Schnabel durchs Gefieder fuhr und sich putzte.

Nach einer Weile sagte Susan: »Ich habe übrigens eine ganz tolle Idee, was ich in den Sommerferien im Atelier machen könnte.«

»Ja?«, fragte ich, erleichtert darüber, dass endlich wieder geredet wurde.

»Ja. Ich habe mir überlegt, dass ich das Atelier jeden Tag von zehn bis fünf Uhr offen lasse. Dann können Leute wie du oder

David zum Zeichnen vorbeikommen, wann immer ihr wollt. So eine Art offener Sommer-Workshop.«

Statt ihr zu sagen, dass David wahrscheinlich nicht kommen würde – nicht wenn er damit rechnen musste, dass ich auch da war, sagte ich: »Super!«

In dem Moment pfiff der Kessel. Susan Boone stand auf und goss das Wasser in Becher. Ich bekam einen großen dunkelblauen, auf dem »Matisse« stand, sie holte sich einen gelben mit »van Gogh« drauf. Nachdem sie sich wieder an den Holztisch gesetzt hatte, nahm sie den Becher mit beiden Händen hoch, sodass der Wasserdampf ihr Gesicht umwölkte. »So. Und jetzt erzähl mir mal, was dich an diesem Sonntagnachmittag wirklich zu mir getrieben hat, Samantha.«

Ich war vorübergehend versucht, sie anzulügen und zu behaupten, ich wäre auf dem Weg zu meiner Großmutter gewesen.

Aber etwas in ihrem Blick ließ mich ehrlich sein. Keine Ahnung, was es war, jedenfalls merkte ich plötzlich, wie ich mit dem kleinen Papieretikett meines Teebeutels herumspielte und die ganze Geschichte aus mir herausströmte, über den breiten Holztisch direkt zu Susan Boone hinüber. Joe hockte auf meiner Schulter, von irgendwo im Haus drang schwach klassische Musik an mein Ohr und ich ließ es einfach aus mir herausströmen.

Als ich ihr alles erzählt hatte, von David und Jack, von dem Mal-Wettbewerb, von Maria Sanchez und von Davids Vater, sagte ich abschließend: »Und dann hab ich gestern auch noch gelesen, dass Dolley Madisons einziger Sohn, der nicht schon im Kindesalter gestorben ist, von ihrem ersten Mann war. Mit James Madison hatte sie gar keine Kinder. Also bin ich nicht mit ihr verwandt. Kein bisschen.«

Meine lange Rede war zu Ende und ich starrte in meinen Teebecher. Mir verschwamm alles vor den Augen, weil sie ein bisschen feucht waren, aber ich war entschlossen, nicht zu weinen.

Das wäre ja wohl voll albern gewesen. Noch alberner, als mit fünf Baguettes im Rucksack U-Bahn zu fahren.

Susan, die sich meine Leidensgeschichte stumm angehört hatte, nippte an ihrem Tee. »Aber Samantha«, sagte sie. »Du hast die Antwort auf dein Problem doch schon bekommen. David hat dir selbst gesagt, was du tun kannst.«

Ich schaute von meinem Becher auf und starrte sie an. Joe hielt ein paar Haare von mir im Schnabel und tat so, als würde er sie einfach nur mal ein bisschen festhalten, obwohl wir beide wussten, dass er sie bei der erstbesten Gelegenheit rausreißen und fliehen würde.

»Wieso?«, fragte ich. »David hat bloß gesagt, dass er seinen Vater nicht auf Maria Sanchez ansprechen will.«

»Stimmt, das hat er gesagt«, bestätigte Susan. »Aber du hast ihm nicht richtig zugehört, Sam. Du hast zwar gehört, was er gesagt hat, aber du hast ihm nicht *zugehört*. Der Unterschied zwischen hören und zuhören ist genauso groß wie der zwischen etwas wissen und etwas sehen.«

Seht ihr? Ich weiß schon, warum ich zu Susan Boone gegangen bin. Ich habe nämlich nicht gewusst, dass es da einen Unterschied gibt. Zwischen »hören« und »zuhören«, meine ich. Genauso wenig, wie ich bis vor kurzem wusste, dass der Unterschied zwischen »wissen« und »sehen« noch viel größer ist, als man denkt.

»Also noch mal«, sagte Susan Boone. »David hat dir gesagt, dass du wie jeder amerikanische Bürger das Recht auf freie Meinungsäußerung hast.«

Ich nickte. »Ja, und?«

»Hör mal richtig zu«, sagte Susan Boone bedeutungsvoll. »Du hast das Recht auf freie Meinungs*äußerung*, Samantha. Wie alle amerikanischen Bürger und Bürgerinnen.«

»Ja«, sagte ich. »Das hab ich kapiert, aber ich verstehe trotzdem nicht, was das damit zu tun hat, dass ...«

Und dann kapierte ich es. Ich weiß nicht, wieso, aber auf einmal fiel es mir wie Schuppen von den ... Ohren.

Als es das tat, konnte ich es nicht so recht glauben.

»Oh nein!«, stöhnte ich – und zwar nicht nur, weil Joe es endlich geschafft hatte, mir die Haare auszureißen und triumphierend damit auf den Kühlschrank zu flüchten. »Aua! Glauben Sie wirklich, dass er das *so* gemeint hat, wie er es gesagt hat?«

Susan brach sich noch ein Stück Baguette ab. »David meint in der Regel immer, was er sagt, Sam. Er ist kein Politiker. Ich glaube nicht, dass er in die Fußstapfen seines Vaters tritt. Er will Architekt werden.«

»Ach, echt?« Das war mir neu. Mir wurde klar, wie wenig ich eigentlich über David wusste. Okay, ich wusste, dass er gern und gut zeichnete und kannte die Story mit dem Salatbesteck. Aber anscheinend gab es eine ganze Menge Dinge über ihn, die ich nicht wusste.

Und als mir das klar wurde, fühlte ich mich gleich noch mieser. Weil ich ahnte, dass es vielleicht zu spät war. Dass ich nie mehr Gelegenheit bekommen würde, mehr über ihn zu erfahren, als ich jetzt wusste, meine ich.

»Ja.« Susan Boone nickte. »Und das erklärt auch, warum er sich nicht in die Angelegenheiten seines Vaters einmischen möchte. Er würde nämlich mit Sicherheit nicht wollen, dass sich sein Vater in seine mischt.«

»Boah!« Mir schwirrte immer noch der Kopf. »Ich meine ... echt ... boah!«

»Genau.« Susan Boone lehnte sich in ihrem Stuhl zurück. »Boah. Aber wie du siehst, Sam, war es die ganze Zeit da.«

Ich runzelte die Stirn. »Äh, was denn?«

»Das, was du wissen wolltest«, sagte sie. »Du musstest nur die Augen ein bisschen aufmachen, um es zu sehen. Und da war es.«

Und da war es.

Zehn Minuten später saß ich immer noch in der Küche – ich konnte es selbst kaum glauben – und plauderte mit Susan Boone, einer Frau, die mir vor nicht allzu langer Zeit noch vorgeworfen hatte, zu wissen, aber nicht zu sehen, als plötzlich die Hintertür aufgestoßen wurde. Ein kräftiger Mann mit Pferdeschwanz und Schnurrbart, die Arme voll Einkaufstüten, platzte herein und guckte überrascht.

»Hoppla!« Er musterte mich mit freundlichen, aber auch neugierigen blauen Augen. »Hi.«

»Hi.« Ich fragte mich, ob er wohl Susan Boones Sohn war. Er schien nämlich ungefähr zwanzig Jahre jünger zu sein als sie. Susan hatte nie etwas von einem Mann oder Kindern erzählt, und ich hatte immer gedacht, sie würde mit Joe allein leben.

Aber vielleicht hatte ich ihr einfach nicht *zugehört*.

»Pete«, sagte Susan Boone. »Das hier ist Samantha Madison aus meinem Kurs. Samantha – das ist Pete.«

Pete stellte die Tüten ab. Er trug so lederne Cowboy-Beinlinge über seiner Jeans und eine Lederjacke mit Hells-Angels-Totenkopf drauf. Als er mir eine Hand entgegenstreckte, sah ich, dass er das Harley-Davidson-Logo auf den Arm tätowiert hatte.

»Freut mich.« Er schüttelte mir die linke Hand, weil ich rechts ja noch den Gips trug. Dann entdeckte er die Baguettes. »Hey«, sagte er. »Die sehen ja toll aus.«

Pete zog sich einen Stuhl heran und setzte sich zu uns. Und dann stellte sich heraus, dass er kein bisschen Susans Sohn ist, sondern ihr Freund.

Was nur beweist, dass Susan Recht hat: Manchmal hat man die Antwort auf eine Frage direkt vor sich. Man muss nur die Augen aufmachen und sehen.

24

Ich entschied mich für Candace Wu.

Lucy fand zwar, ich sollte jemand Berühmteren nehmen – Barbara Walters oder Katie Couric –, aber ich habe Candace ausgesucht, weil sie damals so nett gewesen ist, als ich ihr nach der Pressekonferenz im Krankenhaus von der Bühne in den Schoß gefallen bin.

Candace entpuppte sich als knallharte Powerfrau, die sich von keinem etwas sagen lässt. Als Andy White, der Pressechef vom Weißen Haus, versuchte, sie abzuwimmeln, indem er behauptete, sie dürfe mit ihrem Kamerateam nicht in sein Büro, um das Bild von Maria Sanchez abzufilmen, da hat sie ihm erst mal erklärt, dass das Weiße Haus kein Privathaus sei. Es gehöre dem amerikanischen Volk, und als Bürger der Vereinigten Staaten hätten sie und ihr Team genauso viel Recht, sich dort aufzuhalten, wie Andy White.

Und dann hat sie ihn gefragt, ob er etwa deswegen dagegen sei, weil er irgendetwas zu verbergen habe.

Danach wurde Mr White ganz zahm und zeigte Candace alle Bilder, auch das von Angie Tucker. Ich erklärte vor laufender Kamera, ich fände Angies Bild zwar sehr schön, hätte mich aber für das Bild von Maria Sanchez entschieden.

»Sag mal, Samantha«, fragte Candace mich daraufhin, wie wir es vorher geprobt hatten. »Ist es wahr, dass der Präsident trotzdem von dir verlangt, ein anderes Bild auszusuchen? Eines, das weniger politisch ist?«

Meine Antwort hatte ich auswendig gelernt. »Wissen Sie, Mrs Wu, ich glaube, der Präsident ist sich gar nicht darüber im Klaren, dass sich amerikanische Jugendliche auch noch für andere Dinge interessieren als dafür, welches Musikvideo gerade auf Platz eins der Charts ist. Wir machen uns über viele Probleme Gedanken und wollen, dass man uns anhört. Der von den Vereinten Nationen ausgeschriebene Wettbewerb ›Blick aus meinem Fenster‹ bietet Jugendlichen aus aller Welt ein ideales Forum, um ihre Bedenken und Sorgen öffentlich zu äußern. Ich halte es für einen Fehler, diese Stimmen unterdrücken zu wollen.«

Und Candace erwiderte darauf wie abgesprochen (dafür habe ich ihrem Sender die Exklusivrechte an dem Interview mit mir gegeben): »Wie bitte? Der Mann, dem du so heldenhaft das Leben gerettet hast, erlaubt es dir als Jugendbotschafterin bei der UNO noch nicht einmal, eine eigene Entscheidung zu treffen?«

Meine Antwort war sehr diplomatisch. »Womöglich gibt es da auf nationaler Ebene Bedenken, die ein Laie wie ich nicht beurteilen kann.«

Worauf Candace eine Handbewegung machte, als würde sie sich die Kehle aufschlitzen. »Okay, Leute. Das war's. Packt die Ausrüstung zusammen, und dann ab ins Krankenhaus!« Dorthin musste ich nämlich als Nächstes, weil mir der Gips abgenommen werden sollte.

»Moment mal!« Mr White stürzte auf uns zu. »Moment mal. Das muss doch nun wirklich nicht sein, dass Sie das im Fernsehen senden. Ich bin mir sicher, der Präsident würde seine Entscheidung noch einmal überdenken ...«

Aber Candace wäre in diesem mörderischen Medienbusiness nicht an den Platz gekommen, auf dem sie jetzt sitzt, wenn sie immer abgewartet hätte, ob irgendwer seine Entscheidungen noch mal überdenkt. Sie ließ die Kameraleute einpacken – und schneller, als jemand sagen kann: »Nach diesem kurzen Werbeblock sind wir gleich wieder für Sie da«, standen wir auch schon draußen.

Als ich ohne Gips wieder zu Hause war und Candace »Füllmaterial«, wie sie es nannte, drehen ließ, das zeigte, wie ich mit Manet auf meinem Bett herumtolle, klingelte das Telefon. Kurz darauf kam Theresa aufgeregt ins Zimmer und flüsterte: »Samantha, der Präsident!«

Alle erstarrten – Candace, die mit Lucy Kosmetiktipps ausgetauscht hatte (Lucy will jetzt unbedingt Nachrichtenmoderatorin werden, ein Beruf, in dem man gut aussehen muss und seine Meinung sagen darf); Rebecca, die sich von einem der Beleuchter erklären ließ, wie man natürlich und normal wirkt; die Kameraleute, die sich meiner Meinung nach ein bisschen zu sehr für meine Gwen-Stefani-Poster interessierten. Alle hielten den Atem an, als ich vom Bett kletterte und Theresa das Telefon aus der Hand nahm.

»Hallo?«

»Samantha«, brüllte der Präsident so laut und herzlich ins Telefon, dass ich den Hörer vom Ohr weghalten musste. »Was muss ich denn da für Sachen hören? Du glaubst, ich stehe nicht hinter deiner Entscheidung für das Gewinnerbild beim UNO-Wettbewerb?«

»Nun ja, Sir«, sagte ich. »Ich bin ja der Meinung, dass das beste Bild das von Maria Sanchez aus San Diego ist, und wenn ich Sie richtig verstanden habe …«

»Genau das ist mein Favorit«, sagte der Präsident. »Das mit der Wäsche.«

»Im Ernst, Sir?«, sagte ich. »Weil Sie doch gesagt haben …«

»Ach, was. Vergiss, was ich gesagt habe«, unterbrach mich der Präsident. »Dir gefällt das Wäscheleinen-Bild, also lass es einpacken und gleich nach New York schicken. Und wenn du das nächste Mal ein Problem hast, komm damit zuerst zu mir, bevor du an die Presse gehst, okay?«

Ich erwähnte nicht, dass ich das bereits versucht hatte, sondern sagte: »Klar, mach ich.«

»Großartig. Dann bis zum nächsten Mal«, sagte der Präsident und legte auf.

Als mein Exklusivinterview mit Candace Wu am darauf folgenden Mittwoch ausgestrahlt wurde, fehlte das Material, das wir im Weißen Haus gedreht hatten. Stattdessen kam ein Einspieler, der in San Diego gefilmt worden war und zeigte, wie Maria Sanchez erfuhr, dass sie den UNO-Wettbewerb gewonnen hat. Maria ist ungefähr so alt wie ich, hat schwarze Haare und wohnt in einem kleinen Haus. Sie hat sechs Brüder und Schwestern. Und sie steckt als Sandwichkind mittendrin, genau wie ich.

Ich hätte mir ja denken können, dass es einen Grund hat, warum mir ihr Bild am allerbesten gefiel.

Als Maria hörte, dass sie gewonnen hat, kamen ihr die Tränen. Und dann führte sie das Filmteam zum Fenster. Es war genau wie auf ihrem Bild: die Wäsche auf der Leine und im Hintergrund der Stacheldrahtzaun. Maria hat also (wie ich es mir gedacht hatte) gemalt, was sie sah, und nicht, was sie wusste.

Sie darf mit ihren Eltern nach New York fliegen und kann dann mit eigenen Augen sehen, wie ihr Bild zusammen mit den anderen Beiträgen aus aller Welt im UNO-Gebäude an der Wand hängt. Und wahrscheinlich lerne ich sie sogar kennen. Andy hat nämlich gesagt, dass ich mit meiner ganzen Familie vom Weißen Haus zur Ausstellungseröffnung nach New York eingeladen werde. Ich habe Mom und Dad gefragt, ob wir dann auch mal ins Metropolitan Museum of Art gehen, und sie haben Ja gesagt.

Ich wette, Maria will auch mit.

Aber zurück zum Interview. Wir schauten es uns im Wohnzimmer an: ich, Lucy, Rebecca, Theresa, Manet und meine Eltern. Mom und Dad waren ein bisschen überrascht, weil wir die Szenen bei uns zu Hause nach der Schule gedreht hatten, als Mom im Gericht und Dad im Büro gewesen war. Susan Boone hatte ich dafür ausfallen lassen müssen. Aber ich hätte sowieso nicht in den Kurs gekonnt, weil ich den Termin zur Gipsabnahme im Krankenhaus hatte.

Wie gesagt, Mom und Dad waren etwas baff, als sie ihr Haus plötzlich im Fernsehen sahen – vor allem mein unordentliches Zimmer. »Um Gottes willen, Samantha!«, rief Mom geschockt.

Aber ich erklärte ihr, dass Candace mich extra gebeten hat, das Zimmer nicht aufzuräumen, damit es authentischer wirkte. Candace steht total auf Authentizität. Sie hat die ganze Zeit betont, dass sie in ihrem Interview eine »authentische amerikanische Heldin« zeigen will. Und laut Candace bin ich eine »authentische amerikanische Heldin«, weil:

a) ich selbstlos mein eigenes Leben aufs Spiel gesetzt habe, um ein anderes zu retten,
b) das andere Leben zufälligerweise das Leben des amerikanischen Präsidenten war – und
c) ich Amerikanerin bin.

Es gibt noch mehr Leute, die Candace' Meinung teilen, zum Beispiel der Arzt, der meinen Gips aufgesägt hat und dabei total vorsichtig war, um meine Zeichnungen nicht zu zersägen. Bevor er den Gips abgenommen hat, warnte er mich, mein Arm würde sich ungewohnt leicht anfühlen, und er hatte total Recht. Sobald er den Gips abgeschält hatte, flog er ganz von selbst ungefähr zehn Zentimeter in die Höhe. Der Arm, meine ich.

Auch für die Leute vom Smithsonian Museum, wo wir anschließend hinfuhren, bin ich eine authentische amerikanische

Heldin. Ich habe nämlich beschlossen, den Gips einem Museum zu spenden, statt ihn bei eBay zu versteigern, und das Smithsonian ist das größte Museum, das ich kenne. Zum Glück wollten sie ihn auch haben. Ich hatte schon Angst, sie würden es vielleicht eklig finden, so einen schmuddeligen Gips mit Freiheitsglocken und einem Porträt von Dolley Madison drauf geschenkt zu kriegen.

Aber sie haben behauptet, sie würden sich freuen. Der Gips sei ja immerhin so etwas wie eine Reliquie, die an ein bedeutendes Ereignis der amerikanischen Geschichte erinnere.

Das Fernsehinterview endete mit einer Frage von Candace, über die Candace und ich vorher lange diskutiert haben. Ich habe ihr die Erlaubnis zu dem Gespräch nur unter der Bedingung gegeben, dass sie mir diese Frage stellt. Eine Frage zu meinem Liebesleben.

»Eine Frage noch, Samantha.« Candace beugte sich lächelnd in ihrem Sessel vor. »Mir ist da so ein Gerücht zu Ohren gekommen.«

Die Kamera zeigte mich mit unschuldiger Miene auf derselben Couch sitzen, auf der ich auch jetzt saß, als ich mir die Ausstrahlung meines Interviews anschaute.

»Gerücht, Mrs Wu?«, fragte mein Fernseh-Ich mit großen Augen.

»Ja«, sagte Candace. »Über dich und einen gewissen jungen Mann.«

Ein kurzer Einspielfilm zeigte David, wie er in der Tür der Air Force One steht und winkt, in Susan Boones Atelier huscht und wieder herauskommt und im Anzug beim Konzert zum internationalen Tag des Kindes. Dann kam wieder Candace ins Bild. »Ist da denn was dran? Bist du wirklich mit dem Sohn des Präsidenten zusammen?«

Mein Fernseh-Ich wurde rot (ja echt, ich saß mit knallroter

Birne im Fernseher, obwohl ich doch genau gewusst hatte, dass diese Frage kommen würde) und sagte: »Hm, Mrs Wu. Ich kann nur sagen, schön wär's. Aber ich weiß nicht, ob es ihm genauso geht. Ich fürchte nämlich, ich hab es vermasselt.«

»Vermasselt?« Candace (die genau gewusst hatte, was ich antworten würde) guckte überrascht. »Inwiefern denn vermasselt, Samantha?«

»Na ja, ich habe etwas«, sagte mein Fernseh-Ich achselzuckend, »das direkt vor meiner Nase war, nicht gesehen, und jetzt ist es vielleicht zu spät. Ich hoffe ja, dass es noch nicht zu spät ist… aber irgendwie hab ich ein ungutes Gefühl.«

Das war der Moment, in dem mein echtes Ich – das meinem Fernseh-Ich zusah – das Sofakissen, auf dem Manet gelegen hatte, unter seinem Bauch hervorzog und laut schreiend das Gesicht darin vergrub. Keine Frage, ich hatte es so sagen müssen – es war die einzige Möglichkeit, es wieder gutzumachen: dass ich die ganze Zeit über in David verliebt war und es zu spät gemerkt hatte, meine ich.

Aber das bedeutet nicht, dass es mir nicht peinlich gewesen wäre. Oder dass ich auch nur die geringste Hoffnung gehabt hätte, es könnte funktionieren.

Und deshalb schrie ich.

Dad, der das ganze Interview mit ziemlich geplätteter Miene verfolgt hatte, sagte: »Moment mal. Was war das denn gerade? Samantha… hast du dich etwa mit David gestritten?«

Worauf Theresa antwortete: »Na, mit dem hat sie es sich gründlich verscherzt. Aber vielleicht gibt er ihr noch mal eine Chance, wenn er das Interview gesehen hat. Es passiert ja nicht alle Tage, dass einem ein Mädchen im Fernsehen vor aller Welt seine Liebe erklärt.«

Selbst Rebecca sah mich mit neu erwachtem Respekt an. »Das war echt mutig von dir, Sam«, sagte sie. »Mutiger als das vor dem

Capitol-Cookies-Laden. Was natürlich nicht heißt, dass es irgendwas bringen wird.«

»Mensch, Rebecca!« Lucy schaltete den Ton im Fernseher ab, weil das Interview vorbei war. »Halt doch mal die Schnauze!«

Lucy kommt mir bei unseren Familienstreitigkeiten nicht oft zu Hilfe, weshalb ich erstaunt von meinem Sofakissen aufguckte. Und erst in diesem Moment wurde mir klar, dass etwas anders war als sonst. Und zwar schon seit zwei Tagen.

»Hey«, fragte ich. »Wo ist eigentlich Jack?«

»Ach der.« Lucy zuckte gleichgültig mit den Schultern. »Wir haben Schluss gemacht.«

Alle im Zimmer – nicht bloß ich – starrten sie mit offenem Mund an.

Dad erholte sich am schnellsten. Er jubelte: »Halleluja!«, was für einen bekennenden Agnostiker eigentlich eine unpassende Reaktion ist.

»Typisch.« Theresa schüttelte den Kopf. »Er ist wieder mit seiner Ex zusammen, stimmt's? Oh, diese Männer. Das sind doch…«, und dann sagte sie ein paar spanische Schimpfwörter.

»O Gott.« Lucy stöhnte genervt auf. »Hört doch auf. Er hat mich nicht betrogen. Ich fand es einfach scheiße, wie er sich Sam gegenüber aufgeführt hat.«

Ich hätte nicht gedacht, dass meine Kinnlade noch tiefer runterklappen könnte, aber sie tat es.

»Wie bitte?«, quiekte ich. »Wovon redest du?«

Lucy guckte zur Decke. »Ach, du weißt schon«, sagte sie gereizt. »Das mit dem Wettbewerb. Da hat er sich wie das letzte Arschloch benommen. Ich hab ihm gesagt, er soll meine Augen nie wieder… wie heißt das noch mal, Rebecca?«

»…mit seinem Anblick beleidigen?«, schlug Rebecca vor.

»Ja.« Lucy zappte gelangweilt durch die Programme. »Genau.«

Und dann kreischte sie: »Oh, geil! David Boreanaz!«, und stellte den Ton wieder laut.

Ich konnte es nicht glauben. *Ich konnte es nicht glauben.* Lucy und Jack hatten Schluss gemacht? *Meinetwegen?* Ich gebe ja zu, dass ich diesen Moment seit Monaten herbeigesehnt hatte. Aber in meinen Wunschträumen hatte Jack mit Lucy Schluss gemacht, weil er endlich zur Vernunft gekommen war und eingesehen hatte, dass ich die einzig richtige Partnerin für ihn bin. Niemals deswegen, weil Lucy mitbekommen hatte, wie er sich mir gegenüber danebenbenahm.

Und erst recht nicht, nachdem ich erkannte hatte, dass ich Jack gar nicht mehr liebe ... und ihn vielleicht sogar nie geliebt habe. Nicht richtig jedenfalls.

So war das alles nicht geplant gewesen. Ganz und gar nicht.

»Lucy!« Ich beugte mich zu ihr vor. »Wie kannst du ... ich meine, du warst jetzt so lange mit ihm zusammen, wie kannst du da einfach so mit Jack Schluss machen? Was ist denn mit eurem Abschlussball? Der ist doch schon bald. Mit wem willst du denn da hin, wenn du nicht mehr mit Jack zusammen bist?«

»Na ja.« Ihr Blick wanderte wohlgefällig über David Boreanaz' Waschbrettbauch. »Ich hab die Auswahl auf fünf Typen beschränkt, aber ich glaube, ich gehe mit meinem Chemiepartner.«

»*Greg Gardener?*«, schrie ich entsetzt. »Du willst mit Greg Gardener zum Abschlussball? Lucy, Greg ist doch der größte Streber der Schule!«

Lucy warf mir einen bösen Blick zu, aber nur weil die honigsüße Stimme von David Boreanaz in meinem Geschrei unterging. »Lebst du auf dem Mond, oder was?«, sagte sie. »Streber sind der letzte Schrei. Das müsstest du doch am besten wissen, du hast den Trend ja schließlich angefangen.«

»Trend? Was denn für einen Trend?«

»Na, du weißt schon.« Inzwischen lief Werbung, sodass Lucy

den Fernseher wieder auf stumm schaltete, sich nach hinten fallen ließ und mich ansah. »Strebertypen sind doch total in. Seit du mit David auf der Party warst, ist der volle Strebertyp-Hype ausgebrochen. Jetzt machen alle mit. Kris Parks ist seit neuestem mit Tim Haywood zusammen.«

»Was, mit dem, der Nachwuchsphysiker des Jahres geworden ist?« Mir blieb die Spucke weg.

»Genau. Und Debbie Kinley hat Rodd Muckinfuss die Stornokarte gegeben und geht dafür jetzt mit einem Streberschnulli von der Horizon School.«

»Es reicht!« Mom hatte unserer Unterhaltung mit wachsender Gereiztheit zugehört. »Ihr solltet euch mal reden hören. Strebertypen. Streberschnullis. Ihr sprecht schließlich über Menschen. Menschen mit Gefühlen!«

Mir ging es wie Mom. Ich wurde auch immer saurer – nur aus anderen Gründen.

»Das geht nicht«, sagte ich. »Das geht echt nicht, Lucy. Du kannst nicht mit Jack Schluss machen. Du liebst ihn doch.«

»Ja, schon«, sagte Lucy. »Aber du bist meine Schwester. Ich kann doch nicht mit einem Typen zusammen sein, der meine Schwester so behandelt. Was denkst du denn von mir?«

Ich war fassungslos. Ich konnte es einfach nicht glauben. Lucy – meine Schwester Lucy, die hübscheste, oberflächlichste Schülerin der Adams Highschool – hatte mit ihrem Freund Schluss gemacht. Und zwar nicht, weil er sie betrogen oder sie ihn satt gehabt hätte – nein, sie hatte sich meinetwegen von ihm getrennt, ihrer unbeliebten kleinen Schwester zuliebe. Samantha Madison zuliebe. Nicht der Samantha Madison, die dem Präsidenten das Leben gerettet hat. Nicht der Samantha Madison, die Jugendbotschafterin bei der UNO ist.

Nein, der Samantha Madison zuliebe, die Lucy Madisons kleine Schwester ist.

Und da brachen die Schuldgefühle über mich herein. Das muss man sich mal vorstellen: Lucy brachte dieses enorme Opfer für mich – okay, für sie war es vielleicht nicht so enorm, aber doch ein Opfer – und was hatte ich jemals für sie getan? Hm? Lange Zeit nichts anderes, als mir zu wünschen, nein, zu *beten*, dass Lucy und Jack Schluss machen, damit ich ihn endlich für mich haben kann. *Schwups*, geht mein Wunsch in Erfüllung – und weshalb?

Weil Lucy mich anscheinend mehr liebt, als sie irgendeinen Jungen jemals lieben könnte.

Ich dagegen bin die miserabelste Schwester der Welt. Absolut unterste Kategorie. Abschaum.

»Komm schon, Lucy«, sagte ich. »Jack war einfach sauer. Ich verstehe ihn total. Du solltest echt nicht mit ihm Schluss machen, nicht wegen … mir.«

Lucy schien keinen Bock mehr auf die Unterhaltung zu haben, außerdem war die Werbepause wieder vorbei. »Ist okay«, murmelte sie. »Ich denk noch mal drüber nach.«

»Mach das, Lucy«, drängte ich. »Wirklich. Jack ist nämlich ein toller Mensch. Ein echt toller Mensch, ich meine, für dich.«

»Alles klar.« Lucy sah gereizt aus. »Ich hab doch gesagt, ich denk drüber nach. Und jetzt halt mal die Klappe, ich will fernsehen.«

»Ach, Lucy«, schaltete sich Mom ein, die etwas zu spät mitgekriegt hatte, worum es ging. »Wenn du dich mit diesem anderen treffen willst, diesem Jungen aus deinem Chemiekurs … von deinem Vater und mir aus geht das völlig in Ordnung. Stimmt's, Richard?«

Dad nickte eifrig.

»Ich finde sogar«, sagte er, »dass du ihn morgen nach der Schule zu uns einladen solltest. Theresa hat sicher nichts dagegen.«

Aber die Entscheidung war bereits gefallen. Es war klar, dass

Lucy und Jack morgen noch vor der Mittagspause wieder zusammen sein würden.

Und darüber war ich froh. Sehr froh.

Weil ich Jack nicht liebte. Wahrscheinlich hatte ich ihn auch nie geliebt. Nicht so richtig jedenfalls.

Das einzige Problem ist, dass ich leider glaube, dass der Mensch, den ich liebe, mich nicht zurückliebt.

Wobei ich mir ziemlich sicher bin, morgen bei Susan Boone eine Antwort auf diese Frage zu bekommen.

25

»*Schaut euch* mal diesen Schädel an.« Susan Boone stemmte einen von der Sonne gebleichten Rinderschädel in die Höhe. »In diesem Schädel sind alle Farben des Regenbogens enthalten und die möchte ich am Ende der Stunde auf eurem Blatt sehen.«

Mit diesen Worten legte sie den Schädel auf den niedrigen Tisch in der Mitte und ging dann zu Joe, um mit ihm zu schimpfen, weil er mir wieder erfolgreich ein paar Haare ausgerissen hatte, bevor ich dazu gekommen war, meinen Gänseblümchen-Helm aufzustülpen.

Ich saß rittlings auf meiner Zeichenbank und guckte absichtlich nicht zu meinem Nachbarn rüber. Ich hatte keine Ahnung, ob David sich freute, mich zu sehen, ob es ihm peinlich war oder vielleicht sogar egal. Seit dem Abend im Weißen Haus, an dem das Beaux Arts Trio gespielt hatte und wir uns wegen Jack gestritten hatten, hatte ich ihn nicht mehr gesehen (außer in den Nachrichten). Ich wusste nicht, ob er das Interview überhaupt angeschaut und mitgekriegt hatte, dass ich seinen indirekten Vorschlag aufgegriffen und mein Recht auf freie Meinungsäußerung ausgeübt hatte. Genauso wenig wusste ich, ob er wusste, dass ich ihm vor zwanzig Millionen Zuschauern quasi meine Liebe gestanden hatte.

Natürlich hatte ich Rebecca nach der Schule ausgequetscht, weil sie ja auch auf die Horizon geht, aber weil sie ja erst elf ist, haben die beiden keine Kurse zusammen. Sie essen noch nicht mal in derselben Schicht zu Mittag. Rebecca konnte mir also nicht sagen, ob er das Interview gesehen hatte oder nicht.

»Keine Angst«, sagte Lucy. »Er hat es gesehen.«

Lucy weiß solche Sachen. Lucy weiß alles, was es über Jungs zu wissen gibt. Natürlich ist sie auch wieder mit Jack zusammen. Schon am Tag nach dem Fernsehinterview saßen sie in der Schulcafeteria nebeneinander, als wären sie nie getrennt gewesen.

»Hi, Sam«, rief Jack, als ich auf dem Weg zu meinem Tisch an den beiden vorbeikam. »Du, hör mal, das mit dem Wettbewerb tut mir Leid. Hoffentlich bist du deswegen nicht sauer. Ich war einfach total enttäuscht.«

»Öh…« Wo war denn Greg Gardener? Ich überspielte meine Verwirrung, indem ich großzügig sagte: »Hey, kein Problem.«

Und das war die Wahrheit. Was sollte ich mir Gedanken über Jack machen, wenn mir viel wichtigere Dinge Kopfzerbrechen bereiteten. Zum Beispiel David. Wie sollte ich ihm glaubhaft klar machen, dass ich ihn liebe und nicht Jack? Falls er das Interview nicht gesehen hatte, meine ich. Was fast nicht vorstellbar war, weil seit Sonntag (da hatte ich die Sache mit Candace organisiert) ununterbrochen Trailer dafür gelaufen waren. Trotzdem bestand die Möglichkeit, dass er es verpasst hatte. Dann hätte ich es ihm unter vier Augen ins Gesicht sagen müssen.

Was irgendwie peinlicher ist als vor zwanzig Millionen Zuschauern.

Ich saß also neben ihm auf meiner Bank und hatte keine Ahnung, was ich zu ihm sagen sollte. Okay, beim Reinkommen hatten wir uns zugelächelt und David hatte »Hey« gesagt und ich hatte »Hey« geantwortet.

Aber das war's.

Und als hätte mir das Schicksal in letzter Zeit nicht genug gemeine Streiche gespielt, hatte David auch noch ein T-Shirt von No Doubt an. Von No Doubt – meiner absoluten Lieblingsband auf der ganzen Welt, deren Sängerin Gwen Stefani ja wohl die beste Sängerin des gesamten Universums ist. Und der Typ, in den ich wahnsinnig verknallt bin, trug ihr T-Shirt.

Das Leben kann so hart sein.

Meine Handflächen schwitzten so heftig, dass ich kaum meine Buntstifte halten konnte, in meiner Brust schlug mein Herz ein Adrian-Young-Schlagzeugsolo und mein Mund war total ausgedörrt. Sag was, befahl ich mir.

Mir fiel nichts ein.

Dann wurde es still im Atelier (außer der klassischen Musik im Radio) und alle begannen zu zeichnen, und es war zu spät, noch etwas zu sagen.

Dachte ich jedenfalls.

Ich war vollauf damit beschäftigt, in dem weißen Rinderschädel auf dem Tisch nach Farben zu suchen, und war – wie immer – ganz in meine Arbeit vertieft. Denn obwohl ich hoffnungslos in David verliebt bin, was ich ja nun wirklich bin, nimmt mich das Zeichnen total gefangen. Ich war sogar so vertieft, dass ich zusammenzuckte, als plötzlich ein kleiner Zettel in meinem Schoß landete.

Ich guckte auf den Zettel und dann zu David, der, über seinen Block gebeugt, dasaß und zeichnete. Hätte nicht ein kaum wahrnehmbares Lächeln seine Mundwinkel umspielt, hätte ich gar nicht gewusst, dass der Zettel von ihm stammte.

Oder jedenfalls erst nachdem ich ihn aufgeklappt und gelesen hatte.

In der winzigen, ordentlichen Schrift eines zukünftigen Architekten stand da nur ein einziges Wort:

Freunde?

Ich konnte es nicht glauben. David wollte mit mir befreundet sein. Mit mir. *Mir*. Mein Herz hämmerte, als ich mich vorbeugte und schrieb:

Ja, klar.

...aber irgendetwas ließ mich innehalten. Ich weiß nicht, was es war. Ob ich durch die Ereignisse der letzten Zeit doch das eine oder andere dazugelernt hatte oder ob es die unsichtbare Hand meines Schutzengels Miss Gwen Stefani war, die mir Einhalt geboten hat.

Was es auch war, ich riss eine Ecke aus meinem Zeichenblock und schrieb meine Antwort, während mir das Herz bis zum Hals klopfte. Ich wusste mit absoluter Gewissheit, dass jetzt der Augenblick gekommen war, die Wahrheit zu sagen – jetzt oder nie.

Nein. Ich möchte, dass wir mehr sind als nur Freunde.

Und dann warf ich den Zettel zu ihm rüber und tat so, als wäre ich vollkommen mit meiner Zeichnung beschäftigt, obwohl ich aus dem Augenwinkel heraus beobachtete, wie er ihn las. Seine Augenbrauen schossen in die Höhe.

Sehr in die Höhe.

Ein paar Sekunden später lag ein neuer Zettel in meinem Schoß, und ich wusste, dass er ihn geworfen hatte, weil ich es gesehen hatte.

Ich kriegte vor Aufregung kaum Luft, als ich ihn aufmachte. Dann las ich:

Was ist mit Jack?

Das war nicht schwer. Es war sogar fast eine Erleichterung, es hinzuschreiben:

Welcher Jack?

Weil es genau das war, was ich empfand.

Was nicht heißt, dass ich von David einen Zettel erwartete, auf dem stand, was *er* wirklich empfand.

Aber genau den bekam ich.

Und wenn ich jemals in meinem Leben glücklich gewesen war – wenn je etwas, *irgend*etwas mir das Gefühl gegeben hatte, vor Freude überzuschäumen –, dann war es nichts, verglichen mit dem, was ich fühlte, als ich den nächsten gefalteten Zettel aufklappte, den David mir in den Schoß geworfen hatte, und sah, was er darauf gezeichnet hatte. Ein Herz.

Nur das und sonst nichts. Nur ein winziges kleines Herz.

Für das es nur eine einzige Erklärung gab. Oder? Nämlich dass David mich liebte. Er liebt mich.

Er liebt mich.

Er liebt mich.

26

In der Woche darauf fand die Ordensverleihung statt und ich bekam meinen Orden. Ihr wisst schon, den für meine Tapferkeit.

Ich war nicht schwarz angezogen. Und das noch nicht mal gegen meinen Willen. Es war mir nämlich total schnurzpiepegal, was ich anhatte. So ist das eben, wenn man verliebt ist. Solche Nebensächlichkeiten wie Klamotten sind einem egal, weil man sowieso nur noch an den Menschen denken kann, den man liebt.

Außer man heißt Lucy.

Obwohl mir mein Aussehen egal war, sorgten Mom und Lucy dafür, dass ich gut aussah. Sie steckten mich in ein Kostüm – diesmal ein hellblaues –, von dem David hinterher (nach der Verleihung, als wir alle im Vermeil-Zimmer saßen und Kuchen aßen) sagte, es würde sehr gut zu meinen Augen passen.

Wie angekündigt fand die Ordensverleihung im Blauen Zimmer vor dem offiziellen Weihnachtsbaum des Weißen Hauses statt. Der Baum war wunderschön mit elektrischen Kerzen und anderem Schnickschnack dekoriert und die ganze Angelegenheit war sehr feierlich und ernst. Lauter wichtige Leute waren da, irgendwelche Militärs in Uniformen und Senatoren in Anzügen, meine Familie samt Theresa, Catherine mit ihren Eltern, Candace Wu, Jack und Pete und Susan Boone, die ich persönlich eingeladen hatte.

Der Präsident hielt eine Rede auf mich, und ich fühlte mich ziemlich patriotisch, als er sagte: »Hiermit verleihe ich dir, Samantha Madison, diesen Orden für außerordentliche Tapferkeit…« Blablabla-und-so-weiter. Ehrlich gesagt fand ich es schwierig, mich auf den Text der Rede zu konzentrieren, weil David neben seinem Vater stand und wahnsinnig süß aussah.

Hab ich wirklich mal gefunden, dass David mit Krawatte streberhaft aussieht? Ich kann es mir kaum vorstellen. Wenn ich ihn jetzt mit Krawatte sehe, kriege ich den vollen Tremor, und zwar am ganzen Körper. Aber wahrscheinlich liegt das weniger an der Krawatte als an ihm.

Nach einer Weile überreichte mir der Präsident meinen Orden (der aus massivem, echtem Gold war und an einem roten Samtband baumelte), alle klatschten, und wir mussten ungefähr für eine Million Fotos posieren, während die Gäste sich schon mal am Kuchenbüfett anstellten. David stellte sich aber nicht an, sondern wartete auf mich, und als die Fotografiererei zu Ende war, kam er zu mir und küsste mich auf die Wange. Unser Kuss wurde auch fotografiert, aber das war uns nicht peinlich. Wir haben uns in der vergangenen Woche nämlich ganz schön oft geküsst, und zwar nicht bloß auf die Wange.

Ich kann euch eins sagen: Küssen (ich muss wahrscheinlich nicht betonen, dass ich damit vorher eher wenig bis gar keine Erfahrung hatte) ist total *schön*.

Anschließend mischten wir uns unter die Gäste, und ich sorgte dafür, dass die verschiedenen Grüppchen, die ich eingeladen hatte, miteinander ins Gespräch kamen. Susan Boone und ihren Freund stellte ich zum Beispiel Catherines Eltern vor und David machte Jack und Lucy mit dem Justizminister und seiner Frau bekannt.

Als alle Gäste einander die Hände schüttelten und sich über die schöne Ordensverleihungsfeier unterhielten, kam David mit seinem rätselhaften Lächeln auf mich zu und flüsterte: »Kommst du mal mit?«

»Okay«, flüsterte ich.

Ich folgte ihm auf den Gang hinaus und in das Wohnzimmer, in dem wir damals mit Blick auf den Garten des Weißen Hauses unsere Hamburger gegessen haben.

Er führte mich zu dem Fensterbrett, in das er meinen Namen geritzt hat, und ich sah, dass er etwas Neues dazugeritzt hat.

Ein Pluszeichen.

Jetzt steht dort:

David

+

Sam

Was, alles in allem, nicht die schlechteste Art ist, für immer in die Geschichte einzugehen.

Die Top-Ten-Liste der Gründe, warum ich eigentlich froh bin, nicht Gwen Stefani zu sein:

10. Ich muss nicht auf Tour gehen, sondern kann zu Hause bei meinem Hund bleiben. Und mich mit meinem Freund treffen, sooft ich will … jedenfalls an den Wochenenden bis elf und unter der Woche bis zehn und solange ich in Deutsch nicht noch mehr abrutsche.

9. Ich habe so viel zu tun – Schule, Zeichenkurs, Jugendbotschafterin bei der UNO und dann der ganze Freizeitstress –, dass ich gar nicht dazu komme, mir viele Gedanken über meine Klamotten zu machen. Sich hip und sexy anzuziehen, ist nämlich ganz schön Zeit raubend.

8. Ich glaube nicht, dass Singen und Songsschreiben einen künstlerisch so befriedigen kann, wie ein wirklich absolut perfektes Ei zu zeichnen.

7. Gwen muss ständig irgendwelche Interviews geben. Okay, das muss ich als Jugendbotschafterin bei der UNO zwar auch, aber Gwen wird von Jugendzeitschriften interviewt, die hinterher minuziös beschreiben, was sie beim Interview alles anhatte. Ich dagegen werde vom New York Times Magazine interviewt, denen das total schnuppe ist.

6. Gwen trägt ganz oft bauchfreie Tops. Mein Nabel gehört nicht gerade zu meinen schönsten Körperteilen. Aber zum Glück komme ich nicht in die Verlegenheit, bauchfrei rumlaufen zu müssen, weil Dad mir angedroht hat, wenn er mich jemals in einem bauchfreien Top erwischt, muss ich in den Sommerferien ein Praktikum in seinem Büro machen und darf keine Eier und Rinderschädel bei Susan Boone zeichnen.

5. Theresa, deren Schwester ausgebildete Kosmetikerin ist, hat gesagt, dass mir schon längst alle Haare ausgefallen wären, wenn ich sie so oft färben würde wie Gwen.

4. Gwen muss den ganzen Tag mit den schweine-igeligen Jungs von ihrer Band zusammen sein. Die einzigen Jungs, mit denen ich zusammen sein muss, sind mein Freund, der Freund meiner Schwester und der Freund meiner besten Freundin, von denen bisher keiner ein Interesse daran gezeigt hat, sich nackt an ein Schlagzeug zu setzen, was mir ehrlich gesagt total peinlich wäre.

   Andererseits muss man für die Kunst natürlich Opfer bringen.

3. Gwen ist diese wenig bekannte Tatsache vielleicht auch nicht bekannt, aber Strebertypen sind die besten Freunde, die man sich vorstellen kann. Das mag den einen oder anderen überraschen, ist aber wahr. Ihr wisst doch zum Beispiel, dass David immer so rätselhaft lächelt. Er hat mir erzählt, dass er das meinetwegen macht. Weil er nämlich nie gedacht hätte, dass er je mit einem so coolen Mädchen zusammen sein würde, wie ich es bin!

Außerdem ist es eigentlich ganz praktisch, einen Freund zu haben, mit dem die Eltern kein Problem haben.

2. Vielleicht ist Gwens Schwester ja auch ganz nett, aber sie kann unmöglich eine so gute Schwester sein wie Lucy, die mich zwar manchmal tierisch nervt, aber meistens ziemlich okay ist. Immerhin war sie bereit, meinetwegen mit ihrem Freund Schluss zu machen. Also, wenn das nichts ist.

Aber der absolut wichtigste und hauptsächlichste Grund, warum ich froh sein kann, nicht Gwen Stefani zu sein, ist:

1. Weil ich dann nicht ich wäre.

Jenny, heftig in Nöten

Für Benjamin

Ich danke allen, die zu diesem Buch beigetragen haben: Beth Ader, Jennifer Brown, Bill Contardi, Michele Jaffe, Laura Langlie und Abigail McAden sowie den Lehrern und Schülern, die zwischen 1981 und 1985 an der Bloomington Highschool South waren und denen – das schwöre ich – keine der im Buch dargestellten Figuren ähnelt.

Fragt Annie

Stellt Annie eure drängendsten Fragen zum Thema zwischenmenschliche Beziehungen. Na los, traut euch! Der *Clayton Highschool Register* behält sich vor, Briefe an Annie abzudrucken, wobei Namen und E-Mail-Adressen der Rat Suchenden selbstverständlich vertraulich behandelt werden.

Liebe Annie,

meine Stiefmutter hält alles, was mir gefällt, für Teufelszeug, und behauptet die ganze Zeit, ich würde mal in der Hölle landen, weil ich so einen verdorbenen Geschmack hätte. Für sie ist es eine Sünde, Rockmusik zu hören, Fantasyromane zu lesen oder MTV zu schauen. Sie versucht, mir ernsthaft einzureden, dass die Musik, die Bücher und die Leute, die ich gut finde, schlecht sind.

Ich finde, sie sollte meinen Geschmack respektieren, ich respektiere ihren ja auch. Was sagst du dazu, Annie?

Eine Verdammte

Liebe Verdammte,

sag deiner Stiefmutter, sie soll sich beruhigen. Du landest nicht in der Hölle, du bist längst dort.

Sie heißt Highschool.

Annie

Eins

Ich war dabei, als Betty Ann Mulvaney entführt wurde.

Na ja, okay, ich und noch 23 andere Schüler der Clayton Highschool (Gesamtschülerzahl: 1200), die in der ersten Stunde Latein hatten.

Aber im Gegensatz zu den anderen hab ich versucht, es zu verhindern. Irgendwie. Ich fragte: »Kurt. Was soll das?«

Kurt verdrehte bloß die Augen. »Reg dich ab, Jen. Das Ganze ist ein Witz, okay?«

Leider war es nicht sonderlich witzig, wie sich Kurt Schraeder Betty Ann von Mrs Mulvaneys Pult schnappte und in seinem Eastpak-Rucksack verstaute. Ein paar Strähnen ihrer gelben Wollhaare verfingen sich in den Zähnen des Reißverschlusses.

Kurt war das egal. Er zerrte einfach so lange daran herum, bis er zuging.

Ich hätte noch etwas sagen sollen. Ich hätte sagen sollen: *Setz sie sofort wieder hin, Kurt.*

Aber ich hab nichts gesagt, weil… na ja, darauf komme ich später noch zurück. Außerdem war es da sowieso schon zu spät. Kurt war nämlich schon dabei, seine ganzen Sportsfreunde abzuklatschen, die alle in der letzten Reihe abhängen und bloß deshalb Latein genommen haben (sogar zum zweiten Mal, nachdem sie in der Elften wohl komplett versagt haben), weil sie sich dadurch bessere Chancen im Vokabelteil des College-Einstufungstests erhoffen, und nicht etwa weil die römische Kultur sie so fasziniert oder weil sie gehört haben, dass Mrs Mulvaney eine Superlehrerin ist.

Kurt und seine Kumpels versteckten ihr dreckiges Grinsen hinter ihren *Paulus et Lucia*-Lateinbüchern, als Mrs Mulvaney kurz nach dem Klingeln mit einem dampfenden Kaffeebecher in der Hand ins Zimmer kam.

Wie jeden Morgen begrüßte sie uns mit einem fröhlichen »*Aurora interea miseris mortalibus almam extulerat lucem referens opera atque labores*« (zusammengefasst etwa: »Ein neuer elender Morgen, also machen wir uns an die Arbeit«), griff nach der Kreide und forderte uns auf, das Präsens von *gaudere* durchzukonjugieren und aufzuschreiben.

Dass Betty Ann verschwunden war, merkte sie gar nicht.

Zumindest nicht bis zur dritten Stunde. Meine beste Freundin Trina – die Kurzform für Catrina: *Cat* klingt ihr zu sehr nach Katze, und sie findet, sie hätte nichts Katzenhaftes an sich (was ich übrigens anders sehe) –, die in der dritten Stunde Latein hat, erzählte mir später, Mrs Mulvaney hätte ihnen gerade das Partizip Perfekt erklärt, als sie den verwaisten Platz auf ihrem Pult bemerkte.

Laut Trina hat Mrs Mulvaney daraufhin mit merkwürdig hoher, gepresster Stimme gesagt: »Betty Ann?«

Zu diesem Zeitpunkt wusste natürlich schon die gesamte Schule, dass Kurt Schraeder Betty Ann in sein Schließfach gestopft hatte. Aber keiner sagte etwas. Weil Kurt bei allen so beliebt ist.

Okay, das stimmt so nicht ganz. Aber die Leute, die Kurt nicht so toll finden, haben zu viel Angst, etwas gegen ihn zu sagen, weil Kurt Sprecher des Abschlussjahrgangs und Captain der Footballmannschaft ist und einen Schüler mit einem einzigen Blick vernichten kann wie Magneto von den X-Men.

Natürlich nicht wirklich, aber es ist schon klar, was ich meine, oder? Mit einem wie Kurt Schraeder legt man sich einfach nicht an. Wenn er die Cabbage-Patch-Puppe einer Lehrerin kidnappen will, lässt man ihn machen, andernfalls kann man nämlich in Zukunft allein draußen auf dem Pausenhof zu Mittag essen wie Cara Fettkuh, weil man sonst riskiert, mit Kroketten beworfen zu werden.

Das Schlimme ist nur, dass Mrs Mulvaney diese alberne Puppe total liebt. Zum ersten Schultag zieht sie ihr immer so eine blöde Clayton-High-Cheerleaderkluft an, die sie selbst genäht hat.

Und an Halloween steckt sie Betty Ann in ein kleines Hexenkostüm mit spitzem Hut, Miniaturbesen und allem Drum und Dran. An Weihnachten staffiert sie Betty Ann als Weihnachtsfrau aus. Ein Osterkostüm gibt es auch, nur dass Mrs Mulvaney es nicht so nennt, weil bei uns die Trennung von Staat (also auch der Schule) und Kirche ernst genommen wird. Sie spricht immer politisch korrekt von Betty Anns »Frühlingskleid«.

Zu diesem Kleid gehören ein geblümtes Häubchen und ein Körbchen, das mit echten Rotkehlcheneiern gefüllt ist, die ihr vor ewigen Urzeiten mal jemand mitgebracht hat. Wahrscheinlich war das auch in den Achtzigern, also in grauer Vorzeit – damals, als Mrs Mulvaney Betty Ann von den Schülern irgendeiner Abschlussklasse geschenkt bekam. Sie tat ihnen Leid, weil sie eine voll gute Lehrerin ist, aber selbst keine Kinder kriegen konnte.

Wird jedenfalls behauptet. Ob es stimmt, weiß ich nicht. Also bis darauf, dass sie eine gute Lehrerin ist. Das ist sie nämlich wirklich. Und dass sie keine Kinder hat.

Aber ansonsten… nix Genaues weiß man nicht.

Ich weiß nur, dass ich jetzt, kurz vor Ende der Elften (bis zu den Sommerferien war es nur noch etwas über einen Monat, und Betty Ann hatte, als sie entführt wurde, schon ihre Sommergarderobe an, Latzhosen und einen Strohhut wie Huckleberry Finn), dasaß und mir Sorgen machte. Um eine Puppe. Eine alberne *Puppe*.

»Du glaubst aber nicht, dass sie irgendwas Schlimmes mit ihr anstellen, oder?«, fragte ich Trina etwas später in der Chorprobe. Trina findet, ich verbaue mir meine Zukunft, weil Lesen mein einziges echtes Hobby ist und ich in zu wenigen AGs bin (die sich im Zeugnis nun mal gut machen). Deshalb hat sie mich überredet, mit ihr in den Chor zu gehen. Nur hat sie mir leider ein *leicht* verfälschtes Bild dieses Chors vermittelt. Das ist nämlich keine lustige AG, die man mal so nebenbei macht, sondern eine todernste Sache – mit Vorsingen und allem Drum und Dran. Weil der Chor dringend Altstimmen brauchte und ich anscheinend eine habe, wurde ich aufgenommen, obwohl ich nicht gerade die weltbeste Sängerin bin. Aber während die Sopranistinnen die Lieder mit Text und allem die Tonleitern rauf und runter trällern müssen, dürfen die Altstimmen dazu meistens auf einem Ton »la-la-la« singen, was für mich echt praktisch ist, weil ich gemütlich dasitzen, eintönig »la-la-la« singen und dabei sogar noch ein Buch lesen kann. Zum Glück hat Karen Sue Walters, die Sopranistin, die eine Reihe vor mir sitzt, total buschige Haare, sodass mich Mr Hall, der Chorleiter der »Troubadours« (toll, was? – unser Schulchor hat sogar einen eigenen Namen), dahinter nicht sehen kann.

Aus Gründen der »optischen Einheitlichkeit« zwingt Mr Hall uns Mädchen, bei den Auftritten gepolsterte BHs unter der Bluse zu tragen, was ziemlich daneben ist, aber na ja. Im Zeugnis macht es sich gut. Im Chor zu sein. Nicht das mit den BHs.

Aber was ich Trina wahrscheinlich nie verzeihen werde, ist das mit dem Tanzen. Ja, echt. Wir müssen nämlich gleichzeitig singen und tanzen... okay, nicht direkt tanzen, aber die Arme so hin und her schwenken. Und ich bin wahrlich nicht die beste Armschwenkerin der Welt. Ich habe null Komma null Rhythmusgefühl.

Was mir Mr Hall auch so ungefähr dreimal täglich unter die Nase reibt.

»Stell dir vor, sie würden ihr ein Ohr abschneiden...«, flüsterte ich Trina zu. Ich musste flüstern, weil Mr Hall ein paar Reihen weiter mit den Tenören probte. Wir bereiteten uns gerade auf diesen megagroßen Wettbewerb für Musicalchöre aus ganz Indiana vor – den »Bishop Luers Chorwettbewerb« –, weshalb Mr Hall total unter Spannung stand. Deshalb machte er mich in letzter Zeit wegen meiner Armschwenkerei statt der üblichen drei Mal gleich vier bis *fünf* Mal täglich zur Schnecke, »... und es dann zusammen mit einer Lösegeldforderung an Mrs M schicken. Das würden die doch nicht machen, oder? Ich meine, das wäre ja dann auch Zerstörung persönlichen Eigentums.«

»Gott!« Trina stöhnte. Sie ist eine der Hauptsopranistinnen und sitzt neben Karen Sue Walters. Mir ist aufgefallen, dass Hauptsopranistinnen oft ziemlich herrisch sind. Was vielleicht auch verständlich ist, weil sie die ganze Arbeit leisten und all die hohen Töne treffen müssen. »Jetzt übertreib mal nicht, ja? Das Ganze ist bloß ein Streich. Den macht die Abschlussklasse doch jedes Jahr. Was hast du für ein Problem damit? Über die blöde Ziege letztes Jahr hast du dich auch nicht so aufgeregt.«

Die letztjährige Abschlussklasse hat eine Ziege auf das Dach der Turnhalle gehievt. Keine Ahnung, was daran lustig sein sollte. Die Ziege hätte abstürzen und sich verletzen können.

»Es ist nur...« Mir ging einfach das Bild nicht aus dem Kopf, wie sich Betty Anns Wollhaare im Reißverschluss verklemmt hatten. »Ich finde das Ganze echt fies. Mrs Mulvaney liebt diese Puppe über alles.«

»Hör auf«, sagte Trina. »Es ist bloß eine Puppe.«

Aber Betty Ann ist für Mrs Mulvaney mehr als bloß eine Puppe, da bin ich mir ziemlich sicher.

Weil mir die Sache keine Ruhe ließ, machte ich später in der Redaktionssitzung vom *Register* (so heißt unsere Schülerzeitung, bei der ich fast jeden Tag nach dem Unterricht mitarbeite... und zwar nicht, weil sich das im Zeugnis gut macht, sondern aus

Spaß) den Vorschlag, einen Artikel über das Thema zu bringen. Über die Entführung von Betty Ann Mulvaney, meine ich.

»Einen Artikel«, wiederholte Geri Lynn Packard gedehnt. »Über eine Puppe.«

Während sie das sagte, schüttelte sie ihre Dose Cola light. Geri Lynn trinkt ihre Cola light gern abgestanden und schüttelt sie deshalb vor dem Trinken, bis alle Kohlensäure raus ist. Ich persönlich finde diese Vorliebe für abgestandene Cola etwas merkwürdig, wobei sie aber noch nicht einmal das Merkwürdigste an Geri Lynn ist. Das Merkwürdigste an Geri Lynn ist – finde ich jedenfalls –, dass sie jedes Mal, wenn sie im Hobbykeller ihrer Eltern mit unserem Chefredakteur Scott Bennett rumgeknutscht hat, hinterher ein kleines Herz in ihren Taschenkalender malt, um das Ereignis für alle Zeiten festzuhalten.

Das weiß ich, weil ich mal reingucken durfte. In ihren Kalender, meine ich. Und da war auf fast jeder Seite ein Herzchen.

Übrigens auch so eine Merkwürdigkeit. Dass Geri und Scott zusammen sind, meine ich. Eigentlich hatten ich und so ungefähr alle anderen Mitarbeiter der Schülerzeitung (wahrscheinlich einschließlich Geri selbst) fest damit gerechnet, Geri würde dieses Jahr zur Chefredakteurin ernannt werden. Schließlich wohnt Scott ja erst seit letztem Sommer in Clayton.

Wobei das eigentlich so nicht ganz stimmt. Er hat schon einmal hier gewohnt... Wir waren in der Fünften sogar in einer Klasse. Nicht dass wir damals etwas miteinander zu tun gehabt hätten. In der Fünften gibt man sich mit dem anderen Geschlecht nicht ab. Und Scott war außerdem nie sonderlich gesprächig.

Aber er und ich liehen uns in der Schulbücherei immer dieselben eher »uncoolen« Bücher aus. Also nicht die Michael-Jordan-Biografien oder Serien wie »Unsere kleine Farm«, die alle anderen lasen, sondern Sci-Fi und Fantasybücher wie »Beute«, »Die Mars-Chroniken« oder »Doktor Schapirows Gehirn«. Wenn man damit zur Ausleihe ging, runzelte die Schulbibliothekarin die Stirn und fragte: »Ist das denn das Richtige für dich?« Wahrscheinlich fand sie die Bücher nicht altersgemäß.

Was nicht heißt, dass wir je darüber gesprochen hätten. Scott und ich, meine ich. Ich weiß nur, dass wir dieselben Bücher lasen, weil sein Name immer schon unweigerlich auf der Ausleihkarte stand, wenn ich meinen Namen eintrug. Irgendwann trennten sich Scotts Eltern und er zog mit seiner Mutter weg. Wir haben uns erst in den letzten Sommerferien wieder getroffen. Die Redaktion des »Register« wurde nämlich von der Schulleitung in so ein Camp geschickt, wo unser Beratungslehrer Mr Shea Kooperationsspiele mit uns machen sollte, um unsere Teamfähigkeit zu stärken.

Ich stand auf dem Schulparkplatz und wollte gerade in den Reisebus steigen, der uns in das Camp bringen sollte, als neben mir ein Wagen hielt. Und wer stieg aus?

Richtig geraten. Scott Bennett. Wie sich herausstellte, hatte er beschlossen, für eine Weile wieder zu seinem Vater zu ziehen. Und weil er in seiner alten Schule für die Schülerzeitung geschrieben hatte, hatte er Mr Shea ein paar seiner Artikel geschickt, und der hatte ihm daraufhin angeboten, beim »Register« mitzuarbeiten.

Obwohl Scott ein bisschen so aussah, als hätte jemand seinen Kopf auf den Körper einer der römischen Götterstatuen von Mrs Mulvaney verpflanzt – er war nämlich seit unserer letzten Begegnung als Zehnjährige ungefähr um neunzig Zentimeter gewachsen und richtig männlich geworden –, erkannte ich sofort, dass er noch derselbe alte Scott war. Aus seinem Rucksack lugte nämlich »Duddits« von Stephen King hervor, das ich natürlich schon immer mal hatte lesen wollen.

Am Ende der Redaktionsfahrt fragte Mr Shea ihn, ob er nicht Chefredakteur werden wolle, er habe nämlich große Führungsqualitäten. Außerdem hatte Scott bei einer Schreibübung zu einem frei gewählten Thema einen wirklich coolen Text über einen Kochkurs geschrieben, an dem er als einziger Junge teilgenommen hatte. Oder besser gesagt teilnehmen *musste,* nachdem er in Milwaukee (wo er mit seiner Mutter gewohnt hatte) irgendwas angestellt hatte. Anscheinend hatte er irgendwelche leicht kriminellen Neigungen an den Tag gelegt, worauf das Jugendamt ihn zur Teilnahme an einem Projekt für gefährdete Jugendliche verdonnert hatte.

Er konnte es sich aussuchen: Kfz-Werkstatt oder Kochkurs.

Scott war der erste und bislang einzige Junge in der Geschichte dieses Projekts, der sich für den Kochkurs entschied.

In seinem Text beschrieb er, wie die Kursleiterin am ersten Tag einen Butternuss-Kürbis auf den Tisch legte und sagte: »So – und aus dem kochen wir heute eine leckere Suppe.« Scott war davon überzeugt, dass diese Frau eine Lügnerin war, wie alle Erwachsenen, die er bis dahin kennen gelernt hatte.

Aber dann hatten sie tatsächlich eine Kürbissuppe gekocht und nach dieser Erfahrung hat sich Scotts Leben von Grund auf gewandelt. Er ist seitdem nie wieder in Schwierigkeiten geraten.

Scott sagt, das einzige Problem sei, dass er jetzt am liebsten nur noch kochen würde.

Womöglich wäre Scott mit seinem Text (so gut er auch war) aber trotzdem nicht Chefredakteur geworden, wenn Geri Lynn auf der Redaktionsfahrt dabei gewesen wäre und Mr Shea darauf aufmerksam gemacht hätte (und das hätte sie garantiert, da kennt sie nichts), wie ungerecht es sei, Scott so einen wichtigen Posten zu übertragen, wo sie selbst doch in der Zwölften sei und sich schon ihre Sporen verdient habe, während Scott erst in der Elften und außerdem neu an der Schule sei.

Aber Geri war nicht mit auf der Fahrt, weil sie die ganzen Sommerferien in einem Camp für Nachwuchsfernsehjournalisten in

Kalifornien verbrachte (ja, so was gibt es wirklich – und weil Geri Lynn so gut im Klüngeln ist, hatte sie sogar ein Stipendium dafür ergattert).

Trotzdem akzeptierte sie Mr Sheas Entscheidung relativ gnädig. Vielleicht kriegt man das ja in Sommercamps für angehende TV-Journalisten beigebracht. Wie man in solchen Fällen Haltung bewahrt, meine ich. Wir haben so etwas auf unserer Redaktionsfahrt nicht gelernt, hatten aber ziemlich viel Spaß mit Mr Shea, weil man ihn super verarschen kann. Zum Beispiel, als er eine Vertrauensübung mit uns machte, bei der sich das gesamte Redaktionsteam mitten im Wald an einem in zweieinhalb Metern Höhe zwischen zwei Bäumen befestigten Holzbalken entlanghangeln musste – das Ganze ohne Leiter, nur mithilfe der Hände –, wobei niemand auf dem anderen Baum zurückgelassen werden durfte (hab ich schon erwähnt, dass diese Vertrauensübungen voll bescheuert sind?), weil nämlich dort gleich, wie Mr Shea sagte, ein riesiger Hammer auf uns niedergehen würde.

Hab ich schon erwähnt, dass Mr Shea einen voll bescheuerten Humor hat?

Als er das mit dem Hammer sagte, standen wir alle nur stumm da und starrten ihn entgeistert an, worauf er fragte: »Oder klingt das jetzt irgendwie bekloppt?«

Und Scott sagte, ohne eine Miene zu verziehen: »Ehrlich gesagt, Mr Shea, klingt es *behämmert.*«

Damit hatte Scott bewiesen, dass er alle für einen Chefredakteur notwendigen Qualitäten mitbrachte. Und als im Herbst die Schule wieder begann und Geri Lynn erfuhr, dass ihr Traumjob an ihn gegangen war, schien selbst sie seine überragenden Führungsqualitäten anzuerkennen. Jedenfalls war kaum eine Woche vergangen, als auch schon das erste Herzchen in ihrem Kalender auftauchte. Sie kann also nicht lang geschmollt haben.

»Cool, das machen wir«, sagte Scott zu meinem Vorschlag,

einen Artikel über Betty Anns Entführung zu bringen. »Man könnte das Ganze witzig aufziehen und ein Fahndungsplakat von Betty Ann abdrucken. Ihr wisst schon, wie die, die immer im Postamt aushängen. Und wir könnten in Mrs Mulvaneys Namen ein Kopfgeld ausschreiben.«

Geri Lynn hörte auf, ihre Coladose zu schütteln. Wenn Geri aufhört, ihre Dose zu schütteln, bringt man sich am besten schnellstens in Deckung. Geri regt sich nämlich sehr leicht auf. Anscheinend werden den zukünftigen TV-Journalisten in den Camps keine Workshops angeboten, in denen sie lernen, mit ihren Aggressionen umzugehen.

»Das ist ja wohl das Bescheuertste, was ich je gehört hab«, fauchte sie. »Ein *Kopfgeld*? Für eine PUPPE?«

»Aber Betty Ann ist mehr als eine Puppe«, widersprach Scott. »Sie ist so eine Art inoffizielles Schulmaskottchen.«

Damit hatte er absolut Recht, vor allem weil unser offizielles Maskottchen voll lahm ist. Unsere Sportmannschaften nennen sich »Clayton Roosters« und haben einen Gockel als Maskottchen. Ganz schlimm. Wobei das eigentlich auch nicht mehr viel ausmacht, weil unsere Mannschaften sowieso immer verlieren, egal in welcher Sportart.

Aber bei allen Spielen sorgt immer ein Schüler im Gockelkostüm für Stimmung und das Kostüm sieht total dämlich aus. Richtig peinlich. Viel peinlicher, als es eine Cabbage-Patch-Puppe je sein könnte.

»Jedenfalls finde ich Jens Idee sehr gut.« Scott ignorierte Geris Grimasse. »Kwang, übernimmst du die Story?«

Kwang nickte und tippte eine Notiz in seinen Palm-Pilot. Ich wagte es nicht, von meinem Block aufzublicken, und konnte nur hoffen, dass Geri Lynn nicht sauer auf mich war. Nicht dass sie eine meiner besten Freundinnen wäre, aber immerhin sitzen wir beim Mittagessen immer am selben Tisch und sind außerdem die einzigen beiden Mädchen bei der Schülerzeitung (okay, bis auf ein paar Neuntklässlerinnen, aber die zählen ja nicht) und Geri hat mir auch schon so einige intime Geheimnisse anvertraut – das mit den Herzchen, zum Beispiel … und dass Scott ein phänomenaler Küsser und begnadeter Zungenakrobat ist.

Ach ja, und dass er sonntagvormittags öfter mal Apfelkuchen mit Streuseln backt.

Ich liebe Apfelkuchen mit Streuseln über alles. Geri Lynn isst aber nie davon. Sie sagt, Scott würde für die Streusel allein ein ganzes Paket Butter verbrauchen, und sie könne richtiggehend spüren, wie ihre Arterien verklumpen, wenn sie den Kuchen nur *ansieht*.

Geri war schon sauer, dass Scott eine Story bringen wollte, die sie selbst für bescheuert hielt, als er aber auch noch Kwang damit beauftragte, rastete sie aus.

»Verdammt, Scott«, keifte sie. »Das war Jens Idee. Dann lass sie den Artikel wenigstens selbst schreiben. Ständig klaust du ihre Ideen und lässt die Storys dann andere schreiben! Was soll das?«

Panik stieg in mir auf und ich warf Scott einen verstohlenen Blick zu.

Doch der blieb völlig gelassen. »Jen hat mit dem Layout schon genug am Hals.«

»Ach, und woher weißt du das?«, blaffte Geri. »Hast du dir mal die Mühe gemacht, sie zu fragen?«

»Lass doch, Geri«, mischte ich mich ein. »Ich bin gar nicht scharf darauf, selbst zu schreiben.«

Geri schnaubte ungläubig. »Also *bitte*, ja.«

Die Wahrheit konnte ich ihr nicht sagen. Dass ich mit dem Layout wirklich voll und ganz ausgelastet bin, weil ich ja noch viel mehr für die Schülerzeitung tue.

Wovon allerdings niemand etwas wissen darf. Jedenfalls niemand außer Scott, Mr Shea und der Schulleitung.

Auf der Redaktionsfahrt war nämlich noch etwas passiert. Mr Shea hatte mich beiseite genommen und gefragt, ob ich mir vorstellen könnte, einen der begehrtesten – und geheimsten – Posten zu übernehmen, den die Schülerzeitung zu vergeben habe. Einen Posten, der seit jeher eigentlich immer nur mit Zwölftklässlern besetzt worden ist, für den er mich aber für einzigartig geeignet hielt, obwohl ich erst in der elften Klasse bin…

Und ich hab Ja gesagt.

Fragt Annie

Stellt Annie eure drängendsten Fragen zum Thema zwischenmenschliche Beziehungen. Na los, traut euch! Der *Clayton Highschool Register* behält sich vor, Briefe an Annie abzudrucken, wobei Namen und E-Mail-Adressen der Rat Suchenden selbstverständlich vertraulich behandelt werden.

Liebe Annie,

Hilfe! Ich bin in jemanden verliebt, der noch nicht einmal weiß, dass es mich gibt. Kann er auch nicht, er hat mich ja noch nie gesehen, weil er nämlich über dreitausend Kilometer entfernt wohnt und Filme macht. Aber wenn ich ihn auf der Leinwand sehe und in seine blauen Augen schaue, spüre ich genau, dass wir seelenverwandt sind. Ich weiß nicht, wie lang ich noch ohne ihn leben kann. Leider habe ich nicht genug Geld, um mir den Flug nach L. A. leisten zu können, und ich wüsste auch gar nicht, wo ich dort wohnen sollte. Bitte sag mir doch, was ich machen kann, um meine große Liebe kennen zu lernen. Und bitte mach schnell, weil er bald nach Neuseeland fliegt, wo er seinen nächsten Film dreht.

Eine voll Verknallte

Liebe voll Verknallte,

hast du schon mal was von Stalkern gehört? Das sind Leute, die so krankhaft verliebt sind, dass sie das Objekt ihrer Begierde penetrant verfolgen und ihm das Leben zur Hölle machen. Vom Fan zum Stalker ist es nur ein kleiner Schritt, und du klingst, als stündest du kurz davor, ihn zu tun.

Hör auf zu träumen und konzentriere dich auf die entscheidenden Dinge: gute Noten zu schreiben, damit du später mal auf eine gute Uni kommst.

Und noch was: Der fragliche Typ ist ja wohl eindeutig Luke Striker, und der ist, soweit ich weiß, immer noch völlig am Ende, weil Angelique Tremaine mit ihm Schluss gemacht hat. Also vergiss ihn.

Annie

Zwei

Ehrlich gesagt hat es mich gar nicht mal so sehr überrascht, als Mr Shea mich fragte, ob ich die neue »Annie« unserer Schülerzeitung werden wolle. Ich bin es gewohnt, dass Leute mit ihren Problemen zu mir kommen. Das war schon mein ganzes Leben lang so. Keine Ahnung, weshalb. Ich kann nicht behaupten, sonderlich *wild* darauf zu sein, Details aus Geri Lynns und Scotts Sexualleben zu hören.

Aber anscheinend bin ich von Geburt an dazu verdammt, jedermanns Vertraute zu sein. Im Ernst. Eine Zeit lang habe ich befürchtet, ich hätte eine magnetische Anziehungskraft auf Spinner, weil ich nirgendwo hingehen konnte, ohne von irgendwelchen mir vollkommen fremden Leuten angesprochen zu werden, die mir von sich erzählten. Von ihrer Werkzeugsammlung oder ihrem kranken Frettchen und solchen Sachen.

Aber inzwischen weiß ich, dass es nicht nur irgendwelche zufälligen Fremden sind, sondern absolut *jeder*. Trina war die Erste, die es auf den Punkt gebracht hat. Es war an ihrem zwölften Geburtstag, den sie am »Zoom Floom« feiern wollte, dieser riesigen Wasserrutsche im Aquapark in Ellis County. Blöderweise bekam ich genau vor ihrer Party meine Tage. Und weil ich vor Tampons tierisch Respekt hatte (hey, ich war erst zwölf und wusste noch nichts von der Existenz von supersoften, seidenglatten Mini-OBs, sondern hatte bisher bloß mit den Super-Plus-Bomben meiner Mutter rumexperimentiert, die, äh… nicht so ganz das Richtige waren), blieb mir nichts anderes übrig, als zu Hause zu bleiben.

Aber statt das erwartete Mitgefühl zu zeigen, reagierte Trina extrem mitleidslos und keifte: »Ist mir doch egal, wenn dir deine blöde Binde aus dem Badeanzug rutscht und davonschwimmt! Du kommst auf meine Party! Du MUSST! Du bist die Majonäse!«

Ich verstand kein Wort, aber Trina erklärte es mir bereitwillig.

»Na, weil du alles zusammenhältst«, erklärte sie mir übers Telefon. »Eben wie Majonäse. Ohne Majonäse zerfällt ein Sandwich in seine Einzelteile. Genau wie meine Party, wenn du nicht kommst.«

Und das tat sie auch. Ihre Party, meine ich. Elizabeth Gertz beschimpfte Kim Doss als alte Nachmacherin, weil beide die gleichen roten Badeanzüge von J. Crew trugen und einen französischen Zopf hatten, worauf Kim beweisen musste, dass sie sehr wohl einen eigenen Kopf hatte, und Elizabeth am Ende der Rutsche so stieß, dass die sich am Betonboden ein Stück ihres Zahns ausschlug.

Wäre ich da gewesen, hätte ich garantiert eingegriffen, bevor es Verletzte gegeben hätte.

Deshalb war ich nicht sonderlich überrascht, als Mr Shea mir anbot, die neue Annie zu werden. Übrigens müssen Annies Ratschläge nicht nur brauchbar sein, sondern auch voll und ganz die Zustimmung unserer Schulpsychologin und Studienberaterin Ms Kellogg finden.

Was gar nicht so einfach ist. Ms Kellogg ist nämlich ein ziemlicher Eso-Freak. Sie glaubt total an Joga, Biorhythmus und Fengshui und versucht, mich immer zu überreden, den Hilfe Suchenden zu raten, die Spiegel in ihren Zimmern so zu hängen, dass sie nicht auf ein Fenster oder eine Tür gerichtet sind, auf diese Weise würde nicht so viel von ihrer karmischen Energie verloren gehen.

Das ist ihr Ernst.

Und diese Frau soll mir eines Tages helfen, auf ein gutes College zu kommen? Beängstigend.

Aber eigentlich komme ich ganz gut mit Ms Kellogg klar. Ich höre ihr geduldig zu, wenn sie mich über die Vorteile makrobiotischer Ernährung zutextet, und dafür schreibt sie mir öfter eine Entschuldigung für Volleyball oder so.

Ein wichtiger Aspekt bei der Sache ist, dass die wahre Identität der Person hinter Annie absolut geheim bleiben muss, weil sie keinerlei Vorurteile gegenüber den verschiedenen »Peergroups« (Ms Kelloggs Wort für »Cliquen«) haben darf. Wenn bekannt wäre, wer Annie ist oder wer ihre Freunde sind, würden natürlich alle denken, sie könnte sich überhaupt nicht in eine Außenseiterin wie Cara Fettkuh oder einen Angebertypen wie Kurt Schraeder hineinversetzen.

Außerdem würden sich die Leute vielleicht nicht mehr an sie wenden, weil sie Angst hätten, Annie könnte erraten, wer sie sind, und ihre Probleme herumerzählen. Wobei es den meisten Briefeschreibern sowieso nicht gelingt, ihre Identität zu verschleiern. Okay, manche versuchen es zumindest, aber viele sind wie Trina, die Annie mindestens ein Mal monatlich ihr Herz ausschüttet (meistens geht es um Luke Striker – die Liebe ihres Lebens) und die sich noch nicht mal bemüht, ihre Handschrift zu verstellen oder sich eine unverfängliche Mail-Adresse zuzulegen.

Der zweite Grund, weshalb Annie anonym bleiben muss, ist natürlich, dass sie in die tiefsten, dunkelsten Geheimnisse vieler Leute eingeweiht ist.

Toll, was? Ich besetze zwar einen ganz wichtigen Posten bei der Schülerzeitung, darf aber niemandem davon erzählen. Noch nicht mal Trina oder meiner Mutter, weil die beiden die größten Tratschmäuler von ganz Indiana sind. Ich muss mitspielen und so tun, als wäre ich nur für das Layout der Schülerzeitung zuständig. Jippieeee.

Aber ich hab damit kein Problem. Echt nicht.

Nur bei Geri Lynn ist es was anderes. Der würde ich es gern erzählen. Damit sie nicht immer denkt, Scott würde mich bloß ausnutzen.

In meiner Funktion als Annie werde ich übrigens ziemlich oft zu Ms Kellogg ins Büro gerufen. Sie will wissen, ob ich Briefe oder Mails bekommen hab, die mir als besonders besorgniserregend aufgefallen sind.

Manchmal fallen mir welche auf. Manchmal nicht. Manchmal erzähle ich ihr davon. Manchmal nicht. Schließlich muss ich auch die Privatsphäre der Leute wahren – es sei denn, ich hab das Gefühl, jemand hat wirklich ein ganz ernstes Problem.

Aber zum Glück gibt es genügend Schüler, die bewusst auf sich aufmerksam machen wollen, sodass Ms Kellogg und der Schulleitung nicht viel Zeit bleibt, ihre Nasen in die Angelegenheiten von Schülern zu stecken, die lieber anonym bleiben.

Wie zum Beispiel Cara Schlosburg. Cara hat überhaupt kein Interesse daran, dass alle Welt über ihre Probleme Bescheid weiß, und Cara schreibt tonnenweise Briefe an Annie. Ich beantworte jeden einzelnen davon, aber wir drucken sie nie in der Schülerzeitung ab, weil jeder auch ohne ihre Unterschrift (sie unterschreibt ihre Briefe immer mit ihrem richtigen Namen) sofort wüsste, von wem sie stammen.

Hier ist ein ganz typischer Cara-Brief:

Liebe Annie,

alle nennen mich immer nur Cara Fettkuh, obwohl ich in Wirklichkeit Cara Schlosburg heiße, und wenn ich in der Schule irgendwo langgehe, rufen alle laut »Muh«. Bitte hilf mir, bevor ich irgendwas Schreckliches mache.

Soweit ich weiß, hat Cara bisher nichts Schreckliches gemacht. Einmal fehlte sie drei Tage in der Schule, und es ging das Gerücht, sie hätte sich »geschnitten«. Ich bekam sofort Panik, sie könnte sich die Pulsadern aufgeschlitzt haben. Deshalb beauftragte ich meine Mutter herauszufinden, was los war. Mom macht nämlich zusammen mit Mrs Schlosburg im örtlichen Fitnesscenter einen Aqua-Aerobic-Kurs.

Wie sich herausstellte, hatte sich Cara beim Versuch, Hornhaut von ihrer Ferse zu raspeln, ins Fleisch geschnitten, und konnte mit dem Fuß ein paar Tage nicht auftreten.

Das sind so die Sachen, die Cara passieren. Oft.

Und meine Mutter sagt dann: »Weißt du, Jen, Mrs Schlosburg ist richtig besorgt wegen Cara. Sie sagt, Cara würde sich solche Mühe geben, Anschluss zu finden, aber sie schafft es einfach nicht. Sie wird in der Schule regelrecht gemobbt. Vielleicht könntest du dich ja ein bisschen um sie kümmern, hm?«

Natürlich kann ich Mom nicht sagen, dass ich mich schon längst um sie kümmere (...oder dass Annie sich kümmert).

Aber zurück zum Thema. Als ich am Tag nach Betty Anns Entführung durch Kurt Schraeder zu Ms Kellogg gerufen wurde, erwartete ich, es würde entweder um einen Brief von Cara oder um Betty Ann gehen.

Denn obwohl Mrs Mulvaney äußerlich ruhig blieb, ging ihr die Geschichte sehr nahe, das merkte man. Ich sah, wie oft ihr Blick zu dem verwaisten Platz auf ihrem Pult wanderte, an dem Betty Ann immer gesessen hatte.

Und wenn sie der Klasse vor jeder Stunde verkündete, falls Betty Anns Entführer sie ihr einfach wieder zurückbrächten, würde sie keine Fragen stellen und niemandem etwas nachtragen, lachte sie dabei zwar, aber es klang gequält.

Ich hatte Kurt in der Cafeteria in der Schlange an der Essensausgabe abgefangen und ihn gefragt, ob er vorhätte, eine Lösegeldforderung zu stellen. Ich glaubte nämlich, Mrs Mulvaney wäre vielleicht erleichtert, wenn sie wüsste, dass das Ganze bloß ein Schülerstreich sein sollte.

Kurt guckte verständnislos: »Hä? Was für eine Forderung?«

Also musste ich Kurt behutsam auseinander setzen, was eine Lösegeldforderung ist und weshalb es noch witziger wäre (denn das soll die Entführung von Betty Ann ja wohl sein: ein Witz), wenn er Mrs Mulvaney ein Erpresserschreiben schicken würde, in dem er sie zum Beispiel aufforderte, nächstes Wochenende keine Hausaufgaben aufzugeben oder an alle Schüler Karamellbonbons zu verteilen, wenn sie Betty Ann unversehrt wiederbekommen wolle.

Kurts Augen leuchteten. Anscheinend war ihm dieser Gedanke noch nicht gekommen. »Hey, geile Idee!« Er und seine Kumpels klatschten sich sofort wieder ab.

Was mich wiederum ziemlich nervös machte. Diese Jungs sind nun mal nicht die Hellsten. Keine Ahnung, wie Kurt es überhaupt geschafft hat, Stufensprecher zu werden (okay, mal abgesehen davon, dass er der einzige Kandidat war).

Um sicherzugehen, dass sich Betty Ann überhaupt noch in seinem Besitz befand, fragte ich: »Aber du hast sie noch, oder? Du hast Betty Ann nicht etwa in irgendeinen Baggersee geworfen, sag? Hast du nicht, oder?«

Kurt guckte mich an, als hätte ich nicht mehr alle Tassen im Schrank. »Ach, Quatsch. Klar hab ich sie noch. Mann, das Ganze ist ein Witz. Der Abschlussstreich, Jen. Noch nie davon gehört?«

Ich wollte nicht, dass Kurt merkte, dass ich seinen Streich alles andere als witzig fand, also sagte ich bloß: »Doch, klar, sehr witzig«, schnappte mir meine Tacos und machte mich aus dem Staub.

Wie gesagt – als ich zu Ms Kellogg gerufen wurde, rechnete ich damit, dass sich entweder Cara wieder heulend im Mädchenklo verbarrikadiert hatte oder dass sie mich über den Verbleib von Betty Ann ausquetschen würde.

Was mich verständlicherweise in eine sehr unangenehme Lage gebracht hätte. So dämlich und verdammenswert ich es auch fand, dass Kurt Betty Ann gekidnappt hatte, konnte ich mich schlecht auf die Seite der Schulleitung stellen. Der Abschlussstreich ist nun mal der Abschlussstreich – selbst wenn er so dämlich ist wie der von Kurt – und gehört zu den vielen Dingen im Alltagsleben an einer Highschool (wie dem College-Einstufungstest, dem Abschlussball und der moralischen Verpflichtung, den Schulmannschaften bei Spielen zuzujubeln), die man besser nicht infrage stellt. Auch wenn man sie für total sinnlos und idiotisch hält.

Als ich zu Ms Kellogg ins Büro schlappte, war ich so sehr damit beschäftigt, mich innerlich zu stählen (»... und selbst wenn sie mir androhen, während der ganzen Sommerferien Bürodienst schieben zu müssen«, sagte ich mir immer wieder vor, »werde ich hart bleiben und kein Wort über Betty Ann verraten ...«), dass ich im ersten Moment gar nicht merkte, dass Ms Kellogg und ich nicht allein waren.

Nein, unser Direktor Mr Lewis war auch da. Und die Konrektorin Lucille Thompson – die bei allen nur »Juicy Lucy« heißt, was echt fies ist, aber irgendwie auch genial ironisch. Vertrockneter und dürrer als Lucille Thompson kann man nämlich kaum sein.

Und noch jemand war da. Ein Mann in einem glänzenden grauen Anzug. Der hätte mir eigentlich gleich auffallen müssen – weil er unter seinem Jackett kein Hemd, sondern ein schwarzes T-Shirt trug und deshalb nicht aus Clayton sein konnte. So läuft man vielleicht in Kalifornien oder New York rum, aber nicht im konservativen Indiana – doch ich war zu sehr mit meinen eigenen Sorgen beschäftigt, um irgendetwas wahrzunehmen.

»Bitte, Ms Kellogg«, sprudelte es aus mir heraus, kaum war ich ins Zimmer getreten. »Falls es um Betty Ann geht, kann ich dazu echt nichts sagen. Also, natürlich hab ich alles mitgekriegt und so, aber ich kann Ihnen nicht sagen, wer es war. Das geht wirklich nicht. Er hat aber versprochen, dass sie okay ist, und vielleicht kann ich ihn dazu bringen, sie zurückzugeben. Mehr ist im Moment nicht drin. Es tut mir Leid, aber…«

In diesem Moment bemerkte ich erst den Typen im T-Shirt und dann auch Dr. Lewis und Juicy Lucy und mir blieben die Worte im Hals stecken.

Ms Kellogg kam mir zu Hilfe. Wahrscheinlich sah sie, dass mein Chi durch die Anwesenheit von Mr Lewis, Juicy Lucy und diesen Fremden völlig aus der Bahn geworfen worden war.

»Es geht nicht um Betty Ann«, sagte sie.

»Falls Miss Greenley etwas über den Verbleib der Puppe weiß«, bellte Juicy Lucy sofort dazwischen, »sollten Sie sie ausreden lassen, Elaine. Mrs Mulvaney war heute Morgen wieder untröstlich, weil die Puppe immer noch nicht aufgetaucht ist. Soweit ich informiert bin, erscheint im nächsten *Register* ein Artikel über den Fall, also scheint die Redaktion der Schülerzeitung mehr darüber zu wissen. Es ist ein Unding, dass in dieser Schule noch nicht einmal mehr das persönliche Eigentum sicher…«

»Die Puppe ist jetzt nicht das Thema, Lucille«, unterbrach Dr. Lewis sie. Er trug ein kurzärmeliges Hemd und Freizeithosen, auf denen ein paar Grasflecken prangten. Wahrscheinlich war er direkt vom Golfplatz hergerufen worden. Als ich die Flecken sah, wusste ich, dass es um irgendetwas *Großes* ging. Man holt Dr. Lewis nicht wegen irgendwelcher Kinkerlitzchen vom Golfplatz.

»Jane«, sagte er. »Wir möchten dir…«

»Jen«, korrigierte ihn Ms Kellogg.

Nun ist es Dr. Lewis nicht gewöhnt, korrigiert zu werden, weshalb er sie bloß irritiert anblinzelte.

»Jane«, setzte er noch einmal an. »Darf ich dir John Mitchell vorstellen. John – das ist Jane Greenley.«

»Hallo, Jane.« Mr Mitchell streckte mir die Hand hin. Ich schüttelte sie. »Freut mich.«

»Mich auch«, sagte ich.

Äußerlich wirkte ich wohl ziemlich gelassen, aber in meinem Kopf wirbelten die Gedanken durcheinander wie in einer Waschmaschinentrommel beim Schleudergang. Was war los? Wer war dieser Typ? Steckte ich in Schwierigkeiten? Hatte es womöglich damit zu tun, dass ich beim regionalen Leistungsvergleich im Fragebogen als Berufswunsch »Lochstanzerin« angegeben hatte? Das war nämlich nur ein blöder Witz gewesen. Trina hatte es auch geschrieben. Und wie lang würden die mich hier festhalten? Bis zur Mittagspause? Wir haben nämlich immer nur 25 Minuten Zeit zum Essen.

»Jane«, übernahm Dr. Lewis wieder das Wort. »Mr Mitchell ist hier, weil unserer Schule eine ganz besondere Ehre zuteil wird. Eine ganz besonders große Ehre.«

»Tolle Ehre«, schnaubte Juicy Lucy. Dr. Lewis warf ihr einen warnenden Blick zu, aber Miss Thompson beachtete ihn nicht. Sie kniff die Lippen nur noch fester zusammen.

»Warum sollte ich lügen, Richard?«, sagte sie. »Diese ganze Idee ist hochgradig lächerlich. Man erwartet von uns, alles auf den Kopf zu stellen, die Schüler in Unruhe zu versetzen … und wofür, frage ich Sie?«

»Ehrlich gesagt hoffen wir, dass niemand in Unruhe versetzt wird, Miss Thompson«, sagte Mr Mitchell. »Und falls es doch zu Ordnungsstörungen kommen sollte, werden wir sof…«

»Es wird nicht dazu kommen, *Jui*… Lucille, meine ich«, unterbrach Ms Kellogg ihn. Seit mir ihr gegenüber mal Miss Thompsons heimlicher Spitzname rausgerutscht ist, kann Ms Kellogg ihre Chefin nicht mehr bei ihrem richtigen Namen nennen. »Darum geht es ja gerade. Alles soll so unauffällig wie möglich…«

»Das möchte ich sehen!« Juicy… ich meine, Miss Thompson,

presste die Lippen so fest aufeinander, dass sie praktisch unsichtbar wurden. »Der Junge ist seines Lebens nicht sicher, sobald er auch nur einen Fuß auf das Schulgelände setzt. Diese Mädchen... sind völlig enthemmt. Ist jemandem aufgefallen, wie Courtney Deckard heute in die Schule kam? In einem rückenfreien Top! In die Schule! Ich habe sofort veranlasst, dass sie sich von ihrer Mutter für den Rest des Tages etwas Anständiges zum Anziehen bringen ließ.«

Dr. Lewis und Mr Mitchell starrten Miss Thompson an, als hätte sie gerade sämtlichen verfügbaren Sauerstoff im Zimmer aufgesaugt. Vielleicht hatte sie das ja auch. Mir wurde selbst ganz schwummrig.

»Ich kann Ihnen versichern«, beruhigte Mr Mitchell sie, »dass es nicht so weit kommen wird. Mr Striker wird sich ausgesprochen unauffällig verhalten. Und natürlich wird er sich verkleiden.«

»Verkleiden!« Miss Thompson verdrehte die Augen. »Na, *das* ist natürlich was anderes!«

»Sie würden staunen«, sagte Mr Mitchell, »wie sehr schon eine einfache Brille einen Menschen verändern kann.«

»Ach so!« Juicy Lucy warf entnervt die Hände in die Luft. »Eine *Brille*. Wieso haben Sie das nicht gleich gesagt? Davon lassen sie sich ganz bestimmt täuschen.«

»Äh, Entschuldigung«, mischte ich mich ein. Allmählich begann es mich doch zu interessieren, worum es ging. Offensichtlich hatte es ja weder mit Cara noch mit Betty Ann zu tun, sondern – falls ich nicht vollkommen danebentippte – mit... »Geht es hier vielleicht zufälligerweise um *Luke* Striker?«

Ms Kellogg strahlte mich an und nickte wie eine Besessene. »Ja«, frohlockte sie. »Ja, ja. Luke Striker. Er kommt zu uns. An die Clayton Highschool.«

Ich sah sie an, als sei sie komplett durchgeknallt. Wobei ich zugebe, dass ich sie immer so ansehe. Weil ich sie die meiste Zeit auch für durchgeknallt halte.

»Luke Striker«, wiederholte ich langsam. »Der Luke Striker aus *Der Himmel steh uns bei?*«

Früher, vor der Erfindung der Dokusoaps, gehörte »DHSUB« zu den beliebtesten Fernsehserien. Luke Striker spielte darin den Sohn eines Pfarrers. Er wuchs praktisch in der Serie auf und wurde mit jeder Staffel älter und unwiderstehlicher. So unwiderstehlich, dass er irgendwann aus der Serie ausstieg, um in Hollywood Karriere zu machen. Er hatte die Hauptrolle im letzten Tarzan-Film, in dem er ziemlich… äh, *nackt* gewesen ist.

Und in der neuesten Camelot-Verfilmung spielte er den Lanzelot.

Und in beiden Filmen war er sogar ziemlich gut. Jedenfalls nach Meinung begeisterter Fans wie Trina.

Von dem, was sich gleichzeitig in Luke Strikers Privatleben abspielte, waren seine Fans weniger begeistert. Es ging nämlich das Gerücht – jedenfalls redete Trina den ganzen Winter über von nichts anderem, bis es mir zu den Ohren rausquoll –, er habe eine stürmische Romanze mit Angelique Tremaine, seiner Partnerin aus »Lanzelot und Guinevere«. Angeblich hatten sie sich sogar in einer feierlichen Zeremonie ewige Treue gelobt und sich ihre Vornamen auf den Bizeps tätowiert. So quasi als Ringersatz. Nur sah Angelique das mit der ewigen Treue anscheinend nicht so eng, weil sie knapp sechs Monate später nämlich Knall auf Fall einen französischen Regisseur heiratete, der doppelt so alt war wie sie – und das alles auch noch hinter Lukes Rücken! Trina jubelte. Obwohl Luke ihr natürlich Leid tat. Aber nun war er frei. Sein Herz war zwar (allen Presseberichten zufolge) gebrochen – aber nun war er frei und konnte sich endlich in Trina verlieben.

Und *dieser* Luke Striker, der Leinwandheld und schmählich betrogene Liebhaber, kam jetzt zu uns nach Clayton, Indiana?

»In seinem nächsten Film spielt er einen Zwölftklässler an einer kleinen Highschool im Mittleren Westen«, erläuterte Mr Mitchell freundlich. »Das Ganze wird ein fesselndes Drama über Liebe und Betrug im ländlichen Indiana. Luke selbst ist ja in L. A. aufgewachsen und hatte immer Privatlehrer, weil er schon mit sieben bei *Der Himmel steh uns bei* vor der Kamera stand. Jetzt möchte er eine Zeit lang die Sitten und Gebräuche an einer echten Highschool beobachten, um seine Rolle glaubwürdig verkörpern zu können.«

»Ist das nicht toll?«, sagte Ms Kellogg mit glänzenden Augen. »Er ist mit Haut und Haaren Künstler. Wer hätte gedacht, dass er die Schauspielerei so ernst nimmt?«

Öh, also ich nicht. In der Dorito-Werbung, die letztes Jahr während des Superbowls ständig lief, war davon jedenfalls nichts zu merken gewesen.

»Dann…« Ich sah von Mr Mitchell zu Ms Kellogg und dann wieder zu Mr Mitchell. »Dann zieht Luke Striker also nach Clayton?«

»Nur für zwei Wochen«, sagte Mr Mitchell, »um für seine Rolle zu recherchieren. Und er besteht ausdrücklich darauf – also das Studio besteht darauf –, dass seine Identität streng geheim bleibt. Luke befürchtet, dass er kein authentisches Highschool-Lebensgefühl entwickeln kann, wenn ihm ständig Horden von Fans nachlaufen.«

»Und das bringt uns zu dir, Jen«, nahm Ms Kellogg den Faden auf. Ihre Augen glitzerten. »Wir dachten, du könntest uns helfen. Offiziell wird Mr Striker unter dem Pseudonym Lucas Smith als neuer Schüler an unsere Schule kommen.«

»Aha«, sagte ich. Nachdem feststand, dass ich weder Caras Recht auf Privatsphäre verteidigen musste noch wegen Betty Anns Entführung ausgequetscht werden würde, hörte ich nur noch mit halbem Ohr zu. Erstens, weil ich mich nicht so für Stars und Prominente interessiere wie zum Beispiel Trina, und zweitens, weil ich gerade die Chorprobe verpasste und Mr Hall immer ziemlich gereizt reagiert, wenn ich aus der Probe gerufen werde. Nicht weil ich für den Chor so unersetzlich wäre, sondern weil ich vor dem Wettbewerb Ende nächster Woche in Bishop Luers dringend noch meine Armarbeit verbessern muss. Ich krieg das mit dem Händewedeln irgendwie nicht so hin.

»Weil wir wissen, dass wir uns auf deine Verschwiegenheit und Vernunft verlassen können, Jen«, fuhr Ms Kellogg fort, »haben wir dich Mr Mitchell als Lukes Betreuerin vorgeschlagen. Du weißt ja, dass die Neuen bei uns immer von einem Schüler betreut werden, um ihnen die ersten Tage an der Schule zu erleichtern. Du könntest Luke ein bisschen an die Hand nehmen, seine Fragen beantworten und vielleicht Schüler ablenken, die eventuell Verdacht schöpfen. Mit deiner Rückendeckung kann er in die Atmosphäre der Clayton Highschool eintauchen, ohne dass jemand ahnt, wer er wirklich ist. Na, wie klingt das?«

Ganz ehrlich? Völlig bescheuert. Glaubten die etwa im Ernst, es würde niemandem auffallen, dass der neue Schüler Luke Striker zum Verwechseln ähnelt? Glaubten die wirklich, irgendwer – vor allem jemand wie Trina, die den Typen vergöttert – würde sich durch ein dämliches Pseudonym wie »Lucas Smith« täuschen lassen? Offensichtlich unterschätzten Mr Mitchell, die Schulleitung und Luke Striker selbst die Intelligenz meiner Mitschüler.

Aber, hey, das war ja nichts Neues.

»Gut«, sagte ich. »Kann ich machen. Klar. Warum nicht?«

Ms Kellogg lächelte zufrieden und warf Juicy Lucy … Miss Thompson, meine ich, einen Blick zu, den ich nur als triumphierend bezeichnen konnte.

»Sehen Sie?«, sagte Ms Kellogg. »Ich habe es Ihnen doch gesagt. Man kann sich darauf verlassen, dass Jen keine Schwierigkeiten macht.«

Womit sie absolut Recht hat.

Fragt Annie

Stellt Annie eure drängendsten Fragen zum Thema zwischenmenschliche Beziehungen. Na los, traut euch! Der *Clayton Highschool Register* behält sich vor, Briefe an Annie abzudrucken, wobei Namen und E-Mail-Adressen der Rat Suchenden selbstverständlich vertraulich behandelt werden.

Liebe Annie,

ich erzähle meiner besten Freundin alles. Sogar meine Träume. Aber sie erzählt mir umgekehrt gar nichts von sich – noch nicht mal die wirklich wichtigen Sachen, wie zum Beispiel, in wen sie verliebt ist. Unsere Freundschaft ist längst nicht so offen und ehrlich, wie ich sie mir wünsche. Wie kann ich ihr zeigen, dass sie mir ruhig vertrauen kann?
Eine Ungeliebte

Liebe Ungeliebte,

hast du schon mal daran gedacht, dass deine Freundin vielleicht gar keine Geheimnisse hat, die sie dir anvertrauen könnte? Nicht jeder findet seine Träume so spannend wie du. Vielleicht will sie dich einfach nicht langweilen. Wieso tust du ihr nicht denselben Gefallen?
Annie

Drei

Mr Mitchell fand, meine Eltern müssten informiert werden, da ich doch noch minderjährig sei. Ich begriff das zwar nicht so ganz, schließlich wollte ich nichts mit Luke anfangen, sondern sollte ihm bloß die Turnhalle zeigen und ihn vor den glasierten Karotten in der Schulcafeteria warnen. Aber bitte. Mr Mitchell bot mir an, es selbst zu machen – mit meinen Eltern zu reden, meine ich –, aber das wollte ich dann doch lieber auf meine Art regeln. Nicht dass sich die beiden noch unnötig aufregten.

Ich wartete, bis meine beiden Brüder nach dem Abendessen in ihre Zimmer verschwanden, um Hausaufgaben zu machen. Cal ist in der achten und Rick in der sechsten Klasse. Cal ist das volle Sportmonster und betreibt so ungefähr jede Sportart, die es gibt – außer Football. Football erlaubt Mom ihm nicht, das sei zu gefährlich, meint sie! Klar, dass Cal später natürlich mal Cop werden will, am liebsten bei einem Sondereinsatzkommando. Rick ist da ganz anders. Er hasst Sport, träumt von einer Karriere als Kinder-Filmstar à la Luke Striker und kann nicht verstehen, wieso meine Eltern ihm keinen Agenten besorgen. Sie haben zwar versucht, ihm klar zu machen, dass es in einem Kaff wie Clayton keine Agenten gibt, aber das beeindruckte Rick wenig. Er sagt, ihm liefe die Zeit davon. Bald wäre er nicht mehr niedlich genug, um Kinder-Filmstar zu werden, und deshalb müsse er jetzt schleunigst entdeckt werden.

Ähnlich wie ich kommen meine Brüder eigentlich mit allen Leuten gut klar… sogar mit mir und sogar miteinander, wenn man von vereinzelten erbitterten Kämpfen um die Fernbedienung oder das letzte Pop-Tart mit Karamellfüllung absieht.

Trotzdem wollte ich sie lieber nicht in die Luke-Striker-Sache einweihen, weil ich fürchtete, sie würden es nicht für sich behalten – immerhin steht bei Cal eine alte Luke-Striker-Actionfigur (Luke als Tarzan) rum. Und Rick würde wahrscheinlich sofort versuchen, ihm die Telefonnummer seines Agenten aus den Rippen zu leiern.

Weil ich das Thema so beiläufig erwähnte – »Ach, übrigens kommt bald so ein Schauspieler an unsere Schule – Luke Striker. Er recherchiert für eine Rolle und ich soll mich ein bisschen um ihn kümmern« –, nahmen meine Eltern die Ankündigung eher schulterzuckend zur Kenntnis. Nur Dad sah einen klitzekleinen Moment lang beunruhigt aus, aber nicht etwa weil er von dem Angelique-Tattoo gehört hatte, wie ich im ersten Moment befürchtete.

»Er schläft aber nicht bei uns, oder?«, fragte er und blickte besorgt über den Rand der *Clayton Gazette* (unsere Lokalzeitung, die erst nachmittags erscheint, damit die Journalisten nicht so früh aufstehen müssen. Hab ich schon erwähnt, dass Clayton ein ziemliches Kaff ist?).

Ich schüttelte den Kopf. »Nein, Dad. Er mietet einen von den Bungalows am See.«

»Gott sei Dank«, seufzte Dad und verschwand wieder hinter seiner Zeitung. Dad hasst Übernachtungsgäste.

»Was sagtest du – wie heißt er?«, wollte Mom wissen.

»Luke Striker«, wiederholte ich. »Das ist der aus *Der Himmel steh uns bei*, weißt du? Er hat den ältesten Sohn gespielt.«

Mom lächelte. »Ach, der niedliche Blondschopf?«

Ich fragte mich, ob Mom ihn immer noch niedlich finden würde, wenn sie ihn als »Tarzan« in der Lagunenszene gesehen hätte, wo zum großen Entzücken von Jane – und Trina – sein Lendenschurz davontrieb.

»Genau der«, bestätigte ich.

»Na.« Mom wandte sich wieder ihrem Skizzenblock zu. »Wenn du dich mal bloß nicht in ihn verliebst. Er wohnt doch sicher irgendwo in Hollywood. Da würdet ihr zwei euch nicht oft sehen.«

»Keine Angst, Mom.« Ich dachte an die Zeremonie mit den Treue-Tattoos. »Luke Striker ist nicht so mein Typ.«

»Und Trina?«, sagte Mom. »Du weißt doch, wie sie ist.«

»Schon.« Ich wusste sogar sehr genau, wie sie war. »Aber er hat die ganze Zeit eine Brille auf, sodass ihn niemand erkennen kann.«

»Das glaubst du doch selbst nicht«, sagte Mom.

»Wieso denn nicht?« Dad schlug den Immobilienteil auf. Er ist Architekt und interessiert sich immer sehr dafür, welche Häuser gerade zum Verkauf stehen. »Bei Clark Kent hat es auch geklappt.«

Nach der Erfüllung meiner familiären Verpflichtungen ging ich nach oben in mein Zimmer, um Hausaufgaben zu machen. Ich schaltete den PC ein und rief meine Mails ab. Die meisten waren von Trina. Obwohl sie direkt nebenan wohnt, mailen wir uns öfter, als dass wir telefonieren… oder uns sehen. Ich weiß selbst nicht, warum. Vielleicht weil wir nicht so oft aus dem Haus gehen. In Clayton gibt es nicht so viele Orte für Jugendliche. Mal abgesehen von der Schule. Ich lese sehr viel und Trina probt ständig irgendeine Rolle für die Theater-AG.

Meistens kann man sie sogar proben hören. Unsere Häuser stehen nämlich nur ein paar hundert Meter voneinander entfernt und Trina besitzt ein – wie Mr Hall sagt – ausnehmend kräftiges Zwerchfell. Besser gesagt, ihre Stimme ist sehr durchdringend. Sie spielt seit der Grundschule in so gut wie jedem Schultheaterstück die Hauptrolle, weshalb ich denke, dass sie ziemlich gute Chancen auf eine Karriere hat. Trina möchte später mal wie ihr großes Vorbild Meryl Streep in Yale Schauspiel studieren und hat sich fest vorgenommen, danach den Broadway im Sturm zu erobern. Film interessiert sie nicht. Sie sagt, die Wechselwirkung zwischen Künstler und Publikum im Theater sei wie eine Droge, nach der sie süchtig ist.

Hey, wo bist du im Chor abgeblieben?, schrieb sie. Ihr *Nick* ist – Überraschung! – »Dramaqueen«. *La Hall ist voll ausgerastet, weil du gar nicht mehr wiedergekommen bist.*

Ich bin es gewohnt, Trina wegen der Annie-Sache anzulügen (einmal hat sie mich direkt verdächtigt, Annie zu sein, als der *Register* den Brief eines Jungen abdruckte, der sich darüber beklagte, er könne nur wach bleiben, wenn er seine täglichen sechs Dosen Cola light trinke, allerdings müsse er dann abends vier Schlaftabletten schlucken, um einschlafen zu können. Annies Antwort »Dann trink weniger Cola« war laut Trina so »typisch Jen«, dass ich um ein Haar aufgeflogen wäre), also schrieb ich ganz entspannt zurück:

JENNYG: Cara hatte mal wieder einen Heulanfall. Hab ich was verpasst?

DRAMAQUEEN: Ich glaub, die wird zu Hause nicht genug beachtet. Sonst würde sie es in der Schule nicht immer so krampfhaft darauf anlegen, oder? Und ja, du hast voll was verpasst. Hall hat uns das Kleid gezeigt, das wir beim Wettbewerb in Luers anziehen sollen. Halt dich fest: Es ist rot, mit einem paillettenbestickten Blitz vorne drauf.

Eine widerliche Vorstellung. Vor allem wenn ich es mir an meinem Körper vorstellte.

JENNYG: Du lügst.

DRAMAQUEEN: *Au contraire, mon frère*. UND es ist aus einem Material, das keine einzige in der Natur natürlich vorkommende Faser enthält. UND es kostet 180 Dollar.

JENNYG: Verberat nos et lacerat fortuna!

DRAMAQUEEN: Du sagst es. Die Jungs haben es gut. Die müssen sich zu ihrem Smoking bloß einen roten Kummerbund und eine rote Fliege kaufen. Für Samstag ist ein Autowaschtag angesetzt, um Geld für die Mädchen zu sammeln, die *fortuna* im Stich gelassen hat und die sich das Kleid nicht leisten können. Ich hab dich für die Schicht zwischen 12 und 14 Uhr eingetragen. Dann werden wir beim Autowaschen wenigstens ein bisschen braun. Falls es nicht regnet.

JENNYG: Als ich in diesen Chor eingetreten bin, hast du vergessen, mir zu sagen, dass er erbarmungslos Stück für Stück meiner kostbaren Freizeit auffressen wird.

DRAMAQUEEN: Ach komm, als hättest du was Besseres zu tun.

Leider hat sie Recht. Ich hab nichts Besseres zu tun. Trotzdem.

JENNYG: Und überhaupt: HUNDERTACHTZIG DOLLAR? Für ein Kleid, das ich danach nie wieder anziehe? Das ist LACHHAFT.

DRAMAQUEEN: Nein, das ist das Showbusiness.

JENNYG: Und ich dachte, die gepolsterten BHs wären schlimm…

DRAMAQUEEN: Tja. Ach, übrigens – Steve hat mich gefragt, ob ich mit ihm zum Frühlingsball gehe.

Steve McKnight ist Trinas »Boytoy« – ihr Spielzeug. Er singt bei den Troubadours als Bariton mit, hat in der Aufführung von »Der Löwe im Winter« neben Trina als Leonore von Aquitanien Heinrich II. gespielt, in »Mame« war er Trinas Beauregard Burnside und in »Romeo und Julia« ihr Romeo. Trina liebt ihn nicht (sie spart sich für Luke Striker auf), aber weil Steve größer ist als sie und bis über beide Ohren in sie verliebt, erlaubt sie ihm gnädig – quasi als Lückenbüßer –, ihr Freund zu sein. Das ist praktisch, weil er mit ihr zum Beispiel in jeden neuen Film geht und natürlich alles bezahlt.

Moralisch ist das so ziemlich das Letzte, aber ich mag Trina trotzdem. Ich kann nicht anders. Obwohl es mich jedes Mal nervt, wenn sie mal wieder mit Steve Schluss macht – meistens wegen irgendeines anderen Jungen –, weil er dann immer sofort zu mir kommt und wissen will, was er falsch gemacht hat.

Ich fand es gut, dass die beiden zum Frühlingsball gehen würden. Das machte Steve bestimmt überglücklich, und Trina konnte mir dann nachher in allen Einzelheiten erzählen, wie es war. Ich selbst würde ja nicht hingehen. Mich hatte keiner eingeladen.

JENNYG: Du Glückliche.

DRAMAQUEEN: Wieso suchst du dir nicht auch jemanden? Dann machen wir ein Doppel-Date.

JENNYG: Na klar. Sekunde, ich guck mal schnell in meinen Terminplaner – ach nee, geht nicht. Diese Woche ist gerade keiner in mich verliebt.

DRAMAQUEEN: Du bist eben zu nett.

JENNYG: Genau: Weil Jungs sich nämlich nur in Mädchen verlieben, die sie psychisch fertig machen.

DRAMAQUEEN: Ich meine das ernst. Du bist zu *allen* nett. Du behandelst alle Jungs gleich. Woher sollen die wissen, ob du in ihnen nur einen guten Freund siehst oder einen potenziellen *Amor?* Deswegen hat sich noch keiner an dich rangetraut. Ich meine, es ist ja nicht so, dass du hässlich wärst.

JENNYG: Hey, danke! Das beruhigt mich sehr.

Ich weiß schon, dass ich nicht hässlich bin. Okay, ich bin keine Catrina Larssen, aber ich hab diese frische, gesunde »Mädchen von nebenan«-Ausstrahlung. Braune Haare, haselnussbraune Augen, Sommersprossen – das klassische Schema eben. Eigentlich ganz schön schlimm. Deshalb versuche ich auch gerade, mir wenigstens den braven Pony rauswachsen zu lassen.

DRAMAQUEEN: Doch, echt. Du hättest Scott Bennett haben können, aber du hast es vermasselt.

Absurderweise bildet sich Trina ein, Scott Bennett sei der perfekte Freund für mich. Was wahrscheinlich daran liegt, dass ich nach der Redaktionsfahrt ziemlich viel von ihm geredet habe. Aber doch nur, weil wir uns so gut verstanden haben. Abends saßen wir oft zufälligerweise am Lagerfeuer nebeneinander und diskutierten darüber, ob die Verfilmung von »Total Recall« der Kurzgeschichte von Philip K. Dick gerecht wird, die ihm zugrunde liegt, oder wer der wahre Urvater der Science-Fiction ist: H. G. Wells oder Isaac Asimov.

Wahrscheinlich hab ich Trina auch erzählt, wie Scott die Bedienung im Outback Steakhouse, wo wir auf der Rückfahrt zu Mittag aßen, penetrant mit ihrem Vornamen anredete, der auf ihrem Namensschild stand. »Was würden Sie uns denn empfehlen, Rhonda?«, oder: »Wir haben uns für die frittierten Zwiebeln entschieden, Rhonda«, oder: »Ach, zu liebenswürdig, Rhonda«, als sie ihm Cola nachschenkte. Keine Ahnung, wieso, aber ich hab mich fast weggeschmissen vor Lachen. Irgendwann verschluckte ich mich vor lauter Gekichere und Kwang musste mir auf den Rücken klopfen.

Aber wahrscheinlich war es vor allem die Balken-Geschichte, die Trina auf die Idee gebracht hat, Scott sei der ideale Freund für mich. Ich meine den zwischen zwei Bäumen befestigten Balken, an dem wir uns entlanghangeln mussten, um nicht von dem herabsausenden Hammer erschlagen zu werden. Und zwar nicht den Teil der Geschichte, wo Scott zu Mr Shea »Ehrlich gesagt klingt es behämmert« sagte, sondern den Teil, wo Scott und ich die Letzten auf unserem Baum waren und er mich hochhob, damit ich nach ihm greifen konnte (nach dem Balken, meine ich), um mich daran festzuklammern.

Ich muss Trina gegenüber wohl erwähnt haben, wie mühelos er mich hochstemmte – als wäre ich federleicht – und wie sich dabei unter den Ärmeln seines T-Shirts deutlich seine Muskeln abzeichneten. Und wie gut er roch. Und seine Hände, wie… na ja, wie groß sie waren. Und wie kräftig.

Es war ein Fehler, Trina davon zu erzählen. Seitdem denkt sie nämlich, ich würde was von Scott wollen (ja genau, mehr als nur *Freundschaft*), und löchert mich ständig, ich solle doch mal was mit ihm allein machen. Ins Kino gehen, oder so. Sie sagt, es sei offensichtlich, dass wir füreinander bestimmt seien, aber wenn ich nicht langsam was unternähme, würden wir nie zusammenkommen, weil er dann für alle Zeiten denken würde, ich würde ihn nur als guten Freund mögen, weil ich zu allen Jungs gleich nett bin, statt wie sie (Trina) hemmungslos herumzuflirten.

Was lächerlich ist – also, dass Scott und ich füreinander bestimmt sein sollen –, weil Scott und Geri Lynn eindeutig das perfekte Paar sind. Das sieht man schon allein daran, wie schnell das mit den beiden ging. Es passierte schon am ersten Schultag. Jedenfalls den Herzchen in Geris Kalender nach zu urteilen.

Nur gut, dass Trina Schauspielerin werden will, als Partnervermittlerin hätte sie nämlich noch Einiges zu lernen.

Das habe ich ihr auch schon ein paarmal gesagt, aber das hält sie nicht davon ab, immer wieder damit anzufangen.

DRAMAQUEEN: Okay, vielleicht wird das mit Scott wirklich nichts mehr, aber das heißt nicht, dass du die Männerwelt komplett abschreiben musst. Du siehst echt süß aus. Ich könnte Steve fragen, ob er einen Bariton weiß, der mit dir hingehen würde. Oder vielleicht einen von den Tenören…

JENNYG: STOPP! NEIN! BLOSS NICHT!

DRAMAQUEEN: Okay, okay. Aber es muss doch IRGENDJEMANDEN geben, in den du verknallt bist.

JENNYG: DU bist doch auch in niemanden verknallt. Wieso muss ICH verknallt sein und du nicht?

DRAMAQUEEN: Weil, *pulchera*, ich mich für Luke Striker aufhebe.

O Gott. Zum ersten Mal kam mir der Gedanke, dass es auch Auswirkungen auf mein Leben haben könnte, falls Luke Strikers Identität bekannt werden sollte. Nämlich, indem meine beste Freundin vor mir ihre Jungfräulichkeit verlor. Natürlich nur vorausgesetzt, Luke würde sich auch in sie verlieben.

Ich verspürte leichte Schuldgefühle, weil ich seinen unmittelbar bevorstehenden Besuch in unserer kleinen Stadt vor Trina verheimlichte. Wenn sie je dahinterkam, wäre sie stinksauer.

Andererseits hat Trina es noch nie geschafft, wirklich lang auf mich sauer zu sein.

Wir mailten uns gerade die Lösungen der Lateinhausaufgabe zu (was übrigens nichts mit Abschreiben zu tun hat. Wir bestätigten uns im Wesentlichen nur, dass wir beide dasselbe raushatten), als ich eine neue Nachricht bekam. Und zwar von jemandem, mit dem ich mir im Gegensatz zu Trina oder Geri Lynn normalerweise nicht schreibe. Sein Nickname »Otempora« ist ein lateinischer Ausruf, der so was wie »Oje, in was für Zeiten leben wir!« bedeutet (als hätten die sich damals im 9. Jahrhundert auch schon mit Problemen wie Al-Qaida oder J Lo rumschlagen müssen).

Zufälligerweise ist »Otempora« der Nick von Scott Bennett. Ich nahm an, es hätte was mit der Schülerzeitung zu tun. Hatte es aber nicht.

OTEMPORA: Hey, Jen, du bist nicht sauer, weil ich deine Story an Kwang weitergegeben hab, oder? Die über Betty Anns Entführung.

Mir war sofort klar, dass Geri deswegen auf ihm herumgehackt hatte. In letzter Zeit hackte sie sowieso ziemlich viel auf ihm herum. Ich persönlich glaube, das hängt damit zusammen, dass sie bald ihren Abschluss macht und auf die Uni geht. Nach Kalifornien. Um Fernsehjournalismus zu studieren. Das ist natürlich eine Riesenumstellung. Mir ist aufgefallen, dass Leute, bevor sie für längere Zeit wegfahren oder umziehen, gern ohne Grund Streit anfangen. Als würde ihnen der Abschied leichter fallen, wenn sie sauer sind. Trina bricht zum Beispiel jedes Mal einen Streit mit mir vom Zaun, bevor sie über die Sommerferien mit ihren Eltern in ihr Ferienhaus am Lake Wawa fährt. Schon komisch.

Aber das konnte ich Scott natürlich nicht schreiben. Also, dass seine Freundin wahrscheinlich bloß mit ihm herumstritt, weil es sie so belastete, dass sie sich bald würden trennen müssen. Das geht mich ja nichts an. Und er hatte mich auch nicht gefragt. Also antwortete ich:

JENNYG: Natürlich bin ich nicht sauer. Wieso sollte ich?

Er schrieb zurück:

OTEMPORA: Genau das hab ich mir auch gedacht. Aber Geri glaubt, dass du sauer bist. Wobei die natürlich auch nicht weiß, wie viel du sonst noch zu tun hast…

Nein. Weiß sie nicht. Weil sie genauso wenig wie die meisten anderen Leute weiß, dass ich Annie bin.

OTEMPORA: Andererseits kennt sie dich. Eigentlich müsste sie wissen, dass du wegen so was nicht sauer wirst.

Nein, werde ich nicht. Nie. So bin ich nicht.

Ich schrieb ihm, er solle sich deswegen keine Sorgen machen, und setzte mich dann an meine Mathehausaufgaben. Denn selbst Mädchen-die-wegen-so-was-nicht-sauer-werden müssen Hausaufgaben machen.

Sogar solche Mädchen, die schon sehr bald, ohne dass es irgendjemand ahnte, sehr eng mit einem Filmstar wie Luke Striker befreundet sein würden.

Fragt Annie

Stellt Annie eure drängendsten Fragen zum Thema zwischenmenschliche Beziehungen. Na los, traut euch! Der *Clayton Highschool Register* behält sich vor, Briefe an Annie abzudrucken, wobei Namen und E-Mail-Adressen der Rat Suchenden selbstverständlich vertraulich behandelt werden.

Liebe Annie,

ich verliebe mich immer nur in Jungs, die in festen Händen sind. Also welche, die schon eine Freundin haben. Ich flirte so lang mit ihnen, bis sie mit ihrer Freundin Schluss machen. Aber sobald sie dann frei sind, merke ich, dass ich sie gar nicht mehr so toll finde. Was stimmt nicht mit mir? Und was kann ich dagegen tun?

Eine Möchtegernfreundin (aber nur, bis ich es bin)

Liebe Möchtegernfreundin,

entweder hast du Angst vor einer festen Bindung, oder es macht dir einfach Spaß, anderen Mädchen den Freund wegzuschnappen. Aber die Tatsache, dass du das als Problem erkennst, bedeutet, dass du der Lösung schon ein gutes Stück näher gekommen bist. Nimm dir ganz fest vor, in Zukunft die Pfoten von den Freunden deiner Freundinnen zu lassen … denn sonst sind sie *bald die längste Zeit deine Freundinnen gewesen und du hast GAR keine Freunde mehr. Weder männliche noch weibliche.*

Annie

Vier

Ich hatte gedacht, Luke Striker würde irgendwann im Laufe der folgenden Woche in Clayton auftauchen. Oder in der Woche danach. Ich war ganz und gar nicht darauf vorbereitet, ihm schon am nächsten Tag gegenüberzustehen.

Aber genauso war es. Vor Latein saß ich an meinem Platz und überflog die druckfrische Ausgabe des *Register*, als plötzlich die Tür des Klassenzimmers aufging, Ms Kellogg durch den Spalt linste, meinen Namen rief und mich mit gekrümmtem Zeigefinger zu sich winkte. Ich sprang auf und ging auf den Gang, wo sie neben einem großen, ziemlich fertig wirkenden Typen auf mich wartete.

»Ah, Jenny«, sagte sie, und ihre Augen strahlten noch heller als üblich. »Das hier ist Lucas Smith, der neue Schüler, über den wir gestern gesprochen haben.«

Ich war so in Kwangs Artikel über Betty Ann vertieft gewesen (mein Layout war aber auch sehr gelungen: Das Bild von Betty Ann in ihrem Cheerleaderkostüm, mit der Zeile VERMISST: BELOHNUNG AUSGESETZT! darunter, sah original so aus wie die Fahndungsfotos von vermissten Kindern), dass ich fast gesagt hätte: *»Welcher neue Schüler?«*

Dann fiel es mir wieder ein. Luke Striker! Luke Striker kam nach Clayton, um für eine Rolle zu recherchieren, und würde sich als neuer Schüler ausgeben.

Und jetzt war er da.

Ich lief vor Verlegenheit knallrot an. Weil es noch nicht zum Unterricht geklingelt hatte, hetzten um uns herum Schüler zu ihren Klassenräumen, aber die schauten Ms Kellogg oder »Lucas« noch nicht einmal an. Keine Ahnung, weshalb ich so verlegen war.

Ich war selbst überrascht über meine Reaktion. Auf den Anblick von Luke Striker in Fleisch und Blut, meine ich. Wobei von Fleisch eigentlich nichts zu sehen war, weil er viel mehr anhatte als in seinem letzten Film. Von irgendwem musste er sich Infos darüber besorgt haben, wie die Jungs hier in Indiana so rumlaufen, er hatte den Look nämlich voll drauf: in den Kniekehlen hängende Jeans, ein schlabberiges Footballtrikot in XXL und so hässliche Klump-Turnschuhe. Außerdem trug er eine Brille mit Drahtgestell und hatte sich die Haare wachsen lassen. Sie waren sogar noch länger als in seinem Lanzelot-Film. Und dunkler. Anscheinend war Luke nicht wirklich naturblond.

Und er war größer, als ich erwartet hätte. Der Typ, der da im Gang stand und den ich »an die Hand nehmen sollte«, sah eigentlich nicht mehr nach Filmstar aus als ich selbst…

Wenn man nicht wusste, dass er einer war, meine ich.

»Oh«, sagte ich lahm, weil Ms Kellogg so erwartungsvoll auf mich herunterlächelte. »Ach, so. Hi.«

Luke nickte mir nur zu. Keine Ahnung, ob aus Mitleid (weil er meine flammend roten Wangen bemerkt hatte) oder aus angeborener Coolness. Jedenfalls spürte ich sofort, dass er mich in etwa so spannend fand wie eine Uraltfolge von *Der Himmel steh uns bei*.

»Also gut«, sagte Ms Kellogg. »Du hilfst Mrs Mulvaney sicher, einen Platz für, äh, Lucas zu finden. Und du zeigst ihm ein bisschen die Schule, ja, Jen?«

»Klar«, krächzte ich mit letzter Kraft. Was war bloß los mit mir? Ich schwöre, normalerweise lass ich mich null davon beeindrucken, ob jemand vielleicht ein Star ist. Die Berühmtheiten, die ich gut finde, sind streng genommen noch nicht mal Stars… Schriftsteller wie Stephen King oder Tolkien und so.

Und *ich* lief rot an, weil Luke Striker mir zugenickt hatte?

Irgendwas stimmte nicht. Aber so was von ganz und gar nicht.

»Wunderbar«, sagte Ms Kellogg. Es klingelte. Luke kniff die Augen hinter den Brillengläsern zusammen, als bereite ihm der Klingelton Kopfschmerzen.

»Na gut, äh, Lucas, dann lasse ich dich jetzt mal allein«, sagte Ms Kellogg. Mittlerweile strömten die Leute aus dem Lateinkurs ins Klassenzimmer oder versuchten es zumindest. Wir blockierten nämlich die Tür. »Deine Lehrer müssten eigentlich alle darüber informiert sein, dass du jetzt, äh, bei uns bist. Wir haben gestern extra noch ein Rundschreiben rumgeschickt.«

»Bestens«, sagte Luke. Hinter ihm hörte ich Mrs Mulvaney »Ite, ite!« rufen, was vom lateinischen Verb *ire* kommt und *gehen* heißt – oder im konkreten Fall: »Geht!« Und zwar: aus dem Weg. Wir gaben den Weg frei, damit Mrs Mulvaney ins Klassenzimmer konnte. Mir fiel auf, dass sie Ms Kellogg und Luke keines Blickes würdigte, obwohl sie an ihnen vorbeimusste. Jedenfalls nicht sofort. Ihr erster Blick galt dem Platz, an dem Betty Ann immer gesessen hatte.

Erst als sie feststellte, dass sie nicht dort saß, sah Mrs Mulvaney die beiden an… verzog aber vorher unmerklich das Gesicht. In diesem Moment spürte ich deutlicher denn je, dass sie Betty Ann vermisste. Ich meine, so richtig *doll* vermisste.

»Mrs Mulvaney, das ist der neue Schüler, von dem wir gesprochen haben – Lucas Smith«, stellte Ms Kellogg Luke vor. »Sie erinnern sich? Wir haben Jenny gebeten, sich ein bisschen um ihn zu kümmern.«

»Ach so, ja, natürlich.« Es war Mrs Mulvaney nicht anzumerken, dass sie Luke erkannt hatte. Wahrscheinlich hatte sie ihn auch nicht erkannt. Lateinlehrer sind, was die Popkultur betrifft, meist eher nicht so auf der Höhe der Zeit. Sie rief in die Klasse: »Können alle hinter Jen bitte einen Platz aufrutschen? So, da haben wir doch schon einen Platz. Da, gleich neben dem Tisch mit dem Bleistiftspitzer.«

Luke ließ sich auf den Platz hinter mir fallen. Eines musste man ihm lassen, er hatte das Mich-lässt-das-alles-ziemlich-kalt-Auftreten perfekt eingeübt. Seine Haltung und sein Gang waren nicht von Kurt Schraeder und seiner Crew zu unterscheiden, die wenig später ins Zimmer geschlappt kamen.

Mrs Mulvaney stellte den neuen Schüler der Klasse vor (auf Latein) und wir hießen unseren neuen *amicus* pflichtschuldigst willkommen. Luke hob eine Hand und murmelte gelangweilt: »Yo.«

Selbst seine Stimme – ich schäme mich zutiefst, es zuzugeben – ließ mich erröten!

Kaum hatte sich Mrs Mulvaney umgedreht, bohrte mir Luke seinen Bleistift in den Rücken (zum Glück das Radiergummiende) und flüsterte mir ins Ohr: »Und so geht das jetzt jeden Tag, oder was?« Es dauerte ein paar Sekunden, bis sich die Bedeutung dieser Worte mir erschlossen hatte, was damit zusammenhing, dass es mir heiß und kalt den Rücken runterrieselte. Hey, mir hatte gerade ein echter Filmstar, und zwar Luke Striker, etwas ins Ohr geflüstert! Da wäre es sogar *meiner Mom* heiß und kalt den Rücken runtergerieselt.

So cool wie möglich flüsterte ich zurück: »Öh, ja.«

»Aber es ist… es ist erst acht!«, sagte Luke ungläubig.

»Ich weiß«, wisperte ich. Und sagte dann, um ihm ein bisschen Mut zu machen: »Aber um drei können wir auch schon wieder gehen.«

»Um *drei*? Das sind ja noch sieben Stunden.«

Lukes Atem kitzelte mich an der Wange. Er roch nach Eclipse-Mintstreifen. Ich fragte mich, ob alle Filmstars so einen minzig-frischen Atem hatten. Vielleicht ist es ja das, was sie von uns Normalsterblichen unterscheidet. Ihr natürlicher, minzfrischer Atem.

»Hm.« Ich suchte nach einer schlagfertigen Antwort, aber alles, was ich herausbekam, war ein geistreiches »Ja, stimmt«.

Luke ließ sich fassungslos in seinen Stuhl zurücksinken. »Leck mich…«

Mrs Mulvaney fuhr herum und wollte auf Latein wissen, ob es irgendein Problem gäbe, worauf ich auf Latein antwortete, es gäbe keines.

Dabei gab es eines. Und was für eines.

Ich hatte nämlich nicht damit gerechnet, dass Luke im wahren Leben so unwahrscheinlich und zum Niederknien gut aussehen würde. Nicht dass ich vorher gedacht hatte, er hätte sein blendendes Aussehen in den Filmen irgendwelchen Spezialeffekten zu verdanken, aber…

Na ja, vielleicht doch.

Hatte er aber nicht.

Ich war nicht das einzige Mädchen der Schule, dem auffiel, wie gut er aussah. Luke folgte mir auf Schritt und Tritt – in jede Unterrichtsstunde, zu meinem Schließfach und sogar zum Trinkbrunnen. Obwohl ihn niemand erkannte und ihn auch niemand ansprach: »Hey, hat dir schon mal jemand gesagt, dass du voll wie Luke Striker aussiehst?«, entging mir nicht, dass alle Mädchen der Clayton Highschool ihn mit ihren Blicken verschlangen. Er konnte kaum die Hand heben und sich eine Haarsträhne aus dem Auge streichen, ohne dass die Hälfte der Schülerinnen in meinem Lateinkurs aufseufzte.

Der Kerl war heiß, das ließ sich nicht leugnen. Ich hatte plötzlich allergrößtes Verständnis dafür, dass Angelique sich seinen Namen eintätowiert hatte.

Nur verstand ich nicht, warum sie mit ihm Schluss gemacht hatte.

Wobei ich nicht behaupten kann, dass sich Luke als besonders anregender Gesprächspartner erwies. Den ganzen Morgen über wechselte er gerade mal drei Worte mit mir. Ich hatte keine Ahnung, ob er einfach von Natur aus nicht sonderlich gesprächig oder wegen irgendwas sauer war. Nur dass ich ihm überhaupt nichts getan hatte. Jedenfalls nicht wissentlich. Erst als er mir nach Mathe hinterherschlurfte, ahnte ich, was sein Problem sein könnte. Er sah mich nämlich schläfrig an und fragte: »Sag mal, kriegt man hier vielleicht irgendwo einen Espresso?«

»Einen *Espresso*?« Darf ich anmerken, dass »Espresso« ein Wort ist, das man in Clayton nicht so oft zu hören bekommt? Ich versuchte, nett zu reagieren. »Na ja, also im Stadtzentrum gibt es ein Starbucks Café.«

»Wie? Du meinst, wenn ich einen Kaffee will, muss ich irgendwohin fahren und ihn mir holen?« Lukes blaue Augen – die schon auf der Leinwand beeindruckten, aber im wahren Leben (selbst hinter Brillengläsern) geradezu unwiderstehlich waren, so blau wie zwei Schwimmbecken – weiteten sich. »Wo sind wir hier denn?«

»Äh…« Ich überlegte kurz. »An einer Highschool?«

Mathe und Französisch verschlief Luke mehr oder weniger. Erst kurz vor der vierten Stunde begann er, allmählich aufzuwachen. Was auch gut so war, weil wir dann Chorprobe mit den Troubadours hatten und er in Trinas Gegenwart extravorsichtig sein musste. Wenn jemand seine »Verkleidung« durchschauen würde, dann sie.

Auf dem Weg zum Musikpavillon warnte ich ihn vor ihr. Ich hatte mich allmählich an ihn gewöhnt und war nicht mehr so verkrampft.

Was allerdings nicht heißt, dass ich *locker* war. Ich wusste einfach nicht, wie ich ihn einschätzen sollte. Und das erstaunte mich selbst, weil ich normalerweise eine ziemlich gute Menschenkennerin bin.

»Wenn du hier wirklich anonym bleiben willst«, sagte ich, »musst du bei Trina echt voll aufpassen. Sie will mal Theaterschauspielerin werden und kennt jede Folge von *Der Himmel steht uns bei* praktisch auswendig.«

Luke hörte mir gar nicht zu. Er hatte seine Augen einen Spaltbreit aufgezwängt und einen Colaautomaten entdeckt.

»Koffein!«, rief er überglücklich und wollte losstürzen. Dann erstarb sein Lächeln. »Shit. Ich hab kein Kleingeld dabei.«

Ich kramte einen Dollar aus der Hosentasche und gab ihn ihm.

»Ich meine das echt todernst, Luke«, sagte ich, während hinter uns die Leute in den Chorsaal strömten. »Trina ist meine beste Freundin. Ich weiß, wovon ich rede.«

Ich hatte noch nie jemanden eine ganze Dose Cola trinken sehen, ohne dabei auch nur einmal Atem zu holen. Luke Striker schaffte es. Als er fertig war, rülpste er dezent und warf die leere Dose – rückwärts – hinter sich in den Mülleimer.

Und traf.

»Hey, kein Problem«, sagte er, und seine Stimme klang schon viel lebhafter.

Dann lächelte er. Und in mir krampfte sich alles zusammen. Kein gutes Zeichen.

Die Cola hatte Luke sichtlich aufgemuntert. Er betrat den Chorsaal – eine Art abgesenktes Amphitheater mit teppichbedeckten Sitzstufen –, und seine Laune stieg deutlich, als er sich in der Spiegelwand sah, in der wir eigentlich unsere Atmung kontrollieren sollten. Zumindest diejenigen, deren Blickfeld nicht durch Karen Sue Walters' Haarschopf beeinträchtigt wurde.

Genau in diesem Moment kam Trina in den Raum. Anscheinend hatte sich schon rumgesprochen, dass ich einen neuen

Schüler betreute, sie sah sich nämlich nach allen Seiten um, machte ein entschlossenes Gesicht, als sie mich und Luke entdeckte, polterte die Stufen zu uns herunter und sagte forsch: »Krieg ich deinen neuen Freund auch vorgestellt, Jen?«

»Ach... Trina. Hi«, begrüßte ich sie nervös. »Das ist Lucas Smith. Lucas, das ist meine Freundin Trina.«

Luke drehte sich um. »Hi. Du bist bestimmt die Schauspielerin, was?«

Trina sah zu Luke empor – er ist ziemlich groß, weit über eins achtzig – und zerschmolz zu einer Pfütze.

»Wow, woher...?« Ihre Stimme klang ganz anders als sonst. Dann fügte sie hinzu: »Ja. Die bin ich.«

»Nett, dich kennen zu lernen«, sagte Luke. »Wie ist denn die Theater-AG hier so?«

Am liebsten hätte ich ihm den Ellbogen in die Rippen gerammt, weil ich sicher war, Trina würde sofort eins und eins zusammenzählen – Lucas Smith... Theater... *Luke Striker*!

Aber womöglich hatte ich Trinas Verehrung für Luke doch etwas überschätzt, sie merkte nämlich nichts, sondern quasselte sofort los, dass er das Vorsprechen für das nächste Musical der AG ja leider verpasst hätte, dass unsere Lokalzeitung ihre Verkörperung der Julia im letzten Stück als »gefühlvoll« gelobt hätte und was für ein enormes Glück er habe, dass Mr Hall ihn überhaupt bei den Troubadours mitsingen ließe, weil normalerweise jeder ein superstrenges Auswahlverfahren durchlaufen müsse...

Als sie das erwähnte, fragte ich mich plötzlich auch, wie Dr. Lewis Mr Hall dazu überredet hatte, jemanden in seinen kostbaren Chor aufzunehmen, ohne ihn je singen gehört zu haben. Wusste er womöglich über Luke Bescheid? Oder hatte er ihn aufgenommen, weil er mit den Tenören zurzeit total unzufrieden war (so wie mit meiner Tanzerei)?

In diesem Augenblick stieß Steve zu uns – der Bariton, der sich aus lauter Liebe zu Trina freiwillig im Multiplexkino unserer Einkaufsmeile sämtliche romantische Liebeskomödien anschaut, nur um ihr neunzig Minuten lang ganz nah sein zu können.

»Hey«, sagte er. Steve ist ziemlich schlaksig mit einem spitz hervorstechenden Adamsapfel, der auf und ab hüpft, wenn er nervös ist. Als er sich jetzt zu Trina und Luke stellte, hüpfte er wie verrückt. »Na, wie geht's?«

»Oh. Hi, Steve«, begrüßte Trina ihn kurz angebunden. »Das ist Lucas.«

»Hi«, sagte Steve zu Lucas.

»Hey, Alter«, antwortete Luke und setzte Steve mit nur zwei Wörtern und einem Kopfnicken in puncto Coolness ganz klar schachmatt. Armer Steve!

»So, Leute!« Mr Hall kam aus seinem Büro neben dem Chorsaal geeilt und klatschte in die Hände. »Alle bitte auf ihre Plätze!« Sein Blick fiel auf Luke. »Du da. Wer bist du?«

Jetzt war klar, dass Mr Hall ganz offensichtlich keine Ahnung hatte, wem er gegenüberstand.

Wenn man es wusste, war das Aufeinandertreffen der beiden allerdings sehr komisch. Auf der einen Seite Luke – ein echter Schauspieler, der in seinem Beruf Millionen scheffelte – und auf der anderen Mr Hall, der immer damit angab, dass er früher mal am Broadway aufgetreten ist, und der jetzt bloß in einer Kleinstadt im Süden Indianas einen Schulchor leitete.

Und trotzdem war der Chorleiter viel aufgeblasener als der Filmstar. Mr Hall blaffte Luke nämlich sofort an, er hätte das Rundschreiben zwar auch bekommen, fände es aber ungeheuerlich von der Schulleitung, vorauszusetzen, jeder Schüler könnte so mir nichts, dir nichts Troubadour werden. Lucas (Luke) müsse selbstverständlich auch vorsingen, denn er sehe gar nicht ein, ihn einfach so aufzunehmen, nur weil das Schuljahr schon fortgeschritten sei.

Luke ließ sich nicht verunsichern. Was wahrscheinlich daran liegt, dass er an Regisseure mit ihren absurden Forderungen gewöhnt ist. »Ach, bitte machen Sie meinetwegen keine Umstände, Sir«, sagte er. »Ich schaue am besten einfach erst mal eine Weile nur zu.«

Ich glaub, das *Sir* gab den Ausschlag. Wie zuvor schon Trina schmolz Mr Hall dahin wie Butter in der Sonne. Er gestattete Luke sogar, sich neben den Pianisten zu setzen und die Noten umzublättern.

Ich gebe zu, dass es mich ziemlich beeindruckte, wie mühelos Luke Mr Hall um den Finger gewickelt hatte.

Aber mir blieb nicht viel Zeit, über Luke nachzudenken. Mr Hall ließ uns unser Programm für den Wettbewerb dreimal von Anfang bis Ende durchsingen. Mit Aufstehen und Armeschwenken und allem Drum und Dran. Ich fand es schrecklich, dass ich mich nicht mehr hinter Karen Sue Walters Haarbusch verstecken und lesen konnte. Und noch schrecklicher, dass die Armbewegungen superkompliziert und schwer zu merken waren und ich immer wieder durcheinander kam, weshalb ich von Mr Hall dauernd angebrüllt wurde.

»Du bist schon wieder aus dem Takt, Jenny Greenley!«, oder: »Pass doch auf, Jenny!«

Dafür dass sich die Teilnahme am Chor im Zeugnis gut macht, musste ich echt ganz schön leiden. Und alles war Trinas Schuld.

Wobei wir Altstimmen noch besser dran waren als die Sopranistinnen. Die mussten nämlich so richtig TANZEN. Mit HÜTEN. Ganz im Ernst. Zu dem Song »All That Jazz« aus dem Musical »Chicago« mussten sie so eine Hut-und-Spazierstock-Nummer hinlegen, allerdings ohne Spazierstöcke. Na gut, eigentlich wäre das kein Problem gewesen. Die Sopranistinnen waren nämlich alle gute Tänzerinnen. Aber wir Altsängerinnen sollten ihnen die Hüte, die auf einer der oberen Sitzreihen parat lagen, anmutig hinunterreichen, und das war ein Problem. Weil es nämlich total schwierig ist … jedenfalls für jemanden ohne jedes Rhythmusgefühl wie mich. Als es zur Mittagspause klingelte, war ich völlig ausgelaugt.

Ganz im Gegensatz zu Luke, der inzwischen aufgewacht war.

»Und dieser Mist zählt so richtig im Zeugnis, oder was?«, fragte er, als wir den Chorsaal verließen.

Erstaunlich, wie schnell er den Chor durchschaut hatte. Ich hatte dafür immerhin ganze drei Monate gebraucht. Ich meine, nicht nur die gepolsterten BHs, nein, sondern dass »All That Jazz« noch der coolste Song ist, den wir singen. Der Rest unseres Programms besteht aus *Perlen* (laut Mr Hall) der Musicalgeschichte, z. B. »As Long as He Needs Me« aus »Oliver« (wir Altstimmen lieben ganz besonders die Stelle »As long as he needs me, I cling on steadfastly«, weil wir statt »cling on« nämlich immer »Klingon« singen, ohne dass Mr Hall es bis jetzt gemerkt hätte) oder »Day by Day« aus »Godspell«.

Das Nervigste ist, dass wir mit dem Chor herumreisen müssen, weil Mr Hall ständig Auftritte in irgendwelchen Grundschulen oder bei Treffen vom Rotary Club für uns organisiert. Echt wahr. Als mir das klar wurde, war ich total entsetzt und hätte Trina am liebsten umgebracht. Aber da war es schon zu spät. Es wäre zwecklos gewesen, Ms Kellogg zu bitten, mich in eine andere AG zu versetzen – die waren alle schon voll.

Allerdings muss ich zugeben, dass der Chor auch sein Gutes hat. Immerhin bietet er den empfindsamen Künstlerseelen unter den Schülern einen Rückzugsort, an dem sie sich sicher fühlen können. Ein paar der Troubadours bleiben sogar in der Mittagspause zum Essen im Chorsaal, um sich unten in der Cafeteria nicht den Kurt Schraeders der Schule auszuliefern.

Trina würde auch gern im Chorsaal essen, allerdings aus anderen Motiven. Sie will bloß verhindern, dass Mr Hall (der nicht im

Lehrerzimmer, sondern in seinem Büro zu Mittag isst – ich glaub, er ist im Kollegium nicht sonderlich beliebt) eventuelle Soloauftritte an andere Sopranistinnen vergibt, bloß weil Trina das Pech hat, gerade mal nicht in der Nähe zu sein. Aber ich hab ihr gesagt, dass ich es überhaupt nicht einsehe, nur wegen ihres privaten Konkurrenzkampfes mit Karen Sue Walters auf das Menü in der Cafeteria zu verzichten. Also essen wir nicht im Chorsaal.

Doch das alles konnte Luke nicht wissen. Beim Rausgehen warf er einen Blick auf Karen Sue und die anderen Chormitglieder, die ihre Essenstüten unter den Sitzreihen hervorzogen. »Ist die Probe nicht zu Ende?«, fragte er. »Wieso essen die im Chorsaal?«

»Wer *die*? Meinst du die Leprakolonie hier?« Trina lachte lange und begeistert über ihren eigenen Witz, obwohl sie, wenn ich sie lassen würde, ja selbst im Chorsaal essen würde.

Also musste ich es Luke erklären. »Die essen hier, weil sie Angst haben.«

»Wovor?«

Wir gingen nach unten und betraten die Cafeteria.

Und zum zweiten Mal an diesem Tag sagte Luke: »Leck mich…«

Nur sagte er es diesmal aus einem anderen Grund.

Fragt Annie

Stellt Annie eure drängendsten Fragen zum Thema zwischenmenschliche Beziehungen. Na los, traut euch! Der *Clayton Highschool Register* behält sich vor, Briefe an Annie abzudrucken, wobei Namen und E-Mail-Adressen der Rat Suchenden selbstverständlich vertraulich behandelt werden.

Liebe Annie,

mein Freund isst immer mit offenem Mund, sodass man den ganzen Futterbrei sieht, und er redet dabei auch noch. Ich finde das voll peinlich! Ich hab es ihm auch schon mindestens eine Million Mal gesagt, aber er ändert sich einfach nicht. Wie kann ich ihm Manieren beibringen?

Eine Angeekelte

Liebe Angeekelte,

indem du dich weigerst, mit ihm am Tisch zu sitzen, bis er lernt, anständig zu essen. Glaub mir, nach ein paar einsamen Mahlzeiten schluckt er, bevor er den Mund aufmacht. Garantiert.

Annie

Fünf

Auf den unvorbereiteten Besucher wirkt die Cafeteria der Clayton Highschool möglicherweise etwas einschüchternd. Klar, wenn man sechshundert Jugendliche (wir essen in zwei Schichten) in einem Raum zusammenpfercht, wird es zwangsläufig ziemlich laut.

Und auf diesen trommelfellzerreißenden Lärmpegel war Luke wohl nicht vorbereitet.

Außerdem gibt es bei uns in Clayton, abgesehen von der Glenwood Road, der Hauptstraße, auf der alle Schüler, die ein Auto haben, samstagabends langsam auf und ab fahren, keinen wichtigeren »Szenetreff« als die Cafeteria der Clayton Highschool.

In der Cafeteria holt man sich nicht einfach sein Tablett mit dem Mittagessen, setzt sich an irgendeinen Tisch und isst los.

Nein. Vorher muss man erst einmal an einer endlos langen Reihe von Tischen zur Essensausgabe gehen – auch dann, wenn man sich nur eine Milch oder etwas anderes zu trinken holen will.

Und während man an dieser endlos langen Reihe von Tischen entlanggeht, sind die Augen aller Schüler auf einen gerichtet. Das ist nicht übertrieben. Hier entscheidet sich, wer man ist: Star oder Narr. Alles hängt davon ab, wie cool man den Spießrutenlauf bewältigt.

Außer man heißt Jenny Greenley. Bei mir guckt niemand.

Aber das wusste Luke nicht. Er war in der Tür stehen geblieben und starrte entsetzt auf Courtney Deckard und ihre Mädels, die gerade an den Tischen vorbeistaksten.

»O Mann«, ächzte er. Seine Stimme ging in dem Lärm fast unter. »Das ist ja schlimmer als in der Sky Bar in L. A.«

»Tja«, sagte Trina. »Bei uns heißt die Strecke der ›Catwalk‹. Bist du bereit für deinen Auftritt?«

Wir betraten den Catwalk und gingen zur Theke. Luke folgte uns kopfschüttelnd. Ich kann nicht behaupten, dass der Lärm abnahm, während wir die Cafeteria durchquerten, aber ich spürte deutlich, dass jedes einzelne weibliche Wesen im Speisesaal – von der jüngsten Neuntklässlerin bis hin zur ältesten Thekenkraft – Luke sehr genau registrierte.

Er selbst schien von der Aufregung um seine Person kaum etwas mitzubekommen. Anscheinend stand er unter Schock. Als ich ihm ein Tablett hinhielt, nahm er es wortlos. Und als die Frau an der Essensausgabe fragte: »Mais oder Bohnen?«, sah er sie nur stumm an. »Mais«, sagte ich für ihn, weil ich annahm, er würde als Besucher unseres Staates vielleicht das Gemüse probieren wollen, für das Indiana so berühmt ist.

Mit unseren beladenen Tabletts gingen wir dann weiter zur Kasse, wo Luke offensichtlich immer noch zu erschüttert war, um in der Lage zu sein, die zwei Dollar für sein Essen hinzulegen. Ich bezahlte für ihn. Nur gut, dass ich eine so viel beschäftigte Babysitterin bin (als Single habe ich samstagabends ja auch jede Menge Zeit). Wenn ich jetzt immer für Luke bezahlen musste, wäre ich bald pleite. Trina und ich gingen mit unseren Tabletts zu unserem Stammtisch, an dem wir schon seit der Neunten täglich essen. Er steht genau in der Mitte des Speisesaals zwischen den Tischen der Beliebten und Bewunderten – der Anführer – und den Tischen derjenigen, die zwar nicht so empfindsam sind, dass sie im Chorsaal essen müssen, aber auch nicht beliebt genug, um bei den Anführern sitzen zu dürfen – den Mitläufern.

Trina und ich sitzen nicht als Einzige in der Mitte. Da gibt es noch ein paar andere Leute. Diese Gruppe umfasst (unter anderem) die meisten der Stipendiaten, die Hochbegabten, die Computerfreaks, die Leute aus der Theater-AG, die Punks und die Redaktion vom *Register*.

Geri Lynn hätte sich beinahe an ihrer abgestandenen Cola light verschluckt, als sich Luke Striker auf den Platz neben ihr fallen ließ und gedankenverloren auf seinen Teller starrte.

»Äh… hi«, sagte sie. »Du bist sicher Lucas.«

Der Hammer, oder? Wie schnell sich so was rumspricht, meine ich. Ich hatte Geri Lynn den ganzen Tag noch nicht gesehen und trotzdem hatte sie schon von dem neuen Schüler gehört. Da kann man sich vorstellen, wie schnell es die Runde machen würde, wenn herauskäme, dass ich Annie von »Fragt Annie« bin. Diese Info würde sich lauffeuermäßig in der Schule verbreiten, ganz klar.

Luke guckte Geri nicht mal an. Er griff nach seiner Gabel und stocherte damit in seinem Essen herum.

»Was ist das überhaupt?«

»Salisbury Steak«, klärte ich ihn auf. Ich selbst hatte mir Pizza geholt. Okay, vielleicht hätte ich ihn vor dem regulären Mittagsmenü warnen sollen, aber ich dachte, im Rahmen seiner Recherche würde er vielleicht gern ein typisches Gericht aus dem Mittleren Westen probieren wollen.

»Ich bin Vegetarier«, verkündete er, hauptsächlich in Richtung des Hacksteaks.

»Es gibt hier auch noch eine Salatbar«, informierte ihn Trina, die sich selbst (je nach Stimmung mal mit, mal ohne Eier- und Milchprodukte) vegetarisch ernährt.

Scott hatte sich wie üblich sein eigenes Essen mitgebracht. Meistens sind es die sorgfältig in Frischhaltedosen verpackten Reste von dem, was er am Abend zuvor für sich und seinen Vater gekocht hat. Diesmal sah es nach Knoblauchbrot und mit Käse überbackenen Penne aus, die Scott in der Mikrowelle der Cafeteria aufgewärmt hatte. Das Ganze roch sehr, sehr lecker.

»Isst du den noch?«, fragte er Geri und zeigte auf das vor ihr liegende Brownie.

»Nein, mein Hase«, sagte Geri, den Blick fest auf Luke gerichtet. »Bedien dich ruhig.«

Scott griff nach dem Brownie und biss ab. Dann verzog er das Gesicht und legte ihn wieder hin. Die Kochkünste des Cafeteriapersonals reichen nicht an seine heran.

Luke untersuchte den auf seiner Gabel aufgespießten Rindfleischbrocken eingehend. »Esst ihr jeden Tag hier?«

»Wir dürfen das Schulgelände nicht verlassen«, erklärte ich ihm. »Nur die Zwölftklässler können mittags raus. Und denen bleibt dann auch nur die Wahl zwischen Pizza Hut und McDonald's. Alles andere ist zu weit weg. Dann würden sie zur sechsten Stunde zu spät kommen.«

Luke streifte seufzend das Fleisch von der Gabel.

»Möchtest du vielleicht was davon?« Scott zeigte auf den Rest seines Nudelauflaufs. »Da ist zwar auch Fleisch drin, aber…«

Luke ließ sich nicht lange bitten und versenkte seine Gabel sofort in Scotts Frischhaltedose. Er probierte einen Bissen von dem Auflauf, kaute und schluckte. Ich kam nicht umhin zu bemerken, dass jedes weibliche Wesen um ihn herum – von Trina über Geri bis hin zu Hisae, unserer japanischen Austauschschülerin – schwärmerisch jede Kaubewegung seines männlichen Kiefers mitverfolgte.

»Wow«, sagte Luke, nachdem er den Bissen heruntergeschluckt hatte. »Echt gut. Von deiner Mom, oder was?«

Scott hat kein Problem damit, zuzugeben, dass er gern kocht. Im Gegensatz zu vielen anderen männlichen Wesen würde er nie auf die Idee kommen zu leugnen, dass er weiß, wie man einen Auflauf macht. Noch nicht einmal *Lucas* gegenüber.

»Nö, von mir«, sagte Scott. »Iss ihn ruhig auf. Ich hol mir noch was zu trinken.«

Während Luke noch Scotts Nudelauflauf mit einer Begeisterung herunterschlang, die für jemanden, der gerade noch behauptet hatte, kein Fleisch zu essen, wirklich erstaunlich war, erfüllte auf einmal ein vielstimmiges Muhen die Cafeteria. Kein Witz. Es hörte sich an, als säßen wir plötzlich im Ausstellungszelt für Rindviecher auf der Landwirtschaftsmesse von Duane County.

Luke fuhr herum und versuchte zu ergründen, was los war. Aber er sah nur das, was wir anderen Tag für Tag sehen – Cara Schlosburg auf dem Catwalk.

Arme Cara. Echt Pech für sie, dass sie es nicht in den Chor geschafft hat. Sie hat vorgesungen, ist aber nicht genommen worden. (Ein paar Sopranistinnen-Zicken lästern, sie sei daran gescheitert, dass es keine gepolsterten BHs in der Größe von Caras Rieseneutern gäbe, worunter die optische Einheitlichkeit gelitten hätte.) Schade. Wäre sie im Chor, hätte sie wenigstens einen sicheren Rückzugsort für die Mittagspause.

Stattdessen versucht sie, wie alle anderen Schüler mittags in der Cafeteria zu essen, was ihr aber leider nicht vergönnt ist.

Wie immer füllten sich Caras Augen mit Tränen, während das Muhen um sie herum immer lauter anschwoll. Sie umklammerte das Tablett mit ihrem üblichen kalorienarmen Mittagssnack – ein Teller grüner Salat mit einem Klecks Dressing am Rand, ein paar Grissini und ein Light-Getränk.

Dass Cara sich immerhin Mühe gibt abzunehmen, beeindruckt Kurt und seine Kumpels gar nicht. Man hat das Gefühl, das Muhen kommt bei ihnen schon ganz automatisch, ohne dass sie noch groß darüber nachdenken. Ich sah, wie Courtney Deckard ein durchdringendes »Muh« röhrte und sich dann übergangslos weiter mit der Cheerleader-Kollegin unterhielt, die ihr gegenübersaß.

»Hört auf!«, rief Cara in Richtung der Tische, an denen die Beliebten und Bewunderten saßen und von wo die meisten – aber nicht alle – Muhrufe kamen. »Das ist gar nicht witzig.«

Traurigerweise weiß ich, dass Cara alles dafür geben würde, wenn sie nur bei ihnen sitzen dürfte. Bei den Beliebten, meine ich, wo auch die Muhrufer sitzen. Cara ist eine große Bewunderin der Sportfreak- und Cheerleader-Fraktion. Keine Ahnung wieso, ich hab mich schon mit Courtney Deckard und ihresgleichen unterhalten, und die Gespräche klingen ungefähr so: »Bei Bebe war ja gerade Ausverkauf, warst du auch da? Endgeil, ich sag's dir«, oder: »Ich wollte ja, dass sie mir die Zehennägel im French-Style lackiert, damit man sieht, wie braun ich bin, aber ich finde, das Rosa ist viel zu rosa geworden, oder?«

Nicht dass die Gespräche an unserem Tisch so viel anregender wären. Aber wenigstens reden wir über Themen, die ein bisschen über das hinausgehen, was Die-und-Die auf der Party von Dem-und-Dem wieder angehabt hat und ob das Jogurteis von Tasti D-Lite wirklich vollkommen fettfrei ist.

Trotzdem ist Cara fest davon überzeugt, irgendetwas Entscheidendes zu verpassen, und versucht immer wieder verzweifelt, sich bei der Clique der viel Umschwärmten anzubiedern, indem sie sich die richtigen Klamotten und die richtigen Frisuren zulegt.

Aber was heißt schon richtig? Richtig für wen? Für Cara bestimmt nicht. Sie hat zwar genau die gleiche Caprihose wie Courtney Deckard, aber sie sieht darin einfach nicht gut aus – jedenfalls nicht wie Courtney Deckard. Noch nicht mal annähernd.

Und obwohl sie die gleiche Haarfarbe hat wie Courtney – honigblond (und sogar vom selben Frisör gefärbt) –, sieht honigblond an Mädchen wie Courtney einfach viel besser aus als an Mädchen wie Cara.

Cara stehen die Klamotten, von denen Courtney und ihre

Freundinnen meinen, jedes coole Mädchen müsse sie tragen, so was von überhaupt nicht, dass genau die Leute, die sie damit beeindrucken will, gar nicht anders können, als zu grinsen.

Besser gesagt: zu muhen.

Wäre es ihr egal, was andere über sie denken, wäre das ja alles kein Problem. Wir haben eine ganze Menge übergewichtiger Schüler an der Schule. Aber die Einzige, die darunter so richtig krass leiden muss, ist Cara.

Caras Reaktion auf das Gemuhe macht das Muhen für die Muher noch lustiger. Wenn sie die Leute anfleht, doch bitte aufzuhören, muhen sie nur lauter. Ich verstehe nicht, wieso Cara das nicht versteht, ich hab es ihr oft genug gesagt… na ja, Annie hat es ihr jedenfalls gesagt.

Aber Cara reagiert auf gar nichts normal. Statt ihr Tablett zu packen und sich irgendwo außerhalb der Schusslinie hinzusetzen, drehte sie sich auch jetzt wieder wie wild im Kreis, um herauszufinden, wo das Muhen genau herkam.

»Aufhören!«, rief sie mit schriller Stimme. »Aufhören, hab ich gesagt!«

Zuletzt passierte das, was fast jeden Tag unweigerlich passiert. Irgendjemand fing an, Cara mit Essen zu bewerfen. Dieses Mal war es eine Ofenkartoffel. Sie traf Cara genau an der Stirn, worauf sie ihr Tablett fallen ließ – Salatblätter und Tropfen vom Jogurtdressing flogen durch die Gegend – und laut schluchzend aufs Mädchenklo flüchtete.

»Maaaann«, stöhnte ich, weil ihr Schluchzen das Stichwort für meinen Einsatz war und ich ihr wieder hinterhergehen konnte, um sie zu trösten.

»Spinne ich, oder was?« Luke sah sich verächtlich in der Cafeteria um. »Wie sind *die* denn drauf?«

»Ach, mach dir keine Sorgen«, meinte Geri Lynn. »Bis zur nächsten Stunde kriegt Jen Cara wieder hin.«

»Jen kriegt sie wieder hin…?« Luke sah mich an, als wäre ich die Außerirdische und nicht Cara. »Ist das etwa schon mal passiert?«

Trina verdrehte die Augen. »Schon mal? Wie wär's mit ›jeden Tag‹?«

Ich lächelte Luke höflich an und stand auf, um nach Cara zu suchen.

Mr Steele, der Bio unterrichtet und das Pech hatte, an diesem Tag Pausenaufsicht zu führen, stand bereits vor dem Mädchenklo. »Cara!«, rief er durch den Türspalt. »Das wird schon wieder. Willst du nicht rauskommen und mir sagen, was passiert ist?«

Als er mich sah, glätteten sich die Sorgenfalten auf seiner Stirn.

»Ach, Jenny«, sagte er erleichtert. »Gut, dass du da bist. Kannst du dich bitte um Cara kümmern? Ich würde ja selbst, aber du weißt, das ist die Mädchentoilette und…«

Ich nickte. »Na klar, Mr S.«

»Danke«, sagte er erleichtert. »Das ist wirklich ganz toll von euch.«

Das »euch« verdutzte mich etwas, bis ich mich umdrehte und sah, dass ich nicht die Einzige war, die von unserem Tisch aufgestanden war. Luke stand direkt hinter mir.

Ein bisschen übertrieben fand ich seine Anhänglichkeit ja schon. »Äh, ich bin gleich wieder da«, sagte ich und wollte reingehen, um mich um Cara zu kümmern.

Zu meiner Überraschung packte mich Luke am Arm, zog mich zur Seite, damit Mr Steele uns nicht hören konnte, und fragte: »Was *war* das eben?«

»Was war was?« Ich wusste wirklich nicht, wovon er sprach.

»*Das* da eben. Das Gemuhe.« Ich muss sagen, Luke sah ziemlich mitgenommen aus. Okay, vielleicht ist *mitgenommen* zu stark. Er sah genervt aus. »Ehrlich, Jen, als ich mich bereit erklärt hab, diese Schulrecherche zu machen, hab ich nicht erwartet, in der Dorfschule von ›Unsere kleine Farm‹ zu landen, aber ich hätte auch nicht gedacht, dass ich mich hier wie im Zellenblock in irgendeinem Knastfilm fühlen würde.«

Also ich finde die Clayton Highschool wahrlich nicht besonders toll – genau genommen finde ich gar keine Schule toll (vielleicht mit Ausnahme dieser Schule für darstellende Künste aus »Fame«, wo sie auf Taxidächern rumtanzen) –, trotzdem konnte ich nicht nachvollziehen, wieso Luke unsere Schule mit einem Gefängnis verglich. Die Clayton Highschool hat kein bisschen was von einem Gefängnis. Das fängt schon mal damit an, dass bei uns die Fenster nicht vergittert sind.

Außerdem werden Gefangene bei guter Führung früher entlassen. Das Einzige, was man an der Highschool bekommt, wenn man niemanden umbringt, ist ein Abschlusszeugnis, das komplett wertlos ist, falls man nicht zufällig Geschäftsführer bei McDonald's werden will.

»Hm.« Ich seufzte. »Tut mir Leid.« Wovon redete der Typ? Wieso regte er sich so auf? Klar war es fies, wie sie Cara behandelten, aber was sollte *ich* denn dagegen tun? »Trotzdem muss ich jetzt echt zu ihr...«

»Nein!« Lukes Augen glühten hinter den Brillengläsern wie zwei Brocken Kryptonit. »Erst will ich eine Antwort von dir. Ich will wissen, wieso du diese Idioten nicht daran gehindert hast, das arme Mädchen so fertig zu machen.«

»Du, ich muss da jetzt echt rein.« Caras Heulen wurde immer durchdringender und außerdem rückte das Ende der Pause näher.

Und dann... ich weiß auch nicht. Irgendwas passierte mit mir. Vielleicht war es der Stress, weil mir den ganzen Tag ein getarnter Filmstar nachgedackelt war, vielleicht war es so eine Art zeitversetzte Reaktion darauf, dass mich Mr Hall eine ganze Stunde lang wegen meiner unrhythmischen Armbewegungen fertig gemacht hatte – irgendetwas in mir rastete aus.

Was bildete sich der Kerl ein? Erst redete er praktisch den ganzen Tag kein Wort mit mir, und dann gab er *mir* auf einmal die Schuld an etwas, das ja wohl eindeutig Kurt Schraeder und seine Freunde verbrochen hatten.

»Wenn du es hier so unerträglich findest«, zischte ich, »dann geh doch zurück nach Hollywood! Von mir aus kannst du gern abhauen. Ich hab nämlich was Besseres zu tun, als Babysitter für verzickte Filmstars zu spielen.«

Und mit diesen Worten drehte ich mich um und marschierte ins Mädchenklo.

Ich gebe zu, dass ich mich nicht so cool fühlte, wie sich das vielleicht angehört hatte. Mein Herz klopfte ziemlich schnell, und mir war so, als müsste ich gleich meine Pizza rauskotzen. Weil ich andere Leute nämlich eigentlich nicht anmotze. Nie.

Und dass ich jetzt diesen superberühmten Filmstar angemotzt hatte, zu dem ich im ausdrücklichen Auftrag der Schulleitung nett zu sein hatte… das machte mir ziemlich Angst. Angst, Luke könnte sich bei Dr. Lewis über mich beschweren, und der würde mich von der Schule schmeißen, und dann bekäme ich kein Abgangszeugnis und wäre dazu verdammt, Lochstanzerin zu werden, genau wie ich es in dem Fragebogen damals angegeben hatte.

Dabei war das doch ein Witz gewesen! Ich wollte keine Lochstanzerin werden! Ich kann anderen Leuten echt super Ratschläge geben… und grafisch bin ich auch begabt. Ich hab Geschmack und ein gutes Auge, weshalb ich nicht nur die Annie von »Fragt Annie« bin, sondern auch bei der Gestaltung des Bühnenbilds für die Theater-AG helfe. Ich will später mal Therapeutin werden oder Grafikerin oder am besten beides. Keine Lochstanzerin.

Nur dass jemand, der in der Elften von der Schule fliegt, wahrscheinlich weder Therapeutin *noch* Grafikerin, geschweige denn beides werden kann. Aber es blieb mir keine Zeit, mir wegen Luke Gedanken machen. Ich musste mich ja um Cara kümmern.

»Cara.« Ich lehnte mich an die Tür der Kabine, in der sie sich verrammelt hatte. »Komm raus. Ich bin's, Jen.«

»Warum?«, schluchzte Cara. »Warum machen die das immer, Jen?«

»Weil sie Idioten sind. Jetzt komm raus.«

Cara kam heraus. Ihr Gesicht war tränenverschmiert. Würde sie nicht immer so viel weinen und nicht versuchen, ihre Haare so glatt zu fönen wie Courtney Deckard, sondern sie sich einfach natürlich kringeln lassen, und endlich diese Caprihosen entsorgen, die an jemandem mit ihrer Figur einfach nicht gut aussehen, könnte sie wahrscheinlich sogar richtig hübsch sein.

»Das ist gemein«, schniefte Cara. »Dabei geb ich mir doch immer voll Mühe… Letztes Wochenende, als meine Eltern verreist waren, hab ich ihnen sogar gesagt, dass sie bei mir Party machen könnten. Und? Ist jemand gekommen? Natürlich nicht.«

Ich drehte den Wasserhahn auf und machte ein paar Papiertücher nass, um die Kartoffelpampe aus Caras Haaren zu entfernen.

»Ich hab es dir doch schon so oft gesagt, Cara«, seufzte ich. »Das sind Idioten.«

»Das sind keine Idioten. Die haben an der Schule das Sagen. Wie können die Leute, die an der Schule das Sagen haben, Idioten sein?« Sie betrachtete sich bekümmert im Spiegel über dem Waschbecken. »Es liegt an mir. Nur an mir. Ich bin so eine Loserin.«

»Du bist keine Loserin, Cara«, sagte ich. »Und diese Leute haben an der Schule nicht das Sagen. Wenn überhaupt jemand das Sagen hat, dann die Schülermitverwaltung. Jedenfalls theoretisch.«

»Ja, aber alle finden sie *toll*«, beharrte Cara.

»Es gibt wichtigere Dinge, als von allen toll gefunden zu werden.«

»Das sagst du so leicht, Jen«, sagte Cara. »Dich mag ja jeder. JEDER. Du bist noch nie ausgemuht worden.«

Das stimmt. Allerdings bemühe ich mich auch nicht so krampfhaft darum, von allen gemocht zu werden wie Cara.

Aber als ich das anmerkte, sagte sie bloß: »Jetzt klingst du genau wie Annie. *Sei du selbst*. Das sagt sie auch immer.«

»Ist ja auch ein guter Rat.«

»Klar«, sagte Cara traurig. »Wenn man weiß, wer man selbst ist.«

Es klingelte. Laut und durchdringend. Eine Sekunde später füllte sich der Raum mit Schülerinnen, die noch schnell ihre Haare checkten, bevor sie in ihre Klassenzimmer weiterzogen. Mein Tête-à-Tête mit Cara war beendet. Für dieses Mal.

»Bis nachher«, sagte ich zu ihr. Statt zu antworten, schniefte sie bloß und kramte in ihrer Tasche nach Taschentüchern. Ich war nicht überrascht. Cara hat sich noch nie bei mir bedankt, wenn ich sie nach einer Muh-Attacke getröstet hab. Ich bin mir ziemlich sicher, dass das mit einer der Gründe dafür ist, dass sie keine Freunde hat. Sie kann einfach nicht mit anderen Menschen umgehen.

Ich gebe zu, ich hatte Luke Striker beinahe vergessen, weil ich so damit beschäftigt gewesen war, Cara zu trösten… bis ich aus dem Klo kam und sah, dass er immer noch auf mich wartete.

Sofort stieg wieder dieses Übelkeitsgefühl in mir auf. Wieso war er immer noch da? Ich hatte damit gerechnet, er würde nach meinem Ausraster schnurstracks seinen Chauffeur anrufen und sich in seiner Limousine abholen lassen. Stattdessen kam er, die Hände in den Taschen, angeschlendert und fragte: »Und was haben wir nächste Stunde?«

Einfach so. Als wäre nichts passiert. Als hätte ich ihm eben nicht gesagt, er könne ruhig wieder nach Hollywood abhauen.

Was bedeutete das? Würde er nicht zu Dr. Lewis rennen und

mich verpetzen? Würde er einfach so tun, als hätte es meinen Ausraster nicht gegeben? Und wenn ja – warum? Ich stand vor einem Rätsel. Normalerweise durchschaue ich andere Menschen ziemlich schnell. Tja, anscheinend war Luke Striker eine Ausnahme.

Obwohl sich der Knoten in meinem Magen danach wieder etwas lockerte, war ich nicht ganz entspannt. Ich konnte mir nicht vorstellen, weshalb Luke seine Meinung über mich und die Clayton Highschool geändert haben sollte – oder ob er sie *überhaupt* geändert hatte –, aber ich bezweifelte sehr, dass ich oder die Schule seinen Ansprüchen gerecht werden konnten.

Fragt Annie

Stellt Annie eure drängendsten Fragen zum Thema zwischenmenschliche Beziehungen. Na los, traut euch! Der *Clayton Highschool Register* behält sich vor, Briefe an Annie abzudrucken, wobei Namen und E-Mail-Adressen der Rat Suchenden selbstverständlich vertraulich behandelt werden.

Liebe Annie,

meine Freundin macht mir die ganze Zeit Knutschflecken. Mir ist das tierisch peinlich. Ich find es ja schön, dass sie mich liebt und so, aber... kann sie das nicht mal sein lassen? Wie kann ich ihr das abgewöhnen?

Einer, der Rollkragenpullis satt hat

Lieber Rollkragenpullis-Satthabender,

deine Freundin macht dir Knutschflecke, weil sie damit aller Welt klar machen will, dass du in festen Händen bist. Sag ihr, sie soll damit aufhören, sonst würdest du dir eine Freundin suchen, die nicht so unsicher ist wie sie.

Annie

Sechs

Ich hätte mir denken können, dass sich die ganze Schule in Luke verlieben würde. Selbst in seiner Verkleidung als Lucas Smith war er immer noch unendlich süß. Außerdem, machen wir uns nichts vor: An der Clayton Highschool ist jeder Junge, der nicht auf fette Monstertrucks steht und keine dämliche Vokuhilafrisur trägt, eine Sensation. Auf Luke traf keines dieser beiden Dinge zu, UND er war weit über eins achtzig groß UND sensibel genug, um die Cara-Mobberei bescheuert zu finden, UND er sah aus wie… na ja, wie Luke Striker.

Eigentlich ein Wunder, dass *ich* mich nicht in ihn verliebte. Trina konnte ich es jedenfalls nicht verübeln. Dass sie sich voll in den Neuen verknallte, meine ich.

Nicht dass ich nicht damit gerechnet hätte. Trina liebt Luke Striker mehr als ihren Kater Mr Momo und der ist seit der zweiten Klasse ihr Ein und Alles.

Trotzdem begriff ich erst auf der Heimfahrt in Steves Auto, was los war. Trina und ich haben übrigens beide noch keinen Führerschein, weil

a) unsere Eltern es sich nicht zutrauen, uns das Autofahren selbst beizubringen, und an unserer Schule wird kein Fahrunterricht angeboten – und
b) selbst wenn wir fahren könnten, gibt es in Clayton nichts, wo es sich lohnen würde hinzufahren – und

c) selbst wenn es etwas gäbe, müssten wir nicht selbst hinfahren, sondern könnten uns von Trinas Freund Steve fahren lassen.

Zu meinem Glück bleiben Trina und Steve beide immer ziemlich lang in der Schule, weil sie für das jeweils aktuelle Stück der Theater-AG proben müssen. Zurzeit ist es so ein Gähnstück namens »Die Toten vom Spoon River«, das – wie der Titel schon sagt – von Toten handelt (aber nicht etwa von coolen Zombies, sondern ganz normalen Toten), die auf einem Friedhof rumhocken und darüber reden, wie ihr Leben so war. Anscheinend sollte es den Zuschauern klar machen, wie wichtig es ist, zu seinen Familienangehörigen nett zu sein. Ich hatte Trina zwar versprochen, zur Premiere zu gehen, wusste aber schon jetzt, dass ich mich mit dem neuesten Dean Koontz und einer Leselampe in die letzte Reihe setzen würde.

Statt mit Trina und Steve hätte ich auch mit Scott nach Hause fahren können – er bietet es mir nach jeder Redaktionsbesprechung an.

Aber in letzter Zeit fahre ich nicht mehr so gern bei ihm mit, weil Geri Lynn so launisch ist. Ich sitze zum Beispiel hinten und unterhalte mich ganz zivilisiert mit Scott über irgendein Thema, zum Beispiel darüber, dass die Ents in »Die zwei Türme« ja wohl voll wie Jar Jar Binks aussahen, was er heftig bestreitet – und auf einmal unterbricht uns Geri Lynn mit einer Zwischenfrage. Etwa so:

Geri Lynn: *Sag mal, Scott, hast du eigentlich daran gedacht, bei Ellis Floral nachzufragen, ob sie dieses Jahr zum Frühlingsball wieder eine Anzeige mit einem Rabattgutschein für die Ansteckssträußchen im* Register *schalten wollen?*

Und dann verlagert sich die Unterhaltung von Ents und Jar Jar Binks plötzlich auf Ansteckstäußchen und geht so weiter:

Scott: *Nein, Geri, ich habe nicht bei Ellis Floral nachgefragt, ob sie wieder eine Anzeige mit einem Rabattgutschein für ihr alljährliches Ball-Spezialangebot für Ansteckstäußchen schalten wollen, weil das Charlenes Job ist. Sie ist für die Anzeigen zuständig.*

Geri Lynn: *Verdammt, Scott, es ist deine Aufgabe als Chefredakteur, alles zu koordinieren. Du kannst doch nicht davon ausgehen, dass Charlene, die erst in der Neunten ist und beim letzten Frühlingsball überhaupt noch nicht bei uns war, daran denkt, bei Ellis Floral nachzufragen, ob sie wieder die Anzeige schalten wollen.*

Ich: *Äh, Geri. Als ich das Layout gemacht hab, ist mir aufgefallen, dass der Rabbattgutschein diesmal nicht dabei war, deshalb hab ich bei Ellis angerufen. Sie wollen den Rabatt wieder anbieten, also hab ich ihn in die Anzeige mit reingenommen.*

Geri Lynn: *Na, zum Glück gibt es wenigstens* eine *in der Redaktion, die mitdenkt.*

Alles klar? Das ist einfach ungemütlich. Deshalb fahre ich lieber mit Steve.

Als Luke und ich aus der Redaktionssitzung kamen (ja, er ist sogar zur Redaktionssitzung mitgekommen – und wie aufregend kann *die* schon für ihn gewesen sein? Obwohl… er und Geri Lynn kriegten sich ziemlich in die Wolle, als das Thema darauf kam, ob Promis ein Recht auf Privatsphäre haben. Geri behauptete, die Medien spielten schließlich eine Schlüsselrolle beim

Aufbau eines Stars, weshalb jeder, der sich von Berufs wegen freiwillig ins Licht der Öffentlichkeit begebe, damit rechnen müsse, von Paparazzi belästigt zu werden – Luke war verständlicherweise anderer Meinung), … na, jedenfalls fragte Luke, als wir aus der Redaktionssitzung kamen: »Und das war also ein typischer Tag in deinem Leben, ja?«

»Ja.« Ich nickte. »Wahrscheinlich schon.«

Irgendwie komisch, über sein eigenes Leben aus der Perspektive eines anderen nachzudenken. Besonders aus der Perspektive von jemandem, dessen Leben so ganz anders ist. Meines muss Luke superlangweilig vorkommen im Vergleich zu seinem, wo sich wahrscheinlich alles um Einladungen zu Cluberöffnungen dreht, um Talkshowauftritte, Filmpremieren, Nacktszenen, Schokoladen-Bodypaint und solche Sachen.

Aber Luke sagte nichts dazu. Wie öde ihm mein Leben im Vergleich zu seinem erschien, meine ich. Stattdessen sagte er: »Also dann.«

Also dann? Was sollte das denn schon wieder heißen? Was ging in diesem Typen vor? Wieso durchschaute ich ihn nicht? Wo ich doch normalerweise jeden durchschaue.

In diesem Moment kam Steve in seiner Chevette angefahren, und Trina beugte sich aus dem Fenster: »Fahrt ihr mit?«

Ich natürlich schon, aber Luke hatte andere Pläne, wie sich herausstellte.

»Sorry«, sagte er. »Bin verabredet.«

Natürlich war es komplett unglaubwürdig, dass er als neuer Schüler an seinem ersten Tag an der Clayton Highschool um fünf Uhr nachmittags schon mit irgendwem »verabredet« sein sollte. Aber weder Trina noch Steve schienen sich darüber zu wundern. Nachdem ich in den Wagen geklettert war, riefen sie bloß: »Okay, bis morgen«, und düsten los.

Keiner der beiden drehte sich noch einmal um. Hätten sie es

getan, wäre ihnen nicht entgangen, dass kurz darauf eine schwarze Limousine vor der Schule hielt, dass Luke den Fahrer mit lässigem Handschlag begrüßte und dann einstieg.

Ich dachte nur: *Wo hat er die Limo her?* In Clayton gibt es nämlich keinen Limousinen-Mietservice. Dazu ist unsere Stadt zu klein. Limousinen werden hier nicht gebraucht – höchstens vielleicht beim Frühlingsball.

Trina legte sofort los und quatschte über Luke. Oder vielmehr *Lucas*. Sie hörte die gesamte Heimfahrt nicht auf, über ihn zu reden, und als ich mich nach dem Abendessen oben an meine Hausaufgaben setzte, warteten im PC schon ihre Mails.

Sie hatte nur noch ein Thema: Lucas. Ob ich glaubte, Lucas habe es an seinem ersten Tag an der Clayton Highschool gefallen? Wieso er überhaupt kurz vor Schuljahresende zu uns übergewechselt sei? Wieso er nicht an seiner alten Schule geblieben sei? Er hätte dort doch sicher auch bald seinen Abschluss gemacht, oder? Bereute er es nicht, dass er seinen Abschluss jetzt nicht mit seinen alten Freunden machen konnte? Wohnte er gerne am See? Hatte er an der alten Schule eine Freundin gehabt? Und wenn ja, war es etwas Ernstes gewesen?

Und dann die entscheidende Frage, vor der es mir schon den ganzen Tag gegraut hatte:

Ob ich nicht auch fände, Lucas sei Luke Striker wie aus dem Gesicht geschnitten?

Ich versuchte, Trinas Fragen zu beantworten, so gut ich konnte, ohne zu lügen, aber es war nicht einfach. Ein paarmal *musste* ich lügen. Puh. Diese Filmstar-Schülerbetreuung artete echt in Schwerstarbeit aus. Eigentlich hätte ich mich von diesem Mr Mitchell dafür bezahlen lassen sollen, dass Luke mir am Rockzipfel hing. Das war ein Vollzeitjob…

Erst recht, wenn man bedenkt, dass ich mich dabei auch noch von Luke hatte beschimpfen lassen müssen. Als ich später im Bett lag und zu meinem Baldachin aufschaute (als Kind war ich voll auf dem Prinzessinnentrip und hatte meine Mutter, die Innenarchitektin ist, angebettelt, mir ein Prinzessinnenbett zu schenken. Irgendwann hatte ich sie weich geklopft, und sie besorgte mir das prinzessinnenhafteste Bett, das in unserer Gegend zu haben war… und jetzt muss ich damit leben), dachte ich noch einmal über die Vorwürfe nach, die Luke mir wegen Cara gemacht hatte.

Natürlich hatte er keine Ahnung. Er konnte nicht wissen, wie viel Mühe ich mir jedes Mal mit Cara gegeben hatte, wenn sie heulend aufs Klo gestürzt ist, wie viele ihrer Tränen ich schon getrocknet hatte, wie viele Ratschläge ich ihr gegeben hatte (von denen sie nie einen beherzigte). Er wusste nicht, dass ich Annie von »Fragt Annie« war und wie viele von Caras Briefen ich schon beantwortet hatte. Er wusste nicht, wie viel schlimmer Cara womöglich dran wäre, wenn es mich nicht gäbe.

Und er hatte keine Ahnung, wie es war, *ich* zu sein. Nämlich total anstrengend. Wenn ich bedenke, um was ich mir alles einen Kopf machen muss: um Cara, meine »Fragt Annie«-Kolumne, die Sache zwischen Trina und Steve, die Entführung von Betty Ann und dann noch die Armschwenkerei bei den Troubadours…

Eigentlich ein Wunder, dass ich morgens überhaupt noch aus dem Bett komme.

Ich muss zugeben, dass ich nicht damit gerechnet hatte, Luke am nächsten Morgen wiederzusehen. Hey, er hatte die totalen Schwierigkeiten gehabt, wach zu werden, an unserer Schule wurde kein Espresso verkauft, dafür gab es Salisbury Steaks zu essen, und Leute wie Cara Fettkuh wurden gequält – man wird verstehen, dass ich davon ausging, er hätte die Schnauze voll. Vielleicht nahm er die Schauspielerei ja tatsächlich ernst, aber wer würde unter solchen verschärften Bedingungen weitermachen – noch dazu als Millionär?

Deshalb hätte ich mich um ein Haar an meiner eigenen Spucke verschluckt, als er am nächsten Morgen ins Latein-Klassenzimmer schlenderte. Statt des Footballtrikots trug er jetzt ein Hemd, das aus einer mexikanischen Decke genäht zu sein schien und in dessen offenem Ausschnitt eine dieser Muschelketten baumelte, wie sie Surfer immer umhängen haben. Die hässlichen Turnschuhe hatte er gegen hippe Wildledersneaker von Puma ausgetauscht.

Außerdem war es ihm irgendwie gelungen, Espresso aufzutreiben... oder zumindest einen großen Milchkaffee in einem Pappbecher. Er sah tausendmal wacher aus als am Vortag.

»Hey, Jen«, begrüßte er mich und glitt geschmeidig in den Stuhl hinter mir.

Ganz ehrlich, ich war geschockt. Was machte er hier? Ich war sicher gewesen, er würde nicht wieder kommen. Ganz sicher.

Aber er war wieder da. Er war kein bisschen abgereist.

Ich drehte mich zu ihm um (zum Glück hatte es noch nicht geklingelt und es saßen noch nicht so viele Schüler im Raum) und flüsterte: »Was machst du denn hier?«

Luke sah mich durch seine Brillengläser erstaunt an. »Wieso fragst du? Ich bleib doch zwei Wochen. Haben die dir das nicht gesagt?«

»Äh, doch schon«, flüsterte ich. »Aber ich hätte gedacht... ich dachte...«

»Dass mir bei meiner Intelligenz ein Tag Recherche reicht?« Luke lächelte. Es war dasselbe Lächeln, das weltweit Herzen hatte schmelzen lassen, als er es der von Angelique Tremaine verkörperten Guinevere zugeworfen hatte. Und ich muss gestehen, auch mir lief ein Schauer über den Rücken.

Was mich allerdings nicht davon abhielt, zu sagen: »Luke...«

»Lucas«, korrigierte er mich.

»Dann eben Lucas. Du... ich meine, es war doch offensichtlich, dass du es hier total zum Kotzen findest.« Und weil ich das

Gefühl hatte, es sagen zu müssen, sagte ich noch: »Und mich auch.«

Das Lächeln erstarb. »Wovon redest du, Jen? Ich hab dich nicht zum Kotzen gefunden.«

»Aber ich dachte, wegen Cara…«

»Ja, okay.« Er verzog das Gesicht. »Das war nicht so toll. Aber dann hast du mich so zur Sau gemacht, dass ich… neugierig wurde.«

»Neugierig? Worauf? Außerdem hab ich dich nicht zur Sau gemacht«, fügte ich schnell hinzu. »Ich hab bloß…«

»Dampf abgelassen, ich weiß. Trotzdem.« Er hob den Deckel von seinem Kaffee, dessen durchdringendes Aroma mir sofort in die Nase stieg. »Ich bin gespannt, wie es weitergeht.«

Ich starrte ihn entgeistert an. »Wie was weitergeht?«, fragte ich. »Ich versteh nicht, was du meinst.«

Aber mehr erfuhr ich nicht, weil es in diesem Moment klingelte.

Ich will nicht so weit gehen, zu behaupten, Luke und ich wären nach dieser kleinen Aussprache ein Herz und eine Seele geworden wie Lanzelot und Guinevere. Es gab immer wieder Momente, in denen er die Stirn runzelte… besonders wenn es gar keine Veranlassung zum Stirnrunzeln gab. Zum Beispiel wenn Courtney Deckard und ihre Busenfreundinnen im Gang an uns vorbeiflanierten und ihren Blick bedächtig von Lukes Schuhen den Körper entlang hinaufwandern ließen, ihm tief in die Augen schauten und dann lächelten.

Was gab es da bitte die Stirn zu runzeln? Das war nun mal das ganz normale Kommunikationsritual der Schönen und Beliebten. Das war doch bekannt. Vor jeder Kontaktaufnahme wird zunächst die Kleidung des Gegenübers abgecheckt, um sicherzustellen, dass alles den aktuellen Trendvorschriften entspricht. So ist das nun mal.

Und dann wieder lachte sich Luke über Sachen tot, die kein bisschen lustig waren. Zum Beispiel wenn wir »All That Jazz« probten und Mr Hall mich ständig anschrie, ich solle gefälligst nicht schlafen, sondern Trina den Hut hinunterreichen. Das fand Luke urkomisch.

Ich weiß ehrlich nicht, wieso. Es ist kein Spaß, von der obersten Sitzreihe bis nach ganz unten hetzen zu müssen, um Trina diesen blöden Hut zu reichen, bevor die Soprane mit ihrem Cancan (oder was auch immer sie da tanzten) anfangen. Irgendwann kam ich auf die schlaue Idee, ihr den Hut hinunterzuwerfen, so konnte sie ihn fangen und sich rechtzeitig bei Karen Sue Walters und den anderen einreihen.

Ich bin zwar nicht die beste Werferin der Welt, aber dafür fängt Trina sehr gut – also war alles in Butter. Mr Hall brüllte jetzt ausnahmsweise nicht mehr mich, sondern die Baritone an.

Nachdem Luke den ersten Schock über die barbarischen Gebräuche an modernen Highschools verdaut hatte, wirkte er entspannter. Selbst die Mittagspausen nahm er lockerer. Wozu sicherlich auch beitrug, dass er sich am zweiten Tag etwas Eigenes zu essen mitbrachte. Das hätte ihn allerdings beinahe verraten (dachte ich jedenfalls), weil es offensichtlich war, dass er es sich aus Indianapolis hatte einfliegen lassen. In Clayton gibt es nämlich keine japanischen Restaurants. Bei uns gibt es ja noch nicht mal einen Limousinen-Mietservice – wo soll da eine Sushi-Bar herkommen?

Aber Luke erklärte (ziemlich souverän, wie ich fand), er hätte das Sushi selbst gemacht, und zwar mit Tunfisch von der Fischtheke im Supermarkt. Ich hätte mich zwar fast an meiner Cola light verschluckt, aber Luke brachte die Lüge so glaubwürdig rüber, dass selbst Scott sie ihm abnahm. Die beiden fingen sogar an, über die Qualität einzelner Tunfischarten und die verschiedenen Gefrierverfahren zu reden. Ich verstand zwar kein Wort, war aber sehr froh, dass meine Freunde so nett zu dem Neuen waren.

Bis mir wieder einfiel, dass Luke ja gar nicht »der Neue« war. Er war der ehemalige Kinderstar aus *Der Himmel steh uns bei*, der Exfreund von Angelique Tremaine, ein hinreißender Tarzan im Lendenschurz und ein heldenhafter, tragischer Lanzelot. Wahrscheinlich war es der Beweis für Lukes herausragendes schauspielerisches Talent, dass sogar ich begann, ihn für Lucas Smith, den neuen Schüler, zu halten. Auch am darauf folgenden Tag fiel er nicht aus der Rolle …

… bis auf dieses eine Mal gleich nach der ersten Stunde, als er von Betty Ann Mulvaneys Entführung erfuhr.

»Wieso bist du eigentlich in Latein?«, erkundigte er sich, als wir nach dem Unterricht zu meinem Schließfach trotteten. »Das ist doch eine tote Sprache, was bringt dir das?«

»Trotzdem ist es nützlich«, gab ich ihm meine Standardantwort. Die Wahrheit sage ich ungern, weil sie sich etwas komisch anhört. »Vor allem für den Vokabelteil beim College-Einstufungstest.«

»Dafür brauchst *du* doch kein Latein«, behauptete Luke mit einer Überzeugungskraft, die erschreckend war, dafür dass er mich seit gerade mal vierundzwanzig Stunden kannte. »Du arbeitest für die Schülerzeitung. Du hast keine Probleme mit Grammatik oder Wortschatz. Wieso bist du *wirklich* in dem Kurs?«

Vielleicht lag es daran, dass er älter ist (okay, erst neunzehn, aber mental ist er älter als andere Neunzehnjährige, weil er immerhin schon ein eigenes Haus in den Hollywood Hills hat und mit einem einzigen Film ungefähr zehn Millionen Dollar mehr verdient als mein Vater in einem Jahr, von seinem Treue-Tattoo ganz zu schweigen), dass ich ihm die Wahrheit sagte.

»Weil ich gehört hab, dass Mrs Mulvaney eine sehr gute Lehrerin sein soll.« Ich flüsterte, falls Courtney Deckard oder eine ihrer Freundinnen zufälligerweise in Hörweite sein sollten. »Deshalb wollte ich zu ihr.«

Luke verstand das besser, als ich gedacht hätte.

»Ach so.« Er nickte. »Das ist wie beim Schauspielern. Wenn man einen Regisseur so richtig cool findet, spielt man alles für ihn – egal welche Rolle in egal welchem Film. Nur… sei nicht sauer, aber bis jetzt finde ich deine Mrs Mulvaney nicht so überwältigend. Ich hab das Gefühl, sie… sie ist irgendwie gar nicht richtig da.«

»Oh«, sagte ich. »Na ja. Stimmt schon. Sie ist in letzter Zeit wegen Betty Ann ein bisschen daneben.«

Als Luke mich fragend ansah, erzählte ich ihm von Betty Ann. Vielleicht erzählte ich ein bisschen zu viel – dass Mrs Mulvaney anscheinend keine Kinder bekommen kann und dass Betty Ann für sie so eine Art Ersatzkind ist, hätte ich ihm wahrscheinlich nicht unbedingt sagen müssen. Aber ich machte mir einfach solche Sorgen wegen Kurt und seinen Kumpels. Ich glaube nämlich nicht, dass diese Idioten begreifen, wie sehr Mrs Mulvaney an Betty Ann hängt. Für sie ist sie nicht bloß eine Puppe oder irgendein Maskottchen, sondern… na ja, eben Familie.

Luke davon zu erzählen, erwies sich allerdings als Fehler.

»Entführt?« Er brüllte es fast, obwohl wir mitten im Gang standen. »Wieso das denn?«

»Als Gag«, erklärte ich. »Das ist der alljährliche Streich der Abschlussklasse.«

»Ah ja. Sehr witzig«, sagte er. »Und wann kriegt sie die Puppe zurück?«

»Nach der Abschlussfeier, glaube ich.« *Hoffte* ich.

Aber diese Antwort reichte ihm nicht.

»Nach der Abschlussfeier?« Luke war entsetzt. »Weißt du, wer es war? Wer die Puppe hat?«

»Na ja«, sagte ich. »Schon, ja.«

»Dann sag ihnen, sie sollen sie zurückgeben«, sagte Luke. »Die sollen sich einen anderen Streich ausdenken. Einen, der wirklich witzig ist.«

Natürlich war ich ganz seiner Meinung, aber was konnte ich schon ausrichten? Ich erklärte ihm, dass ich bloß eine kleine Elftklässlerin sei. Ich könne Kurt und Konsorten keine Vorschriften machen.

Luke sah das anders.

»Das stimmt nicht«, widersprach er. »Und das weißt du auch, Jen.«

Ich erzählte Luke, was ich zu Kurt gesagt hatte – an dem Tag, an dem er Betty Ann in seinen Rucksack gestopft hatte. Dass ich ihn gefragt hatte, was er da macht. Und dass Kurt nur geantwortet hatte, ich solle mich abregen.

Als Luke das hörte, schüttelte er den Kopf und sagte nichts mehr.

Aber mir fiel auf, dass er danach sehr nett zu Mrs Mulvaney war. Er war zu allen nett (weshalb sich ja auch praktisch jedes Mädchen der Schule, und nicht nur Trina, noch vor dem Wochenende in ihn verliebte), aber zu Mrs Mulvaney war er ganz besonders nett. Er brachte ihr jeden Morgen einen großen Milchkaffee mit, hielt ihr die Tür auf und versuchte sogar, ein paar Verben zu konjugieren.

Wenn es überhaupt jemanden gab, der Mrs Mulvaney noch aufheitern konnte (unser Artikel im *Register* hatte die Entführer nicht dazu bewegen können, sich zu stellen, und Kurts Lösegeldforderung »*Entweder alle Zwölftklässler kriegen eine Eins in Latein oder Betty Ann beißt ins Gras*« klang kaum nach harmlosem, lustigem Schülerstreich), dann Luke. Mrs M war richtig verknallt in ihn. Wenn sie lächelte, was selten genug vorkam, lag es meistens daran, dass er ins Zimmer trat.

Und sie war nicht die Einzige, die gegen Lukes überwältigenden Charme nicht immun war. Trinas Verliebtheit steigerte sich von Tag zu Tag. Sie scheute nicht einmal davor zurück, ihn nach seiner Handynummer zu fragen – noch dazu vor dem armen Steve, der schwer schluckte, aber kein Wort sagte –, und beschwerte sich dann hinterher bitterlich bei mir, es sei jedes Mal nur die Mailbox dran gewesen. Alle elf Mal, die sie versucht hatte, ihn anzurufen.

Aber Trina schöpfte keinen Verdacht. Dass sie ihn nicht erreichen konnte, machte ihn für sie nur noch interessanter.

Auch um Geri Lynn war es geschehen. Sie rückte Luke nicht mehr von der Pelle… vor allem während des Mittagessens und der Redaktionssitzungen. Was mich eigentlich wunderte, weil sich die beiden – soweit ich das beobachten konnte – ohne Ende zofften. Geri Lynn redete ständig davon, welchen entscheidenden Einfluss Journalisten auf die Karriere eines Stars hätten, während Luke kein Hehl daraus machte, dass er Journalisten für hinterhältige, geldgierige Aasgeier hielt. Irgendwann wurde es Scott zu viel, und er schlug den beiden vor, das Thema für die Schülerzeitung in einer Pro-und-Kontra-Kolumne abzuhandeln. Geri Lynn übernahm natürlich die Rolle der Verteidigerin der Paparazzi und Luke war ihr Ankläger.

Ehrlich gesagt war ich überrascht, als ich Lukes Artikel las. Er war nämlich richtig gut. Der Kerl war mir ein echtes Rätsel. Manchmal wirkte er so teilnahmslos, als würde ihn alles und jeder an der Clayton Highschool langweilen, und dann wieder schien er (wie im Fall Cara) plötzlich überraschend ernsthaft und interessiert. Hohl war er jedenfalls nicht, so viel war klar.

Trina konnte ich ihre Schwärmerei für Luke ja verzeihen – bei Geri Lynn, die einerseits pausenlos mit ihm stritt und ihn andererseits anhimmelte, war das etwas anderes. Immerhin war Geri nicht mit Steve zusammen, der ja zugegebenermaßen wirklich nicht der heißeste Typ auf Erden ist, sondern mit Scott Bennett…

den die meisten Leute wahrscheinlich als Weichei allerersten Ranges bezeichnen würden, klar, schließlich ist er Chefredakteur der Schülerzeitung, leidenschaftlicher Bücherfreak und Koch.

Aber diese Leute kennen Scott nicht. Sie haben nie (wie ich) mit ihm darüber diskutiert, ob die zweite, überarbeitete Fassung von Stephen Kings »Das letzte Gefecht« mit über 400 zusätzlichen Seiten und einem neuen Ende besser ist als das Original.

Sie haben nie (wie ich) seine kalte Gurkensuppe gegessen.

Sie haben nie (wie ich) am Lagerfeuer gesessen und zugehört, wenn er davon erzählte, wie schmerzhaft die Trennung seiner Eltern für ihn war, wie er sich entschied, zu seiner Mutter zu ziehen, um dann Jahre später doch nach Clayton zurückzukehren und zu versuchen, bei seinem Vater zu leben.

Ihnen ist nie aufgefallen (wie mir), dass seine Augen sogar noch brauner sind als meine, dass sie aber manchmal auch grün und selbst bernsteinfarben funkeln, genau wie das harzige Zeug, in dem die Mücke in Jurassic Park eingeschlossen war.

Sie haben nie seine kräftigen Finger über die Tastatur fliegen sehen, wenn er meine »Fragt Annie«-Beiträge korrigiert. Oder zugesehen, wie er sich an einem Balken entlanghangelt, bevor ein Hammer auf ihn niedersausen kann.

Sie haben nie die Kürbissuppen-Geschichte gehört.

War es ein Filmstar wert, einen solchen Mann dafür aufzugeben?

Selbst wenn dieser Filmstar sein Geheimnis lüften würde und die ganze Welt plötzlich wüsste, dass er gar kein neuer Schüler ist, und wenn sämtliche wichtigen TV-Boulevardmagazine und Zeitschriften plötzlich bei einem vor der Tür stünden?

Selbst wenn man von diesem Filmstar zum Frühlingsball eingeladen würde?

Fragt Annie

Stellt Annie eure drängendsten Fragen zum Thema zwischenmenschliche Beziehungen. Na los, traut euch! Der *Clayton Highschool Register* behält sich vor, Briefe an Annie abzudrucken, wobei Namen und E-Mail-Adressen der Rat Suchenden selbstverständlich vertraulich behandelt werden.

Liebe Annie,

ich glaub, mein Freund betrügt mich, aber er streitet alles ab. Wie kann ich herausfinden, ob er lügt oder nicht?

Bin ich gehörnt?

Liebe möglicherweise Gehörnte,

falls er dich betrügt, müssten zumindest ein paar der folgenden Aussagen auf ihn zutreffen:

- Er unternimmt samstags wieder öfter was mit seinen »Jungs«.
- Er bekommt Anrufe auf dem Handy, wenn ihr zusammen seid, nimmt sie aber nicht an, nachdem er aufs Display geschaut hat.
- Er legt plötzlich verstärkt Wert auf seine Frisur/Kleidung.

- Er behauptet, DU würdest IHN betrügen (Schuldgefühle).
- Er stellt dir rätselhafte, scheinbar aus der Luft gegriffene Fragen wie: »Glaubst du, man kann zwei Menschen gleichzeitig lieben?«
- Er legt sich einen neuen Nebenjob zu oder muss die ganze Zeit »arbeiten«.
- Er interessiert sich plötzlich für eine bestimmte Musikrichtung oder Band, die er vorher nie gut fand.
- Er mailt dir längst nicht mehr so häufig wie früher, obwohl er mehr Zeit online verbringt.
- Er legt sich eine neue Mail-Adresse zu.
- Er versucht nicht mehr, seine Hand in deinen Slip zu stecken.

Aber was das Wichtigste ist: Falls du den Verdacht hast, dass er dich betrügt, tut er es wahrscheinlich … vertrau deinem Instinkt. Es sei denn, du wärst eines dieser dämlichen, unsicheren Mädchen, die immer glauben, ihr Freund würde sie betrügen, obwohl er treu ist – in diesem Fall solltest du dich zusammenreißen.

Annie

Sieben

Es begann, wie solche Ereignisse wohl immer beginnen – ganz harmlos. Am Samstagvormittag trafen wir uns zum Autowaschtag, den die Troubadours veranstalteten, um Geld für die beknackten Kleider für den beknackten Chorwettbewerb in der darauf folgenden Woche zu sammeln.

Eigentlich war es auch eine ziemlich beknackte Idee, in Indiana so einen Auto-Waschtag im Frühjahr anzusetzen, weil das Wetter dann so unbeständig ist. Okay, ab Anfang Juni kann man zwar mit warmen Temperaturen rechnen, aber dafür gibt es auch gern mal ein heftiges Gewitter oder ein Tornado fegt über einen hinweg. Wobei die sich meistens bis Ende Juni Zeit lassen. Dennoch kann man nie wissen, ob einen an einem Samstag im Juni ein perfekter Frühlingstag erwartet – mit Temperaturen um die 20 Grad, einer warmen Brise, die den Duft von Geißblatt überallhin trägt, einem wolkenlosen blauen Himmel und Blätterrauschen in grünen Baumwipfeln – oder ein grauer, stürmischer Tag mit Temperaturen um die 15 Grad, an dem man sich in den Sandalen, die man tags zuvor noch problemlos getragen hat, die Zehen abfriert.

Der Samstag, an dem das Troubadour-Autowaschen stattfand, war allerdings schon ein ausgewachsener Sommertag. Um zehn Uhr morgens zeigte das Thermometer bereits 26 Grad an. Trina rief an, um anzukündigen: »Ich zieh meinen Badeanzug und Shorts an und dasselbe rate ich dir auch.«

Ich versprach es ihr, aber nur, um sie abzuwimmeln. Sie hatte mich am Abend zuvor schon wahnsinnig gemacht mit ihrer ständigen Fragerei, ob Luke wohl auch zum Autowaschen kommen würde. Tatsache war, dass ich dringend einen Luke-freien Tag benötigte. Luke war nett, keine Frage (und natürlich auch sehr nett anzusehen), aber ein Mädchen braucht auch mal eine Pause zum Durchatmen. Als Trina und Steve mich am Freitag nach der Schule zu Hause absetzten, war ich fertig mit den Nerven, weil

a) ich ständig wie ein Schießhund aufpassen musste, damit niemand herausfand, dass Lucas Smith mitnichten ein neuer Schüler war, sondern Luke Striker;
b) ich seit der Cara-und-Betty-Ann-Sache das Gefühl hatte, Luke davon überzeugen zu müssen, dass nicht alle Schüler der Clayton Highschool teuflische Sadisten sind;
c) ich es schaffen musste, Trina bei »All That Jazz« rechtzeitig ihren Hut zu geben, vom Armschwenken ganz zu schweigen;
d) ich ja auch meine anderen Verpflichtungen nicht vernachlässigen durfte, als da wären (u. a.): »Fragt Annie«, Mathe, Cara davor zu bewahren, Selbstmord zu begehen, etc. …

Kurzum: Ich war ein seelisches und körperliches Wrack.

Deshalb empfand ich es auch als echte Erleichterung, abends babysitten zu dürfen. Ich genoss es geradezu, sieben Millionen Mal hintereinander »Hasenrennen« zu spielen.

Ich kann also nicht behaupten, dass ich mich sonderlich auf den Autowaschtag gefreut hätte. Normalerweise gehen Trina und ich samstags zumindest für ein paar Stunden in die Stadt, wo wir zwischen den Buchregalen bei Barnes & Noble unweigerlich ein paar Bekannte treffen (Geri Lynn und Scott zum Beispiel) und dann jedes Mal lange Gespräche über die Neuzugänge in der Sci-Fi-Abteilung führen. Scott und ich, meine ich. Geri Lynn und

Trina schlendern meistens nach einer Weile weg und blättern in den Zeitschriften.

Die Aussicht, den Nachmittag stattdessen mit meinen Kollegen von den Troubadours zu verbringen, fand ich nicht so spannend. Was nicht heißen soll, dass ich sie nicht mag. Ich finde die anderen Mädels mit den Altstimmen schon sehr nett: Die lange Kim, die pummelige Deb, die schüchterne Audrey, die knallharte Brenda und die gelangweilte Liz sind wie eine Familie für mich. Das La-la-la-Gesinge auf dem hohen C hat uns fest zusammengeschweißt.

Aber die übrigen Mitglieder der Leprakolonie, wie Trina sie gern nennt (was sie mir natürlich erst verriet, nachdem sie mich zum Mitmachen überredet hatte), sind manchmal ganz schön nervig – vor allem die Sopranistinnen. Sie vergöttern Mr Hall und tun alles für ihn… ein bisschen wie die Klonkrieger aus »Krieg der Sterne II«.

Und die Tenöre können einem auch auf den Keks gehen. Die meisten sind Neunt- oder Zehntklässler, und wie Jungs in dem Alter sind, ist ja allgemein bekannt. Ihre Welt besteht aus Furz-Witzen und Limp Bizkit. Das ist auch bei Jungs, die freiwillig im Chor sind, nicht anders.

Aber ich hatte sowieso keine Wahl. Ich musste hingehen. Dank Trina.

Zum Glück wusste ich, dass ich es nur noch ein paar Wochen mit den Troubadours aushalten musste, dann waren Ferien. Und eines stand für mich fest: Trina konnte mir Druck machen, so viel sie wollte – nächstes Jahr würde der Chor ohne mich singen.

Obwohl mir eine Menge Dinge einfielen, die ich lieber gemacht hätte, als mit den Troubadours Autos zu waschen (zum Beispiel mit ein paar Vierjährigen nett »Hasenrennen« zu spielen), machte es das schöne Wetter etwas erträglicher. Trina und ich konnten die Gelegenheit zum Braunwerden nutzen (ich mithilfe einer Sonnenmilch mit LSF 30, weil ich mit meinem hellen Mädchen-von-nebenan-Teint eher brutzle als bräune), weshalb der Tag nicht komplett versaut war.

Dachte ich zumindest.

Mr Hall wollte so viel Geld wie möglich sammeln (für die Kostüme der Chorsängerinnen, die vielleicht nicht so oft babysitteten wie ich und nicht mal eben 180 Dollar für ein Kleid hinlegen konnten – noch nicht mal für eines mit einem paillettenglitzernden Blitz vornedrauf) und hatte deshalb im Chi-Chi, dem Mexikaner an der Ecke vor der Ladenpassage, nachgefragt, ob wir den Parkplatz des Restaurants benutzen durften, weil die Hauptverkehrsstraße daran vorbeiführte. Die Besitzer vom Chi-Chi zeigten Gemeinsinn und erlaubten es uns.

Als Steve, Trina und ich zu unserer Schicht zwischen zwölf und zwei auf dem Parkplatz aufkreuzten, war schon richtig was los. Außer den Autos der Freunde und Familienmitglieder von den Troubadoursängern (und wir sind dreißig, sodass das allein schon ganz schön viele Autos waren) standen dort auch noch die Autos der Mittagsgäste des Chi-Chi, die Autos der Angestellten vom Chi-Chi und die Autos der Leute, denen an einem schönen Samstagnachmittag nichts Besseres einfiel, als einkaufen zu fahren.

Alles in allem also eine ganze Menge Autos.

Der Laden brummte. Wir waren vielleicht gerade mal zwei Sekunden da, als Mr Hall auch schon mit Eimern voll Seifenlauge und einem Schwamm für jeden von uns angerannt kam und rief: »An die Arbeit! In den letzten zwei Stunden haben wir allein schon 200 Dollar gemacht. Bis zum Abend müssen wir auf 2000 kommen.«

Ich möchte jetzt kein schlechtes Licht auf die Einwohner von Clayton werfen – ich meine, mal abgesehen von dem einen oder anderen Verbrechen gegen irgendwelche Minderheiten (immerhin sind wir hier im tiefsten konservativen Süden Indianas), lebt es sich hier ganz schön. Aber vielleicht darf ich trotzdem anmerken, dass die Troubadours bei ihrem Autowaschtag bestimmt nicht halb so viel Geld eingenommen hätten, wenn sich Karen Sue und eine Gruppe anderer Sopranistinnen nicht unter dem Neonschild vom Chi-Chi aufgebaut hätten – und zwar mit nichts als Bikinis am Leib.

Okay, sie reckten zwar Pappschilder in die Höhe, auf denen UNTERSTÜTZT DIE CLAYTON HIGH TROUBADOURS stand, aber ich bezweifle, dass die vielen Männer in Pick-ups, die eindeutig zum Angeln auf dem Clayton Lake unterwegs waren, auf den Parkplatz einbogen, weil sie auf einmal ihr Herz für den Schulchor entdeckt hatten. Sagen wir's mal so: Als Sopransängerin braucht man ziemlich große… Lungen. Jedenfalls bei den Clayton High Troubadours. Deswegen auch die gepolsterten BHs, die Mr Hall uns wegen der »optischen Einheitlichkeit« tragen lässt.

Trina, Steve und ich packten Schwämme und Eimer und machten uns ans Werk. Ich gesellte mich zu den anderen Altsängerinnen und wusch mit ihnen unter viel Gelächter und gelegentlichen Schaumschlachten anderer Leute Autos, als ich aus dem Augenwinkel plötzlich Scott Bennetts klapperigen alten Audi erspähte. Er und Geri Lynn waren wahrscheinlich zur Ladenpassage unterwegs, hatten uns gesehen und bogen auf den Parkplatz ein, um bei dem Spaß mitzumachen.

Na ja, jedenfalls schien Scott mitmachen zu wollen. Er ließ sogar zehn Dollar für eine Autowäsche springen.

Geri Lynn sah nicht so aus, als fände sie die Idee so prickelnd. Die beiden erzählten, sie seien gerade auf dem Weg zu Compusave gewesen, um sich Laptops anzuschauen. Geri Lynn brauchte einen für die Uni, und Scott sollte ihr helfen, ihn auszusuchen.

»Compusave läuft uns nicht davon«, meinte Scott, als Geri moserte und gleich weiterwollte.

Dann griff er, obwohl er uns doch bezahlt hatte, selbst zum

Schwamm und half uns, sein Auto zu waschen. Er stellte sich direkt neben den Reifen, an dessen Radkappe ich mir gerade zu schaffen machte.

Da Geris gelber Minirock und ihre Espandrillos nicht das geeignete Outfit zum Autowaschen waren, stolzierte sie zu den Sopranistinnen rüber, die sich wieder unter dem Chi-Chi-Schild postiert hatten, und unterhielt sich mit Karen Sue Walters über den Frühlingsball. Geri geht natürlich mit Scott hin und Karen Sue hat sich einen der Tenöre geangelt. Wahrscheinlich hatten sie eine Menge Gesprächsstoff, weil sie beide jüngere Ballpartner an Land gezogen hatten.

»Ich bin jetzt übrigens mit ›Lucifers Hammer‹ fertig«, erzählte Scott, während ich getrocknete Schlammbatzen aus seinen Felgen pulte.

Ich hatte ganz vergessen, dass ich es ihm geliehen hatte. Wir stehen beide total auf Bücher, in denen schreckliche Katastrophen drohen, unsere Welt (zumindest so, wie wir sie kennen) für immer zu vernichten.

»Echt?«, sagte ich. »Und? Wie fandest du es?«

»Reaktionärer Schwachsinn«, sagte Scott.

Und damit waren wir natürlich wieder voll in der nächsten Diskussion. Trina stöhnte »Nicht schon wieder!« und verdrehte die Augen. Sie kennt uns eben.

Wahrscheinlich ist die ewige Streiterei über Bücher nicht unbedingt die beste Methode, um sich bei einem Jungen beliebt zu machen. Ich meine, ihm zu sagen, dass man seine Meinung über ein Buch für kompletten Schrott hält. Aber bei Scott hatte ich ja nichts zu verlieren, weil er eindeutig kein Interesse an mir hatte – warum sonst war er mit Geri Lynn zusammen?

Jedenfalls amüsierten wir uns bestens bei unserem Streit um »Lucifers Hammer«, einem Sciencefictionthriller über einen Riesenkometen, der die Erde trifft und riesige Teile davon zerstört, weshalb die Überlebenden entscheiden müssen, wer Zugang zu den wenigen verbliebenen Nahrungsmitteln erhält. Das Buch wirft interessante philosophische Fragen auf, nämlich: Wer ist für die Gründung einer neuen Zivilisation wichtiger – ein Arzt oder ein Künstler? Ein Rechtsanwalt oder ein verurteilter Straftäter? Wen lässt man leben und wen sterben?

Ich versuchte, Scott davon zu überzeugen, dass »Lucifers Hammer« eine Parabel um den Wert des Individuums im Allgemeinen sei, wohingegen er behauptete, es sei nichts als ein politischer Kommentar zur sozioökonomischen Situation Amerikas in den Siebzigerjahren. Trina und Steve, die das Buch beide nicht gelesen hatten, hielten sich raus und stöhnten bloß, während wir mit Urteilen wie *banal* oder *trivial* um uns warfen.

Ich streite mich echt unheimlich gern mit Scott über Bücher.

Irgendwann guckte er mich an und fragte: »Wen wäschst du eigentlich – dich oder das Auto? Du bist total nass.« Autowaschen erfordert, wie ich inzwischen weiß, genauso viel Koordinationsfähigkeit wie tanzen. Ich mag als Streitschlichterin unschlagbar sein, aber körperliche Koordination gehört nicht zu meinen Stärken.

Keine Ahnung, was über mich kam. Echt nicht. Es war, als sei ich einen Moment lang vom Geist eines anderen Mädchens besessen, einer Flirtnudel wie Trina oder Geri Lynn. Ich sagte nämlich: »Ach ja?«, und warf mit dem Schwamm nach ihm, der ihn mitten auf die Brust traf. »Willkommen im Klub!«

Bevor ich wusste, was los war, jagte Scott mich rund um den Parkplatz und drohte, mir einen Eimer Seifenlauge über den Kopf zu gießen. Alle hörten auf zu arbeiten und lachten – das heißt, alle außer Geri Lynn. Sie kam ziemlich genervt zu uns rübermarschiert.

»Guck dich mal an«, warf sie Scott vor. »Du bist klatschnass!«

Scott sah an sich herunter. »Das ist bloß Wasser, Ger.«

»Aber so können wir nicht einkaufen gehen!« Sie stampfte mit einem ihrer Espandrillos auf. »Du bist total nass.«

»Das trocknet wieder«, sagte Scott. Inzwischen war sein Auto fertig und er gab mir den Wassereimer zurück. Ich war beinahe enttäuscht, weil er ihn mir nicht, wie angedroht, über den Kopf gekippt hatte. Keine Ahnung, wieso.

»Das dauert Stunden!«, schimpfte Geri Lynn.

»Ach komm, Geri«, sagte ich. »Wir haben doch bloß ein bisschen rumgealbert. Und außerdem ist das den Verkäufern bei Compusave egal.«

»Mir aber nicht.« Geri schien kurz davor, in Tränen auszubrechen. »Mir ist es nicht egal. Aber interessiert das irgendwen?«

Da wurde mir klar, dass es nicht um Scotts nasses T-Shirt ging und dass ich diesen Streit nicht schlichten konnte. Er hatte etwas mit Geris Unsicherheit zu tun, weil sie bald auf die Uni überwechseln und Scott noch ein Jahr an der Highschool bleiben würde, und vielleicht – auch wenn ich das nur vermuten konnte – mit den kleinen Herzen in Geris Taschenkalender. Also drehte ich mich um und ging zu Trina, Steve und den Altsängerinnen zurück, schnappte mir einen neuen Schwamm und machte mich an dem Kombi zu schaffen, den sie gerade wuschen.

»Ärger im Paradies, hm?« Trina warf über die Schulter einen Blick zu Geri und Scott, die am Rand des Parkplatzes standen und sehr ernst – aber für uns leider unhörbar – miteinander redeten.

»Ich fand ja noch nie, dass sie gut zusammenpassen«, brummte die gelangweilte Liz. »Geri ist das volle Weibchen. Und das mit der abgestandenen Cola ist ja wohl krass daneben, oder?«

»Ach komm, hör auf«, sagte ich, weil ich mich schuldig fühlte. Ich wusste, dass sie sich nicht meinetwegen stritten, aber ich hätte trotzdem nicht mit dem Schwamm nach ihm werfen dürfen. Dem Freund eines anderen Mädchens Bücher zu leihen, ist eine Sache, immerhin sind Scott und ich auch miteinander befreundet, aber mit einem nassen Schwamm nach ihm zu werfen? Das ist eigentlich unentschuldbar. »Geri ist nett.«

»Vor allem ist sie bald Single«, verkündete Brenda, knallhart wie immer. »Das ewige Rumgenöle hält doch kein Typ lange aus.«

»Stimmt«, sagte Trina so leise, dass nur ich es mitbekam, »und wenn sie Schluss machen, ist er frei, und das ist deine Chance, Jen. Ich hab dir ja schon am Anfang des Schuljahres gesagt, dass du es versuchen solltest.«

»Trina!« Ich war schockiert. Die arme Geri! Der arme Scott!

Mr Hall kam vom Geldeinsammeln zu uns rüber und klatschte in die Hände.

»Genug geschwätzt!«, mahnte er mit auf und ab wippendem Ziegenbärtchen. »An die Arbeit, Mädchen. An die Arbeit!«

In diesem Moment tauchte scheinbar aus dem Nichts Luke auf. Zumindest hatte ich seine Limousine nirgends gesehen.

»Luke«, entfuhr es mir. »...*as*«, schickte ich hastig hinterher. »Luc*as*, meine ich.«

»Hey.« Luke grinste etwas verlegen und kam über den Parkplatz auf uns zugeschlendert. Im Gegensatz zu uns anderen hatte er keine Badehose oder Shorts an, sondern trug Jeans und ein Flanellhemd. Okay, es war ein bisschen sehr warm für ein Flanellhemd, aber vielleicht dachte Luke, so würden sich Jungs von der Highschool zum Autowaschen anziehen. »Sorry. Ich bin ein bisschen spät dran.«

»Wow, du bist gekommen!« Trina hüpfte freudig auf ihn zu. »Das ist ja cool! Jen wusste nämlich nicht, ob du Zeit hast.«

Tatsächlich hatte ich nie mit Luke über seine Pläne fürs Wochenende gesprochen. Ich hatte einfach angenommen, er würde in seinem Bungalow am See bleiben und erst am Montag wieder in der Schule auftauchen. Mir wäre nie in den Sinn gekommen, er könnte... na ja, eben mit ein paar Highschool-Typen abhängen wollen. Jetzt bekam ich ein schlechtes Gewissen, weil ich ihn noch nicht einmal gefragt hatte, ob er Lust hatte mitzumachen.

Aber eine Einladung war offensichtlich gar nicht nötig gewesen.

»Ich hab meine Pläne geändert.« Luke grinste Trina an. »Außerdem sieht es so aus, als könntet ihr dringend Hilfe gebrauchen. Die Autos stauen sich schon bis zum McDonald's.«

Trina rannte los, um Luke einen Eimer und einen Schwamm zu besorgen, und kurz darauf begann er vor meinen staunenden Augen, mit uns draufloszuschrubben, lachte, riss Witze und sah aus, als würde er sich bestens amüsieren. Wie wir alle.

Das heißt bis auf Geri und Scott. Die standen nämlich immer noch streitend am anderen Ende des Parkplatzes. Ich gab mir Mühe, nicht hinzusehen (und mir einzureden, es habe nichts mit mir zu tun), aber das war schwierig, ganz besonders, als Geri plötzlich losbrüllte: »Okay. Wenn das so ist, ist es *aus*!«, und auf das Chi-Chi zustürmte. Vermutlich um sich auf der Damentoilette auszuheulen.

Scott rief ihr etwas hinterher, aber das half nichts. Geri rannte ins Restaurant und schluchzte dabei fast so laut wie sonst Cara, wenn sie besonders gnadenlos ausgemuht worden ist.

Ich legte meinen Schwamm hin. Ich ahnte schon, wo ich den Rest des Nachmittags verbringen würde. Aber bevor ich Geri hinterherstürzen konnte… bevor ich die Chance hatte, auch nur ein einziges Wort des Trostes an den sichtlich erschütterten Scott zu richten, an dem ich auf dem Weg ins Restaurant vorbeimusste… bevor ich überhaupt einen Schritt tun konnte, stöhnte Luke, der offensichtlich nichts von dem Streit mitbekommen hatte: »Boah, ist das eine Hitze.«

Und zog sein Hemd aus.

Fragt Annie

Stellt Annie eure drängendsten Fragen zum Thema zwischenmenschliche Beziehungen. Na los, traut euch! Der *Clayton Highschool Register* behält sich vor, Briefe an Annie abzudrucken, wobei Namen und E-Mail-Adressen der Rat Suchenden selbstverständlich vertraulich behandelt werden.

Liebe Annie,

ich bin ganz schlimm in die Freundin meines besten Freundes verliebt. Was mach ich jetzt?

Ein Anonymer

Lieber Anonymer,

am besten gar nichts – jedenfalls wenn du deine Freundschaft nicht aufs Spiel setzen willst. Nur wenn dein Freund und seine Freundin Schluss machen sollten, darfst du den ersten Schritt tun. Dann – und nur dann – kannst du versuchen, dich mit ihr zu verabreden… aber auch das erst nach einer angemessenen Trauerzeit.

Und sei nicht überrascht, wenn dein Freund selbst dann noch sauer reagiert. Freunde machen sich nicht an die Freundinnen ihrer Freunde ran… noch nicht mal an die Exfreundinnen.

Annie

Acht

Im ersten Moment dachte ich mir nichts dabei. Dabei, dass Luke sein Hemd ausgezogen hatte, meine ich. Die Hälfte der Jungs arbeitete mit nacktem Oberkörper.

Sollte er sein Hemd doch ausziehen. Bitte, warum nicht? Ich hatte wahrlich wichtigere Probleme, zum Beispiel dass sich das Traumpaar der Clayton Highschool anscheinend gerade direkt vor meinen Augen getrennt hatte, und zwar möglicherweise – okay, bestimmt nicht nur, aber vielleicht zum Teil – meinetwegen.

Ich wollte also losrennen, um Geri zu trösten, doch als Trina hörbar nach Luft schnappte, blieb ich wie angewurzelt stehen.

Ich kann noch nicht mal genau sagen, warum. Jedenfalls blieb ich stehen und drehte mich ganz langsam um.

Ich sah Trina an, deren Blick wie gebannt auf Luke gerichtet war. Und zwar nicht auf seinen durchaus beeindruckenden Waschbrettbauch… nicht auf den hellen Flaum, der seine Brust bedeckte, sich über den Waschbrettbauch nach unten schlängelte und im Bund seiner Levi's verschwand… nicht auf seine durch und durch beeindruckenden Oberarmmuskeln (was nicht heißt, dass all diese Teile seines Körpers nicht absolut sehenswert gewesen wären. Das waren sie weiß Gott), nein, es war ein Tattoo auf Lukes Bizeps, gleich unterhalb der rechten Schulter, das Trinas Blick auf sich zog.

Dort stand groß und deutlich *Angelique*.

»O mein Go…«, stammelte Trina, konnte den Satz aber nicht beenden, weil ich ihr eine Hand auf den Mund legte.

»Mhmmm, mhmmm«, presste Trina verzweifelt hervor, aber mein Griff war eisern.

»Mund halten und mitkommen«, zischte ich ihr ins Ohr und zerrte sie in Richtung Restaurant.

»Abmm, hmmm«, machte Trina. Ich ließ nicht locker.

»Also bitte, Mädchen!«, sagte Mr Hall gereizt, als wir an ihm vorbeikamen. »Jetzt ist keine Zeit für Albernheiten. Hier wollen noch eine Menge Autos gewaschen werden.«

»Ja, geht klar. Wir kommen gleich wieder«, versicherte ich ihm. »Wir müssen nur mal schnell auf Toilette.«

Ich zog Trina in den Vorraum des Chi-Chi, riss die Tür zur Damentoilette auf und schubste sie hinein… wo ich endlich meine Hand von ihrem Mund nahm.

»O mein Gott, Jen!«, entfuhr es ihr. »Das ist Luke Striker! Der Neue ist *Luke Striker*!«

»Schsch!« Weil ich so lange draußen an der Sonne gewesen war, dauerte es eine Weile, bis sich meine Augen an das Dämmerlicht gewöhnt hatten. Aber ich musste nichts sehen, um zu wissen, dass wir nicht allein waren. Ich hörte Geri laut schluchzen… jedenfalls bis der Name Luke Striker fiel.

»Ich *wusste* es!« Sie stürzte aus der Kabine wie ein Rodeopferd aus seinem Pferch. »Er kam mir gleich so bekannt vor! Lucas ist Luke Striker!«

»Beruhigt euch!« Ich sah von einer zur anderen. Trinas Gesicht war von der Sonne und vor Aufregung gerötet, Geris vom Weinen verquollen. Aber beide sahen mich gespannt an. »Also gut, ja. Lucas ist Luke Striker. Er recherchiert für eine neue Rolle. Und Dr. Lewis hat mich persönlich darum gebeten, Lukes Identität geheim zu halten, das heißt, ihr dürft auf keinen Fall…«

Ich hätte genauso gut auf zwei Kleinkinder einreden können.

Statt die Sache vernünftig durchzusprechen, sahen sich Trina und Geri an, hopsten auf und ab und jubelten: »*Luke Striker! Luke Striker! Luke Striker!*«

»Hey!« Ich wollte nicht, dass gleich das halbe Restaurant angestürmt kam. »Seid doch still. Ich hab gesagt, dass es geheim bleiben...«

Trina hörte einen Moment lang auf zu hopsen: »O Mann, ich wusste es!«, keuchte sie. »Schon gleich am ersten Tag, als er sagte, dass er Vegetarier ist. Ich hab nämlich mal in der *Teen People* gelesen, dass Luke seit *Der Himmel steh uns bei* vegetarisch lebt, und seitdem esse ich auch kein Fleisch mehr.«

»Ich wusste auch, dass er Luke Striker ist«, rief Geri. »Und zwar seit der Redaktionssitzung gestern. Da hat er gesagt, auch Stars hätten ein Recht auf ein Privatleben, weißt du noch, Jen? Und da hab ich noch gedacht: Wahnsinn, er sieht wie Lanzelot aus. IST er vielleicht am Ende Luke Striker?«

»RUHE!«, brüllte ich mit meiner fiesesten Stimme, die ich sonst nur beim Babysitten einsetze, wenn die Kids sich gegenseitig mit Ketschup bespritzen.

Aber es wirkte. Trina und Geri verstummten und sahen mich an.

»Jetzt hört mir mal gut zu.« Ich sprach leise und beherrscht. »Lukes Identität ist ein Geheimnis. Die Wahrheit darf nicht rauskommen, kapiert? Luke will es so. Er ist hier, weil er für eine Rolle recherchiert. Und er kann nicht recherchieren, wenn sich die Leute in seiner Umgebung nicht normal verhalten. Aber wenn sie wissen, dass er Luke Striker ist, wird sich niemand mehr normal verhalten, stimmt's?«

Trina und Geri sahen sich an.

»Hey, ich respektiere das voll und ganz«, sagte Trina. »Luke nimmt seinen Beruf echt ernst. Als Schauspielkollegin möchte ich seiner Kreativität auf keinen Fall im Weg stehen. Von mir erfährt niemand ein Wort.«

Um nicht zurückzustehen, hob Geri die Hand zum Pfadfinderehrenwort. »Ich werde sein Geheimnis mit ins Grab nehmen.«

Zum ersten Mal, seit Luke sein Hemd ausgezogen hatte – nein, seit Geri Scott angebrüllt hatte –, entspannte ich mich ein bisschen.

»Okay.« Ich atmete tief durch. »Gut. Dann ist das also geklärt. Keine von euch sagt ein Wort zu irgendwem darüber, dass Luke in Wirklichkeit nicht…«

»O Gott!« Trina klatschte sich mit der flachen Hand an die Stirn. »Wieso hab ich Steve versprochen, zum Frühlingsball zu gehen? Ich könnte mit Luke hin.«

»Das denkst aber auch nur du«, sagte Geri. »Ich geh mit ihm hin!«

Ich traute meinen Ohren nicht. »Habt ihr beiden eigentlich ein Wort von dem gehört, was ich gesagt hab?«

»Ja, klar«, sagte Trina. »Ehrenwort, ewiges Geheimnis, blablabla. Man darf ja wohl noch träumen, oder?«

»Ich bin jetzt solo.« Geri klappte ihre Handtasche auf und kramte nach ihrem Lippenstift. »Und deshalb werden meine Träume wahr. Ich geh jetzt raus und frag ihn.«

Ich starrte Geri geschockt an. »Du fragst wen? Luke? Ob er mit dir auf den Frühlingsball geht? Aber – aber ich dachte, du gehst mit Scott hin.«

»Jetzt nicht mehr.« Geri verteilte routiniert Lipgloss auf ihren Lippen.

Ich war fassungslos. Klar, ich hatte es schon geahnt, aber es jetzt so nüchtern gesagt zu bekommen, war doch ein Schock. »Du hast mit Scott Schluss gemacht?«

»Ganz genau.« Offensichtlich zufrieden mit dem, was sie im Spiegel sah, ließ Geri den Lippenstift wieder in die Tasche fallen und drehte sich zu mir um. »Und versuch nicht, mich umzustimmen, Jen. Ich weiß, dass du uns immer für das perfekte Paar gehalten hast, aber es ist besser so. Ich geh ab Herbst sowieso nach Kalifornien an die Uni und er hat noch ein Jahr Schule hier in Clayton vor sich und... So ist es leichter für uns.«

Sie presste die Kiefer so entschlossen zusammen, dass ich sah, wie ernst es ihr war.

Trotzdem fühlte ich mich verpflichtet, etwas zu sagen.

»Aber ihr habt euch früher auch gestritten und euch immer wieder vertragen. Vielleicht solltest du es noch mal überschlafen, Geri. Vielleicht änderst du deine Meinung ja noch, wenn du in Ruhe darüber nachdenkst.«

»Diesmal nicht.« Geri Lynn griff noch einmal in ihre Tasche und holte den Kalender heraus. Den Taschenkalender. Den mit den Herzchen. Sie klappte ihn auf, zog einen Kuli heraus und strich die heutige Seite mit einem dicken, fetten X durch.

Ich konnte nicht umhin, zu bemerken, dass die Anzahl der Herzchen auf den Seiten mit dem Monatsüberblick im Laufe der letzten sechs oder sieben Wochen erheblich geschrumpft war. Nämlich auf null. Entweder hatte Geri ihre Momente intimer Zweisamkeit nicht mehr so gewissenhaft festgehalten oder sie und Scott hatten schon seit längerer Zeit keine mehr erlebt...

Geris nächster Satz beantwortete alle offenen Fragen.

»Es ist zwecklos, Jenny«, sagte sie. »Das hat sich schon angekündigt. Ich hab seit längerem das Gefühl, dass Scott und ich uns auseinander leben. Wir haben einfach nicht dieselben Interessen... und Ziele. Kannst du dir vorstellen, dass er erst gar nicht auf den Frühlingsball gehen wollte? Er wollte lieber zu dieser Gegenparty, die Kwang macht...«

Ich wusste von Kwangs Gegenparty. Ich hatte ja selbst vor hinzugehen.

»Und jetzt willst du ihn einfach so fragen?«, mischte sich Trina ein. Typisch. Dass Geris Herz – von Scotts ganz zu schweigen –

womöglich gebrochen war, ließ sie kalt. Sie wollte bloß wissen, wie es mit Geri und Luke Striker weiterging. »Luke, meine ich. Du gehst einfach zu ihm hin und fragst, ob er mit dir auf den Ball geht?«

»Stell dir vor, genau das mach ich.« Geri straffte die Schultern. »Aus dem Weg!«

»Sekunde!«, rief Trina. »Das war meine Idee, mit ihm zum Ball zu gehen. Ich bin zuerst darauf gekommen.«

»Aber du hast schon einen Ballpartner«, erinnerte Geri sie zuckersüß.

»Nicht mehr lange.« Trina rannte zur Tür.

»WARTE!« Geri stürzte ihr so schnell hinterher, dass sie sich fast das Genick gebrochen hätte.

Ich traute meinen Augen nicht. Da gingen sich diese beiden Menschen, die ich immer für relativ reife junge Frauen gehalten hatte – und die ich für ihren scharfen Intellekt und ihre Unabhängigkeit bewundert und respektiert hatte –, praktisch gegenseitig an die Kehle. Und zwar ausgerechnet wegen eines JUNGEN!

»Hey!« Ich rannte ihnen hinterher auf den Parkplatz hinaus. »Hey, vergesst nicht, dass ihr versprochen habt…«

Aber ich kam nicht mehr dazu, sie daran zu erinnern, dass sie versprochen hatten, Lukes Geheimnis zu wahren. Als ich sie eingeholt hatte, standen sie vor einer Traube von Menschen, die sich um Luke und den Wagen gebildet hatte, den er gerade noch gewaschen hatte.

Nur wusch er ihn jetzt nicht mehr, sondern stand oben auf dem Autodach und redete hektisch in sein Handy, während er gleichzeitig versuchte, sich der etwa 57 Troubadoure, Chi-Chi-Kellnerinnen, Hausfrauen, die zufällig auf dem Weg zum Einkaufen angehalten hatten, und Pick-up-Fahrer (ja, auch von denen waren welche dabei) zu erwehren, die alle die Arme nach ihm ausstreckten und »Luke! Luke! LUKE!« brüllten.

»Ihr Idioten!«, schrie ich Trina und Geri an, während Luke Hände wegstieß, die nach ihm griffen. »Was habt ihr getan?«

»Das waren wir nicht«, sagte Geri achselzuckend. »Als wir rauskamen, war es schon passiert.«

»Anscheinend bin ich nicht die Einzige in Clayton, die Luke Strikers Angelique-Tattoo kennt«, sagte Trina düster.

Geri stampfte mit dem Fuß auf. »Und wie soll ich ihn jetzt bitte fragen, ob er mit mir auf den Ball geht? Ich komme ja gar nicht an ihn ran!«

Als gäbe es keine schlimmeren Probleme! Der arme Luke drohte, von der Meute zerrissen zu werden, und seine eingefleischtesten Fans hatten nur eine Sorge: Wie sie ihn fragen sollten, ob er zum Frühlingsball mitkäme!

Ich sah zu Luke hinauf. Er wirkte nicht verängstigt (wie es mir an seiner Stelle gegangen wäre), sondern steckte das Handy wieder ein und versuchte, vernünftig auf die kreischenden Frauen um ihn herum einzureden.

»Immer mit der Ruhe«, sagte er. »Ihr kriegt alle ein Autogramm – versprochen. Aber eine nach der anderen, okay?«

Niemand hörte zu. Von allen Seiten wurden ihm Kulis und Speisekarten zum Unterschreiben hingestreckt. Am schlimmsten waren die Sopranistinnen. Karen Sue Walters, die anscheinend nichts Beschreibbares aus Papier dabeihatte, deutete hysterisch auf ihr Dekolletee und wollte, dass Luke darauf unterschrieb.

Aber die Altstimmen waren auch nicht viel besser. Die gelangweilte Liz – die gar nicht mehr so gelangweilt schaute – kletterte sogar auf die Motorhaube und schlang beide Arme um Lukes Beine. Er hätte fast das Gleichgewicht verloren und wäre hingefallen, aber das kümmerte Liz nicht. Sie presste sich schluchzend an ihn. »Luke! Oh, Luke! Ich liebe dich!«

Es war erbärmlich. Ich gebe zu, dass ich mich zutiefst für meine Geschlechtsgenossinnen schämte.

Allerdings waren es nicht bloß die Frauen. Unter der kreischenden Menge befanden sich auch Männer. Ich hörte einen Typen mit John-Deere-Baseballmütze zu seinem Kumpel sagen: »Ich besorg mir ein Autogramm und verkauf es bei eBay!«

Und Mr Hall? Mr Hall – der immerhin Lehrer war und es besser wissen sollte? Der war der Schlimmste von allen. »Mr Striker!«, japste er. »Mr Striker! Hätten Sie vielleicht Zeit, ein Drehbuch zu lesen, das ich geschrieben habe? Es ist eine Tragikomödie über das Erwachsenwerden eines jungen Mannes, der im Chor eines großen Broadway-Musicals singt. Das wäre die perfekte Rolle für Sie.«

Nur wenige Leute auf dem Parkplatz hielten sich zurück. Einer von ihnen war Scott. Er lehnte an seinem Wagen und sah dem Spektakel einfach nur zu – ein Fels geistiger Gesundheit in einer Brandung von komplett Durchgeknallten.

Ich stürzte auf ihn zu. Dass Geri Lynn mit ihm Schluss gemacht hatte, war mir völlig entfallen. Ich hatte nur einen Gedanken: Wenn nicht bald jemand eingriff, würde Luke in Stücke gerissen, genau wie Mel Gibson in »Braveheart«, nur eben von seinen eigenen Fans und nicht von den Engländern.

»Meinst du nicht, wir sollten die Polizei rufen?«, fragte ich besorgt. »Ich will meine Freunde zwar nicht bei der Polizei verpfeifen, aber…«

Aber die Alternative war, Luke selbst zu helfen – und ich hätte nicht gewusst, wie. Die Leute standen in Zehnerreihen um sein Auto herum. Da war kein Durchkommen…

»Keine Angst.« Scott lächelte. »Schon erledigt.«

Ich sah ihn verwirrt an. »Wie… hast du die Polizei gerufen?«

Er hielt sein Handy hoch. Und gerade als er mir zuzwinkerte, hörte ich in der Ferne das Heulen der Sirene.

Ich war unendlich erleichtert. »O Mann. Danke!«

»Wahrscheinlich ist er nicht wirklich als Schüler bei uns eingeschrieben, oder?« Scott schob das Handy wieder in die Hosentasche zurück.

»Was?« Ich beobachtete, wie eine Chi-Chi-Kellnerin nach einem Autogramm hechtete, das Luke ihr hinhielt.

»Ach so, nein. Er recherchiert bloß für eine Rolle.«

»Wissen Lewis und die anderen davon?«

»Klar, es war ihre Idee.«

Scott schüttelte den Kopf. »Die geben bestimmt keinen Kommentar dazu ab. Schade. Die Story ist toll.«

Ich schloss daraus, dass er sich keine allzu großen Sorgen um Luke machte, wenn er in so einem Moment an den *Register* denken konnte.

Oder dass er wegen Geri allzu traurig war.

»Scott, ich…«

Das mit dir und Geri Lynn tut mir Leid, wollte ich sagen.

Aber bevor ich es sagen konnte, geschahen drei verschiedene Dinge gleichzeitig. Erstens bog ein Einsatzwagen der Duane County Police mit heulender Sirene auf den Parkplatz ein, zweitens glitt eine schwarze Limousine – vermutlich dieselbe, die Luke jeden Tag von der Schule abholte – hinter dem Restaurant hervor, als hätte sie dort schon die ganze Zeit gewartet, und drittens kam Geri Lynn mit glänzenden Augen auf uns zugerannt.

»Wahnsinn, oder?«, keuchte sie. »Echt blöd, dass keiner eine Kamera mithat. Endlich passiert mal was in diesem Kaff und wir können es nicht fotografieren.«

Ich wusste nicht, ob es ihr gelungen war, Luke zum Frühlingsball einzuladen. Wahrscheinlich nicht. Die Menschentraube um ihn herum war nach wie vor beträchtlich. Obwohl sich viele beim Anblick des Streifenwagens zurückgezogen hatten und noch mehr zurückwichen, als der kräftige Officer unerschrocken auf die Menge zuschlenderte. Luke stand immer noch auf dem Wagendach.

»Kwang müsste jetzt hier sein!«, sagte Geri bedauernd. »Der hat doch ein Handy mit Kamera.«

Mittlerweile hatte sich der Officer erfolgreich durch die Schar zum Auto gedrängt. Er sagte etwas zu Luke, der dankbar lächelte und vom Dach kletterte, während der Polizist die hartnäckigsten Fans zurückhielt – diejenigen, die gar nichts kapierten. Leider muss ich sagen, dass sich in dieser Gruppe ziemlich viele Sopranistinnen befanden, unter anderem auch Trina.

»Okay, Leute«, sagte der Polizist, als die Limousine vorfuhr und Luke schnell einstieg. »Die Show ist vorbei. Der Verkehr muss weitergehen.« Denn natürlich war jeder einzelne Autofahrer auf der Clayton Mall Road langsamer gefahren, um zu sehen, was der merkwürdige Volksauflauf beim Autowaschtag der Troubadours bedeutete.

Trina kam angerannt. Sie wirkte erhitzt und erregt. »Er ist einfach in die Limo gestiegen, ohne irgendetwas zu sagen! Ich hab noch nicht mal ein Autogramm bekommen! Und dabei hab ich ihn jahrelang treu unterstützt!«

»Tolle Unterstützung!«, sagte ich. »Ihr habt ihn praktisch in Stücke gerissen.«

»Ich nicht!«, behauptete Trina. »Das war Karen Sue Walters. Habt ihr mitgekriegt, dass sie ein Autogramm von ihm auf den Busen wollte? Ihr Glück, dass ihre Mutter nicht hier war…«

Plötzlich bemerkte ich, dass Scott und Geri wieder eine ziemlich ernste Unterhaltung führten. Ich packte Trina am Arm und zog sie ein Stück zur Seite, um den beiden etwas Privatsphäre zu ermöglichen. Na ja, jedenfalls soweit es unter den Umständen möglich war.

»Sag mal, wenn ich Luke einen Brief schreibe, könntest du ihn ihm geben?«, fragte Trina. »Ich meine, ihr scheint ja echt gut befreundet zu sein, wenn er dir sein Geheimnis anvertraut hat.«

Ich schüttelte den Kopf. »Trina.« Die Limousine fuhr langsam los. Was auch höchste Zeit war, denn es kamen schon wieder Mädchen angelaufen, die sich gegen die getönten Scheiben pressten, um einen letzten Blick auf ihren Schwarm zu erhaschen. »Ich kenne ihn doch kaum. Er war nur hier, um zu recherchieren…«

In diesem Moment ging surrend das Sonnendach der Limousine auf und Luke streckte Kopf und Schultern heraus. Die um die Limo versammelten Mädchen kreischten, sprangen am Wagen hoch und schienen Luke büschelweise Haare ausreißen zu wollen. Was ja immer eine gute Methode ist, um sich bei jemandem beliebt zu machen… Oder auch nicht.

Ich dachte, Luke würde den Einwohnern Claytons zum Abschied noch ein paar saftige Flüche hinterherschicken. *Macht's nicht gut, ihr Arschlöcher!* oder *Danke für gar nichts, ihr Idioten!*

Aber er sagte nichts. Stattdessen sah er sich suchend auf dem Parkplatz um. Als er mich entdeckte, rief er: »Jen!«

Alle Köpfe fuhren herum.

»JEN!«, rief er noch einmal. Und winkte mir. »KOMM SCHON!«

Ich spürte, dass ich so rot anlief wie der Neonschriftzug vom Chi-Chi.

Luke wollte anscheinend, dass ich zu ihm in die Limousine stieg. Luke Striker wollte, dass ich in den Sonnenuntergang fuhr (okay, nicht ganz, es war erst halb zwei) – mit ihm, in seiner Limousine.

»O mein Gott!«, hörte ich Trina flüstern. »Alles klar. Er kennt dich kaum. Deshalb brüllt er auch deinen Namen. Er will dich, Jen. *Dich.*«

Ich schüttelte den Kopf. »Nein«, sagte ich. »Das kann nicht sein…«

Es konnte nicht sein. Seine Worte, sein vorwurfsvoller Ton, seine wütenden blauen Augen damals vor dem Mädchenklo hatten sich für alle Ewigkeit in mein Gedächtnis eingebrannt. Nein, das konnte echt nicht sein.

»JENNY!« Er klang jetzt richtig ungeduldig.

»Er will dich«, wiederholte Trina. »Wieso gehst du nicht zu ihm hin?«

Aber wie denn? Wie sollte ich zu ihm, solange sich all diese Weiber um die Limousine drängten und mich hasserfüllt anfunkelten? In diesem Moment kamen mehrere Streifenwagen die Clayton Mall Street entlanggefahren (der Officer hatte offenbar Verstärkung angefordert).

»Verdammt!«, schrie Trina. »Geh endlich!«

Und sie gab mir einen Schubs. Einen richtig heftigen. Ich wäre wahrscheinlich sogar hingefallen, wenn mich der nette Officer nicht am Arm gepackt und festgehalten hätte. »Bist du Jenny?«, fragte er.

Ich nickte hastig, und bevor ich wusste, was geschah, hatte mich der Officer – der mich immer noch am Arm festhielt – durch die kreischende Menge zu Lukes Limousine geleitet, die hintere Wagentür aufgerissen, mich hineingeschoben … und die Tür hinter mir zugeschlagen.

Luke ließ sich auf die Rückbank fallen und drückte die Türverriegelung.

»Los!«, brüllte er dem Chauffeur zu. »Los, los, los!«

Und wir fuhren los.

Fragt Annie

Stellt Annie eure drängendsten Fragen zum Thema zwischenmenschliche Beziehungen. Na los, traut euch! Der *Clayton Highschool Register* behält sich vor, Briefe an Annie abzudrucken, wobei Namen und E-Mail-Adressen der Rat Suchenden selbstverständlich vertraulich behandelt werden.

Liebe Annie,

ich hab einen Freund, den ich echt nett finde. Ich nenne ihn mal Chuck. Und Chuck sagt, dass er mich auch nett findet. Aber jetzt zu meinem Problem: Chuck meldet sich nie bei mir. Ich rufe ihn vielleicht fünfmal täglich an, simse bestimmt zehnmal, schreibe Mails und spreche auf seine Mailbox. Chuck ruft nie an und simst und mailt mir auch nie. In letzter Zeit klingt seine Mutter außerdem irgendwie genervt, wenn ich anrufe. Aber wie sollen wir denn in Kontakt bleiben, wenn er mich nie anruft? Bitte hilf mir.

Eine Kontaktfreudige

Liebe Kontaktfreudige,

soll ich dir mal sagen, weshalb Chuck weder anruft noch simst oder mailt? Weil du ihm keine Chance lässt!!!!! Bei dir muss der arme Kerl ja einen Verfolgungswahn kriegen. Lass Chuck in Ruhe und er kommt von selbst zu dir. Bleib cool und er ruft an. Und wenn nicht – tja. Dann könnte es sein, dass er dir damit etwas zu verstehen geben will.

Annie

Neun

Als mich der freundliche Officer zu Luke Striker in die Limo schob, wusste ich nicht, was ich tun, geschweige denn denken sollte. Ich meine, äh… Wollte er etwa was von mir? War er in mich verknallt? Ich gebe zu, dass mir das sehr, sehr unwahrscheinlich erschien, aber… Hey, es sind schon die irrsten Sachen passiert.

Andererseits litt Luke allen Medienberichten zufolge immer noch schwer unter der Trennung von Angelique Tremaine. Konnte er da wirklich locker den Hebel umlegen, seine zauberhafte Filmpartnerin vergessen und sich in… na ja, in Jenny Greenley verlieben?

Und falls dem so war, merkte er denn nicht, dass ich nichts von ihm wollte? Jedenfalls nicht *das*?

Anscheinend nicht. Er beugte sich nämlich zum Fahrer vor und sagte: »Zu mir, Pete. Und versuch, den Rattenschwanz abzuhängen, wenn's geht.«

Ich warf einen Blick nach hinten und sah, dass einige der sensationslüsternen Autofahrer, die vor dem Chi-Chi angehalten hatten, um zu glotzen, uns jetzt dicht auf den Fersen waren.

Obwohl das irgendwie schon aufregend war (besonders als Pete über rote Ampeln raste, um sie abzuhängen), lenkte es mich nicht von meinem aktuellen Problem ab.

Nämlich der Frage, weshalb Amerikas Traumboy Nummer

eins, Luke Striker, mit mir, Jenny Greenley, zu sich nach Hause fuhr.

»Tja«, sagte ich, weil ich das Gefühl hatte, etwas sagen zu müssen. »War wahrscheinlich keine so gute Idee, dein Hemd auszuziehen.«

Okay, superlahm, ich weiß – aber was hätte ich sagen sollen?

Luke schüttelte bloß stumm den Kopf. Er sah mich noch nicht mal an, sondern blickte auf die vorbeihuschende Landschaft nach draußen. Wir näherten uns dem See, der etwa 16 Kilometer vor der Stadt liegt. Unsere Verfolger hatten wir abgeschüttelt. Pete war ein guter Fahrer. Ich fragte mich, ob die Polizei die entfesselte Menge vor dem Chi-Chi inzwischen beruhigt hatte… oder ob es womöglich Randale gab. Wenn ja, hatte Scott sicher seinen Spaß. Er ist begeisterter Anarchist.

Geri ärgerte sich wahrscheinlich nur darüber, dass sie die falschen Schuhe an- und keine Kamera dabeihatte.

»Ich lass mir das Ding weglasern«, sagte Luke plötzlich bitter.

Ich wusste erst nicht, was er meinte. Dann kapierte ich: sein Tattoo.

»Das war sicher hart für dich«, sagte ich aus meiner Ecke heraus. Ich hatte noch nie in einer Limousine gesessen. Ich weiß, dass sich das jetzt doof anhört, aber… so eine Limousine ist ziemlich groß. Ich meine, da ist ganz schön viel Platz zwischen den Vordersitzen und der Rückbank. Und dort stand – jedenfalls in Lukes Limousine – so eine Art Konsole mit Minibar und Fernseher. Was ziemlich cool ist. Jedenfalls für jemanden, der gern im Auto fernsieht.

»Ich meine, es war sicher hart, als sie… Angelique, du weißt schon… als sie den anderen geheiratet hat.«

»Darüber will ich nicht sprechen.« Luke starrte immer noch aus dem Fenster, wo jetzt zwischen dem Grün der Bäume der See aufblitzte. Der Clayton Lake ist zwar künstlich angelegt, aber trotzdem sehr schön. Ich bin auch schon in einem gemieteten Tretboot darauf herumgeschippert. Geschwommen bin ich darin noch nie, weil ich Angst vor Wasserleichen hab, aber schön ist er.

Ich verstand gut, dass Luke nicht über Angelique reden wollte. Wenn ich mit jemandem zusammen wäre, und der würde plötzlich eine andere heiraten, würde ich wahrscheinlich auch nicht darüber reden wollen. Also wechselte ich das Thema.

»Tut mir Leid, das mit meinen Freundinnen eben auf dem Parkplatz«, sagte ich. »Keine Ahnung, was mit denen plötzlich los war. Ich hab sie noch nie so erlebt.«

Luke wandte den Kopf, als würde er zum ersten Mal bemerken, dass ich mit ihm im Auto saß. Dann geschah etwas Unerwartetes.

Er grinste.

»Ach was«, sagte er wegwerfend. »Kein Problem. Das ist normal. Wenn die Leute einen Star sehen, passiert was mit ihnen. Das ist… ich weiß auch nicht. Denen ist nicht klar, dass wir auch bloß Menschen sind.«

Ich fragte mich, ob das stimmte. Hatten sie ihn deswegen unbedingt anfassen wollen? Um zu überprüfen, ob er menschlich war? Oder um am Montag in der Schule sagen zu können, dass sie Luke Striker berührt hatten?

»Du allerdings nicht«, sagte er und schreckte mich aus meinen Gedanken, »du bist nicht wie die. Manche Menschen sind da… anders. Ah, cool«, sagte er, als der Wagen anhielt. »Wir sind da.«

Wir standen vor einem modernen Bungalow, der mit Schindeln verkleidet war, um an den Baustil der Badeorte in Neuengland zu erinnern. Ich bin schon öfter in der Siedlung am See gewesen, weil mein Vater sie entworfen und meine Mutter die Häuser eingerichtet hat. Alles ist konsequent im maritimen Stil gehalten. Der Bungalow hatte zum Beispiel eine weiße, offene Balkendecke und war mit Muscheln und Möwenmotiven dekoriert, obwohl am Clayton Lake garantiert noch nie eine Möwe gesichtet wurde.

Er ist zwar groß, aber sonst gibt es in der weiteren Umgebung keine Gewässer.

»Möchtest du was trinken?« Luke öffnete den riesigen, supermodernen Kühlschrank.

Ich zögerte. Die Klimaanlage lief auf Hochtouren, im Haus herrschten vielleicht gerade mal fünfzehn Grad und ich hatte meinen immer noch feuchten Badeanzug und Shorts an. Ich verschränkte schamhaft die Arme vor der Brust, weil man… äh… ziemlich deutlich erkennen konnte, dass mir kalt war.

Mir ging nicht aus dem Kopf, was Luke im Auto gesagt hatte. In der Limousine, meine ich.

Dass ich anders sei.

»Ja, gern«, sagte ich.

»Hier, bitte.« Luke hielt mir eine Dose Cola hin. Ich musste einen Arm runternehmen, um danach zu greifen. Ich möchte Luke ja nicht unterstellen, dass er mir auf den Busen geschaut hatte, aber er sagte sofort: »Komm, setzen wir uns raus.«

Zu meiner Erleichterung öffnete er die große Schiebetür zur Veranda, die auf den See hinausging, und wir standen wieder draußen im warmen Sonnenschein.

Die Aussicht war atemberaubend. Mein Vater hat für die Veranda wirklich einen guten Platz ausgesucht. Vor uns lag, umrahmt vom dichten Grün der Bäume, tiefblau der See. Auf dem kristallklaren Wasser kreuzten ein paar Segelboote. Die Sonne brannte auf uns nieder, als wäre Hochsommer, nicht Frühling, und die Vögel zwitscherten. Es war wunderbar friedlich und erholsam.

Echt blöd, dass es bald von Paparazzi nur so wimmeln würde, wenn sich herumsprach, dass Luke Striker sich hierher zurückgezogen hatte, um sich nach Angelique Tremaines Betrug die Wunden zu lecken.

Luke setzte sich auf das Geländer und öffnete die Bierflasche, die er sich aus dem Kühlschrank geholt hatte. Ich war nicht beleidigt, dass er mir keins angeboten hatte – ich sehe nun mal nicht so aus, als würde ich Bier trinken –, aber ich fragte mich, woher er das Bier hatte. Luke ist noch nicht einundzwanzig und in Indiana wird superstreng kontrolliert.

Dann fiel es mir wieder ein. Er war ja ein Filmstar. Er konnte wahrscheinlich so viel Bier kriegen, wie und wann er wollte.

Luke nahm einen kräftigen Schluck aus der Flasche. »Schön hier, was?«

Ich nippte an meiner Cola. Sie war schön sprudelig, genau wie ich sie mag.

»Ja«, sagte ich.

Anders, hatte er gesagt. *Du bist anders.* Ich kam immer noch nicht darüber hinweg, dass er mich zu sich nach Hause mitgenommen hatte. Dass er nichts von mir wollte, war offensichtlich. Außerdem hätte er Trina haben können (muss ich leider sagen) oder jedes andere Mädchen auf dem Parkplatz, wenn er gewollt hätte. Wenn es ihm um Sex ging, warum hatte er dann ausgerechnet mich nach Hause mitgenommen? Oder ging es um etwas ganz anderes?

»Ich war ja nie auf einer Highschool«, sagte Luke plötzlich – anscheinend sprach er mit dem See, denn mich guckte er dabei nicht an. »Ich hatte immer Privatunterricht wie alle Kinder, die bei *Der Himmel steh uns bei* mitspielten. Ich kenne Schulen nur aus dem Fernsehen und aus Filmen. Und bis jetzt hab ich immer gedacht, diese ganzen Highschoolfilme wären… na ja, erfunden oder krass übertrieben. Ich hatte ja keine Ahnung – aber wirklich *keine* Ahnung… wie es an Highschools wirklich abgeht.«

Luke trank von seinem Bier, ließ die Flasche sinken und sah mich an.

»Es ist wirklich nicht so wie in den Filmen«, sagte er. »In Wirklichkeit ist es noch zehn Millionen Mal schlimmer.«

Ich sah ihn nur an. Was hätte ich sagen sollen? »Ach, auch schon gemerkt?« Das wäre ziemlich unhöflich gewesen.

»Die Leute an deiner Schule«, Luke rutschte vom Geländer und begann, auf der Veranda hin und her zu tigern, »...das sind die fiesesten, gemeinsten, rücksichtslosesten Menschen, die ich je erlebt hab. Die haben überhaupt keine... weißt du, was *Empathie* ist?«

»Öh.« Ich dachte kurz nach. »So was wie die Fähigkeit, sich in andere Menschen hineinzuversetzen?«

»Genau. Bei *Der Himmel steh uns bei* gab es jemanden, der uns beim Dreh beraten hat. Ein echter Pfarrer. Von ihm hab ich das Wort. Empathie war sein Lieblingsthema, darüber hat er ständig geredet. Und das ist das Erste, was mir an der Clayton Highschool aufgefallen ist – anscheinend gibt es bei euch nicht viele Schüler, die Empathie empfinden... Die Schwachen werden gnadenlos fertig gemacht, und die Leute, die am fiesesten mobben, sind bei euch die Helden.«

Das konnte ich so nicht stehen lassen.

»Das stimmt nicht«, sagte ich, weil ich Kurt Schraeder noch nie für einen Helden gehalten hab. »Nicht alle...«

»Nicht alle, das stimmt«, pflichtete mir Luke bei. »Nein, es gibt eine Menge Leute, die sich einfach nur zurücklehnen und zuschauen, wie Mitschüler gequält werden. Die finde ich fast noch schlimmer als die Mobbing-Fraktion... und ich glaub, der Pfarrer von ›DHSUB‹ würde mir da zustimmen. Weil diese Leute nämlich etwas tun könnten, um es zu verhindern, aber sie haben zu viel Angst davor, womöglich die nächsten Opfer zu sein.«

Ich schüttelte den Kopf. Ich halte die Clayton Highschool wirklich nicht für eine paradiesische Utopiegesellschaft, aber ganz so schlimm sind wir nun auch nicht.

»Das stimmt echt überhaupt nicht«, widersprach ich. »Du hast doch selbst gesehen, wie ich Cara hinterhergelaufen bin, um sie...«

»Ja, klar.« Luke nickte. »Du bist ihr *hinterher*gelaufen. Hinterher. Du hast ihre Tränen aufgewischt, aber du hast vorher nichts getan, um zu verhindern, dass sie Cara fertig machen.«

»Was hätte ich denn tun sollen?« Der Knoten in meinem Magen, der sich vor kurzem aufgelöst hatte, zog sich wieder zusammen. Ich fasste es nicht. Hatte er mich nur zu sich mitgenommen, um mir Charakterschwäche vorzuwerfen? Womit hatte ich das verdient? Ich hatte keine Liebeserklärungen oder Küsse erwartet, aber das war ja wohl echt unfair. »Soll ich es mit der ganzen Schule aufnehmen, oder was? Luke, *niemand* mag Cara…«

»Nein.« Luke nickte. »Niemand mag Cara. Und ich will auch gar nicht behaupten, dass ich sie sonderlich sympathisch finde. Ich hab euch im Klo reden hören. Ich hab gehört, was du zu ihr gesagt hast. Du hast ihr einen echt guten Rat gegeben, wahrscheinlich den besten, den sie kriegen konnte, und sie hat ihn gleich verworfen. Aber ist dir schon mal aufgefallen, dass niemand Cara mag, dass aber alle dich mögen?«

Ich schüttelte den Kopf. »Das stimmt nicht…«

»Sag das nicht. Es stimmt und du weißt es. Sag mir einen Menschen, der dich nicht mag. Nur einen.«

Ich musste nicht lang nachdenken. Mr Hall mag mich garantiert nicht, weil ich seine blöde Choreografie immer noch nicht kann.

Und Kurt? Kurt Schraeder mag mich auch nicht sonderlich. Okay, wahrscheinlich denkt er nie über mich nach, aber wenn er es täte, wäre es sicher nicht liebevoll.

»Quatsch«, sagte Luke, als ich die beiden als Beispiel aufführte.

»Okay.« Ich gab es auf. »Okay, dann nehmen wir eben mal an, dass alle mich mögen. Das stimmt zwar nicht, aber nehmen wir es mal an. Na und?«

»Na und?« Luke blieb stehen und starrte mich ungläubig an. »*Na und?* Verstehst du nicht, Jen? Du bist in einer unglaublich privilegierten Lage. Du könntest an dieser Schule eine echte gesellschaftliche Veränderung herbeiführen und merkst es gar nicht.«

Gesellschaftliche Veränderung? Wovon redete er?

In dem Moment traf mich die Erkenntnis wie ein Hammerschlag. Was Luke von mir wollte. Weshalb er mich zu sich mitgenommen hatte. Es war so offensichtlich, dass jeder Idiot es erkannt hätte. Nur ich nicht. Natürlich nicht.

Luke hatte ein Weltverbesserungsprojekt. Alle Promis haben solche Projekte. Wie Sting, der den Regenwald rettet, und Pamela Anderson, die sich bei PETA engagiert, und Brigitte Bardot und der Tierschutz.

Lukes Weltverbesserungsprojekt bestand darin, die Schüler der Clayton Highschool Empathie zu lehren, und ich sollte sein Werkzeug sein.

Ich sank müde auf eine der Holzbänke rings um das Geländer. »Mannomann.«

»Hey, Jen.« Luke war sehr ernst. »Du weißt, dass ich Recht hab. Ich hab dich beobachtet. In den letzten vier Tagen hab ich nichts anderes getan, als dich zu beobachten, und es ist nun mal eine Tatsache, dass du der einzige Mensch an dieser Scheißschule bist, der auch an andere denkt und nicht nur an sich selbst – ich würde sogar wetten, dass du an dich selbst zuletzt denkst. Und das ist toll, Jen. Das ist echt bewundernswert. Ich sage nicht, dass du nicht schon unheimlich viel dafür tust, um die Stimmung zu verbessern. Aber ich hab das, was an eurer Schule abgeht, als kompletter Außenseiter beobachtet, und ich sage: Du könntest mehr tun.«

Ich ertrug es nicht. Echt nicht.

»*Mehr?*«, rief ich verzweifelt. »Ich soll noch *mehr* tun? Ich tu schon so viel, dass ich abends total erschöpft bin. Glaubst du etwa, es wäre so leicht, ich zu sein? Ist es nämlich nicht, das kann ich dir sagen. Es ist echt sauschwer.«

»Inwiefern?« Luke setzte sich neben mich auf die Bank.

»Ach, weißt du, weil…« Ich konnte ja selbst nicht glauben, dass ich es Luke Striker erzählte – ausgerechnet ihm, dem rätselhaften Teeniestar und einzigen Menschen, den ich nicht durchschaute. Und er erfuhr jetzt mein peinliches Geheimnis. Es war einfach nicht fair.

»Ich bin doch die Majonäse«, flüsterte ich, und als er verwirrt schaute, sagte ich etwas lauter: »Ich bin der Klebstoff, der das Sandwich zusammenhält, verstehst du? Ich sorge dafür, dass nicht alles auseinander fällt. Ich *vermittle.*«

»Ja.« Luke schien zu verstehen und nickte begeistert. »Ja, genau das bist du!«

Ich begriff nicht, was ihn daran so begeisterte. Aber bitte, sollte er sich ruhig freuen. Ich war diejenige, die das Problem hatte.

»Aber das ist auch schon alles«, sagte ich. »Mehr als Majonäse bin ich nicht. Was du da sagst… was du da von mir erwartest… das kann ich nicht.«

Luke beeindruckte das nicht. In seiner Hartnäckigkeit erinnerte er mich an Trinas Kater, Mr Momo. Wenn der ein Erdhörnchen gefangen hat, lässt er es auch erst wieder los, wenn er ihm vollständig den Kopf abgenagt hat.

»Aber genügt es dir, die Majonäse zu sein, Jen?«, fragte Luke. »Ich meine, was willst *du*?«

Was *ich* wollte? Drehte er jetzt total durch?

Ah! Wahrscheinlich war es genau das. Jetzt dämmerte es mir. Ich war von einem irren Filmstar gekidnappt und als Geisel genommen worden. So gesehen ergab alles einen Sinn. Deshalb hatte ich ihn auch nicht durchschauen können. Luke war verrückt.

O Mann, wenn die Medien *das* herausfanden…

»Die Frage ist ganz ernst gemeint, Jen«, sagte der Irre. »Was willst du?«

Ich wollte tausend Sachen. Ich wollte, dass Betty Ann wieder da saß, wo sie hingehörte, nämlich bei Mrs Mulvaney auf dem Pult. Ich wollte, dass die Leute aufhörten, jedes Mal zu muhen, wenn Cara Schlosburg vorbeiging. Ich wollte nicht im Chor sein – oder wenigstens von Mr Hall wegen des bescheuerten Huts und meiner Armschwenkerei nicht mehr fertig gemacht werden.

»Weißt du was?«, sagte Luke, als ich stumm blieb. »Ich glaub nämlich nicht, dass du bloß Majonäse bist. Als du mich vor ein paar Tagen vor dem Mädchenklo so zur Sau gemacht hast…«

Ich verzog das Gesicht, weil ich nicht an diesen beschämenden Ausfall erinnert werden wollte.

Aber Luke redete unbeirrt weiter.

»…da hab ich gemerkt, dass du mehr bist als die nette kleine Jenny Greenley, als jedermanns beste Freundin. Du bist mehr als Majonäse, viel mehr.« Er hatte die Brille abgenommen (jetzt, wo alle wussten, wer er war, brauchte er sie ja nicht mehr), und ich sah, dass seine Augen genauso tiefblau waren wie der See vor uns.

»Weißt du, was du bist?«, sagte er. »Du bist Spezialsoße.«

Fragt Annie

Stellt Annie eure drängendsten Fragen zum Thema zwischenmenschliche Beziehungen. Na los, traut euch! Der *Clayton Highschool Register* behält sich vor, Briefe an Annie abzudrucken, wobei Namen und E-Mail-Adressen der Rat Suchenden selbstverständlich vertraulich behandelt werden.

Liebe Annie,

ich bin gerade auf eine Party eingeladen worden und weiß, dass da alle total viel saufen werden. Ich trinke keinen Alkohol, weil er mir einfach nicht schmeckt, und ich bin auch nicht gern unter besoffenen Leuten, aber ich will auch nicht, dass meine Freunde mich für einen Spießer halten. Was mach ich jetzt?

Ein Trockener

Lieber Trockener,

sag deinen Freunden, dass du leider nicht auf die Party kannst, weil du schon was anderes vorhättest. Und mach dir vor allem nicht so viele Gedanken darüber, was sie denken. Wenn sie dich nicht so akzeptieren, wie du bist, sind sie auch keine wahren Freunde, oder?

Annie

Zehn

Ich weiß, was ihr denkt. Ihr denkt: *Luke Striker hält dich also für ganz spezielle Soße. Na und? Er ist ja auch offensichtlich komplett durchgeknallt. Und küssen will er dich auch nicht.*

Stimmt, Luke Striker wollte mich nicht küssen. Jedenfalls hatte er bisher noch keine Anzeichen dafür erkennen lassen.

Und mal ehrlich: Hätte ich es denn so toll gefunden, wenn er es versucht hätte? Nein. Weil ich nämlich (im Gegensatz zu einer Menge gleichaltriger Mädchen in dieser Stadt) nicht in Luke Striker verliebt war.

Ich wollte nicht von Luke Striker geküsst werden.

Aber mir kam der Gedanke, dass er womöglich doch nicht verrückt war.

Irgendwann schickte Luke mich allein in seiner Limousine nach Hause. Ich nehme an, er war ziemlich erschöpft, nachdem er so lang auf mich eingeredet hatte: Ich würde mein Potenzial nicht voll ausschöpfen, als besonderer Mensch trüge man auch eine besondere Verantwortung, und wo wären wir, wenn Churchill sein Volk im Zweiten Weltkrieg im Stich gelassen hätte… und so weiter, und so fort.

Als die schwarze Limousine in unsere Straße einbog, hielt sich die Aufregung *relativ* in Grenzen. Sämtliche Nachbarn ließen nur alles stehen und liegen (Rasenmäher, Gartenwerkzeuge, Einkäufe, die sie ins Haus hatten tragen wollen) und sahen mit großen Augen zu, wie die Limousine vor unserem Haus hielt und ich ausstieg. Meine Brüder kamen herausgerannt und wollten wissen, wo ich gewesen war. Meine Mutter, die gerade von einem Kunden kam, stand im Garten und starrte mit leicht geöffnetem Mund der schwarzen Luxuskarosse hinterher, die davonglitt, nachdem ich ausgestiegen war.

Aber Trina war es, die mich als Erste zu fassen bekam. Sie muss meine Rückkehr wohl von ihrem Zimmerfenster aus beobachtet haben, denn sie kam sofort mit wehenden schwarzen Haaren angerannt.

»Wahnsinnwahnsinnwahnsinn«, kreischte sie, packte mich bei den Händen und wirbelte mich in unserem Vorgarten im Kreis herum. »Ich kann echt nicht glauben, dass du einen ganzen Nachmittag mit LUKE STRIKER zusammen warst!!!!!!!!«

Als meine Brüder das hörten, ging die Belagerung erst richtig los. Anscheinend hatte sich der Zwischenfall auf dem Parkplatz noch nicht bis zu ihrer Schule herumgesprochen, jedenfalls hatten sie noch nichts davon gehört. Nachdem sie mich mit Fragen gelöchert und die ganze Geschichte erfahren hatten – ja, sagte ich, ich kenne Luke Striker –, maulte Rick zwar, weil ich ihm die Nummer von Lukes Agenten nicht besorgt hatte, aber damit war ihr Interesse auch schon wieder erschöpft. Sie sind eben Jungs.

Meine Mutter, der ich natürlich nicht erzählte, dass Luke mich nur mit zu sich genommen hatte, um mir vorzuwerfen, ich würde nicht genug tun (eigentlich war es ein bisschen wie ein Termin beim Schulpsychologen gewesen, das heißt bei einem Schulpsychologen mit Augen, die so blau waren wie der Clayton Lake, und einem Lächeln zum Niederknien), sagte: »Na, das ist ja ein Ding!«, und ging ins Haus – wahrscheinlich um jeden Einzelnen ihrer Bekannten abzutelefonieren. *Stellt euch vor, was Jenny heute Unglaubliches erlebt hat!*

Sobald Mom und meine Brüder verschwunden waren, zog

Trina mich auf unsere Veranda hinauf, und ich musste mich auf die Hollywoodschaukel setzen, die mein Vater dort aufgehängt und für die Mom Kissen mit Herzchenmuster (klar!) genäht hat.

»Okay«, sagte Trina. »Jetzt noch mal von Anfang an und bitte Wort für Wort: Worüber habt ihr euch unterhalten?«

Ich konnte Trina nicht die Wahrheit sagen. Erstens hätte sie nichts verstanden. Sie versteht was von Mr Halls Choreografie – so was ist für sie kein Problem – und sie versteht das mit der Majonäse (immerhin stammt der Vergleich von ihr).

Aber dass mir ein unwiderstehlicher Hollywoodstar vorwarf, ich verhielte mich nicht so, dass Churchill stolz auf mich sein konnte … das war jemandem wie Trina einfach nicht zu vermitteln. Hätte Luke versucht, mir einen Zungenkuss zu geben, ja, das wäre etwas anderes gewesen. Das hätte ich Trina problemlos erzählen können.

Aber dass er versucht hatte, mich davon zu überzeugen, meine Verantwortung als Mensch wahrzunehmen und an der Clayton Highschool gesellschaftliche Veränderungen herbeizuführen? Nein, das ging nicht.

»Och, na ja«, sagte ich, während wir träge vor und zurück schaukelten. »Über alles Mögliche. Er ist echt fertig, weißt du. Wegen Angelique und so.«

Als hätte ich irgendeine Ahnung. Außer im Zusammenhang mit dem Tattoo, das er sich entfernen lassen wollte, war ihr Name kein einziges Mal gefallen, aber es hörte sich gut an.

»Ich glaub, das war auch mit ein Grund, warum er hergekommen ist. Er brauchte ein bisschen Abstand«, schwindelte ich weiter. »Aber wie sich die Mädels auf dem Parkplatz aufgeführt haben, das war echt voll daneben.«

»Wem sagst du das?«, sagte Trina mit weit aufgerissenen Augen. »Ich hab auch gedacht, ich spinne. Hast du gesehen, wie die gelangweilte Liz sich an seine Beine geklammert hat? Hätte ich nicht gedacht, dass die so eine Schlampe ist, du?«

Ich hielt es für klüger, nicht zu erwähnen, dass sich Trina keinen Deut besser benommen hatte.

»Hat er eigentlich auch irgendwas über mich gesagt?«, wollte sie wissen.

»Hm. Nö, eigentlich nicht.«

»Und Geri? Hat er was über Geri gesagt? Die hat ihm nämlich ihre Telefonnummer zugesteckt und ist sich voll sicher, dass er sie anruft.«

»Hm«, sagte ich unbehaglich. »Nö. Haben sie und Scott sich eigentlich wieder versöhnt? Als wir wegfuhren, haben die beiden sich doch noch mal unterhalten.«

»Ach, komm«, schnaubte Trina. »Das mit den beiden ist so was von aus. Mich wundert eher, dass es so lang gut ging. Ich meine, so wie Geri ihn rumkommandiert hat. Ich glaub, Scott ist bloß noch bei ihr geblieben, weil er ihr nicht wehtun wollte. In ein paar Monaten wäre sie ja sowieso an die Uni gegangen. Er ist eben rücksichtsvoll.«

Das ist er.

»Also, ich mach heute Abend nach dem Kino auch mit Steve Schluss«, verkündete Trina. »Eigentlich wollte ich es ihm vorhin schon sagen, aber ich möchte den Film unbedingt sehen und bin total pleite. Findest du das sehr herzlos? Aber ich kann doch nichts dafür, dass er immer darauf besteht, mich einzuladen, oder?«

Natürlich konnte sie was dafür. Ich hatte Mitleid mit dem armen Steve, dessen einziges Verbrechen darin bestand, ein Mädchen zu lieben, das ihn nicht liebte.

Aber ich sagte nichts dazu, weil Trina bloß sauer geworden wäre.

Plötzlich wurde mir klar, dass Luke und ich genau darüber gesprochen hatten. Dass ich immer versöhne und vermittle, statt dafür zu sorgen, dass andere Leute gar nicht erst verletzt werden. Wenn ich jetzt schwieg und Trina nicht auf den Kopf zusagte, dass sie Steve bloß ausnutzte, um kostenlos ins Kino zu kommen, bewies ich damit nicht, dass Luke Recht hatte? Was sie vorhatte, war Steve gegenüber total gemein.

Und ich saß da und ließ es geschehen. Weil ich nämlich die liebe kleine Jenny Greenley war, jedermanns beste Freundin. Dabei wusste ich genau, wie es ablaufen würde: Trina würde mit Steve Schluss machen, und ich durfte die gesamte Busfahrt zum Chorwettbewerb nach Bishop Luers damit verbringen, ihn zu trösten.

Aber diesmal würde ich es nicht so weit kommen lassen. Vielleicht war mir Lukes Gerede darüber, dass ich etwas Besonderes sei, doch zu Kopf gestiegen.

Vielleicht hatte ich aber auch entschieden, mir zur Abwechslung so was wie ein Rückgrat wachsen zu lassen.

Was auch immer der Grund war, ich beschloss, es auf einen Versuch ankommen zu lassen, um festzustellen, ob Lukes Theorie stimmte und ich tatsächlich eine gesellschaftliche Veränderung herbeiführen konnte. Und zwar gleich an Ort und Stelle. Sollte sich herausstellen, dass Luke sich geirrt hatte, wäre nicht viel verloren. Aber falls er Recht behalten sollte, dann …

Dann würde sich in Clayton eine ganze Menge ändern.

Und es war höchste Zeit.

»Wieso willst du überhaupt mit Steve Schluss machen?«, fragte ich.

Trina blinzelte erstaunt. »Weißt du doch«, sagte sie. »Damit ich mit Luke zum Frühlingsball gehen kann.«

»Und du glaubst, er würde mit dir hingehen? Wieso eigentlich?«

Trina guckte besorgt. »Wieso nicht? Hat Geri ihn schon gefragt? Geht er mit ihr hin?«

»Sag mal, wieso meinst du eigentlich …« Ich stand auf und

schritt auf der Veranda auf und ab, wie Luke es am Nachmittag getan hatte, »... dass Luke mit irgendwem aus unserer Stadt zum Frühlingsball gehen möchte, nach allem, was wir ihm heute angetan haben? Woher weißt du, dass er nicht sofort wieder nach L. A. zurückfliegt?«

Trina zog die Brauen zusammen. »Jen? Ist alles okay?«

»Soll ich dir mal was sagen? Nein.« Es war nämlich nicht alles okay. Weil ich es gründlich satt hatte, die nette kleine Jenny Greenley zu sein, jedermanns beste Freundin. Ich meine, nett wollte ich schon sein.

Aber die anderen sollten auch nett sein. Nicht nur zu mir, sondern auch *zueinander*.

»Es ist nichts okay«, sagte ich zu Trina. »Wie du Steve behandelst, das ist zum Beispiel nicht okay.«

»Steve?« Trina lachte. »Und ich dachte, wir reden über Luke. Was ist denn auf einmal los?«

»Ich sag dir, was los ist.« Ich fühlte mich wieder wie an dem Tag vor dem Mädchenklo mit Luke... Mir war speiübel, aber ich redete trotzdem weiter. Weil ich es musste. Ich musste einfach. »Ich hab zu lang zugesehen, wie du Steve wie Dreck behandelst. Vielleicht hast du es noch nicht gemerkt, aber Steve hat auch Gefühle. Zufälligerweise ist er in dich verliebt, und es ist skrupellos von dir, das auszunutzen, nur um kostenlos an Kinokarten und Jumbo-Portionen Popcorn zu kommen.«

»*Skrupellos?*«, wiederholte Trina. »Was soll das denn jetzt? Was hast du denn? Wir reden hier über *Steve*, vergessen?«

»Ja, und Steve hat Gefühle. Wenn du ihn nicht liebst – und eigentlich kannst du ihn nicht lieben, weil du sonst nämlich nicht eine Woche vor dem Frühlingsball mit ihm Schluss machen würdest, nur damit du mit jemand anderem hingehen kannst –, dann sag ihm das klipp und klar. Es ist unfair, ihm Hoffnungen zu machen. Du nutzt ihn nur aus und das ist gemein.«

Trina lachte. Im Ernst. Mein erster Versuch, gesellschaftliche Veränderungen herbeizuführen, und ich wurde ausgelacht. Dabei fiel mir das alles nicht leicht. Mein Herz wummerte, meine Hände schwitzten unangenehm und mein Magen tat richtig weh.

Aber ich musste es ihr sagen. Nach allem, was Luke mir gepredigt hatte, blieb mir gar nichts anderes übrig.

»Seit wann bist du eigentlich Steve McKnights Babysitter?«, wollte Trina wissen. »Er ist schon ziemlich groß, Jen. Ich glaub, er kann gut auf sich selbst aufpassen.«

»Nicht wenn es um dich geht«, fuhr ich sie an. »Weil er nun mal eine Schwäche für dich hat, und das nutzt du gnadenlos aus. Aber das hört jetzt auf, weil du dich entweder ein für alle Mal für ihn entscheidest oder ihm die Wahrheit sagst, und wenn nicht, dann… dann sag ich sie ihm eben selbst.«

»Was ist bloß los mit dir?« Trina erhob sich mit einem Ruck. Die Schaukel schlenkerte einsam vor sich hin. »Bist du neidisch oder was? O Gott, Mom hat es kommen sehen. Sie hat mich gewarnt, dass du eines Tages neidisch sein würdest, weil ich immer einen Freund hab und du nie. ›Reib es Jenny nicht unter die Nase, Catrina‹, hat sie gesagt, und ich hab dich immer verteidigt. ›Jen ist nicht so, Mom‹, hab ich gesagt, ›sie freut sich für mich. Es macht ihr nichts aus, dass ich einen Freund hab und sie nicht.‹ Aber anscheinend hatte Mom doch Recht. Genau darum geht es hier doch, oder? Dass ich jemanden hab, der mit mir auf den Frühlingsball geht, und du nicht.«

»Ich hab jemanden«, versicherte ich ihr.

»Ja, klar.« Trina lachte. Und es klang nicht besonders nett. »Wen denn?«

»Luke Striker.«

Trina zuckte zusammen, als hätte ich sie geschlagen. »WIE BITTE?«

Das Erschreckendste war, dass es stimmte. Es war noch nicht

einmal gelogen. Ich hatte ein Date für den Frühlingsball. Und zwar mit Luke Striker.

Er hatte mich damit total überrumpelt. Wir hatten auf der Veranda gesessen, beide ziemlich erschöpft von unserem langen Gespräch. Luke war ins Haus gegangen und hatte sich noch ein Bier geholt und mir eine Cola. So saßen wir relativ entspannt rum und schwiegen, als drinnen das Telefon klingelte. Eine Sekunde später klopfte es an der Haustür.

»Tja.« Luke trank einen Schluck Bier. »Jetzt haben sie mich wohl gefunden.«

»Wow«, sagte ich, ein bisschen erschrocken darüber, wie schnell das gegangen war. »Das macht einem ja richtig Angst.«

»Och, mir nicht«, sagte Luke. »Ich bin dran gewöhnt. Für dich tut es mir Leid.«

»Für mich? Wieso machst du dir um mich Sorgen?«

»Weil du sie jetzt am Hals hast«, sagte er. »Sobald die Geschichte bekannt wird, stehen Nancy O'Dell, Pat O'Brian und die anderen Paparazzi bei dir vor der Tür und wollen ein Interview.«

»Ach.« Ich winkte ab. »Das überleb ich schon.«

Er sah mich lange an. Dann sagte er: »Weißt du was? Das glaub ich dir sogar. Hör mal, ich hab echt ein schlechtes Gewissen, weil ich dich so voll gequatscht hab.«

»Das ist schon okay«, beruhigte ich ihn. »Ich glaub, ich weiß, was du meinst, und ich werd versuchen, an mir zu arbeiten. Ich mache jetzt keine Versprechungen ... aber ich werd's versuchen.«

»Das freut mich echt.« Im Haus klingelte immer noch das Telefon. Das Klopfen wurde lauter. »Trotzdem möchte ich es irgendwie wieder gutmachen. Ich hab eine Idee. Wie wär's, wenn ich dich zum Frühlingsball einladen würde?«

Ich hätte ihm fast meine Cola ins Gesicht gespuckt. Ich schaffte es gerade noch, sie herunterzuschlucken, aber natürlich landete alles in der Luftröhre. Sofort spritzten mir Cola aus den Nasenlöchern und Tränen aus den Augen, weil die Kohlensäure so brannte. Plötzlich begriff ich, warum Geri Lynn ihre Cola immer abgestanden trinkt. Dann tut es weniger weh, wenn man sich verschluckt.

»Hey, alles klar?« Luke klopfte mir auf den Rücken. »Hier, eine Serviette.«

Ich wischte Cola und Tränen weg und lachte dann laut los. »O Mann«, keuchte ich. »Tut mir Leid. Ich dachte, ich hätte gehört, du hättest… haha… hättest mich gerade zum Frühlingsball eingeladen!«

»Hab ich auch.«

Mein Herz schlug einen Salto. Aber keinen Freudensalto, sondern eher einen der Sorte: *Oje, ich glaub, der Bus da überfährt mich gleich.*

Das hatte mir gerade noch gefehlt. Denn das Letzte, was ich wollte, war, mit einem Hollywood-Mädchenschwarm auf den Frühlingsball zu gehen. Ich hatte schon genug am Hals, ohne mich auch noch gegen wild gewordene Tussen wehren zu müssen, bloß um in Ruhe mit meinem Ballpartner ein Glas Bowle zu trinken.

»Sag nicht gleich ›Nein‹, hör mir erst mal zu«, bat Luke, als könne er Gedanken lesen. »Erstens wird es nicht so wie vorhin beim Autowaschen. Das war echt hart, das gebe ich zu. Aber das lag vor allem daran, dass alle total überrascht waren. Wenn wir zusammen zum Frühlingsball gehen, ist das was anderes. Ja, okay, ein paar Fotografen werden schon da sein, aber alle wissen, dass ich mit dir auf dem Ball bin, und… die werden sich nicht so auf mich stürzen. Jedenfalls sicher nicht solche Massen.«

Ich konnte ihn bloß stumm anstarren. War er etwa von den zwei Flaschen Bier schon betrunken? Oder wurden wir heimlich gefilmt und gleich würde Ashton Kutcher von *Punk'd* aus seinem Versteck springen?

»Ich hab dir doch erzählt, dass ich nie auf einer Highschool war«, sagte Luke. »Deshalb war ich auch nie auf einem Schulball und ich möchte das einfach gern mal erleben. Okay, ich geb zu, dass es in meinem nächsten Film auch eine Abschlussballszene gibt, aber das ist nicht der Grund, warum ich zum Ball will. Es geht um mich. Um das Gefühl, etwas zu verpassen.«

»Zu verpassen?« Ich schüttelte den Kopf. »Luke, du warst in Afrika. Du warst bestimmt schon tausendmal in Europa. Du hast bei der letzten Oscarverleihung neben Clint Eastwood gesessen. Leugne es nicht – ich hab dich da sitzen sehen. Wie könntest du irgendwas verpassen?«

»Ich verpasse eine ganze Menge«, behauptete Luke. »Nämlich all die Sachen, die normale Leute machen. Ich kann ja noch nicht mal in einen Supermarkt gehen und Milch kaufen, ohne dass jemand ein Autogramm will. Ist es so schwer zu verstehen, dass ich eine Erfahrung machen will, die jeder andere amerikanische Jugendliche macht?«

Das stimmte ja wohl ÜBERHAUPT nicht. Es gab amerikanische Jugendliche, die diese Erfahrung auch nie machten. Man musste nur mich anschauen.

Aber ich wollte ihm nicht seine Illusionen rauben. Jedenfalls nicht so. Eine andere Frage musste ich allerdings dringend loswerden…

»Wieso ICH?«, fragte ich. »Du könntest mit jedem Mädchen aus der Schule zum Frühlingsball. Trina ist viel hübscher als ich und sie wäre begeistert…«

»Kann sein«, sagte Luke. »Aber mit Trina bin ich nicht befreundet.«

Ich rutschte unbehaglich auf meiner Bank herum. »Na ja… stimmt.«

»Und Trina möchte mich auch nicht nur als guten Freund haben – so wie du, stimmt's?«

Da verstand ich es. Ich verstand, warum Luke mich bat. Und ich verstand, *wo*rum er mich bat.

Es versetzte mir einen richtigen Stich. Weil ich plötzlich solches Mitleid bekam. Ich weiß, es ist lächerlich, Mitleid mit einem Millionär zu haben, einem Filmstar, dem die Frauen in aller Welt zu Füßen liegen und der einen Ferrari besitzt.

Aber es gab etwas, das sich Luke Striker mit Geld und gutem Aussehen nicht kaufen konnte, und das war Freundschaft. Wahre Freundschaft, von jemandem, der ihn nicht benutzte, um selbst reich und berühmt zu werden, und der *ihn* mochte und nicht die Figuren, die er spielte. Er wollte einfach nur wie ein normaler Mensch behandelt werden.

Und was gibt es – so gesehen – Normaleres als den Frühlingsball?

Er hatte mich gedrängt aufzuhören, die nette kleine Jenny Greenley, jedermanns Freundin, zu sein. Er hatte mir gesagt, ich hätte das Potenzial, etwas Besonderes zu sein.

Aber es sah so aus, als müsste ich vorher noch ein letztes Mal als nette kleine Jenny eine gute Tat vollbringen.

Und zwar für ihn. Auch wenn er nicht ahnte, dass ich es für ihn tat.

»Klar«, sagte ich ruhig. »Dann lass uns zusammen zum Frühlingsball gehen.«

Er freute sich sichtlich – er freute sich darüber, mit mir zum Frühlingsball zu gehen. Mit mir.

Der Arme.

»Cool!« Er sprang von der Bank auf. »Hör mal, ich flieg wahrscheinlich nach L. A. zurück, sobald das hier geregelt ist…« Er nickte in Richtung des klingelnden Telefons und der Haustür, an die immer noch geklopft wurde. »Aber ich komme nächstes Wochenende zurück, um mit dir auf den Ball zu gehen. Wobei *du* eher mit mir gehst, weil es ja deine Schule ist und…«

»Ich freu mich darauf«, sagte ich und lächelte über seine Begeisterung.

Das Ganze erinnerte mich an eine Folge aus *Der Himmel steh uns bei*, wo Luke als Jake an Weihnachten in einer Suppenküche für Obdachlose aushilft, und als er nach Hause kommt, steht da ein Mountainbike, das ihm ein reiches Mitglied der Gemeinde seines Vaters zur Belohnung gekauft hat.

Weil man natürlich immer ein Mountainbike gekauft bekommt, wenn man Obdachlosen hilft. Mhm, ja klar.

In diesem Moment stürmten die Reporter (denn die waren es, die an die Haustür geklopft hatten – anscheinend hatte jemand über Polizeifunk von der Aufregung auf dem Parkplatz und Lukes Flucht hierher erfahren und die Presse alarmiert) das Grundstück von hinten, brüllten Lukes Namen und knipsten Fotos von uns auf der Veranda.

Wir flohen kichernd ins Haus, und Luke schickte mich mit dem Versprechen nach Hause, mich am nächsten Samstag um sieben abzuholen.

Ein Versprechen, das mir Trina, als wir eine Stunde später zusammen auf unserer Veranda standen, eindeutig nicht abnahm.

»So ein Quatsch«, sagte sie. »Du gehst nicht mit Luke Striker auf den Frühlingsball. Das kannst du mir nicht erzählen.«

»Gut«, sagte ich. »Dann glaub es mir eben nicht. Also was ist mit Steve, Trina? Was wird aus euch? Ich hab nämlich echt keinen Bock mehr, jedes Mal die Scherben zusammenzukehren, wenn du mit ihm Schluss machst.«

Trinas Gesicht, das eben noch ganz normal gewesen war – na ja, vor Wut verzerrt, aber ansonsten normal –, fiel in sich zusammen. Im Ernst. Sie brach in Tränen aus.

»Wie k-kannst du nur?«, wimmerte sie. »Wie kannst du mit ihm auf den Ball gehen, wo du doch weißt – ganz genau weißt, wie sehr ich ihn liebe!«

»Trina«, seufzte ich. »Du kennst ihn kaum. Du liebst ihn kein bisschen. Du liebst vielleicht Lanzelot oder Tarzan oder, noch schlimmer, den Jungen aus *Der Himmel steh uns bei.*«

Trina schlug beide Hände vors Gesicht, schluchzte so laut wie Cara Schlosburg und stürmte von der Veranda. Als sie bei sich zu Hause angekommen war, riss sie die Tür auf und brüllte halb hysterisch: »Mo-om!«

Wenig später kam meine eigene Mutter auf die Veranda und fragte besorgt: »Was war das denn für ein Geschrei? War das Trina?«

»Ja.« Ich nickte unglücklich.

»Was hast du ihr denn gesagt?«, wollte meine Mutter wissen.

»Die Wahrheit.«

Fragt Annie

Stellt Annie eure drängendsten Fragen zum Thema zwischenmenschliche Beziehungen. Na los, traut euch! Der *Clayton Highschool Register* behält sich vor, Briefe an Annie abzudrucken, wobei Namen und E-Mail-Adressen der Rat Suchenden selbstverständlich vertraulich behandelt werden.

Liebe Annie,

in meiner Klasse ist ein Mädchen, das immer voll einen auf Konkurrenzkampf mit mir macht. Wenn wir Arbeiten zurückbekommen, fragt sie jedes Mal, was ich hab, und wenn sie die bessere Note hat, gibt sie damit total an. Wenn wir Aufsätze schreiben, will sie wissen, welches Thema ich ausgesucht hab, damit sie dasselbe nehmen kann! Und hinterher geht es natürlich nur darum, wer besser war. Das nervt voll. Ich will, dass das aufhört.

Ein fleißiges Bienchen

Liebes fleißiges Bienchen,

kein Problem. Hör einfach auf, ihr zu sagen, was du für Noten hast und welches Thema du gewählt hast. Zum Konkurrieren gehören nämlich immer zwei, stimmt's?

Annie

Elf

Ihr kennt doch sicher diesen weißhaarigen Typen, Andy Warhol, der diese Campbell's Suppendosen gemalt hat? Ja, genau. Der hat mal gesagt, dass jeder Mensch seine 15 Minuten Berühmtheit erlebt.

Tja, er hat sich geirrt. In der Woche nach dem Autowaschtag erlebte ich nämlich weit mehr als nur 15 Minuten davon.

Schon am ersten Tag strahlte ein TV-Starmagazin einen Bericht aus, der über eine Viertelstunde dauerte. Und dann erst die ganzen Schlagzeilen:

Kuhkaff kriegt Besuch aus Hollywood
Ein Star zum Anfassen
Es war alles nur Luke und Trug!
Highschool-Herzbube
Teenie-Idol in geheimer Mission

Es hörte gar nicht mehr auf. Unversehens stand Clayton, Indiana, – das auf den meisten Landkarten gar nicht verzeichnet ist – im Rampenlicht der Öffentlichkeit.

Die Journalisten stürzten sich auf unsere kleine Stadt wie die geflügelten Affen aus dem »Zauberer von Oz«. Man konnte keine paar Schritte mehr gehen, ohne Lynda Lopez oder Claudia Cohen über den Weg zu laufen.

Und ich will gar nicht leugnen, dass es am Anfang schon irgendwie cool war. Alle wollten Exklusivinterviews führen. Mit mir, dem Mädchen, das Luke Striker gezeigt hatte, wie echte Jugendliche so leben. Und als auch noch durchsickerte, dass Luke und ich zusammen zum Frühlingsball gehen würden (was ziemlich bald durchsickerte – ich hörte Trina im Fernsehen sagen: »Stimmt, Jen ist meine beste Freundin. Sie geht mit ihm zum Frühlingsball«), gingen so viele Interviewanfragen bei uns ein, dass Dad irgendwann den Hörer neben das Telefon legte.

Denn es war ja klar, dass ich keine Interviews geben konnte. Hey, Luke war schließlich mein Freund.

Und man redet im Fernsehen nicht über seine Freunde.

Okay, als mir jemand ein Mikro unter die Nase hielt, als ich morgens gerade aus dem Schulbus stieg, und fragte: »Jenny Greenley, ist es Ihnen schwer gefallen, das Geheimnis um Luke Striker für sich zu behalten?«, antwortete ich schon. Aber bloß aus Höflichkeit. »Nein.«

Und die Frage »Jenny Greenley, wissen Sie schon, was Sie auf dem Ball anziehen werden?« beantwortete ich auch. »Ja. Ein Kleid.« (Eines, das Mom ausgesucht und gekauft hatte, weil ich nicht in die Stadt konnte, ohne von Horden kreischender Fans im Grundschulalter umringt zu werden. Man wird nämlich schon allein dadurch selbst zum Star, dass man mit Luke Striker zum Frühlingsball geht.)

Und dem Reporter von *Teen People,* der mich abfing und wissen wollte: »Wie ist Ihre Beziehung zu Luke Striker wirklich? Lieben Sie sich?«, dem sagte ich: »Nein, wir sind nur gute Freunde.«

Denn das war die Wahrheit.

Aber ich hatte nicht vor, mich gemütlich mit Regis und Kelly ins Studio zu setzen und über Luke zu plaudern (obwohl sie mich in ihre Talkshow einladen wollten. Was dachten die sich – dass ich wegen so was extra nach New York fliege?).

Echt witzig waren meine Mitschüler, die im Gegensatz zu mir keinerlei Gewissensbisse hatten, mit den Reportern über Luke zu reden. Karen Sue Walters behauptete zum Beispiel bei Fox TV, Luke hätte ihr wertvolle Tipps für ihr Solo in »Day by Day« gegeben. Mhmm, klar, Karen Sue. Zufälligerweise weiß ich, dass Luke genau zwei Wörter zu ihr gesagt hat, und die waren: »Netter Song.«

Und jetzt tat sie, als wäre er ihr persönlicher Gesangscoach gewesen, und bildete sich ein, das sei ihre Eintrittskarte in die Welt der Stars.

Sogar Mr Hall machte mit. Er nahm jede Gelegenheit zum Interview wahr, die sich ihm bot, und sein Schlusssatz lautete immer: »Die Troubadours singen diesen Freitag übrigens beim Wettbewerb für Musicalchöre in Bishop Luers – das sollten Sie sich wirklich ansehen.«

Natürlich, Mr Hall. Ich bin mir sicher, ganz Amerika möchte die Troubadours »As long as he needs me (I'll *Klingon* steadfastly)« trällern hören.

Das Medieninteresse wurde ziemlich bald lästig. Am dritten Tag hatte ich die Schnauze voll. Ich hatte auch die Schnauze voll davon, dass Trina auf mich sauer war. Im Fernsehen hörte ich sie ständig »Oh, Jen ist meine beste Freundin« flöten, aber live zeigte sie mir weiter die kalte Schulter. Anscheinend konnte sie mir nicht verzeihen, dass

a) ich ihr in der Steve-Sache meine Meinung gesagt hatte – und

b) ich mit Luke Striker auf den Frühlingsball ging.

Und noch etwas konnte sie mir nicht verzeihen, etwas, woran ich gar nicht mal schuld war. Etwas, womit ich rein gar nichts zu tun hatte. Und zwar, dass Steve – der gute, alte, treue Steve – ihre Schwärmerei über Luke Striker satt gehabt… und mit ihr Schluss gemacht hatte.

Ganz genau. Er hatte Schluss gemacht und versicherte mir beim Mittagessen (er aß jetzt an unserem Tisch in der Cafeteria, während Trina im Chorsaal blieb), er bereue nichts. Jetzt müsse er nicht auf den Frühlingsball, sondern könne zu Kwangs Gegenparty gehen, und überhaupt sei er sehr froh, endlich wieder unabhängig zu sein.

Geri Lynn wirkte übrigens nicht so froh. Wobei ich den Eindruck hatte, dass sie es weniger bereute, mit Scott Schluss gemacht zu haben, sondern sich eher darüber ärgerte, dass er nicht darunter litt. Als wir uns am Montag in der Schule trafen, fragte sie mich aus. »Meinst du, er hat eine andere? Irgendwie hab ich das Gefühl, er ist vielleicht verliebt und hat es deshalb so cool aufgenommen, dass ich mit ihm Schluss gemacht hab. Da muss doch ein anderes Mädchen im Spiel sein, oder? Hat er mit dir darüber geredet? Nicht, dass es mir so wichtig wäre, aber…«

Vor meinem Gespräch mit Luke hätte ich Geri Lynn wahrscheinlich noch gut zugeredet: *Nein, Geri Lynn, er hat mir gegenüber nichts gesagt, aber ich bin mir sicher, dass er unter der Trennung leidet. Ruf ihn doch an, wenn du ihn so vermisst. Ihr solltet euch noch mal treffen und über alles reden. Ihr wart so ein tolles Paar. Vielleicht habt ihr ja noch eine Chance.*

Jetzt sagte ich bloß: »Weißt du was, Geri? *Du* hast mit ihm Schluss gemacht. Es ist vorbei. Vergiss ihn.«

Geris Augen wurden ganz groß, und sie sah aus, als würde sie gleich in Tränen ausbrechen, weshalb ich mich hastig entschuldigte (aber ich sagte ihr trotzdem nicht, sie sollten es noch mal miteinander versuchen).

Danach sprach sie mich nicht mehr auf das Thema an. Was mich echt erleichterte.

Aber die Leute begannen ziemlich schnell, sich über mich zu wundern. Ganz krass wurde es nach der Geschichte mit Cara. Zunächst war es nur Trina, die sich bei allen, die zuhörten, beklagte, ich hätte mich »so verändert«, seit mich Luke Striker zum Frühlingsball eingeladen hatte.

Und nachdem ich Geri geraten hatte, Scott zu vergessen, fing auch sie an. *Was ist eigentlich in letzter Zeit mit Jen los? Irgendwas hat sie doch. Sie benimmt sich voll komisch…*

Niemand sprach mich offen darauf an, aber ich wusste, was los war. Wenn ich ins Mädchenklo kam, verstummten alle, was ein sicheres Zeichen dafür war, dass über mich geredet worden war.

Und beim Mittagessen wurde der Name, der allen auf der Zunge lag, nie erwähnt: Luke Striker.

Der Einzige an der Schule, der mich noch normal behandelte (außer Mr Hall, der mich weiter wegen meiner Händeschüttelei anbrüllte), war Scott. Scott war ganz der Alte. Er grübelte mit mir über das Layout der Schülerzeitung nach, als er mit meinen Entwürfen nicht zufrieden war, er suchte mit mir zusammen die Briefe an Annie aus, die wir abdrucken wollten, er machte sich über das letzte Buch lustig, das ich ihm geliehen hatte, und bot mir mittags von seinen selbst gemachten Tortellini mit Käsesoße an.

Scott war eben… Scott.

Sogar meine Eltern behandelten mich anders. Ich weiß nicht, ob es etwas damit zu tun hatte, dass ich ein Date für den Schulball hatte – mein allererstes Date –, oder mit *wem* ich das Date hatte. Jedenfalls behandelten sie mich plötzlich so, als stünde ich ihnen altersmäßig näher als Cal oder Rick. Mein Vater schlug mir zum Beispiel vor, mir bei der Verkehrsbehörde einen Übungsführerschein zu besorgen – bisher hatte er das Thema immer tunlichst vermieden, wahrscheinlich aus Angst, sich tatsächlich mal in ein Auto setzen zu müssen, in dem ich hinterm Steuer saß.

Mom überraschte mich morgens am Frühstückstisch, als sie ihre Cornflakes löffelte und in vertraulichem Ton sagte (als wäre ich eine ihrer Freundinnen und nicht ihre Tochter): »Vielleicht könntest du ja mal was mit Cara Schlosburg unternehmen, Jenny. Ins Kino gehen oder so. Ihre Mutter hat mir gestern bei der Gymnastik anvertraut, Cara sei in letzter Zeit richtig depressiv. Sie hat ihre Eltern sogar gebeten, ab nächstem Herbst auf die Mädchen-Militärakademie in Culver gehen zu dürfen.«

Auf die Militärakademie! *Cara?* Ich war geschockt. Natürlich verstand ich, dass sie auf eine andere Schule wollte, wo sie nicht ausgemuht wurde.

Aber gleich eine *Militärakademie*? Die Clayton Highschool war ja schon schlimm – aber nicht so schlimm wie eine Militärakademie.

Oder doch?

Falls doch, würde sie es jedenfalls nicht mehr lange bleiben, das stand fest.

Ich wusste, ich hatte keine Zeit zu verlieren, und handelte deshalb umgehend. Noch am selben Tag ging ich mittags auf Cara zu und fragte: »Hast du heute nach der Schule schon was vor?«

Cara knabberte an einem Salatblatt, als wäre das alles, was sie an diesem Tag essen würde. Natürlich wusste ich, dass sie in ihrem Schließfach einen Vorrat an Schokotörtchen hortete, die sie in sich hineinstopfte, wann immer sie sich unbeobachtet glaubte. Ich hatte sie oft genug im Vorbeigehen dabei ertappt.

Sie blickte auf. »Ich?« Dann schaute sie sich um, ob ich auch wirklich sie meinte. »Öh. Nein. Wieso?«

»Weil ich was mit dir besprechen muss«, sagte ich. »Kann ich mit zu dir nach Hause kommen?«

Sie sah so erschrocken aus wie ich bei der Erwähnung der Militärakademie in Culver. Eine Welle von Schuldgefühlen stieg in mir auf, als ich begriff, dass ich vermutlich der erste Mensch war, der Cara *je* gefragt hatte, ob er zu ihr nach Hause kommen könne.

»Du willst mit zu mir?« Cara guckte misstrauisch. »Warum?«

»Hab ich dir doch gesagt«, sagte ich. »Ich muss was mit dir besprechen. Mit welchem Schulbus fährst du?«

»Mit dem Fünfunddreißiger«, sagte Cara. »Er fährt um zehn nach drei ab. Aber…«

»Okay, dann sehen wir uns um zehn nach drei.« Ich drehte mich um und ging zu meinem Tisch zurück.

»Warte mal!« Caras Gesicht lief langsam rot an. Wahrscheinlich wurde ihr gerade klar, wie viele Leute unsere Unterhaltung mitgekriegt hatten. Immerhin würde ich mit Luke Striker zum Frühlingsball gehen. Seit das bekannt war, wurde ich von meinen Mitschülern mit einer gewissen Aufmerksamkeit beobachtet. »Bist du dir sicher… bist du dir sicher, dass du das ernst meinst?«

»Absolut«, sagte ich und ging davon.

Ich musste die Redaktionssitzung ausfallen lassen, um den Besuch bei Cara in meinen Terminplan einzubauen, aber die Schülerzeitung würde auch einen Tag ohne mich klarkommen. Cara brauchte meine Hilfe dringender.

Als wir bei ihr ankamen, sah ich mit Erleichterung, dass meine Mission einfacher werden würde als befürchtet. Es stellte sich nämlich heraus, dass Cara nicht etwa mit Eltern, die schwarz Schnaps brannten, in einer Assi-Wohnwagensiedlung wohnte, wie böse Zungen behaupteten. Nein, die Schlosburgs wohnten ganz normal in einem blaugrauen, zweistöckigen Einfamilienhaus mit weißen Verzierungen im Pfefferkuchenstil und Geranientöpfen in der Einfahrt.

Mrs Schlosburg erwartete uns an der Tür mit einem Teller noch ofenwarmer Schokoplätzchen (anscheinend hatte Cara mich telefonisch angekündigt). Sie war eine attraktive, elegant gekleidete Frau (und keine kettenrauchende, zahnlose Vettel, wie gelästert wurde), die unglaublich gastfreundlich war. Eigentlich hätte ich es mir denken können – immerhin geht sie in denselben Gymnastikkurs wie meine Mutter. Sie fragte mich mehrmals, ob ich noch irgendwelche Wünsche hätte, und lud mich herzlich ein, bis zum Abendessen dazubleiben.

Ich war nicht überrascht, dass sie mich mit so offenen Armen bei sich aufnahm. Mädchen vom Typ Nettes-Mädchen-von-nebenan sind bei Eltern immer beliebt. Schlimm, aber wahr.

Allerdings hatte Mrs Schlosburg keine Ahnung, dass sie es eben nicht mit dem Typ Nettes-Mädchen-von-nebenan zu tun hatte. Oh nein!

Als Cara mir ihr Zimmer zeigte – das genau so prinzessinnenhaft eingerichtet war wie mein eigenes –, riss ich als Erstes ihren Kleiderschrank auf und zerrte sämtliche Caprihosen heraus, die ich entdecken konnte.

»Was machst du denn da?«, fragte Cara interessiert.

»Ich hab dir doch mal gesagt, du sollst du selbst sein«, sagte ich. »Du hast darauf gesagt, du wüsstest nicht, wer du bist. Deshalb werde ich es dir heute zeigen. Geh und wasch dir die Haare.«

Cara sah mich an. »Aber…«

»Ab in die Dusche.«

»Aber…«

»Mach schon!«

Zu meiner Überraschung gehorchte Cara. Eines musste ich Luke, dem Undurchschaubaren, lassen: Er hatte mich umgekehrt echt gut durchschaut. Ich besitze tatsächlich natürliche Autorität. Anscheinend liegt sie mir im Blut.

Ich durchsuchte immer noch Caras Kleiderschrank und futterte dabei die Kekse, die Mrs Schlosburg mir gebracht hatte, als Cara mit feuchten Locken und einem Handtuch auf dem Kopf aus dem Bad wiederkehrte.

Sie sah erst mich und dann den anwachsenden Berg von Klamotten vor dem Bett an.

»Was machst du da?«, wollte sie wissen.

»Die kannst du in die Schule anziehen.« Ich zeigte auf die

Sachen, die ich im Schrank hängen gelassen hatte. Mom würde sie als »Klassiker« bezeichnen – Blusen, ein Jeansrock, ein paar Pullis, diverse Hosen (aber nur in dezenten Farben), schwarze Jeans, ein Paar Nikes, Clogs, süße Plateausandalen und ein paar knielange Röcke.

»Und die da…«, ich zeigte auf den Berg Caprihosen, Miniröcke, Haltertops, Cargo- und Hüfthosen (»Trendmode«, wie Mom sagen würde), »solltest du lieber irgendeiner Hilfsorganisation spenden. Ich weiß schon, dass Courtney und ihre Freundinnen solche Sachen anziehen, aber nur, weil etwas gerade in Mode ist, siehst du darin nicht auch automatisch gut aus. Entscheidend ist aber, ob du gut aussiehst – nicht, ob du trendig aussiehst.«

Cara starrte mich an. »Ist das nicht dasselbe?«

Ich seufzte. Vor uns lag noch ein langer Weg.

Als Nächstes nahm ich mir Caras Haare vor. Trina färbt sich ständig die Haare neu, sodass ich wusste, was ein bisschen Mousse und ein paar Strähnchen bewirken können. Da Cara sich nicht entscheiden konnte, beschloss ich, ihre Haare rot zu färben. Nicht knallrot, nichts zu Auffälliges, sondern in einem warmen, interessanten Mahagoniton wie die Haare von Mary-Jane aus »Spiderman«.

Natürlich hatte ich mich nicht nur mit Kosmetikprodukten bewaffnet. Ich wusste, dass Cara mit einer Typberatung allein noch nicht geholfen war, und hatte deshalb auch einige meiner Lieblingsbücher und DVDs mitgebracht, unter anderem die aktuelleren Staffeln von »Buffy«. Caras größtes Problem schien mir zu sein, dass sie nicht gerade eine interessante Gesprächspartnerin war. Klar, die Leute, in deren Dunstkreis sie sich aufhielt (nicht dass sie je mit ihr gesprochen hätten), waren Mädchen vom Schlage einer Courtney Deckard, und die redeten nun mal mehr über Dinge wie Après-Sun-Lotionen oder die neueste Diät als über Ideen. Langweilig.

Ich wollte versuchen, nicht nur Caras Äußeres zu verschönern, sondern auch ihren Horizont zu erweitern. Nur ein kleines bisschen. Damit sie in Zukunft Gesprächsstoff hatte, abgesehen von ihrer Diät, meine ich.

Nach viel Mousse, etwas Volumenhaarspray, dezentem Eyeliner (im Gegensatz zur üblichen Kriegsbemalung) und einer massiven Verhüllung von Körperteilen, die sie sonst freizügig herzeigte, war Cara verwandelt. Von Warum-immer-ich? zu Hoppla-hier-komme-ich! innerhalb von ein paar Stunden. Bis ich mit ihr fertig war, war auch Mr Schlosburg von der Arbeit gekommen. Ich bat ihn und seine Frau ins Wohnzimmer, wo ich ihnen die neue und – zumindest in meinen Augen – verbesserte Version ihrer Tochter präsentierte.

An ihren fassungslosen Mienen konnte ich ablesen, dass ich ganze Arbeit geleistet hatte. Mrs Schlosburg machte sogar Fotos.

Ich nahm die Einladung der Schlosburgs an, mit ihnen im Clayton Inn, dem schicksten Restaurant in ganz Clayton (wo auch der Frühlingsball stattfinden würde), zu Abend zu essen. Meiner Meinung nach war das der geeignete Ort für die nächste Lektion, nämlich: Es ist gesünder, sich beim Abendessen an Steak und Ofenkartoffeln satt zu essen, als in einem welken Salat ohne Dressing herumzustochern, nur um hinterher 700 Schokotörtchen in sich hineinzustopfen. Ab jetzt, so empfahl ich Cara, sollte sie drei volle – und gesunde – Mahlzeiten am Tag zu sich nehmen. Kein Eissalat mehr in der Schulcafeteria.

Wo sie in Zukunft übrigens an meinem Tisch sitzen würde… eine Ankündigung, bei der sich ihre Augen weiteten.

Als Mr und Mrs Schlosburg mich zu Hause absetzten, überboten sie sich gegenseitig mit Dankbarkeitsbezeugungen dafür, dass ich Cara unter meine Fittiche genommen hatte. Was mir zugegebenermaßen etwas unangenehm war. Nicht weil sie sich so freuten. Sondern weil ich Cara schon viel früher unter meine Fittiche hätte nehmen sollen. Ich hatte sie viel zu lange im Dunkeln tappen lassen.

Aber, so sagte ich mir selbst, als ich mich bettfertig machte, das würde sich jetzt alles ändern. Cara war nicht die Einzige, die eine Metamorphose durchmachte.

Adieu, nette kleine Jenny Greenley, jedermanns beste Freundin – hallo, Jen, Bewirkerin gesellschaftlicher Veränderungen.

Und wer es bis zum Mittag des nächsten Tages nicht begriffen hatte, dem wurde es spätestens während des Mittagessens klar. Nämlich als Cara und ich die Cafeteria betraten.

Wir hatten uns am Eingang der Cafeteria verabredet, und ich stellte mit Genugtuung fest, dass sie auf das morgendliche Fönen verzichtet hatte. Ihre jetzt dunkleren Haare umschmeichelten in natürlichen Locken ihr dezent geschminktes Gesicht, das sie nicht mehr unter Schichten von Make-up versteckte. Und sie hatte etwas Beschwingtes im Gang, das ich vorher nie an ihr bemerkt hatte.

Cara zupfte ihre Bluse mit den geschlitzten Ärmeln und ihren knielangen Nylonrock (keine Minis mehr – es gibt Dinge, die ein Mädchen geheim halten sollte) zurecht, und ich lockerte ihr Haar auf, sodass ihr eine Locke keck über die Schulter fiel.

»Fertig?«, fragte ich.

Cara nickte nervös. »Darf ich dich vorher noch was fragen, Jen?«

»Schieß los.«

Cara sah mir in die Augen. »Wieso… wieso tust du das für mich?«

Ich zögerte einen Moment. Von der Militärakademie in Culver durfte ich nichts sagen, weil sie nicht erfahren sollte, dass ihre Mutter mit meiner Mutter über sie redete. Und natürlich konnte ich ihr erst recht nicht sagen, dass Luke mir gesagt hatte, Leute wie ich seien verpflichtet, Leuten wie ihr zu helfen.

Je mehr ich darüber nachdachte, desto klarer wurde mir allerdings, dass das auch nicht die Gründe waren, weshalb ich ihr half. Ich half ihr, weil …

»Weil ich dich irgendwie mag«, sagte ich mit einem Schulterzucken.

Okay, vielleicht war mir das ein bisschen spät eingefallen, aber es stimmte.

Trotzdem hätte ich es vielleicht lieber für mich behalten sollen. Caras Augen füllten sich nämlich mit Tränen und drohten, ihre Wimperntusche aufzulösen.

»O Gott!«, rief ich. »Hör auf!«

»Geht nicht«, schniefte Cara. »Das ist das Netteste, was je jemand zu mir gesagt hat …«

Ich riss eilig die Türen zur Cafeteria auf.

»Rein!« Ich zeigte herrisch mit dem Zeigefinger in den Raum.

Die Dezibel schlugen uns mit derselben Wucht entgegen wie der Duft des Tagesgerichts – Putenchili. Cara wich erschrocken zurück.

Ein Rückzug kam nicht infrage. Ich griff nach ihrer klammen Hand und zerrte sie hinter mir her.

Wir waren drinnen. Und schritten den Catwalk hinab.

Du darfst nicht zögern, hatte ich Cara am Abend zuvor noch eingeschärft. *Wenn du zögerst – wenn du auch nur einen Moment lang unentschlossen wirkst –, greifen sie sofort an. Ich werde die ganze Zeit bei dir sein. Schau geradeaus, lass die Schultern nicht hängen und schlurf nicht.*

Und sieh, um Gottes willen, niemandem in die Augen.

Ich sah Cara nicht an, weil alles ganz natürlich wirken sollte. Ich wusste nicht, ob sie meinen Anweisungen folgte.

Aber dem sinkenden Lärmpegel im Raum nach zu schließen, tat sie es. Die Leute verstummten mitten in ihren Unterhaltungen. Bald hörte man noch nicht einmal das Kratzen von Besteck.

Stille – zum ersten Mal seit Bestehen der Clayton Highschool herrschte in der Cafeteria Stille. Nur meine Schritte… und das Klappern von Caras Plateausandalen waren zu hören.

Ich riskierte einen Seitenblick. Caras Wangen leuchteten so pink wie ihre Bluse.

Aber zu meiner Erleichterung wankte sie nicht.

Sie zögerte nicht.

Und sie sah niemanden an.

Ich bückte mich nach zwei Tabletts. Eines davon reichte ich Cara. Wir gingen zur Theke. Ich ließ mir eine Schale Putenchili, einen gemischten Salat – mit Dressing –, eine Scheibe Maisbrot, eine Cola light und einen Apfel geben. Cara nahm sich dasselbe. Die Ladys an der Essensausgabe starrten uns an, aber nicht wegen unserer Bestellung.

Sie starrten, weil sie, genau wie ich, die Cafeteria noch nie so still erlebt hatten.

Nur dass sie, im Gegensatz zu mir, nicht verstanden, weshalb es so still war.

Wir gingen zur Kasse. Wir zahlten. Wir nahmen unsere Tabletts und gingen zu unseren Plätzen.

Ich wusste, falls es passieren würde, dann jetzt. Genau in diesem Moment. Caras Verwandlung von der Ich-möchte-gern zur Ich-bin-wie-ich-bin war erstaunlich – aber eine neue Haarfarbe und weniger Schminke, ja selbst ein langes Oberteil machten für einen entschlossenen Mobber, der es darauf abgesehen hatte, Cara unter dem Absatz zu zermalmen, keinen großen Unterschied. Der Mob hatte genug Zeit gehabt, sich von seinem Schock zu erholen. Die gemeinen Sprüche – wenn es sie denn geben sollte – würden jetzt kommen.

Noch zwei Meter. Einen Meter. Einen halben Meter. Geschafft. Wir hatten unsere Tabletts gerade auf den Tisch gestellt und zogen uns Stühle heran, da passierte es.

»Muh.«

Cara erstarrte. Das Muhen war von irgendwo hinter uns gekommen. Ich hatte ihr am Abend zuvor eingebläut, bloß nicht zu reagieren, falls sie jemals wieder ausgemuht werden sollte. Sie durfte nicht in Tränen ausbrechen und nicht aus dem Raum rennen, sondern musste so tun, als wäre nichts geschehen. Sie durfte noch nicht einmal den Kopf drehen.

Aber würde sie es schaffen? Oder hatte ich meine Worte in den Wind gesprochen? Ich beobachtete gespannt, wie Cara die Finger um den Rand des Tabletts krallte, bis ihre Knöchel weiß wurden.

Dann setzte sie sich und begann in aller Seelenruhe, ihr Chili zu löffeln.

Erleichterung durchspülte meinen Körper wie Eiswasser an einem heißen Tag. Ich hätte laut loslachen können. Ja! Der Zauber war gebrochen! Cara würde nie mehr ausgemuht werden.

Muuuuh. Da war es wieder.

Scott Bennett, der Einzige im Raum, der einfach weitergegessen hatte, während Cara und ich uns dem Tisch genähert hatten, hielt mitten in der Bewegung inne – die Gabel mit der Hähnchen-Enchilada, die er gerade zum Mund hatte führen wollen, schwebte praktisch in der Luft. Er blickte in Richtung des Muhens, das von Kurt Schraeders Tisch gekommen zu sein schien. Ich guckte in dieselbe Richtung. Kurt sah mich an, ein fieses Grinsen auf den Lippen.

»Hast du…«, fragte ich frostig, und weil niemand in der Cafeteria sprach, überwand meine Stimme mühelos die Entfernung von zehn Metern zu Kurts Tisch, »…irgendein Problem, Kurt?«

»Ja…«.

Courtney Deckard brachte ihn mit einem Rippenstoß zum Schweigen.

Ich sah Courtney an. Courtney sah mich an.

Ganz ehrlich – ich weiß nicht, ob es daran lag, dass ich am kommenden Wochenende mit Luke Striker zum Frühlingsball gehen würde, was Courtney natürlich ganz genau wusste, oder ob an Lukes Theorie mit der Spezialsoße wirklich etwas dran war.

Ich weiß nur, dass Courtney nach ihrer Coladose griff und etwas zu ihrer Tischnachbarin sagte. Ihre Tischnachbarin antwortete. Und dann begannen alle an ihrem Tisch, weiterzuessen und sich zu unterhalten, als wäre nichts geschehen. Und bald folgten auch alle anderen in der Cafeteria ihrem Beispiel.

Einschließlich, wie ich befriedigt feststellte, Cara Schlosburg, die sich höflich bei Kwang erkundigte, ob er auch gern Buffy guckte, und wenn ja, ob er auch fände, dass die Serie voll mies geworden sei, seit Angel nicht mehr mitspielt.

Mir ging das Herz auf. Man hörte kein einziges Muhen mehr.

Cara Fettkuh, das erkannte ich ganz deutlich, war tot. Lang lebe Cara Schlosburg.

Ja, jubelte ich stumm in mich hinein, während ich mich mit plötzlichem Hungergefühl über mein Chili hermachte. *Ja!*

Fragt Annie

Stellt Annie eure drängendsten Fragen zum Thema zwischenmenschliche Beziehungen. Na los, traut euch! Der *Clayton Highschool Register* behält sich vor, Briefe an Annie abzudrucken, wobei Namen und E-Mail-Adressen der Rat Suchenden selbstverständlich vertraulich behandelt werden.

Liebe Annie,

für meinen Vater ist Ballsport das Einzige, was zählt. Als ich mal Ballett gemacht hab und in der Kunst-AG war, hat er sich nie dafür interessiert, aber seit ich in die Fußballmannschaft eingetreten bin, platzt er plötzlich vor lauter Stolz auf seine tolle Tochter.

Und jetzt kommt das Problem: Ich hasse Fußball. Ich hab nur deswegen beim Testspiel mitgemacht, weil ich ihm eine Freude machen wollte. Ich hätte niemals gedacht, dass sie mich wirklich nehmen. Na ja, und dann bin ich dabeigeblieben, weil ich dachte, dass es mir vielleicht mit der Zeit Spaß machen würde. Tja, Fehlanzeige. Ich hasse das Training und ich hasse die Spiele. Am liebsten würde ich aufhören. Aber mein Vater sagt, wenn man mal einen Platz in der Mannschaft hat, kann man nicht plötzlich aufhören, weil man die anderen dann hängen lassen würde. Ehrlich gesagt sind mir die anderen egal. Ich will wieder Ballett machen. Was rätst du mir, Annie?

Eine Fußballhasserin

Liebe Fußballhasserin,

das Leben ist kurz. Wenn du Fußball so hasst, wirst du wahrscheinlich nie so gut spielen, wie du vielleicht könntest. Die Mannschaft wäre sicher besser bedient, wenn du austrittst. Dann können sie sich eine neue Spielerin suchen, die mit dem Herzen dabei ist. Sag deinem Vater, du verstehst, dass er versucht, dir Werte zu vermitteln, dass du aber nie herausfinden kannst, wo deine wirklichen Stärken liegen, wenn du nichts Neues ausprobierst. Und du kannst Neues nur ausprobieren, wenn du dafür Sachen aufgibst, von denen du weißt, dass sie nicht das Richtige für dich sind. Bereite dich seelisch trotzdem auf die Ich-bin-sehr-enttäuscht-von-dir-Nummer vor. Aber keine Angst. Er wird drüber hinwegkommen. Spätestens wenn er dich bei deiner ersten großen Ballettaufführung ein grand jeté springen sieht.

Annie

Zwölf

Okay, ich gebe es zu. Nach der Erfahrung mit Cara konnte ich mir vorstellen, dass Luke Recht hatte.

Denn es funktionierte. Es funktionierte total.

Ja, okay, vielleicht auch deshalb, weil im Fernseher immer noch jeden Abend Berichte kamen, in denen ich »Nein, wirklich, Luke und ich sind nur Freunde« sagte.

Aber es funktionierte – Cara wurde nicht mehr ausgemuht.

Klar, eine Menge Leute wunderten sich (unter anderem auch meine Ex-Beste-Freundin Trina, wie mir zu Ohren kam) und zerrissen sich die Mäuler: »Was ist bloß mit Jen los? Was findet sie auf einmal an Cara Fettkuh?«

Aber niemals in Hörweite von Cara, deshalb war es mir egal.

Vor allem als Mom mir erzählte, Cara hätte ihrer Mutter gesagt, sie wolle nächstes Schuljahr im Schülerrat mitmachen. Also hatte sie den Plan mit der Militärakademie wohl fürs Erste auf Eis gelegt.

Nur eins war echt bescheuert. Zwar war es mir gelungen, Caras Leben positiv zu beeinflussen, aber bei meiner Ex-Besten-Freundin stand ich nach wie vor auf der Liste der unbeliebtesten Personen ganz oben. Trina redete weiterhin nicht mit mir, und langsam begann das, Wirkung zu zeigen. Sie fehlte mir. Die Lateinhausaufgaben machten ohne die Chats mit Trina nur halb so viel Spaß. Ich bereute es nicht, ihr ehrlich meine Meinung gesagt zu haben, und empfand es (anscheinend im Gegensatz zu ihr) auch nicht als

Riesenverrat, dass ich mit Luke Striker zum Frühlingsball gehen würde.

Trotzdem wünschte ich mir, ich wäre die Sache etwas diplomatischer angegangen. Mein Zerwürfnis mit Trina hatte nämlich einen ziemlich negativen Einfluss auf mein Leben… vor allem in Bezug auf die Troubadour-Proben.

Der Tag des großen Chorwettbewerbs näherte sich mit Riesenschritten. Unsere Kleider (die 180-Dollar-Teile) kamen in all ihrer roten, pailettenbestickten Pracht bei uns an. Es waren die abstoßendsten Fetzen, die ich je gesehen hatte – hätte ich so ein Exemplar bei Cara im Kleiderschrank gefunden, es wäre sofort im Kleidersack für die Obdachlosenhilfe gelandet.

Und selbst die hätte es wahrscheinlich nicht gewollt.

Aber Mr Hall war entzückt. Als er uns am Dienstag bei der ersten Generalprobe in voller Montur vor sich stehen sah, stiegen ihm sogar Tränen in die Augen. »Endlich seht ihr aus wie ein echter Chor!«

Ich frage mich, wie wir vorher ausgesehen hatten. Anscheinend nicht wie ein Chor.

Die Kleider waren gerade noch rechtzeitig gekommen. Schon am Freitag – dem Tag vor dem Frühlingsball – sollten die Clayton High Troubadours (zusammen mit Mr Hall und ausgewählten Mitgliedern des Clayton High Orchesters, die uns musikalisch begleiteten) einen eigens gemieteten Reisebus besteigen und zur Bishop Luers Highschool fahren, wo wir auf ein Dutzend weiterer Musical-Schulchöre treffen würden. Jeder Chor würde 15 Minuten Zeit haben, um die Jury – lauter höchst bedeutende Persönlichkeiten (unter anderem eine ehemalige Miss Kentucky) – mit seiner stimmlichen Vielfalt, Brillanz und Harmoniefähigkeit, Intonation, rhythmischen Präzision, Interpretation, Grazie, seinem Gesamteindruck und Tempo, seiner Choreografie und seiner Bühnenpräsenz zu blenden.

Ich weiß. Lahmer geht es kaum. Ich meine, eine ehemalige Miss *Kentucky*? Hallo? Sie hätten ja wenigstens Andrew Lloyd Webber oder so jemanden holen können.

Trotz des extrem hohen Lahmheitsquotienten waren alle unglaublich nervös. Zumindest Mr Hall und die Sopranistinnen. Wir Altstimmen interessierten uns mehr dafür, Papierfitzelchen zu werfen und zu schauen, wie viele sich davon in den Locken von Karen Sue Walters verfingen, die eine Reihe unter uns stand.

Irgendwann merkte sie es und beschuldigte uns, sie mit in Spucke eingeweichten Papierkügelchen beworfen zu haben. Ist das zu glauben? Und Mr Hall machte aus der Sache einen Riesenskandal. Dabei waren es gar keine eingespeichelten Papierkügelchen gewesen, sondern bloß Fetzen aus dem Matheheft der gelangweilten Liz.

In dieser letzten Woche vor dem Wettbewerb probte Mr Hall so oft mit uns, bis sich mir »All That Jazz« unauslöschlich als Dauersoundtrack ins Hirn eingebrannt hatte. Wir hatten keinerlei Probleme mit unserer stimmlichen Vielfalt, Brillanz und Harmoniefähigkeit, Intonation und Diktion. Aber laut Mr Hall haperte es bei vielen noch an der rhythmischen Präzision. Und einige von uns – okay, *eine* von uns – hatte massive Probleme mit der Choreografie.

Zu meiner Verteidigung kann ich nur noch einmal betonen, dass mich beim Vorsingen niemand davor gewarnt hatte, dass auch getanzt würde. Also ehrlich, dass man im Chor singt, leuchtete mir ja ein. Aber tanzen? Keiner hatte ein Wort von tanzen gesagt.

Normalerweise hätte ich Trina gebeten, nach der Schule mit zu mir zu kommen und die Choreografie mit mir zu üben. Was sie normalerweise auch gern getan hätte.

Aber Trina und ich redeten nicht mehr miteinander. Das heißt, ich redete schon noch mit Trina – das Problem war nur, dass sie nicht darauf reagierte.

Was mich ziemlich bald langweilte. Am Dienstag fand ich, dass sie nun schon lang genug nicht mehr mit mir geredet hatte.

Und am Mittwoch hing es mir endgültig zum Hals raus.

Ich war es auch leid, mich von Mr Hall anbrüllen zu lassen, dass ich die ganze Choreografie versaute. Was letzten Endes ja auch Trinas Schuld war. Ich meine, sie war diejenige, die gesagt hatte: »Geh doch in den Chor. Das macht sich gut im Zeugnis.«

Nur: Was nützte mir ein gut aussehendes Zeugnis, wenn ich TOT war? Genau das war ich nämlich, da war ich mir ziemlich sicher, wenn Mr Hall mich nicht endlich wegen der beknackten Choreografie in Ruhe ließ. Ich würde einfach TOT umfallen.

Bei »As long as He Needs Me (I'll *Klingon* steadfastly)« ging es noch, weil der Song ziemlich langsam gesungen wird, und bei »Day by Day« mussten wir sowieso nur in unseren bescheuerten Kleidern dastehen und in die Scheinwerfer blinzeln. »Ihr schaut in einen wunderschönen Sonnenuntergang«, lautete Mr Halls Regieanweisung. »In einen Regenbogen, in dem sich Gottes ganze Liebe widerspiegelt.«

Der Knackpunkt war »All That Jazz«. O Mann, graute es mir vor »All That Jazz«. Die Schrittfolge Spitze-Hacke-Spitze während der Zeile »I bought some aspirin down at United Drug« schaffte ich ja noch, auch das Hände-in-die-Luft-reißen-und-wild-Schütteln bei »Start the car, I know a whoopee spot« kriegte ich hin, aber wenn Trina ihren dämlichen Hut für die dämliche Cancan-Tanzeinlage brauchte, vermasselte ich es jedes Mal.

Ich sage jetzt mal ganz offen, dass daran auch Trina eine gehörige Mitschuld trug. In der Vorwoche, als wir noch miteinander geredet hatten, hatte ich ihr den Hut zugeworfen, und sie hatte ihn jedes Mal gefangen und sich rechtzeitig für den Cancan bei den Mädels eingeordnet.

Aber obwohl ich mir ziemlich sicher bin, dass ich den Hut so geworfen hab wie immer, verfehlte Trina ihn jetzt ständig. Ich will nicht behaupten, dass es Absicht war, aber…

Okay, es war Absicht.

Die ersten paar Male bekam Mr Hall es nicht mit, weil der Hut auf den Boden fiel und Trina ihn schnell aufhob und aufsetzte.

Aber in der Probe am Mittwoch, in der sowieso eine angespannte Stimmung herrschte, weil einer der Tenöre seinen Kummerbund vergessen hatte, weshalb Mr Hall aussah, als würde ihm gleich eine Arterie im Gehirn platzen, rutschte mir Trinas Hut aus der Hand und landete – ausgerechnet – in Jake Mancinis Tuba.

Trina hätte ihn fangen können. Sie hätte nur den Arm ausstrecken müssen, um ihn aus der Luft zu pflücken.

Aber sie tat es nicht und so landete er in der Tuba.

Was eigentlich sehr witzig war und ein irrer Zufall. Wenn uns das in Bishop Luers passiert wäre, hätte die ehemalige Miss Kentucky es bestimmt für einen bewusst eingebauten Gag gehalten und uns Extrapunkte für Originalität und Kreativität gegeben.

Es war kein großes Drama. Fand ich jedenfalls. Jake fischte den Hut aus der Tuba, reichte ihn galant an Trina weiter, die setzte ihn auf und reihte sich ein, ohne einen Schritt zu verpassen.

Die knallharte Brenda, die alles beobachtet hatte, lachte sich so kaputt, dass sie sich – wie sie mir später erzählte – fast in ihre Shorts gemacht hätte (die es zum Kleid dazugab, weil der kurze Rock so weit abstand).

Aber Mr Hall, der alles beobachtet hatte, fand es wohl nicht lustig. Sein Kopf ruckte herum, die Augen quollen hervor und er sah mich mit unverhohlener Wut an. Sein Gesicht wurde so rot wie… wie mein Kleid.

Als »All That Jazz« zu seinem furiosen Ende kam und wir alle mit ausgestreckten Armen dastanden und versuchten, so viel Grazie und rhythmische Präzision auszustrahlen, wie wir nur konnten, schleuderte Mr Hall seinen Taktstock aufs Pult und zischte: »Hinsetzen!«

Wir ließen uns auf die Bänke fallen.

Mr Hall zeigte auf mich.

»Du da«, knurrte er. Im Ernst. Er knurrte. »Aufstehen!«

Ich stand auf. Mein Herz klopfte sehr schnell. Aber nur, weil ich gerade so wild die Hände geschüttelt hatte, und nicht aus Angst. Es war ja ein Versehen gewesen. Ich hatte es nicht mit Absicht gemacht. Das musste Mr Hall auch wissen.

Wie sich herausstellte, wusste er es nicht.

»Jenny Greenley«, sagte er. Sein Gesicht war immer noch rot und unter seinen Achseln breiteten sich riesige, halbmondförmige Schweißflecken aus. Er schien davon aber nichts mitzukriegen. Er konzentrierte sich nur auf mich.

»Hast du die Absicht«, fragte er, »den Auftritt dieses Chors beim Wettbewerb in Bishop Luers zu sabotieren?«

Ich warf der knallharten Brenda rasch einen fragenden Blick zu. Normalerweise hätte ich Hilfe suchend zu Trina rübergeschaut, aber die starrte ungerührt die Wand an.

»Öh…« Die knallharte Brenda hatte nur unmerklich mit den Schultern gezuckt und mir dadurch zu verstehen gegeben, dass sie auch nicht weiterwusste. »Nein.«

»Weshalb«, brüllte Mr Hall so laut, dass eines der Orchestermitglieder vor Schreck die Becken fallen ließ, »hast du dann während der letzten Nummer Catrina Larssens Hut in den Orchestergraben geworfen?«

Diesmal sah ich Steve Hilfe suchend an. Niemand meldete sich zu meiner Verteidigung und auch die Baritone rührten sich nicht. Steves Adamsapfel hüpfte auf und ab wie ein Kolbenmotor, aber er blieb stumm.

»Äh.« Ich gab mir einen Ruck. »Das war ein Versehen.«

»EIN VERSEHEN?«, brüllte Mr Hall. »EIN VERSEHEN? Weißt

du, was uns dein kleines VERSEHEN gekostet hätte, wenn es in Bishop Luers passiert wäre? WEISST DU DAS?«

Da ich nicht die geringste Ahnung hatte, sagte ich: »Nein.«

»Zehn Punkte!«, röhrte Mr Hall. »Und zehn Punkte, Jenny Greenley, können zwischen erstem Platz und Ausscheiden entscheiden! IST DAS DEIN ZIEL? SOLL UNSER CHOR IN BISHOP LUERS AUSSCHEIDEN?«

Ich sah wieder zu Trina rüber. Wenn wir noch miteinander geredet hätten, das wusste ich, hätte sie sich gemeldet und gesagt: *Mr Hall. Es war meine Schuld, nicht Jens. Ich hätte den Hut fangen müssen.* Oder so etwas in der Art.

Wobei der Hut niemals in der Tuba gelandet wäre, wenn Trina und ich noch miteinander geredet hätten, sodass es doppelt ihre Schuld war.

Aber natürlich konnte ich mich nicht hinstellen und sagen: *Mr Hall, das war nicht meine Schuld, sondern Trinas.* So was tut man nämlich nicht.

Also sagte ich stattdessen: »Tut mir Leid, Mr Hall. Es wird nicht wieder passieren.« Obwohl ich wusste, dass es wieder passieren würde. Weil Trina den Hut nie mehr fangen würde.

»*Tut mir Leid* reicht aber nicht«, brüllte Mr Hall. »*Tut mir Leid* macht es nicht wieder gut! Du hast dich das ganze Jahr hängen lassen, Jenny Greenley. Anscheinend ist der Chor für dich ein einziger großer Witz. Aber du wirst schon noch merken, dass die Clayton High Troubadours alles andere als ein Witz sind. Wir haben in den letzten fünf Jahren in Bishop Luers den ersten Platz geholt, und das wird dieses Jahr nicht anders sein, und zwar trotz deiner Bemühungen, unseren Auftritt zu sabotieren. Ich weiß nicht, ob dir dein kleines Abenteuer mit Luke Striker zu Kopf gestiegen ist, aber lass dir eines gesagt sein: Er ist der Star – nicht *du*. Und jetzt machst du entweder anständig mit oder du machst dich aus dem Staub. Die Entscheidung liegt bei dir.«

Mr Hall griff wieder zu seinem Taktstock und klopfte auf das Dirigentenpult.

»Okay, Herrschaften, dann fangen wir noch mal ganz von vorn an«, rief er. »Und hoffen, dass Ms Greenley uns von nun an mehr Höflichkeit zollt.«

In der Vorwoche hätte ich wahrscheinlich noch klein beigegeben. Trina zuliebe, weil der Chor ihr Ding war. Ich war ja nur Komparsin, sie hatte den großen Soloauftritt. Nur weil sie mich dazu überredet hatte, war ich überhaupt hier.

In der Vorwoche hätte ich wahrscheinlich gesagt: »Okay, Mr Hall. Tut mir Leid, Mr Hall. Ich werde sehr hart an mir arbeiten und die Choreografie lernen, Mr Hall.« Nur um keine Schwierigkeiten zu machen.

Aber es war nun mal eine Woche später.

Und ich hatte keine Lust mehr, keine Schwierigkeiten zu machen.

Jetzt wollte ich das Richtige machen.

Also stand ich auf, ging zu dem Haufen mit unseren Straßenklamotten rüber, wo auch meine Schultasche lag, und klaubte meine Sachen zusammen.

»Äh, hallo, Jenny?« Mr Hall sah mich an. »Was hast du jetzt schon wieder vor?«

Während ich die Stufen zur Tür hinaufging, warf ich einen Blick über die Schulter.

»Sie haben doch gerade selbst gesagt, ich soll entweder mitmachen oder mich aus dem Staub machen.« Mein Herz hämmerte mir gegen die Rippen. Ich war einem Lehrer gegenüber noch nie ausfallend geworden. Noch nie. Nie. Nicht ein einziges Mal. Aber diesmal war es mir egal, ob ich bestraft wurde. Ich redete mir selbst ein, dass es mir schnurzpiepegal war.

»Mach hier keine Szene. Also wirklich, das Theaterspielen überlässt du lieber Catrina Larssen.« Er sah Trina drohend an. »Zu dir passt das nicht, Jenny.« Er deutete auf den leeren Platz, an dem ich gesessen hatte. »Und jetzt setz dich wieder hin. Noch einmal von vorn, Herrschaften.«

»Aber«, ich rührte mich nicht vom Fleck, »Sie haben gesagt, die Entscheidung läge bei mir.«

»Das hier ist eine reguläre Unterrichtsstunde, Jenny«, sagte Mr Hall. »Du darfst den Raum nicht einfach verlassen.«

Das stimmte. Man durfte nicht einfach mitten im Unterricht rausgehen. Nicht ohne offizielle Erlaubnis. Andernfalls bekam man einen Verweis oder, noch schlimmer, wurde zeitweilig vom Unterricht ausgeschlossen. Vielleicht konnte man sogar von der Schule geschmissen werden. Woher sollte ich das wissen? Ich war noch nie zuvor aus dem Unterricht rausgegangen. Ich war immer eine brave Schülerin gewesen. Das nette Mädchen von nebenan eben. Das Mädchen, das sich noch nie aus dem Staub gemacht und die anderen hängen gelassen hatte.

Mr Hall wusste das. Weshalb er wahrscheinlich auch hinzufügte: »Du kannst nicht einfach gehen.«

Und weshalb ich wahrscheinlich antwortete: »Na, dann gucken Sie jetzt mal gut zu.«

Und aus dem Raum ging.

»Jenny!«, hörte ich Mr Hall brüllen. »Jenny Greenley! Du kommst so-fort zurück!«

Aber es war zu spät. Ich stand schon im Gang und ging auf direktem Weg ins Mädchenklo, wo ich mich mit zitternden Händen umzog.

Und wisst ihr was? Nicht ein einziger meiner Mitschüler kam hinter mir her, um zu gucken, ob auch alles in Ordnung war! Niemand bat Mr Hall, mal schnell nach mir sehen zu dürfen. Niemand kam auf die Idee, wie ich bei Cara, dass ich vielleicht eine Schulter zum Ausheulen brauchen könnte.

Niemand. Nicht ein Einziger.

Noch nicht einmal Trina, die ja überhaupt an allem schuld war.

Ich wusste, warum. Weil es nur einen einzigen Menschen an der Clayton Highschool gab, der sich dafür interessierte, wie es anderen Leuten ging – und dieser Mensch war ich.

Vielleicht war es dieser Gedanke, der mich dazu brachte, mein Kleid – mein 180 Dollar teures und zu 100 Prozent aus Polyester bestehendes Troubadourkleid mit seinem paillettenglitzernden Blitz auf der Vorderseite – zusammenzuknüllen und in den Mülleimer zu stopfen.

Fragt Annie

Stellt Annie eure drängendsten Fragen zum Thema zwischenmenschliche Beziehungen. Na los, traut euch! Der *Clayton Highschool Register* behält sich vor, Briefe an Annie abzudrucken, wobei Namen und E-Mail-Adressen der Rat Suchenden selbstverständlich vertraulich behandelt werden.

Liebe Annie,

obwohl ich letzte Woche sechzehn geworden bin, erlauben mir meine Eltern nicht, mit Jungs weggzugehen, noch nicht einmal, wenn noch andere Leute dabei sind. Vor kurzem hat mich ein Junge eingeladen, mit ihm UND seinen Eltern ins Kino zu gehen, aber meine Eltern haben es mir trotzdem nicht erlaubt. Meine Freundinnen fragen mich schon gar nicht mehr, ob ich mitkomme, weil sie wissen, dass ich sowieso nirgendwohin gehen darf, wo Jungs sind. Ich sterbe vor Einsamkeit. Was kann ich tun?

Eine einsame Seele

Liebe einsame Seele,

sag deinen Eltern, du liebst sie und verstehst, dass sie dich nur beschützen wollen, dass sie aber zu weit gehen. Wenn sie dir nicht erlauben, ein normales soziales Leben zu führen, kannst du nicht lernen, selbstständig Entscheidungen zu treffen und gesunde Beziehungen zu anderen Menschen zu führen. Wie sollst du später entscheiden, welcher Partner zu dir passt, wenn du keine Menschenkenntnis hast? Die übrigens auch im Beruf und im Leben im Allgemeinen wichtig ist.

Wenn das deine Eltern immer noch nicht überzeugt, solltest du einen Geistlichen, euren Verbindungslehrer oder einen anderen Erwachsenen, zu dem du Vertrauen hast, bitten, an deiner Stelle mit ihnen zu reden. Viel Glück dabei, und denk dran – solange es Annie gibt, bist du nicht allein.

Annie

Dreizehn

Ich hatte geglaubt, es würde Tage dauern, bis ich rückblickend über das, was im Chor passiert war, lachen könnte. Womöglich Wochen. Na ja, es war ja auch ein ziemlicher Hammer gewesen. Ich hatte mich einem Lehrer widersetzt, hatte eine Menge Leute, die auf mich angewiesen waren, hängen lassen und möglicherweise auf ewig das Band zu meiner besten Freundin durchtrennt.

Aber wie sich herausstellte, dauerte es nur ungefähr drei Stunden, bis ich die Sache von der lustigen Seite sah. So lange dauerte es, bis mich die Redaktion der Schülerzeitung darauf aufmerksam machte. Auf die lustige Seite, meine ich.

Vor allem Scott Bennett.

»Hast du nicht«, rief er, als ich erzählte, wie ich mein Kleid in den Müll gestopft hatte.

»Doch, hab ich.«

Ich muss zugeben, dass die Reaktion der Leute vom *Register* mir Selbstvertrauen gab und mich in meiner Entscheidung bestärkte. Den ganzen Nachmittag über hatte ich jede Minute damit gerechnet, aus dem Unterricht zu Juicy Lucy ins Direktorat gerufen zu werden, die garantiert meine Eltern benachrichtigen oder mich sogar gleich von der Schule verweisen würde.

Aber ich wurde nicht in ihr Büro gerufen. Auch nicht zu Dr. Lewis. Noch nicht mal zu Ms Kellogg. Anscheinend hatte Mr Hall nicht gemeldet, dass ich seinen Unterricht verlassen hatte.

Oder noch wahrscheinlicher: Er hatte es gemeldet, aber die Schulleitung hatte nichts unternommen. Was konnte die nette kleine Jenny Greenley schon Schlimmes anrichten, wenn sie durch die Gänge der Schule streunte, statt brav im Chorsaal zu sitzen?

Aber Scott, Geri, Kwang und die anderen schafften es, mich aufzumuntern. Wir hatten nie viel über den Chor gesprochen. Außer dass Kwang als Korrespondent nach Luers hatte mitfahren sollen, um einen Bericht über den Wettbewerb zu schreiben. Seit unsere Sportler jeden Wettkampf verloren, setzten viele Schüler ihre Hoffnungen auf die Troubadours, um die Schulehre zu verteidigen.

»Und neben wem soll ich jetzt auf der Busfahrt sitzen?«, stöhnte Kwang. »Ich hatte mich schon darauf gefreut, mich mit dir kaputtzulachen.«

»Trina ist ja auch noch da«, sagte ich. »Und Steve.«

»Schauspieler«, winkte Kwang ab.

»Ich kann nicht glauben, dass du es wirklich weggeworfen hast«, sagte Scott und meinte damit immer noch mein Kleid. Darüber kam er einfach nicht hinweg. Und wahrscheinlich war es auch ziemlich merkwürdig. Immerhin war das Kleid nicht gerade billig gewesen.

Aber genau das war der Punkt. Ich hatte das hässliche Ding von meinem eigenen Geld gekauft. Von meinem Babysittergeld. Geld, von dem ich mir … ich weiß nicht, alles Mögliche hätte kaufen können. Irgendwas Schönes eben.

»Was hätte ich denn damit machen sollen.« Ich schüttelte den Kopf. »Ich meine, das hätte ich doch garantiert nie mehr angezogen.«

»Genau, Scott«, sagte Geri spitz. Die beiden hatten in ihrer Nicht-mehr-Liebesbeziehung bereits das Stadium erreicht, wo sie wieder miteinander frotzeln konnten. Ich war mir zwar nicht sicher, ob das ein gutes oder ein schlechtes Zeichen war, freute mich aber darüber, dass anscheinend keiner der beiden an gebrochenem Herzen litt. Im Gegenteil, Geri wirkte sogar wieder ausgesprochen gut gelaunt. »Glaubst du, es gibt viele Gelegenheiten, zu denen man ein rotes Kleid mit einem Blitz vornedrauf anziehen könnte?«

»Aber klar doch«, mischte sich Kwang ein. »Sie hätte es zum Frühlingsball mit Luke Striker anziehen können.«

Alle lachten.

Geri schlug vor, wir sollten zum Klo gehen, das Kleid aus dem Mülleimer retten und zeremoniell verbrennen und/oder begraben. Aber Scott hatte eine noch bessere Idee. »Ihr holt das Kleid und wir besorgen ein paar Chemikalien aus dem Fotolabor. Du hast doch gesagt, dass es aus reiner Kunstfaser ist, vielleicht explodiert es, wenn wir Entwickler draufschütten.«

Ich hatte kein großes Bedürfnis, so kurz nach dem Zwischenfall wieder in die Nähe des Chorsaals zu gehen, weil ich Mr Hall, Trina und den anderen nicht über den Weg laufen wollte, deshalb zog Geri mit zwei Mädchen aus der Neunten los. Sie kamen allerdings mit leeren Händen zurück. Der Hausmeister hatte das Kleid wohl schon aus dem Müll gezogen.

Wir stellten uns vor, dass er es behalten und heimlich unter seinem Overall tragen würde. Und wie wir ihn dabei erwischen würden.

Voll albern, ich weiß. Trotzdem pinkelte ich mir vor Lachen fast in die Hose.

Weshalb ich es nach der Redaktionssitzung nicht hörte, als Scott meinen Namen sagte, weil ich immer noch so laut lachte.

»Soll ich dich nach Hause bringen, Jen?«

Weil er es so beiläufig sagte, begriff ich die Tragweite der Frage erst gar nicht. Das Angebot machte er mir ja sowieso praktisch jeden Tag. »Cool, ja. Danke«, sagte ich, weil ich sowieso nicht bei

Trina und Steve hätte mitfahren können – erstens redete Trina nicht mehr mit mir und zweitens waren die beiden nicht mehr zusammen.

Ich schnappte mir meinen Rucksack und schlenderte neben Scott durch die langen, leeren Gänge zum Schülerparkplatz. Wir quatschten ganz locker miteinander. Scott erzählte mir, er hätte gehört, April Lavigne könne überhaupt nicht Skateboard fahren, was sie ja wohl zu einer ziemlichen Heuchlerin machen würde. Ich verteidigte sie aber. Sie hat nämlich nie behauptet, selbst eine Skaterin zu sein, nur dass sie mit Skatern abhängt.

Daraus entwickelte sich natürlich eine Diskussion über den gesellschaftlichen Nutzen von Skateboardfahrern und darüber, ob wir – falls wir eine neue Zivilisation gründen müssten wie in »Lucifers Hammer« – auch Skater in unsere neue, utopische Gesellschaft aufnehmen würden. (Scott: Auf keinen Fall. Skaten ist keine wertvolle Fertigkeit. Ich: Vielleicht schon, weil Skater oft praktisch-naturwissenschaftlich veranlagt sind. Müssen sie auch, weil sie immer Halfpipes und Schanzen und solche Sachen bauen.)

Es war so… locker. Durch die Gänge zu gehen und mit Scott zu reden, meine ich. Als hätten wir unser Leben lang nichts anderes getan.

Aber das hatten wir nicht. Es war immer eine dritte Person dabei gewesen.

Nur merkte ich (noch) nicht, dass sie diesmal fehlte.

Als wir aus dem Schulgebäude traten, war immer noch herrliches Frühsommernachmittags-Wetter. Der Himmel sah aus wie eine tiefblaue Salatschüssel, die jemand über uns gestülpt hatte. Schwer vorstellbar, dass da draußen Planeten, Sterne und solche Sachen herumwirbelten. Früher haben die Menschen ja wirklich mal geglaubt, der Himmel wäre eine Art Schüssel über der Erdscheibe, und Sterne wären Licht aus dem Paradies, das durch winzige Löcher in der Schutzhülle auf uns herableuchtete. Die Menschen hatten Angst, der Himmel könnte irgendwie Risse bekommen und das ganze Licht ungeschützt durchlassen, und dann würden alle sterben …

Ich erzählte Scott gerade davon, als wir am Auto ankamen und er mir die Tür aufhielt. Erst als ich auf den Beifahrersitz starrte – den leeren Beifahrersitz –, kapierte ich es. Geri Lynn war nicht da. Weil Scott und Geri Lynn nämlich nicht mehr zusammen waren. Scott und ich waren miteinander allein.

Zum allerersten Mal waren Scott und ich miteinander allein.

Keine Ahnung, weshalb ich dabei so ein … komisches Gefühl bekam. Ich meine, Scott und ich unterhalten uns beim Mittagessen und auf der Redaktionssitzung die ganze Zeit.

Aber da waren eben immer andere Leute um uns herum. Okay, vielleicht beteiligten sie sich nicht an unseren Gesprächen, aber sie waren da.

So ganz allein mit ihm zu sein …

Na ja, das war eben einfach komisch.

Zum Beispiel das mit dem Beifahrersitz. Ich hatte nie auf dem Beifahrersitz gesessen. Noch nie. Ich hatte immer hinten gesessen, hinter Geri Lynn. Alles, was ich von dahinten hatte sehen können, war Geris blondes Haar.

Wie sich herausstellte, sah man vom Beifahrersitz aus Sachen, die mir vorher nie aufgefallen waren. Scotts CD-Sammlung zum Beispiel, die lauter CDs enthielt, die ich auch habe … Ms Dynamite und Bree Sharp und Garbage und Jewel.

Und die beiden Fellwürfel am Rückspiegel, auf denen ERINNERUNG AN RUBY FALLS stand.

Und nur Zentimeter von meinem Oberschenkel entfernt Scotts Hand am Schaltknüppel. Scotts große, starke Hand, die Hand, die mich hochgehoben hatte, damit ich nach diesem bescheuerten Balken greifen konnte …

Es wäre schon okay gewesen, glaub ich. Ich hätte mit dem komischen Gefühl klarkommen können, neben Scott auf dem Beifahrersitz seines Wagens zu sitzen, wenn mir nicht – KAWUMM – plötzlich die Erinnerung an all die Male gekommen wäre, die Trina auf mich eingeredet hatte, doch mal was mit Scott zu unternehmen. *Ihr passt perfekt zusammen,* hörte ich Trinas Stimme plötzlich als Endlosschleife in meinem Kopf. *Frag ihn doch mal, ob er Lust hat, was mit dir zu machen.*

Halt den Mund, Trina, sagte ich (zu der Trina in meinem Kopf). *Halt den Mund.*

Unglaublich, dass meine Ex-Beste-Freundin sogar eine vollkommen harmlose Autofahrt ruinieren konnte… und das, ohne leibhaftig anwesend zu sein!

Ich weiß nicht, ob Scott meine plötzliche Stummheit bemerkte. Andererseits wüsste ich nicht, wie er sie nicht bemerkt haben könnte. Normalerweise kommen wir vor lauter Reden kaum zum Atemholen.

Aber ich schwöre, als ich Trinas Stimme in meinem Kopf hörte, die mich drängte, ihn zu fragen, ob er mal was mit mir machen würde, konnte ich an nichts anderes mehr denken. Außer an die Herzchen in Geris Taschenkalender – an die musste ich komischerweise auch die ganze Zeit denken.

Scott schien mein plötzliches Schweigen nichts auszumachen. Als wir in meine Straße einbogen, nutzte er die Gelegenheit, um zu sagen: »Kann ich dich was fragen, Jen?«

Was gab es Harmloseres? Er wollte mich etwas fragen. Das war alles. Bloß eine Frage.

Wieso begann mein Herz dann, wie verrückt zu schlagen? Wieso fingen meine Handflächen plötzlich an zu schwitzen? Wieso litt ich auf einmal unter Atemnot?

»Klar«, piepste ich.

Aber ich fand nie heraus, was er mich fragen wollte, weil wir vor meinem Haus hielten und sieben oder acht Reporter auf sein Auto zustürzten, die mich alle ebenfalls mit Fragen bombardierten.

»Jen, Jen!«, rief eine Frau. »Welche Farbe wird Ihr Ballkleid haben? Können Sie uns einen kleinen Hinweis geben?«

»Miss Greenley«, schrie ein Typ. »Hochfrisur oder offene Haare? Die Jugend Amerikas will es wissen!«

»Jen!«, kreischte ein Dritter. »Begleiten Sie Luke nach Toronto, wo er seinen nächsten Film drehen wird?«

»O Mann«, stöhnte Scott. »Sind die etwa noch immer hinter dir her?«

»Ja, schon.« Ich holte tief Luft und versuchte, mein nach wie vor wild schlagendes Herz zu beruhigen. »Was wolltest du mich eigentlich fragen, Scott?«

»Ach«, sagte er. »Nichts.« Dann grinste er und tat, als würde er mir ein Mikrofon vors Gesicht halten. »Wie ist das, wenn man von Millionen von Mädchen im ganzen Land beneidet wird, Ms Greenley?«

»Kein Kommentar.« Ich lächelte erleichtert. Puh. Er machte Witze mit mir. Also war es okay… was auch immer »es« war.

Ich sprang aus dem Wagen und drängte mich durch die Journalistenmeute.

»Bis morgen!«, rief ich Scott zu.

»Bis morgen!«, sagte er.

Und obwohl wir jetzt nicht mehr nebeneinander saßen und auch nicht mehr allein waren, blieben die Dinge komisch. Mir fiel auf, dass er wartete, bis ich an den Reportern vorbei war – »Jenny, Jenny, wie fühlt man sich, wenn man weiß, dass der Mann, mit dem man auf den Frühlingsball geht, von der Zeitschrift ›People‹ zum erotischsten Nachwuchsstar gewählt wurde?« – und die Haustür aufgeschlossen hatte, bevor er wegfuhr. Er wollte sichergehen, dass ich heil nach Hause kam, obwohl es helllichter Tag war.

Was hatte das zu bedeuten? Mal ganz im Ernst.

Nachdem Scott und Geri jetzt nicht mehr zusammen waren, hätte ich schnell online gehen können, um Trina zu mailen. *Omeingott*, hätte ich schreiben können, *gerade hat mich Scott zu Hause abgesetzt und gewartet, bis ich sicher im Haus war, und ist erst dann losgefahren. Was, glaubst du, hat das zu bedeuten?* Scott war ja jetzt solo.

Nur konnte ich Trina natürlich nicht mailen, weil wir nicht miteinander sprachen.

Außerdem wäre das auch komisch gewesen. Weil ich Scott ja nicht als meinen zukünftigen Freund sehe.

Oder?

Oder sollte ich das etwa?

Aber mir blieb keine Zeit, weiter darüber nachzudenken, weil das Telefon klingelte, sobald ich das Haus betreten hatte.

Im ersten Moment war ich fast sicher, sie wäre es. Trina, meine ich. Dass sie anrief, um zu sagen, wie Leid es ihr tat, was im Chor passiert war, und dass sie mich um Verzeihung bitten wollte.

Aber es war nicht Trina. Es war Karen Sue Walters.

Ich konnte mir nicht vorstellen, was sie von mir wollen könnte – sie hatte mich noch nie zu Hause angerufen.

Wie sich herausstellte, wollte sie sich nach mir erkundigen. Sie machte Witze über Mr Halls cholerische Anfälle und sagte: »Wir sind eben Schauspieler, wir können nicht anders.« Dann sagte sie noch, sie hoffte, wir würden uns morgen in der Probe sehen.

»Das glaub ich nicht«, sagte ich nach einer kurzen Denkpause. Was war eigentlich los? Es war schon merkwürdig, dass Karen Sue sich jetzt – Stunden später – besorgt nach mir erkundigte. Als ich aus dem Chorsaal gestürmt war, hatte sie nicht sonderlich besorgt gewirkt.

»Ich glaub nicht, dass ich für den Musicalchor geeignet bin«, fuhr ich fort. »Du sagst es ja selbst... ihr seid Schauspieler. Ich nicht.«

Danach veränderte sich Karen Sues Stimme. Ob mir eigentlich bewusst sei, dass ich alle hängen ließe? Nicht nur sie und den Chor, sondern die gesamte Schule. Der Sieg der Troubadours in Bishop Luers bedeute unheimlich viel für das Ansehen der Schule.

Erst da begriff ich, weshalb sie angerufen hatte. Nicht weil sie sich um mich sorgte. Natürlich nicht – schließlich war sie mir auch nicht hinterhergelaufen, als ich aus dem Chorsaal gestürmt war.

Sondern weil sie niemanden gefunden hatten, der Trina den Hut zuwarf.

Also sagte ich Karen Sue, wenn sie mich bei der Chorprobe sehen wolle, müsse sie meinen kalten, leblosen Leichnam in den Saal schleifen und auf der Treppe ablegen.

Dann legte ich auf, um nicht in Versuchung zu geraten, mich auch noch dafür zu entschuldigen.

Karen Sue war nicht die einzige Troubadourin, die an diesem Abend noch anrief. Auch ein paar andere Sopranistinnen meldeten sich. Trina natürlich nicht. Sie, die mich von Rechts wegen hätte anrufen müssen, weil sie an allem schuld war, meldete sich nicht. Dafür taten es ein paar andere.

Ich sagte allen dasselbe wie Karen Sue. Nein, ich würde nicht wieder in den Chor kommen.

Als das Telefon um elf Uhr erneut klingelte, brummte mein Vater (der wie meine Mutter keine Ahnung hatte, was passiert war... was mir auch lieber war): »Und ich hab immer gedacht, es wäre schlimm gewesen, als du und Trina noch miteinander gesprochen habt.«

Aber diesmal war keiner von den Troubadours am Telefon.

Es war Luke Striker.

»Jen«, sagte er. »Hey. Hoffentlich warst du noch nicht im Bett.

Hier in L. A. ist es erst neun. Ich hab den Zeitunterschied vergessen. Sind deine Eltern sauer?«

Waren sie natürlich, aber nicht auf Luke. »Kein Problem«, versicherte ich ihm. Und fragte mich, weshalb er anrief. Um abzusagen? Den Frühlingsball, meine ich.

Das klingt jetzt verrückt, ich weiß. Jedes andere amerikanische Mädchen hätte diesen Anruf gefürchtet. Den Anruf, bei dem Luke Striker sein Date absagen könnte.

Und ich? Ich versuchte, meinen plötzlich rasenden Puls zu ignorieren. Wenn Luke absagte, wäre ich frei… frei, zu Kwangs Gegenparty zu gehen und dort meinen Spaß zu haben.

Ich dachte gar nicht darüber nach, weshalb mir dieser Gedanke so verlockend erschien. Oder mit wem ich auf Kwangs Party Spaß haben wollte.

Oder ob es möglicherweise etwas mit einer Frage zu tun haben könnte, die mir ein gewisser Jemand ein paar Stunden zuvor hatte stellen wollen.

ObittesagdenFrühlingsballab… Bittebittebittesagihnab… AchkommLukesagihnab…

Aber Luke rief nicht an, um abzusagen. Ganz und gar nicht.

»Ich hab gehört, was heute passiert ist«, sagte er. »Im Chor, meine ich.«

Mir wäre fast der Hörer aus der Hand gefallen.

»Wie gehört? Wie denn? Von wem denn? Etwa von Ms Kellogg? Mein Gott, die weiß es doch hoffentlich nicht, oder?«

»Nein, nicht von Ms Kellogg.« Luke lachte geheimnisvoll. »Sagen wir mal, ich hab da so meine Quellen.«

Quellen? Welche Quellen? Wovon redete er?

»O Gott!« Mich packte die nackte, kalte Angst. »Haben sie es in den Nachrichten gebracht? Dass ich aus dem Chor ausgetreten bin?« Wer hatte es erzählt? Wer konnte es erzählt haben? Und wie tot war ich, wenn meine Eltern es herausfanden?

»Keine Panik«, sagte Luke, der jetzt laut lachte. »Es kam nicht in den Nachrichten. Aber das wäre nicht schlecht gewesen. Ich hätte echt gern gesehen, wie der Hut in der Tuba landete…«

»Das ist nicht lustig«, sagte ich, obwohl ich mich ein paar Stunden zuvor selbst darüber totgelacht hatte. »Jedenfalls nicht *so* lustig. Jetzt sind alle sauer auf mich. Es waren noch nie so viele Leute sauer auf mich.«

»Cool«, sagte Luke. »Das heißt, dass es funktioniert.«

»Dass was funktioniert?«

»Worüber wir gesprochen haben. Ist doch klar, Jen, dass du keine sozialen Veränderungen bewirken kannst, ohne ein paar Federn lassen zu müssen.«

Ich schnaubte. »Na ja, dass ich aus dem Chor austrete, nenne ich nicht gerade eine soziale Veränderung.«

»Ist es aber«, behauptete Luke. »Vielleicht ist es nicht so gravierend wie das, was du für Cara getan hast, aber…«

»Sekunde mal«, unterbrach ich ihn. »Woher weißt du das mit Cara?«

»Hab ich doch schon gesagt«, sagte Luke. »Ich hab meine Quellen.«

Ich fragte mich, von welchen Quellen Luke da redete. Seit seiner »Enttarnung« verkroch er sich in seiner Villa in den Hügeln Hollywoods, wo er laut solcher Promi-Experten wie Pat O'Brian völlig zurückgezogen lebte und sich weigerte, mit den Medien über die Trennung von Angelique und seine darauf folgende – von einem Journalisten als *wahnwitzig* bezeichnete – Entscheidung zu sprechen, sich inkognito in eine kleine, ländliche Highschool im Mittleren Westen einzuschmuggeln. Alle fragten sich, was Lukes »bizarres« Verhalten zu bedeuten hatte.

Ich fand seinen Wunsch, allein zu sein oder auf eine Highschool gehen zu wollen, kein bisschen bizarr. Immerhin bezeichnete er sich nicht als Peter Pan, wie gewisse andere Stars.

»Eigentlich«, sagte er mit seiner warmen, tiefen Stimme, die ihn als Lanzelot so überzeugend gemacht hat (man versteht total, warum sich Guinevere für ihn entschieden hat und nicht für den Typen, der König Artus spielte), »wollte ich bloß anrufen, um dir zu sagen, wie stolz ich auf dich bin. Du machst das echt super. Wie sieht es denn an der Betty-Ann-Front aus?«

Betty Ann! O Gott, die hatte ich komplett vergessen!

»Ach so, ja, daran arbeite ich«, behauptete ich.

»Cool«, sagte Luke. »Dann sehen wir uns am Samstag, okay? Ach ja, und Jen…?«

»Ja?«

»Ich wusste, dass du es draufhast.«

Ich bedankte mich und legte auf. Ich konnte seine Begeisterung nicht so ganz teilen. Ich meine, was hatte ich schon groß getan? Ich hatte mich von meiner besten Freundin entfremdet und den Schulchor vor einem entscheidenden Auftritt verlassen – ich war echt eine tolle Teamspielerin. Und ich musste mich morgen in der vierten Stunde irgendwo im Schulgebäude verstecken und würde wahrscheinlich erwischt werden und von der Schule fliegen.

Und jetzt musste ich mich auch noch mit dem beliebtesten Typen der ganzen Schule anlegen, um die Cabbage-Patch-Puppe meiner Lieblingslehrerin zurückzuholen.

Super, echt. Reizende Aussichten.

Fragt Annie

Stellt Annie eure drängendsten Fragen zum Thema zwischenmenschliche Beziehungen. Na los, traut euch! Der *Clayton Highschool Register* behält sich vor, Briefe an Annie abzudrucken, wobei Namen und E-Mail-Adressen der Rat Suchenden selbstverständlich vertraulich behandelt werden.

Liebe Annie,

es gibt da so einen Jungen, für den ich mehr empfinde als nur Freundschaft, aber ich glaub, ich bin für ihn nur eine Art guter Kumpel. Er fragt mich bei seinen Weibergeschichten immer um Rat und war mit all meinen Freundinnen schon mal weg, nur mich fragt er nie. Das macht mich echt fertig. Soll ich ihm ganz offen sagen, dass ich ihn gut finde? Aber wenn er nichts von mir will? Ich hab Angst, dass unser Verhältnis dann total verkrampft ist und er nicht mal mehr mit mir befreundet sein will. Das würde ich nicht aushalten. Hilfe! Was soll ich tun?

Eine, die es leid ist, zu Hause zu hocken, während er mit anderen Tussen abhängt.

Eine, die zu Hause hockt

Liebe zu Hause Hockende,

soll ich dir mal was verraten? Ihr seid schon jetzt nicht mehr »nur gute Freunde«. Man kann nicht mit jemandem gut befreundet sein, in den man heimlich verknallt ist. Du hast die Wahl: Entweder schlägst du ihn dir aus dem Kopf und beschließt, dass ihr einfach nicht füreinander geschaffen seid, oder du fragst ihn ganz direkt, warum er eigentlich ständig Dates mit allen möglichen Mädchen hat außer mit dir. Entweder murmelt er irgendetwas Unverständliches (dann weißt du, dass er kein Interesse an dir hat) oder er sagt: »Ich wäre nie darauf gekommen, dass du was von mir willst!« So oder so hast du deine Antwort.

Annie

Vierzehn

Gleich am nächsten Morgen bereitete ich die Betty-Ann-Befreiungsoperation vor. Es war aber auch höchste Zeit. Kurt und seine Kumpels hatten Mrs Mulvaney inzwischen eine zweite Lösegeldforderung geschickt, die noch weniger originell war als die erste. Diesmal hatten sie geschrieben: *Entweder Sie geben ALLEN SCHÜLERN in ALL Ihren Kursen eine 1 oder Betty Anns Kopf landet auf der Müllkippe.*

Mrs Mulvaney war kreidebleich, als sie uns den Brief, der auf ihrem Pult gelegen hatte (genau an der Stelle, an der Betty Ann immer gesessen hatte), laut vorlas. Ihre Hände zitterten.

Sie sagte nichts. Sie zerknüllte den Brief nur und warf ihn weg.

Aber es war klar. Diesmal waren sie zu weit gegangen. Die Entführung von Betty Ann war kein Schülerstreich mehr, sondern ein Akt der Grausamkeit.

Und das würde ich keine Sekunde länger mehr mit ansehen.

In der vierten Stunde machte ich mich – statt in den Chor zu gehen – an die Umsetzung meines Plans. Sobald es zum Unterricht geklingelt hatte, ging ich ins Vorzimmer von Ms Kellogg. Ihre Sekretärin Mrs Templeton sah auf. »Hast du einen Termin mit Ms Kellogg?«, fragte sie erstaunt. »Du stehst gar nicht in ihrem Terminplan.«

»Nein, nein«, sagte ich. »Ich wollte auch gar nicht zu Ms Kellogg, sondern zu Ihnen.«

Mrs Templeton lächelte überrascht. »Zu *mir*? Also ich wüsste gar nicht, womit ich dir helfen könnte, Jenny…«

»Ach, mir ist was Blödes passiert.« Ich senkte meine Stimme, als wäre es mir peinlich. »Mir wäre es auch lieber, wenn das unter uns bliebe. Kann ich – kann ich Ihnen ein Geheimnis anvertrauen, Mrs Templeton?«

Mrs Templeton, die Klatsch und Tratsch mehr liebt als jeder andere Mensch, den ich kenne, und wahrscheinlich noch nie in ihrem Leben ein Geheimnis für sich behalten hat (weshalb mir Ms Kellogg auch dringend ans Herz gelegt hat, ihr nie zu verraten, dass ich Annie bin), beugte sich begierig vor.

»Aber natürlich«, flüsterte sie.

Also sagte ich es ihr.

Natürlich nicht die Wahrheit – dass ich gerade wieder den Chor schwänzte, weil ich bei der letzten Probe aus dem Raum gestürmt war und auch nicht die Absicht hatte, jemals wieder zurückzukehren, oder dass ich Annie von »Fragt Annie« war oder dass ich den unguten Verdacht hatte, möglicherweise in Scott Bennett verliebt zu sein.

Nein, ich gestand ihr, ich hätte – wahrscheinlich durch die Aufregung über das bevorstehende Date mit Luke Striker und die ständige Belästigung durch die Paparazzi – die Zahlenkombination meines Schließfachs vergessen.

Einfach so… vergessen.

»Ist das alles?« Mrs Templeton sah enttäuscht aus. »Das lässt sich doch im Handumdrehen herausfinden.«

Sie zerrte einen schweren Ordner hervor, in dem die Zahlenkombination jedes einzelnen Schließfachs in der ganzen Schule verzeichnet ist.

»Welche Nummer hat dein Schließfach noch mal?«

»345.« Ich nannte ihr, ohne zu zögern, die Nummer von Kurt Schraeders Schließfach.

Natürlich kannte Mrs Templeton meine Schließfachnummer nicht. Sie konnte nicht wissen, dass ich sie frech belog. So was machen Nette-Mädchen-von-nebenan normalerweise ja nicht. Sie sagte: »Dann müsste deine Kombination eigentlich die 21/35/28 sein.«

Ich notierte mir die Ziffern hastig. »Ja«, sagte ich und sah verblüfft auf den Zettel. »Wow. Na klar. Echt komisch, dass ich sie vergessen hab.«

»Ach weißt du«, Mrs Templeton sah mich mitfühlend an. »Du hast ja auch eine Menge um die Ohren. Ich meine, dieser Luke Striker… Also wenn ich so engen Kontakt mit dem gehabt hätte wie du, hätte ich auch alles vergessen, was ich mal wusste… vor allem, dass ich verheiratet bin.«

Ich lachte freundlich über Mrs Templetons kleinen Witz.

»Haha, der war gut«, sagte ich. »Na ja, dann hol ich mal meine Bücher, damit ich in den Unterricht kann.«

»Mach das«, sagte Mrs Templeton.

So einfach war es.

Ich huschte durch die verwaisten Gänge, vorbei an Türen, durch die leiernde Lehrerstimmen drangen. *»Alex a mis du sel dans le bol de Michel…« – »Wenn sich y fünfmal durch x teilen lässt, dann muss y…« – »Und daraufhin sagte der Kongress: ›Es kann nicht angehen, dass jedes Mal jemand ermordet wird, wenn Wahlen sind‹, worauf Alexander Hamilton sich…«*

Endlich stand ich vor dem Schließfach mit der Nummer 345. Ich drehte das Schloss einmal um und machte mich dann an die Arbeit.

21 nach links.

Rechts einmal ganz rum, bis zur 35.

Ein Blick nach rechts und links, ob auch niemand kam (vor allem nicht Kurt Schraeder).

Dann ein paar Ziffern nach links – 28…

Die Tür sprang auf.

Nichts drin.

Okay, etwas war schon darin: schweinische Zeitschriften, Schulbücher, Aufkleber (»Go Roosters!« und »Blink 182 sind fürn Arsch«). Ein Briefumschlag. Eine Packung Kondome (mhm, nett). Und ein extrem unangenehmer, durchdringender Geruch.

Nur keine Betty Ann. Keine Spur von Betty Ann.

Aber so schnell würde ich nicht aufgeben. Ich schloss das Schließfach und schlich mich in die Bibliothek, wo ich mich bis zur Mittagspause versteckte. Die Bibliothekarin fragte nicht, warum ich nicht im Unterricht sei. Klar, ich bin ja die nette kleine Jenny Greenley.

Allmählich begann ich zu glauben, dass es auch Vorteile hat, als Nettes-Mädchen-von-nebenan zu gelten.

Als es endlich klingelte, saß ich als eine der Ersten in der Cafeteria.

Und als Kurt und seine Kumpels reinschlenderten, lief ich sofort auf ihn zu.

»Jen?«, rief Cara mir hinterher, als ich von unserem Tisch aufsprang. »Wo willst du hin?«

»Bin gleich wieder da!«, sagte ich und eilte den Catwalk entlang zu Kurt, der in der Schlange stand und sich allem Anschein nach nicht zwischen Würstchen mit Paprikagemüse und Putenburger entscheiden konnte.

»Kurt«, sprach ich ihn an. »Wo ist Betty Ann?«

Kurt sah auf mich herunter. »Was? Ach du schon wieder. Was hast du nur mit der blöden Puppe?«

»Wo ist sie, Kurt?«

»Mach dich mal locker«, sagte Kurt. »Sie ist an einem sicheren Ort.«

»Wo, Kurt?«

Kurt sah von mir zu seinen Kumpels und dann wieder zu mir

und lachte dümmlich. »Echt, was hast du für ein Problem?«, sagte er noch mal. »Wieso musst du mir die ganze Zeit auf den Sack gehen? Erst Cara Fettkuh und jetzt das. Mensch, Jen, man wird ja noch ein bisschen Spaß haben dürfen.«

»Sag mir einfach, wo die Puppe ist, okay?«

»Die Puppe ist okay«, sagte Kurt. »Ich hab sie irgendwo in meinem Zimmer. Und jetzt hör auf, dich in Sachen einzumischen, die dich nichts angehen, und lass mich in Ruhe mein Essen bestellen. Oder willst du dabei zuschauen?«

Ich drehte mich um und ging den Catwalk entlang zu unserem Tisch zurück.

»Was hast du denn von dem gewollt?«, fragte Geri Lynn, als ich mich setzte.

»Nichts.« Ich biss in mein Tunfischsandwich und sah, dass Scott mich beobachtete. Als sich unsere Blicke trafen, guckte er weg.

Plötzlich hatte ich keinen Hunger mehr.

Ich saß ganz friedlich da, wunderte mich über meinen plötzlichen Appetitverlust (ich hatte nämlich eigentlich großen Hunger gehabt) und hörte mit halbem Ohr Cara und Kwang zu, die eine hitzige Diskussion über die Rose-McGowan- im Vergleich zu den Shannen-Doherty-Staffeln von »Charmed« führten, als mir jemand auf die Schulter klopfte. Ich drehte mich um und da stand Karen Sue Walters mit ungefähr der Hälfte der Sopransängerinnen der Troubadours im Schlepptau – allerdings ohne Trina, wie ich bemerkte.

Was hatten die außerhalb des Chorsaals zu suchen?

»Wir wollten uns nur bei dir bedanken«, sagte Karen Sue mit schriller, vor Sarkasmus triefender Stimme. »Und zwar dafür, dass du den Chor hängen lässt. Morgen, wenn wir in Bishop Luer den ersten Platz holen, denken wir an dich.«

Ich schaute zu Steve hinüber und fragte mich, ob er etwas von diesem kleinen mittäglichen Überfall gewusst hatte, aber er guckte genauso verblüfft, wie mir zumute war.

Also wandte ich mich an Karen Sue, um »Gern geschehen« zu sagen – die einzig passende Antwort auf so eine saublöde Anmache, aber ich kam nicht dazu.

Weil Cara Schlosburg nämlich plötzlich ihren Stuhl zurückschob, aufstand und sich vor Karen Sue aufbaute.

Ich sage es mal so: Karen Sue Walters' Statur ist auch nicht ohne, aber mit Caras imposanter Oberweite kann sie es nicht aufnehmen.

»Wieso lasst ihr sie nicht in Ruhe?«, sagte Cara zu Karen Sue und ihrer Meute. »Meint ihr nicht, sie hat schon genug Stress, ohne dass ihr sie auch noch fertig macht?«

Karen Sue war so überrumpelt, dass sie Cara ein paar Sekunden lang nur sprachlos anblinzelte. Dann hatte sie sich wohl wieder gefangen – sie lachte nämlich verächtlich auf und sagte: »Ja, klar! Als würde deine Meinung irgendwen interessieren, Cara *Fettkuh.*«

Wenn sie gesagt hätte: »Hey, ich hab gerade eine Million im Lotto gewonnen!«, hätte es in der Cafeteria auch nicht stiller werden können. Alle ließen im selben Augenblick ihr Besteck fallen und sahen gespannt zu unserem Tisch rüber. Zu dem Tisch, der jahrelang eine Oase des Friedens in einem Meer voll Aufruhr und Terror gewesen war.

Keine Ahnung, was sie erwarteten. Von mir, meine ich. Dass ich mich mit spitzen Fingernägeln auf Karen Sue stürzte? Ihnen als Mittagsunterhaltung eine kleine Prügelei in der Cafeteria lieferte?

Leider musste ich sie enttäuschen.

Ich konnte einen leisen Seufzer nicht unterdrücken. Als Luke mir seinen kleinen Vortrag darüber gehalten hatte, dass es an Leuten wie mir sei, soziale Veränderungen herbeizuführen, hatte er da auch nur die geringste Ahnung gehabt, wie unglaublich anstrengend das werden würde? Es gab so viel tun und es war kein Ende in Sicht.

Ich wollte Karen Sue gerade sagen, was ich von Leuten halte, die sich auf das Niveau der Kurt Schraeders dieser Welt hinabbegeben, als ich erneut unterbrochen wurde.

Diesmal von Scott Bennett.

»Wisst ihr was?«, sagte er mit angeödeter Stimme und legte seine Serviette auf den Tisch. »Ihr nervt. Wir sitzen hier und genießen unser Mittagessen und ihr kommt an und versaut die ganze Stimmung.«

»Wir leben in einem freien Land«, kreischte Karen Sue ihn mit schriller Stimme an.

Doch in diesem Moment schob Kwang – der immerhin beeindruckende 113 Kilo schwer ist – seinen Stuhl zurück und erhob sich.

»Ihr habt's gehört«, sagte er. »Zieht Leine.«

Die Soprane rissen die Augen auf und stoben wie die verschreckten Kaninchen nach allen Seiten davon.

Und um uns herum wandten sich alle wieder dem zu, worin sie beim Auftritt der Zicken unterbrochen worden waren.

Alle außer mir. Ich war einfach so gerührt über das, was meine Freunde – meine *wahren* Freunde – für mich getan hatten.

»O Mann, Leute«, sagte ich und spürte, wie mir die Tränen kamen. »Das war ja so süß…«

»O Gott«, Kwang sah mich entsetzt an. »Du fängst jetzt aber nicht an zu weinen, oder?«

»Natürlich nicht«, sagte Geri Lynn und reichte mir ein Taschentuch. »Sonst muss ich nämlich auch weinen und ich hab heute keine wasserfeste Wimperntusche drauf.«

Darüber musste ich lachen. Meine Augen waren so voller Tränen, dass ich mein Tunfischsandwich nicht mehr erkennen konnte. Aber ich lachte trotzdem.

»Wieso bist du eigentlich überhaupt in den bescheuerten Chor eingetreten?«, fragte Scott auf dem Heimweg von der Redaktionssitzung. Ich war nicht überrascht, als er mir wieder anbot, mich nach Hause zu fahren.

Ich hatte Angst, aber ich war nicht überrascht.

Und die Angst hatte ich nicht aus den Gründen, die man vielleicht vermuten würde. Ich hatte keine Angst, dass Scott mir in seinem Audi gleich seine Liebe gestehen würde, oder Ähnliches. Was während des Mittagessens passiert war, war einerseits toll und andererseits auch wieder nicht so toll gewesen. Nicht so toll war, dass Scott dermaßen für mich – oder eher für Cara – eingetreten war.

Denn das war ein echter Freundschaftsbeweis.

Und das Problem daran?

Dass Scott wahrscheinlich nur freundschaftliche Gefühle für mich hatte.

Luke zum Beispiel, der war für mich ein Freund. Mit ihm würde ich nie was anfangen wollen. Na ja, und wenn Scott mich als Freundin betrachtete – dann war das nicht so toll.

Weil ich nämlich – wenn ich an meinen plötzlichen Appetitverlust und auch an die Schwitzhände dachte, die ich am Vortag in seinem Auto bekommen hatte – den vagen Verdacht hegte, ich könnte vielleicht mehr von ihm wollen als bloße Freundschaft.

Daran gab ich Trina die Schuld, genau wie an der Troubadour-Tragödie. Hätte sie mir nicht vor Monaten diesen Floh ins Ohr gesetzt, wäre mir wahrscheinlich nie der Gedanke gekommen, dass Scott jetzt, wo mit Geri Schluss und er solo war… dass er vielleicht… dass wir vielleicht…

O Gott. Ich musste es einfach vergessen. Weil es niemals so weit kommen würde. Also wozu darüber nachdenken? Denn selbst wenn *ich* mehr als einen Freund in ihm sah, war ich doch für ihn offensichtlich nur die nette kleine Jenny Greenley, die »Fragt Annie«-Annie, jedermanns beste Freundin.

Was okay war. Was sogar gut war. Es bedeutete nämlich, dass ich mich ganz entspannt von ihm nach Hause fahren lassen konnte. Alles war bestens.

Weshalb hatte ich dann aber Angst, als ich zu ihm ins Auto stieg?

Weil ich wusste, was wir gleich tun würden.

»Äh, du, Scott?«, sagte ich, als das Schild »Sycamore Hills« in Sicht kam – die Straße, in der Kurt Schraeder wohnte –, jedenfalls laut Telefonbuch, in dem nur eine Familie Schraeder verzeichnet war: Kurt Schraeder Senior. »Könnten wir einen kleinen Umweg machen?«

»Klar«, sagte Scott. »Wohin?«

»Kannst du hier einbiegen?«, sagte ich. »Am Schild.«

Scott wendete und wir fuhren eine hübsche, gepflegte Straße (übrigens nicht weit von der Straße entfernt, in der die Schlosburgs wohnen) mit großen, ziemlich modernen Einfamilienhäusern entlang.

»Verrätst du mir auch, was wir hier wollen?«, fragte Scott laut, um Aimee Manns süßen Gesang zu übertönen, der aus den Boxen drang.

»Du nimmst gerade an einer Rettungsaktion teil«, sagte ich geheimnisvoll.

»Wer wird denn gerettet? Irgendein Zahnarzt?« Das sollte sich wohl auf die etwas bonzige Architektur der Häuser beziehen, mit der mein Vater, wie ich stolz bemerken darf, nichts zu tun hatte.

Ich schüttelte den Kopf. »Nein. Betty Ann Mulvaney.«

»Wow!« Scott schaute beeindruckt. »Was hast du vor? Willst du bei Schraeders einbrechen und sie dir holen? Sollen wir nicht warten, bis es dunkel wird? Hey, ich glaub, Kwang hat sogar ein Nachtsichtgerät...«

»Sehr lustig, aber das brauchen wir gar nicht«, sagte ich. »Und auch nicht den Schutz der Dunkelheit.«

Rechts tauchte das Haus der Schraeders auf – 1532, Sycamore

Hills. Eine beeindruckende Villa im pseudomittelalterlichen Stil. Kurts Jeep parkte, wie ich erleichtert feststellte, nicht vor dem Haus.

»Okay.« Scott fuhr in die Einfahrt und stellte den Motor ab. »Und jetzt?«

»Schau gut zu, dann kannst du noch was lernen.« Ich schnallte mich ab.

Scott folgte mir zur Eingangstür. Ich klingelte.

Um ehrlich zu sein: Der Spruch »Dann kannst du noch was lernen« war reine Show. Meine Coolness war nur gespielt. Vielleicht steckte in mir doch mehr von einer Schauspielerin, als ich immer dachte.

In Wirklichkeit war ich total nervös. Ich hatte Magenschmerzen. Mein Herz klopfte wie ein Presslufthammer. Meine Hände schwitzten – diesmal nicht wegen Scott, sondern weil ich keine Ahnung hatte, ob mein Plan funktionieren würde.

Aber eines wusste ich: Wenn ich es nicht wenigstens probierte, würde sich gar nichts ändern.

Wie erhofft öffnete uns Kurts kleine Schwester die Tür. Sie trug eine Kette mit Anhänger, auf dem »Vicky« stand. Ich stützte die Hände auf die Knie (so konnte ich mir gleichzeitig den Schweiß an der Jeans abwischen), damit unsere Augen auf gleicher Höhe waren, und sagte: »Hi. Kennst du mich?«

Vicky zog den Zopf, auf dem sie herumgekaut hatte, aus dem Mund und quietschte erstaunt: »Wow! Du bist Jenny Greenley. Die, die mit *Luke Striker* auf den Frühlingsball geht. Ich hab dich in den Nachrichten gesehen!«

»Ja, stimmt, die bin ich«, sagte ich bescheiden. »Sag mal, ist Kurt zu Hause?«

Vicky sah mich mit großen Augen an und schüttelte den Kopf. »Nö, der ist zum See gefahren. Mit Courtney.«

»Ach, das ist ja doof.« Ich versuchte, enttäuscht auszusehen.

Die Schauspielerei fiel mir immer leichter. »Hat er vielleicht was für mich dagelassen. Eine Puppe?«

Vickys Augen wurden noch größer. »Meinst du Betty Ann?«

»Ja«, sagte ich. Meine Magenschmerzen ließen etwas nach. »Genau. Wir wollten uns nämlich abwechselnd um sie kümmern und jetzt bin ich an der Reihe. Wahrscheinlich hat Kurt das vergessen. Könntest du mir einen Gefallen tun und in sein Zimmer gehen und sie holen?«

Vicky stopfte sich wieder das Ende ihres Zopfes in den Mund.

»Ich darf aber nicht in Kurts Zimmer«, sagte sie und saugte energisch an den Haaren. »Wenn ich noch mal reingehe, sagt er's Mom, hat er gesagt.«

»Aber dieses Mal wird er nichts dagegen haben, Vicky«, sagte ich. »Du tust ihm sogar einen Riesengefallen. Weil, weißt du, wenn ich Betty Ann nicht bekomme – und zwar jetzt gleich –, dann geht jemand zu unserem Direktor und sagt ihm, dass Kurt die Puppe genommen hat, und dann kriegt er wahrscheinlich kein Abschlusszeugnis.«

Vicky fiel der Zopf aus dem Mund. »Das würde jemand machen?«

»O ja«, sagte ich und stieß Scott in die Rippen, weil er zu kichern anfing. »Das würde jemand machen. Deshalb würdest du Kurt echt helfen, wenn du mir die Puppe gibst.«

»Okay.« Vicky zuckte mit den Schultern. »Bin gleich wieder da.«

Sie rannte davon. Scott schüttelte den Kopf.

»Was ist denn mit dir los?«, fragte er.

»Wieso?«, fragte ich etwas erschrocken.

»Ich erkenne dich gar nicht wieder«, sagte Scott. »Du warst früher … wie soll ich sagen … mehr daran interessiert, die Wogen zu glätten, als sie aufzuwühlen.«

Unglaublich, dass ihm das aufgefallen war. Ich meine, dass er darauf geachtet hatte.

Auf *mich*.

»Ich weiß auch nicht.« Ich guckte weg, damit er nicht sah, wie ich rot wurde. »Ich hab mir einfach überlegt, dass es an der Zeit wäre, für seine Meinung einzutreten.«

»Ja, genauso sieht's aus«, sagte Scott.

Wir hörten Getrappel und dann tauchte Vicky mit Betty Ann in den Armen auf.

Betty Ann sah nicht gut aus. Ihre Wollhaare waren verfilzt und auf ihrer Latzhose klebte Grillsoße oder so etwas Ähnliches.

Ansonsten war sie unversehrt. Ihr Kopf lag nicht im Müll. Sie war immer noch erkennbar Betty Ann Mulvaney.

»Da, bitte.« Vicky hielt sie mir hin. »Sie lag unter Kurts Bett.«

»Danke, Vicky.« Ich klemmte mir Betty Ann unter den Arm. »Du bist die Beste.«

»Ach, und noch was«, sagte Scott zu ihr. »Wenn Kurt nach Hause kommt, sagst du ihm genau, was passiert ist, ja? Sag ihm, Scott Bennett war da und hat gesagt, wenn du ihm die Puppe nicht gibst, geht jemand zum Direktor und verrät ihn.«

»Nein, du sagst, *Jenny Greenley* war da.« Ich warf Scott einen warnenden Blick zu.

»Nein.« Scotts Augen funkelten warnend zurück. »Scott Bennett.«

»Ich sag ihm einfach, dass ihr beide da wart«, sagte Vicky. »Du, Jenny, kannst du mir ein Autogramm von Luke Striker besorgen? Büüüüüüüüttte.«

»Na klar, mach ich.« Ich winkte ihr zu und wir eilten zum Auto.

»Wieso hast du das gemacht?«, fragte ich Scott, als wir losfuhren. »Ihr deinen Namen gesagt?«

»Wenn Kurt hört, was passiert ist«, sagte Scott, »flippt er aus. Und wenn er schon jemandem die Fresse einschlägt, sollte das jemand sein, der auch zurückschlagen kann.«

Ich blinzelte und hatte plötzlich wieder Tränen in den Augen.

Ich konnte es nicht glauben. Zum zweiten Mal an einem Tag war Scott mir ritterlich zu Hilfe geeilt wie…

Lanzelot auf seinem Ross.

»Oh, super«, sagte Scott. »Du weinst doch nicht etwa wieder, oder?«

»Nein«, schniefte ich.

Aber ich konnte es nicht verhindern. Die Tatsache, dass er bereit war, seine eigene Fresse zu opfern, damit meine nicht eingeschlagen wurde… das musste doch einfach bedeuten, dass er mehr in mir sah als bloß eine gute Freundin, oder?

ODER?

Wir hielten an einem Stoppschild. Plötzlich nahm Scott die Hand vom Schaltknüppel und beugte sich zu mir…

Mein Herz schlug einen Salto. Mein Puls raste. Ich dachte, er würde mich küssen. Jede Sekunde würde er sich zu mir hinüberbeugen, mein tränennasses Gesicht sanft in beide Hände nehmen und flüstern: »Bitte weine nicht, Jenny«, und mich küssen.

Abwegig – ich weiß! Keine Ahnung, wie ich darauf kam! Aber der Gedanke war plötzlich in meinem Kopf.

Mir hämmerte das Herz laut gegen die Rippen, lauter als die Kesselpauke bei den Troubadours, und mir stockte der Atem… als Scott sich zu mir vorbeugte und, statt mein Gesicht in beide Hände zu nehmen, das Handschuhfach aufklappte, etwas herausnahm und es mir in die Hand drückte.

Nein, es war kein Ring.

Es war ein Stapel Papierservietten vom »Dairy Queen«.

»Sonst wird die Puppe noch ganz nass.«

Fragt Annie

Stellt Annie eure drängendsten Fragen zum Thema zwischenmenschliche Beziehungen. Na los, traut euch! Der *Clayton Highschool Register* behält sich vor, Briefe an Annie abzudrucken, wobei Namen und E-Mail-Adressen der Rat Suchenden selbstverständlich vertraulich behandelt werden.

Liebe Annie,

das Schuljahr ist fast zu Ende und ich möchte die Sommerferien wie alle anderen verbringen – du weißt schon, an den See fahren, in der Stadt abhängen … na ja, eben chillen. Ich finde, ich hab mir echt ein bisschen Erholung verdient, nachdem ich neun Monate lang ununterbrochen für die Schule geackert habe. Das Problem sind meine Eltern: Sie verlangen von mir, dass ich mir einen Ferienjob suche. Ich soll langsam mal anfangen, Geld fürs College zu verdienen. Dabei sind sie ja wohl dazu verpflichtet, mir das Studium zu bezahlen, oder? Kannst du diesen Brief bitte abdrucken, ich weiß, dass meine Eltern total viel von dir halten und auf dich hören werden.

Ein Sonnenhungriger

Lieber Sonnenhungriger,
kann sein, dass du jetzt gleich nicht mehr viel von mir halten wirst, ich muss dich nämlich enttäuschen: Deine Eltern haben Recht. Niemand »verdient« drei Monate Ferien. Haben deine Eltern, die wahrscheinlich das ganze Jahr über genauso geschuftet haben wie du, drei Monate frei? Nein.
Nimm dir zwei Wochen frei und such dir dann einen Job. Und an den Wochenenden kannst du immer noch an den See fahren oder in der Stadt abhängen. Wenn du anfängst zu studieren, wirst du über das Geld und die Arbeitserfahrung froh sein.

Annie

Fünfzehn

Betty Ann Mulvaney saß am nächsten Morgen wieder an ihrem Ehrenplatz auf Mrs Mulvaneys Pult.

Meine Mutter hatte alles Menschenmögliche getan, um sie wieder einigermaßen in ihren ursprünglichen Zustand zu versetzen. Sie hatte den Grillsoßenfleck aus der Latzhose gewaschen, und wir hatten beide eine Stunde damit verbracht, ihre Wollhaare zu entwirren. Zuletzt flochten wir ihr zwei Zöpfe, die wir mit einer Schleife zubanden.

Betty Ann sah anschließend vielleicht nicht ganz genauso aus wie vor ihrer Entführung, aber sie sah immerhin… okay aus.

Und als Mrs Mulvaney ins Klassenzimmer kam und sie entdeckte… also, da war klar, dass sie gar nicht fand, dass was mit Betty Ann nicht stimmte.

»Betty Ann!«, entfuhr es ihr. Ich weiß nicht, ob Mrs Mulvaney überhaupt bemerkte, dass ich neben dem Pult Wache schob. Nach all der Mühe, die ich gehabt hatte, Betty Ann zu befreien, wollte ich auf keinen Fall zulassen, dass Kurt sie sich wiederholte.

Scotts Befürchtung, Kurt würde uns die Fresse einschlagen, stellte sich als unbegründet heraus. Anscheinend hatte Vicky ihm den entscheidenden Teil meiner Nachricht – dass Kurt kein Abschlusszeugnis bekommen würde, wenn »jemand« Dr. Lewis die Wahrheit über Betty Anns Entführung steckte – erfolgreich übermittelt.

Kurt sagte kein Wort, als er morgens in den Lateinunterricht kam und sich an seinen Platz setzte. Okay, er starrte mich wütend an, als er mich neben Mrs Mulvaneys Pult stehen sah, von wo aus ich die Tür und Betty Ann nicht aus den Augen ließ.

Aber mehr nicht.

Am Ende der Stunde schlenderte Kurt aus dem Raum, ohne mich eines Blickes zu würdigen, und da war ich mir sicher, dass Luke hundertprozentig Recht gehabt hatte: Ich besaß viel mehr Macht, als ich geahnt hatte.

Und als die vierte Stunde heranrückte, stellte sich heraus, dass ich sogar noch viel, viel mehr Macht besaß.

Aber zurück zu Mrs Mulvaney. Gab es eine sichtbare Veränderung in ihr, als sie Betty Ann heil und unversehrt (mal abgesehen von den Haaren) wiederhatte? O ja, und was für eine! Sie war ganz ausgelassen vor Erleichterung. Klar kann man Mrs M für ein bisschen kindisch halten. Wie kann man als Erwachsener eine Puppe so lieben? Aber jetzt war sie wirklich ein anderer Mensch – richtig ausgelassen vor lauter Glück. Sie fragte nicht, wo Betty Ann gewesen war. Sie dankte uns auch nicht für ihre Rückkehr.

Sie begann sofort mit ihrem Unterricht, und wir lachten uns mit ihr halb tot, weil sie uns so komische Sprüche beibrachte, die weniger was für den College-Einstufungstest waren als für wilde Saufgelage – falls man zufällig an einem Saufgelage teilnehmen sollte, wo Latein gesprochen wurde. Sprüche wie:

Bibat ille, bibat illa,
bibat servus et ancilla,
bibat hera, bibat herus,
ad bibendum nemo serus!

Was mehr oder weniger eine Aufforderung ist, sich zu besaufen.

Schockierend, oder?!

Aber nicht so schockierend wie das, was sich ein paar Stunden später ereignete.

Es war Freitag. Der Freitag, an dem der Reisebus, den die Schule angemietet hatte, um die Troubadours nach Bishop Luers zu fahren, um sechs Uhr morgens abgefahren war. Er wurde erst spätabends, nach dem Finale der Troubadours, zurückerwartet. War ich erleichtert, dass ein ganzer Schultag vor mir lag, ohne dass ich Gefahr lief, Karen Sue oder Mr Hall über den Weg zu laufen? O ja!

Machte ich mir Sorgen, früher oder später erwischt zu werden, weil ich jetzt schon drei Tage hintereinander die vierte Stunde blaumachte? Und wie!

Ich konnte es selbst nicht fassen, dass ich noch nicht zu Ms Kellogg gerufen worden war. Spätestens gestern musste Mr Hall doch meine Abwesenheit gemeldet haben. Hatte Ms K. es womöglich für ein Missverständnis gehalten? Weil die nette kleine Jenny Greenley doch *niemals* blaumachen würde.

Tja, bald würde sie herausfinden, dass es kein Versehen war.

Als die vierte Stunde heranrückte, hockte ich in der Schulbücherei – klar, wo hätte ich sonst hingehen sollen? – und ging noch einmal meine Mathehausaufgabe durch, als sich jemand neben mich setzte und »Hey« sagte. Ich drehte den Kopf und da stand Trina.

»Was…?« Ich blinzelte an die tausend Mal, aber das Bild vor meinen Augen blieb das gleiche. Es war Trina.

Dabei war sie doch in Bishop Luers.

Und redete nicht mehr mit mir.

»Was machst du denn hier?«, brachte ich schließlich heraus. »Hast du den Bus verpasst?«

»Nö.« Trina holte ihr Matheheft raus. »Ich bin auch ausgetreten.«

»Du bist ausgetreten…« Mir blieb der Mund offen stehen. »Moment mal… du bist aus dem *Chor* ausgetreten?«

Trina sah mich mitleidig an, als wäre ich etwas schwer von Begriff.

»Klar«, sagte sie, »aus dem Chor. Was hast du bei Aufgabe sieben raus?«

»Moment mal…« Ich hatte echte Probleme, das mental zu verarbeiten. Trina war die Einzige gewesen, von der ich Unterstützung gegen Mr Hall erwartet hatte, aber sie hatte mir jede Hilfe verweigert. An dem Tag, an dem ihr Hut in Jake Mancinis Tuba geflogen war, hatte sie kein Wort zu meiner Verteidigung gesagt. Und auch als die Sopranistinnen versucht hatten, mich in der Cafeteria fertig zu machen, hatte sie geschwiegen.

Und jetzt saß sie hier neben mir, obwohl sie eigentlich in Bishop Luers auf der Bühne stehen und »All That Jazz« singen sollte?

»Wie – du bist aus dem Chor ausgetreten?«, fragte ich so laut, dass die Bibliothekarin (die mich immer noch nicht gefragt hatte, weshalb ich die vierte Stunde jeden Tag statt im Unterricht in der Bibliothek verbrachte) von ihrem Tisch an der Ausleihe aufblickte. Also senkte ich meine Stimme etwas: »Aber was ist mit deinem Solo?«

»Das kann Karen Sue übernehmen«, sagte Trina und wandte sich achselzuckend wieder ihrer Mathehausaufgabe zu.

»Aber…« Ich konnte das alles echt nicht glauben. »Du liebst die Troubadours.«

»Das war einmal«, sagte Trina. Als sie meinen Gesichtsausdruck sah, legte sie ihren Bleistift hin. »Okay. Hör mal, es tut mir Leid. Es tut mir Leid, dass ich auf der Veranda neulich so zickig reagiert hab. Und es tut mir Leid, dass ich dich bei der Sache mit dem Hut nicht verteidigt hab. Mr Hall hätte dich nicht so anbrüllen dürfen und ich hätte zusammen mit dir aufstehen und rausgehen müssen, nur… Na ja, ich war noch zu wütend auf dich. Aber je mehr ich darüber nachdachte, desto wütender wurde ich… und zwar auf mich selbst. Es war meine Schuld und nicht deine, dass der Hut in der Tuba gelandet ist. Und das ist noch nicht alles.« Trina holte tief Luft. »Mit Steve hattest du auch Recht.«

Ich blinzelte. »Ja?« Jetzt traute ich meinen Ohren endgültig nicht mehr. »Im Ernst?«

»Ja«, sagte Trina. »Steve ist ein total toller Freund, aber das hab ich erst kapiert, als er… als er mit mir Schluss gemacht hat. Wahnsinn, was?« Sie lachte leise. »*Er* hat mit *mir* Schluss gemacht. Und ich vermisse ihn. Fast so sehr…«, fügte sie hinzu, »wie dich. Du warst mir immer eine viel bessere Freundin als ich dir. Ich hab dich dazu überredet, in den Chor zu gehen, und es war unfair, dir das mit dem Tanzen nicht zu sagen. Ich hätte dich warnen oder mit dir üben sollen.«

»Ist schon okay, Trina«, sagte ich bemüht cool – obwohl ich innerlich vor Freude Räder schlug. Ich hatte meine beste Freundin wieder. Ich hatte meine beste Freundin wieder! »Bei mir ist ohnehin Hopfen und Malz verloren.«

»Ja, wahrscheinlich«, gab Trina zu. »Aber ich hätte es dir wenigstens anbieten können. Ich war… neidisch, weißt du. Wegen Luke Striker. Ich weiß, dass ihr nur befreundet seid, du hast es im Fernsehen ja oft genug gesagt, aber ich hab mich die ganze Zeit gefragt… wieso er nicht mit *mir* befreundet sein wollte.«

Ich zuckte mit den Schultern. Die Wahrheit konnte ich ihr schlecht sagen… dass Luke nicht mit ihr befreundet sein wollte, weil er wusste, wie rettungslos sie in ihn verknallt war, und dass er mit mir befreundet war, weil er… na ja, mir wurde allmählich klar, dass er in mir so eine Art interessantes gesellschaftspolitisches Experiment sah, und er war der verrückte Professor, der es durchführte.

Nach kurzem Zögern sagte ich: »Keine Ahnung. Männer sind eben komisch.«

»Nein, das ist es nicht.« Trina zog die Stirn in Falten. »Jedenfalls nicht nur. Du bist eben einfach ein guter Mensch.«

»Trina!« Ich schüttelte lachend den Kopf. »Das bin ich überhaupt nicht. Wo warst du, als ich meinen Wutanfall bei Mr Hall hatte? Hast du nicht mitgekriegt, was ich mir in letzter Zeit geleistet hab?«

»Eben«, sagte Trina. »Du hast lauter gute Sachen gemacht. Schau dir mal dagegen mich an. Ich wollte mit meinem Freund Schluss machen, nur um mit einem Filmstar zum Ball zu gehen. Wie fies ist das? Du hast nicht nur Lukes Identität geheim gehalten – hey, jedes andere Mädchen wäre rumgerannt und hätte ›Luke Striker! Luke Striker!‹ gebrüllt –, sondern hast auch versucht, ihn zu schützen, als wir ihn erkannt haben. Und was du für Cara getan hast... nicht dass ich sie sonderlich mag, oder so... aber du hast dir die Zeit genommen, ihr zu verklickern, dass sie ihre Art radikal ändern muss und nicht ständig krampfhaft versuchen soll, etwas zu sein, was sie nicht ist. Und jetzt gibt es viel weniger Leute, die sie zu Tode nervt, als früher.«

»Hm.« Ich war mir nicht sicher, ob das ein Kompliment sein sollte. »Kann sein...«

»Und dann das mit Betty Ann!« Trina schüttelte den Kopf. »Versuch es nicht abzustreiten. Die ganze Schule redet darüber. Du bist einfach zu Kurt nach Hause und hast sie dir geholt, oder?«

»Na ja...« Ich fragte mich, wie ich das Gespräch auf Scott bringen konnte. Wollte ich überhaupt über ihn reden? Meine Gefühle für ihn waren so neu... und außerdem wusste ich genau, was Trina sagen würde. »Ganz so war es nicht...«

»Also bitte, wie hätte ich mit diesen Typen noch nach Bishop Luers fahren können?«, sagte Trina achselzuckend. »Seit du nicht mehr dabei bist, ist alles nur noch schlimmer geworden. Mr Hall hat sogar versucht, uns dazu zu bringen, dich anzurufen und zum Weitermachen zu überreden. Aber nicht weil – nimm es mir nicht übel, Jen –, nicht weil du so eine gute Sängerin bist, sondern weil ihm klar war, dass er ohne dich nicht berühmt werden kann, weil er für die Presse uninteressant ist… wenn Luke Strikers Freundin nicht mehr in seinem Chor mitsingt. Ja, ja, ich *weiß* schon, dass ihr nur gute Freunde seid, aber das ändert nichts daran. Die ganze Sache hat zum Himmel gestunken. Deswegen bin ich heute Morgen nicht mitgefahren. Annie hat mal wieder voll Recht gehabt.«

Ich schreckte zusammen, als ich mein geheimes Pseudonym hörte. »Womit?«

»Du weißt schon. Das Leben ist kurz, und wenn man keine neuen Sachen ausprobiert, kann man nicht herausfinden, worin man wirklich gut ist. Und um neue Sachen anzufangen, muss man sich von den Sachen verabschieden, von denen man weiß, dass sie nicht das Richtige sind.«

»Hm«, machte ich, als sei mir das völlig neu. »Da könnte was dran sein.«

»Wie ›*da könnte was dran sein*‹?« Trina griff wieder nach ihrem Bleistift. »Natürlich ist da was dran. Das hat Annie gesagt. Liest du ihre Briefe überhaupt? Solltest du vielleicht, da könntest du noch was lernen.«

Ich war so was von glücklich, meine beste Freundin wiederzuhaben! Insofern hatten Mrs Mulvaney und ich etwas gemeinsam.

Mal abgesehen davon, dass meine beste Freundin auch reden kann.

Erst als es zur Mittagspause klingelte und Trina und ich unsere Bücher zusammenpackten, um in die Cafeteria runterzugehen, hielt uns die Bibliothekarin an.

»Tut mir Leid, Jenny«, sagte sie und lächelte entschuldigend. Sie kennt mich gut, weil ich so oft Bücher ausleihe. Immerhin hab ich jedes einzelne Buch aus der Sci-Fi-Abteilung gelesen. »Ich muss euch leider fragen… habt ihr eine Genehmigung, die vierte

Stunde hier zu verbringen? Sonst muss ich euch nämlich im Direktorat melden.«

O Gott – erwischt. Okay, das war's.

»Ja, melden Sie uns ruhig!«, sagte Trina mit Nachdruck. Im Ernst. Sie schien begeistert darüber zu sein, beim Blaumachen erwischt worden zu sein. »Ich heiße Catrina Larssen mit zwei s. Und Jen kennen Sie ja. Wir sind bei den Toubadours ausgestiegen. Sie wissen schon, das ist unser Musicalchor. Wahrscheinlich wird die Schulleitung uns zwingen, wieder hinzugehen, aber dann muss meine Mutter leider bei der Schulbehörde anrufen, weil Mr Hall nämlich versucht hat, dieses arme Mädchen seelisch fertig zu machen.« Trina legte ihren Arm um mich. »Gemein, oder? Dass ein Lehrer eine Schülerin anbrüllt, bloß weil sie ihre Hände nicht im Takt schütteln kann? Jen kann wirklich nichts dafür, dass sie tanztechnisch eher minderbegabt ist. Ihre Talente liegen auf anderen Gebieten.«

Die Bibliothekarin starrte uns mit leicht geöffnetem Mund an. »Verstehe«, sagte sie dann. »Dann geht ihr jetzt am besten nach unten in die Cafeteria und… wir reden Montag noch einmal darüber, einverstanden?«

»Vielen Dank!« Trina strahlte ihr breitestes Bühnenlächeln, das man immer bis in die letzte Zuschauerreihe sehen kann. »Bis Montag.«

Ich war wirklich unheimlich froh, dass Trina und ich wieder Freundinnen waren.

Besonders später am Nachmittag, als Scott und ich den langen Weg zum Parkplatz nicht allein antreten mussten. Scott hatte sich netterweise bereit erklärt, Trina nach der Theaterprobe mitzunehmen, weil sie und Steve ja nicht mehr zusammen waren und Steve außerdem in Bishop Luers beim Chorwettbewerb war.

Trina war kein bisschen überrascht, als ich ihr erzählte, dass

Scott mich schon die ganze Woche nach Hause gefahren hatte – als sei es das Normalste von der Welt und keine große Sache.

Anscheinend kapierte sie nicht, dass es sehr wohl eine große Sache war. Eine *sehr* große. Weil zwischen Scott und Geri Schluss war. Und weil nur Scott und ich im Auto gesessen hatten. Allein.

Aber wahrscheinlich wunderte sie sich nicht darüber, weil sie wusste, dass Scott und ich befreundet waren. Waren wir ja auch. Weshalb es total okay war, zu zweit allein in seinem Auto zu sitzen. Was es ja auch war.

Wieso war ich dann erleichtert, dass Trina diesmal mitkam? Erleichtert und doch… auch ein kleines bisschen enttäuscht?

Egal. Ich hatte es aufgegeben, meine Gefühle analysieren zu wollen. Sie waren mir in letzter Zeit irgendwie einfach über den Kopf gewachsen.

Wir drei schlenderten gerade auf Scotts Auto zu und besprachen unsere Pläne für die Sommerferien – Trina fährt in ein Schauspielcamp, Scott macht ein Volontariat bei unserem Lokalblatt und ich werde babysitten (klar) –, als etwas völlig Unerwartetes geschah. Ein riesiger Bus bog auf den Parkplatz ein. Kein Schulbus, kein Greyhoundbus, sondern ein Reisebus. Er hielt hinter dem Schulgebäude und der Fahrer stellte den Motor ab.

Trina blieb ruckartig stehen.

»O mein Gott!« Sie starrte den Bus an. »Wieso sind die denn schon zurück? Die dürften noch gar nicht zurück sein, es sei denn, sie…«

Die Bustüren gingen zischend auf. Ich hörte Mr Hall brüllen, niemand dürfe aussteigen, bis nicht alle ihre Sachen zusammengesucht hätten.

»…sind nicht ins Finale gekommen«, beendete Trina ihren Satz.

Einer der ersten Schüler, die – den Kleidersack mit seinem Smoking über eine Schulter geworfen – aus dem Bus stiegen, war Trinas Exfreund Steve. Weil er in der Hosentasche nach seinen

Autoschlüsseln wühlte, sah er nicht sofort, dass Trina auf dem Parkplatz stand und ihn anstarrte.

Scott und ich schauten stumm zu, wie Trina etwas sehr Überraschendes tat. Vor allem wenn man bedenkt, dass zwischen ihr und Steve Schluss war und sie mir gerade noch erzählt hatte, wie unglaublich wütend sie auf ihn sei, weil er nur ein paar Tage vor dem wichtigsten Ball des Schuljahrs mit ihr Schluss gemacht habe. Wobei sie natürlich nur dadurch erkannt hätte, dass Steve ihr Seelenverwandter sei und dass sie niemanden je so lieben würde wie ihn. Noch nicht einmal Luke Striker.

Und zwar tat sie Folgendes: Sie sagte laut seinen Namen.

Sonst nichts. Nur seinen Namen.

Laut. Ihre Stimme hallte über den ganzen Parkplatz. Weil sie ja jeden Abend zu Hause so fleißig ihr Stimmvolumen trainiert hat.

Steve sah auf und erstarrte. Trina war eindeutig der letzte Mensch, den er zu sehen erwartet hatte.

Und den er hatte sehen wollen.

»Na toll«, sagte er. Steves Stimme ist auch nicht die leiseste. Klar. Darf sie ja auch nicht sein, wenn er neben ihr Hauptrollen spielen will. Die Clayton-High-Theater-AG hat nicht das Geld, um Headsets mit Mikros dran zu kaufen. »*Da* bist du also.«

»Steve«, sagte Trina noch einmal. Aber Steve unterbrach sie.

»O nein!« Er hielt eine Hand hoch – die mit den Autoschlüsseln –, um sie daran zu hindern, auf ihn zuzugehen. »Nein! Hast du eine Ahnung, was ich in den letzten zehn Stunden durchgemacht hab? Ich musste um sechs Uhr morgens in diesen Bus steigen. Um SECHS UHR, Trina. Zusammen mit einer Horde von Sopranistinnen, die ›Auf der Mauer, auf der Lauer‹ sangen. Als Kanon. Im Morgengrauen!«

Scott und ich sahen fasziniert zu, wie Steve den Zeigefinger auf Trina richtete. Ich muss zugeben, er war echt gut. Sein Adamsapfel hüpfte wie wild auf und ab.

»Und warum?«, fragte er niemand Bestimmten, möglicherweise aber auch uns alle. »Weil meine *Ex-Freundin* mich angebettelt hat. Mich angebettelt hat, in ihren bescheuerten Scheißchor einzutreten. Also bin ich eingetreten. Und dann muss ich feststellen – natürlich zu spät, weil ich schon in diesem beschissenen Bus sitze –, dass meine *Ex-Freundin* gar nicht mitfährt. Ich muss also drei Stunden in diesem Bus hocken, mich anschließend in meinem dämlichen Leihsmoking auf eine Bühne stellen und der bescheuerten Miss Kentucky – die uns übrigens scheiße fand – etwas vorsingen. Weißt du was, Trina? Ich steige aus.«

Und um seine Entscheidung zu unterstreichen, warf Steve den Kleidersack mit seinem Smoking auf den Boden und trampelte darauf herum.

»Ich mach nicht mehr mit!«, brüllte er. Die übrigen Troubadours, die aus dem Bus stiegen und das Gebrüll hörten, starrten Steve und Trina genauso verblüfft an wie wir. Ich sah Kwang mit seinem Palm-Pilot und Jake Mancini mit seiner Tuba und Karen Sue Walters, die ziemlich sprachlos aussah und ihr rotes, schlaff am Bügel hängendes Paillettenkleid in der Hand hielt.

Mr Hall war inzwischen auch ausgestiegen und sah mit einem Ausdruck blanken Entsetzens zu, wie sein bester Bariton auf seinem Leihsmoking von Deluxe Tux rumtrampelte.

»Ich steige aus«, brüllte Steve. »Mit Theater-AG und Musicalchor ist jetzt Schluss, Trina. Es ist aus. Ich hab es satt, in AGs einzutreten, bloß um dich bei Laune zu halten. Ab jetzt mach ich, was *ich* will.« Er hörte auf, auf dem Smoking herumzutrampeln, und starrte sie wütend an. Seine Brust hob und senkte sich, so schwer atmete er. »Nächstes Jahr spiele ich Baseball.«

Alle Augen waren auf Trina gerichtet, um zu sehen, wie sie darauf reagierte. Meine inbegriffen.

Trinas Darbietung enttäuschte uns nicht. Sie hatte nicht umsonst neben Steve sämtliche weiblichen Hauptrollen gespielt. Sie schleuderte ihre langen, seidigen Haare nach hinten und streckte die Arme aus.

»Alles, was du willst, mein Liebster«, sagte sie. »Ich liebe dich.«

Steve stieß einen Schrei voller Verzweiflung und tief empfundener Liebe aus, rannte auf sie zu, riss sie in die Arme und presste seine Lippen auf ihre... zur großen Befriedigung des Publikums.

Vielleicht mit Ausnahme von Mr Hall. Der wandte sich ab und stürmte zu seinem Wagen, ohne sich von irgendwem zu verabschieden.

Es war ziemlich klar, dass Trina nun doch nicht mit Scott und mir nach Hause fahren würde. Ich hatte nichts dagegen. Das Schauspiel entfesselter Leidenschaften, das sie uns gerade geboten hatten, hatte mich etwas verstört. So ein heftiges Rumgezüngel hatte ich nicht gesehen, seit... nein, eigentlich hatte ich so etwas noch nie gesehen.

Scott war anscheinend weniger geschockt. Na ja, wenn ich an die ganzen Herzchen in Geris Taschenkalender dachte... Jedenfalls war er noch in der Lage zu sprechen.

»Was ich dich fragen wollte, Jen«, sagte er, als wir in unsere Straße einbogen. »Wegen dir und Luke...«

»Wir sind nur Freunde.« Das brachte ich gerade noch über die Lippen, ohne zu stottern. Darin hatte ich Übung.

»Ja«, sagte Scott. »Ich weiß. Ich meine, ich weiß, dass du das allen Reportern sagst. Aber jetzt frage *ich* dich.«

»Wir sind nur Freunde«, wiederholte ich noch einmal. Diesmal sagte ich es allerdings anders. Ich drehte Scott den Kopf zu und sah ihn an. Und ich erkannte, dass es keine beiläufige Frage gewesen war. Scott wollte es wirklich wissen.

»Ich *weiß*«, sagte Scott. Er sah, keine Ahnung, einen Moment lang dachte ich, er sah aus, als wäre er... wütend.

Aber warum war er wütend auf mich? Was hatte ich ihm denn getan?

»Aber es ist wahr«, sagte ich, weil ich nicht wusste, was ich sonst hätte sagen sollen.

Da waren wir auch schon vor unserem Haus angekommen, wo sich sofort die übliche Reportermeute auf Scotts Auto stürzte und Mikrofone durch das Fenster auf der Beifahrerseite steckte – das Fenster, an dem ich saß.

»Miss Greenley? Miss Greenley, stimmt es, dass Sie in Luke Strikers nächstem Film die weibliche Hauptrolle spielen?«

»Scott?« Ich sah ihn besorgt an. Was hatte er bloß?

Vielleicht hatte ich mir seine schlechte Laune auch bloß eingebildet, denn im nächsten Moment lächelte er mich an und sagte: »Beeil dich lieber, solange es nur diese dreißig oder vierzig Aasgeier sind.«

Ich lachte. Allerdings ziemlich gezwungen.

»Okay«, sagte ich. »Bis bald.«

»Alles klar«, sagte er. »Wir sehen uns Montag.«

Montag. Genau. Weil ich am Samstag mit Luke auf dem Ball war, wo Scott nicht hingehen würde. Also würden wir uns vor Montag nicht wiedersehen. Wieso aber hatte ich, nachdem mir das eingefallen war, die ganze Zeit das Gefühl, als hätte mir jemand bei lebendigem Leib das Herz aus der Brust gerissen?

Das Gefühl war immer noch da, als abends das Telefon klingelte und Trina mich voll quatschte, sie würde jetzt doch mit Steve zum Frühlingsball gehen und ich müsse mir unbedingt ihr Kleid angucken – sie hatte ihre Mutter endlich dazu überreden können, ein schwarzes Kleid anziehen zu dürfen.

»Aha« war alles, was mir dazu einfiel.

Trina schien sich über meine mangelnde Gesprächigkeit nicht zu wundern.

»Und was ist mit Scott?«, fragte sie.

Meine Brust schnürte sich zusammen. Sie hatte es also gemerkt. Trina hatte es gemerkt. Dass es möglicherweise sein könnte, dass ich in Scott verliebt war, meine ich. O nein, sie hatte es gemerkt.

»Was meinst du?«, fragte ich nervös.

»Na ja, das, was Geri erzählt hat. Weißt du inzwischen, wer das Mädchen ist, in das er verliebt sein soll?«

Mein Herz machte einen Satz, woran ich merkte, dass es doch nicht herausgerissen worden war. »Mädchen? Welches Mädchen?«

»Du weißt schon, dieses geheimnisvolle Mädchen, von dem Geri glaubt, dass Scott es liebt. Das hat sie dir doch auch erzählt.«

Ja, sie hatte mir davon erzählt. Aber ich hatte versucht, es zu verdrängen. Weil ich nicht hören wollte, dass Scott in irgendein Mädchen verliebt war.

Das nicht ich war.

»Hey, weißt du was?«, sagte Trina. »Wäre es nicht lustig, wenn sich herausstellen würde, dass du das Mädchen bist, in das Scott verliebt ist?«

»Haha.« Ich umklammerte das Telefon so fest, dass ich mich fast wunderte, dass es mir nicht aus der Hand flutschte und durchs Zimmer flog.

»Im Ernst«, sagte Trina. »Immerhin fährt er dich jeden Tag nach Hause. Und ihr steht auf dieselben Bücher – du weißt schon, diese Weltuntergangsbücher. Wäre das nicht der Hammer, wenn du das Mädchen wärst, in das Scott heimlich verliebt ist?«

»Scott ist nicht in mich verliebt«, sagte ich niedergeschlagen. *Bis Montag dann,* hatte er gesagt. So was sagt man nicht zu dem Mädchen, in das man verliebt ist.

»Na ja, wahrscheinlich bist du es wirklich nicht«, sagte Trina. »Außerdem hast du ja Luke.«

»Luke und ich sind nur…«

»Bitte, Jen, ich weiß schon«, stöhnte Trina.

Aber das wusste sie nicht. Das wusste keiner.

Vielleicht am wenigsten ich selbst.

Fragt Annie

Stellt Annie eure drängendsten Fragen zum Thema zwischenmenschliche Beziehungen. Na los, traut euch! Der *Clayton Highschool Register* behält sich vor, Briefe an Annie abzudrucken, wobei Namen und E-Mail-Adressen der Rat Suchenden selbstverständlich vertraulich behandelt werden.

Liebe Annie,
ich lese deine Kolumne jede Woche und finde deine Ratschläge verantwortungslos. Der Schülerin, deren Stiefmutter sich einfach nur um ihre unsterbliche Seele sorgte, hast du geantwortet, sie solle sich keine Angst machen lassen … sie sei schon längst in der Hölle.

Die Highschool ist nicht die Hölle. Man sagt sogar, die Schulzeit ist die schönste Zeit des Lebens. Und sie kann es auch für jeden Schüler sein, der regelmäßig in die Kirche geht und sich von Sex, Drogen, Alkohol und Rockmusik fern hält.

Leute wie du, Annie, sind es, die aus der Highschool eine Hölle machen, indem sie zu hemmungslosem Sex auffordern und Satanismus praktizieren.

Ein entsetzter Jugendlicher

Lieber entsetzter Jugendlicher,

wie kommst du darauf, dass ich Satan verehre? Du kennst mich doch gar nicht. In Sachen Drogen und Alkohol bin ich übrigens ganz deiner Meinung, und was den hemmungslosen Sex angeht, auch. Jedenfalls sollte man dabei immer Kondome verwenden.

Aber Rockmusik? Vergiss es, Alter. Rock rockt und daran wirst auch du nichts ändern.

Annie

Sechzehn

Es heißt, der wichtigste Tag im Leben einer Frau – nach dem ihrer Hochzeit – sei der ihres ersten richtigen Balls.

Na ja, okay, die Geburt ihres ersten Kindes gehört vielleicht auch noch ganz oben auf diese Liste.

Aber ihr wisst schon, was ich meine.

Ich verbrachte meinen – den Tag meines ersten Balles, meine ich – mit den Dingen, die ein Mädchen an diesem Tag so tut: Maniküre, Pediküre, Enthaarung mit Wachsstreifen (aua!) und Frisörbesuch.

Natürlich war ich das einzige Mädchen in Amerika, das während ihrer Ballvorbereitungen von einem Heer von Reportern verfolgt wurde, die versuchten, das Mädchen, das mit Amerikas Traumboy Nummer eins zum Frühlingsball gehen würde, dabei zu fotografieren, wie es sich die Härchen über der Oberlippe bleichen ließ, was dieses Mädchen natürlich ganz toll fand.

Im Klartext: Es nervte extrem. Aber ich hatte nun mal einem guten Freund versprochen, mit ihm auf diesen Ball zu gehen, und war es ihm schuldig, dabei möglichst gut auszusehen. Und als ich in mein Kleid schlüpfte (zweilagig, aus blauem Satin und hauchdünnem Chiffon, mit zarten Puffärmeln aus Chiffon und winzigen Vergissmeinnicht, ebenfalls aus Chiffon, am Saum – also das prinzessinnenhafteste Kleid, das man sich vorstellen kann), da hatte ich das Gefühl, wirklich das Bestmögliche aus mir gemacht zu haben. Die Frisörin hatte meinen noch nicht ganz rausgewachsenen Pony mit Spängchen zurückgesteckt, an denen richtig echte Vergissmeinnicht steckten, keine künstlichen wie die, die um meine Knöchel wogten.

Trina hatte mich angerufen und sich mit mir vor dem Haus verabredet, damit unsere Eltern uns zusammen fotografieren konnten. Dass die Boulevardmagazine sämtlicher amerikanischer Fernsehsender einen Übertragungswagen vor unserem Haus geparkt hatten, um den Moment festzuhalten, in dem Luke mich in seiner Limousine abholen würde, störte Trina kein bisschen.

Wir trafen uns wie geplant an der riesigen Eiche im Vorgarten und bewunderten uns gegenseitig ausgiebig, wobei wir uns nicht davon irritieren ließen, dass um uns herum Kameras aufblitzten – und zwar nicht nur die unserer Eltern.

Trina hatte ihre Mutter dazu überredet, als Goth zum Ball gehen zu dürfen. Auf den schwarzen Lippenstift hatte sie verzichtet, dafür hatte sie aber schwarze Netzstrumpfhosen und schwarze, knöchelhohe Converse an. Ihr schwarzes Kleid war ziemlich transparent, sah aber ansonsten wie ein normales Abschlussballkleid aus … nur dass sie eine Korsage aus schwarzer Seide darüber gezogen hatte, die so stramm geschnürt war, dass ihr nicht gerade unüppiger Busen extrem hochgedrückt wurde.

Ich fragte mich, wer bei ihrem Anblick zuerst einen Herzanfall kriegen würde – Steve oder Dr. Lewis.

»Echt unglaublich«, sagte ich, »dass du deine Mutter überreden konntest, dich so zum Ball zu lassen.«

»Und ich finde es unglaublich«, sagte Trina, »dass deine Mutter dich überreden konnte, *so* zum Ball zu gehen.«

»Spießiger geht's nicht mehr«, sagte ich. »Ich weiß.«

»Trotzdem«, sagte Trina, »siehst du hübsch aus.«

»Du aber auch.« Und das stimmte. Ich war glücklicher denn je, dass wir wieder Freundinnen waren.

Noch bevor wir die Limousine sahen, hörten wir, dass sie im Anrollen war, weil sich die Fotografen, die ringsum auf den Bäumen hockten (in der Hoffnung, eine besonders gute Sicht darauf zu haben, wie Luke mir das obligatorische Sträußchen ansteckte), hysterisch zuriefen: »Da kommt er! Da kommt er!«

Und obwohl ich dem Ball nicht mit derselben Vorfreude entgegensah wie zum Beispiel Trina, spürte ich eine leichte Nervosität in mir aufsteigen. Wenn ich auch nicht mit meinem Herzallerliebsten zum Ball ging.

Aber, hey, immerhin ging ich zum Ball.

Die Limousine kam in Sicht. Es war derselbe lange schwarze Wagen, in dem ich damals mit Luke zu seinem Bungalow am See und anschließend nach Hause gefahren war. Trina drückte mir aufgeregt die Hand, als das Fahrzeug vor unserem Haus hielt und der Chauffeur ausstieg und um den Wagen herumging, um die Tür zu öffnen.

Jeder Fotograf, jeder Kameramensch und jeder Elternteil in unserer Nähe zückten die Kamera, um festzuhalten, wie Luke Striker der Limo entstieg (wie Lanzelot, als er sich von seinem Schimmel beugte, um Guinevere vor dem Scheiterhaufen zu retten, auf dem sie verbrannt werden sollte).

Nur dass der Typ, der aus der Limousine stieg, nicht Luke Striker war. Der junge Mann, der, eine Schachtel mit dem Anstecksträußchen in der Hand, ausstieg und den Fotografen zuwinkte, war...

Steve McKnight.

Ganz richtig. Steve McKnight, Trinas Freund und Ballpartner, in seinem Troubadour-Smoking (statt des Kummerbunds und der Fliege in Rot trug er allerdings beides in Schwarz).

Die Reporter seufzten – einige buhten sogar – und kletterten wieder in ihre Baumwipfel zurück.

Nur Trina war hingerissen.

»O wie geil – du hast eine Limo gemietet!«, juchzte sie, während Steve das Ansteckstäußchen an ihrem Kleid befestigte – Nelken, die er auf Trinas Anweisung hin über Nacht in schwarze Tinte gestellt hatte, sodass sich die weißen Blüten mit schwarzer Farbe voll gesogen hatten. »Die hat doch sicher ein Vermögen gekostet!«

»Öh.« Steve wirkte etwas peinlich berührt. »Das nicht gerade.«

»Ach, dann haben deine Eltern sie bezahlt?«, fragte Trina, während die beiden für Trinas begeistert knipsende Eltern posierten.

»Öh«, sagte Steve. »Eigentlich eher Luke Striker.«

Trina erstarrte.

Und sie war nicht die Einzige.

»Luke?« Trina warf mir einen besorgten Blick zu. »Was... wieso?«

»Keine Ahnung.« Steve zuckte verlegen mit den Schultern. »Er hat gesagt, er braucht sie nicht.«

»Braucht sie nicht...« Trinas Blick wurde mitleidig. Sie begriff noch vor mir, was das bedeutete. Oder glaubte es zumindest zu begreifen. »O Jen... aber das macht nichts. Echt nicht. Du kommst einfach mit uns mit. Das wird total lustig. Stimmt's, Steve?«

»Klar.« Steve nickte heftig. »Natürlich.«

Ich begriff immer noch nicht. Luke hatte Steve seine Limo geliehen, na und? Das bedeutete doch nicht, dass Luke nicht kommen würde.

Er würde mich nicht versetzen. Nicht vor all diesen Reportern. So was würde er mir nicht antun. Ich war ihm eine echte Freundin gewesen. Hatte sein Geheimnis bewahrt.

HATTE DIE CLAYTON HIGHSCHOOL VON EINEM ORT DER ANGST UND DES TERRORS ZU DEM GEMACHT, WAS SIE HEUTE WAR – EINE SCHULE, AN DER SICH DIE SCHÜLER AUFGEHOBEN UND AKZEPTIERT FÜHLEN.

»O Schatz.« Meine Mom stürzte auf mich zu, um mich in den

Arm zu nehmen. Die Fotografen begannen allmählich zu begreifen, was los war, und zückten ihre Kameras. Ich sah schon die Schlagzeilen vor mir:

AMERIKAS MÄDCHENSCHWARM LÄSST JEN KALTSCHNÄUZIG SITZEN!
NUR MUTTERLIEBE KANN JENNYS SCHMERZ JETZT NOCH LINDERN!
DIESE DRECKIGE RATTE!

Aber bevor meine Mutter dazu kam, die tröstenden Worte zu sprechen, die ihr sicher schon auf der Zunge lagen, ertönte ein Schrei aus den Baumwipfeln.

Und dann kam jemand angedonnert und hielt quietschend vor der Limousine… auf einem Motorrad.

Im Smoking. Auf einer Harley.

»Hey!« Luke nahm seinen schwarzen Helm ab. »Tut mir Leid, dass ich etwas spät dran bin.«

Ein Meer von Blitzlichtern explodierte. Reporter brüllten: »Luke! Luke! Hier, Luke! Hier!«

Luke ignorierte sie alle. Er ging auf meinen Vater zu und streckte ihm die rechte Hand hin.

»Mr Greenley«, sagte er. »Ich bin Luke Striker und wollte Ihre Tochter zum Ball abholen.«

Mein Vater sah aus, als wüsste er zum ersten Mal in seinem Leben nicht, wie er reagieren sollte. Irgendwann ergriff er Lukes Hand und schüttelte sie.

»Sehr erfreut.«

Dann schien er sich zu erholen. »Haben Sie etwa vor, mit Jenny auf dieser Maschine zum Ball zu fahren?«

»Nein.« Meine Mutter schüttelte resolut den Kopf. »Ohne Helm fährt sie nicht Motorrad.«

»Unter dem Sitz ist ein zweiter Helm, Mrs Greenley«, beruhigte Luke sie und schüttelte auch ihr die Hand. »Und ich versichere Ihnen, dass sie bis Mitternacht wieder zu Hause ist.«

Ich stieß ihn mit dem Ellbogen an.

»Um eins, meinte ich«, sagte Luke.

»Ich rufe euch an, falls es später wird«, sagte ich und packte Luke am Arm. »Tschüs.«

»Warte!«, rief meine Mutter. »Wir haben doch noch gar kein Foto gemacht!«

Aber da konnte sie beruhigt sein. Jede Zeitschrift in ganz Amerika (vielleicht mit Ausnahme vom National Geographic, der anscheinend keinen Korrespondenten geschickt hatte) machte ein Foto davon, wie Luke mir half, den Helm auf meinen mit den Blumenspängchen geschmückten Kopf zu setzen. Wie er mich auf den Sitz hob, ohne dass mein Kleid Ölflecken abbekam, und wie er mir meinen Rock um die Beine wickelte, damit er sich nicht in den Speichen verfangen, mich herunterreißen und zu Tode schleifen konnte. Wie Luke winkte und gleichzeitig das Motorrad startete. Wie ich die Arme um Lukes Taille schlang und mich an ihm festklammerte.

Und wie wir so schnell davonbrausten, wie es gerade noch ging, ohne die Geschwindigkeit zu übertreten oder – noch schlimmer – meine Eltern zu beunruhigen.

»Ich hoffe, es hat dir nichts ausgemacht«, sagte Luke, als wir etwas später vor dem Clayton Inn abstiegen, wo uns die Reporter bereits erwarteten (zumindest diejenigen, die es geschafft hatten, noch vor uns von unserem Haus hierher zu fahren – was nicht vielen gelungen war), »dass ich dich mit dem Motorrad abgeholt hab.«

»Nein, das war schon okay«, sagte ich. Ehrlich gesagt hatte mir die Fahrt richtig Spaß gemacht. Ich war noch nie auf einem Motorrad gefahren. Brave Mädchen wie ich werden nicht von Jungs mit Motorrädern zu Spritztouren eingeladen. »Aber ich dachte, du wolltest einen typischen Schulball erleben. Es tut mir Leid, dich enttäuschen zu müssen, aber es ist nicht gerade üblich, auf einer Harley zum Ball zu fahren.«

»Was soll's.« Luke rückte meine blütengeschmückte Haarspange zurecht. »Ich steh eben auf spektakuläre Auftritte. Ach ja, das hätte ich fast vergessen.«

Er zog unter dem Motorradsitz eine durchsichtige Schachtel hervor, in der ein Sträußchen aus weißen Rosen und Schleierkraut lag.

»Ach, ist das schön!«, rief ich. Dann fiel mir ein, dass ich die Blume für sein Knopfloch zu Hause im Kühlschrank vergessen hatte. »Deine Blume hab ich leider zu Hause vergessen!«

»Deswegen fahren wir jetzt aber nicht mehr zurück«, sagte Luke und steckte mir den Strauß mit geübtem Griff ans Kleid – direkt über meinem Herzen. »Ich glaub, ich übersteh den Ball auch ohne.«

Er bot mir seinen Arm an. »Madam, wünschen Sie zu tanzen?«

»Solange ich beim Tanzen nicht wild die Hände schütteln muss.«

»Keine Angst, ich habe extra angerufen und nachgefragt. Diese Tanzveranstaltung ist garantiert händeschüttelfrei.«

Nach dieser Versicherung legte ich meine Hand auf Lukes Arm und wir schwebten ins Clayton Inn. Um uns herum explodierten wieder Blitzlichter, und Reporter brüllten unsere Namen – von dem Gekreische der Einwohner aus Clayton, die sich vor dem Lokal zusammengerottet hatten, um ihren Lieblingsstar und seine Ballpartnerin zu sehen, ganz zu schweigen.

Es wäre eine glatte Lüge zu behaupten, der Frühlingsball hätte Spaß gemacht. Selbst wenn man mit DEM Teeniestar Amerikas (oder vielleicht sogar der ganzen Welt) hingeht, ist und bleibt der Frühlingsball eine ziemlich anstrengende Veranstaltung.

Okay, so schön wie auf so einem Ball sind die Leute aus der Schule sonst nie. Aber sie bleiben trotzdem die Leute, die man sowieso jeden Tag in der Schule sieht. Nur eben gestylter. Und vielleicht, na ja, frisch geduschter.

Dabei ging es mir im Vergleich zu manch anderen Mädchen noch richtig gut. Bei einigen war schon von Anfang an klar, dass der Abend für sie der komplette Reinfall werden musste. Zum Beispiel für Sue Walters. Sie hatte einen der Tenöre als Ballpartner an Land gezogen. Und zwar einen, von dem in der ganzen Schule bekannt war, dass er unsterblich in Luke Striker verknallt war. Beim Tanzen starrte Karen Sues Begleiter die ganze Zeit sehnsüchtig auf Luke Strikers Knackarsch.

Was ziemlich lustig war.

Überhaupt war das eigentlich das Beste am Frühlingsball. Sich lustig zu machen, meine ich. Wie sich herausstellte, konnte Luke das ziemlich gut. Wir saßen alle am selben Tisch – ich, Luke, Trina, Steve, die gelangweilte Liz und ihr Date (einer der Footballer – fragt lieber nicht, wer), die knallharte Brenda und ihr überraschend netter, zurückhaltender Freund Lamar – und rissen Witze über das Essen, über die Musik und irgendwann auch über jeden, der da war.

Nach dem Essen, als die Tische abgeräumt waren, begann die Tanzerei, und alle – einschließlich Lukes und meiner selbst – stürzten auf die Tanzfläche. Ich erklärte Luke, dass ich aber nur auf die langsamen Lieder tanzen könne, weil ich immer noch unter einem durch die Troubadours ausgelösten posttraumatischen Stresssyndrom litte, wofür er Verständnis hatte.

Luke entpuppte sich als begnadeter Tänzer … was ja zu erwarten war. Er war sogar so gut, dass man beinahe nicht merkte, wie miserabel ich tanzte. Unsere Knie knallten höchstens ein halbes Dutzend Mal aneinander, und ich glaub, ich hab ihm nur einmal gegen das Schienbein getreten.

Ich weiß nicht, was Luke dachte, als er mich während der Engtänze an sich drückte. Ich weiß nur, was ich dachte.

Oder genauer gesagt an wen ich dachte.

Und das war… na ja, jedenfalls nicht Luke.

Ich weiß! Echt schlimm. Wahrscheinlich bin ich das undankbarste Mädchen der gesamten Menschheitsgeschichte. Da tanzte ich mit diesem tollen, wirklich tollen Typen, der sich die allergrößte Mühe gab, mir den schönsten Ball zu bereiten, den man sich vorstellen kann – oder zumindest den schönsten Ball, den man sich vorstellen kann, wenn man nicht mit dem Menschen dort ist, in den man verliebt ist –, und ich konnte nicht aufhören, an einen anderen zu denken!

Es war erbärmlich, wirklich wahr.

Aber nicht so erbärmlich wie meine Reaktion, als ich plötzlich hinter Luke eine vertraute Gestalt in einem eng anliegenden, tief ausgeschnittenen apricotfarbenen Ballkleid entdeckte.

Geri Lynn! Wieso war Geri Lynn auf dem Frühlingsball? Hatte sie etwa so kurz nach der Trennung von Scott schon wieder einen neuen Freund?

Auf keinen Fall. Davon hätte ich gehört.

Und das konnte nur eines bedeuten.

Ich hob den Kopf von Lukes Brust und sah mich hastig um. Er musste irgendwo sein. Wenn Geri Lynn da war, dann…

Lukes Brust bebte. Er lachte.

»Entspann dich, Jen«, sagte er. »Sie ist allein gekommen.«

Ich tat so, als wüsste ich nicht, wovon er redete. Was blieb mir denn auch anderes übrig?

»Wer?«, fragte ich.

Er lächelte. »Du weißt genau, wen ich meine.« In der romantischen Beleuchtung (die Lampen im großen Saal waren mit violetter Folie verkleidet und an der Decke kreiste eine große Diskokugel… von der Luke sagte, er habe gar nicht gewusst, dass diese

Dinger noch in echt irgendwo hingen. Das letzte Mal habe er so eine auf seinem Abschlussball in »DHSUB« gesehen) sah er unglaublich gut aus.

Und obwohl seine Augen im Dämmerlicht kaum noch als blau zu erkennen waren, sah ich deutlich, dass er mich mit einer Direktheit musterte, die mich verunsicherte.

»Ich hab dich durchschaut, Jen Greenley«, sagte er.

Ich kniff die Augen zusammen. »Wie bitte?«

»Ich hab dich durchschaut«, wiederholte er. »Und nicht nur, was das betrifft. Ich hab dich voll und ganz durchschaut. Du bist Annie, stimmt's?«

Ich hätte mich fast verschluckt. »W… was?«

»Du bist Annie von ›Fragt Annie‹«, sagte Luke. »Die aus der Schülerzeitung.«

Ich blinzelte. Unfassbar, dass er das rausgefunden hatte.

Und dass er das ausgerechnet hier zur Sprache brachte. Auf dem Frühlingsball.

»Wieso wundert dich das?«, sagte er, als ich ihn darauf ansprach. »Jeder redet über sie. Annie sagt dies, Annie sagt das. Du bist so eine Art inoffizielle Schulpsychologin.«

Ich muss zugeben, dass es mich warm durchrieselte, als ich das hörte. Ich wäre nämlich total gern Schulpsychologin. Als Schulpsychologin würde ich zuallererst alle Schüler von der Teilnahmepflicht an den »Pep Rallies« befreien, wo sich vor den Sportveranstaltungen alle gemeinsam darauf einschwören, das gegnerische Team so richtig fertig zu machen. Was soll daran gut sein? Das ist nur fies. Die Gegner leiden doch darunter, wenn sie verlieren! Deswegen gehe ich auch nie zu irgendwelchen Spielen. Ich ertrage es einfach nicht, die Gesichter der Verlierer zu sehen. Das ist einfach ein trauriger Anblick.

Und was würde ich noch abschaffen? Ganz klar: den Frühlingsball.

»Ich versteh nur nicht, warum so ein großes Geheimnis daraus gemacht wird«, sagte Luke.

Ich gab es auf. Er wusste es. Leugnen war zwecklos.

»Wieso?« Ich zuckte mit den Schultern. »Das ist ganz einfach: Wenn die Schüler wüssten, dass Annie eine von ihnen ist, würden sie nicht mehr glauben, dass sie neutral ist.«

»Hältst du dich etwa für neutral?« Luke lachte.

Was sollte das? Wusste er nicht, dass ich der neutralste Mensch auf diesem Planeten bin (oder zumindest bis jetzt immer war)?

Das sollte wohl ein Witz sein.

Es war keiner.

»In letzter Zeit hab ich nicht besonders viel von deiner Neutralität gemerkt. Die Sache mit Cara zum Beispiel…«

»Sie brauchte meine Hilfe«, unterbrach ich ihn. Das hatte er doch selbst gesehen.

»Und das mit den Troubadours?«

»Der Chor war nichts für mich«, sagte ich. Als hätte er das nicht auch gewusst.

»Und Betty Ann. Du hast den anderen ihren Abschlussscherz vermasselt – wie neutral war das?«

»Also das war… das…«

Ich nahm meine Arme von seinen Schultern und trat einen Schritt zurück, um ihn anzusehen… richtig anzusehen. »Hey«, sagte ich streng. »Woher weißt du das mit Betty Ann?« Ich sah ihn scharf an. »Hat Steve es dir erzählt?«

»Nein, Steve nicht«, sagte Luke. »Ich hab dir doch schon gesagt, dass ich meine Quellen hab.«

Inzwischen war die Musik verstummt. Dr. Lewis und Juicy Lucy, die leider die Ballaufsicht machten, kletterten auf die Bühne im hinteren Teil des Saales. Dr. Lewis klopfte gegen das Mikro.

»Test«, sagte er und blies auf das Mikro. »Test. Eins, zwei. Eins, zwei.«

»Kann ich dich was fragen?« Luke griff nach meiner Hand. »Und ich will keine neutrale Antwort. Ich will eine Antwort von Annie und die ist ungefähr so neutral wie Nitroglyzerin. Ich möchte eine ganz ehrliche Antwort.«

»Ähem... hallo allerseits und willkommen zum alljährlichen Frühlingsball der Clayton Highschool«, las Dr. Lewis von einer Karteikarte ab.

»Schieß los«, forderte ich Luke auf.

»Okay«, sagte Luke. »Nehmen wir mal an, da ist ein Typ, der in ein Mädchen verliebt ist...«

»Ich möchte niemanden vom Feiern abhalten«, sagte Dr. Lewis, »deshalb kommen wir gleich zum Thema. Wir haben die Stimmen für die Wahl des diesjährigen Ballkönigs und seiner Königin ausgewertet.«

»...und jetzt nehmen wir mal an, das Mädchen macht aus irgendeinem Grund, der jetzt nichts zur Sache tut, mit ihm Schluss...«, redete Luke währenddessen weiter. »Wie lange muss der Typ anstandshalber warten, bis er... eine neue Beziehung anfangen kann? Also ohne dass das Mädchen, in das er sich neu verliebt hat, denkt, er würde sich bloß mit ihr trösten.«

Ich sah ihn verständnislos an. »Keine Ahnung.« Wovon redete Luke? Von *wem* redete er? Kannte ich jemanden, mit dem irgendein Mädchen in letzter Zeit Schluss gemacht hatte? Nö.

Plötzlich begannen meine Hände – auch die Hand, die Luke noch hielt – zu schwitzen. Im gleichen Moment entdeckte uns Geri Lynn. Sie winkte fröhlich. Sie war eindeutig allein da. Ohne Scott. Womöglich befand er sich auch irgendwo im Raum, aber wenn, war er ganz offensichtlich nicht mit Geri gekommen.

Sprach Luke von ihm? Von Scott? Mit Scott hatte vor kurzem ein Mädchen Schluss gemacht...

Na klar – er musste von ihm sprechen. Von Scott. Scott Bennett. Scott hatte Luke gebeten, mich zu fragen, wie lang er warten musste, bis er diesem geheimnisvollen Mädchen seine Liebe gestehen konnte… natürlich! Er konnte Annie schlecht selbst fragen, weil ich ihn sofort erkannt hätte. Deshalb hatte er Luke vorgeschoben.

»Ihr hattet alle«, dröhnte Dr. Lewis' Stimme über das Mikro, »während der vergangenen Woche in der Cafeteria Gelegenheit, eure Stimmen für die Wahl des Ballkönigs und der Ballkönigin abzugeben. Die Wahlzettel sind jetzt ausgezählt, und ich freue mich, unsere beiden Gewinner verkünden zu können!«

»Nicht *Gewinner*«, unterbrach Juicy Lucy ihn hastig. »Es gibt natürlich keine Gewinner oder Verlierer. Dr. Lewis meinte, dass der König und die Königin jetzt feststehen.«

»Ja«, sagte Dr. Lewis. »Ja, genau das meinte ich. König und Königin des diesjährigen Frühlingsballs sind… ach, du meine Güte. Das ist jetzt ein bisschen ungewöhnlich. Ein Teil des… äh, königlichen Paares ist gar nicht an der… also, geht gar nicht auf die Clayton Highschool.«

»Hm…«, sagte ich zu Luke, während ich aus dem Augenwinkel Geri Lynn auf uns zusteuern sah. »Ich finde, er sollte sich Zeit lassen. Und zwar wirklich sehr, sehr viel Zeit. So eine Entscheidung darf man nicht überstürzen. Vielleicht steht die Richtige schon an der nächsten Ecke. Sie ist vielleicht näher, als er glaubt. Er sollte warten, bis er sich wirklich ganz sicher ist, und sie dann ansprechen und ihr zeigen, was er für sie fühlt…«

»Genau die Antwort hatte ich erhofft«, sagte Luke.

Er ließ meine Hand los, wirbelte herum und riss Geri Lynn in seine Arme.

»Hey, Babe!«, sagte er.

Und küsste sie.

Auf den Mund.

Und hörte nicht mehr auf, sie zu küssen, bis Dr. Lewis ins Mikrofon sagte: »Ach, was soll's. Ich bin stolz darauf, ihn dieses Jahr zum Ehrenschüler der Clayton Highschool zu ernennen. König und Königin des diesjährigen Frühlingsballs sind: *Luke Striker und Jenny Greenley*!«

Fragt Annie

Stellt Annie eure drängendsten Fragen zum Thema zwischenmenschliche Beziehungen. Na los, traut euch! Der *Clayton Highschool Register* behält sich vor, Briefe an Annie abzudrucken, wobei Namen und E-Mail-Adressen der Rat Suchenden selbstverständlich vertraulich behandelt werden.

Liebe Annie,

ich liebe ihn, und er weiß noch nicht mal, dass es mich überhaupt gibt. Was soll ich nur tun?

Eine Verzweifelte

Liebe Verzweifelte,

falls du es herausgefunden hast, sag mir bitte Bescheid. Ich weiß es nämlich auch nicht.

Annie

Siebzehn

»Weißt du«, sagte Luke, als wir im Licht der Scheinwerfer zusammen den Solotanz hinlegten, der zur Krönungszeremonie gehörte, »nach der Sache mit Angelique war ich mir sicher, dass ich mich nie mehr in eine andere verlieben könnte, aber dann hab ich Geri Lynn kennen gelernt und… ich weiß auch nicht. Es war nicht Liebe auf den ersten Blick. Kein bisschen. Nein, es ist nach und nach passiert.«

Ja, klar. Nach und nach im Laufe von gerade mal zwei Wochen, die er größtenteils in Los Angeles verbracht hat.

»Ich weiß, dass wir total verschieden sind«, sagte der wahrscheinlich erste Ballkönig in der Geschichte der Clayton Highschool, der den gesamten Tanz über mit seiner Königin redete, statt sie zu küssen, wie es jeder andere normale Junge getan hätte. »Ich meine, sie will Journalistin werden, und du weißt ja, wie sehr ich diese Aasgeier hasse. Aber ihr Artikel hat mich nachdenklich gemacht – du weißt schon, der Pro-und-Kontra-Artikel für die Schülerzeitung. Geri ist nicht wie die meisten anderen Mädchen, verstehst du. Sie hat keine Angst, ihre Meinung zu sagen.«

Gut beobachtet.

»Vielleicht ist ja doch was dran an der Theorie, dass wir Stars auf die Medien angewiesen sind. Und umgekehrt brauchen sie uns natürlich auch. Es ist ein gegenseitiges Geben und Nehmen, eine symbiotische Beziehung, über die ich früher nie so nachgedacht habe. Aber wegen Geri *musste* ich darüber nachdenken.« Luke holte tief Luft. »Das mag ich besonders an ihr. Sie bringt mich zum Nachdenken. Als sie mir damals auf dem Parkplatz ihre Nummer zugesteckt hat, wollte ich sie erst gar nicht anrufen. Aber dann… keine Ahnung… ich hab mir Sorgen gemacht, vielleicht ein bisschen zu viel von dir verlangt zu haben. Du weißt schon, an dem Tag, an dem ich dir das mit der Spezialsoße gesagt hab. Also hab ich Geri angerufen und sie gebeten, ein Auge auf dich zu haben… und mich anzurufen, falls die Reporter dir zu sehr zusetzen. Ich dachte, sie als Expertin könnte das am besten beurteilen. Ich hab sie ein paarmal täglich angerufen, um auf dem Laufenden zu bleiben… aber bald, äh, haben wir weniger über dich geredet als über sie und irgendwann über sie und mich… na ja, du weißt ja, wie das ist.«

O ja, das wusste ich. Geri hatte mir ja schon einmal einen Jungen vor der Nase weggeschnappt.

Nein, das war ungerecht. Ich hatte nie etwas von Luke gewollt.

Und ich freute mich für ihn. Ehrlich. Für ihn und auch für Geri Lynn. Sie waren ein schönes Paar. Er sah supergut aus und Geri auch. Er war nur ein Jahr älter als sie, und sie würde schon bald in L. A. studieren, wo Luke zufälligerweise auch wohnte.

Okay, Geri würde Journalismus studieren und Luke hasste Journalisten. Aber dafür stand Geri nicht so auf Schauspieler, also glich sich das vielleicht wieder aus. Außerdem konnte es mir egal sein. Was brauchten die beiden meinen Segen?

»Aber dir muss ich sagen, dass du echt ein unglaubliches Mädchen bist«, sagte Luke, und die falschen Edelsteine in seiner überdimensionierten Königskrone blitzten. »Echt unglaublich, Jen. Was du in nur einer Woche an dieser Schule erreicht hast… das ist unglaublich. Geri hat gesagt, du solltest dich nächstes Jahr als Schülersprecherin aufstellen lassen, und ich finde, da hat sie absolut Recht.«

»Ach, ich weiß nicht.« Ich winkte ab. »Politik interessiert mich nicht so.«

»Dann fang an, dich dafür zu interessieren«, sagte Luke. »Du bist nämlich ein Naturtalent. Versprich mir wenigstens, dass du darüber nachdenkst.«

Ich nickte. Aber hauptsächlich, um ihn loszuwerden. »Okay, ich denk darüber nach. Du, sag mal, das mit der Annie-Sache? Bist du da selbst draufgekommen oder hat Geri es irgendwie…« (vielleicht weil ihr Exfreund Scott es ihr verraten hatte) »…herausgefunden?«

»Nö, das war ich ganz alleine«, sagte Luke. »Und keine Angst, ich verrate es ihr schon nicht. Und von der anderen Sache sag ich ihr auch nichts.«

»Welcher anderen Sache?«, fragte ich und war völlig unvorbereitet auf das, was er als Nächstes antwortete.

»Na, du weißt schon, dass du in ihren Ex verliebt bist.«

Ein Glück, dass unser Solotanz in diesem Moment endete, sonst hätten nämlich alle Schüler der Clayton Highshool einen intimen Blick auf meine Mandeln erhaschen können, so tief fiel mir die Kinnlade runter.

»Bin ich nicht«, stammelte ich wie die letzte Idiotin. »Ich bin kein bisschen… in… in Scott Bennett… verliebt.«

»Wieso befolgst du nicht deinen eigenen Rat?«, fragte Luke, während dutzende andere Paare zu uns auf die Tanzfläche strömten. »Wieso sagst du ihm nicht, was du für ihn empfindest?«

»D… das war der Rat, den ich dir gegeben hab«, stotterte ich. »Also eigentlich Scott, meine ich… ach, ich weiß nicht, was ich meine!«

»Tja, du«, sagte Luke, als Geri Lynn plötzlich strahlend an seiner Seite auftauchte. »Ich weiß auch nicht, was du meinst, aber dafür weiß ich was anderes.«

»Und das wäre?«, fragte ich.

»Da draußen wartet eine Limo, die dich hinfährt, wohin du willst.«

»Hä?« Ich sah ihn verdutzt an, weil ich nicht so ganz verstand, inwiefern mir das jetzt was bringen sollte. »Danke.«

Und dann wurde Luke von Fans umringt, die ihm nicht einmal auf dem Ball seine Ruhe ließen und ihm die Karten mit der Speisefolge zum Unterschreiben hinhielten.

»Und du bist wirklich nicht sauer?«, fragte Geri mich, als er weg war. »Ich meine, wegen Luke und mir?«

»O Gott, nein«, rief ich und meinte es auch so. »Ich hab dir doch gesagt, dass wir bloß gute Freunde sind.«

»Du bist echt die Beste, Jen!« Geri drückte mir dankbar die Hand. »Ohne dich wäre das alles nie passiert. Ich bin ja so glücklich. Ich kann dir gar nicht genug danken. Luke hat wirklich Recht, du bist was ganz Besonderes.«

Ja genau, ich war etwas Besonderes. Deshalb ließ Luke mich auch gerade auf dem Ball sitzen.

Ich beteuerte Geri (noch mal), dass ich mich für sie freute, und ging zurück zu unserem Tisch, wo Steve Trina gerade die Füße massierte. Anscheinend kriegt man auf einem Ball sogar in Turnschuhen noch Blasen.

»Geri Lynn ist echt eine Ratte«, begrüßte Trina mich fröhlich. »Das muss man sich mal vorstellen, schnappt die dir glatt deinen Typen weg. Vor deiner Nase!«

»Reg dich ab, Trina«, sagte ich. »Das ist schon okay. Luke und ich sind bloß…«

»*Gute Freunde*«, krähten Trina, Steve, die gelangweilte Liz, die knallharte Brenda und ihre Ballpartner im Chor.

»Aber wenn es doch stimmt!«, sagte ich etwas trotzig. Wieso glaubte mir eigentlich keiner?

»Der Frühlingsball ist echt lahm«, maulte Trina etwas später. »Wisst ihr was? Ich bereue es, dass wir überhaupt hergekommen sind. Wir hätten zu Kwangs Gegenparty gehen sollen. Wetten, die haben da viel mehr Spaß?«

Und da fiel es mir wieder ein.

Was Luke über seine Limousine gesagt hatte, meine ich.

»Warum fahren wir nicht einfach hin?«, sagte ich und spürte, wie unter Lukes Ansteckstäußchen mein Herz ziemlich heftig zu pochen begann. »Zu Kwang? Es ist doch noch früh, erst zehn. Die Party fängt wahrscheinlich gerade erst an.«

»Ich hab gehört, dass sie ein Lagerfeuer machen«, sagte die gelangweilte Liz und sah gleich viel weniger gelangweilt aus.

»Und ich hab gehört, dass es ein Feuerwerk gibt«, sagte die knallharte Brenda sehnsüchtig.

»Dann mal los!« Ich stand auf. »Luke hat gesagt, wir können seine Limousine haben.«

Trina guckte erstaunt. »Im Ernst?«

»Klar«, sagte ich. »Er braucht sie nicht. Er hat doch die Harley.«

»Na dann.« Steve stellte Trinas Fuß ab. »Worauf warten wir noch?«

Wir machten uns nicht die Mühe, uns von Luke und Geri zu verabschieden. Die beiden standen auf der Tanzfläche und waren so mit Knutschen beschäftigt, dass wir sie nicht stören wollten. Ich sah, dass Dr. Lewis immer wieder unschlüssig in ihre Richtung schaute.

Aber natürlich konnte er nicht einschreiten. Geri war achtzehn, also volljährig. Selbst wenn sie und Luke sich später ein Zimmer im Hotel nahmen, konnte ihnen das keiner verbieten.

Wobei Juicy Lucy es garantiert versuchen würde – wetten?

Meine Stimmung sank ein bisschen, als ich an die morgigen Schlagzeilen dachte, wenn die Presse herausgefunden hatte, dass Luke mich auf dem Ball für ein anderes Mädchen sitzen gelassen hatte.

Hey, aber vielleicht würden sie ja auch denken, ich hätte Luke sitzen gelassen, um auf eine andere Party zu fahren. Möglich war alles.

Als der Chauffeur bei Kwang hielt (er wohnt mit seinen Eltern auf einer großen Farm mit einer riesigen Scheune inmitten von Maisfeldern und einem kleinen Wäldchen, durch das ein Bach fließt… also der ideale Ort für laute Partys mit Lagerfeuer und Feuerwerken), fragte er skeptisch: »Seid ihr sicher, dass das die richtige Adresse ist?«

Wir riefen begeistert: »Ja danke!«, kletterten aus dem Wagen und stürmten auf das Lagerfeuer zu, das wir in der Ferne leuchten sahen.

Alle waren da. Das heißt, alle, die nicht auf dem Frühlingsball waren. Auf Picknicktischen türmten sich Chips und Getränke, und aus dem Gettoblaster, der an zwei fette Boxen angeschlossen war, dröhnte so laut Musik, dass man es wahrscheinlich im halben Landkreis hörte.

Kwang saß vor dem prasselnden Lagerfeuer und hielt einen Stock in die Flammen.

Am Ende des Stockes war ein Marshmallow aufgespießt. Neben ihm saß Cara Schlosburg, die eine offene Packung Graham-Crackers und ein paar halb aufgegessene Schokoriegel im Schoß liegen hatte. Beide kicherten schuldbewusst, als wir plötzlich vor ihnen standen.

Und wenn ich den dünnen, klebrigen Marshmallowfaden, der zwischen Kwangs und Caras Mund hing, richtig deutete, guckten sie nicht deswegen so schuldbewusst, weil sie ihre Diät vernachlässigten.

Aber keiner sagte etwas. Jedenfalls noch nicht. Stattdessen verlangten alle lautstark nach Stöcken und Marshmallows und erzählten vom Ball. Alle waren begeistert, als sie hörten, dass ich Ballkönigin geworden war. Plötzlich hörte ich ein vertrautes Lachen und drehte mich um…

Scott saß auf der gegenüberliegenden Seite des Feuers auf einem Baumstamm.

Und da wusste ich es. Einfach so.

Na ja, so *einfach* auch nicht. Mein Herz machte ziemlich heftige Saltos. Und ich hatte plötzlich das Gefühl, keine Luft mehr zu bekommen. Das waren schon ziemlich eindeutige Anzeichen.

Aber erst in diesem Moment erkannte ich, wofür es Anzeichen waren.

Nämlich dafür, dass ich in Scott Bennett verliebt war. Dass ich praktisch schon mein Leben lang in ihn verliebt gewesen war. Vor meinen vom Lagerfeuer geblendeten Augen blitzten Bilder auf: die Leihkarte für »Andromeda«, auf der Scotts Unterschrift über meiner stand; Scott, der Jahre später auf dem Schulparkplatz aus einem Auto steigt; Scott, der mich hochhebt, damit ich nach dem Balken greifen kann; Scott, der das Layout für die Schülerzeitung mit mir bespricht; Scott, der mich mit einem Eimer Wasser über den Parkplatz vor dem Chi-Chi jagt; Scott, der mir hilft, Betty Ann zurückzuholen...

Und plötzlich wusste ich es. Das, was Trina die ganze Zeit gewusst hatte, und Luke anscheinend auch.

Nur ich hatte lange Zeit keine Ahnung gehabt – und in letzter Zeit höchstens einen vagen Verdacht.

Aber jetzt wusste ich es mit Bestimmtheit.

Und deshalb ging ich auf ihn zu und setzte mich neben ihn, wobei ich meinen rasenden Puls, mein flaches Atmen und die Befürchtung, möglicherweise (wieder mal) zu spät zu kommen, tapfer ignorierte.

»Hi, Scott«, sagte ich. Mir ist nicht ganz klar, wie ich es überhaupt schaffte, seinen Namen hervorzupressen, aber es gelang mir.

»Hi«, sagte Scott. »Ist das der Hope-Diamant? Oder eine täuschend echte Nachahmung?«

Ich sagte: »Was?«, und dann »Oh«, als ich merkte, dass ich

immer noch meine Krone trug. Ich nahm sie ab und legte sie neben mich auf den Baumstamm. »Tut mir Leid. Ich bin nämlich eine Königin.«

»Das wusste ich schon immer«, sagte Scott galant. »Marshmallow gefällig?«

Er hielt mir eins hin, das er am Ende eines Stocks sorgfältig im Feuer geröstet hatte.

»Gerne.« Ich zupfte die klebrige Masse vorsichtig von der Spitze des Steckens. »Danke.«

»Und?« Scott steckte ein neues Marshmallow an den Stock und hielt es über die Flammen. »Ist der Frühlingsball schon vorbei?«

»Nein«, antwortete ich. »Der geht noch weiter.«

Und plötzlich fiel mir ein, wer noch da war. Auf dem Frühlingsball, meine ich. Luke. Und Geri. Scotts Exfreundin. Und wenn er mich darauf ansprach? Wenn er mich fragte, wo Luke abgeblieben war? Was sollte ich dann antworten? War Scott wirklich verliebt? War es vielleicht Geri, in die er immer noch verliebt war?

»Hat es dir auf dem Ball nicht gefallen?«

»Doch«, behauptete ich fröhlicher, als mir zumute war. »Schon.«

»Wo ist Luke?«

Da. Es war passiert.

»Luke? Ja also, der...«, begann ich zögernd.

Doch ich musste gar nichts erklären, denn Scott unterbrach mich: »Dann weißt du es jetzt also? Das mit Geri?«

Das Marshmallow, das ich noch nicht gegessen hatte (ich glaub sowieso nicht, dass ich etwas runtergebracht hätte, selbst wenn ich es versucht hätte), rutschte mir durch die Finger, die plötzlich wie gelähmt waren, und klatschte zu meinen Füßen auf den Boden.

»Du weißt es?«, sagte ich heiser.

Scott sah auf die klebrige Masse hinab. »Ja. Geri hat es mir erzählt.«

»Wann?«

»Gestern.«

Gestern? »Wieso hast du es mir nicht gesagt?«

»Ich hab es ja versucht«, sagte er. »Im Auto. Weißt du nicht mehr?«

Ach, das war es also gewesen, was er mir hatte sagen wollen.

»Okay, wahrscheinlich hätte ich nicht so schnell aufgeben sollen, aber ich wusste nicht...« Scott überreichte mir ein an der Außenhaut perfekt goldbraun gebrutzeltes Marshmallow. »...na ja, ob es dich nicht traurig machen würde.«

Ich ließ auch das zweite Marshmallow fallen.

»Traurig? Das mit Luke und Geri?« Ich starrte ihn an. »Aber wieso denn?«

Er guckte überrascht. »Na ja, weil...«

»Der Hammer, oder?« Trina ließ sich neben uns auf den Baumstamm fallen. »Habt ihr den Marshmallowfaden gesehen, der Cara und Kwang aus dem Mund hing? Raus mit der Sprache, Scott! Haben die beiden etwa geknutscht, bevor wir gekommen sind?«

»Keine Ahnung«, sagte Scott.

Als ich zu Scott rüberschaute, stellte ich fest, dass er mich ansah und nicht Trina. Ich bin fast versucht zu sagen, dass er *mich eindringlich* ansah, aber eigentlich erkannte ich nur an seiner Kopfhaltung, dass er mich ansah. Seine Augen konnte ich nicht sehen, weil sie im Schatten lagen.

Trotzdem schwöre ich, dass er mich auf eine Art ansah, die mich fast denken ließ...

Na ja, dass ich vielleicht dieses geheimnisvolle Mädchen sein könnte, in das er angeblich verliebt war. Und dass er nichts gesagt hatte, weil...

»Also, ich bin mir sicher, dass sie rumgeknutscht haben«, verkündete Trina. »Und dann noch mit Marshmallows im Mund. Es tut mir ja sehr leid, aber wenn Steve jemals versuchen würde, mich mit Marshmallow-Keks-Schokobrei im Mund zu küssen, würde ich sagen: ›Okay, Baby, das war's.‹ Egal wie seelenverwandt wir sind.«

»Jen?«, sagte Scott plötzlich. »Hast du Lust, spazieren zu gehen?«

Trina sah ihn total entgeistert an.

»Spinnt ihr? Geht jetzt nicht weg, gleich fängt doch das Feuerwerk an!«

Wer jetzt wirklich glaubt, ich hätte das Angebot, mit Scott spazieren zu gehen, ausgeschlagen, um mir ein Feuerwerk anzuschauen… den muss ich leider für komplett wahnsinnig erklären.

»Klar«, sagte ich und schaffte es sogar irgendwie, lässig zu klingen, obwohl mir das Herz bis zum Hals klopfte. »Klar gehe ich mit dir spazieren.«

Fragt Annie

Stellt Annie eure drängendsten Fragen zum Thema zwischenmenschliche Beziehungen. Na los, traut euch! Der *Clayton Highschool Register* behält sich vor, Briefe an Annie abzudrucken, wobei Namen und E-Mail-Adressen der Rat Suchenden selbstverständlich vertraulich behandelt werden.

Liebe Annie,

ich liebe ihn wirklich. Und ich brauche echt dringend deine Hilfe. Soll ich den ersten Schritt tun? Oder hält er mich dann für eine Schlampe? Aber wenn ich abwarte, bis er den ersten Schritt macht, krallt ihn sich in der Zwischenzeit vielleicht eine andere. Ich will ihn auch nicht unter Druck setzen, weil du doch immer sagst, das würde Jungs total abschrecken. Was soll ich machen?????

Eine noch Verzweifeltere

Liebe noch Verzweifeltere,

ich weiss es wirklich nicht!!! Genau dasselbe frage ich mich im Augenblick auch.

Annie

Achtzehn

Scott ging nicht sehr weit. Nur so weit, dass wir für die Leute am Feuer außer Hörweite waren.

Ich hörte immer noch Musik, obwohl die zirpenden Grillen im Gras John Mellencamps Gesang fast übertönten. Ich sah auch immer noch die um das Lagerfeuer versammelten Gestalten, konnte ihre Gesichter aber nicht mehr erkennen. Wir schlenderten auf das kleine Wäldchen neben der Scheune zu. Das Wäldchen, durch das der Bach fließt.

Irgendwie komisch, dass Scott und ich anscheinend immer zusammen im Wald landen.

»Wenn die menschliche Zivilisation, wie wir sie kennen, untergehen würde und wir eine neue gründen müssten«, sagte Scott, beugte sich vor und pflückte die Blüte einer wilden Möhre, die hier überall wuchsen, »würde ich keine Schauspieler aufnehmen.«

Ich gebe zu, dass ich lächeln musste, als er das sagte. Trotz meines hämmernden Herzens.

»Ach was?«, sagte ich. »Und Journalisten?«

»Doch, die schon.« Scott drehte die Blüte zwischen den Fingern hin und her. Sie sah aus wie ein Sonnenschirm aus feinster weißer Spitze. »Irgendjemand muss ja aufschreiben, was passiert ist. Damit die neue Gesellschaft nicht dieselben Fehler macht wie die alte.«

Obwohl das Feuer nur schwach zu uns herüberleuchtete, sah ich, wie sich seine Finger dem winzigen violetten Blütenkern in der Mitte der Blume näherten.

Mir schoss die Erinnerung an jenen Nachmittag während der Redaktionsfahrt durch den Kopf, als uns Mr Shea von dem alten Volksglauben erzählt hatte, der violette Teil sei das Herz der Blume, und wenn man ihn herausrisse, würde man sie umbringen.

»Nein, nicht«, rief ich. »Du tötest sie!«, und hielt seine Hand fest.

Da ließ Scott die Blume fallen und nahm mein Gesicht in die Hände und küsste mich, als wolle er nie mehr damit aufhören.

Und ich erwiderte seinen Kuss.

Und das kann ich nicht nur geträumt haben, weil ich bestimmt nicht solche Details träumen würde, wie dass seine Hände nach Marshmallows dufteten und nach wilder Möhre… und sich rau anfühlten, obwohl er mich so zärtlich hielt… und wie seine Lippen schmeckten, erst zuckrig und dann gar nicht mehr zuckrig… und wie sie sich anfühlten, ganz weich erst und dann fordernd.

Irgendwann hielten seine Hände nicht mehr mein Gesicht, sondern wanderten zu meiner Taille hinunter und zogen mich an seinen Körper, bis wir eng umschlungen dastanden und ich seine Wärme spürte und die Arme um seinen Hals schlang und Lukes Ansteckssträußchen an Scotts Brust gepresst wurde… und mich die Nadel in den Busen pikste.

»Aua!« Ich zuckte zurück.

»Was?« Scott sah mich verwirrt an. Die Haare an seinem Hinterkopf standen ein bisschen hoch, weil ich sie so zerwühlt hatte. »Stimmt was nicht?«

»Nein«, sagte ich. Weil alles stimmte. Zum ersten Mal in meinem Leben hatte ich das Gefühl, als wäre alles ganz genau so, wie es sein sollte. »Es ist nur…«

»Bitte entschuldige«, sagte Scott. Obwohl seine Stimme gar nicht bedauernd klang. »Aber ich musste dich einfach küssen, Jen. Weil… weil ich weiß, dass ich wahrscheinlich keine zweite Chance mehr bekomme.«

Inzwischen hatte ich das Ansteckstäußchen von meinem Kleid gelöst. Jetzt ließ ich es fallen. Es verschwand im langen, dunklen Gras.

»Wie meinst du das denn?«, fragte ich, obwohl ich mir gar nicht sicher war, ob ich es wissen wollte.

»Ich weiß schon, dass du behauptest, ihr wärt nur Freunde«, sagte Scott und klang so verzweifelt, wie ein Junge nicht klingen sollte, der gerade ausgiebig herumgeknutscht hat. Vor allem wenn man bedenkt, dass er zurückgeküsst wurde. »Aber… ich bin ja nicht naiv. Er ist immerhin Luke Striker.«

»Was hat… das hier… mit Luke zu tun?«, fragte ich ehrlich erstaunt.

Der verzweifelte Ton in seiner Stimme ließ mich befürchten, dass vielleicht doch nicht alles genau so war, wie es sein sollte.

Scott schien mir gar nicht zuzuhören. Er sah mich auch nicht an. Er starrte zum Lagerfeuer hinüber. »Ich will damit nur sagen… Als ich dich wiedergesehen hab, letzten Sommer, meine ich, auf der Redaktionsfahrt, da fand ich dich… echt total interessant und toll. Aber ich wusste nicht, ob du mich auch gut fandst. Du warst sehr nett, das schon… aber du bist ja immer nett. Zu allen…«

Wenn er mir einen Dolch ins Herz gerammt hätte, hätte er mich nicht tiefer treffen können. Da war sie wieder: die nette kleine Jenny Greenley, jedermanns beste Freundin.

»Ich hab einfach nicht kapiert, was los war«, fuhr Scott fort. Er sprach jetzt hastig und leise, als wolle er es sich von der Seele reden, bevor er es sich anders überlegen konnte.

»Ob du mich mochtest – ich meine, so richtig mochtest – oder eben nur nett fandst, so wie alle anderen. Und dann hat Geri mir erzählt, dass du sowieso keine Lust auf feste Beziehungen hast…«

O Mann. Geri war so was von tot.

»Und ich dachte, okay, dann soll es wohl nicht sein. Und Geri war so mitfühlend. Wir haben uns echt gut unterhalten und… sind uns näher gekommen.«

Sie war so was von megatot.

»Na, du weißt ja, wie das ist.«

O ja, das wusste ich.

»Eigentlich hatte ich mir vorgenommen, dich zu vergessen, aber…«, Scott fuhr sich durchs Haar – eine Geste, die mich an Luke erinnerte. Er sah mich immer noch nicht an. »Ich kriegte dich nicht aus dem Kopf, und je mehr Zeit ich mit dir verbrachte – du weißt schon, in den Mittagspausen und bei den Redaktionssitzungen –, desto klarer wurde mir, dass ich eigentlich mit dir zusammen sein will und dass Geri und ich… einfach nicht zusammenpassen.«

Okay, vielleicht ließ ich sie doch leben. So gerade noch.

Endlich drehte sich Scott wieder zu mir um. Er sah, soweit ich das in der Dunkelheit erkennen konnte, zu mir herunter und sagte: »Tja, und dann kam Luke.«

»O-kay?«, sagte ich gedehnt, weil ich immer noch nicht verstand, worauf er hinauswollte. »Ja und?«

»Und… na ja, er ist nun mal Luke Striker.«

»Ja und?«

»Sag nicht immer *ja und*, Jen. Du bist doch mit ihm zum Frühlingsball gegangen!«

Ich nickte. »Ja schon…«

Und dann, langsam… gaaaaanz langsam… dämmerte mir, was Scott mir zu sagen versuchte.

Plötzlich machte vieles Sinn, was mich bis dahin nur verwirrt hatte. Die Sache mit den Servietten vom Dairy Queen zum Beispiel. Als Scott mir damals die Servietten in die Hand gedrückt hatte, statt mich zu küssen, hatte das nichts damit zu tun gehabt, dass er mich nicht anziehend fand.

O nein. Er hatte geglaubt, ich sei in Luke Striker verliebt.

Er hatte geglaubt, ich sei in festen Händen.

Das war es, was er mich damals im Auto hatte fragen wollen. Jetzt begriff ich. Die Frage wäre gewesen, ob ich in Luke Striker verliebt war oder nicht.

Und plötzlich hatte ich das Gefühl – obwohl es natürlich dunkel war und ich in meinem dünnen Chiffonkleid auch ein bisschen fror –, als wäre die Sonne aufgegangen.

Echt wahr. Als wäre die Sonne aufgegangen und würde auf mich herabscheinen und mich wärmen.

»Ich bin mit Luke zum Frühlingsball gegangen«, erklärte ich Scott, und mir wurde ganz schwindelig, weil er mich so anschaute, als… als wäre ich ihm wirklich wichtig, »weil er mich darum gebeten hat, und nicht, weil ich in ihn verliebt bin. Wahrscheinlich bin ich sogar das einzige Mädchen in ganz Clayton, das nicht in ihn verliebt ist. Und es auch nie war.«

»Ist das echt wahr?« Scott griff nach meiner Hand und hielt sie – nicht zu fest, aber auch nicht so, als wollte er mich so bald wieder loslassen. »Dann macht es dir nichts aus… dass er jetzt mit Geri zusammen ist? Du bist nicht… du warst nie…?«

»Nein, natürlich nicht.« Ich konnte nicht anders, ich musste einfach laut lachen. Ich kam mir vor wie im Film. Die Sonne schien, kleine tschilpende Vögelchen flatterten mir um den Kopf. Fast erwartete ich, einen Regenbogen zu sehen und einen Chor, der mit schallenden Stimmen »Day by Day« schmetterte. »Ich war nie so in Luke Striker verliebt…«

Und dann (unglaublich, aber wahr) rutschte sie mir einfach heraus. Die Wahrheit. So entspannt, als würden wir uns über irgendein Buch unterhalten.

»…wie in dich.«

Da – ich hatte es gesagt. Es war heraus, schwebte im Raum. Das Wort mit L.

Einfach so.

Fast wünschte ich mir, ich könnte danach greifen und es mir schnell wieder in den Mund stopfen.

Und Scotts Griff wurde fester, als wollte er mich wirklich nicht mehr loslassen.

»Hast du gerade gesagt, dass du in mich verliebt bist?«, fragte er.

Was sollte ich tun? Ich hatte es gesagt. Es gab kein Zurück mehr.

Und wisst ihr was? Ich wollte es auch nicht mehr zurücknehmen.

»Sogar schon seit der… fünften Klasse.« Ich wusste, dass ich mich um Kopf und Kragen redete, aber es war mir egal. »Deshalb hab ich auch nie etwas mit einem anderen Jungen angefangen. Okay, du bist weggezogen und hast woanders gewohnt, aber dann warst du wieder da und ich…«

Mehr konnte ich nicht sagen. Weil Scott mich an sich riss und umarmte.

Und mich wieder küsste.

Und diesmal hörten wir nicht mehr auf.

Wir küssten uns, während um uns herum die Feuerwerkskörper explodierten. Wir *merkten* noch nicht einmal etwas davon.

Wahrscheinlich weil wir gerade unser eigenes Feuerwerk abbrannten.

Als wir irgendwann wieder zum Lagerfeuer zurückschlenderten – Scott hatte mir seinen Arm um die Schulter gelegt und ich ihm meinen um die Hüfte –, kam uns Trina entgegengerannt. »Wo wart ihr denn? Ihr habt das ganze… hey… Was…?« Ihre Augen wurden groß. »Oh.«

Wahrscheinlich hatte sie Scotts Arm um meine Schulter bemerkt. Oder mein seliges Lächeln. Jedenfalls sagte sie mir das später. Dass ich selig ausgesehen hätte… obwohl ich keine Vergissmeinnicht mehr in der Haarspange stecken hatte, sondern die Blüte einer wilden Möhre.

Aber ihr würdet auch selig lächeln, wenn euch der Junge, den ihr seit der fünften Klasse liebt, gesagt hätte, dass er euch auch liebt.

Scott findet übrigens auch, dass ich nächstes Jahr als Schülersprecherin kandidieren soll. Er hat gesagt, er würde meinen von meinen Wahlkampfmanagerinnen Cara und Trina organisierten Wahlkampf sogar durch den Verkauf selbst gebackener Kekse, Muffins und Kuchen unterstützen.

Und obwohl ich Scotts Koch- und Backkünste sehr zu schätzen weiß, frage ich mich, ob Schülersprecherin nicht fast ein bisschen, na ja, zu *niedrig* gegriffen ist. Ich meine, ein Mädchen mit meinen diplomatischen Fähigkeiten… Wieso kandidiere ich eigentlich nicht gleich fürs Weiße Haus?

Stargeflüster aus Los Angeles
Alle reden über…

Luke Striker, der gestern auf dem Rodeo Drive mit seiner derzeitigen Freundin Geri Lynn Packard gesehen wurde, die kürzlich ihr Studium an der University of California in L. A. aufgenommen hat. Luke trug einen auffälligen Verband um den rechten Oberarm. Es wird gemunkelt, Striker habe sich einer Laserbehandlung unterzogen, um eine Tätowierung entfernen zu lassen, die noch von letztem Jahr stammt, als er eine heiße Affäre mit seiner Filmpartnerin Angelique Tremaine – der Guinevere aus »Lanzelot« – hatte…

Jetzt neu im Kino…

Luke Striker in »Alarmstufe Rot im Klassenzimmer«.

Kann es dem Zwölftklässler gelingen, seine kleine Heimatstadt in Indiana vor einem Terrorangriff zu bewahren und außerdem das Herz des Mädchens seiner Träume zu erringen? Tom Cruise nannte die schauspielerische Leistung seines jungen Kollegen eine »Tour de Force« und räumt ihm gute Chancen auf einen Oscar ein. Mit Lindsay Lohan in der Rolle der Jenny Green.

Fragt Annie

Stellt Annie eure drängendsten Fragen zum Thema zwischenmenschliche Beziehungen. Na los, traut euch! Der *Clayton Highschool Register* behält sich vor, Briefe an Annie abzudrucken, wobei Namen und E-Mail-Adressen der Rat Suchenden selbstverständlich vertraulich behandelt werden.

Liebe Annie,

okay, ich habe deinen Rat befolgt und ihm alles gesagt. Und weißt du was? Er liebt mich auch!

Nur… was jetzt?

Eine nicht mehr Verzweifelte

Liebe nicht mehr Verzweifelte,

was jetzt? Na, was wohl! Ihr lebt von jetzt an glücklich und zufrieden bis in alle Ewigkeit. Amen.

Annie

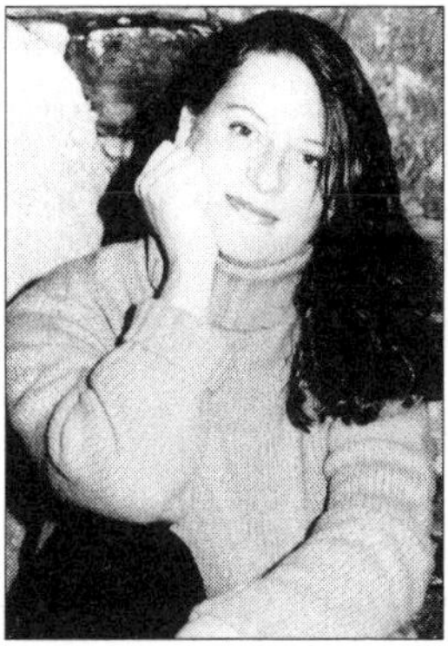

Foto: © Ann Harwood

Meggin Cabot, geboren in Indiana, lebt mit ihrem Mann und ihrer einäugigen Katze Henrietta in New York. Sie arbeitete zunächst als Illustratorin, bevor sie sich ganz dem Schreiben zuwandte. Auf einen Schlag berühmt wurde Meg Cabot mit den Romanen um Prinzessin Mia. Garry Marshalls zweiteilige Verfilmung der Serie, »Plötzlich Prinzessin«, wurde weltweit zum großen Kinoerfolg.

Von Meg Cabot ist bei cbj erschienen:
Plötzlich Prinzessin (12604)
Power, Prinzessin! (12579)
Prinzessin sucht Prinz (12608)
Dein Auftritt, Prinzessin (12756)
Prinzessin in Pink (12757)
Bühne frei, Prinzessin! (12758)
Prinzessin sucht Prinz / Dein Auftritt, Prinzessin! – Doppelband (12919)

Von Meg Cabot ist bei cbt erschienen:
Plötzlich Prinzessin (30058)
Power, Prinzessin! (30243)
Prinzessin sucht Prinz (30148)
Dein Auftritt, Prinzessin
Geheimsache Jessica – vom Blitz getroffen (30201)
Nicola und der Baron (30158)

Weitere Informationen zu Meg Cabot und ihren Büchern:
www.megcabot.de

Hoffnungslos romantisch und hinreißend komisch! Die »Prinzessin«-Romane von Meg Cabot

Vollblut-New-Yorkerin Mia fällt aus allen Wolken: Ausgerechnet sie soll Prinzessin des Fürstentums Genovia sein? Mit dieser Nachricht nehmen die Turbulenzen erst ihren Anfang …

Plötzlich Prinzessin
ISBN 3-570-12604-8

Power, Prinzessin
ISBN 3-570-12579-3

Prinzessin sucht Prinz
ISBN 3-570-12608-0

Dein Auftritt, Prinzessin
ISBN 3-570-12756-7

Prinzessin in Pink
ISBN 3-570-12757-5

Bühne frei, Prinzessin
ISBN 3-570-12758-3

7107

cbj

www.cbj-verlag.de

Meg Cabot

Dein Auftritt, Prinzessin!
Prinzessin-Romane Band IV

256 Seiten ISBN 3-570-12756-7

Kaum hat Prinzessin Mia ihren Herzensprinz Michael erobert, wird sie schon wieder von ihm getrennt: In den Weihnachtsferien muss sie die brave Thronfolgerin in Genovia mimen. Ein wirklich öder Job, wäre da nicht Mias royale Großmutter. Die sorgt für allerhand Wirbel, denn sie hat es sich fest in den Kopf gesetzt, Mia mit einem italienischen Exil-Prinzen zu verkuppeln ...

Heißer Klatsch von der Upper East Side! Alles vom »Gossip Girl« von Cecily von Ziegesar

Das anonyme »Gossip Girl« plaudert unverblümt und hinreißend komisch aus dem Leben der hippsten Teens der New Yorker Upper East Side! Und mal ehrlich: wer wollte nicht schon immer einen Blick hinter die Fassaden dieses glamurösen Luxuslebens werfen?